S.C. STEPHENS

Thoughtful

Du gehörst zu mir

Buch

Kellan Kyle fühlt sich nur auf der Bühne wirklich zu Hause. Wenn er in einer dunklen Bar Gitarre spielt, gelingt es ihm fast, seine schmerzhafte Vergangenheit zu vergessen. Sein Leben dreht sich daher ausschließlich um drei Dinge: Seine Musik, seine Jungs aus der Band und heiße One-Night-Stands mit verliebten Fans. Bis eine Frau Kellans Dasein komplett auf den Kopf stellt. Kiera ist die Sorte Mädchen, von der er lieber die Finger lassen sollte: smart, süß – und mit seinem besten Freund Denny zusammen. Doch sie berührt etwas in ihm, das seine sorgsam errichteten Mauern bröckeln lässt. Er will sie, mehr als irgendetwas jemals zuvor. Aber er weiß auch, dass Kiera seine Gefühle niemals erwidern würde. Oder doch?

Weitere Informationen zu S.C. Stephens
sowie zu lieferbaren Titeln der Autorin
finden Sie am Ende des Buches.

S.C. Stephens

THOUGHTFUL
Du gehörst zu mir

Roman

Übersetzt
von Babette Schröder

GOLDMANN

Die Originalausgabe erschien 2015
unter dem Titel »Thoughtful« bei Forever, an imprint of
Grand Central Publishing, New York.

Dieses Buch ist auch als E-Book erhältlich.

Verlagsgruppe Random House FSC® N001967
Das FSC®-zertifizierte Papier *Pamo House* für dieses Buch
liefert Arctic Paper Mochenwangen GmbH.

1. Auflage
Deutsche Erstveröffentlichung Dezember 2015
Copyright © der Originalausgabe 2009 by S.C. Stephens
Copyright © der deutschsprachigen Ausgabe 2015
by Wilhelm Goldmann Verlag, München,
in der Verlagsgruppe Random House GmbH
Umschlagmotiv: Corbis Images/Michael Reh, Guntmar Fritz/Westend61
This edition published by arrangement with Grand Central Publishing,
New York, NY, USA. All rights reserved.
Dieses Werk wurde vermittelt durch die Literarische Agentur
Thomas Schlück GmbH, 30827 Garbsen.
Redaktion: Antje Steinhäuser
MR · Herstellung: Str.
Satz: IBV Satz- und Datentechnik GmbH, Berlin
Druck und Bindung: CPI books GmbH, Leck
Printed in Germany
ISBN: 978-3-442-48361-7
www.goldmann-verlag.de

Besuchen Sie den Goldmann Verlag im Netz

Ohne die Liebe und die Unterstützung meiner Fans wäre ich nicht dort, wo ich heute stehe. Deshalb widme ich euch dieses Buch. Danke, dass ihr manchmal Tausende von Meilen gereist seid, um mich zu sehen. Ich bin überwältigt von euren T-Shirts, den persönlich gestalteten Fotoalben, dem Schmuck und euren tollen Geschenken! Danke, dass ihr sogar meine Songs auswendig lernt; sie von euch zu hören ist jedes Mal aufs Neue ein großes Erlebnis. Ich danke euch für eure Leidenschaft, für eure Hingabe … und für eure Tattoos. Es erfüllt mich mit Ehrfurcht und Demut, wenn ich eines entdecke, das von mir und meinem Leben inspiriert ist. Und als Letztes danke ich euch dafür, dass ihr mich trotz meiner vielen Fehler mögt. Mir ist durchaus bewusst, dass ich davon einige habe, aber ihr seht über sie hinweg, und dafür bin ich euch unendlich dankbar.
  Alles Liebe,

Kellan Kyle

1. Kapitel

Alles an einem Tag

Ich spiele seit meinem sechsten Lebensjahr Gitarre. Seit der Highschool habe ich in verschiedenen Bands mitgemacht, aber mit den D-Bags bin ich jetzt schon ein paar Jahre unterwegs. Meine Kindheit ist nicht ganz einfach gewesen, und Musik war meine Rettung. Schon als ich das allererste Mal eine Gitarre in der Hand hielt, hat sie mich sofort in ihren Bann geschlagen. Das Gefühl des glatten, kühlen Holzes unter meinen Fingern. Die festen Saiten, der Hall tief im Instrument. Auch als ich noch zu jung war, um zu begreifen, welchen Einfluss die Musik auf mein Leben haben würde, hat die Gitarre mit mir gesprochen. Das schlichte Instrument barg etwas Bedeutungsvolles, das unbedingt rausmusste. *Ich* barg etwas Bedeutungsvolles, das unbedingt rausmusste.

Mit dem Instrument hatten meine Eltern zwar offiziell mir ein Geschenk gemacht, doch schon damals begriff ich, dass sie sich eigentlich selbst beschenkt hatten. Dank der Gitarre waren sie mich los und mussten sich nicht so viel um mich kümmern. Meine Zeugung war ein Unfall gewesen, und meine Eltern sind nie richtig warm mit mir geworden. Ich war ein Fehler, der ihr Leben für immer verändert hatte, und das ließen sie mich stets spüren. Wie auch immer. Durch die Gitarre waren sie mich los, doch ich spielte gern auf ihr, sodass es trotz der niederen Motive ein anständiges Geschenk war.

Sie kümmerten sich allerdings nicht darum, dass ich Unterricht erhielt, und so brachte ich mir das Spielen selbst bei. Das hat ewig gedauert, doch als Einzelkind ohne richtige Freunde und mit Eltern, die nichts mit mir zu tun haben wollten, verfügte ich über einen Haufen Freizeit. Wann immer mein Vater zu Hause war, schaltete er das Radio ein. Meist stellte er einen Nachrichtensender ein, wenn er jedoch Musik hörte, war es fast immer Rock. Es machte mir riesigen Spaß, die Songs nachzuspielen, und sobald ich die Grundakkorde beherrschte, spielte ich jeden Song mit. Was meinem Vater ziemlich auf die Nerven ging. Er stellte das Radio lauter und schickte mich in mein Zimmer. »Wenn du unbedingt mit deiner gottverdammtem Klampfe jemandem das Gehör kaputtmachen willst, dann mach das allein in deinem Zimmer«, polterte er.

Daraufhin ging ich nach oben in mein Zimmer, ließ die Tür jedoch einen Spalt offen, damit ich die Musik weiterhin hören konnte. Ich bin in einem großen Haus aufgewachsen, aber wenn ich leise klimperte, konnte ich der Musik von unten gut folgen. In den nächsten Jahren war »Stairway to Heaven« mein Favorit, aber ich glaube, das geht jedem so, der Gitarre spielen lernt.

Zum ersten Mal hatte ich in meinem noch jungen Leben etwas gefunden, das mir vollkommenen Frieden schenkte. Etwas, mit dem ich mich verbunden fühlte, etwas, das ähnliche Bedürfnisse und Sehnsüchte hatte. Die Gitarre musste gespielt werden. Ich musste auf ihr spielen. Es war eine wunderschöne symbiotische Beziehung, und für lange Zeit war es meine einzige richtige Beziehung.

Ich nahm mein geliebtes Instrument und schloss die Tür zu meinem Haus ab. Den Begriff »Zuhause« benutzte ich eher selten. Eigentlich war es das Haus meiner Eltern, aber die waren vor ein paar Jahren gestorben und hatten es mir hinterlassen.

Ich blieb dort wohnen, weil es über vier Wände und ein Dach verfügte, aber ich hatte keinen emotionalen Bezug zu dem Gebäude. Für mich bestand es nur aus Stein, Glas, Nägeln, Mörtel und Zement.

Während ich in L.A. gelebt hatte, hatten meine Eltern das Haus meiner Kindheit verkauft und waren in ein deutlich kleineres gezogen. Das habe ich erst bei ihrem Tod erfahren. Als ich zurückkam, stellte ich schnell fest, dass sie alles weggeworfen hatten, was mir gehörte. Sie hatten versucht, meine Existenz auszulöschen, dennoch hinterließen sie mir Haus, Aktien und Rentenfonds – alles. Das war verwirrend. Warum hatten sie das getan? Vielleicht hatten sich ihre Gefühle zu mir geändert. Vielleicht auch nicht.

Ich kehrte dem Haus den Rücken und wandte mich der prächtigen Chevelle Malibu zu, die in der Spätnachmittagssonne in Schwarz und Chrom glänzte. Ich hatte sie spottbillig in L.A. bekommen und einen Großteil des Sommers mit ihrer Reparatur verbracht. Sie war eine Schönheit, mein Baby, niemand außer mir durfte sie fahren.

Ich legte die Gitarre in den Kofferraum und machte mich auf den Weg zur Probe mit den Jungs. Nachdem ich auf den Freeway abgebogen war, wanderte mein Blick wie immer zu der einzigartigen Skyline von Seattle, die allmählich vor mir auftauchte.

Im Laufe der Zeit hatte ich ein zwiespältiges Verhältnis zur Smaragdstadt entwickelt – manchmal liebte, manchmal hasste ich sie. An jeder Ecke lauerten schlechte Erinnerungen – an meine einsame Kindheit, die Zurückweisungen, die bissigen Bemerkungen, die ständigen Erniedrigungen, die mich täglich daran erinnert hatten, dass ich eine Last und nicht erwünscht war. Das emotionale Gift, das meine Eltern mir eingeimpft hatten, hatte seine Spuren hinterlassen. Doch jetzt lief es hier gut für mich, und die Band hatte viel dazu beigetragen, dass sich meine Einstellung zu der Stadt geändert hatte.

Evan Wilder und ich hatten die D-Bags gemeinsam gegründet. Direkt nach meiner Highschool-Abschlussfeier hatte ich Seattle mit meiner Gitarre auf dem Rücken, ein paar Dollars in der Tasche und dem Traum von einem besseren Leben im Kopf verlassen. Ich hatte jede Möglichkeit zum Trampen genutzt, die sich bot, und landete bald in einer Bar an der Küste von Oregon. Als ich dort etwas trinken wollte, stieß ich auf Evan, der gerade den Barkeeper davon zu überzeugen versuchte, dass er alt genug war, um ein Bier zu trinken. Was er nicht war. Ich zwar auch nicht, doch mir gelang es trotzdem, ein großes Glas zu ergattern. Ich teilte es mit Evan, und da wir beide auf Bier und Musik standen, schlossen wir Freundschaft.

Nachdem ich etwas Zeit bei Evans Familie verbracht hatte, machten wir uns gemeinsam auf den Weg in Richtung Süden. Nach L.A., in die Stadt der Engel, wo wir weitere Bandmitglieder suchen wollten. Matt und Griffin Hancock lernten wir an einem ziemlich ungewöhnlichen Ort kennen. In einem Stripclub. Na ja, vielleicht war das gar nicht so ungewöhnlich. Schließlich kamen Evan und ich frisch von der Highschool und waren geil.

Von Anfang an passten wir vier gut zusammen, und schon bald rockten wir Bars und Clubs in L.A. Wahrscheinlich wären wir noch immer dort, hätte ich nach dem Tod meiner Eltern nicht alles stehen- und liegenlassen und wäre überstürzt zurück nach Seattle gegangen. Zu meiner großen Überraschung waren mir die Jungs gefolgt, und seither spielten wir hier.

Je näher ich der Innenstadt kam, desto dichter wurde der Verkehr. Wir probten immer bei Evan, weil sein Loft nicht direkt in einem Wohngebiet lag und wir dort kein Problem mit dem Lärm hatten. Er wohnte über einer Autowerkstatt, was praktisch war, wenn meine Süße gewartet werden musste. Meine Lieblingsmechanikerin hieß Roxie. Sie liebte meinen Wagen fast genauso sehr wie ich und kümmerte sich oft ein bisschen um ihn, während ich mit den Jungs oben war.

Als ich vorfuhr, alberte Roxie mit einem Kollegen herum, dennoch winkte sie mir in der Sekunde zu, in der sie mich sah. Oder genauer gesagt, meine Chevelle; das Mädchen hatte nur Augen für meinen Wagen. »Hallo, Roxie. Wie geht's?«

Sie strich sich mit der dreckigen Hand durch die kurzen Haare und erwiderte: »Gut. Ich denke darüber nach, ein Kinderbuch über einen Schraubenschlüssel zu schreiben, der Tieren in Not hilft. Vielleicht lasse ich ihn eine Chevelle fahren.« Sie zwinkerte mir zu.

»Klingt toll.« Ich lachte. »Viel Glück.«

»Danke!« Sie grinste. Als ich mit meiner Gitarre auf die Treppe zuging, rief sie: »Sag Bescheid, wenn die Chevelle etwas braucht! Für sie mache ich auch Hausbesuche, das weißt du ja, oder?«

»Ja! Ich weiß!«, rief ich zurück.

Als ich hereinkam, durchwühlte Griffin in der Küche gerade Evans Vorräte. Vom Spielen bekam er immer Heißhunger. Er richtete seine hellen Augen auf mich, und ich warf ihm lächelnd eine Schachtel Froot Loops zu. Ich hatte sie neulich im Supermarkt mitgenommen, als ich mit leerem Magen einkaufen gewesen war. Da ich dann aber doch keinen Appetit mehr darauf hatte und sie bei mir nur verkommen würden, hatte ich sie mitgebracht.

Mit strahlendem Gesicht fing Griffin die Schachtel auf. »Süß!«, murmelte er und riss sie sofort auf. Er griff in die Tüte, holte eine Handvoll gezuckerter Getreideringe heraus und kaute bereits lautstark auf ihnen herum, noch bevor ich den Wohnbereich des einräumigen Lofts erreichte.

Als ich meinen Gitarrenkasten neben ihm auf dem Sofa abstellte, blickte Matt auf. Er studierte etwas auf seinem Handy, das wie eine Webseite aussah. Ich war mir nicht ganz sicher, ich hatte kein Handy und würde wahrscheinlich auch nie eins besitzen. Technik war mir irgendwie ein Rätsel. Sie interessierte mich jedoch zu wenig, um mich näher mit ihr zu befassen. Ich mochte, was mir gefiel, egal, ob es altmodisch war oder nicht. Herrgott, in meinem Wagen gab es noch immer ein Kassettendeck. Griffin zog mich ständig damit auf, doch solange es funktionierte, war ich glücklich.

»Ich glaube, wir sollten anfangen, auf Festivals zu spielen. Nicht nur in Bars. Für Bumbershoot sind wir dies Jahr schon zu spät dran, aber ich glaube, nächstes Jahr müssen wir das machen. Ich denke, wir sind so weit.« Mit ihren schmalen Gesichtszügen, den blonden Haaren und den blauen Augen sahen sich Matt und Griffin ziemlich ähnlich. Was ihren Charakter anging, hätten die zwei Cousins allerdings nicht unterschiedlicher sein können.

»Ja? Meinst du?«, fragte ich. Es überraschte mich nicht, dass Matt über unsere Zukunft nachdachte. Das tat er oft.

Hinter ihm kämpfte Evan sich durch das Probe-Equipment, das die Band bei ihm lagerte. Als er zum Sofa kam, lächelte er mich aus seinen warmen braunen Augen unter den kurzen dunklen Haaren an. »Definitiv. Wir sind absolut so weit, Kell. Es ist Zeit, einen Schritt weiterzugehen. Mit deinen Texten und meinem Beat ... sind wir Gold wert.« Matt war einer der talentiertesten Gitarristen, dem ich je begegnet war, und Evan arrangierte die meisten unserer Stücke.

Eifrig nickend wandte sich Matt zu Evan um. Ich blickte zwischen beiden hin und her und dachte darüber nach, ob wir wirklich so weit waren. Vermutlich hatten sie recht. Wir hatten mehr als genug Songs und wahrscheinlich auch ausreichend

Fans. Es konnte ein großer Schritt für die Band sein oder aber eine gigantische Zeitverschwendung.

Als Evan den hinteren Teil des Sofas erreichte, verschränkte er die Arme vor der Brust. Alle meine Bandfreunde waren tätowiert – Griffins Tattoos waren etwas obszön, nackte Frauen und solches Zeug. Matts waren klassischer – Symbole, bei denen jede Windung etwas zu bedeuten hatte. Evan dagegen wirkte wie ein lebendes Kunstwerk. Allein seine Arme waren ein museumsreifes Meisterstück aus Feuer, Wasser und allem, was dazwischen existierte.

Während Matt und Griffin beide eher dürr wirkten, war Evan etwas kräftiger gebaut. Ich befand mich irgendwo dazwischen, nicht zu massig, aber auch nicht zu schmal, und was Tattoos anging, war ich noch Jungfrau. Es gab einfach nichts, das mir so viel bedeutete, dass ich es mir für immer in die Haut ritzen wollte. Im Leben war nichts von Dauer. Warum sollte ich es dann durch ein Tattoo unsterblich machen? Das kam mir sinnlos vor.

Ich grinste meine zwei ungeduldigen Bandkollegen an. »Okay. Mach was klar, Matt.«

Lächelnd ging Matt zurück zu seinem Telefon. Griffin kam zu mir und legte einen Arm um mich. »Geil! Was machen wir?« Beim Fragen rieselten vereinzelte Getreidekrümel aus seinem Mund.

»Noch nichts«, antwortete ich und schlug ihm gegen die Brust.

Er gab ein dumpfes Geräusch von sich, und weitere leuchtend bunte Getreidekringel bröselten hervor. Von allen Leuten, die ich kannte, hatte Griffin eindeutig den größten Mund.

Nachdem wir ein paar Stunden geprobt hatten, machten wir Schluss. Wir stiegen in unsere Wagen und fuhren rüber zum Pete's. Die Bar war unser Wohnzimmer, in dem wir mindestens einmal die Woche, wenn nicht häufiger, auftraten. Irgendwie landeten wir immer dort, auch an Abenden, an denen wir nicht spielten. Als wäre der Tag nicht vollständig, wenn wir nicht wenigstens einmal reingeschaut hätten. Jeder dort kannte uns, und wir kannten jeden. Dort waren unsere Freunde, und dort spielte sich unser Leben ab.

Ich stellte die Chevelle auf meinen inoffiziellen Parkplatz. Wie üblich war er frei, als ob er auf mich wartete. Als ich den Motor ausschaltete, erstarb mittendrin ein Song von Fleetwood Mac. Kurz überlegte ich, ob ich den Wagen wieder anlassen sollte, um den Song zu Ende zu spielen, doch ich hatte ihn schon unzählige Male gehört und sehnte mich nach einem frischen kühlen Bier.

Evan stieg fast gleichzeitig mit mir aus seinem Wagen. Als ich am Heck auf ihn traf, schlug er mir auf die Schulter. Ich blickte mich nach Matt und Griffin um, konnte Griffins Vanagon aber nirgends entdecken. »Äh, wo sind unsere siamesischen Zwillinge?«, fragte ich.

Er hob einen Mundwinkel. »Griffin, der Trottel meinte, er müsse nach Hause, weil er Tracis Shorts vergessen hätte. Die braucht sie für die Arbeit.«

Ich stellte mir die beiden vor und schüttelte den Kopf. Traci war Kellnerin im Pete's. Sie und Griffin hatten neulich herumgemacht, was eigentlich kein Problem war, nur dass Traci langsam mehr empfand. Sie war nicht der Typ, der sich lange auf etwas Unverbindliches einließ, womit sie das exakte Gegenteil von Griffin war.

Als ich die Tür zu meinem sicheren Hafen aufstieß, empfing mich das warme Licht der Leuchtreklame. Ich trat ein und holte tief Luft, meine Muskeln lockerten sich, und meine Verspannungen lösten sich. Alles an diesem Laden wirkte beruhigend auf mich. Der Lärm, der Geruch, die Musik und die

Leute. Wenn ich je von mir behaupten konnte, zufrieden zu sein, dann hier.

Von links hustete mir eine heisere Stimme ein »Hey, Kellan« zu.

Ich drehte mich um und sah, dass Rita, die Barfrau, mich von oben bis unten mit ihren Blicken maß. Ihr Gesichtsausdruck erinnerte an einen Verdurstenden, der einen Wasserkrug anstarrt. Daran war ich allerdings gewöhnt. Ich hatte ein Mal mit ihr geschlafen, und so, wie sie mich ansah, hatte ein Mal nicht gereicht. »Hey, Rita.« Als ich ihr zunickte, schloss sie flatternd die Lider und stöhnte.

»Mann«, murmelte sie und strich mit einem langen lackierten Fingernagel an ihrem tief ausgeschnittenen Dekolleté entlang. »Verdammt heiß ...«

Nachdem wir kurz den Stammgästen zugewinkt hatten, gingen Evan und ich zu unserem Tisch. Na ja, theoretisch gehörte er zwar nicht uns, aber wie mein Parkplatz war er durch unsere häufigen Besuche zum Stammtisch der Band geworden.

Ich lehnte mich auf meinem Stuhl zurück und legte die Füße auf die Tischkante. Während ich noch mit mir rang, ob ich Hähnchenstreifen oder einen Burger bestellen sollte, landeten meine Füße unsanft auf dem Boden. Durch die Gewichtsverlagerung wurde ich auf dem Stuhl leicht nach vorn katapultiert und verlor kurz den Halt. Eine niedliche Blondine in einem engen roten T-Shirt vom Pete's stand, die Hand auf die Hüfte gestemmt, am Ende des Tisches und schürzte vorwurfsvoll die vollen Lippen. »Füße vom Tisch, Kellan. Da wollen die Leute essen.«

Ich lächelte amüsiert. »Tut mir leid, Jenny. Ich hab's mir nur gemütlich gemacht.«

Auf Jennys Lippen erschien ein charmantes Lächeln. »Du kannst es dir mit einem Bier gemütlich machen. Zwei oder vier?« Ihr Blick glitt von Evan zu mir, dann zu den leeren Stühlen und dem Tisch.

Evan verstand die Frage nach den fehlenden Bandmitgliedern und hob vier Finger. »Die sind auf dem Weg.«

Neckisch strich Jenny Evan über den Kopf. Er schloss die Augen und schlug mit dem Fuß auf den Boden wie ein Hund, dem man den Bauch krault. Jenny kicherte, und ihre Augen leuchteten auf eine äußerst attraktive Weise. Ich mochte Jenny. Sie hatte ein gutes Herz und verurteilte mich nie offen dafür, dass ich mit vielen Frauen schlief.

Aus purem Zufall hatte ich Sex schon in ziemlich jungen Jahren entdeckt, und genau wie die Musik hatte er einen Nerv in mir getroffen. Noch immer sehnte ich mich nach dem Gefühl von Nähe und begehrte es so oft ich konnte. Was die Wahl meiner Sexpartnerinnen anging, war ich nicht wählerisch. Ob ältere oder jüngere, attraktive oder freundliche, Mütter, Freundinnen oder Ehefrauen – mich interessierte nur, dass sie interessiert waren. Vermutlich sollte ich das nicht so offen sagen, aber es entsprach der Wahrheit. Sex wirkte befreiend auf mich. Er gab mir das Gefühl, Teil eines größeren Ganzen, mit der Welt um mich herum verbunden zu sein. Und dieses Gefühl brauchte ich. In meinem Leben gab es viel Leere.

Als Jenny angefangen hatte, hier zu arbeiten, hatte ich mich ziemlich um ein Date mit ihr bemüht, aber sie hatte mich knallhart abblitzen lassen. Sie meinte, sie wolle keine Affäre. Sie hatte deshalb jedoch nicht auch unsere Freundschaft aufgegeben, und das bedeutete mir viel. Wenn sie ihre Meinung ändern und auf ein- oder zweimal Lust hätte, würde ich nicht Nein sagen, aber ich würde mich nicht noch einmal darum bemühen. Unsere jetzige Beziehung gefiel mir, wie sie war, auch ohne Sex.

Als Jenny bereits auf dem Weg zur Theke war, rief ich: »Ich

nehme auch noch einen Burger! Mit Speck!« Sie hob den Daumen und gab mir so zu verstehen, dass sie mich gehört hatte.

Als ich den Blick von Jennys Hinterteil abwandte, stieß Evan mir in die Rippen. »Hey, Kell«, fragte er, »was hältst du von Brooke? Ich wollte sie vielleicht fragen, ob sie mal mit mir ausgeht. Mann, ich weiß nicht, aber ich glaube, sie könnte die Richtige für mich sein. Hast du ihre Grübchen gesehen?«

Evan grinste, und ich musste unwillkürlich lächeln. »Ja, ich finde sie toll. Nichts wie ran.« Irgendwie fand Evan alle zwei Monate eine neue »Richtige«. Warum sollte er es da nicht auch mit Brooke versuchen? Es könnten die besten eineinhalb Monate seines Lebens werden. Nachdem ich meine Meinung beigesteuert hatte, legte ich die Füße zurück auf den Tisch und wartete auf mein Essen, mein Bier und den Rest meiner Bandkollegen.

»O mein Gott. Du bist Kellan Kyle ...«

Als ich meinen Namen hörte, drehte ich mich um. Aufgrund meines Jobs wurde ich hin und wieder erkannt, vor allem hier in der Bar. Vom Tisch schräg gegenüber sah eine zierliche junge Frau mit weißblonden Haaren zu mir herüber. Ihre von schwarzer Wimperntusche umsäumten Augen waren türkisfarben wie das Meer in den Tropen. Sie war süß, das war nicht zu leugnen, und sie wusste ganz offensichtlich, wer ich war. Also schenkte ich ihr ein warmes Lächeln, das aufrichtig gemeint war, und erwiderte: »Zu Euren Diensten«, wobei ich mir an einen imaginären Hut tippte. Sie kicherte, und dafür, dass sie mich so unverhohlen anstarrte, klang es seltsam unschuldig. Das Mädchen war kein Engel, so viel war klar. Genauso wenig wie ich. Offenbar passten wir ganz gut zusammen.

Sie fragte, ob sie sich an meinen Tisch setzen durfte. Ich zuckte mit den Schultern. Warum nicht. Nachdem sie sich einen Stuhl herangezogen hatte, schwärmte sie: »Ich habe euch vor ein paar Wochen im Pioneer Square spielen sehen.« Sie hob die Hand, berührte mit den Fingern meine Brust und ließ sie zu meinem Bauch hinuntergleiten. »Ihr ... wart unglaublich.«

Mit leicht geöffneten Lippen musterte ich sie von Kopf bis Fuß, und sie folgte meinem Blick. Die kurze Berührung hatte etwas in mir entfacht – Lust und Verlangen. Ich wusste nicht genau, warum, aber wenn mich jemand berührte, drang er direkt zu meiner Seele vor. Ein freundschaftlicher Schlag auf den Rücken heiterte mich auf, während mich ein Mädchen, das mit seiner Hand über meinen Schenkel strich, augenblicklich anturnen konnte. Diese starke unerklärliche Bindung entstand unabhängig davon, ob dem anderen die Bedeutung der Berührung bewusst war oder nicht. Und im Moment machte mich die Berührung dieser fremden Frau total geil.

Ich war Wachs in ihren Händen. Ich würde alles tun, sie musste mich nur fragen. *Los, frag mich, Miss Ozeanauge, und ich tue alles für dich.*

Schließlich fragte sie mich am Ende des Abends auf eine etwas umständliche Art. »Wie wäre es, wenn wir bei dir noch was trinken? Wo wohnst du?«

Zu wissen, wie es weitergehen würde, trieb Verlangen durch meinen Körper, doch ich sah sie gelassen an. »Nicht weit von hier.«

Mein Haus lag keine Viertelstunde entfernt; mein »Date« nahm ihren eigenen Wagen. Wir stiegen gleichzeitig aus, und dicht gefolgt von ihr ging ich zur Haustür und öffnete sie. Als ich in den Flur trat, warf ich die Schlüssel auf den halbrunden Tisch, der unter einer Reihe Garderobenhaken stand. Über meine Schulter fragte ich sie: »Was möchtest du trinken?«

Doch sobald die Haustür ins Schloss gefallen war, griffen gierige Finger nach meinem Arm und wirbelten mich zu ihr herum. Sie zog mich zu sich nach unten, und bevor ich es mir versah, presste sie mir ihre Lippen auf den Mund. Offenbar hatte sie ihre Meinung bezüglich des Drinks geändert. Ich umfasste ihren Hintern und hob sie hoch. Wie eine Python schlang sie die Beine fest um meine Taille. Meine Bewegungsfreiheit war dadurch etwas eingeschränkt, aber ich schaffte es, die Treppe hinaufzukommen.

Kaum hatte ich sie in meinem Schlafzimmer abgesetzt, riss die Blondine mir Jacke und Shirt vom Leib, und als die Kleider auf dem Boden gelandet waren, strich sie mit ihren Fingernägeln über meinen Bauch. Meine Muskeln zuckten, und sie stöhnte. »Wow, du hast ja scharfe Bauchmuskeln. Ich will sie lecken.«

Sie stieß mich aufs Bett und fing sofort damit an. Als die leichten Berührungen ihrer Zunge lustvolle Schockwellen in meine Lenden trieben, schloss ich die Augen. Sport war eine andere Möglichkeit, einen klaren Kopf zu bekommen und mich von den Spinnweben zu befreien, in denen schlechte Erinnerungen hingen. Deshalb trainierte ich häufig, und mein Körper war schlank und muskulös. Die Frauen liebten das. Ein netter Nebeneffekt.

Als die Blondine zu meiner Hose kam, zögerte sie keinen Augenblick. Sie öffnete den Reißverschluss, zog sie herunter und machte sofort mit dem Mund weiter. Als sie den süßen Punkt erreichte, packte ich ihre Haare. Manche Mädchen mochten es nicht, wenn ich sie festhielt. Andere machte es verrückt. Die Blondine stöhnte und trieb erregende Vibrationen durch meinen Schwanz.

Als sie genug hatte, wich sie zurück. Ich öffnete die Augen und sah, dass in ihrem Blick sinnliche Begierde lag. Ganz kurz fragte ich mich, was sie wirklich von mir dachte. Was wusste sie von mir, abgesehen von meinem Namen und dass ich in einer Band spielte? Hatte sie bemerkt, dass ich mir mit meinen Texten die Seele aus dem Leib schrie? Verstand sie, dass ich mich innerlich leer fühlte? Dass ich so verdammt einsam war, dass ich mich selbst kaum ertragen konnte? Würde sie irgendetwas davon wissen wollen? Oder genügte ihr die Tatsache, dass ich ein »Rockstar« war? Wie all den anderen Mädchen, mit denen ich geschlafen hatte.

Gefühlte fünf Sekunden später waren wir beide nackt, und ich erforschte ihren Körper mit der Zunge. Energisch rollte mich meine Sexpartnerin auf den Rücken und lag oben. Das war gut; ihre Hände auf meinem Körper fühlten sich wundervoll an. Entspannend. Langsam gab ich mich dem Gefühl hin, körperlich mit jemandem verbunden zu sein. Dieser Teil gefiel mir. Das Mädchen strich mit den Lippen meinen Körper hinunter und kitzelte mit ihren weißblonden Haaren meine Haut. Auch das gefiel mir. Nachdem sie eben noch mit ihrer Zunge meinen Bauchnabel erkundet hatte, nahm sie ohne Vorwarnung erneut meinen Schwanz in den Mund. Stöhnend krallte ich die Hände in das Laken, pure Lust durchströmte mich. Ich schaltete den Verstand aus und gab mich vollkommen hin. Als die Erregung einen fast schmerzhaften Punkt erreichte, hörte das Mädchen auf. Ich hob den Kopf und starrte sie an. *Gott, will sie mich jetzt hängenlassen?*

Mit halbgeschlossenen Lidern befeuchtete sie ihre Lippen. »Du bist so verdammt scharf. Ich will dich in mir fühlen. Nimm mich. Hart und schnell.«

Klare Worte. Okay. Ich war dermaßen erregt, dass ich ihr beides problemlos bieten konnte. Ich warf sie auf den Rücken und legte mich auf sie. Als ich jedoch versuchte, mich von ihr zu lösen, um ein Kondom zu nehmen, schlang sie die Beine um meine Hüften. *Halt, Moment.* Ich löste ihre Beine, woraufhin sie die Brauen zusammenkniff und fast ein bisschen genervt aussah.

Während sie sich wand und mich anflehte, mich zu beeilen, öffnete ich die Nachttischschublade. Ich war ein Verfechter von Kondomen. Erstens wollte ich mir nichts einfangen, und zweitens wollte ich nicht, dass eine Frau von mir schwanger wurde. Meine eigene Existenz war die Folge eines Seitensprungs meiner Mutter, einer der vielen Gründe, weshalb mein Vater mich verabscheut hatte. Weshalb mich auch meine Mutter gehasst hatte. Ein Bastard in der Familie genügte, deshalb machte ich es nie ohne.

Ich nahm eines der quadratischen Päckchen, öffnete es und streifte das Kondom über, bevor die Blondine sich noch weiter über meine Abwesenheit beschweren konnte. Als ich in sie eindrang, war sie nicht so eng, wie ich es gern hatte, aber sie fühlte sich gut an ... *richtig* gut. Als ich zustieß, schrie sie meinen Namen. Meine Ohren klingelten. Ich stieß so tief zu, wie ich konnte, und zuckte zusammen, als sie erneut schrie. Befriedigte ich sie tatsächlich so gut, dass sie ihre Schreie nicht beherrschen konnte?

»Ja, Kellan! Härter! Fester!«

Sie schrie so laut, dass sie mit Sicherheit die ganze Nachbarschaft hörte. Vielleicht war das der Punkt. Als ich immer wieder in sie hineinstieß, schlang sie Arme und Beine um mich. Ich spürte etwas, das noch schöner war als mein bevorstehender Höhepunkt und grub meinen Kopf in ihre Halsbeuge. Sie strich sanft durch meine Haare, und schließlich fühlte ich sie. Diese innige Verbindung. Danach sehnte ich mich, und so versuchte ich verzweifelt, sie noch etwas zu halten. *Nur noch eine Minute.*

»Härter, Kellan! O Gott, du bist unglaublich! Nimm mich! Ja, nimm mich!«

Als sich ihre Schreie verstärkten, löste sich die Verbindung in nichts auf. Ich versuchte, mir das innige Gefühl zu bewahren, doch es ging nicht. Der Moment war vorüber. Stöhnend stieß ich tiefer und fester zu. Dann konnten wir es auch hinter uns bringen. Ihre Schreie und ihr Stöhnen wirkten beinahe theatralisch, doch ich spürte, wie sich ihre Muskeln um mich zusammenzogen, sie machte mir nichts vor. Die Enge trieb auch mich zum Höhepunkt.

»Gott, ja«, murmelte ich, als ich kam. Für den Bruchteil einer Sekunde fühlte ich mich großartig. Mein Leben war perfekt, die Welt war in Ordnung. Dann endete mein Orgasmus, und das Hochgefühl wich einer dunklen Leere.

Ich zog mich aus ihr zurück und rollte mich auf den Rücken. Sie keuchte neben mir und sah zufrieden aus. »Gott, du bist genauso unglaublich, wie sie gesagt haben.«

Ich blickte zu ihr hinüber. *Wer sagt das?* »Bin gleich zurück.«

Ich stand auf, verließ das Zimmer, ging ins Bad und zog das Kondom ab. Eigentlich müsste ich mich jetzt fantastisch fühlen, doch ich fühlte mich seltsam. Irgendwie unvollständig. Allmählich wurde das nach dem Sex zu einem vertrauten Gefühl. Als würde ich mit einem Kater aufwachen, ich fühlte mich jedes Mal ein bisschen beschissener als vorher.

Während ich mich im Spiegel betrachtete und über meine wirren Gefühle nachdachte, hörte ich, dass das Mädchen in meinem Zimmer zugange war. Eine Sekunde später schlüpfte sie komplett angezogen in den Flur. Mit einem wehmütigen Seufzer blickte sie auf meinen schlanken nackten Körper. »Gott, wenn ich Zeit hätte, würde ich bleiben und es noch einmal mit dir machen.« Sie zuckte mit den Schultern. »Aber ich muss leider los.« Sie trat ins Bad und umarmte mich. »Es war klasse. Danke!« Sie küsste mich auf die Schulter, dann gab sie mir einen Klaps auf den nackten Hintern. »Bis dann, Kellan.« Kichernd fügte sie hinzu: »Ich kann nicht glauben, dass ich gerade Sex mit Kellan Kyle hatte.«

Sie wandte sich ab und hüpfte fast den Flur hinunter zur Treppe. Ich hörte, wie die Haustür geöffnet wurde und kurz darauf ins Schloss fiel, dann startete sie den Wagen und fuhr davon. Noch immer auf die Badezimmertür starrend flüsterte ich »Bis dann« in den leeren Flur.

Als ich meinen Blick wieder dem Spiegel zuwandte, holte ich tief Luft. Enttäuschung überkam mich. Ich müsste mich besser fühlen. Als ich jünger war, hatte sich die Euphorie nach dem Sex noch lange gehalten. Manchmal tagelang. Jetzt verging sie sofort wieder. Ich fühlte mich leer und einsamer als vor dem Sex, und ich hatte keine Ahnung, wie ich das ändern konnte.

2. Kapitel
Eine unerwartete Anfrage

Der kräftige Klang unserer verstärkten Instrumente hallte von den Wänden in Evans Loft wider. Die Becken schlugen aufeinander, während die Snare Drum einen gleichmäßigen Rhythmus vorgab. Matts Gitarre kreischte eine knifflige Tonfolge, während Griffins Bass den gleichmäßigen Hintergrund bot, vor dem wir unser musikalisches Meisterwerk entwickelten.

Ich gab alles und sang den Refrain in einer Tonlage, die meine Stimme an ihre Grenze trieb. Doch es gelang mir. Meine Stimme harmonierte so perfekt mit den diversen Klängen auf unserer kleinen Bühne, dass mich eine Gänsehaut überlief. Gegen Ende erreichte der Song seinen Höhepunkt. Erst spielten alle Instrumente noch einmal mit voller Lautstärke, dann folgte plötzlich vollkommene Stille. Das war die schwierigste Stelle des Stücks. Zumindest für mich. In die absolute Stille hinein musste ich zwei Zeilen singen. Kein Instrument kaschierte möglicherweise nicht ganz saubere Stellen. Wenn wir live spielten, konnte ich die Stelle nicht noch einmal wiederholen, sie musste auf Anhieb sitzen. Dann gab es nur mich, meine Stimme und Hunderte von Ohren, die meinem Gesang lauschten. Doch das sorgte mich nicht im Geringsten. Es gab wenig in meinem Leben, dessen ich mir sicher war, das hier gehörte dazu. Meine Stimme ließ mich nie im Stich.

In der Stille von Evans Loft sang ich mir die Seele aus dem

Leib. Nach der zweiten Textzeile kam zunächst Evan mit den Drums wieder dazu. Erst waren sie kaum zu hören, dann wuchsen sie zu einem Crescendo an, das meinen leidenschaftlichen Gesang ergänzte. Bei den letzten vier Zeilen fielen die Jungs in meinen Gesang mit ein. Dann setzten noch einmal alle Instrumente ein, auch meine Akustikgitarre. Als wir den kraftvollen Song beendeten und der letzte Ton verhallte, standen die Haare auf meinen Armen senkrecht nach oben, und ich grinste von einem Ohr zum anderen. Bei dem Stück würden die Fans ausrasten. Das würde für lange Zeit auf unserer Setliste stehen.

Ob die Jungs das auch so sahen? Ich drehte mich zu Matt und Evan um. Matt grinste genauso breit wie ich. Evan stieß einen Pfiff aus. »Hey, Mann. Das war unglaublich. Ich glaube, es ist so weit. Das sollten wir am Freitag spielen.«

Ich nickte. Genau das hatte ich auch gerade gedacht. Matt nahm seine Gitarre ab, stellte sie in den Ständer und trat zu mir. Er musterte mich wie ein Arzt seinen Patienten und fragte: »Wie geht's deinem Hals? War das eine zu hoch für dich? Wir könnten es eine tiefer spielen. Ich glaube, es würde trotzdem funktionieren.«

Ich massierte testweise meinen Hals und schluckte ein paarmal. »Nein, fühlt sich gut an.«

Matt blickte mich skeptisch an, als würde er mir nicht glauben. »Wir werden diesen Song hundertmal singen. Wenn du das nicht jedes Mal absolut perfekt hinbekommst, sollten wir es ändern. Die Stelle muss sich immer genau gleich anhören. Das ist wichtig. Wenn du davon heiser wirst, bringt uns das nichts.«

Ich musste lächeln, dass Matt sich so um mein Wohlergehen und um den Sound der Band sorgte. Ohne seine Hartnäckigkeit wären wir zweifellos nicht halb so gut wie wir waren. »Das weiß ich, Matt. Glaub mir, wenn ich es nicht könnte, würde ich es dir sagen. Ich kenne meine Stimme; der Song ist kein Problem für mich.«

Offenbar zufrieden mit meiner Antwort lächelte Matt nun ebenfalls. »Gut. Denn das war echt krass geil.« Er lachte, und ich lachte unwillkürlich mit ihm.

Ich nahm meine Gitarre und ging mit ihr zu meinem Koffer, der auf Evans Sofa lag. Da ich an meine melancholische Stimmung von gestern Abend denken musste, sagte ich über meine Schulter zu ihnen: »Oh, hey, Joey ist ausgezogen. Wenn ihr also jemanden kennt, der ein Zimmer sucht, bei mir ist wieder eins frei.« Meine leidenschaftliche Exmitbewohnerin war vor ein paar Nächten ausgezogen, und seither war es ziemlich ruhig im Haus. Die Stille deprimierte mich.

Wie immer nach der Probe war Griffin vollauf damit beschäftigt gewesen, so zu tun, als würde er vor einer Horde bewundernder Fans spielen. Neben Headbanging und Rockerzeichen streckte er die Zunge heraus und schob obszön das Becken nach vorn. Wie üblich ignorierten wir sein übertriebenes Rockstar-Gehabe und ließen ihn seine Fantasien in Ruhe ausleben. Normalerweise ignorierte er unsere Gespräche ebenso, die sich meist um Musik drehten. Meine letzte Bemerkung hatte allerdings seine Aufmerksamkeit erregt.

Er machte ein langes Gesicht und setzte sich. »Joey ist weg? Mist. Echt? Was ist passiert?«

Ich hatte keine Lust, Details zu berichten, deshalb antwortete ich so vage wie möglich. »Sie ist durchgedreht und ausgezogen.« In Wahrheit war sie ausgerastet, weil sie mich mit einer anderen Frau im Bett erwischt hatte. Joey und ich hatten gelegentlich rumgemacht. Irgendwie war mir entgangen, wie besitzergreifend sie war. Bis sie mir vor ein paar Nächten quasi die Eier abgerissen und meine Sexpartnerin auf die Straße gejagt hatte. Sie hatte mir so einiges an den Kopf geworfen, doch der Satz »Du wirst für den Rest deines Lebens allein sein, weil du ein wertloses Stück Scheiße bist« ging mir nicht mehr aus dem Kopf.

Griffin durchschaute meine vage Antwort. Gereizt schürzte er die schmalen Lippen und verschränkte die Arme vor der Brust. »Du hast sie gevögelt, stimmt's?« Darauf gab ich keine Antwort. Ich blinzelte noch nicht einmal. Griffin schnaubte wütend. »Herrgott, Kellan. Ich wollte sie zuerst nehmen.«

Obwohl das Argument idiotisch war, musste ich schmunzeln. Mir war nicht klar gewesen, dass es eine Warteliste für meine ehemalige Mitbewohnerin gab. Matt machte sich über seinen Cousin lustig. »Du wolltest, dass er sechzig Jahre wartet, bis Joey sich so langweilt, dass du endlich zum Zuge kommst? So viel Geduld hat keiner, Mann.«

Während Griffin Matt mit Blicken erdolchte, musste Evan über die Bemerkung lachen. »Mit dir habe ich nicht geredet, Schwachkopf.«

Matt ließ sich von Griffins gereizter Antwort nicht irritieren. Anstatt sich um seine eigenen Angelegenheiten zu kümmern, entgegnete er: »Und warum sollte Kellan sie nach dir nehmen wollen? Er könnte sich etwas einfangen. In der Schule machen sie wegen solchem Mist extra Info-Veranstaltungen, weißt du?«

Griffins helle Augen funkelten wütend. »Immer komme ich nach ihm. Warum kann er mich nicht ab und an mal vorlassen? Das wäre nur gerecht.«

Evan wischte sich vor Lachen die Augen. Als ich sah, dass er sich nicht mehr beherrschen konnte, musste ich ebenfalls lachen. Matt versuchte als Letzter, ernst zu bleiben, während er auf Griffins alberne Frage antwortete, scheiterte jedoch. Von Kieksern unterbrochen sagte er: »Kell hat Chancen, du nicht, Cousin. Du musst nehmen, was du kriegen kannst.«

Mit düsterer Miene sah Griffin vom einen zum anderen. »Du kannst mich mal. Du auch. Und du auch.« Dann stürmte er nach draußen und schlug die Tür hinter sich zu.

Nachdem sein Lachen verebbt war, seufzte Matt. »Ich sollte wohl hinterhergehen und ihn beschwichtigen. Für den Auftritt heute Abend brauchen wir seinen Van.« Als er ging, klopfte ich ihm aufmunternd auf die Schulter. *Viel Glück.*

Zwei Wochen später wohnte ich noch immer allein im leeren Haus meiner Eltern, als in der Küche das Telefon klingelte.

»Hallo?«, meldete ich mich. Während ich auf eine Antwort wartete, lehnte ich mich gegen die Arbeitsplatte und spielte mit der Telefonschnur.

»Hallo, Kellan?«

Sofort erkannte ich den Akzent am anderen Ende der Leitung, und meine Lippen verzogen sich zu einem breiten Grinsen. Diesen Akzent würde ich immer wiedererkennen. »Denny?«

Als ich seine Stimme hörte, bekam ich sofort bessere Laune, als würden sich all meine Sorgen auflösen. Denny Harris hatte zu den Lichtblicken meiner Kindheit gehört, vielleicht war er auch der einzige gewesen. Um vor ihren Freunden wie Heilige dazustehen, hatten meine Eltern beschlossen, einen sechzehnjährigen Austauschstudenten bei uns aufzunehmen, als ich vierzehn war. Natürlich hatten sie mich nicht nach meiner Meinung gefragt, doch ich war damit sehr einverstanden gewesen. Ich hatte mir stets einen Bruder gewünscht, und die Vorstellung, ein ganzes Jahr lang einen Freund im Haus zu haben, klang fantastisch.

Ich hatte die Tage bis zu seiner Ankunft gezählt, und als er endlich kam, sprang ich die Stufen hinunter, um ihn kennenzulernen.

Als ich in den Flur stürmte, stand ein braungebrannter, dunkelhaariger Teenie zwischen meinen Eltern und sah sich interessiert in unserem Haus um. Er lächelte höflich und hob die Hand zum Gruß; seine Augen waren ebenso dunkel wie seine kurz geschnittenen Haare. Mit schiefem Grinsen erwiderte ich seine Geste. Außer mir hatte keiner aus unserer Familie gelächelt.

Mom hatte missbilligend die Lippen geschürzt. Dad hatte mich düster angeblickt, doch das war nichts Neues. Das tat er immer.

Steif sagte meine Mutter: »Es ist unhöflich, deine Gäste warten zu lassen, Kellan. Du hättest an der Tür stehen oder uns am Wagen erwarten sollen und uns beim Taschenausladen helfen.«

Dad bellte: »Warum zum Teufel hast du so lange gebraucht?«

Ich hätte gern erwidert, dass ich mit ihnen zusammen am Flughafen auf ihn hätte warten sollen, aber mit diesem Argument konnte ich nicht punkten. Also behielt ich es für mich. Ich hatte sie gefragt, ob ich mitkommen könnte, aber sie hatten mich lieber zu Hause gelassen. Mom hatte gemeint, ich würde nur »im Weg stehen«, als wäre ich ein Kleinkind, auf das man aufpassen musste. Und Dad hatte knapp erklärt: »Nein. Du bleibst hier.«

Ich hatte oben Gitarre gespielt, als ich hörte, wie die Haustür aufging. Gerade einmal dreißig Sekunden hatte ich gebraucht, um die Gitarre abzustellen und nach unten zu springen. Da ich jedoch nichts sagen konnte, was sie überzeugt hätte, lächelte ich einfach noch breiter und gab ihnen eine Antwort, von der ich zumindest sicher sein konnte, dass sie ihr zustimmen würden. »Ich bin wohl einfach langsam.«

Dad wirkte ungeduldig und gereizt, was auch nichts Neues war. »Was du nicht sagst«, murmelte er. Er musterte mich mit zusammengekniffenen Augen. Er hatte gesagt, dass ich mir für unseren Gast etwas Anständiges anziehen sollte, vermutlich hatte er einen Anzug mit Krawatte erwartet. Na toll. Ich trug zerrissene Jeans, Sneaker und ein T-Shirt mit dem Aufdruck von irgendeiner Bar.

Plötzlich packte mich Dad so fest an den Haaren, dass es wie Nadelstiche auf meiner Kopfhaut brannte. Da jede Bewegung den Schmerz verstärkt hätte, hielt ich ganz still. Mein Vater riss meinen Kopf an den Haaren zurück und zischte: »Ich habe gesagt, du sollst dir diese Zotteln abschneiden. Du siehst aus wie ein Penner. Irgendwann rasiere ich sie dir noch mal im Schlaf ab.« Mom und Dad verabscheuten meine struppigen Haare. Vielleicht trug ich sie deshalb so lang.

Aus dem Augenwinkel beobachtete ich, wie der dunkelhaarige Fremde das Geschehen mit weit aufgerissenen Augen verfolgte. Unauffällig glitt sein Blick zwischen meinem Vater und mir hin und her, während er von einem Fuß auf den anderen trat. Ganz offensichtlich war es ihm unangenehm, die Auseinandersetzung mitzuerleben, was ich ihm nicht verübeln konnte. Das war nicht gerade ein vielversprechender Empfang.

Mit zusammengebissenen Zähnen fragte ich meinen Vater: »Stellst du mich unserem Gast vor, oder willst du mich mit bloßen Händen skalpieren?«

Dads Blick zuckte zu dem Fremden, und er ließ mich sofort los. Mom stieß einen tiefen Seufzer aus. »Sei nicht so dramatisch, Kellan. Er tut dir doch nicht weh, wenn er deine Haare *berührt*.« Bei ihr klang es, als hätte mir mein Vater liebevoll durch die Haare gewuselt. Seltsamerweise gaben mir ihre Worte tatsächlich das Gefühl, dass ich überreagierte.

Dad streckte die Brust raus und stellte uns schließlich vor. »Kellan, das ist Denny Harris. Er kommt aus Australien. Denny, das ist Kellan ... mein Sohn.« Den letzten Teil fügte er mit deutlichem Widerwillen hinzu.

Freundlich lächelnd reichte Denny mir die Hand. »Freut mich, dich kennenzulernen.«

Seine Aufrichtigkeit rührte mich. Ich fasste nach seiner Hand und sagte: »Mich auch.«

Anschließend hatte man mir Dennys Taschen in die Hand gedrückt und aufgetragen, den Butler zu spielen, während meine Eltern ihm das Haus zeigten. Meine Eltern erwarteten selbstverständlich meinen Gehorsam und hatten kein freundliches Wort für mich übrig. Denny bedankte sich jedoch bei mir, dass ich sein Zeug nahm. Da hatte ich ihn sofort gemocht. Sein simples Dankeschön war herzerwärmender als alles, was meine Eltern je zu mir gesagt hatten.

Dieses warme Gefühl hielt sich jedoch nicht lange. Denn kaum war Denny mit Mom verschwunden, packte Dad meinen Arm und höhnte: »Pass bloß auf, Kellan. Ich erwarte, dass du dich von deiner besten Seite zeigst, solange Denny hier ist. Ich dulde keinen Unsinn. Wenn du dich danebenbenimmst, verprügele ich dich, dass dir hören und sehen vergeht und du eine Woche nicht richtig stehen kannst. Und zwei nicht richtig sitzen. Hast du mich verstanden?«

Zur Unterstreichung bohrte Dad mir den Finger in die Brust. Ich hatte ihn auch so verstanden. Voll und ganz. Anders als andere Eltern stieß Dad keine leeren Drohungen aus. Nein, jedes Wort war genauso gemeint, wie er es gesagt hatte. Wenn ich schrie und ihn anflehte aufzuhören, ignorierte er es. Er schlug mich blutig. Weil er das Sagen hatte und wollte, dass ich das kapierte. Ich bedeutete ihm nichts. Absolut nichts.

Inzwischen spielten die Drohungen meines Vaters längst keine Rolle mehr, und so schob ich sie in meinem Kopf so weit wie möglich nach hinten und konzentrierte mich auf Denny. Ich freute mich, von meinem alten Freund zu hören. Wir hatten uns seit Ewigkeiten nicht mehr gesprochen. Das war schade, denn er wohnte wieder in den Staaten, sodass es theoretisch leichter sein sollte, den Kontakt zu halten. Doch ich dachte oft an Denny und fragte mich, wie es ihm auf dem College erging.

Denny lachte. »Ja, ich bin's. Lange nichts gehört, was, Alter?«

Mein Lächeln wuchs. »Ja, viel zu lang. Wir müssen uns unbedingt mal wieder treffen.«

»Tja, deshalb rufe ich an. In ein paar Wochen habe ich meinen Abschluss in der Tasche, dann ziehe ich nach Seattle. Ich dachte, vielleicht hast du einen Tipp, wo ich wohnen kann. Na ja, etwas, wo meine Freundin und ich wohnen können. Am liebsten nicht so teuer. Wir sind momentan etwas knapp bei Kasse.«

Ich blinzelte ungläubig. Er zog hierher zurück? Endgültig? Ein freudiges Kribbeln kroch mein Rückgrat hinauf. Ich konnte es kaum erwarten, ihn wiederzusehen. »Du ziehst hierher? Echt? Das ist ja super, Mann. Und dein Timing ist perfekt! Bei mir ist ein Zimmer frei. Es ist sogar komplett eingerichtet, weil meine letzte Mitbewohnerin ziemlich viele Sachen hiergelassen hat. Zahl mir einfach so viel, wie du dir leisten kannst.« Ich hätte ihm auch angeboten, umsonst bei mir zu wohnen, aber Denny mochte keine Almosen und hätte das niemals angenommen. Dieses Angebot konnte er jedoch auf keinen Fall ablehnen.

Am anderen Ende der Leitung herrschte Stille, was mich etwas irritierte. Waren das nicht tolle Neuigkeiten? Müsste er nicht außer sich vor Freude sein? »Denny, hast du gehört, was ich gesagt habe?«

»Äh, ja, damit hatte ich nur nicht gerechnet. Bist du dir sicher, dass es okay ist, wenn wir bei dir wohnen?« Sein Akzent verstärkte sich, er klang irgendwie besorgt. Machte er sich Sorgen um mich? Hatte er das Gefühl, sich aufzudrängen? Nichts lag weiter von der Wahrheit entfernt.

Ich versuchte, ihn durch meinen Ton und meine Wortwahl zu beruhigen. »Na klar, Mann, warum denn nicht? Ich bin begeistert, du etwa nicht?«

Es folgte eine weitere seltsame Pause, dann ein schwerer Seufzer. »Doch, doch, bin ich. Das wird toll. Und Kiera und ich machen dir bestimmt keine Probleme. Versprochen.«

Ich musste lachen. Denny machte mir nie Probleme. Er war der unkomplizierteste Mensch der Welt. Man konnte gar nicht nicht mit ihm auskommen. Ich kannte niemanden, der ihn nicht mochte. »Mach dir keine Sorgen. Mein Zuhause ist dein Zuhause.« Nach einer Pause frotzelte ich: »Und du hast dich also endlich auf ein Mädchen eingelassen, ja?«

Auf der Highschool hatte Denny aber auch jedes Mädchen abblitzen lassen. Er wollte sich nicht auf jemanden einlassen, weil er wusste, dass er nicht lange bleiben würde. Seine ständige Weigerung, sich mit einem Mädchen zu treffen, war eine Art Running Gag zwischen uns gewesen. Aber ich fand es toll, dass Denny endlich ein Mädchen hatte. Die Chancen standen gut, dass er nicht mehr Jungfrau war, so wie auf der Highschool. *Gut gemacht, Kumpel.*

»Kiera heißt sie?«, fragte ich. »Wie ist sie?«

Ich schwöre, sein Lachen klang irgendwie angespannt, als wäre er plötzlich nervös. »Sie … sie ist toll. Die Liebe meines Lebens. Ich weiß nicht, was ich ohne sie tun würde.«

Er betonte die Worte, als wollte er mich vor etwas warnen. Irritiert kniff ich die Brauen zusammen. Ich schüttelte den Kopf und entschied, dass ich mich täuschen musste. Schließlich hatten wir uns lange nicht gehört. Es war ganz normal, dass wir etwas brauchten, bis wir wieder richtig miteinander warm wurden. »Na, freut mich zu hören. Du verdienst es, glücklich zu sein.«

Nach einer weiteren Pause erwiderte Denny leise: »Du auch,

Kellan.« Seine Worte machten mir die Stille um mich herum bewusst, und ein unangenehmes Gefühl beschlich mich. So etwas Ähnliches hatte er gesagt, als er damals zurück nach Hause gefahren war.

»Äh, danke«, flüsterte ich. Zu mehr war ich nicht in der Lage.

Denny räusperte sich, als wollte er die Vergangenheit fortwischen. »Keine Ursache. Ich melde mich noch einmal kurz vor unserem Umzug. Und ... danke, Kellan. Das bedeutet mir viel.«

»Gern.« *Mir bedeutet es auch viel.*

Als ich den Hörer zurück auf die Gabel legte, hatte ich ein gutes Gefühl. Denny kehrte zurück. Das hätte ich nie für möglich gehalten. Obwohl Denny und ich nur ein Jahr zusammengewohnt hatten, war er für mich so etwas wie Familie. Ein Bruder.

Er hatte mich in jenem Sommer gerettet, als ich meinen Vater versehentlich zu stark verärgert hatte. Wann immer Denny in der Nähe war, zügelte Dad sein Temperament, aber er hatte seine Wut noch nie besonders gut im Griff gehabt.

»Kellan, beweg deinen Hintern hierher!«

Ich hatte damals überlegt, womit ich meinen Vater so aufgebracht hatte, schluckte, holte tief Luft und zögerte. Ich wollte nicht zu ihm in die Küche gehen. Am liebsten wäre ich davongerannt. Doch Denny hatte mir beruhigend die Hand auf die Schulter gelegt und gesagt: »Ich komm mit, Kumpel.« Daraufhin hatte ich mich entspannt. Wenn Denny bei mir war, würde Dad mich wahrscheinlich nur anschreien, und damit konnte ich umgehen.

Auch wenn sich innerlich mein Magen zusammenzog, setzte ich eine unerschrockene Miene auf und trat in die Küche, gefolgt von Denny. Entweder hatte Dad ihn nicht gesehen, oder er war so aufgebracht, dass es ihm egal war. Jedenfalls packte er mich an den Schultern, riss mich zunächst an sich heran, schleuderte mich dann herum und donnerte mich gegen die Wand. Darauf war ich nicht vorbereitet gewesen, ich schlug mit dem Kopf gegen den Putz.

Ein heftiger Schmerz schoss durch meinen Schädel, und mein Blick verschwamm. Für den Fall, dass er noch nicht fertig war, hob ich instinktiv die Hände. Doch er schrie nur. »Du solltest doch dafür sorgen, dass die Deckel fest auf den Mülltonnen sitzen! Du hast geschlampt, und jetzt liegt überall Müll im Garten! Bring das in Ordnung. Aber dalli!«

Ich war wütend, dass er deshalb so durchdrehte. *Wegen dem blöden Müll?* Es brachte mich heute noch auf.

Dann hatte sich Denny neben mich gestellt und gesagt: »Wir machen das zusammen weg, Mr Kyle.«

Um ihn zum Schweigen zu bringen, hatte ich Denny eine Hand auf die Schulter gelegt. Ich war mir nicht sicher, wie aufgewühlt mein Vater war, und Denny verdiente seinen Zorn nicht. Da ich ihn nicht in unseren Streit hineinziehen wollte, hatte ich den Kopf geschüttelt und gesagt: »Nein, geh du ruhig nach oben. Ich mach das schon.«

Ungeduldig hatte mein Vater mir einen Stoß gegen die Schulter gegeben. Ich verlor das Gleichgewicht, taumelte und landete auf dem Hintern. Bei dem Sturz knickte ich mir das Handgelenk um und keuchte vor Schmerzen. Dad scherte das nicht. Wütend starrte er zu mir herunter und zischte: »Verplempere keine Zeit und räum endlich diesen Mist weg, bevor die Nachbarn sehen, was du für einen Saustall angerichtet hast.«

Wütend und verletzt stieß ich etwas hervor, was ich nie hätte tun dürfen. »Wenn du mich in Ruhe lassen würdest, könnte ich deinen beschissenen Garten in Ordnung bringen. Verdammt!«

Als ich begriff, was ich da gesagt hatte, wich mir augenblicklich das Blut aus dem Gesicht. Ich hatte Widerworte gegeben, und ich hatte geflucht. Ich sah, dass mein Vater die Beherrschung verlor und wusste, dass es keine Rolle mehr spielte, ob Denny als Zeuge dabei war oder nicht. Ich war zu frech geworden, und Dad würde das Schlimmste tun.

Während ich mich aufrappelte, ballte er bereits die Hände zu Fäusten. Ich schloss die Augen, denn ich wusste, was folgte. *Na los, Dad. Ich bin bereit,* hallte die Erinnerung durch meinen Kopf. Überraschenderweise hatte Dennys Stimme die unheilvolle Stille durchbrochen. »Nein, Halt …«

Es folgte das Geräusch eines heftigen Schlags, dann prallte Denny gegen mich. Ich fand rechtzeitig mein Gleichgewicht wieder, um ihn aufzufangen, und als er mich ansah, sickerte Blut aus seiner aufgesprungenen Lippe. Er hatte an meiner Stelle den Schlag eingesteckt und meinen Schmerz auf sich genommen. Verwirrt half ich Denny, sich auf den Boden zu setzen, und kauerte mich neben ihn.

Dad stand da und starrte zu uns herunter, als wären wir spontan in Flammen aufgegangen. Dann hatte er den Blick auf seine Hände gerichtet und »Gott« gemurmelt. Ohne ein weiteres Wort war er aus der Küche gestürzt, als würde er von einem Tatort fliehen.

Ich weiß noch, dass ich zitternd neben Denny kauerte. Ich war mir ganz sicher, dass mein Vater auf mich losgehen und mich dafür bestrafen würde, dass ich unabsichtlich für einen Riss in der Fassade gesorgt hatte. Ich war davon überzeugt, dass er zurückkäme, sobald ich allein war. Da legte Denny seine Hand auf mein Knie und sagte: »Ist schon okay. Mir geht's gut.«

Als ich mich zu ihm wandte, war seine Lippe blutig und geschwollen, doch er wirkte nicht im Geringsten ängstlich. Er sah mir in die Augen, schüttelte den Kopf und redete beruhigend auf mich ein: »Es ist okay.«

Vor lauter Angst hatte ich den Kopf geschüttelt, als hätte ich einen nervösen Tick. Mein ganzer Körper hatte gebebt, als litte ich an Unterkühlung. Ich konnte mich nicht beruhigen. Ich war mir sicher, dass mein Vater es nie auf sich beruhen lassen würde. Er würde mir eine Lektion erteilen. Dafür würde er mich büßen lassen.

Denny hatte sich etwas aufgerichtet, tröstend eine Hand auf meine Schulter gelegt und mir Dinge gesagt, die mir noch niemand zuvor gesagt hatte. »Alles wird gut. Ich bin für dich da, Kellan. Ich werde immer für dich da sein.«

Während ich in seine ruhigen Augen blickte, ließ meine Angst allmählich nach. Er wirkte so sicher … Das gab mir Hoffnung. Und er hatte recht behalten. Mein Vater hatte solche Angst, dass Denny jemandem erzählen würde, was er getan hatte, dass er mich nicht mehr anrührte, solange Denny bei uns wohnte. Es war das beste Jahr meines Lebens.

Auf Denny und seine Freundin zu warten stellte meine Geduld auf eine schwere Probe. Ich versuchte, die Zeit ganz entspannt verstreichen zu lassen, doch es gab Momente, in denen ich buchstäblich auf die Uhr starrte und die Stunden drängte, schneller zu vergehen. Doch nichts half, und ein Tag schien zäher als der andere. Vor lauter Vorfreude auf Dennys Ankunft würde mir noch eine Ader im Gehirn platzen. Wäre das nicht poetisch?

Ich war aufgeregt bei dem Gedanken, dass Denny meine Band hören würde. Er hatte mich überhaupt erst dazu gebracht, in einer Band zu spielen. Normalerweise hätten meine Eltern mir so etwas nie erlaubt, doch nachdem mein Vater Denny versehentlich geschlagen hatte, war er deutlich umgänglicher. In dem Bemühen, Denny bei Laune zu halten, damit er dichthielt, hatte er ihm kaum etwas verwehrt.

Denny war fasziniert, dass ich spielen und singen konnte,

und hatte mich gedrängt, etwas daraus zu machen. »Dein Talent ist ein Geschenk«, sagte er. »Da musst du was draus machen.« Als er herausfand, dass auf dem Schulfest kein DJ engagiert wurde, sondern lokale Bands auftreten würden, brachte er mich dazu, eine Gruppe zusammenzustellen, und klärte das auch noch mit meinem Vater.

So war Denny nicht nur ein Lichtblick in meiner Vergangenheit gewesen, sondern er hatte zudem meinem ansonsten sinnlosen Leben eine Richtung gegeben. Er hatte die Weichen für meine Zukunft gestellt, und dafür wollte ich mich um jeden Preis revanchieren.

Als ich an jenem Freitagabend ins Pete's kam, pfiff ich fröhlich vor mich hin. Jenny sah mich an, als wollte sie sagen: *Warum so gut gelaunt?* Ich zuckte mit den Schultern. »Gott sei Dank, es ist Freitag.«

Jenny lachte, und ihr blonder Pferdeschwanz wippte um ihre Schultern. Ich ließ sie stehen und ging hinüber zu Sam, dem Türsteher der Bar. Ich streckte die Hand aus und reichte ihm meinen Ersatzhaustürschlüssel. Er runzelte die Stirn und presste die Lippen zusammen. »Ziehen wir zusammen? Nichts gegen dich, Kellan, aber ich wohne eigentlich ganz gern allein.« Er hatte eine tiefe, heisere Stimme, die perfekt zu seinen absurd kräftigen Muskeln passte. Sein Bizeps war so groß wie mein Schädel, und ich war mir nicht sicher, wie das körperlich möglich war, aber er besaß keinen Hals. Ehrlich.

Lachend schüttelte ich den Kopf. »Denny kommt heute Abend. Wahrscheinlich stehe ich dann auf der Bühne. Gibst du ihm den von mir?« Denny und Sam waren auf der Highschool in derselben Stufe gewesen, und wir drei hatten damals häufig zusammen abgehangen. Nachdem Denny mich angerufen und nach einem Zimmer gefragt hatte, hatte ich es Sam gleich erzählt.

Seine riesige Faust schloss sich um das glänzende Metall. »Klar«, brummte er und schob den Schlüssel in seine Tasche.

»Danke!« Ich schlug ihm auf die Schulter, drehte mich um und ging zu meinem Tisch.

Evan und Matt waren bereits da. Griffin führte an der Bar ein Gespräch mit Traci. Und mit Gespräch meine ich, dass Traci heftig auf ihn einredete, während er blinzelte und mit verblüfftem Gesicht zuhörte. Matt beobachtete Griffin mit schiefem Grinsen, während Evan mit Brooke kuschelte. Offenbar hatte sie Ja gesagt, als er sie gefragt hatte, ob sie mit ihm ausgehen wollte. Na gut, das würde ihn eine Weile glücklich machen.

Kaum hatte ich mich gesetzt, kamen zwei Mädchen auf mich zu. Sie nahmen sich jede einen Stuhl, setzten sich rechts und links neben mich und redeten gleichzeitig auf mich ein: »Kellan Kyle! Wir lieben deine Musik!«

Ihre Blicke glitten über mein Gesicht und meinen Körper. Meinten sie das ernst? So höflich wie ich konnte, erwiderte ich: »Danke. Das freut mich sehr.«

Beide Mädchen flirteten eifrig mit mir, bis es Zeit war, auf die Bühne zu gehen. Wenn ich wollte, könnte ich sicher mit einer von ihnen im Bett landen. Vielleicht sogar mit beiden. Ich würde sie jedoch nicht fragen, ich hatte andere Dinge im Kopf. Bald würde Denny hier sein.

Als es Zeit für den Auftritt war, überkam mich ein vertrautes Gefühl – eine Mischung aus Angst und Ruhe. Als ich die ausgetretenen Stufen zur Bühne hinaufstieg, fiel alles von mir ab. Auf der Bühne lösten sich meine Sorgen in nichts auf. Es war, als wäre ich ein anderer Mensch. Als würde ich eine Rolle spielen, und doch war ich nirgends so ehrlich wie auf der Bühne. Wenn ich auftrat, öffnete ich mein Herz. Nicht dass das viele Leute bemerkten. Sie genossen zu sehr die Show, als dass sie hinter die Wörter vordrangen. In der Anonymität des Scheinwerfers fühlte ich mich sicher. Dort oben war ich unbesiegbar. Nur meine Gitarre und ich.

Hinter mir befand sich der coolste Bühnenhintergrund, den ich kannte. An der pechschwarzen Wand hingen alte Gitarren in allen denkbaren Größen und Ausführungen. Allerdings konnte keine mit meiner schlichten Akustikgitarre mithalten. Manchmal wurden die schönsten Dinge im Leben wegen ihrer protzigen Widersacher übersehen. Ich stand mehr auf unauffällige Schönheit.

Als ich den Mikrofonständer nahm, ließ ich den Blick vor die Bühne gleiten. Ohrenbetäubendes Kreischen ging in gigantischem Lärm unter. Frauen jeder Art, jeden Alters und jeder Größe rangen um einen Platz zu meinen Füßen. Ich lächelte zu ihnen hinab und ermunterte sie noch. Damit ich sie auch ja bemerkte, sprangen sie auf und ab und winkten mir zu. Ich hob den Blick, um die Menge weiter hinten zu betrachten. Menschentrauben standen um die diversen Tische. Die Bar war gerammelt voll. Gut. Ich spielte gern vor vollem Haus.

»Guten Abend, Seattle«, brummte ich ins Mikrofon.

Die Frauen direkt vor der Bühne begannen erneut zu kreischen. Links klappte eine zusammen, als würde sie ohnmächtig. Zum Glück fing eine ihrer Freundinnen sie auf und half ihr auf die Füße. Ich wollte auf gar keinen Fall, dass sich meinetwegen jemand ernsthaft verletzte.

»Seid ihr gut drauf?«, fragte ich, während Matt, Griffin und Evan ihre Plätze einnahmen. Aus der Bar schallten diverse Antworten zurück, die überwiegend positiv klangen. Ich blickte zu meinen Bandkollegen, sah, dass sie bereit waren, und wandte meine Aufmerksamkeit wieder der Menge zu. »Dann legen wir mal los!«

Ich gab Evan ein Zeichen, woraufhin er den ersten Song von unserer Setliste anstimmte. Ein harter, schneller Beat erfüllte die Bar, und ich gab mich dem Rhythmus hin. Matt und Griffin stimmten mit ihren jeweiligen Parts ein, zum Schluss kam ich. Die Frauen vor mir drehten durch. Ich spielte mit ihnen, flirtete und gab jeder einzelnen das Gefühl, dass ich sie unbedingt später noch treffen wollte. Was ich nicht tun würde, jedenfalls nicht heute, aber was schadete es, sie das glauben zu lassen? Jeder wollte doch schließlich ein bisschen träumen.

Während wir spielten, behielt ich mit einem Auge die Tür im Blick. Denny musste jeden Moment auftauchen. Ich fragte mich, ob er noch so aussah wie früher – widerspenstige dunkle Haare, die in alle Richtungen abstanden; eine kleine magere Statur. Wie wohl seine Freundin aussah? Aus irgendeinem Grund stellte ich mir eine kleine Blondine vor.

Das Stück, das wir gerade spielten, war beliebt bei unseren Fans, und wo ich auch hinsah, sangen die Leute mit. Ich konzentrierte mich auf die Gruppe vor mir, stellte einen Fuß auf den Lautsprecher, lehnte mich nach vorn ins Publikum und ließ mich anfassen. Das war schwere Körperverletzung, aber als sie mich angrinsten, musste ich lächeln. Wie schön, wenn man andere Menschen glücklich machen konnte, wenn auch aus merkwürdigen Gründen.

Gerade, als ich aufreizend mit der Hand über meinen Körper strich, nahm ich ein seltsames Gefühl wahr. Etwas Vergleichbares war mir noch nie passiert. Es war, als würde ein Blitz niedergehen und die Luft elektrisch aufladen. Obwohl es in der Bar warm war, überlief mich eine Gänsehaut. Ich blickte zunächst auf die kreischenden Frauen vor mir, die um meine Aufmerksamkeit buhlten, dann sah ich zur Tür.

Ein Mädchen hatte die Bar betreten, sie wurde von jemandem durch die dichte Menge geführt. Ich konnte nicht sehen, wer voranging, und erhaschte nur hin und wieder einen Blick auf die rätselhafte Frau. Doch das genügte. Ich sah jeden Abend unzählige Mädchen, manche waren unscheinbar, andere so schön, dass sie den Titel einer Illustrierten zieren konnten, aber dieses Mädchen … auch wenn ich sie nur von Weitem sah, berührte mich. Es ließ mich beinahe erstarren. In Gedanken zumindest. Ich hatte Schwierigkeiten, mich auf meinen Text zu konzentrieren, und war mir sicher, dass die letzten zwei Zeilen falsch gewesen waren.

Es war, als hätte ich einen Schlag in den Magen erhalten. Ich bekam nur schwer Luft und fühlte mich irgendwie benommen. Was an ihr brachte mich derart aus der Fassung? Ich wusste es nicht, und das machte mich wahnsinnig. Sie betrachtete unsere Band, während ich unauffällig sie betrachtete. Ihrer Miene nach zu urteilen schien sie nicht sonderlich begeistert von uns zu sein. Warum nicht?

Ihre gewellten braunen Haare wippten auf ihren Schulterblättern, als sie durch die Menge lief. Bei all den Menschen zwischen uns konnte ich nicht viel von ihr sehen, aber ich bemerkte ihre langen Beine, die aus ihren Jeans-Shorts ragten. Sie schienen kein Ende zu nehmen. Und sie trug ein enges Shirt, das ihre kleinen festen Brüste betonte. Der hellgelbe Stoff reichte nicht ganz bis zum Bund und ließ einen Streifen Haut frei, sodass ihr flacher Bauch verführerisch hervorlugte. Sie war groß und schlank, sah aus, als würde sie viel Sport treiben, so wie ich. Ob wir das wohl gemeinsam hatten? Was hatten wir womöglich noch gemeinsam? Blaue Augen? Die Liebe zur Musik? Ein fast lähmendes Bedürfnis, nie allein zu sein?

Am liebsten hätte ich sie den ganzen Abend heimlich beobachtet, doch ich durfte mich nicht von meinen Fans ablenken lassen. Schließlich hatte ich hier einen Job zu erledigen. Erneut ließ ich den Blick zu den Frauen gleiten und schenkte ihnen meine ganze Aufmerksamkeit, während ich sie mit meiner Stimme und meinem Körper verführte. Wer auch immer diese

Frau war, wahrscheinlich würde ich sie nach heute Abend nie mehr wiedersehen. Wenn ich sie treffen wollte, musste es heute nach unserem Auftritt passieren. Es bestand kein Grund, mich jetzt auf sie zu fixieren.

Dennoch konnte ich nicht widerstehen und ließ erneut den Blick zu ihr schweifen. Komisch, sie und die Person, mit der sie da war – jetzt sah ich, dass es ein Typ war – sprachen auf der anderen Seite des Raums mit Sam. Sam schien sich gern mit ihnen zu unterhalten. Das kam bei ihm selten vor, vor allem, wenn die Bar voll mit Leuten war. Oder mit potenziellen Problemen, wie er sie nannte. Doch er lächelte. Er nahm den Typ sogar in den Arm. Da begriff ich: Der Typ war Denny. Das Mädchen, zu dem ich mich sogar aus der Distanz sofort hingezogen fühlte, war Dennys Freundin.

Natürlich.

Ich richtete den Blick auf die Fans vor mir und verstärkte meine Verführungskünste. Ich streckte sogar die Hände aus, um ein paar von ihnen zu berühren, denn sie waren sicheres Terrain. Dennys Freundin war es nicht. Ich durfte mich nicht zu ihr hingezogen fühlen. Das war in mehrerlei Hinsicht vollkommen tabu. Ich hatte zwar mit einigen Frauen geschlafen, die in festen Beziehungen lebten, denn schließlich bestimmte nicht ich darüber, was jemand mit seinem Körper tat. Doch das kam bei Denny nicht in Frage. Er war mein Bruder. Meine Familie. Die einzig wahre Familie, die ich, abgesehen von meiner Band, auf dieser Welt hatte.

Ich vermisste meinen Freund, sah auf und suchte Blickkontakt zu ihm. Ich wollte mich davon überzeugen, dass er den Schlüssel hatte und alles in Ordnung war. Ihm vielleicht sogar kurz zuwinken, auch wenn ich noch immer sang. Ich sah, wie er die Hand des Mädchens festhielt, und lächelte beim Singen. Denny sah natürlich älter aus, aber er hatte sich seine Jugendlichkeit bewahrt, die in mir den Wunsch weckte, ihm eine freundschaftliche Kopfnuss zu verpassen. Sein unschuldiges Lächeln wärmte mein Herz. *Für diesen Typen würde ich alles tun*. Wenn nötig würde ich mein Leben für ihn geben.

Dennys Freundin – Kiera, wenn ich mich recht erinnerte – blickte zu ihm auf, als würde sie ihn vergöttern. Ich vergaß mein ursprüngliches Gefühl zu ihr und freute mich für sie. Ganz offensichtlich war Denny glücklich mit ihr, sie waren verliebt. Als das Stück zu Ende war, winkte ich Denny kurz zu. Er hob das Kinn und zeigte mir den Schlüssel, damit ich wusste, dass alles okay war.

Widerwillig löste ich den Blickkontakt zu meinem Freund, auf den ich mich so sehr freute. Ich drehte mich schnell zu Matt und gab ihm das Zeichen, den nächsten Song zu spielen. Die Arbeit ging vor, vor allem, wenn ich auf der Bühne stand. Der Song, den Matt anstimmte, gehörte zu meinen Lieblingsstücken. Allerdings war er auch einer, der mich besonders stark berührte. Er handelte von meinen Eltern. Eine Art Bitte an sie, mich zu lieben. *Zu wenig. Zu spät*. Sie hatten mich nie geliebt, und jetzt, nachdem sie tot waren, konnten sie es nicht mehr. Dennoch sang ich das Stück fast jeden Abend. So aussichtslos es war, ich konnte nicht aufhören, um ihre Zuneigung zu kämpfen.

Einen Augenblick war ich so in den Text und die schmerzhaften Erinnerungen vertieft, dass alles andere in den Hintergrund trat. Dann glitt mein Blick erneut zu Kiera, die gerade dabei war, mit Denny die Bar zu verlassen. Im letzten Moment blickte sie sich noch einmal zu mir um. Ihre Lippen waren leicht geöffnet, und sie wirkte beeindruckt, dass ich mein Herz öffnete und meine Gefühle auf die Bühne strömen ließ. Vielleicht lag es am Licht, aber ich hätte schwören können, dass sie feuchte Augen hatte, als verstünde sie, dass dieses Stück schmerzhaft für mich war. Dass ich dagegen kämpfte, dass sich meine Kehle bei jeder Silbe zuschnürte. Dass ich es überhaupt nur singen konnte, weil wir es endlos geprobt und gespielt hatten. Zum ersten Mal seit langer Zeit begegnete ich jemandem, der mich sah. Nicht den Rockstar, nicht den Frauenheld, sondern mich. Mein wahres Ich. Und zum ersten Mal seit langer Zeit kroch Angst mein Rückgrat hinauf. Kiera schüttelte sich, als würde sie meine Angst teilen, dann verschwand sie zusammen mit Denny.

Diese Frau hatte mich beeindruckt, bevor ich sie überhaupt kennengelernt hatte. Wenn wir drei zusammenwohnten, würde das eine unglaublich erhellende Erfahrung werden können. Oder ein echter Albtraum. Wie dem auch sei, auf jeden Fall würde es interessant werden.

3. Kapitel

Schön, dass du wieder da bist

Die Sonne blendete, und ein Anflug von Panik ergriff mich. Es war Morgen. Denny reiste ab.

Von Angst getrieben raste ich zu seinem Zimmer. Die Tür war zu. Schlief er noch? Als ich leise anklopfte, reagierte er nicht, also klopfte ich lauter. »Denny?« Da er nicht antwortete, stieß ich die Tür auf. »Denny?« Das Zimmer war vollkommen leer, und meine Stimme hallte mir entgegen. Er war weg? Aber ich hatte mich doch noch nicht von ihm verabschiedet …

Ich rannte die Treppen hinunter und schrie meinen Eltern zu, sie sollten auf mich warten. Doch niemand war da, nur die Stille antwortete. Ich sah in jedem Zimmer nach, doch ich war ganz allein. Benommen blickte ich auf die Haustür. *Sie waren ohne mich gefahren.* Meine Eltern hatten mich um den Abschied von dem besten Freund gebracht, den ich je gehabt hatte. Diese Drecksbande. Tränen brannten in meinen Augen. Es war, als würden sie mir jeden glücklichen Augenblick rauben. Wahrscheinlich würde ich Denny nie wiedersehen.

Gerade, als dieser Gedanke auf mich einhämmerte, hörte ich einen Wagen vorfahren. Wütend schrie ich meinen Vater an, als er durch die Tür trat: »Wie konntet ihr losfahren, ohne dass ich mich von ihm verabschiedet habe!«

Als ich in seine Reichweite kam, holte Dad Schwung und erwischte mich mit dem Handrücken am Kinn. Ich schmeckte Blut und fiel vollkommen überrumpelt auf den Boden. In Dennys Anwesenheit hatte ich mich daran gewöhnt, dass Dad sich zurückhielt. Ich war unvorsichtig geworden und hatte mich sicher gefühlt. Doch Denny war nicht mehr da. Ich war allein.

Als ich zu meinem Vater aufsah, wirkte sein Gesichtsausdruck beinahe glücklich. »Weißt du, wie lange ich darauf gewartet habe?«, fragte er barsch.

Ich begann zu zittern und wich zurück, bis ich mit dem Rücken gegen die Wand stieß. »Tut mir leid«, stotterte ich sofort. *Wie konnte ich so schnell vergessen, wie er wirklich war?*

Mein Vater kniff die Augen zusammen und löste langsam den Gürtel aus seiner Hose. Ich beobachtete ihn und hatte das Gefühl, ich müsste kotzen. Da ich wusste, dass ich nicht wegrennen und mich nirgends verstecken konnte, verschleierten Tränen meinen Blick.

Während meine Mutter mit apathischem Gesichtsausdruck hinter ihm stand, sagte er ruhig: »Mir scheint, dass du ziemlich gut davongekommen bist, solange wir Besuch hatten. Du hast uns vorgeführt, uns getestet, unsere Freundlichkeit ausgenutzt. Du hast Narren aus uns gemacht.« Er klang zunehmend wütend, und sein Gesicht lief rot an. Als er den Gürtel ganz gelöst hatte, fasste er beide Enden und ließ das Leder laut knallen, es würde höllisch wehtun.

Ich schüttelte den Kopf und murmelte: »Es tut mir leid.«

Er ging nicht darauf ein, sondern trat direkt vor mich. »Hast du etwa gedacht, wir würden dir diese Unverschämtheiten ewig durchgehen lassen? Dass du nicht für deine Handlungen bezahlen müsstest? Alles hat seinen Preis, Kellan. Und es wird höchste Zeit, dass du das lernst«, stieß er hervor.

Schwer atmend schreckte ich aus dem Schlaf hoch, mein Herz raste. Mit zitternden Fingern raufte ich mir die Haare. Man sollte annehmen, dass Albträume aufhören, wenn die Menschen, die sie verursachen, tot sind, aber das war nicht der Fall. Ich hatte häufig Albträume, manchmal fußten sie auf realen Begebenheiten, andere entsprangen der Fantasie. Was mich gerade hatte aufschrecken lassen, war real. So hatte es sich tatsächlich abgespielt. Meine Eltern hatten Denny weggebracht, solange ich noch geschlafen hatte, und als ich meinen Vater bei ihrer Rückkehr angeschrien hatte, hatte er alle Schläge nachgeholt, die ihm das Jahr über entgangen waren. Er hatte mich blutig geprügelt; selbst das Atmen hatte mir wehgetan.

An jenem Tag hatte ich beschlossen, direkt nach dem Abschluss abzuhauen. Wegzulaufen und nie mehr zurückzublicken. Allerdings hatte ich doch zurückgeblickt, und ich war sogar zurückgekommen. Am Ende waren sie noch immer meine Eltern, egal, wie sie mich behandelt hatten, als sie noch am Leben waren. Ich brachte es nicht fertig, mich nicht von ihnen zu verabschieden.

Leicht benommen verscheuchte ich die Reste meines Albtraums und stieg aus dem Bett. Ich brauchte ein Wasser. Doch als ich meine Tür aufstieß, die einen Spalt offen gestanden hatte, bot sich mir ein Anblick, bei dem sich alle Gedanken an meinen Albtraum sofort verflüchtigten.

Dennys Freundin, Kiera, kam aus dem Bad, das zwischen den beiden Schlafzimmern lag. Offenbar hatte sie geduscht und sich in eins von meinen dünnen kleinen Handtüchern gewickelt. Das Material ließ nicht viel Raum für Fantasie. Sie hatte es eng um ihre Brust gewickelt, doch zwischen den unteren Enden blieb ein Spalt, der bis knapp über ihren Hüftknochen ging. Und es war ganz bestimmt der attraktivste Hüftknochen, den ich je gesehen hatte.

Plötzlich juckte es mich an der Brust, ich kratzte mich, gähnte ausgiebig und zwang mich, den Gedanken in die hinterste Ecke zu verbannen. *Nein, dieses Mädchen nicht.*

Sie schien erschrocken, mich zu sehen. Oder vielleicht erschrak sie auch mehr über das Wie. Meine Gegenwart durfte sie eigentlich nicht überraschen. Schließlich wohnte ich hier. Mit großen Augen musterte sie mich, sie fing bei meinen sandbraunen wuseligen Haaren an und verharrte an meinen nackten Bauchmuskeln. Es erforderte meine ganze Willenskraft, doch es gelang mir, mich von ihrer Inspektion nicht im Geringsten erregen zu lassen. Sicher würde es Denny nicht gefallen, wenn ich vom Anblick seiner Freundin eine Latte bekäme, auch wenn er es mir im Grunde nicht verübeln konnte. Schließlich war es nur menschlich.

Jetzt, wo ich so dicht vor ihr stand, sah ich, dass sie haselnussbraune Augen hatte. Wunderschöne Augen. Eine solche Farbe hatte ich noch nie gesehen; sie wirkten lebendig und veränderten sich je nach Lichteinfall. Am liebsten hätte ich sie mit nach draußen genommen und beobachtet, wie die braunen und grünen Schattierungen im Sonnenlicht spielten.

Vermutlich war das momentan nicht angebracht, vor allem da wir uns noch nicht einmal vorgestellt hatten. Nun, das konnte ich ja ändern.

Ich neigte den Kopf und sagte: »Du musst Kiera sein.«

Als ich ihr gerade erklären wollte, dass ich Kellan sei, streckte sie ungelenk die Hand aus, als wollte sie, dass ich sie schüttele. »Ja ... hallo«, murmelte sie. Dass sie sich bemühte, Haltung zu wahren, obwohl sie nur ein Handtuch trug, fand ich lustig. Doch da ihr die Situation wirklich peinlich zu sein schien, lächelte ich und nahm ihre Hand. Sie fühlte sich warm und weich an und war noch feucht vom Duschen. Die Berührung war so angenehm, dass ich sie gern noch länger festgehalten hätte. Ich ließ sie jedoch wieder los.

Ihr Dekolleté lief rot an, und sie verlagerte ihr Gewicht, als wollte sie sich umdrehen und davonlaufen. Stattdessen sagte sie: »Bist du Kellan?« Ich konnte förmlich sehen, wie sie sich ärgerte, dass sie mich das gefragt hatte. Es war nicht schwer zu erraten, wer ich war. Sie war schüchtern, hinreißend und wunderschön. Eine tödliche Kombination. Denny konnte sich glücklich schätzen.

»Mmmm ...«, antwortete ich zerstreut. Etwas an der Art, wie sie meinen Namen ausgesprochen hatte, faszinierte mich. Wie sie beim Sprechen die Lippen bewegte. Sie hatte fantastische Lippen, sie waren voll und leicht geschwungen. Ich wette, sie hatte ein unglaubliches Lächeln. Wahrscheinlich war dieser Gedanke unangemessen, aber ich wünschte mir, sie strahlend, sorglos und befreit lächeln zu sehen.

Kiera schien sich unter meinen prüfenden Blicken nicht wohl zu fühlen, doch anstatt mir zu sagen, ich solle weggehen oder aufhören, sie lüstern anzugaffen, entschuldigte sie sich. »Tut mir leid, ich glaube, ich habe das ganze heiße Wasser verbraucht.«

Sie drehte sich um, legte die Hand auf den Türknauf zu ihrem Zimmer und wollte diesen Moment ganz offensichtlich zur Flucht nutzen. Ihre höfliche Erklärung amüsierte mich. Doch das Wasser störte mich nicht. Mir war jetzt ohnehin nicht nach duschen. Die Angst, die mir von dem Albtraum noch in den Knochen gesessen hatte, war durch das Gespräch mit ihr langsam verblasst. Ich sollte ihr für die Ablenkung danken.

Aufrichtig erwiderte ich: »Kein Problem. Ich dusche erst heute Abend, bevor ich gehe.«

»Bis später dann«, murmelte sie, bevor sie in ihr Zimmer eilte und in der Hast beinahe die Tür hinter sich zugeknallt hätte. Mir entwischte ein kleines Lachen. Mensch, war die süß. Sie passte gut zu Denny.

Ich ging kurz ins Bad und kehrte dann in mein Zimmer zurück, um mich mit ein paar Liegestützen und Sit-ups in

Schwung zu bringen. Während des Trainings schossen mir mögliche Songtexte durch den Kopf. Um die Gedanken nicht zu verlieren, beendete ich mein Routineprogramm vorzeitig und holte ein Notizbuch aus der Schublade. Die lagen tonnenweise im Haus verstreut. Es war nicht gerade die beste Weise, meine Gedanken zu organisieren, vor allem, da sich der Text eines Songs auf vier oder fünf Hefte in unterschiedlichen Zimmern verteilen konnte. Wenn mir je etwas zustieße, würden Matt und Evan ewig brauchen, um aus meinem Nachlass einen zusammenhängenden Song zu basteln.

Während ich ein paar Zeilen notierte, hörte ich leidenschaftliche Geräusche aus Dennys und Kieras Zimmer. Ich hielt inne und lauschte einen Augenblick, schüttelte dann amüsiert den Kopf, ignorierte sie und fuhr mit der Arbeit fort. Leuten durch die Wand beim Sex zuzuhören war nichts Neues für mich. Teufel, ich war auf Partys gewesen, auf denen Paare direkt vor meiner Nase übereinander hergefallen waren. Es war mir egal. Die Leute konnten tun, was sie wollten. Und ehrlich, eigentlich sollte jeder Morgen mit einer kleinen Nummer beginnen.

Nachdem ich ein paar erstaunlich schwungvolle Zeilen festgehalten hatte, zog ich mir ein Shirt und ein paar Shorts über, richtete so gut es ging meine widerspenstigen Haare und ging nach unten, um Kaffee zu kochen.

Während der Kaffee durch die Maschine lief, schlenderte ich auf der Suche nach der Zeitung ins Wohnzimmer. Nachdem Denny so lange fortgewesen war, wollte er vielleicht wissen, was in Seattle los war. Deshalb hatte ich die Zeitung gekauft. Als ich hörte, dass Denny und Kiera die Treppe hinunterkamen, faltete ich sie zusammen und machte mich auf den Weg zu ihnen in die Küche. Vielleicht hatten sie ja Lust, mit mir einen Kaffee zu trinken.

Auf der Titelseite blieb ich an einem Artikel über die Zukunft von Green Lake hängen, da hörte ich Dennys Stimme: »Hey, Mann.«

Unwillkürlich grinsend blickte ich auf. Es war lange her, dass ich diese Stimme live gehört hatte, und sie hatte mir gefehlt. Genau wie er. Ich freute mich so, dass er wieder da war. »Hey, wie schön, dass ihr es geschafft habt!« Ich umarmte Denny flüchtig und schlug ihm auf die Schulter. Kiera stand lächelnd ein paar Schritte hinter ihm und beobachtete uns, als fände sie uns süß. Ihr Lächeln war überwältigend.

Als wir uns voneinander gelöst hatten, wandte Denny sich zu ihr um. »Kiera hast du ja schon kennengelernt, wie ich gehört habe.«

Bei der Erinnerung an unsere spärlich bekleidete Begegnung erlosch ihr Lächeln, und sie spitzte ganz leicht ihre perfekten Lippen. Ich würde kaum widerstehen können, diese Frau ein bisschen zu provozieren.

»Ja«, murmelte ich und stellte mir alle möglichen Arten vor, wie ich sie in Verlegenheit bringen könnte. Nein, das würde ich nicht tun. »Aber schön, dich wiederzusehen«, sagte ich so höflich wie möglich. Ich ging zum Schrank, um Becher zu holen, und unterdrückte ein Schmunzeln. »Kaffee?«

Als ich zu Denny blickte, verzog er das Gesicht. »Nicht für mich, danke. Ich verstehe nicht, wie ihr das Zeug trinken könnt. Aber Kiera ist ganz scharf drauf.«

Ich stellte zwei Becher auf den Tresen und blickte zu Kiera. Sie schenkte Denny ein strahlendes liebevolles Lächeln. Es war einfach ... wunderschön. Ich konnte nur erahnen, wie sich Denny fühlte, wenn sie ihn so anlächelte. Es musste herrlich sein.

»Hast du Hunger?«, fragte er sie zärtlich und fürsorglich. »Ich glaube, es ist noch etwas Essen im Wagen.«

»Ich sterbe vor Hunger«, erwiderte sie und biss sich auf die

Lippen. Sie gab ihm einen flüchtigen Kuss und trommelte mit den Fingern auf seinen Bauch. Es war eine kleine aber sinnliche und liebevolle Geste. Ich musste unwillkürlich grinsen.

Denny küsste sie auf die Wange, sagte »Okay, ich bin gleich zurück« und verließ die Küche.

Kiera blickte hinter Denny her, als könnte sie ihn irgendwie durch die Wände hindurch beobachten. Vermisste sie ihn bereits? Er war noch immer im Haus und holte seine Schlüssel. Sie war eindeutig schwer in ihn verliebt. Amüsiert schüttelte ich den Kopf und ging zum Kühlschrank, um etwas Milch zu holen. Ich wusste nicht, wie Kiera ihren Kaffee trank, aber auf mich wirkte sie wie der Milch-Typ.

Ich bereitete unsere Becher vor, meinen schwarz, ihren karamellfarben, während Kiera schließlich blinzelte, aus ihrer Trance erwachte und sich an den Tisch setzte. Ich rührte ihren Kaffee um, legte den Löffel ins Spülbecken und ging zu ihr. Vielleicht konnte ich etwas über meine neue Mitbewohnerin herausfinden, abgesehen davon, dass sie mit den Augen alles um sich herum aufnahm und die Männer mit ihrem unglaublichen Lächeln vermutlich in die Knie zwang. Und dass sie in einer festen Beziehung mit meinem Freund lebte. Was mir bislang vielleicht am besten an ihr gefiel.

Als ich den Milchkaffee vor ihr absetzte, wich ihr zartes Lächeln einem Stirnrunzeln. Hmm, vielleicht mochte sie ihren Kaffee lieber schwarz. Sie konnte meinen haben. Mir war das egal. Ich trank Kaffee in jeder Form. »Meiner ist schwarz. Wenn du keine Milch magst, können wir gern tauschen.«

»Nein, ich trinke ihn genau so.« Während ich mich setzte, lächelte sie mir neckisch zu. Es war charmant. »Ich dachte, du kannst vielleicht Gedanken lesen.«

Ich musste lachen. »Schön wär's«, erwiderte ich und trank einen Schluck Kaffee. Das wäre praktisch. Dann hätte ich mir das Chaos mit Joey ersparen können. Obwohl ich mir nicht sicher war, ob ich wirklich wissen wollte, was die Leute über mich dachten. Wenn ich es mir genau überlegte, war es ein Segen, es nicht zu wissen.

Kiera hob ihren Becher. »Also, danke.« Sie trank einen Schluck. Flatternd schloss sie die Lider und stöhnte leise, als hätte sie einen Mini-Orgasmus. Anscheinend mochte sie Kaffee genauso gern wie ich, vielleicht sogar noch mehr. Schön, dass wir etwas gemeinsam hatten. Es war leichter, mit Leuten zusammenzuwohnen, die einen ähnlichen Geschmack hatten.

Als sie ihre ausdrucksstarken Augen wieder öffnete, überfiel mich die Neugier. Ich wusste, weshalb Denny hier war – ein neuer Job mit hübschen Aussichten –, aber ich wusste noch nicht, warum Kiera hier war. Ihre Familie und ihre Freunde lebten im Osten. Sie hatte das College und alles Vertraute zurückgelassen, um einem Typen zu folgen. Warum? Ich war noch nie einer Frau begegnet, die einfach so alles aufgeben würde. Klar, Denny fand sie großartig, und sie schien ihn ebenfalls großartig zu finden, aber nach allem, was ich in meinem kurzen Leben mitbekommen hatte, blieben Paare in unserer Altersklasse nicht lange zusammen.

Ich legte den Kopf schief und fragte: »Du bist also aus Ohio, ja? Kastanien und Glühwürmchen, stimmt's?«

Das war alles, was ich über Ohio wusste. Kiera unterdrückte ein Lachen, als wäre ihr klar, dass mein Wissen begrenzt war. »Ja, so ungefähr.«

»Vermisst du es?«, fragte ich. Würde ich jemals ein Mädchen treffen, das sein ganzes Leben für mich aufgeben würde? Ich bezweifelte es. Frauen wollten Sex von mir. Mehr nicht.

»Na ja, natürlich vermisse ich meine Eltern und meine Schwester. Aber ich weiß nicht ... es ist irgendwie nur ein Ort.«

Sie hielt inne, dann seufzte sie. »Außerdem ist es ja nicht so, dass ich nie wieder dorthin zurückkomme.«

Sie lächelte mich ein bisschen traurig an, und ihre grünen Augen nahmen einen dunklen Jadeton an. Ich begriff das einfach nicht. Sie hatte ganz klar ein bisschen Heimweh. Sie vermisste ihre Familie, ihre Freunde und ihr Leben. Ich konnte meine Neugier nicht beherrschen, und auch wenn es unglaublich unverschämt klang, musste ich sie fragen, wofür zum Teufel sie das alles aufgegeben hatte. »Versteh mich bitte nicht falsch, aber warum bist du ganz hierhergezogen?«

Meine Frage schien sie etwas zu irritieren, dennoch antwortete sie. »Na, wegen Denny.«

Es klang ehrfürchtig. Sie hatte tatsächlich für ihn ihr ganzes Leben aufgegeben. Damit sie so lange wie möglich zusammen sein konnten, auch wenn es nur ein flüchtiger Versuch war. Aber vielleicht war es das ja gar nicht. Die Art, wie sie einander ansahen, der Respekt, den sie einander zeigten ... eine solche Beziehung kannte ich nicht.

»Aha«, erwiderte ich nur. Mehr fiel mir dazu nicht ein. *Viel Glück* kam mir etwas fies vor.

Während ich von meinem Kaffee trank, platzte sie mit einer Frage heraus. »Warum singst du so?« Sie errötete, als sei ihr das versehentlich herausgerutscht. Ich kniff die Augen zusammen. Was meinte sie? Ich kannte nur eine Art zu singen. Den Mund aufmachen und es fließen lassen. Meinte sie, ich wäre schlecht? Autsch. So etwas war ich nicht gewohnt. Die meisten Leute mochten meine Stimme.

»Was meinst du?«, fragte ich vorsichtig und bereitete mich innerlich auf eine Kritik an meinen Fähigkeiten vor.

Sie brauchte ewig für ihre Antwort. Das war kein gutes Zeichen. Offenbar hatte sie es schrecklich gefunden. Aus irgendeinem Grund störte mich dieser Gedanke. Ich hätte schwören können, dass sie mich an einem bestimmten Punkt gestern Abend verstanden hatte. Dass sie genau wusste, was ich empfand. In dem Moment hatte es mich ziemlich erschrocken, aber vielleicht hatte ich ihren Gesichtsausdruck falsch gedeutet. Vielleicht hatte sie mich überhaupt nicht verstanden.

Sie schluckte ihren Kaffee hinunter und stotterte: »Du warst toll. Aber manchmal warst du so ...« Sie zögerte, ich merkte, dass sie nach dem richtigen Wort suchte. Ihre Kritik an meinem Auftritt kam als Flüstern heraus: »Sinnlich.«

Erleichterung durchströmte mich – *es hat ihr gefallen*. Ich musste lachen. Ich konnte es mir nicht verkneifen. Der Ausdruck auf ihrem Gesicht, als sie ein so unschuldiges Wort wie »sinnlich« ausgesprochen hatte, machte mich fertig. Gott, sie war das süßeste Ding, dem ich je begegnet war.

Kieras Blick verdunkelte sich, und sie wurde knallrot. Ich spürte, dass sie gekränkt war, als sie in ihren Kaffee starrte, und tat mein Bestes, nicht mehr zu lachen. Sie sollte nicht meinen, dass ich mich über sie lustig machte. Das stimmte nämlich nicht. Nicht wirklich. »Sorry ... mit dieser Antwort habe ich nur überhaupt nicht gerechnet.« Ich dachte über mein heftiges Flirten gestern Abend auf der Bühne nach und zuckte mit den Schultern. »Ich weiß nicht. Die Leute mögen das.«

An ihrem Gesichtsausdruck meinte ich zu erkennen, dass sie verstand, dass ich mit »Leuten« ... »Frauen« meinte. Ich konnte nicht widerstehen und musste ein bisschen sticheln. »Habe ich dich beleidigt?«

»Neiiiin.« Sie starrte mich wütend an, und ich biss mir auf die Lippe, um nicht erneut zu lachen. Wenn sie mich damit einschüchtern wollte, musste sie an ihrem strengen Gesicht aber noch arbeiten. »Es wirkte nur so übertrieben. Außerdem hast du das gar nicht nötig – deine Songs sind toll.«

Ihre Worte klangen nicht sarkastisch. Sie sagte mir ganz einfach ehrlich, was sie dachte. Ich setzte mich auf meinem Stuhl zurück und sah sie dankbar an. Es war lange her, dass mir ein Mädchen ehrlich ihre Meinung gesagt hatte. Normalerweise hörte ich aufgeblasenes Zeug, das zum Ziel hatte, mich ins Bett zu bekommen. Ihr kleiner Einwand war erfrischend.

Sie starrte erneut auf den Tisch, vielleicht schämte sie sich wegen ihrer Bemerkung. »Danke. Das werde ich mir merken.« Als sie meine aufrichtige Antwort hörte, blickte sie auf. Ich wunderte mich, was Denny so lange dort draußen machte und fragte: »Wie habt ihr zwei euch kennengelernt? Du und Denny?«

Bei dem Gedanken an ihren Freund erschien ein wunderschönes Lächeln auf ihrem Gesicht. Ich wünschte mir, dass meinetwegen jemand so lächeln würde. »Auf dem College. Er hat in einem meiner Kurse dem Prof assistiert. Ich war im ersten Jahr, er im dritten. Er ist der wunderbarste Mensch, der mir je begegnet ist.« Als sie von Denny schwärmte, färbte sich ihr Teint rosa. Ich lächelte, ich wollte nicht, dass es ihr unangenehm war weiterzuerzählen. Sie sollte sich wohlfühlen, wenn sie sich mit mir unterhielt. Ich hatte das Gefühl, gut mit ihr reden zu können. Der Gedanke war leicht beunruhigend. Normalerweise redete ich nicht viel. Nicht über wichtige Dinge.

»Jedenfalls haben wir uns gut verstanden und sind seitdem zusammen.« Sie strahlte und wirkte gänzlich unbeschwert. Umwerfend. Sie sah mich fragend an. »Und du? Wie hast du Denny kennengelernt?«

Als ich mich daran erinnerte, strahlte ich genauso wie sie. »Meine Eltern meinten, es sei eine gute Idee, einen Austauschschüler aufzunehmen. Ich glaube, sie wollten ihre Freunde beeindrucken.« Als die wichtigtuerischen Mienen meiner Eltern in meinem Kopf auftauchten, erstarrte ich innerlich, und mein Lächeln erstarb. So hatten sie immer ausgesehen, wenn sich jemand nach Denny erkundigt hatte. Als wollten sie sagen, *Seht ihr, wie toll wir sind? Wie herzlich und wie gastfreundlich? Sind wir nicht wunderbare Menschen?*

Ich schüttelte die Erinnerung ab, wandte mich wieder der Gegenwart zu und machte ein freundlicheres Gesicht. »Denny und ich haben uns auch sofort gut verstanden. Er ist ein cooler Typ.« Ich konnte meine Erinnerungen nicht ganz so gut verdrängen wie ich gehofft hatte, und erneut stürmte mein Traum auf mich ein. Ich wandte das Gesicht ab. Kiera musste meinen Schmerz nicht sehen. Sie würde es ohnehin nicht verstehen. Das tat niemand. Während ich in meiner finsteren Vergangenheit gefangen war, dröhnte die Stimme meines Vaters in meinen Ohren. *Man muss für alles bezahlen, Kellan. Es wird höchste Zeit, dass du das lernst.*

Benommen flüsterte ich: »Ich verdanke ihm viel.« Denny hatte mir Hoffnung gegeben. An diese Hoffnung klammerte ich mich jetzt, setzte ein Lächeln auf und wandte meinen Blick Kiera zu. Ich wusste, dass sie mir weitere Fragen stellen wollte. Hoffentlich tat sie es nicht. Ich zuckte mit den Schultern und gab mich so locker wie möglich. »Jedenfalls würde ich alles für diesen Typen tun. Als er angerufen hat und meinte, er bräuchte ein Zimmer, war es deshalb kein Thema für mich. Das ist das Mindeste, was ich tun kann.«

»Oh.« Sie öffnete den Mund, als wollte sie noch etwas sagen, schloss ihn dann jedoch wieder und ließ mich in Ruhe. Im Stillen dankte ich ihr dafür. Ich wollte nicht, dass sie weiterfragte.

Denny kam mit Snacks aus dem Wagen zurück in die Küche – Chips und Pretzels. Nachdem die beiden ihr Junk Food gegessen hatten, rief Kiera ihre Eltern an, während Denny und ich uns unterhielten. Ich berührte ihn kurz am Arm und fragte, wie ihm der kurze Ausschnitt des Auftritts gefallen habe, den er gestern Abend im Pete's gesehen hatte. »Was hältst du von der Band? Ein ganz schöner Unterschied zu den Washington Wildcats, oder?« Das war der unglückliche Name, den sich meine Band an der Highschool ausgedacht hatte. Sie meinten, es würde zum Schulgeist passen. Ich fand ihn schrecklich.

Während ich auf Dennys Antwort wartete, beschleunigte sich mein Herzschlag. Zugegeben, wenn ihm unser Sound nicht gefiel, würde mich das ein bisschen entmutigen. Aber er lächelte. »Oh, ja, seit dem Schulfest hast du dich ziemlich gemacht. Ihr seid toll.«

Meine Brust schwoll vor Stolz, doch ich verdrängte das Gefühl. Ich war nicht der einzige Grund, weshalb die D-Bags gut waren. Als ich an meine alte Band und das Schulfest an der Highschool dachte, meinen ersten großen Auftritt, musste ich lachen. »Erinnerst du dich an Spaz? Unseren ... dritten Schlagzeuger, glaube ich?«

Denny nickte und lachte ebenfalls. »Der Typ war irre. Ich frage mich, was er jetzt macht.«

Ich sah die Chance, ihn ein bisschen zu ärgern, und bemerkte: »Vielleicht hat er Sheri geheiratet. Erinnerst du dich an sie?«

Mit einem Seitenblick auf Kiera murmelte Denny: »Ja, nettes Mädchen.«

Ich musste lachen. »Nettes Mädchen? Wenn ich mich recht erinnere, war sie deine einzige Highschool-Romanze.«

Denny runzelte die Stirn. »Du erinnerst dich nicht richtig. Du hast sie mir auf dem Fest buchstäblich aufgedrängt, und dann haben wir den Abend über getanzt. Das war alles.«

Ich erinnerte mich, wie ich auf der Bühne gestanden und der Menge zugesehen hatte. Denny hatte ein bisschen mehr getan als nur mit ihr getanzt. Es war das einzige Mal, dass ich ihn mit einem Mädchen gesehen hatte, solange er hier gewesen war. »Tanzen? Ist das in Australien der Begriff für Mandelhockey?« Auch wenn sie sich an jenem Abend nur geküsst hatten, hatte ich dennoch das Gefühl gehabt, ihn erfolgreich verkuppelt zu haben. *Du warst höllisch stur, Kumpel, aber ich habe gewonnen.*

Denny blickte erneut zu Kiera und schüttelte den Kopf. »Willst du mich in Schwierigkeiten bringen?«, fragte er. Bevor ich etwas erwidern konnte, verzog er das Gesicht zu einem Lächeln. »Außerdem ... wenn ich mich recht erinnere ..., hast du sie am Ende abgeschleppt. Und ihre Zwillingsschwester.«

Ich zuckte mit den Schultern und lachte. Nachdem wir mit den Frivolitäten durch waren, schüttelte er den Kopf und sagte: »Es hat mich immer beeindruckt, dass du nie nervös warst, wenn du auf der Bühne gestanden hast. Das bist du wohl noch immer nicht, oder?«

Erneut zuckte ich mit den Schultern. Aufzutreten machte mir nichts aus. Im Scheinwerferlicht fühlte ich mich wohler als wenn ich allein war.

Denny lächelte. »Es ist genau, wie ich es dir damals gesagt habe: Du bist für dieses Leben gemacht, Kellan. Es liegt dir im Blut.«

»Ja«, sagte ich, irgendetwas war mir daran aber unangenehm.

In die Stille bemerkte Denny: »Ich weiß auch noch, was dein Vater gesagt hat, als wir nach der Party nach Hause gekommen sind.«

Denny wiederholte nicht, was mein Vater gesagt hatte, das war auch nicht nötig. Ich erinnerte mich nur zu gut daran. Nachdem Denny uns für unseren Auftritt gelobt hatte, drehte Dad sich zu mir um und sagte: »Ich kenne den Mist, den die Jugendlichen heute hören. Die würden wahrscheinlich sogar eine dressierte Ziege als gute Musik bezeichnen.« Dann hatte er mich für mein Outfit niedergemacht, für meine Frisur und dafür, dass wir zehn Minuten zu spät nach Hause gekommen waren. Für mich war es ein ungeheuerlicher Abend gewesen, doch mein Vater konnte mir nicht ein einziges Kompliment machen. Das war meine Lebensgeschichte.

Ich räusperte mich, um die Erinnerung zu verdrängen, und klopfte Denny auf die Schulter. »Falls ich es dir nie gesagt habe: Danke, dass du den Abend damals möglich gemacht hast. Dafür, dass du eine Menge toller Nächte möglich gemacht hast. Ich schulde dir mehr, als du ahnst.«

Obwohl ich äußerst ernst klang, machte Denny eine wegwerfende Handbewegung. »Das war nichts Besonderes. Eigentlich habe ich gar nicht viel getan.«

Doch, das hast du.

Bevor ich das jedoch sagen konnte, wechselte Denny das Thema, und unser Gespräch driftete zu lustigeren Erinnerungen. Es war gut, sich auch an sie zu erinnern. Manchmal wurden die guten Momente von den dunkleren verdeckt. Dabei hatten Denny und ich ziemlich viel Spaß miteinander gehabt.

Nachdem Kiera mit ihrer Familie zu Ende telefoniert hatte, gingen sie und Denny in ihr Zimmer, um sich einzurichten. Ich fragte Denny, ob ich ihm helfen könnte, aber er meinte: »Das wäre mir unangenehm. Dass du uns hier fast umsonst wohnen lässt, ist schon genug.« Ich öffnete den Mund, um zu widersprechen, doch er fügte schnell hinzu: »Keine Sorge, Digger. Wir haben nur ein paar Kartons.«

Lachend schlug ich ihm auf die Schulter und überließ ihn sich selbst. Er hatte absolut recht. Nach zwei Gängen hatten die beiden alle Kisten auf ihr Zimmer geschafft. Als sie wieder nach unten kamen, fragte Denny, wie er von hier zum Pike Place käme. Ich beschrieb ihm den Weg zum Markt, und er und Kiera machten sich bereit zum Aufbruch.

»Danke. Bis dann«, rief Denny und nahm Kieras Hand.

»Alles klar.«

Kiera lächelte mir zu. Unsere Blicke trafen sich, und für eine

Sekunde war ich gebannt. Mein Herzschlag beschleunigte sich. Ich hatte das Gefühl, als hätte ich einen Lauf in Bestzeit hinter mir. Ich fühlte mich gut, und dabei sah ich sie einfach nur an. Wir teilten einen Augenblick. Eine Verbindung. Es war seltsam, aber schön.

Es erforderte eine Menge Willenskraft, die Hand zum Abschied zu heben, mich lässig umzudrehen und in die Küche zu gehen. Doch genau dazu zwang ich mich. Ich durfte keine tiefere Verbindung zu Kiera spüren, egal, wie angenehm es sich auch anfühlte. Einige Gelüste waren tabu für mich.

In der Kramschublade fand ich ein Notizheft, holte es heraus, setzte mich an den Tisch und schrieb ein paar Textzeilen auf. Diverse Sätze über kaleidoskopartige Augen gingen mir durch den Kopf. Ich könnte einen ganzen Song über Kieras ständig wechselnde Augenfarbe schreiben. Das wäre allerdings ziemlich schräg. Vielleicht würde ich in der letzten Fassung die Augenfarbe ändern. Nein. Schon bei dem Gedanken wusste ich, dass ich das nicht tun würde. Etwas Perfektes sollte man nicht ändern.

Als die Haustür ging, blickte ich zur Uhr. Denny und Kiera waren lange weggewesen. Lachend und mit Tüten bepackt kamen sie in die Küche. Nachdem sie die Sachen abgestellt hatten, legte Denny die Arme um Kiera, und sie gab ihm einen Kuss auf den Hals. Obwohl es ein bisschen unheimlich war, konnte ich einfach nicht aufhören, sie zu beobachten. Es war schön, zwei Menschen so zufrieden und so glücklich zu sehen. Allerdings war es auch schmerzhaft und weckte Hoffnungen und Träume, die ich lange in mir vergraben hatte. Doch ein solches Leben war nichts für mich. Ich hatte One-Night-Stands. Damit hatte ich mich vor langer Zeit abgefunden und fand es okay. Mir blieb nichts anderes übrig.

Um ihnen etwas Privatsphäre zu lassen, zwang ich mich,

weiter mein Notizbuch zu studieren. Nach ein paar leisen Abschiedsworten verließ Kiera den Raum, und ich blickte zu Denny. Lachend sagte ich: »Ich weiß, du wirst sowieso Nein sagen, aber wenn ich es dir nicht wenigstens anbiete, komme ich mir arschig vor. Also: Kann ich dir irgendwie helfen?«

Denny sah mir über die Schulter in die Augen. »Nein, kannst du nicht.« Er stellte ein paar Sachen in den Kühlschrank, dann schloss er die Tür. Als er sich zu mir umdrehte, sagte er: »Ich bin fertig. Hast du Lust, ein Spiel zu gucken?«

Auf einmal fiel mir wieder ein, dass Denny sich deutlich mehr für Sport interessierte als ich. Wahrscheinlich hatte Dad deshalb mehr mit ihm anfangen können als mit mir. Na ja, einer von vielen Gründen. Doch da wir heute keine Probe hatten, hatte ich nichts Besseres zu tun und sagte schulterzuckend: »Klar.« Um mit ihm zusammen zu sein, würde ich auch eine Sportsendung ertragen.

Denny grinste so breit, als hätte ich ihm die beste Nachricht des Tages überbracht. Ich lachte erneut und stand auf, um mein Notizbuch zurück in die Kramschublade zu legen. Wahrscheinlich sollte ich es lieber in meinem Schlafzimmer verstecken, damit Kiera oder Denny es nicht fanden, aber es gab schließlich unzählige Menschen mit haselnussbraunen Augen, oder etwa nicht. Ich könnte von irgendjemandem singen. Oder von niemandem. Nicht jeder Song hatte einen Bezug zur Realität.

Ich konzentrierte mich weniger auf die Sportsendung im Fernsehen als dass ich lauschte, was Kiera oben tat. Das war deutlich interessanter. Ich hörte, wie sie im Zimmer umherging und sogar, wie sie etwas fallen ließ und fluchte. Daraufhin schnaubte ich. Bei ihrem unschuldigen Aussehen hätte man ihr ein so böses Wort gar nicht zugetraut.

Als sie schließlich nach unten kam, lächelte ich ihr höflich zu. Ich war mir nicht sicher, ob sie mich überhaupt sah. Sie hatte nur Augen für Denny. Als sie ihn auf der Couch liegen sah, lächelte sie selig. Sie krabbelte über ihn hinweg und kuschelte sich neben ihn. Denny legte den Arm um ihre Taille, Kiera schob ein Bein über seines und legte den Kopf auf seine Brust. Denny seufzte, küsste ihren Kopf, und Kiera wirkte wie immer zufrieden, vielleicht sogar noch ein bisschen zufriedener.

Bei ihrem Anblick spürte ich einen Stich in meiner Brust. Es war, als sähe ich die personifizierte Herzenswärme und Liebe. So wie die beiden sich anfassten, hatte mich noch niemand angefasst. Nicht auf eine nicht sexuelle Art. Nicht aus reiner Freude an der Berührung, ganz ohne Hintergedanken. Zuzusehen, wie sie miteinander umgingen, war kaum zu ertragen, aber irgendwie konnte ich den Blick nicht abwenden. Sah so Liebe aus? Ruhig, glücklich, friedlich? So hatte ich das noch nie erlebt. Ich kannte nur Wut, Eifersucht, Bitterkeit und Vorwürfe. In meiner Welt war Liebe gleichbedeutend mit Schmerz. Und im Allgemeinen mied ich Schmerzen

Kieras Blick glitt zu mir. In ihren braungrünen Augen lag eine Frage. Ich wollte nicht, dass sie sie mir stellte, denn die Antwort würde teuflisch wehtun. Zum Glück schloss sie die Augen und schwieg. Dann schlief sie in ihrem Meer aus Glückseligkeit ein. Für einen Moment war ich mir nicht sicher, wen ich mehr beneidete: Kiera um den Frieden, den sie empfand, oder Denny, weil er einen fantastischen Menschen gefunden hatte, mit dem er ihn teilen konnte.

4. Kapitel

Ausgebrannt

Während Denny sich ausruhte und Kiera ein Nickerchen machte, schlenderte ich nach oben, um mich für den Abend fertig zu machen. Nachdem ich geduscht und mich rasiert hatte, nahm ich ein langärmeliges rotes T-Shirt aus dem Schrank, trug etwas Deo auf, das, wie ich fand, ganz gut roch, und knetete mir etwas Wachs in die Haare.

Meine Gitarre hatte ich nach dem gestrigen Auftritt im Wagen gelassen, sodass ich nur mein Portemonnaie einsteckte und nach unten ging, um Denny Bescheid zu sagen, dass ich weg war. Als ich den unteren Treppenabsatz erreichte, sah ich jedoch, dass Denny beschäftigt war. Kiera war aufgewacht und ganz offensichtlich heiß. Denny massierte ihren Po, während sie sich auf seinem Schoß wand. Ich wusste nicht, wo sich ihr Kopf befand, aber ich war mir ziemlich sicher, dass sie mit der Zunge über seinen Hals strich oder so etwas. Auf dem Weg zu den Garderobenhaken neben der Tür grinste ich in mich hinein. So wie es aussah, würde sich das Zusammenwohnen anfühlen, als wäre ich mit einem Paar in den Flitterwochen.

Offenbar hatte Kiera mein Lachen gehört, denn sie schoss wie von der Tarantel gestochen auf Dennys Schoß nach oben. Ihre Wangen und ihr Dekolleté waren knallrot, und sie schlug die Augenlider nieder. Wegen dem bisschen Knutschen? War sie so schüchtern? Als ich darüber nachdachte, wie sehr sie sich von den Mädchen unterschied, die ich kannte, amüsierte ich mich noch mehr.

»Sorry«, sagte ich lachend und nahm meine Jacke. »Ich bin gleich weg … wenn ihr vielleicht so lange warten wollt.« Ich hielt inne und dachte nach. »Oder auch nicht. Mir macht das nichts aus.« Mir war klar, dass Kiera nicht der Typ war, der jemals in meiner Anwesenheit Sex haben würde, und dass ich sie nicht noch mehr beschämen sollte. Doch sie war so süß, dass es mir schwerfiel, sie nicht zu ärgern.

Sofort sprang sie von Dennys Schoß und setzte sich so weit wie möglich ans andere Ende der Couch. Mit zusammengekniffenen Brauen und geschürzten Lippen blickte sie zu Denny hinüber. Offenbar sah er ähnlich amüsiert aus wie ich. Verwirrt und beschämt blickte sie zu mir auf und schnauzte: »Wo willst du denn hin?«

Ihr Ton überraschte mich etwas, aber vermutlich hatte das damit zu tun, dass ich sie geärgert hatte. Es schien ihr sofort leid zu tun, dass sie etwas unhöflich gewesen war. »Ins Pete's. Wir spielen heute Abend wieder«, antwortete ich.

»Ach.« Ihr Blick glitt über meine Haare und meine Kleidung, als würde sie erst jetzt bemerken, dass ich mich umgezogen hatte. Mein Atem beschleunigte sich.

Um das zu überspielen, fragte ich: »Wollt ihr vielleicht mitkommen …?« Ich konnte mir eine weitere Bemerkung nicht verkneifen und fügte mit anzüglichem Grinsen hinzu: »… oder habt ihr andere Pläne?«

Erneut schien Kiera zu antworten, ohne nachzudenken. Eine spontane Reaktion: »Nein, wir kommen. Klar.«

»Echt?«, fragte Denny etwas enttäuscht. Wahrscheinlich hatte er sich schon darauf gefreut, dass sie den Abend für sich hatten. Ups. Ich hatte ihm nicht den Spaß verderben wollen. Doch die Vorstellung, dass Denny ein ganzes Konzert miterlebte und hörte, wie stark ich mich in musikalischer Hinsicht entwickelt hatte, gefiel mir.

Kiera spielte mit einer Haarsträhne, als suchte sie nach einer Erklärung für ihre vorschnelle Äußerung. Interessant. Schüchtern sagte sie zu Denny: »Äh, klar, ich fand sie gestern Abend richtig gut.«

»Okay. Ich hole schnell meine Schlüssel.« Denny seufzte und richtete sich langsam auf dem Sofa auf.

Unwillkürlich fragte ich mich, ob Kiera gemeint hatte, was sie eben über die Band gesagt hatte. Als wir uns vorhin unterhalten hatten, schien sie aufrichtig gewesen zu sein. Denny gegenüber hatte sie eben irgendwie nicht aufrichtig gewirkt. Was von beidem stimmte wohl? Ich war mir nicht sicher. Als Denny aufstand und Kiera mich ansah, erkannte ich die Wahrheit in ihren Augen und in ihrem schüchternen Lächeln. Vielleicht hatte sie etwas unüberlegt hinausposaunt, worauf sie heute Abend Lust hatte, ohne sich dessen ganz sicher gewesen zu sein, aber was sie eben gesagt hatte, stimmte. Sie wollte mehr von uns hören. Ich versuchte, nicht zu viel hineinzuinterpretieren. Die Musik gefiel ihr eben.

Ich schüttelte den Kopf, als ich mir vorstellte, dass ich sie quasi genötigt hatte, ins Pete's zu kommen, indem ich sie in Verlegenheit gebracht hatte. »Okay, dann bis gleich«, sagte ich.

Auf dem Weg zur Bar dachte ich über Kiera nach. Manchmal war sie leicht zu durchschauen, manchmal wurde ich überhaupt nicht schlau aus ihr. Doch bislang wirkte sie kein bisschen gemein oder falsch. Sie war nett und süß, leicht in Verlegenheit zu bringen und manchmal sehr schüchtern, unschuldig und naiv, aber dennoch sinnlich und verführerisch. Auch wenn ich mir ziemlich sicher war, dass wir ungefähr gleich alt waren, hatte ich das Gefühl, Jahre älter als sie zu sein. Ich wollte sie beschützen, obwohl das eindeutig Dennys

Aufgabe war, schließlich war er ihr Freund. Na ja, ich konnte ja die Rolle des großen Bruders übernehmen. Ein Freund für sie sein. Jemand, bei dem sie sich anlehnen konnte. Womöglich würde sie das brauchen, wenn sie so weit von ihrem Zuhause und ihrer Familie entfernt war.

Als ich ins Pete's kam, standen bereits diverse Biere vor meinen Bandkollegen auf dem Tisch. Sie waren wohl schon eine Weile da. Ich musste etwas aufholen. Nachdem ich mir bei Rita ein Bier geholte hatte, setzte ich mich neben Griffin. »Willst du wissen, was ich gestern Abend gemacht habe?«, fragte er und sah mich an.

Matt, der mir gegenübersaß, seufzte. »Hältst du etwa den Mund, wenn er Nein sagt?«

Griffin warf Matt einen vorwurfsvollen Blick zu. »Vergiss es.« Er wandte sich erneut an mich und fing an zu erzählen, ohne erst meine Antwort abzuwarten. »Da waren diese zwei blonden Mädels im Konzert gestern Abend ... Melody, Harmony, Kadenz, Tempo. Ich weiß nicht, ihre Namen hatten irgendwas mit Musik zu tun ...«

Ich sah zu Evan hinüber, der neben Matt saß und mit dem Mund *Tempo?* formte. Ich versuchte, nicht zu lachen, trank einen Schluck von meinem Bier und wandte meine Aufmerksamkeit erneut Griffin zu. »Egal«, sagte er und winkte ab. »Jedenfalls waren die total scharf auf mich, die sind praktisch schon auf dem Parkplatz über mich hergefallen.« Gegen meinen Willen sah ich das bildlich vor mir. »Die haben mich zu dieser Afterparty eingeladen. Da saß ein Haufen Leute in der Küche und hat irgendwelche Trinkspiele gespielt. Eine der Blondinen und ich haben uns dazugesetzt und mitgespielt ...«

Griffin schlug mir auf die Schulter und hob die Brauen, als würde ich nicht glauben, was als Nächstes passiert war. Auch wenn ich das nicht wusste, konnte ich mir ziemlich genau vorstellen, wie die Geschichte endete. Ich hatte schon viele ähnliche gehört.

Griffin beugte sich zu mir und erzählte: »Die hat mich über zwanzig Minuten lang mit ihren Blicken verführt, Alter. Ich war hart wie ein Stein!« Bei der Erinnerung schloss er genießerisch die Augen ... oder wurde er bei der Vorstellung etwa erneut hart? Hoffentlich nicht. Als er die Augen wieder öffnete, berichtete er: »Die Kleine hatte echt das beste Gestell, das ich je gesehen habe.« Knapp einen halben Meter vor seinem Körper beschrieb er mit den Händen ihre Brüste. »Und dazu auch noch den kürzesten Rock der Welt. Alle anderen waren eh total blau. Also bin ich einfach unter den Tisch und hab ihren Rock nach oben geschoben. Dann habe ich meine Bierflasche genommen und sie ...«

Aus dem Augenwinkel sah ich, dass jemand an unseren Tisch trat. Reflexartig schlug ich Griffin gegen die Brust, um ihn zum Schweigen zu bringen. Normalerweise eigneten sich seine Geschichten nicht für beide Geschlechter und diese Flaschengeschichte vermutlich schon gar nicht.

Während Griffin mich etwas irritiert ansah, blickte ich zu Denny und Kiera, die am Ende des Tisches standen. Kiera war knallrot und sah aus, als wollte sie überall sein, nur nicht hier. Ganz offensichtlich hatte sie Griffin gehört.

»Ey, Alter ... warte mal, das Beste kommt noch.«

Griffin ließ sich nicht irritieren, schnell unterbrach ich ihn. »Griff ...« Ich deutete auf die Neuankömmlinge. »Das sind meine neuen Mitbewohner.«

»Ach ja ... deine Mitbewohner.« Griffin warf ihnen einen flüchtigen Blick zu, dann wandte er sich schmollend wieder an mich. »Ich vermisse Joey, Mann. Die war echt heiß! Im Ernst, warum musstest du sie nageln? Nicht dass ich das nicht verstehen würde, aber ...«

Rasch unterbrach ich ihn mit einem festeren Schlag gegen seine Brust. Wenn man nicht aufpasste, konnte Griffin sehr plastisch werden. Und ich wollte nicht, dass Kiera erfuhr, was mit Joey gewesen war. Sie würde es nicht verstehen. Sie würde mich für ein Schwein halten. *Halt, das geht zu weit.* Es sollte mir egal sein, was sie über mich dachte.

Ich ignorierte Griffins Genörgel und deutete auf meine Mitbewohner. »Hey, Leute, das sind mein Freund Denny und seine Freundin Kiera.«

Während Denny und Kiera die anderen begrüßten, sah ich mich nach zusätzlichen Stühlen für sie um. Als ich am Tisch vor uns welche entdeckte, stand ich auf und ging auf zwei Frauen zu, die in unsere Richtung stierten. Die beiden gerieten in Aufregung, vermutlich handelte es sich um Fans. Mit einem entwaffnenden Lächeln ging ich zu der, die neben den beiden leeren Stühlen saß. Ich beugte mich über ihre Schulter, sodass ich direkt in ihr Ohr sprechen konnte; es war schließlich ziemlich laut hier drin.

Als ich eine Haarsträhne hinter ihr Ohr steckte, erzitterte sie. »Tut mir leid, wenn ich störe, aber wäre es okay, wenn ich die zwei Stühle hier für meine Freunde nehme?« Sie nickte, und ihre Freundin kicherte. Ich bedankte mich, richtete mich auf und nahm die Stühle für Kiera und Denny. Als ich davonging, hörte ich lautes Gekicher hinter meinem Rücken.

Kiera beobachtete, wie ich die Stühle ans Tischende stellte. Dass ich mit den Mädels geflirtet hatte, um an die Stühle zu gelangen, schien ihr etwas unangenehm zu sein. »Hier, setzt euch doch.« Mit skeptischer Miene nahm Kiera Platz, und ich musste mich beherrschen, um nicht zu lachen. Wenn sie unsicher war, war sie noch süßer.

Als Rita zu mir herübersah, bedeutete ich ihr, noch zwei Bier an unseren Tisch zu bringen. Sie schenkte mir ein *Für-dich-*

tue-ich-doch-alles-Lächeln, nahm zwei Bier und reichte sie Jenny. Während Jenny sich einen Weg zu uns bahnte, wandte ich mich an Denny. »Was machst du eigentlich bei deinem neuen Job?«, fragte ich.

Denny grinste belustigt. »Ein bisschen von allem.« Dann berichtete er genauer, worin sein Job bei der Werbeagentur bestand; ich hörte ihm an, wie sehr er sich auf die Arbeit freute. Kiera saß zwischen uns am Tisch. Ich konnte sie die ganze Zeit beobachten, während ich Denny zuhörte. Da sie die Geschichte offenbar bereits kannte, sah sie sich in der Bar um. Ihr Blick glitt über die Fensterfront mit der Leuchtreklame zur dunklen Bühne, die auf unseren Auftritt wartete. Dann wandte sie ihre Aufmerksamkeit der Bar am anderen Ende des Raums zu, wo Rita eifrig damit beschäftigt war, alle mit frischen Getränken zu versorgen.

Während Kiera sich umsah, kam Jenny mit den Bieren zu uns. Sie wirkte gehetzt, und ich verstand, warum. Wie üblich vor unseren Auftritten füllte sich die Bar rasch mit Gästen. Die Band war gut fürs Geschäft. Jenny reichte Denny und Kiera ihre Biere, dann eilte sie in die Küche.

Kiera nippte an ihrem Bier und betrachtete die andere Hälfte der Bar. Ihre Neugier war ebenso liebenswert wie ihre Unsicherheit. Aber mir war klar, dass ich viel zu viel Zeit damit verbrachte, Dennys Freundin zu beobachten. Das war nicht gut. Ich bemühte mich, sie auszublenden, und unterhielt mich mit Denny darüber, warum manche Werbefilme absolut nichts mit dem Produkt zu tun hatten, das sie verkauften.

»Warum kommen eigentlich in so vielen Werbespots Badewannen vor? Das kapiere ich nicht«, bemerkte Evan. Bevor Denny antworten konnte, trat jemand an unseren Tisch. Es war Pete, der Besitzer der Bar. Obwohl er in seinem Pete's-Poloshirt und seinen frischen Khakis professionell aussah, wirkte er abgekämpft, als wäre er vom anstrengenden Leben gebeutelt. Pete war wirklich gut zu mir gewesen, deshalb hoffte ich, dass es ihm gut ging.

»Seid ihr fertig, Jungs? Ihr seid in fünf Minuten dran.« Pete stieß einen schweren Seufzer aus, wodurch die Anspannung auf seinem Gesicht allerdings nicht nachließ.

»Alles klar bei dir, Pete?«, fragte ich besorgt.

»Nein. Traci hat eben angerufen und gekündigt, sie kommt nicht mehr. Kate muss eine Doppelschicht übernehmen, damit wir heute Abend genug Leute haben.« Er kniff die grauen Augen zu schmalen Strichen zusammen und blickte mich wütend an. Seine Miene sagte: *Was zum Teufel hast du mit meiner Kellnerin angestellt?* Aber diesmal traf mich keine Schuld. Nein, der Trottel zu meiner Linken war der Übeltäter.

Ich drehte den Kopf und sah vorwurfsvoll zu Griffin. Traci musste herausgefunden haben, dass Griffin mit ihrer Schwester geschlafen hatte und war entsprechend sauer. Griffin hätte es besser wissen müssen. Wenn es nicht für beide okay war, ließ man sich nicht mit Schwestern ein. Das wusste doch jeder.

Und anscheinend wusste es auch Griffin, denn er trank verlegen einen großen Schluck von seinem Bier. »Sorry, Pete.«

Pete schüttelte nur den Kopf. Was sollte er auch sonst tun? So ärgerlich es war, dass wir sein Personal vergraulten, Pete brauchte uns. Er saß in der Zwickmühle, und er tat mir leid. Ich nahm mir vor, später mit Griffin zu sprechen. Vielleicht war es an der Zeit für eine neue Bandregel – keine Dates mit Petes Angestellten.

Da meldete sich Kiera: »Ich habe schon mal gekellnert. Ehrlich gesagt suche ich gerade einen Job. Und wenn die Uni wieder losgeht, wären Abendschichten für mich perfekt.« Dem Ausdruck auf ihrem Gesicht nach zu urteilen hatte sie das nicht nur um ihretwillen gesagt, sondern auch, um Pete einen Gefallen zu tun. Sie kümmerte sich um andere. Das gefiel mir. Mehr als gut war.

Pete warf mir einen fragenden Blick zu. Da ich Kiera helfen wollte, den Job zu bekommen, stellte ich sie und Denny vor. Pete sollte wissen, dass sie nicht ganz fremd waren. Meine Empfehlung würde zwar nicht sehr weit reichen, aber hoffentlich weit genug. Schließlich hätten beide etwas davon.

Pete musterte Kiera, doch mir war klar, dass er erleichtert war, jemanden gefunden zu haben. »Bist du denn schon einundzwanzig?«

Neugierig, wie alt sie war, wartete ich auf ihre Antwort. Die Frage schien sie nervös zu machen, oder vielleicht war sie auch nur nervös wegen des unvorhergesehenen Interviews. Erneut hatte sie gesprochen, ohne nachzudenken. »Ja, seit Mai.« Ich lächelte. Sie war so alt wie ich. Auch das gefiel mir.

Pete schien mit der Antwort zufrieden zu sein. Und ich war mir zu neunundneunzig Prozent sicher, dass sie die Wahrheit sagte. Sie schien einfach nicht der Typ zu sein, der schwindelte. »Okay«, sagte Pete und deutete ein Lächeln an. »Ich brauche dringend jemanden, und zwar bald. Kannst du am Montag um sechs anfangen?«

Kiera blickte zu Denny, als würde sie ihn stumm um Erlaubnis bitten. Vermutlich war sie einfach nur höflich. Ich konnte mir nicht vorstellen, dass Denny sie nicht tun ließ, was immer sie wollte. Als er kurz nickte und ihr warm zulächelte, wandte Kiera sich wieder an Pete: »Ja, gern. Danke.«

Als Pete uns verließ, wirkte er ein bisschen erleichtert, als wäre ein Teil der Last von seinen Schultern genommen. Das freute mich. Ich wandte mich an Kiera: »Willkommen in der Familie. Wenn du jetzt in meinem Wohnzimmer arbeitest, werden wir uns ganz schön oft sehen.« Ich lächelte ihr neckisch zu. »Hoffentlich bekommst du nicht zu viel von mir.«

Kieras Wangen färbten sich rosa, und sie hob schnell die Bierflasche an ihren Mund. »Ja«, murmelte sie, dann nahm sie ein paar große Schlucke. Bei dem Ausdruck auf ihrem Gesicht musste ich lachen, in dem Moment bemerkte ich Denny hinter ihr, der mich mit leicht zusammengezogenen Brauen musterte. Er änderte seine Miene jedoch so schnell, dass ich fast dachte, ich hätte mir das nur eingebildet. Ich musste es mir eingebildet haben. Zwischen Denny und mich konnte nichts kommen.

Pete schaltete die Scheinwerfer an, und in der Bar ertönte Gekreische. Kieras Augen weiteten sich bei dem Lärm. Ich stand auf und sagte: »Warte ab, das wird noch schlimmer.«

Evan und Matt verließen den Tisch und bahnten sich einen Weg zur Bühne. Griffin blieb noch sitzen und trank sein Bier. Ich schnippte mit den Fingern an sein Ohr, woraufhin er zusammenzuckte und etwas Bier an seinem Mund hinunter auf sein Hemd rann. »Na los«, sagte ich, als er wütend zu mir aufstarrte.

Er nahm sich noch einen Moment Zeit, die Flasche auszutrinken, und rülpste so laut, dass er fast die Menge übertönte, dann stand er auf. »Immer mit der Ruhe, Kumpel. Die Stimme muss noch geölt werden.«

Ich hob eine Braue. Griffin sang zwar im Hintergrund mit, aber nicht wirklich viel. Wie Rocky stellte er sich vors Publikum und streckte die Hände in die Luft. Ich ließ ihn stehen und machte mich auf den Weg zur Bühne. Mit jedem Schritt wuchs die Lautstärke des Publikums. Matt bereitete das Equipment vor. Ich schlug ihm auf die Schulter, dann trat ich ans Mikrofon. Ich griff den Ständer und zog das Mikro an meinen Mund. »Ist das Ding an?«, murmelte ich absichtlich leise.

Die Schreie, die daraufhin ertönten, waren so laut, dass mir die Ohren klingelten. Lächelnd ließ ich den Blick über die Fans gleiten, die sich um die Bühne herum versammelten. Kiera und Denny saßen noch am Tisch, grinsten jedoch von einem Ohr zum anderen. »Wie geht es euch, Seattle?«

Die Mädchen, die am nächsten vor mir standen, sprangen in die Luft und kreischten. Ich sah, wie Griffin sich verdammt langsam an der Seite Richtung Bühne schob. Stirnrunzelnd sagte ich ins Mikro: »Uns scheint ein D-Bag zu fehlen. Wenn einer von euch Bass spielen kann, soll er bitte zu uns nach oben kommen.«

Sofort versuchte ungefähr ein halbes Dutzend Frauen zu mir auf die Bühne zu klettern. Doch im selben Moment war Sam bei ihnen und zog sie zurück in die Menge. Ich musste lachen, aber Sam warf mir einen mehr als wütenden Blick zu. Griffin ebenfalls. Er kam so schnell auf die Bühne, dass man denken konnte, ein nacktes Mädchen warte hier oben auf ihn. Dann nahm er seinen Bass, blickte in meine Richtung und rief: »Du kannst mich mal, Arschloch.«

Matt und Evan lachten mit mir, während Griffin sich eilig fertig machte. Um ihm etwas Zeit zu geben, wandte ich mich erneut ans Publikum. »Sorry. Sieht so aus, als wären wir nun doch vollzählig.« Wie ein Großteil des Publikums lachten auch Kiera und Denny. Die Frauen, die ganz vorn standen, schrien sich noch immer die Kehle aus dem Hals und hatten keinen Sinn für den Scherz. »Irgendwelche Wünsche?«, fragte ich.

»Dich!«, tönte es aus verschiedenen Ecken. Ich ließ den Blick über das Publikum gleiten, konnte aber nicht feststellen, wer das gerufen hatte.

Lachend erwiderte ich: »Später vielleicht. Wenn ihr richtig nett seid.« Darauf folgten Pfiffe und Gejohle, und ich fragte mich, ob mich irgendjemand beim Wort nehmen würde. Ich drehte mich zu Evan um, und er hielt den Daumen hoch. Alle waren bereit. Ich wandte mich wieder der Menge zu und sagte ins Mikro: »Wir haben heute Abend Neulinge hier, wie wäre es deshalb mit etwas Altem?«

Ohne mich umzudrehen, gab ich Evan ein Zeichen. Er gab mit dem Fuß den Rhythmus vor, dann spielte er das Intro. Ein paar Takte später fiel Matt mit ein. Ich biss mir auf die Lippe, wiegte meinen Körper und wartete auf meinen Einsatz. Griffin setzte einen halben Takt nach mir ein, dann ging es richtig los.

Ich fing total gern mit diesem Song an, weil ich im Refrain fluchen musste. Das machte nicht nur Spaß, sondern lockerte auch das Publikum auf. Es rastete regelmäßig aus – nicht dass das bei diesem Publikum nötig gewesen wäre. Hier kannte man uns und war immer gut gelaunt. Doch in neuen Bars half es. Es war großartig, Kieras Reaktion darauf zu beobachten.

»*You knocked me down, you fucked me up. I'm holding still, waiting for you to do it again. Call me crazy, but I can't get enough. Du hast mich runtergemacht, du hast mich fertiggemacht, doch ich halte still und warte, dass du es wieder tust. Vielleicht bin ich verrückt, aber ich kann nicht genug kriegen.*«

Als sie den Text zum ersten Mal hörte, blieb ihr der Mund offen stehen, dann lachte sie, und dann vergrub sie ihren Kopf an Dennys Schulter. Ich fand es seltsam befriedigend, sie mit einem meiner Songs zu unterhalten. Es war ein perfekter Start in den Abend.

Anschließend spielten wir noch eine Menge weiterer Songs, das Publikum lachte, grölte, tanzte und amüsierte sich prächtig. Denny und Kiera hielten sich die meiste Zeit am Rand und bewegten sich gemeinsam zur Musik. Als ich meine Gitarre nahm und ein langsameres Stück spielte, tanzten sie eng zusammen. Denny so glücklich zu sehen entlockte mir ein breites Grinsen. Er sah vollkommen zufrieden aus, als wäre alles in seinem Leben genau so, wie er es sich wünschte. Bei seinem

Anblick bekam ich gute Laune. Unser Zusammenwohnen würde super werden – irgendwie fast wie eine Familie.

Sie umarmten einander fest, küssten sich zärtlich und boten ein Bild vollkommener Harmonie. Kiera legte den Kopf an Dennys Schulter und blickte zu mir. Ich lächelte sie warm an, dann zwinkerte ich ihr zu, weil ich der Versuchung nicht widerstehen konnte, sie in Verlegenheit zu bringen. Sie wirkte ziemlich überrascht, und ich lachte und wandte den Blick ab. Einige der Fans direkt vor mir fächerten sich Luft zu, als würde ihnen in meiner Nähe heiß werden. Auch das amüsierte mich.

Zum Abschluss spielten wir noch ein schnelles Stück, das zu den Favoriten zählte. Als das Konzert vorbei war, schrien einige Frauen nach einer Zugabe. Das passierte hin und wieder, doch es kam mir komisch vor. Wir waren jedes Wochenende hier. Wenn sie mehr hören wollten, wussten sie, wo sie uns fanden.

Ich sprach ins Mikrofon, und sie wurden ruhig, damit sie mich hören konnten. »Danke, dass ihr gekommen seid.« Ich wartete, dass sich die darauf ertönenden Schreie etwas legten, dann hob ich einen Finger. »Ich möchte euch noch einen Moment um eure Aufmerksamkeit bitten. Ich möchte euch meine neuen Mitbewohner vorstellen.« Erneut konnte ich mich nicht zurückhalten, ich wollte sehen, wie Kiera rot wurde. Darum zeigte ich auf sie und Denny. Sie sah aus, als wollte sie mich entweder umbringen oder im Boden versinken. Vielleicht beides. Dass Denny neben sie trat, verhinderte vermutlich, dass sie zusammenbrach oder die Bar verließ.

»Ladies, der große dunkle und gut aussehende Mann ist Denny. Aber macht euch nicht zu große Hoffnungen, denn die scharfe Braut neben ihm ist seine Freundin Kiera.« Verlegen verbarg Kiera ihr Gesicht an Dennys Schulter. Ob sie Denny überzeugen würde, noch vor morgen Früh auszuziehen? Aufgekratzt berichtete ich dem Publikum: »Ihr werdet euch sicher freuen, wenn ich euch verrate, dass Kiera zu unserer kleinen Familie im Pete's dazustoßen wird. Sie fängt am Montag hier an zu kellnern.«

Kiera blickte mit herrlich wütend funkelnden Augen und knallroten Wangen zu mir nach oben. Wenn ich dicht genug bei ihr stünde, würde ich mir wahrscheinlich eine Ohrfeige fangen. Ich lachte. Zu schade, dass sie zu weit weg war und ich ein Mikrofon hatte. Egal, wie wütend sie mich anstarrte, sie konnte mich nicht davon abhalten, sie zu ärgern.

Ich kam zum Kernpunkt meiner Rede und erklärte den Gästen: »Seid ja nett zu ihr.« Ich wandte mich an Griffin, der sie im Geiste bereits eroberte. »Vor allem du, Griffin.«

Griffin drehte sich zu mir und grinste mich an. *O ja.* Ich schüttelte den Kopf, wünschte dem Publikum Gute Nacht und setzte mich anschließend auf die Bühne, um etwas runterzukommen. Es war heiß unter den Scheinwerfern. Die Mädchen vor mir schien es nicht zu stören, dass ich verschwitzt war. Sie sprangen auf die Bühne und scharten sich um mich. Da das Konzert vorüber war, ließ Sam sie gewähren.

Eine reichte mir ein Bier, das ich dankbar annahm. Eine andere spielte mit meinen Haaren und trieb Schauder über meinen Rücken. Ich mochte es, wenn jemand meine Kopfhaut berührte. Eine sehr selbstbewusste Frau machte es sich auf meinem Schoß bequem. Lachend ließ ich es zu. »Du bist verschwitzt«, stellte sie kichernd fest, dann beugte sie sich vor, um eine Schweißperle von meinem Hals zu lecken. Zugegeben, es erregte mich, und ich war so gut gelaunt, dass mir ihre Aufmerksamkeit willkommen war.

Ich blickte zu Denny und Kiera hinüber, beide wirkten erschöpft. Heute Abend würden wir in der WG wohl keine Beziehungspflege mehr betreiben. Wahrscheinlich würden sie nach

Hause gehen und gleich schlafen gehen. Während ich zu ihnen hinübersah, gähnte Kiera und bestätigte meine Vermutung. Denny sagte etwas zu ihr, dann drehte er sich in meine Richtung. Als er mich inmitten der Frauen auf der Bühne entdeckte, winkte er mir kurz zu. Ich hob mein Bier zum Abschied. Ja, ich würde ein anderes Mal Zeit mit ihnen verbringen. Jetzt genoss ich den Rausch nach einem ziemlich guten Konzert und wollte, dass er noch etwas anhielt.

Das Mädchen auf meinem Schoß arbeitete sich zu meinem Ohr vor. Mein Schwanz wurde hart, und so wie sie ihre Hüften wand, war mir klar, dass sie es merkte. Als sie zu meinem Ohr kam, flüsterte sie: »Ich glaube, das gefällt dir.«

Ich lächelte sie an. »Dass eine tolle Frau mir den Hals leckt? Warum sollte mir das nicht gefallen?«

Sie biss sich auf die Lippe, während ich noch einen Schluck Bier trank. »Wollen wir woandershin gehen?«, fragte sie mit einem verheißungsvollen Grinsen auf den Lippen.

Während ich trank, dachte ich darüber nach. Wollte ich mit ihr gehen? Denny und Kiera waren auf dem Weg nach Hause, meine Band machte mit Freundinnen oder Fans rum, ich fühlte mich nach einem tollen Auftritt wunderbar und war kein bisschen müde. Warum zum Teufel sollte ich den Abend nicht eng umschlungen mit einer Frau verbringen? Und außerdem fühlte es sich gut an, sie in den Armen zu halten.

»Klar. Woran hast du gedacht?« Ich war mir ziemlich sicher, dass ich wusste, was sie wollte, aber besser, man fragte noch einmal nach. Ich wollte nicht falschliegen und dann wie ein Idiot dastehen.

»Ich habe eine Wohnung in Capitol Hill«, sagte sie und kicherte erneut.

»Hört sich super an«, erwiderte ich. Ich legte die Hände um die Hüften des Mädchens, hob sie hoch und setzte sie unten vor der Bühne ab. Sie spielte mit einer langen Strähne ihrer pechschwarzen Haare, während sie darauf wartete, dass ich ihr folgte. Vorsichtig löste ich mich aus der Gruppe von Frauen um mich herum, woraufhin diese aufstöhnten, jammerten und meiner Begleiterin fiese Beleidigungen an den Kopf warfen. Sie sagte nichts, sondern schenkte ihnen nur ein rachsüchtiges Lächeln. »Vertragt euch«, mahnte ich, bevor ich zu ihr nach unten sprang.

Sofort legte sie die Arme um meine Taille. Ich legte einen Arm um ihre Schulter und führte sie zur Tür. Es waren nicht mehr ganz so viele Leute da wie vor dem Auftritt, doch die Bar war noch immer gut gefüllt. Während ich mich zum Ausgang durchschlängelte, streckten die Frauen die Hände nach mir aus und versuchten, mich zu berühren.

Ich führte das Mädchen zu meinem Wagen und hielt ihr die Tür auf. Sie glitt hinein und rutschte auf der Sitzbank hinüber zu meiner Seite. Als ich mich hinter das Steuerrad setzte, war kaum noch genug Platz für mich. Sie legte eine Hand auf meinen Schenkel, strich erneut mit den Lippen über meinen Hals und leckte mit der Zunge über meine Halsschlagader. Ich unterdrückte ein Stöhnen. Wenn sie so weitermachte, würde das eine lange Autofahrt werden. »Wo entlang?«, fragte ich.

Sie knabberte an meinem Ohr und sagte mir, in welche Richtung ich fahren sollte. Als wir bei ihr ankamen, nahm sie meine Hand und eilte mit mir die Treppen zu ihrer Wohnung hinauf. Wir stürzten hinein, und sie führte mich direkt in ihr Schlafzimmer. Ich wusste nicht, warum sie es so eilig hatte. Ich hatte jedenfalls nichts anderes vor.

Kaum waren wir in ihrem Zimmer, schloss sie die Tür, schlang ihre Arme um meinen Hals und stieß mich auf ihr Bett. Es war fast, als habe sie Angst, ich würde verschwinden, wenn sie mich nicht so schnell wie möglich ins Bett bekam.

»Wir werden viel Spaß haben«, schnurrte sie, bevor sie mir mein Shirt vom Leib riss.

Ungefähr zwanzig Minuten später, als wir beide geschafft waren, lag ich rücklings auf ihrem Bett und starrte an die Decke. Sie war bereits eingeschlafen und lag nackt auf ihrer Seite der Matratze. Ich fühlte mich seltsam. Sie hatte recht gehabt, wir hatten viel Spaß gehabt, aber etwas hatte gefehlt. Während ich in sie eingedrungen war, hatte ich nur an Denny und Kiera gedacht, was ein seltsamer Zeitpunkt war. Doch die Zärtlichkeit, die beide verband, und ihre sanften Berührungen waren irgendwie das, was ich mir für heute Nacht erhofft hatte. Das hatte ich von meiner Bettgefährtin jedoch nicht bekommen. Sie hatte es hart, rau und sportlich gewollt. Und laut. Ich hatte es ihr besorgt und einen ziemlich guten Höhepunkt gehabt, aber ich würde nicht sagen, dass ich es genossen hatte. Vielleicht hatte es mir gefallen.

Leise stand ich auf, sammelte meine Kleider zusammen, die überall im Zimmer verstreut lagen, und zog mich an. Nachdem ich in meine Stiefel gestiegen war, öffnete ich die Tür und verließ ihre Wohnung. Mit hängendem Kopf und irgendwie unbefriedigt ging ich zu meinem Wagen.

Ich wusste nicht genau, was ich wollte, aber ich wusste, dass ich mehr als das wollte. Vielleicht war es an der Zeit, eine Sex-Pause einzulegen. Vielleicht war ich einfach ausgebrannt.

5. Kapitel

Mitbewohner und D-Bags

Nachdem ich ein paar Stunden geschlafen hatte, fühlte ich mich besser. Ich war sogar richtig gut drauf. Bis zur Probe nachher hatte ich nichts vor, und ich freute mich auf einen faulen Tag mit meinen Mitbewohnern. Ich hatte Lust, mit Denny rumzuhängen und Kiera etwas besser kennenzulernen. Ständig überraschte sie mich. Sie unterschied sich auf angenehme Art von den meisten Mädchen, die ich kannte. Und dann war da eben dieses unglaubliche Lächeln ...

Als sie in die Küche kam, nippte ich an meinem Kaffee und beendete den Zeitungsartikel, den ich gerade las. Ihre Haare waren vom Schlafen zerzaust, und sie schlurfte anstatt zu gehen. Ganz offensichtlich war sie kein Morgenmensch. Als sie sah, dass ich angezogen und wach am Tisch saß, verfinsterte sich ihr Blick, und sie verzog doch tatsächlich leicht den Mund. Es war allerdings schwer zu sagen, ob sich das direkt auf mich bezog. Sie konnte genauso gut die Sonne dafür verfluchen, dass sie aufgegangen war.

»Morgen«, grüßte ich fröhlich.

Sie gab ein Brummen von sich, das wie »Mhm« klang.

Vermutlich würde etwas Kaffee sie nach vorn bringen. So wandte ich mich wieder meiner Zeitung zu und ließ sie vorerst in Ruhe. Ich wartete, bis sie saß und den ersten Schluck getrunken hatte, bevor ich ihr die Frage stellte, die mir seit dem Konzert gestern unter den Nägeln brannte. »Und? Wie hat's dir gestern Abend gefallen?« Ich konnte nichts gegen mein großspuriges Grinsen tun. Mir war klar, dass es ihr gefallen hatte, so wie sie beim Tanzen ausgesehen hatte.

Sie suchte nach Worten, als wollte sie versuchen, mir etwas vorzumachen, aber darauf fiel ich nicht herein. Ihre Freude war echt gewesen. »Ihr wart super. Wirklich, es war unglaublich«, sagte sie schließlich.

Ich nickte und trank von meinem Kaffee. *Ich wusste es.* »Danke, ich werde den Jungs ausrichten, dass es dir gefallen hat.« Neugierig, wie sie reagieren würde, fragte ich: »Und, war ich jetzt weniger anstößig?«

Sie errötete leicht, dann erschien ein kleines Lächeln auf ihrem Gesicht. Ihre Augen waren heute eher braun mit einem Hauch Honig und deuteten auf ihre warme, fürsorgliche Art hin. Und da war eine Sinnlichkeit, die von einer klaren grünen Linie umschlossen war, die für ihre Entschlossenheit stand. Bemerkenswert. »Ja, viel besser ... danke.«

Ich lachte, dann tranken wir unseren Kaffee und schwiegen einvernehmlich. Na ja, zumindest bis Kiera herausplatzte: »Hat Joey vor uns hier gewohnt?«

Langsam stellte ich meinen Becher ab, Spannung legte sich über den Raum. Würde sie mich dafür verurteilen, was mit meiner ehemaligen Mitbewohnerin passiert war? Mir vorwerfen, dass ich ein Frauenheld war, ein egoistisches Arschloch? Die Vorstellung, dass sie mich so sehen könnte, war ziemlich abturnend. Warum zum Teufel musste Griffin auch immer im unpassendsten Moment sein großes Maul aufreißen? »Ja ... sie ist ausgezogen, kurz bevor Denny sich gemeldet und mich nach einem Zimmer gefragt hat.« *Lassen wir es dabei.*

Kiera musterte mich mit prüfendem Blick, und ich erkannte in ihren Augen ihren scharfen Verstand. Sie war neugierig, aber wollte sie es wirklich wissen? Ich hoffte nicht. Sie würde das Schlimmste von mir denken. »Sie hat ziemlich viele Sachen hiergelassen. Holt sie die irgendwann noch ab?«

Ich hielt die Luft an und blickte nach unten. Mehr wegen Joey als meinetwegen. Wie auch immer, es klang nicht gut. Ich wandte ihr erneut meinen Blick zu und sagte ganz offen: »Nein ... Ich bin mir ziemlich sicher, dass sie die Stadt verlassen hat.« *Sie war eine Dramaqueen, ein Kontrollfreak und möglicherweise psychisch labil, was ... es irgendwie noch schlimmer macht, dass ich mit ihr geschlafen habe. Deshalb werde ich das für mich behalten. Bitte frag nicht, was passiert ist.*

»Was ist denn passiert?«, fragte sie und ignorierte meine geistige Bitte. *Verdammt.* Ich zögerte und suchte nach einem Weg, die Lage mit Joey so zu beschreiben, dass keiner von uns dabei schlecht wegkam. »Ein Missverständnis« antwortete ich schließlich.

Kiera schien an meinem zurückhaltenden Ton zu merken, dass ich nicht über Joey reden wollte. Bei diesem Gespräch konnte ich nur verlieren. Zum Glück insistierte Kiera nicht weiter. Sie lächelte verständnisvoll und konzentrierte sich auf ihren Kaffee.

Als Denny etwas später nach unten kam, stand Kiera auf und umarmte ihn derart überschwänglich, als würde er aus dem Krieg heimkehren und nicht bloß aus der Dusche kommen. Ich musste lächeln. Denny schloss die Augen und erwiderte die Umarmung. Noch nie hatte ich gesehen, dass sich zwei Menschen mit ihrer ganzen Seele umarmten. Und erneut beneidete ich die beiden.

Als sie sich voneinander lösten, fragte Denny Kiera: »Heute ist unser letzter richtig freier Tag. Worauf hast du Lust?«

Kiera biss sich auf die Lippe und dachte darüber nach. »Einfach nichts tun, ein bisschen abhängen, leckere Sachen essen?«

Denny lachte und strich über ihren Arm. »Das kann ich.«

Er blickte zu mir. »Was ist mit dir, Kellan. Hast du Lust, ein bisschen mit uns nichts zu tun?«

»Das hört sich super an«, erwiderte ich.

Kiera war nervös wegen ihres neuen Jobs im Pete's, und so bereiteten Denny und ich sie ungefähr eine Stunde lang darauf vor. Wir gingen jeden Drink durch, der uns einfiel. Auf gar keinen Fall konnte sie sich die alle merken, aber wir hatten Spaß dabei. Um sie noch besser vorzubereiten, dachten wir uns sogar ein paar Getränke aus.

Als ich später das Haus verließ, wirkte Kiera zuversichtlich, dafür verlor nun Denny die Nerven wegen seines neuen Jobs. Ich überlegte, die Probe abzusagen, zu Hause zu bleiben und mit ihm etwas zu trinken. Doch so, wie Kiera ihn ansah, war ich mir sicher, dass sie eine bessere Methode hatte, ihn zu entspannen. Grinsend winkte ich ihnen zu und ließ sie allein.

Am nächsten Morgen wirkte Denny blass, aber ruhiger. Ich trank meinen Kaffee und las die Zeitung, als Kiera in die Küche kam. Sie warf einen Blick auf mein T-Shirt und begann zu lachen. Ich trug eins der vielen Band-Shirts, die Griffin gemacht hatte. Darauf stand in großen weißen Lettern DOUCHEBAGS.

Ich sagte, ich könne ihr gern eins besorgen, woraufhin sie grinste und begeistert mit dem Kopf nickte. Als Denny etwas später in einem todschicken Hemd und einer Hose mit Bügelfalte nach unten kam, machte auch er eine Bemerkung über mein Shirt. Ich nahm mir vor, auch für ihn eins zu besorgen.

Kiera und ich bauten Denny für seinen ersten Arbeitstag auf. Sie sagte ihm, er sei attraktiv; ich stimmte ihr frotzelnd zu. Sie gab ihm einen Abschiedskuss; ich küsste ihn flüchtig auf die Wange. Er lachte, als er ging, und ich war mir sicher, auch wenn er noch immer ein bisschen nervös war, dass er einen

Superjob leisten würde. Denny war schon immer ein schlauer Kerl gewesen.

Dann war ich zum ersten Mal seit ihrer Ankunft ganz allein mit Kiera. Es fühlte sich seltsam angenehm an, mit ihr allein im Haus zu sein. Sie erfüllte es mit friedlicher Energie. Warm, süß ... unschuldig. In ihrer Nähe fühlte ich mich gleich besser.

Ich arbeitete am Tisch an meinen Songtexten, während Kiera im Wohnzimmer ein bisschen fernsah. Ich bemerkte, dass sie mich vom Sofa aus beobachtete, und fragte mich, ob sie bereit wäre, mir zu helfen. »Was hältst du davon?«, fragte ich. »*Silent eyes shout in the dark, begging for an end. Cold words fall from closed mouths, cutting to the quick. We bleed out, two hearts pumping, but timeless, endless, the pain carries on.*« *Stumme Blicke flehen in der Dunkelheit um ein Ende. Kalte Worte aus verschlossenen Mündern verletzen uns tief. Wir verbluten, zwei pochende Herzen, doch der Schmerz wird nie vergehen.*

Sie blinzelte mich stumm an. Einen Moment dachte ich, dass ich ihr den Text vielleicht nicht hätte vorlesen sollen. Vielleicht hätte ich einen etwas harmloseren nehmen sollen, etwas Leichtes, Schwungvolles. Aber an dem hier arbeitete ich nun einmal gerade, und indem ich sie um ihre Meinung bat, konnte ich mich ihr zeigen, ohne mich wirklich zu zeigen. Solange sie mich nicht bat, ihr den Text zu erklären, war ich in Sicherheit.

Sie schluckte, holte tief Luft und sagte: »Ich bin nicht so gut in Musik, aber wenn dir in der zweiten Zeile etwas einfällt, das sich auf *end* reimt, würde es vielleicht besser fließen?« Sie sah mich entschuldigend an.

Ich lächelte und gab ihr zu verstehen, dass mich ihr Vorschlag überhaupt nicht beleidigte. Die meisten Leute sagten: »Klingt gut«, und gaben sich nicht die Mühe, mir zu helfen. Ich schätzte ihren aufrichtigen Versuch, den Song zu verbessern.

»Danke, ich glaube, du hast recht! Ich werde noch mal dran arbeiten.« Als sie merkte, dass ich aufrichtig dankbar für ihre Unterstützung war, hellte sich ihre Miene auf.

Während ich weiterarbeitete, wuchs in meiner Brust ein warmes Gefühl und breitete sich in meinem ganzen Körper aus. Ich war mir nicht sicher, ob es Zufriedenheit oder Glück war oder noch mehr, aber es war wundervoll, und ich sog es auf wie ein Schwamm.

Kiera verschwand ein paar Stunden, bevor ihre Schicht begann, um sich fertig zu machen. Ich fragte mich, ob sie tatsächlich so lange brauchte. Sie wirkte nicht wie jemand, der sich unendlich lange zurechtmachte. Sie war eine natürliche Schönheit, an ihr gab es nichts zu verbessern. Doch als sie herunterkam und mich nach dem Busfahrplan fragte, verstand ich, warum sie so früh dran war.

Kopfschüttelnd erklärte ich ihr, dass ich sie bringen würde. Die Jacke in der Hand stand sie am Eingang und sah mich mit großen Augen an. »Ach Quatsch, das brauchst du nicht.«

Sie wollte mir keine Umstände machen. Es bereitete mir aber keine Umstände, und außerdem wohnte ich praktisch im Pete's. Sie dorthin zu fahren war für mich kein größerer Akt als zum Kühlschrank zu gehen. »Kein Problem. Ich trinke ein Bier und quatsche ein bisschen mit Sam. So bin ich dein erster Gast.«

Ich schenkte ihr mein charmantestes Lächeln, doch meine Bemerkung schien sie nicht aufzumuntern. Sie wirkte eher noch besorgter. Dann trat sie ins Wohnzimmer und sagte: »Okay. Danke.«

Sie setzte sich neben mich aufs Sofa, starrte auf den Fernseher und spielte mit dem Reißverschluss ihrer Jacke. Genau wie Denny war sie ein Nervenbündel und total aufgeregt wegen des neuen Jobs. Ich hatte nebenher eine Sitcom gesehen, doch da es mir ziemlich egal war, was dort lief, reichte ich Kiera die Fernbedienung. »Hier, ich habe gar nicht richtig hingesehen.«

»Ach, danke.« Sie schien angenehm überrascht von meiner Geste und zappte durch die Kanäle.

Wo würden sie wohl anhalten? Ich war etwas verwirrt, als sie bei einer Szene stoppte, in der es zwei Leute miteinander trieben. Sie fragte mich nach Pay-TV, als würde sie gar nicht merken, was sie da eingeschaltet hatte. Ich unterdrückte ein Lachen, während ich darauf wartete, dass sie realisierte, was sie sah. Vermutlich war es ihr peinlich, mit einem fast Fremden einen Softporno zu gucken.

Als Kiera schließlich realisierte, was im Fernsehen lief, nahmen ihre Wangen einen leuchtenden Rotton, an und sie fummelte an der Fernbedienung herum, um schnell den Kanal zu wechseln. Sie schaltete zurück zu meiner Sitcom und schleuderte mir in der Eile fast die Fernbedienung zu. Ich schaffte es, mein Lachen weitestgehend zu unterdrücken, und war ziemlich stolz auf meine Zurückhaltung.

Ungefähr zwanzig Minuten vor ihrer Schicht schaltete ich den Fernseher aus und fragte sie, ob sie bereit zum Aufbruch sei. Obwohl sie etwas grün im Gesicht war, antwortete sie: »Klar.«

Ich sagte ihr, dass alles gut würde, dann nahm ich unsere Jacken und ging zur Tür.

Kiera schien die Fahrt in meinem Oldtimer zu genießen – wer würde das nicht? –, dennoch wirkte sie noch immer, als würde ihr gleich schlecht werden. Sie starrte aus dem Fenster und atmete tief durch die Nase ein und durch den Mund wieder aus. Ich überlegte, rechts ranzufahren und sie etwas Luft schnappen zu lassen, doch dann entschied ich, dass es besser für ihre Nerven war, die Sache schnell hinter sich zu bringen.

Als wir am Pete's ankamen, hatte ich das seltsame Bedürfnis, ihre Hand zu halten, um sie zu beruhigen, doch das schien mir unpassend, also ließ ich es. Sie blickte gebannt auf das Gebäude, als würden der Tür Zähne wachsen und diese sie verschlingen. Erneut wollte ich sie beruhigen, dass alles gut würde, aber ich hielt den Mund. Ab einem gewissen Punkt konnte eine Aufmunterung herablassend wirken.

Als sie durch die Tür ging, trat Kiera unbewusst dichter zu mir. Für einen Moment glaubte ich, sie würde sich an mich klammern wie an einen Rettungsring. Ich hätte sie gewähren lassen, auch wenn das genauso unpassend gewesen wäre wie Händchen zu halten. Was immer sie brauchte, um das hier durchzustehen. Doch da lief uns Jenny über den Weg. Mit einem strahlenden Lächeln streckte sie die Hand aus. »Kiera, richtig? Ich bin Jenny. Komm, ich zeige dir alles.«

Jenny winkte mir kurz zu, fasste nach Kieras Hand und führte sie in den Personalbereich. Kiera warf mir einen Blick zu, der sowohl hilfesuchend als auch dankbar wirkte. Ich musste lachen. Das nahm Rita gleich zum Anlass, mich anzusprechen. »Hey, schöner Mann, ich mag dein Lachen. Fast so gern wie ich andere Töne von dir höre.«

Ich grinste schief. Sie richtete den Blick auf meinen Mund und biss sich auf die Lippen. »Herrgott, diese Lippen …« Sie stöhnte, dann griff sie nach unten und gab mir ein Bier. »Trink das«, sagte sie und stellte die Flasche vor mir ab. »Ich brauche etwas Ablenkung, bevor ich dich noch über den Tresen ziehe und mich über dich hermache.«

Sie zwinkerte mir zu, und ich lachte. »Äh, danke.« Ich reichte ihr etwas Geld für das Bier und noch etwas für meine Schulden. Ich dachte nicht immer daran zu zahlen. Daran war Pete gewöhnt. Er führte unter der Kasse Buch für die Band und zog es uns am Ende des Monats vom Lohn ab, wenn noch etwas offen war.

Als Kiera zurückkam, lächelte ich sie unwillkürlich an. Sie sah toll aus in ihrem Pete's-Shirt. Sinnlich. Die leuchtende Farbe unterstrich den Roséton ihrer Haut, sodass sie aussah, als hätte sie gerade Sex gehabt. Ihr lässiger Pferdeschwanz betonte ihren schlanken Nacken und verstärkte diese Vorstellung noch. Ich sollte sie nicht so ansehen, aber ich war schließlich nicht tot. Attraktive Frauen fielen mir auf, genau wie jedem anderen Mann, und Kiera war äußerst attraktiv. Sie würde hier gut zurechtkommen. Auch wenn sie sich noch nicht so fühlte, sie sah aus, als wäre sie schon immer hier gewesen.

Als sie sich zu mir umdrehte, runzelte sie allerdings die Stirn. Ich wusste zunächst nicht, warum, bis ich merkte, dass sie auf das Bier in meiner Hand sah. Da fiel mir wieder ein, dass ich ihr erster Gast sein sollte. Ups. »Sorry, Rita ist dir zuvorkommen. Beim nächsten Mal.«

Anschließend führte Jenny Kiera herum. Ich sah eine Weile zu, wie sie ihr alles erklärte. Länger als ich sollte. Doch schließlich kam der Punkt, an dem ich aufbrechen musste. Ich ging zu Kiera, verabschiedete mich und gab ihr Trinkgeld für das Bier, das sie mir nicht hatte bringen können. Sie zog die Brauen zusammen. »Für mein Bier«, erklärte ich. Sie sah aus, als wollte sie es ablehnen, doch ich hob die Hand. Sie brauchte es. Ich nicht.

»Ich habe heute woanders einen Auftritt. Ich muss den Jungs mit unserem ganzen Zeug helfen.«

Sie musterte mich, und ihr Blick wurde weicher. »Danke fürs Fahren, Kellan.«

Ich lächelte zu ihr hinab, das Gefühl der Zufriedenheit von vorhin war nichts verglichen mit dem, was ich jetzt empfand. Gerade, als ich etwas sagen wollte, stellte sich Kiera auf die Zehenspitzen und hauchte mir einen Kuss auf die Wange. Was ihr anschließend peinlich zu sein schien. Jedenfalls fühlte sich die Haut dort, wo sie mich berührt hatte, wärmer an. Ich wünschte, sie würde es noch einmal tun, und zugleich wusste ich, dass ich mir das auf keinen Fall wünschen durfte. Küssen war etwas, was sie mit Denny tat, und das sollte unbedingt so bleiben. Sie waren ein wunderbares Paar. Aber es war ja nur auf die Wange gewesen. Es bedeutete nichts. Schließlich hatte ich Denny heute Morgen auch auf die Wange geküsst. Das war keine große Sache.

Ich blickte zu ihr hinunter und war selbst etwas verlegen. »Nicht der Rede wert«, murmelte ich und versuchte klar zu denken. Ich riss mich zusammen, verabschiedete mich von den anderen und ging zur Tür. Kurz bevor ich hinaustrat, rief ich Kiera noch »Viel Spaß« zu. Und so, wie sie mich anlächelte, war ich mir sicher, dass sie den haben würde.

Am nächsten Abend beschloss die Band, nach der Probe ins Pete's zu gehen. Na ja, eigentlich war es keine richtige Entscheidung, es war vielmehr schon klar, nach dem Motto: »Bis gleich in der Bar? – Klar, bis gleich.«

Denny fuhr auf den Parkplatz, als ich gerade den Motor der Chevelle ausschaltete. Ich wartete am Heck auf ihn. Er trug seine Geschäftskleidung und kam mit einem breiten Grinsen auf mich zu. »He, Alter, schön, dich zu sehen«, sagte er.

Ich schlug ihm auf die Schulter und fragte ihn, wie es bei der Arbeit lief. Bei seiner Antwort hätte man meinen können, er hätte gerade ein Geheimnis des Universums gelöst. Mit zufriedener Miene ging ich mit ihm zum Eingang vom Pete's. Meine beiden Mitbewohner waren hier. Das gefiel mir. Und ich freute mich, dass Denny glücklich mit seinem neuen Job war. Es heißt, man sollte tun, was einem gefällt, und ganz offensichtlich gefiel es ihm.

Matt, Griffin und Evan gingen ein paar Schritte vor Denny

und mir in die Bar. Als könnte sie uns spüren, wandte Kiera den Kopf in unsere Richtung. Ich war zu weit weg, um sicher zu sein, aber sie schien tief Luft zu holen und sich zu sammeln, als wäre sie nervös, uns zu bedienen. Schüchterten die D-Bags sie etwa ein? Das konnte ich mir nicht vorstellen. Wir waren ausgelassen und hatten Spaß. Vielleicht hatten wir sie ein bisschen geärgert, aber das taten wir nur mit Leuten, die wir mochten.

Als sie sah, dass Denny bei uns war, schien sie sich zu entspannen. Er winkte ihr zu, und sie erwiderte seinen Gruß. Leise raunte er mir zu: »Bilde ich mir das nur ein, oder sieht sie ein bisschen verängstigt aus?«

Lachend sah ich ihn an. »Das ist wegen Griffin. Der macht allen Angst.« Wie auf Kommando zuckte Kieras Blick kurz zu Griffin, woraufhin sich ihre Wangen wieder einmal deutlich rot färbten, was sogar aus der Ferne zu erkennen war.

Denny und ich lachten, und wir gingen alle gemeinsam zu meinem Lieblingstisch. Als Kiera zu uns kam, umarmte Evan sie, hob sie hoch und brachte sie zum Lachen. Griffin kniff ihr in den Po, während sie hilflos in Evans Armen lag. Sie warf ihm einen bösen Blick zu, der Rache versprach, doch er saß schon am Tisch, wo sie nicht mehr an ihn herankam. Matt hob zum Gruß die Hand, und ich nickte ihr kurz zu. Als Evan sie absetzte, nahm Denny sogleich seinen Platz ein. Denny und Kiera schlangen die Arme umeinander und küssten sich innig.

Egal, was jeder von ihnen für Ängste empfand, sie spendeten einander Kraft und Trost. Sie waren ein Team. Das berührte mich, und ich stellte fest, dass ich mich ständig fragte, wie es wäre, so etwas Ähnliches zu haben.

Zum ersten Mal überhaupt herrschte in meinem Haus durchgehend eine herzliche, friedliche und unbeschwerte Atmosphäre. Tagsüber hingen Kiera und ich zusammen ab; abends

Denny und ich, meist im Pete's, sodass er Kiera noch ein bisschen sehen konnte. Wir knüpften an unsere unkomplizierte Freundschaft an, und nach einer Weile schien es, als hätte er Seattle nie verlassen.

Eines Abends, als ich Kiera bei der Arbeit zusah, machte Jenny eine Bemerkung über meine gute Laune. Kiera summte eine Melodie vor sich hin, während sie einen Tisch abräumte, und ich war mir ziemlich sicher, dass es eins meiner Stücke war. Das machte mich unfassbar glücklich. »Hey, Kellan. Wir läuft's bei euch? Ihr wirkt ja alle drei ganz zufrieden.«

Ich kippte mein Bier hinunter, dann erwiderte ich. »Super. Wir verstehen uns echt gut. Denny und Kiera sind … wirklich nett.« Als ich ihren Namen aussprach, glitt mein Blick zurück zu Kiera. Es war erstaunlich erfrischend, Zeit mit ihr zu verbringen. Sie war nicht melodramatisch oder psychotisch und benutzte mich nicht, um irgendeine Rockstar-Fantasie auszuleben. Bei ihr konnte ich einfach nur ich sein.

Jenny folgte meinem Blick zu Kiera und sah mich dann aus schmalen Augen an, ich wahrte eine neutrale Miene. *Ich habe nur geguckt, das ist nicht schlimm.* »Ja, sie und Denny sind ein tolles Paar.«

Es kam mir vor, als wollte Jenny mir unterschwellig sagen, ich sollte Kiera in Ruhe lassen. Nicht nötig. Ich stand hinter dem Denny/Kiera-Team. Ich lächelte Jenny provokant zu und erwiderte: »Nicht halb so toll wie du und Evan.«

Sie verdrehte die Augen und blickte zu Evan, der auf der Bühne saß und mit einer Gruppe Mädchen flirtete. Ich wusste zufällig, dass er gerade zwischen zwei Frauen schwankte. Wenn Jenny etwas von ihm wollte, musste sie sich hinten anstellen. »Ach, bitte, wir sind nur Freunde, Kellan.«

»Ja, aber ich habe gesehen, wie ihr am vierten Juli gekuschelt habt, und ihr habt sehr vertraut ausgesehen.«

Sie lächelte mich versöhnlich an. »Und ich habe dich mit der Rotweißblauen gesehen. Wie heißt sie noch mal? Das hat nichts zu bedeuten.« Sie schenkte mir ein strahlendes Lächeln, als hätte sie die Diskussion gewonnen. Lachend ließ ich sie in dem Glauben.

Ich hielt die Hände hoch und sagte: »Okay. Egal. Vergiss es.« Ich ließ die Hände wieder sinken und fügte anzüglich hinzu: »Aber wenn ihr zwei irgendwann zusammenkommt, denk an meine Worte.«

Amüsiert schüttelte sie den Kopf. »In Ordnung, Nostradamus, wenn du meinst.« Als sie wegging, lehnte ich mich auf meinem Stuhl zurück und schmunzelte.

Matt und Griffin saßen neben mir und zeigten Sam ihre neuen Tattoos. Matt hatte sich das chinesische Symbol für Entschlossenheit tätowieren lassen. Griffin ein Mädchen, das es mit einer Schlange trieb. Griff liebte obszöne Tätowierungen. Da ich ihre Kunstwerke bereits begutachtet hatte, blendete ich meine Freunde aus und beobachtete Kiera, die zwischen den Tischen umherlief. Sie hatte sich schnell eingearbeitet, und genau wie Denny seinen Job mochte und ich meinen, schien ihr das Kellnern zu gefallen.

Kiera bemerkte, dass ich sie beobachtete, als gerade mein Bier leer war. Ich gab ihr ein Zeichen. »Noch ein Bier?«, fragte sie.

Ich nickte und fand es wunderbar, dass sie meine Bedürfnisse so schnell verstand. »Ja, danke, Kiera.«

Ihr Blick zuckte ein paarmal an mir vorbei, und ich hätte gewettet, dass sie sich wünschte, Griffin würde sein Hemd wieder anziehen. Als sie sich eine dunkle Haarsträhne hinters Ohr steckte, lief ihr Gesicht plötzlich rot an, und sie wich meinem Blick aus. Normalerweise nahm sie diese Farbe nur an, wenn ich sie ärgerte, aber ich hatte nichts gesagt. Sie musste irgendwie an etwas Peinliches gedacht haben. Die Neugier trieb mich herauszufinden, was es war.

»Was?«, fragte ich amüsiert.

»Hast du auch eins?« Sie deutete auf Griffin.

Ich drehte mich zu ihm um. Er beugte den Arm für eine Gruppe von Fans. Sie kreischten, während sie ihn berührten. »Ein Tattoo?«, fragte ich und wandte mich wieder zu ihr. Kopfschüttelnd erwiderte ich: »Nein, mir fällt nichts ein, das ich mir dauerhaft in die Haut ritzen möchte.« Ob sie wohl irgendwelche versteckten Zeichen hatte? Ich lächelte und fragte: »Und du?«

Sie wirkte etwas nervös, als sie antwortete: »Ne ... meine Haut ist ganz jungfräulich.« Anscheinend hatte sie das nicht wirklich sagen wollen. Ihr unglücklicher Gesichtsausdruck brachte mich zum Lachen, dann murmelte sie: »Ich bringe dir gleich dein Bier ...«

Sie schoss davon wie eine Gewehrkugel. Ich schüttelte den Kopf und grinste noch immer. Warum war sie nur so leicht in Verlegenheit zu bringen? Ganz sicher gab es nichts an ihr oder ihrer Persönlichkeit, das dazu Anlass gab, aber es war lustig, ihren inneren Kampf zu beobachten. Dennoch hoffte ich, dass sie eines Tages selbstbewusst sein würde und sich wohl in ihrer Haut fühlte. Das sollte sie. Sie war wundervoll.

Während ich sie beobachtete, platzte Denny zur Tür herein und stieß beinahe mit ihr zusammen. Er fasste sie an den Schultern und sah aus, als habe er gute Neuigkeiten. Kiera lächelte, ganz offensichtlich freute sie sich, ihn zu sehen, und war gespannt, was er zu berichten hatte. Dann machte sie ein langes Gesicht. Was war los? Denny zuckte mit den Schultern und sagte etwas, woraufhin ihr der Mund offen stehenblieb, als hätte er ihr einen Schlag in die Magengrube versetzt. Ich wünschte, ich hätte hören können, was sie sagten, aber das

Gespräch ging mich nichts an, also rührte ich mich nicht vom Fleck.

Kiera wirkte aufgelöst und redete auf Denny ein. Denny schien verwirrt und versuchte, ihr etwas zu erklären. Dann rief sie plötzlich: »Was?« Einige in der Bar drehten sich nach dem Paar um, das ganz offensichtlich einen Streit anfing. Besorgt stand ich von meinem Stuhl auf. Denny und Kiera stritten sich nicht. Nie. Und wenn, dann ganz sicher nicht an einem öffentlichen Ort wie diesem.

Denny bemerkte die neugierigen Blicke, nahm Kiera am Arm und zog sie nach draußen. Ich machte einen Schritt und wollte ihnen folgen, doch das stand mir nicht zu. Ich durfte sie nicht stören. Aber ich hatte ein ziemlich ungutes Gefühl.

Den Blick auf die Tür gerichtet ging ich zur Bar und besorgte mir ein Bier. Während ich daran nippte, starrte ich weiterhin zum Eingang und wünschte, Denny und Kiera kämen mit ihren normalen fröhlichen Die-Welt-ist-in-Ordnung-Gesichtern wieder herein. Ich hatte irgendwie das Gefühl, dass sie Schluss machten, und das erfüllte mich mit Angst. Was würde mit unserer kleinen Familie passieren, wenn sie sich trennten? Warum zum Teufel sollte Denny überhaupt mit ihr Schluss machen? Sie war herzlich, süß, lustig und wirklich ... wunderschön. Sie war so perfekt wie ein Mädchen nur sein konnte.

Als die Tür schließlich wieder aufging, kam Kiera allein zurück. Das war kein gutes Zeichen. Sie versuchte, eine tapfere Miene aufzusetzen, doch als sie sich mit den Fingern die Augen wischte, wusste ich, dass ihr das nicht gelang. Etwas stimmte nicht.

Nachdenklich ging ich zu ihr. »Alles in Ordnung?«

Ihre Augen waren gerötet und glänzten, sie mied meinen Blick und sah über meine Schulter. Sie hatte geweint, und sie war kurz davor, erneut in Tränen auszubrechen. »Ja, alles okay.«

Man musste kein Genie sein, um zu sehen, dass sie log. »Kiera ...« *Sprich mit mir.*

Ich legte ihr eine Hand auf den Arm und hoffte, sie würde sich öffnen. Daraufhin hob sie den Blick zu mir, und die Deiche brachen. Sofort zog ich sie in meine Arme. Als ich sie fest an meine Brust drückte, erwachte mein Beschützerinstinkt. *Wie konnte Denny es wagen, ihr wehzutun!* Doch mir war klar, dass ich nicht urteilen durfte, solange ich nichts wusste, also tat ich mein Bestes, um dieses Gefühl zu verdrängen. Ich legte meine Wange an ihren Kopf, strich über ihren Rücken und versuchte, sie so gut es ging zu trösten, während sie schluchzte. Die Leute um uns herum starrten uns an, aber das war mir egal. Sie brauchte mich, und ich war für sie da.

Es überraschte mich ein wenig, wie natürlich es sich anfühlte, sie zu halten. Unsere Körper passten perfekt zueinander, als wären wir füreinander geformt. Und sie zu trösten weckte Gefühle in mir. Abgesehen davon, dass ich sie beschützen und retten wollte, regte sich da noch etwas anderes ... Freundschaft oder vielleicht auch mehr als das. Ich war mir nicht sicher. Ich wusste nur, dass ich sie nicht mehr loslassen wollte.

Ich weiß nicht, wie lange wir dort gestanden und uns umarmt hatten, als Sam zu mir kam. Mir war klar, was er sagen würde. Die Band war dran, es war Zeit zu spielen. Ich schüttelte den Kopf und bat ihn, mir noch eine Minute zu geben. Kiera blickte zu mir auf und rückte etwas von mir ab. Sie hatte sich wieder einigermaßen unter Kontrolle, nur noch ein paar wenige Tränen liefen über ihre Wangen, die sie rasch wegwischte. »Mir geht's gut. Danke. Na los, die warten alle auf ihren Rockstar.«

Besorgt fragte ich: »Bist du dir sicher? Die Jungs können noch ein paar Minuten warten.« *Wenn du mich brauchst, bin ich für dich da.*

Sie lächelte und freute sich über mein Angebot, auch wenn sie es ablehnte. »Nein, wirklich, mir geht's gut. Ich muss auch wieder arbeiten. Jetzt habe ich dir schon wieder kein Bier gebracht.«

Ich wollte es zwar nicht, ließ sie jedoch los. Lachend sagte ich: »Nächstes Mal.«

Ich strich ihr über den Arm und wünschte, es würde ihr so gut gehen, wie sie behauptete. Dass ich auf die Bühne musste, nervte mich. Warum ließ ihre seidige Haut mein Herz schneller schlagen?

Ich schob den Gedanken schnell beiseite und ließ sie zu ihrer Arbeit zurückkehren. Vielleicht hatte sie sich nach dem Konzert so weit gefangen, dass sie sich mir anvertrauen würde. Das hoffte ich sehr. Ich wünschte mir, dass sie mit mir redete, dass sie mir vertraute. Ich würde sie nie verletzen oder verraten, und ich wollte, dass sie das wusste. Sie bedeutete mir sehr viel.

6. Kapitel

Ich bin für dich da

Als ich die Bühne betrat, musterte Evan mich mit seltsamem Blick. *Entspann dich, ich lasse Kiera in Ruhe.* Ich würde nicht mit ihr flirten, sie anbaggern oder mich ihr gegenüber irgendwie unangemessen verhalten. Sie gehörte Denny.

Ich beobachtete sie das ganze Konzert über und versuchte, ihre Stimmung zu deuten. Wenn es nötig war, würde ich von der Bühne stürzen und sie noch einmal in die Arme nehmen. Sie musste mir nur ein Zeichen geben. Doch das tat sie nicht; sie lächelte mir nur beruhigend zu, wann immer sie meinem Blick begegnete.

Doch als ihre Schicht zu Ende war, saß sie rittlings auf einem Stuhl und sah aus, als wollte sie auf keinen Fall nach Hause gehen. Sie wischte sich sogar die Augen, als müsse sie erneut weinen. Ich hoffte, dass sie sich mir endlich anvertrauen würde, und setzte mich auf einen Stuhl neben sie. »Hey«, sagte ich, als sie mich ansah. »Willst du darüber reden?«

Sie blickte zum Rest der Band hinüber, der noch in der Bar abhing. Als sie zögerte, vermutete ich, dass die anderen der Grund dafür waren, und als sie den Kopf schüttelte, war ich mir sicher. Anstatt Kiera zu drängen, vor den anderen mit mir zu reden, fragte ich: »Soll ich dich nach Hause bringen?« Ich verstand, dass sie gern allein sein wollte und dass sie keine Lust hatte zu reden. Ich würde sie nicht unter Druck setzen.

Sie lächelte mich dankbar an und nickte. »Ja, danke.«

»Klar. Ich hole nur meine Sachen, dann können wir fahren.«

Ich schenkte ihr ein warmes Lächeln. Als wäre sie verlegen, färbten sich erneut ihre Wangen. Vielleicht hatte sie ein schlechtes Gewissen, weil sie mir Umstände machte. Doch das brauchte sie nicht zu haben. Schließlich hatten wir denselben Heimweg. Ich ging zu den Jungs, um meine Sachen zu holen. Griffin machte ein wissendes Gesicht. Ich war mir sicher, dass er eine ganze Reihe perverser Bilder von Kiera und mir im Kopf hatte. Widerlich.

Sam war bei ihnen. Er hielt ein Glas in der Hand und prostete mir damit zu. »Willst du was mit uns trinken?« Er kniff die Augen zusammen. »Nur einen allerdings. Ich habe keine Lust, wieder den Babysitter zu spielen, weil du blau bist.«

Ich lachte. Es war schon eine Weile her, aber Sam hatte mich mehr als ein Mal nach Hause bringen müssen. Diese Seite seiner Arbeit gefiel ihm weniger. Er tat es nur, weil wir Kollegen waren. Und Freunde. »Nein, danke. Ich bringe Kiera nach Hause.« Griffin schürzte die Lippen, stieß Matt in die Rippen und nickte. Er meinte offenbar, etwas herausgefunden zu haben.

Ich schüttelte den Kopf und nahm meine Gitarre. Als ich mich zum Gehen wandte, fasste mich Evan am Ellbogen. Er beugte sich dicht zu mir und sagte: »Ich habe euch zwei vorhin gesehen. Ist da was im Busch?«

Unbehagen kroch mein Rückgrat hinauf, dass Evans Gedanken in dieselbe Richtung gingen wie Griffins. Er sollte etwas mehr Vertrauen in mich haben. »Nein. Irgendetwas ist vorhin zwischen Denny und ihr vorgefallen, ich weiß nicht was. Sie ist aufgelöst, und deshalb bin ich für sie da. Als Freund. Das ist alles.«

Evan gab sich mit meiner Antwort zufrieden und ließ meinen Arm los. Und das war gut so, denn ich sagte die Wahrheit.

Ich ließ die anderen stehen und kehrte zu Kiera zurück. »Fertig?«, fragte ich sie.

Sie nickte, dann verließen wir gemeinsam die Bar. Eine Weile schwieg sie, und ich ließ sie in Ruhe. Sie würde schon reden, wenn sie wollte. Wenn nicht, konnte ich sie nicht dazu zwingen. Die Stille zwischen uns fühlte sich allerdings nicht bedrückend an. Es herrschte vielmehr eine angenehme freundschaftliche Atmosphäre.

Als ich mir schon sicher war, dass wir die ganze Rückfahrt über schweigen würden, sagte Kiera leise: »Denny geht weg.«

Ihre Worte hätten mich nicht mehr schockieren können. *Nein ... ich hatte ihn doch gerade erst zurück, und die beiden waren so glücklich hier zusammen. Was war denn nur passiert? Warum sollte er weggehen wollen? Hatte ich etwas getan?* »Aber ...?«

Sie verzog das Gesicht, als wäre sie wütend auf sich. »Ja, aber nur für ein paar Monate ... wegen der Arbeit.«

Als ich begriff, dass Denny nur vorübergehend weggehen würde, entspannte ich mich. Unsere Freundschaft war also noch in Ordnung und ihre genauso. Die Entfernung war eine Prüfung für ihre Beziehung, aber ich war mir sicher, dass sie das schafften. »Ach, ich dachte schon ...« ... *ihr hättet Schluss gemacht.*

Bevor ich meinen Gedanken zu Ende bringen konnte, seufzte sie. »Nein. Ich überreagiere. Alles in Ordnung. Es ist nur ...« Sie zögerte, als würde es ihr bereits wehtun, die Worte auszusprechen.

»Ihr wart noch nie getrennt«, riet ich.

Als ich zu ihr blickte, sah ich, dass ein zartes Lächeln um ihre Lippen spielte. Sie war erleichtert, dass ich sie verstand und sie nicht verurteilte. »Ja. Ich meine, schon, aber nicht so lange. Ich bin es wohl einfach gewohnt, ihn jeden Tag zu sehen und na ja ... wir haben so lange darauf gewartet zusammenzuwohnen, und alles lief so perfekt und jetzt ...«

»Jetzt geht er einfach weg.«

»Ja.«

Ich spürte, wie sie mich beobachtete, während ich auf die Straße blickte. Ich versuchte, mir vorzustellen, wie es sich anfühlte, so lange darauf zu warten, mit jemandem zusammen zu sein, und wenn es dann endlich so weit war, ging er weg.

»Was denkst du?«, murmelte Kiera geistesabwesend, als würde sie gar nicht wirklich mit mir sprechen.

»Ach, nichts ...« Ich sah zu ihr hinüber, und sie sah mich aus großen Augen an, als hätte sie gar nicht gemerkt, dass sie mir eine Frage gestellt hatte. Ich ignorierte ihre verwirrte Miene und dachte darüber nach, was ich mir gewünscht hatte. »Ich hoffe einfach nur, dass ihr das hinbekommt. Ihr seid doch beide ...« *Unglaubliche Menschen, eine Inspiration, meine Hoffnung für die Zukunft ... wichtig für mich.*

Erneut legte sich Schweigen über den Wagen, aber diesmal war es dankbare Stille. Ich war froh, dass Kiera sich mir anvertraut hatte, und glücklich, dass ihr Problem offenbar nicht von Dauer war.

Als wir nach Hause kamen, stand Dennys Wagen in der Auffahrt. Bei seinem Anblick atmete Kiera tief ein. Sie lächelte jedoch, als sei sie glücklich, dass er zu Hause war. Hoffentlich würde sie immer so empfinden. Sie wandte sich zu mir um und sagte: »Danke für alles.«

Plötzlich wünschte ich mir, dass sie mich wieder auf die Wange küssen würde und richtete den Blick nach unten. Wenn ich wie sie wäre, wäre ich bei dem Gedanken rot geworden. »Kein Problem.«

Wir stiegen aus dem Wagen und gingen zum Haus. Kiera blieb vor ihrer Zimmertür stehen, ich vor meiner. Ich beobachtete, wie sie auf die geschlossene Holztür starrte und mit der Hand den Metallknauf umklammerte, anstatt ihn zu drehen. Sie schien nervös, als hätte sie Angst, was sie auf der anderen Seite erwartete.

»Das wird schon wieder, Kiera«, flüsterte ich in der Dunkelheit. Sie drehte sich zu mir um, und ihre Augen drückten Dankbarkeit aus.

»Gute Nacht«, sagte sie, ohne den Blick abzuwenden. Dann fasste sie sich ein Herz und öffnete die Tür zu ihrem und zu Dennys Zimmer.

Nachdem ich allein im Flur stand, starrte ich ein paar Minuten auf ihre Zimmertür. Dann dachte ich daran, wie es sich angefühlt hatte, Kiera in den Armen zu halten, wie ihre Haare gerochen hatten, an den liebevollen Ausdruck in ihren Augen, das angenehme Gefühl ihres Körpers, der sich an meinen geschmiegt hatte. Für den Bruchteil einer Sekunde fragte ich mich, wie es wäre, wenn Denny wegginge und niemals wiederkäme. Würde Kiera etwas anderes in mir sehen als einen Frauenhelden, einen Rockstar, wenn wir allein im Haus waren? Würde ich wollen, dass sie mehr in mir sah?

Kopfschüttelnd öffnete ich die Tür zu meinem Zimmer und ging hinein. Es war egal, ob sie ein Interesse an mir entwickeln würde oder nicht. Dazu würde es nicht kommen. Denny verließ sie nicht, er ging nur für ein paar Monate weg. Das war kein großes Ding. Sie waren glücklich miteinander, und aus irgendeinem Grund stimmte mich der Gedanke ein bisschen traurig.

Während sie die Minuten bis zu Dennys Abreise zählten, verhielten sich er und Kiera wie siamesische Zwillinge, dennoch gelang es mir, Denny kurz allein zu erwischen: »Hey, kann ich dich mal sprechen?«

»Natürlich. Was ist los?«

Ich hatte keine Ahnung, wie ich formulieren sollte, was mich umtrieb, ohne dabei hart zu klingen. Also sagte ich es einfach. »Ich habe gesehen, wie aufgebracht Kiera gewesen ist, als du ihr gesagt hast, dass du weggehst. Bist du dir sicher, dass das richtig ist?«

Denny runzelte die Stirn, als fände er, ich würde meine Grenzen überschreiten. Vielleicht tat ich das. »Es ist doch nur für ein paar Monate.« Seine Miene wich freudiger Erregung. »Du verstehst nicht, was das für mich bedeutet, Kellan. Das könnte der Anfang von etwas Großem sein.«

Ich hielt den Mund, doch im Stillen dachte ich: *Es könnte genauso gut das Ende von etwas noch viel Besserem sein.*

Am Tag von Dennys Abreise bot ich ihm an, ihn zum Flughafen zu bringen, weil ich nicht wusste, was ich sonst tun sollte. Auf dem Weg nach Sea-Tac hatte Kiera nur Augen für Denny. Dennys Blick ruhte hingegen die gesamte Fahrt über auf mir.

Im Flughafen zog ich mich etwas zurück, damit meine Freunde sich verabschieden konnten. Es war ein emotionaler Moment, und ich fand es schwierig zuzusehen, wie Kiera mit sich rang. Ihre Liebe ... noch nie hatte ich gesehen, dass jemand so tiefe Zuneigung für einen anderen Menschen empfand. Ganz sicher hatte noch niemand derartige Gefühle für mich gehabt.

Nach einem leidenschaftlichen Kuss lösten sie sich voneinander. Denny sagte noch etwas zum Abschied, küsste sie auf die Wange und kam dann zu mir. Er lächelte, als ich mich verabschiedete, dann blickte er zurück zu Kiera. Als er sich wieder zu mir umwandte, wirkte seine Miene auf einmal hart. Er beugte sich vor und flüsterte: »Versprich mir, dass du die Finger von ihr lässt, solange ich weg bin. Dass du dich um sie kümmerst, aber dass du dich so weit wie möglich von ihr fernhältst. Du weißt, was ich meine?« Er wich zurück und sah mich todernst an.

Erschrocken sah ich kurz zu Kiera, die uns beobachtete. Wollte er mich etwa ernsthaft warnen, nicht mit seiner Freundin zu schlafen? Meinte er, dass ich das tun würde? Ja, ich mochte Kiera. Sehr sogar, aber sie gehörte ihm, und das respektierte ich. Ich respektierte ihn. Ich würde nie …

Denny reichte mir die Hand. Ich nickte sprachlos, dann ergriff ich sie. Irgendwie fühlte sich das Händeschütteln mehr wie ein Pakt an und nicht, als würden wir uns verabschieden. »So etwas würde ich dir doch niemals antun, Denny.«

Denny lächelte mich kurz an, dann wandte er sich ab, warf Kiera noch einen Kuss zu und lief zur Sicherheitskontrolle. Das musste ich erst einmal verarbeiten. Ich hatte immer geglaubt, Denny hätte eine hohe Meinung von mir. Doch wenn er mich für fähig hielt, etwas Derartiges zu tun, vertraute er mir offenbar nicht so, wie ich angenommen hatte. Sogar Evan hatte gemeint, mich warnen zu müssen … Sahen die Leute mich so? War ich so?

Kiera starrte auf die Stelle, an der Denny eben noch gestanden hatte, Tränen stiegen ihr in die Augen. Vermutlich würde sie in Kürze die Fassung verlieren und wollte nicht, dass das mitten im Flughafen passierte, also brachte ich sie schnell zurück zum Wagen.

Sie riss sich zusammen, bis wir den Freeway erreichten, dann brach sie komplett zusammen. Noch nie hatte ich jemand so gesehen. Es war, als würde ihre Seele in Stücke gerissen. Ihr Schmerz ging mir nah, und es fiel mir schwer zu verstehen, warum Denny ihr das antat. Ich wollte sie beruhigen, ihr den Schmerz nehmen, sie davor schützen, jemals wieder derart empfinden zu müssen. Doch das konnte ich nicht, also fuhr ich sie einfach nach Hause, packte sie mit einem Wasser und einer Packung Taschentücher aufs Sofa und setzte mich zu ihr in den Sessel, um ihr Gesellschaft zu leisten.

In der Hoffnung, dass es sie ablenken würde, suchte ich etwas Lustiges im Fernsehen, das wir uns ansehen konnten. Es schien zu funktionieren. Nachdem sie ein paarmal gekichert hatte, hellte sich ihre Miene etwas auf, und sie brauchte nicht mehr ganz so viele Taschentücher. Ich achtete mehr auf Kiera als auf den Film. In ihrem Schmerz waren ihre Augen grüner, und sie kaute auf ihrer Lippe, während sie den albernen Film sah. Plötzlich wünschte ich, ich würde neben ihr auf dem Sofa sitzen und vielleicht einen Arm um sie legen, damit sie sich an meiner Schulter ausweinen konnte. Aber nein, ich hatte Denny versprochen, Abstand zu halten.

Schließlich versiegten ihre Tränen. Ich sah ihr an, wie erschöpft sie war, und als sie sich aufs Sofa legte, überraschte es mich nicht, dass sie einschlief, ehe der Film zu Ende war. Wahrscheinlich hatte sie die letzte Nacht gar nicht geschlafen. Ich holte eine leichte Decke und breitete sie über ihren zusammengerollten Körper. Sie bewegte sich ein wenig und lächelte, als wüsste sie, was ich tat.

Ich stand vor ihr und betrachtete sie eine ganze Weile. Eine Haarsträhne war über ihre Wange und über ihre Lippen gerutscht. Die Enden flatterten, wenn sie leise atmete, und ich war mir sicher, dass das Kitzeln sie wecken würde. Ganz vorsichtig strich ich die Strähne aus ihrem Gesicht und steckte sie hinter ihr Ohr; sie fühlte sich seidig an.

Kiera rührte sich nicht, daher nahm ich an, dass sie noch immer schlief. Mir war klar, dass ich das nicht tun sollte, aber ihre entblößte Wange rührte mich. Mein Atem beschleunigte sich, und ich öffnete die Lippen. Sie war wirklich unglaublich schön. Sogar in diesem erschöpften Zustand, mit leichten Rändern unter den Augen, sah sie phänomenal aus. Ich strich mit dem Daumen über ihre Wange. Ihre Haut war so weich, dass ich am liebsten die ganze Hand auf ihre Wange gelegt hätte, um noch mehr von ihr zu spüren. Ich wollte mit meiner Wange über ihre streichen, mit meinen Lippen. Doch ich hatte bereits eine Grenze überschritten, ich würde nicht noch weiter gehen. Kiera und ich waren gute Freunde. Das klang viel zu simpel, aber anders konnte ich es nicht ausdrücken. Ich würde nichts tun, das unsere Freundschaft oder die zwischen Denny und mir gefährdete, auch wenn er mir nicht wirklich vertraute.

In den nächsten Tagen tat ich mein Bestes, damit Kiera mit der Situation zurechtkam. Hauptsächlich versuchte ich, sie abzulenken, indem ich all ihre Freizeit verplante. Leider hatte sie ziemlich viel Freizeit, da der Unterricht noch nicht wieder begonnen hatte.

Je mehr Zeit wir miteinander verbrachten, desto mehr genoss ich ihre Gesellschaft. Sie war klug, lustig, einfühlsam und hübsch anzusehen. Sie war aber auch albern und ausgelassen, wenn sie ihr Schneckenhaus einmal abstreifte. Das stellte ich fest, als ich sie erfolgreich dazu brachte, mit mir im Supermarkt zu tanzen und zu singen. Ich wollte sie von ihrer Einsamkeit ablenken, dabei schaffte sie es vielmehr, mich von meiner abzulenken.

Klar, ich flirtete gelegentlich mit Mädchen, schließlich war ich nicht bereit, ganz auf die Berührung einer Frau zu verzichten. Ich konnte mich jedoch noch nicht einmal erinnern, wann ich das letzte Mal mit einer Frau geschlafen hatte. Es schien mir eine Ewigkeit her zu sein, aber ich dachte nur noch selten an Sex. Na ja, ich dachte nicht mehr an Sex mit Frauen, die ich nicht kannte. Dafür dachte ich in wirklich völlig unangemessener Form an Kiera. Und träumte von ihr. Herrgott, diese Träume. Von manchen wachte ich mit einer solchen Latte auf, dass ich Glas damit hätte zertrümmern können. Doch ich ließ nicht zu, dass das unsere Freundschaft beeinträchtigte oder mein Versprechen gegenüber Denny. Beides bedeutete mir zu viel.

Eines Abends, als ich mir gerade ungehörigerweise vorstellte, wie Kiera wohl klatschnass aussehen würde, klopfte sie an meine Tür. Ich hatte gerade geduscht und war selbst noch etwas feucht, als ich ihr sagte, sie könne hereinkommen.

Ich schob das Bild von ihren Brüsten fort, zwischen denen Wasser hinunterrann, und setzte ein strahlendes Lächeln auf, da öffnete sie die Tür. »Was gibt's?«

Sie stand im Türrahmen und starrte mich mit offenem Mund an. Wahrscheinlich hatte sie nicht damit gerechnet, dass ich nur halb bekleidet war. Sie schloss den Mund und versuchte, sich zu fangen, dann stammelte sie. Es war eine süße Reaktion, die ich von ihr nicht erwartet hatte. Vielleicht stellte sie sich mich ebenfalls nackt vor? Nein, auf keinen Fall …

»Äh … ich habe mich gefragt … ob ich dich ins … Razors begleiten könnte … der Band zuhören …«

»Echt?« Überrascht nahm ich mein Shirt vom Bett. Das Razors war eine kleine Bar, in der wir heute Abend spielten. Kiera hörte die Band so häufig im Pete's, dass es für sie etwas monoton sein würde. Wenn sie das aber gern wollte, würde ich mich über ihre Begleitung freuen. »Hast du nicht langsam genug von meiner Musik?« Ich zwinkerte ihr zu und zog mein Shirt über. Dass sie sie überhaupt noch hören konnte!

Sie schluckte, als würde sie mein Körper noch immer sprachlos machen. Hmmm, wenn ich es mir recht überlegte, sollte ich vielleicht öfter halb nackt vor ihr stehen. Ihre Verwirrung war verführerisch.

Freunde. Nur Freunde.

»Nein … noch nicht«, sagte sie. Und als sei es ihr gerade

noch eingefallen, fügte sie hinzu: »Außerdem hab ich dann was zu tun.«

Ich lachte. Am Ende landeten wir immer bei Denny und der ewigen Warterei. Als ich fertig angezogen war, ging ich zu meiner Kommode, um etwas Stylingcreme für meine Haare zu nehmen. Ich arrangierte das Durcheinander auf meinem Kopf zu einem geordneten Chaos.

Als ich mich nach Kiera umsah, stand sie immer noch an der Tür und blickte mich gebannt an. »Natürlich, ich bin fast fertig.« Ich setzte mich, um meine Stiefel anzuziehen, und klopfte neben mich aufs Bett. Als Kiera sich zu mir setzte, merkte ich, dass mir das gefiel. Ihr frischer Geruch umfing mich, und auch ohne sie zu berühren, empfand ich eine nie gekannte Wärme. Doch so etwas durfte ich nicht denken.

Das Konzert verlief ziemlich gut, und ich war froh, dass Kiera die Chance hatte, es mitzuerleben. Nachdem wir unser Zeug zusammengepackt hatten, bedankte ich mich bei den Angestellten, dass sie uns eingeladen hatten, und bei den Gästen, dass sie gekommen waren, um uns zu hören. Oder uns zumindest ertragen hatten, wenn sie nichts von unserem Auftritt gewusst hatten. Als ich den Barkeeper zum Abschied umarmte, legte mir eine dreiste Frau eine Hand auf die Hosentasche und kniff mir in den Hintern. Als ich über meine Schulter zurückblickte, sagte sie: »Hast du heute Abend schon was vor?«

Mein Blick glitt von ihr zu Kiera, die am Ausgang stand und zu uns herübersah. Vor gar nicht langer Zeit wäre ich mit dieser Frau gegangen, wohin sie wollte, doch die Dinge hatten sich verändert. Ich wollte nirgends mit ihr hingehen. Außerdem konnte ich auch nicht. Ich hatte etwas vor.

»Sorry, ja.« Als sie die Stirn runzelte, gab ich ihr einen Kuss auf die Wange. Hoffentlich genügte das, um sie glücklich zu machen.

Auf der Rückfahrt war Kiera bestens gelaunt. Gebannt blickte sie zu mir herüber. Ich war mir nicht sicher, warum, bis ich merkte, dass ich den letzten Song, den wir gespielt hatten, leise vor mich hin sang.

»Der Song gefällt mir«, sagte sie. Ich nickte. Das wusste ich schon. Egal, was sie gerade tat, bei »Remember Me« hielt sie stets inne und hörte zu, wenn wir es im Pete's spielten.

»Er scheint dir wichtig zu sein«, bemerkte sie neugierig. »Hat er eine besondere Bedeutung?«

Es schien ihr unangenehm, das zu fragen, als hätte sie erneut gesprochen, ohne erst nachzudenken. Ihre Frage traf mich unvorbereitet, genau wie ihr Einfühlungsvermögen. Und ihr Interesse. Die meisten Frauen achteten nicht auf meine Texte, wenn sie mit mir zusammen waren. »Mhm.« Mehr brachte ich nicht hervor.

Natürlich reichte ihr das nicht. »Welche?«, fragte sie schüchtern.

In diesem einen Wort hörte ich geradezu, wie sie mich anflehte, mich ihr anzuvertrauen. Die Vorstellung, dass sie wusste, was dieser Song für mich bedeutete und wovon ich wirklich sang, ängstigte mich nicht so, wie beim ersten Mal, als ich ihre Reaktion beobachtet hatte. Ich fühlte mich äußerst wohl mit ihr. Doch ich fühlte mich nicht wohl genug, um ihr jede rührselige Geschichte anzuvertrauen, die ich mit mir herumschleppte. Ich konnte ihr jedoch kleine Teile von mir anvertrauen. Solange sie nicht nach mehr fragte und mich nicht drängte, wenn ich es nicht wollte.

Fröhlich lächelnd antwortete ich: »Das hat mich noch niemand gefragt. Na ja, abgesehen von der Band natürlich.« Ich zögerte. Wollte ich die Beichttür jetzt schon aufstoßen? »Ja...«, murmelte ich und blickte zu ihr hinüber. Sie blinzelte, wandte sich zu mir um und sah mich aus großen Augen an, in denen ein Gefühl lag, das ich nicht deuten konnte. Ich verlor mich in der Form ihrer Lippen, dem Glanz ihrer Augen und gab ein Stück von meinem Herzen preis. »Der Song hat eine besondere Bedeutung für mich …«

Worauf ich mein ganzes Leben gehofft habe. Was meine Eltern mir nie gegeben haben. Dass ich weiß, dass ich die Liebe eines anderen Menschen nicht verdiene. Das bedeutet er für mich.

Ein unerwarteter Schmerz durchbohrte mein Herz. Ich wollte Kiera nicht mehr erzählen, wollte nicht, dass noch mehr Schmerz heraussickerte. Also befestigte ich meine mentale Verteidigung und betrachtete die Fahrbahnmarkierung auf der Straße in der Hoffnung, dass sie den Hinweis verstand. Zum Glück fragte sie nicht weiter. Kiera schien immer zu spüren, wann sie einen wunden Punkt erwischt hatte, und ich war dankbar, dass sie sich zurückzog, bevor sie die Wunde aufriss.

Als wir zu Hause waren, überlegte ich, ob ich noch zu Evan oder Matt fahren sollte. Irgendetwas tun sollte, das mich von den letzten Minuten ablenken würde. Doch als Kiera sich bei mir für den netten Abend bedankte, lächelte sie so warm, dass sie das Eis um mein Herz zum Schmelzen brachte. So fühlte es sich jedenfalls an. Und als wäre sie die Sonne, wollte ich einfach nur in ihrer Nähe sein, also blieb ich.

Mit Kiera zusammen zu sein machte mein Leben an Stellen bunter, an denen ich nicht damit gerechnet hatte. Wie eines nachmittags, als ich nach Hause kam und alles völlig verändert vorfand. Zuerst war ich amüsiert. Ich musste sogar lachen, als ich Jenny und Kiera dabei erwischte, wie sie Bilder in der Küche aufhängten. Doch als ich von Zimmer zu Zimmer ging, war ich zunehmend beeindruckt. Die komischen Körbe, die Kunst und die Fotos ließen das Haus wohnlich wirken. Auf einmal waren es nicht mehr nur vier Wände und ein Dach. Es hatte Charakter, und der Charakter entsprach Kieras. Das Haus fühlte sich an wie sie.

Sogar mein Schlafzimmer.

Ich blieb am Eingang stehen und starrte fasziniert in mein Zimmer. An der Wand hing ein Poster von den Ramones. Ich liebte die Ramones. Im Geiste ging ich all unsere Gespräche durch, konnte mich aber nicht daran erinnern, es ihr erzählt zu haben. Dass sie unterwegs etwas sah, an mich dachte und es kaufte ... nun ja, das war mir irgendwie völlig unbegreiflich.

Ich konnte mich nicht erinnern, wann das letzte Mal jemand so etwas für mich getan hatte. Einfach nur so. Es war kein Feiertag, keine besondere Gelegenheit. Es war einfach nur Sonntag. Ich saß auf meinem Bett und starrte fasziniert, überwältigt und tief berührt das Poster an.

Als ich Jenny zum Abschied rufen hörte, rief ich zurück. Ich blickte auf den Boden und dachte, wie öde mein Haus ausgesehen hatte, bevor Kiera es herausgeputzt hatte. Noch nie hatte ich mich so unwichtig gefühlt wie an dem Tag, als ich zurück nach Seattle gerast war und entdeckt hatte, dass meine Eltern mich im Grunde aus ihrem Leben gelöscht hatten. All meine Sachen waren weg, an den Wänden hingen keine Bilder, und in den Regalen standen keine Erinnerungen. Das zu sehen war zehnmal schlimmer gewesen als all die Male, die Dad mir unterschwellig oder auch weniger unterschwellig zu verstehen gegeben hatte, dass ich ihm nichts bedeutete. Worte konnten verletzen, aber das war viel schlimmer gewesen. Was sie getan hatten, war unmöglich falsch zu verstehen.

Dass sie mich aus ihrem Leben verbannt hatten, war ein heftiger Schlag in die Magengrube als jeder Tritt von Dads Schuhen mit der Stahlkappe. Mir war zum Heulen zumute gewesen, und ich hatte das Gefühl gehabt, mich übergeben zu müssen. Am Ende hatte ich jedes Möbelstück, das ihnen gehört hatte, mit einem *zu verschenken*-Schild an den Straßenrand gestellt. Als ich jede Spur von ihnen entfernt hatte, war das Haus genauso leer gewesen wie ich.

Ich hörte ein Klopfen an meiner Tür, und als ich aufsah, stand Kiera im Türrahmen. Ich schob meine dunklen Erinnerungen beiseite und winkte sie herein.

Sie wand sich ein wenig, als sie sprach, wobei sich eine niedliche Falte auf ihrer Nase bildete. »He ... tut mir leid wegen der ganzen Sachen. Wenn sie dir nicht gefallen, kann ich das auch alles wieder wegmachen.«

Als sie sich neben mich setzte, sah sie so schuldbewusst aus, als hätte sie tatsächlich etwas falsch gemacht. Dabei hatte sie nur ein bisschen Leben in mein Leben gebracht. »Nein, alles okay. Es war wohl ein bisschen ... leer.« *Vorsichtig ausgedrückt.* Ich deutete auf das Bild von den Ramones hinter mir. »Das gefällt mir. Danke.« *Mehr als nur mögen. Und danke ist nicht genug, aber mehr kann ich dir nicht geben.*

»Ja, das hatte ich gehofft ... Gern geschehen.« Ihr wunderschönes Lächeln wich einem nachdenklichen Ausdruck. »Alles okay?«, fragte ich. Sie hatte die Brauen zusammengezogen, als würde sie sich Sorgen um mich machen.

War sie meinetwegen besorgt? Sie hatte nur gesehen, dass ich einen Moment auf den Boden gestarrt hatte. *Was hatte sie gedacht?* »Ja. Alles okay. Warum?«

Erneut schien sie verlegen, als würde sie mir zu nahe treten. »Ach, nur so, du hast nur so ... Ach nichts. Tut mir leid.«

Ich dachte an all die Male, als sie nicht weiter in mich gedrungen war. Und daran, wie gut es getan hatte, sich ihr nur ein ganz kleines bisschen zu öffnen, bevor der Schmerz wieder über mich gekommen war. Deshalb überlegte ich, ihr zu sagen, woran ich gedacht hatte, als sie hereingekommen war. Aber nein. Das konnte man nicht einfach mit ein oder zwei Sätzen erklären. Nein, wenn ich ihr sagte, wie viel mir ihre Geste bedeutete, musste ich ihr alles erzählen. Und das konnte ich nicht. Darüber sprach ich nicht mit anderen.

Anstatt ihr zu sagen, was sie ganz sicher hören wollte, lächelte ich und fragte: »Bist du hungrig? Wollen wir ins Pete's?« Amüsiert fügte ich hinzu: »Da waren wir schon so lange nicht mehr.«

Als wir im Pete's ankamen, setzten wir uns an den Tisch der Band und gaben bei Jenny unsere Bestellung auf. Die Leute starrten uns an, aber ich achtete nicht auf sie. Ich aß mit meiner Mitbewohnerin. Das war alles.

Normalerweise fühlte Kiera sich wohl, wenn wir zwei zusammen waren, doch manchmal wirkte sie niedergeschlagen. Ich nannte das »Denny-Depressionen«. Während wir auf unser Essen warteten, beobachtete ich, wie sich ihr selbstbewusster Ausdruck in Trübsinn verwandelte. Sie vermisste ihn.

Auch wenn ich wusste, was mit ihr los war, fragte ich, ob alles in Ordnung sei. Sie tat es mit einem Achselzucken ab, schüttelte den Kopf, setzte sich aufrechter hin und sagte, alles sei okay. Mir war jedoch klar, dass sie nur so tat. Sie hatte Liebeskummer und fühlte sich einsam. Mit Einsamkeit kannte ich mich aus. Ich wünschte, ich könnte mehr für sie tun, aber ich war nicht derjenige, nach dem sie sich sehnte, insofern waren meine Möglichkeiten begrenzt. Ich war nur ein Trostpflaster, das ihr half, ihre Traurigkeit zu unterdrücken. Das war okay. Zumindest war ich zu etwas nutze.

7. Kapitel

Ein Versprechen gemacht und es fast gehalten

Denny war schon einige Wochen weg, aber die Zeit war nur so verflogen. Jedenfalls für mich. Mir fiel auf, dass Denny immer seltener anrief. Ich sprach nicht mit Kiera darüber, doch langsam beunruhigte es mich. Vor allem, weil es sie beunruhigte. Ich sah ihr die Enttäuschung an. Es war, als bräche eine Skulptur Stück für Stück in sich zusammen. Wenn Denny sich nicht bald etwas anstrengte, hatte er ein Problem, das nichts mit seinen unbegründeten Befürchtungen mir gegenüber zu tun hatte.

Manchmal sprach ich mit ihm, wenn er anrief und Kiera gerade nicht zu Hause war. »Und wie bekommt dir Tucson?«, fragte ich eines Nachmittags.

Er lachte. »Hier ist es deutlich heißer als in Seattle, aber es gefällt mir. Wie ist es bei euch?«

»Gut. Hier ist alles okay.« *Ich halte mein Versprechen.*

Er atmete erleichtert aus. »Schön. Es würde mich echt beunruhigen, wenn es ... irgendwelche Probleme gäbe, solange ich weg bin.«

Ich biss die Zähne zusammen. Wollte er mich indirekt warnen? Er musste sich keine Sorgen machen. Kiera interessierte sich nicht einmal für mich. Sie dachte immer nur an Denny.

Ich räusperte mich und sammelte meine Gedanken. »Du rufst nicht mehr so oft an. Steckst du in Schwierigkeiten?« *Siehst du, ich kann auch Andeutungen machen.*

Denny schwieg einen Augenblick. Er war ein kluger Kerl, er verstand, wonach ich eigentlich fragte. Entweder war er verwirrt, dass ich es wagte, so etwas zu fragen, oder er rang mit sich, wie er mir antworten sollte. Bei der Vorstellung, dass Denny Kiera möglicherweise betrog, drehte sich mir der Magen um. Würde ich es ihr erzählen, wenn es so wäre? Doch, das würde ich. Ich würde Kiera niemals belügen.

»Nein ... Ich hab nur ... ziemlich viel Arbeit und nicht viel Freizeit.« Er seufzte, als wäre er plötzlich erschöpft. »Ich gebe mein Bestes, Kumpel.«

Ich hörte seiner Stimme an, dass er die Wahrheit sagte. Ich baute ihn ein bisschen auf, dann beendete ich das Gespräch. Schließlich war ich ihr Mitbewohner, kein Seelenklempner.

Als die Uni bald wieder losgehen sollte, rückte die Sorge über die selteneren Anrufe von Denny bei Kiera in den Hintergrund. Ich konnte geradezu sehen, wie ihre Anspannung von Tag zu Tag wuchs. Sie fürchtete den ersten Tag auf dem Campus mehr als alles andere, und ich war mir sicher, dass das Gefühl durch Dennys Abwesenheit noch zehnmal schlimmer war.

Eines Nachmittags brach Kieras ganze Nervosität aus ihr heraus. Es war ein dramatischer Anfall, den ich vermutlich nicht miterleben sollte, doch ich kam gerade zum rechten Zeitpunkt in die Küche. Sie fluchte laut »Scheiße« und schleuderte all ihre Unterlagen auf den Boden.

Ich musste über ihre übertriebene Reaktion lachen. »Ich kann es kaum erwarten, Griffin davon zu erzählen.«

Als sie mich bemerkte, schoss ihr die Röte in die Wangen, dann stöhnte sie. Während sie sich wieder fasste, deutete ich mit dem Kopf auf das Durcheinander. »Jetzt geht also die Uni los, was?«

Sie beugte sich hinunter, um die heruntergefallenen Papiere aufzuheben, und ich gab mir große Mühe, nicht darauf zu achten, wie gut sie in dieser Position aussah. »Ja«, sagte sie seufzend, »und ich bin noch immer nicht auf dem Campus gewesen. Ich habe keine Ahnung, wo alles ist.« Sie richtete sich auf, und ein Anflug von Denny-Depression erschien auf ihrem Gesicht. »Es ist nur … eigentlich wollte Denny mir dabei helfen.« Sie runzelte die Stirn, entweder war sie wütend auf sich oder auf Denny. Vielleicht ein bisschen von beidem. »Er ist jetzt schon fast einen Monat weg«, murmelte sie.

Ich musterte sie und bemerkte die Mischung aus Traurigkeit, Wut und Verlegenheit auf ihrem Gesicht. Sie wollte stark und unabhängig sein, aber aus irgendeinem Grund mangelte es ihr an Selbstbewusstsein. Ich verstand nicht, warum. Sie war schön, klug, süß … sie hatte nichts zu befürchten. Doch ich verstand auch, dass man jemand in seiner Nähe brauchte, um sich ganz zu fühlen. Das verstand ich nur zu gut.

Als Kiera meinem forschenden Blick auswich, sagte ich leise: »Die D-Bags spielen ab und an auf dem Campus.« Sie sah mich an, und ich lächelte schief. »Deshalb kenne ich mich dort ziemlich gut aus. Ich kann dir alles zeigen, wenn du willst.«

Die Erleichterung war ihr deutlich anzusehen. »O ja, bitte.« Auf einmal wirkte sie beschämt, räusperte sich und trat von einem Fuß auf den anderen. »Natürlich nur, wenn es dir nichts ausmacht.«

In diesem Licht wirkten ihre haselnussbraunen Augen grünlich, sie strahlten Wärme und Lebendigkeit aus, Zuneigung und Hoffnung. Wie konnte ich bei diesen Augen Nein sagen? »Nein, Kiera, es macht mir nichts aus....« *Ich würde alles für dich tun. Was mich einerseits glücklich macht und mich gleichzeitig zu Tode ängstigt.*

Am nächsten Nachmittag begleitete ich sie, damit sie sich für den Unterricht eintragen konnte, ein paar Tage später führte ich sie dann auf dem Campus herum. Vielleicht übertrieb ich es ein bisschen, weil ich sie beeindrucken wollte. Sie sollte sich möglichst wohlfühlen, wenn sie dort anfing. Doch sie verschlang förmlich jedes meiner Worte. Vielleicht tat ich es eigentlich deshalb. Es gefiel mir, wenn sie mir so aufmerksam zuhörte. Es gab mir irgendwie das Gefühl, unbesiegbar zu sein.

Ich zeigte ihr gerade das Gebäude, in dem ihr Kurs in Europäischer Literatur stattfinden würde, als eine Stimme über den stillen Flur hallte. »O mein Gott! Kellan Kyle!«

An der Stimmlage erkannte ich, dass es sich um einen Fan handelte. Ich zuckte zusammen und fragte mich, was nun passieren würde, doch da ich immer nett zu meinen Fans war, drehte ich mich um. Eine Frau mit roten Locken rannte den Flur hinunter auf mich zu. Ich hatte keine Ahnung, was sie tun würde, sobald sie mich erreichte. Ich überlegte, ob ich Kieras Hand fassen und mit ihr davonlaufen sollte, doch mir blieb keine Zeit. Die zierliche Frau war erstaunlich schnell. Sie schlang die Arme um meinen Hals und küsste mich, bevor ich überhaupt wusste, wie mir geschah.

Während sie mich mit Küssen überhäufte, durchwühlte ich mein Gehirn und versuchte, mich irgendwie an sie zu erinnern, doch ich wusste ums Verrecken nicht, wer die Frau war. »Ich fasse es nicht, dass du mich in der Uni besuchst.«

Okay, sie studierte also hier, das grenzte die Möglichkeiten schon ein bisschen ein. Das Mädchen blickte zu Kiera, die neben mir stand, und augenblicklich stand mein ganzer Körper unter Anspannung. Besser sie sagte nichts. Doch zum Glück wollte sie nicht wissen, wer Kiera war.

Nachdem sie ihr einen kurzen Blick zugeworfen hatte, verzog sie die Lippen und murmelte: »Ach, ich sehe, du bist beschäftigt.« Sie griff in ihre Tasche und kritzelte etwas auf ein Stück Papier, das sie in die Vordertasche meiner Hose schob. Ihre Finger strichen an der Innenseite der Tasche entlang und suchten mehr Kontakt zu mir, woraufhin ich zusammenzuckte. Dass mich ein Mädchen vor Kieras Augen küsste, war eine Sache; dass sie in meiner Tasche herumfummelte, war mir irgendwie peinlich.

»Ruf mich an«, hauchte sie, dann gab sie mir einen letzten Kuss und lief davon.

Tja. Na dann.

Ich ging den Flur hinunter, als wäre nichts Außergewöhnliches passiert. Was sollte ich auch sagen? Ich spürte, dass Kiera mich beobachtete. Sicher wollte sie wissen, wer das Mädchen war, das im Flur förmlich über mich hergefallen war.

Als ich mich schließlich zu Kiera umdrehte, sah sie mich noch immer mit ungläubigem Blick an. »Wer war das denn?«, fragte sie.

Ich suchte nach einem Namen, der zu den flammend roten Locken passte, aber mein Gehirn war leer. »Ich habe absolut keine Ahnung«, gestand ich und wusste, dass sich das nicht gut anhörte. Jetzt, wo ich richtig nachdachte, hatte ich das Gefühl, dass ich ihr schon einmal begegnet war, aber die Einzelheiten lagen im Nebel, und ihr Name war völlig weg. Ich schummelte und schielte auf den Zettel, den sie mir in die Tasche gesteckt hatte. »Hmmm ... das war Candy.«

Ach ja. Candy. Die hatte ich an einem Verkaufsautomaten kennengelernt. Das war lustig gewesen. Lachend zerknüllte ich das Papier mit ihrem Namen und warf es in den Papierkorb. Ich wollte mehr als irgendwelche Affären. Als wir das Gebäude verließen, bemerkte ich, dass Kiera grinste, als sei sie froh, dass ich den Zettel weggeworfen hatte. Interessant. Warum interessierte es sie, ob ich mich mit jemandem traf? Vielleicht passte sie nur auf mich auf.

Im Laufe der Zeit verfiel Kiera in eine depressive Stimmung. Zwischen Dennys Anrufen verging immer mehr Zeit. Ich wünschte, ich könnte ihr irgendwie helfen, aber ich wusste wirklich nicht, wie ich verhindern sollte, dass ihre Beziehung langsam auseinanderbrach. Die einzige Lösung war, dass Denny zurückkam, und das würde nicht mehr lange dauern. Kiera musste nur noch ein paar Wochen ohne ihn durchhalten.

Als sie am Wochenende wieder einmal im Pyjama auf dem Sofa lag, musste ich etwas unternehmen. Die Jungs und ich hatten heute etwas vor, doch sie konnte mitkommen. Wahrscheinlich würde sie sich dabei sogar ziemlich gut amüsieren. Ich musste sie nur von dieser blöden Couch hochbekommen. Sie schien förmlich an dem Polster zu kleben, während sie wie besessen durch die Kanäle zappte.

Als sie einen weiteren trübsinnigen Seufzer ausstieß, trat ich zwischen sie und den Fernseher. »Komm«, sagte ich und streckte die Hand aus.

Sie blickte mich verwirrt an. »Was?«

»Du hängst nicht noch einen Tag auf dem Sofa rum. Du kommst jetzt mit.« Ich hob die Hand etwas höher, aber sie weigerte sich stur, sie zu ergreifen.

Stattdessen zog sie die Brauen zusammen und fragte schlecht gelaunt: »Und wohin?«

Ich grinste, weil sie absolut nicht verstehen würde, was ich nun sagte: »Bumbershoot.«

Als hätte ich Chinesisch gesprochen blinzelte sie mich aus ihren großen Augen an und versuchte herauszufinden, was das sein konnte. »Bumper-was?«

Ich lachte, dann blickte ich sie aufmunternd an. »Bumbershoot. Keine Sorge. Es wird dir gefallen.«

Ihr spöttisches Lächeln ließ ihre Lippen unglaublich anziehend wirken. Ich bemühte mich nach Kräften, nicht darauf zu achten und mir nicht vorzustellen, wie enorm weich ihre Lippen vermutlich waren. »Aber das verdirbt mir einen absolut perfekten Rumhängetag.«

»Genau.« Ich grinste und wedelte mit der Hand, damit sie endlich zugriff.

Sie blieb stur und stand mit einem dramatischen Seufzer allein auf. »Gut.« Ich musste lachen, dass sie so übertrieben genervt tat, weil ich wollte, dass sie sich amüsierte. Damit ich ihr abnahm, dass sie wirklich wütend war, musste sie schon etwas mehr tun, als nur mit den Füßen aufzustampfen und zu schmollen. Im Moment war sie nur ... süß.

Als sie später in Shorts herunterkam, die fast ihre kompletten Schenkel freigaben, und in einem engen Trägertop, das jede Kurve wie eine zweite Haut umschloss, fiel mir auf, dass sie noch etwas anderes war: Sie war sexy. Unglaublich sexy.

Wir sammelten unsere Sachen zusammen, stiegen ins Auto und fuhren zum Pete's, wo ich mich mit den Jungs verabredet hatte, damit wir alle zusammen fahren konnten. Noch immer neugierig, wohin es ging, witzelte Kiera, als wir auf Pete's Parkplatz fuhren. »Ist Bumbershoot im Pete's?«

Ich rollte mit den Augen und stellte mich auf meinen Lieblingsparkplatz. »Nein, aber die Jungs sind dort.« Als ich mich umblickte, sah ich, dass bereits alle da waren. Evans Wagen stand neben Griffins Van.

Meine Antwort schien Kiera ein bisschen zu enttäuschen. »Ach, die kommen auch mit?«

Nachdem ich geparkt hatte, musterte ich ihr Gesicht. Warum sah sie so unglücklich aus? Ich dachte, sie würde die Jungs mögen. Na ja, Griffin vielleicht nicht, aber zumindest die anderen. Nachdenklich erwiderte ich: »Ja ... ist das okay?« Die Jungs wären ziemlich sauer, wenn ich ihnen sagte, dass wir allein hingingen, aber für Kiera würde ich das tun. Irgendwie gefiel mir die Vorstellung sogar, nur zu zweit dorthin zu fahren.

Kiera schüttelte seufzend den Kopf, als wüsste sie nicht, warum sie das gesagt hatte. »Ja, natürlich ist das okay. Ich dränge mich euch ja schließlich auf.«

Plötzlich hatte ich das seltsame Verlangen, sie zu berühren und mit dem Daumen über ihre blassrosa Wange zu streichen. »Du drängst dich überhaupt nicht auf, Kiera«, sagte ich sanft. *Der Tag gewinnt, weil du ihn mit mir verbringst.* Da ich sie nicht mit meinen dramatischen Gedanken verschrecken wollte, behielt ich sie für mich.

Als die Jungs meinen Wagen sahen, kamen sie zu uns herüber. Es war nicht ganz einfach, alle unterzubringen, vor allem, weil Griffin sich anstellte und nicht in der Mitte sitzen wollte. Zum Glück löste Kiera das Problem, musste dazu aber auf die Rückbank wechseln und sich die ganze Fahrt über von Griffin nerven lassen, was ich nicht toll fand. Allein bei der Vorstellung, dass sich seine Hände in ihrer Nähe befanden, regte sich auf seltsame Weise mein Beschützerinstinkt. Für die Rückfahrt mussten wir eine andere Sitzordnung finden, oder ich würde ihn einfach erwürgen.

Als wir ankamen, schälten sich alle aus dem Wagen und achteten sorgsam darauf, nicht mit den Türen gegen andere Fahrzeuge zu stoßen. Alle wussten, wer die Chevelle irgendwie beschädigte, konnte sofort einpacken. Etwas, das bislang nur Griffin gewagt hatte, der einmal die Dreistigkeit besessen hatte, auf meine Rückbank zu kotzen. Manchmal roch es doch tatsächlich noch immer danach.

Ich wartete am Eingang auf Kiera und bot ihr meine Hand an. Bumbershoot war ein Musik- und Kunstfestival im Seattle Center, auf dem es üblicherweise ziemlich voll war. Ich wollte nicht riskieren, von ihr getrennt zu werden, vor allem, da wir keine Handys dabeihatten. Heute würde sie meine Hand halten müssen, eine Vorstellung, die mich fröhlicher stimmte als sie es sollte.

Als Evan sah, dass wir uns an der Hand hielten, warf er mir einen skeptischen Blick zu, doch ich ignorierte ihn. Ich hatte einen guten Grund, sie zu berühren. Es ging nur um ihre Sicherheit. Das sagte ich mir jedenfalls.

Mit großen Augen blickte Kiera sich im Center um. Ich kam oft hierher und hatte irgendwie die Achtung vor dem Gelände verloren. Es war erfrischend, alles noch einmal mit Kieras Augen zu sehen. Darüber merkte ich kaum, dass wir ständig von Fremden angerempelt wurden.

Überall waren Stände aufgebaut, an denen von T-Shirts bis zu Zuckerwatte alles verkauft wurde. Künstler stellten ihre Arbeiten aus, und es gab jede Menge Drucke von wilden Tieren, von Landschaften und von Seattle. Als wir am Space Needle-Turm vorbeikamen, glitt Kieras Blick zur Aussichtsplattform ganz oben. Ich beugte mich zu ihr und sagte: »Wenn du willst, können wir da später hochfahren.«

Ihre Augen leuchteten grün in der Sonne, und sie nickte begeistert. Ihr Enthusiasmus brachte mich zum Lachen.

Als wir das Zentrum erreichten, wurde es voller. Aus allen Richtungen hörte ich Musik. Seltsamerweise vertrug sie sich gut mit dem Lärm der umherschlendernden Menschen, es entstand eine angenehme, spannungsreiche Mischung aus Melodien. Sie turnte mich an. Ich hatte Lust, eine der vielen Bühnen aufzusuchen und ein paar neue Songs zu hören.

Matt und Griffin hatten eine Karte vom Gelände und übernahmen die Führung. Evan folgte ihnen, Kiera und ich bildeten das Schlusslicht. Ich achtete sorgsam darauf, dass ich fest ihre Hand hielt, während wir uns durch die dichte Menge schlängelten. Als wir die Außenbühne erreichten, auf der Mieschief's

Muse spielte, drückte Kiera meine Hand. Ich lächelte und zog sie dichter zu mir. Ich würde sie in der Menge nicht verlieren.

Die Jungs hatten es auf die besten Plätze abgesehen, und Matt wollte das Equipment der Band inspizieren, deshalb schoben sie sich in Richtung Bühne nach vorn. Ich sah Kiera an, dass sie nicht in den Pogo-Bereich vor der Bühne wollte, also blieb ich ziemlich weit hinten stehen. Wir konnten trotzdem gut sehen, ohne dass uns jemand störte. Zumindest nicht zu sehr. Ein paar Leute drängelten allerdings schon an uns vorbei, weil sie weiter nach vorn wollten. Als Kiera versuchte, ihnen auszuweichen, wurde sie dicht an meine Seite gedrückt.

Damit sie sicher war und sich wohlfühlte, zog ich sie vor mich, sodass ich den Großteil der Stöße abbekam. Ich legte die Arme um ihre Taille, sodass sie noch besser vor den Leuten um uns herum geschützt war. Na ja, und … weil ich die Arme um sie legen wollte. Als sie so vor mir stand, fühlte sich das ganz natürlich an. Alles andere wäre komisch gewesen. Doch das war eine lahme Ausrede, und das war mir klar. Ich übertrat zunehmend eine Grenze, an der ich nichts zu suchen hatte.

Kiera schien jedoch nichts dagegen zu haben, dass ich die Arme um sie legte. Sie verschränkte ihre Hände mit meinen und lehnte sich mit dem Rücken an meine Brust. Sie beobachtete die Band und die Menge und schien sich wohlzufühlen, genau wie ich. Sie wandte den Kopf und beobachtete irgendetwas rechts neben der Bühne. Ich folgte ihrem Blick. Dort standen meine Bandkollegen, und wie es aussah waren sie dabei, etwas zu rauchen. Keiner der Jungs nahm harte Drogen, aber gelegentlich rauchten sie Pot, vor allem Griffin. Ich persönlich machte mir nichts aus dem Zeug; ich trank lieber Bier, aber es störte mich nicht, dass sie es taten.

Ich blickte zu Kiera hinunter und fragte mich, ob es sie störte. Lächelnd zuckte ich mit den Schultern. Meine Geste schien sie zu beruhigen. Ich nahm an, dass es okay für sie war, und wandte den Blick wieder der Bühne zu. Und in jenem Augenblick änderte sich alles für mich. Kiera stieß langsam die Luft aus, als hätte sie das erste Mal seit Wochen richtig durchgeatmet. Ich dachte gerade, wie froh ich war, dass ich sie überredet hatte mitzukommen, als ich spürte, wie sie sich bewegte. Zuerst dachte ich, sie wollte vielleicht nicht mehr von einem fremden Mann in den Armen gehalten werden und ließ sie los. Doch anstatt von mir wegzutreten, drehte sie sich zu mir.

Sie schlang fest die Arme um meine Taille und legte den Kopf an meine Brust. Sofort geriet jeder Muskel in meinem Körper unter Spannung. Ruhig und gleichmäßig strich sie mit ihren Fingern über meine Seiten, und erneut atmete sie tief ein und aus. Fühlte sie sich einfach nur wohl? Auf diese Weise konnte sie jedenfalls nichts mehr von dem Konzert sehen, es musste also mit Wohlfühlen zu tun haben.

Langsam entspannte ich mich, nahm sie fest in die Arme und spürte sofort, wie wundervoll sich das anfühlte. Die Wärme war strahlender als die Sonne, die vom Himmel schien. Es fühlte sich leichter an, als auf dem Wasser zu treiben.

Ich überschritt geradezu lächerlich viele Grenzen, aber ich konnte nicht anders. Sie zu halten – nur zu halten – fühlte sich besser an als alles, was ich seit Langem gefühlt hatte. Wenn ich ehrlich war, wollte ich sie ewig so halten, ich hatte keinen guten Grund dafür. Wenn Denny uns sehen könnte, würde es ihn verletzen, und ihn zu verletzen war das Letzte, was ich wollte, aber verdammt … ich brauchte das. Für den Moment war ich ein egoistischer Arsch.

Ich schloss die Augen, strich mit den Daumen über ihren Rücken und atmete ihren berauschenden Duft ein. So hatte ich noch nie empfunden, und ich wollte unbedingt, dass es anhielt.

Tut mir leid, Denny, aber ich kann sie nicht loslassen. Irgendwie wollte ich sie nie mehr loslassen.

Doch das tat ich. Wir lösten uns voneinander, bevor die Jungs zu uns zurückkehrten. Ich wollte nicht, dass einer von ihnen auf falsche Gedanken kam – zumindest nicht mehr, als es ohnehin schon der Fall war. Sich an einem Ort wie diesem an den Händen zu halten war harmlos, und sie hatten uns auch schon dabei gesehen. Darum hielt ich weiter Kieras Hand. Doch ich war unruhig und wollte zur nächsten Band. Nicht, um die Musik zu hören, sondern um erneut die Verbindung zu Kiera zu spüren. Damit ich sie berühren, meine Arme um sie legen und ihre Arme um mich spüren konnte. Es war das Unglaublichste, das ich je erlebt hatte, und ich wollte nicht, dass es jemals aufhörte.

Bei jeder Show blieben Kiera und ich weiter hinten stehen. Ich wartete, bis Evan, Matt und Griffin in der wogenden Masse verschwanden, dann lächelte ich Kiera an und legte die Arme um sie. Es war wundervoll, ihren Kopf direkt an meinem Herzen zu spüren, ihre Schulter unter meiner. Mein Arm lag auf ihrem Rücken, und meine Finger strichen über ihre Rippenbögen. Ich musste meine gesamte Willenskraft aufbringen, um mich nicht hinunterzubeugen und sie auf den Kopf zu küssen. Ich befriedigte den Impuls, indem ich meine Wange an ihre Haare lehnte. Es war himmlisch. Aber auch schmerzhaft, denn so schön es war, es war nicht richtig. *Denny würde das nicht gefallen ...*

Irgendwie blieben wir den ganzen Tag miteinander verbunden, und obwohl sich halb Seattle im Center zu drängen schien, fühlte es sich an, als wären Kiera und ich allein. Wir unterhielten uns über die Bands, die wir gesehen hatten. Ich hatte nur halb zugehört, aber Kiera hatte aufgepasst. Ihre erste Bemerkung lautete immer, egal, nach welcher Band ich sie fragte: »Na ja, die sind auf jeden Fall nicht so gut wie ihr, aber ...« Dabei glänzten ihre Augen, als würde sie es wirklich so meinen. Ich schwebte den ganzen Tag im siebten Himmel.

Sogar die prüfenden Blicke von Evan taten meinem Hochgefühl keinen Abbruch. Ich ignorierte sie, und zum Glück ließen sie nach, nachdem Matt beim Essen seinen »Erwachsenen-Saft« herumgereicht hatte. Mir war allerdings klar, dass Evan mich auf heute ansprechen würde; es war nur eine Frage der Zeit.

Darüber wollte ich jetzt nicht nachdenken, also konzentrierte ich mich ganz auf Kiera. Ihr gehörte heute meine gesamte Aufmerksamkeit. Und erneut dachte ich, dass ich *ihr* heute Morgen hatte helfen wollen, dass sie jedoch im Grunde *mir* half. Ich hoffte, dass ich eines Tags etwas weniger selbstsüchtig ihr gegenüber sein konnte.

Nach dem Mittagessen alberten wir alle im Vergnügungspark herum. Kiera und ich ließen die Jungs bei den Fahrgeschäften und machten unser eigenes Ding. Es war lustig. Kiera lachte viel und lächelte noch mehr, was mich noch glücklicher machte. Ich schaffte es sogar, einen Teddybären für sie zu gewinnen – was mich nur ungefähr dreißig Dollar kostete –, doch wir verschenkten ihn gleich an ein kleines Mädchen, das wegen einer zerbrochenen Eiswaffel völlig untröstlich war. Nie werde ich den Blick in Kieras Augen vergessen, als ich das Spielzeug verschenkte. Sie sah fast aus, als würde sie mich ... anhimmeln.

Nachdem wir die Jungs wiedergetroffen hatten, wollten wir ein paar bekanntere Bands hören. Wie schon mehrfach an dem Tag verschwanden die anderen in der Menge, und kaum waren sie weg, verschmolzen Kiera und ich erneut miteinander. Beim letzten Konzert des Abends standen wir hinten in der Menge, aber nicht so weit am Rand wie zuvor. Um uns herum war es ziemlich eng, und Kiera und ich hielten uns so fest, dass wir fast zu einer Person verschmolzen. Ich strich mit den Fingern durch ihre Haare, während sie mit ihren ein Muster auf meiner Brust malte. Ihr in der Dunkelheit so nah zu sein ließ mein Herz schneller schlagen. Hoffentlich bemerkte sie es nicht.

Ich kannte den Song, der aus den Lautsprechern hallte, aus dem Radio und sang mit. Es war ein langsameres Stück, und ich wiegte mich beim Singen ein wenig im Takt. Kiera passte sich meiner Bewegung an, und schon bald tanzten wir eng umschlungen. Ich hörte auf zu singen und genoss den Augenblick. Ich zog sie fest in meine Arme, und sie erwiderte die Umarmung. Woraufhin mein Herz noch heftiger schlug. *Warum fühlt es sich so gut an, dich zu berühren? Und hört das in dem Moment auf, wenn ich dich nach Hause fahre?*

Ich wollte nicht, dass es aufhörte, aber es musste aufhören. Was wir taten, war dumm und gefährlich. Es würde jemand verletzt werden. Denny. Obwohl mir das durchaus bewusst war, ließ ich meine Finger von ihren Haaren zu ihrem Rücken gleiten und streichelte sie. Wie gern hätte ich sie noch weiter unten berührt, die Wölbung ihres Pos gespürt. Ich wollte alles an ihr fühlen, aber wahrscheinlich würde sie mich ohrfeigen, wenn ich das tat. Und darum ging es hier auch gar nicht. Hier ging es nicht um Sex, hier ging es um unsere Verbindung.

Dennoch wollte ich ihren Körper spüren. Ich wollte mich hinunterbeugen und sie küssen, doch diesen Impuls schob ich beiseite. Mit ihr zu tanzen genügte. Es war wundervoll. Besser als jeder Sex.

Ich wollte nicht, dass das Stück endete oder das Konzert, doch irgendwann war beides vorbei. Als sich die Menge um uns herum auflöste, lösten auch Kiera und ich uns voneinander. Vielleicht deutete ich zu viel hinein, aber sie schien sich nur widerwillig von mir zu trennen, als hätte sie die Nähe ebenso genossen wie ich.

Sie war allerdings ganz offensichtlich müde. Als die Jungs zu uns kamen, waren sie voll drauf, sie liefen geradezu die Wände hoch, aber Kiera konnte kaum noch geradeaus gehen. Noch immer hielt ich ihre Hand und führte sie durch die lichter werdende Menge zurück zum Wagen. Kurz inspizierte ich die Chevelle, doch sie schien in Ordnung zu sein.

Evan und Matt stiegen in den Wagen, und Griffin hielt Kiera die Tür auf. Er war angetrunken, und ich ahnte, was er mit ihr anstellen würde, wenn sie neben ihm saß. Ich wollte ihm gerade sagen, dass er mit Evan den Platz tauschen sollte, als Kiera sich auf die Vorderbank zwischen Evan und den Fahrerplatz schob. Sofort schmollte Griffin, und ich grinste ihn an, als ich nach Kiera in den Wagen stieg. *Tut mir leid, Griff, kein Fummeln auf dieser Fahrt.*

Völlig geschafft legte Kiera den Kopf an meine Schulter. Als wir auf den Freeway fuhren, war sie bereits eingenickt. Ich spürte, wie Evan mich ansah. Meine gesamte rechte Seite brannte unter seinem durchdringenden Blick, doch ich konzentrierte mich auf die Straße. *Da gibt es nichts zu gucken, Evan. Ich schwöre.*

Als wir zum Pete's kamen, schlief Kiera noch immer. Um sie nicht zu sehr durchzurütteln, fuhr ich vorsichtig auf den Parkplatz. Ich hielt hinter Griffins Van, um alle aussteigen zu lassen. Matt und Griffin sprangen hinaus, und Griffin beschrieb Matt anschaulich, wie toll es sein würde, wenn die D-Bags Bumbershoot rocken würden. Ausnahmsweise schien Matt mit ihm einer Meinung zu sein.

Evan stieg aus, stellte Matt und Griffin eine Frage und wandte sich dann zu mir um. »Wir gehen noch ins Pete's, Kellan. Kommst du mit?« Ich sah ihm an, dass er auf jeden Fall wollte, dass ich mitkam.

Ich blickte zu Kiera hinunter, die an meiner Schulter schlief.

Sie war fix und fertig. Es schien mir nicht richtig, sie zu wecken und sie in die Bar zu schleppen. Sie im Wagen zu lassen auch nicht, so allein und ungeschützt würde ich sie nie zurücklassen. »Nein, heute Abend passe ich. Ich glaube, ich bringe sie lieber ins Bett.«

Evan starrte mich nur an. Ich sah, dass er hin- und hergerissen war. Er wusste, dass ich recht hatte. Ich musste Kiera nach Hause bringen, aber er machte sich Sorgen, was dann passieren würde. Ich wünschte, er würde sich wegen solcher Dinge keine Gedanken machen. Nichts würde passieren. Nicht, solange sie mit Denny glücklich war.

Nach einer Weile sagte er: »Pass auf, Kellan. Du brauchst nicht noch eine Joey und ... Denny ist schließlich dein Freund.«

Obwohl ich wusste, dass er so dachte, traf es mich. Ich wand mich, als ich darüber nachdachte, wie ich ihm erklären konnte, was das mit Kiera und mir war. Was sie mir bedeutete. Was Denny mir bedeutete. Dass ich nie einem von ihnen wehtun würde. Doch es fiel mir schwer, das zu sagen, weil es mir wirklich gefallen hatte, Kiera heute in meinen Armen zu halten. Viel mehr als es sollte. Ich wollte sie schon wieder so in den Armen halten.

Leise erwiderte ich: »Evan, so ist das nicht. Ich würde nicht ...« *Würde nicht, was? Denny betrügen? Mich an Kiera heranmachen?* Hatte ich das heute nicht schon getan? Ich hatte ein schlechtes Gewissen und wollte dieses Gespräch beenden. Deshalb gab ich Evan die Antwort, die er hören wollte. »Mach dir keine Sorgen. Vielleicht komme ich später noch vorbei.«

An seinem Lächeln sah ich, dass ihn meine Worte zufrieden stimmten und dass er damit rechnete, mich heute Abend noch zu sehen. »Okay, bis dann.«

Er schloss die Tür, und ich atmete tief ein und stieß die Luft aus. Was Evan dachte, gefiel mir nicht, aber ich konnte verstehen, wie er darauf kam. Ich hatte nicht immer auf die Beziehungen anderer Rücksicht genommen. Da jede Beziehung ohnehin nur vorübergehend war, ließ ich mich davon normalerweise nicht abhalten. Aber bei Denny und Kiera war das etwas anderes; sie gehörten zusammen. Ich musste mich zurückziehen und nur Kieras Freund sein. Denn den brauchte sie jetzt.

Auf der Heimfahrt rang ich mit mir. Ich wollte ihre Freundschaft, wollte ihre Arme um mich spüren und zugleich, dass Denny und sie zusammenblieben und unglaublich glücklich waren. Die drei Wünsche passten nicht zusammen, das war mir klar. Und wenn das Körperliche unserer Beziehung weiterging, konnte es zu mehr führen. Auch das war mir klar. Wenn wir nicht aufpassten, konnte es dazu kommen, dass wir miteinander schliefen, und das würde alles kaputtmachen zwischen uns dreien. Es sei denn, ich ließ es nicht so weit kommen. Dann konnten wir vielleicht die Nähe genießen, die Verbindung, die wir heute gespürt hatten, und Denny und Kiera konnten noch immer ein starkes Paar sein. Vielleicht. Aber es würde eine Menge Willenskraft erfordern, und ich war nicht gerade gut darin, mich zu beherrschen.

Als wir in die Auffahrt fuhren, schaltete ich den Motor aus und blickte zu der schlafenden Kiera hinunter. Sie schien sich wohlzufühlen, sie sah so zufrieden aus. Ich wollte über ihre Haare streichen, ihre Wange umfassen, ihre Stirn küssen. In mir wuchs das Verlangen, sie in die Arme zu nehmen und sie festzuhalten. Ihr zu sagen, wie viel sie mir bedeutete. Dass mich noch niemand so gesehen hatte wie sie. Dass sich noch niemand so für mich interessiert hatte. Dass ich mich für sie auf eine Weise interessierte, die mich manchmal zu Tode erschreckte. Sie bedeutete Trost und Schmerz in einer wunderschönen Verpackung ... die mir nicht gehörte.

Doch ich konnte ihr nichts von alledem sagen. Darum starrte ich sie nur an und dankte welchem Schicksal auch immer, dass es sie in mein Leben geführt hatte.

Nach einem Augenblick gähnte sie, streckte sich und hob den Kopf von meiner Schulter. Es war nett, ihr wieder in die Augen zu sehen, doch ich fühlte schon jetzt schmerzhaft den Verlust ihrer Berührung.

»Hallo, Schlafmütze«, flüsterte ich und unterdrückte den Drang, sie erneut an mich zu ziehen. »Ich habe schon gedacht, ich müsste dich reintragen.« *Eigentlich hatte ich das gehofft.*

Die Vorstellung schien ihr peinlich zu sein. Bei dem wenigen Licht waren ihre Augen dunkel, und sie wandte den Blick ab, als sie sagte: »Oh ... tut mir leid.«

Ich lachte, als ich mir vorstellte, dass ihre Wangen feuerrot leuchteten. »Kein Problem. Es hätte mir nichts ausgemacht.« *Ich hätte es nur zu gern getan.* »Hat es dir denn heute gefallen?«

Ein strahlendes Lächeln erschien auf ihrem Gesicht. »Ja, total. Danke, dass du mich mitgenommen hast.«

Die Aufrichtigkeit in ihren Augen, in ihrer Stimme war kaum zu ertragen. Sie sah mich derart bewundernd an, als hätte ich irgendetwas Spektakuläres getan. Dabei hatte sie mich aufgebaut. Das war der beste Nachmittag, den ich seit Jahren gehabt hatte. »Gern.«

»Tut mir leid, dass du mit mir hinten bleiben musstest und das ganze Pogo-Tanzen verpasst hast.«

Sie lachte, und ich fiel mit ein, während ich erneut zu ihr sah. »Muss es nicht. Lieber halte ich ein schönes Mädchen im Arm als morgen überall blaue Flecken zu haben.« Ups, wahrscheinlich hätte ich das nicht sagen dürfen. Vermutlich war es völlig unangemessen von mir, sie als schön zu bezeichnen, aber das war sie nun einmal, und das sollte sie auch wissen. Außerdem war der ganze Tag heute irgendwie unangemessen gewesen. Da kam es auf eine Sache mehr oder weniger auch nicht an.

Verlegen blickte Kiera nach unten. Da ich nicht wollte, dass sie sich in meiner Gegenwart unwohl fühlte, wechselte ich das Thema. »Na, komm. Ich bringe dich rein.«

Ich wandte mich zur Tür, um sie zu öffnen. Aus dem Augenwinkel sah ich, dass sie den Kopf schüttelte. »Nein, das ist nicht nötig. Du kannst ruhig ins Pete's fahren.«

Mein Kopf fuhr herum. *Woher wusste sie davon?* Sie hatte doch geschlafen, als Evan und ich gesprochen hatten, oder? Wenn nicht, wenn sie Evans Bemerkung und meinen lahmen Versuch, mich zu verteidigen, gehört hatte, dachte sie vielleicht … na ja, dann dachte sie vielleicht, dass ich nur ein mieser Typ wäre, der ihr an die Wäsche wollte. Denn das hatte Evan angedeutet. Das war ich aber nicht. Ich wollte doch nur in ihrer Nähe sein. Das war alles. Ich wollte eine Verbindung zu ihr. Sex war das Letzte, was ich wollte.

Vielleicht bemerkte sie meine Verwirrung oder meine Panik, ich war mir nicht sicher, jedenfalls zuckte Kiera mit den Schultern und sagte: »Ich nehme an, da sind die anderen D-Bags noch hingegangen?«

Da sie mich nicht musterte, als wäre ich ein Mistkerl, entspannte ich mich. »Ja, da muss ich aber nicht mehr hin. Ich meine, wenn du nicht allein sein willst. Wir könnten uns eine Pizza bestellen, einen Film gucken oder so.« *Alles, was du willst, lass das hier nur noch ein bisschen andauern.*

Plötzlich knurrte ihr Magen, als wäre er auf meiner Seite. Kiera lachte peinlich berührt. Ihr Lächeln war unglaublich. »Okay, mein Magen scheint für Option Nummer zwei zu sein.«

Ich grinste. Ich würde die beste Pizza der Stadt bestellen, um mich bei ihrem Magen zu bedanken. »Alles klar.«

Ich öffnete die Tür, trat ein und hielt sie ihr auf. Sie kletterte auf meiner Seite hinaus und fasste meine Hand, als sie ausstieg. Sie fühlte sich warm und weich an, sofort war die Verbindung wieder da. Auch wenn wir uns den ganzen Tag berührt hatten, konnte ich nicht genug davon bekommen. Ich war bereits süchtig nach ihr.

8. Kapitel

Kuscheln

Am nächsten Morgen wachte ich unruhig auf. Ich machte mir Sorgen, dass Kiera sagen würde, wir wären in Bumbershoot zu weit gegangen. Ich wusste nicht, was mich erwartete, als sie zum Kaffeetrinken herunterkam, doch ich lächelte sie warm an und schenkte ihr einen Becher ein. Ich hätte sie gern an mich gedrückt, einen Arm um sie gelegt ... irgendetwas, aber ich hatte absolut keinen Grund dazu. In meiner Küche gab es keine rempelnde Menge, vor der ich sie beschützen musste.

Doch dann trat sie zu mir, legte ihren Kopf an meine Schulter und gähnte ausgiebig. Meine Anspannung ließ nach, und ich legte einen Arm um sie. Es war beinahe so, als würde sie mich stillschweigend bitten, sie in den Arm zu nehmen. Das wunderte mich.

Schüchtern schob sie die Arme um meine Taille und kuschelte sich an mich, als sei ihr kalt. Ich strich mit den Fingern über ihre nackten Arme und wärmte sie, und wo ich sie berührte, bildete sich eine Gänsehaut. Je länger wir einander anblickten, desto rosiger wurden ihre Wangen, der Anblick war äußerst verführerisch. Zusammen mit ihren zerzausten Haaren und ihren leicht verrutschten Klamotten wirkte sie, als habe sie gerade Sex gehabt. Ich versuchte, mich auf etwas anderes zu konzentrieren, doch bevor mir das gelang, poppte in meinem Kopf ein Bild von Kiera auf, wie sie sich an meinen

Rücken klammerte und stöhnend meinen Namen raunte. Ich schob das Bild beiseite und nahm den Kaffeebecher, den ich für sie eingeschenkt hatte. Egal, wie schön es sich anfühlte, sie zu berühren, das war nicht okay.

Friedlich lächelnd reichte ich ihr den Becher. »Kaffee?«, fragte ich und wusste schon, dass sie unbedingt einen haben wollte.

Mit einem Blitzen in den Augen ließ sie mich los und nahm behutsam den Becher entgegen. Ich verkniff mir einen traurigen Seufzer, weil sie mich nicht länger berührte. Doch überraschenderweise war es damit nicht vorbei. Nachdem sie geduscht und sich angezogen hatte, kam Kiera mit einem Buch herunter, setzte sich neben mich und las, während ich an meinen Songtexten arbeitete. Dabei lehnte sie den Kopf an meine Schulter. Nach einer Weile legte ich meinen freien Arm um sie. Daraufhin seufzte sie zufrieden und kuschelte sich noch dichter an mich. Wäre ich in dem Moment tot umgefallen, es hätte mir nichts ausgemacht.

Mit dem Kuscheln machten wir die ganze Woche so weiter. Morgens umarmten wir uns. Manchmal so lange, wie der Kaffee durchlief. Eine gefühlte Ewigkeit wiegte ich sie zum Rhythmus der brodelnden Kaffeemaschine in den Armen. Bevor sie zur Schicht musste, sahen wir händchenhaltend fern. Anschließend konnte ich mich an nichts erinnern, was wir gesehen hatten. Das Einzige, was mich interessierte, waren ihre Finger auf meiner Haut. Abends fuhren wir zusammen nach Hause, ich ging nicht mehr mit den Jungs aus. Wir blieben zu Hause, bestellten uns eine Pizza und sahen einen Film. Ich hielt Kiera im Arm, während sie mit ausgestreckten Beinen auf dem Sofa saß. Sie lehnte den Kopf an mich, und ich schloss zufrieden die Augen. Solange keiner von uns etwas sagte, konnten wir so tun, als würden wir nichts Verbotenes tun.

Während Kiera und ich uns zu Hause ziemlich nah kamen,

hielten wir bei der Arbeit Distanz. Ich wollte nicht, dass die Leute über sie redeten oder dass Evan mich nach ihr ausfragte. Die Leute sollten überhaupt nicht in der einen oder anderen Weise über uns nachdenken. Außerdem waren unsere innigen Momente intim. Sie gingen niemanden außer uns etwas an. Nur einmal habe ich sie nicht nur wie eine Bekannte angefasst. Das war, als Griffin in der Bar eine Tanzparty veranstaltet und sie angemacht hatte. Da bin ich dazwischengegangen.

Wenn Denny anrief, hatte ich ein schlechtes Gewissen. Was hinter seinem Rücken vor sich ging, würde ihm nicht gefallen. Und wenn ich hörte, wie Kiera mit ihm sprach, erinnerte es mich schmerzlich daran, dass alles zwischen ihr und mir nur vorübergehend war. Sobald Denny zurückkam, würde es vorbei sein. Sie würde mit ihm kuscheln, nicht mit mir, und das war ja auch richtig so. Jeden Tag tickte eine Uhr in meinem Kopf und ermahnte mich, mit alledem sofort aufzuhören, bevor ich mich zu sehr an sie band. Doch dafür war es zu spät, ich war bereits süchtig nach ihrer Nähe.

»Ich habe keine Lust, nach Hause zu gehen. Lasst uns ein bisschen bei Kellan abhängen.«

Als ich meinen Namen hörte, hob ich den Kopf und sah Griffin an. Er lächelte und nickte, als sei sein Vorschlag die bedeutendste Aussage, die je ein Mensch getan hatte. Wir hatten ein Konzert in der Stadt gegeben, und Evan und ich kämpften damit, Evans Schlagzeug in Griffins Van zu verfrachten. Stöhnend setzten wir es ab, und ich gab mir alle Mühe, nicht verärgert zu wirken. Griffins Beitrag zum Abbauen hatte bislang darin bestanden, Luftgitarre zu spielen und Autogramme zu geben. Unaufgefordert wohlgemerkt.

»Warum zu mir? Wir müssen den Kram zurück zu Evan bringen, dann können wir doch auch gleich bei ihm abhängen.«

Evan schlug mir auf die Schulter. »Geht nicht. Ich hab eine Verabredung, Kumpel.«

Überrascht blinzelte ich ihn an. »Es ist zwei Uhr morgens.«

Schulterzuckend rückte er die Becken in die richtige Stellung. »Wir haben alle keine Zeit zu verlieren, Kell.«

Ich dachte, wie recht er hatte. »Okay, tja … Kiera wird schon schlafen, ihr müsst also leise sein.« Ich deutete auf Matt und Griffin. Matt zuckte mit den Schultern; Griffin rieb sich die Hände und grinste etwas irre. Ich wandte mich an ihn: »Wenn du auch nur ihre Tür aufmachst, mach ich dich fertig.«

Griffin sah mich finster an, dann schmollte er. »Deine Vorstellung von Bandzusammenhalt ist irgendwie schräg. Sollten wir nicht alles teilen?«

Wie aus einem Mund antworteten Evan, Matt und ich: »Nein!«

Evan und ich lachten, während Matt hinzufügte: »Niemand will alles mit dir teilen, Cousin. Vielmehr solltest du dich wohl lieber etwas zurückhalten, damit sich dieser Mist nicht in ganz Seattle ausbreitet.«

Griffin starrte Matt finster an. »Du bist ja so witzig, ich kann mich kaum halten vor Lachen.«

Ohne eine Miene zu verziehen, gab Matt zurück: »Syphilis ist nichts zum Lachen, Alter.«

Griffin sah sich nach etwas um, womit er nach seinem Cousin werfen konnte, fand jedoch nur eine Gitarre. Stattdessen kickte er einen Stein in Matts Richtung. »So einen Scheiß habe ich nicht. Ich bin total clean, Mann. Ich habe mich gerade letzte Woche testen lassen.« Während Matt lachte, runzelte Griffin verwirrt die Stirn. »Und warum zum Teufel sollte ich das überhaupt haben? Ich trinke jeden Tag Orangensaft.«

Wir alle hielten in dem inne, was wir gerade taten, und starrten ihn sprachlos an. Wovon in aller Welt redete er? Matt begriff es als Erster. Er krümmte sich vor Lachen und stieß hervor: »Syphilis, du Idiot. Nicht Skorbut.«

Griffin schien noch immer verwirrt zu sein, doch Evan und ich schüttelten uns ebenfalls vor Lachen aus. Griffin wandte uns den Rücken zu und stürmte zum Fahrersitz, um zu schmollen, während wir den Rest einluden. So viel zum Thema Bandzusammenhalt.

Wir luden unser Zeug aus, dann fuhren wir zu mir. Als Vorsichtsmaßnahme ließ ich Griffin auf Zehenspitzen das Haus betreten. Normalerweise war er so leise wie ein Güterzug. Während er mit übertrieben kleinen Schritten vorwärtstippelte, warf er mir einen bösen Blick zu. Als er die Treppe hinaufwollte, schnippte ich mit den Fingern und deutete auf den Boden. »Ich muss mal pinkeln«, flüsterte er.

»Benutz die andere Toilette.« Ich deutete in den Flur, der an der Küche vorbeiführte.

Er richtete sich auf. »Du hast noch ein Bad?«

Ich verdrehte die Augen und schob ihn in die richtige Richtung. Matt und ich holten uns ein Bier aus dem Kühlschrank. Als Griffin von der Toilette zurückkam, nahm er sich ebenfalls eins, dann begab er sich schnurstracks zum Fernseher. Schulterzuckend folgten Matt und ich ihm. Wir machten es uns mit unserem Bier bequem, Matt auf dem Sessel, ich auf dem Sofa, während Griffin im Fernsehen nach einem Porno suchte.

Griffin zappte noch immer durch die Kanäle, als er plötzlich den Kopf drehte und zur Treppe sah. »Kiera! Hallo, du scharfes Kätzchen! Netter Schlafanzug.«

Als ich mich umdrehte, stieg Kiera die letzte Stufe hinunter. Wie Griffin richtig bemerkt hatte, war sie im Pyjama und hatte ziemlich wuschelige Haare. Sie sah müde aus, vielleicht auch ein bisschen erschrocken. Einer von uns, vermutlich Griffin, musste sie geweckt haben. Ups. Sie schien noch zu überlegen, ob sie ins Wohnzimmer kommen sollte, doch da hatte Griffin sie schon entdeckt.

Ich lächelte ihr entschuldigend zu. »Hey, sorry. Wir wollten dich nicht wecken.«

Sie zuckte mit den Schultern und kam langsam auf uns zu. »Habt ihr nicht ... ich hab schlecht geträumt.«

Ich stutzte und überlegte, wovon sie wohl geträumt hatte. In der Hoffnung, dass sie nicht gleich wieder ins Bett ging, lächelte ich sie an und hob meine Flasche. »Willst du ein Bier?« Obwohl es spät war, hätte ich gern etwas Zeit mit ihr verbracht. Vielleicht konnte ich sie von ihrem Albtraum ablenken.

»Gern.«

Erfreut ging ich in die Küche, um ihr eine Flasche zu holen. Als ich zurückkam, stand sie noch immer. Ich deutete mit dem Kopf aufs Sofa. Ärgerlich, weil er noch keinen guten Porno gefunden hatte, ließ sich Griffin gleichzeitig darauf nieder. Er wählte den Platz, der am nächsten zum Tisch lag, damit er sein Bier abstellen und sich ganz aufs Zappen konzentrieren konnte. Bevor ich überhaupt darüber nachdenken konnte, ob Kiera neben ihm sitzen wollte, ging sie bereits zum anderen Ende des Sofas. Amüsiert schüttelte ich den Kopf und wählte den Platz in der Mitte. Ich hätte mein ganzes Geld dafür verwettet, dass Kiera sich nicht freiwillig neben Griffin setzen würde.

Ich rückte so nah wie möglich zu ihr. Sofort kuschelte sie sich neben mich, als gehörte sie dorthin, und zog die Beine an. Ich legte den Arm um sie, um sie zu wärmen und um sie zu berühren. Vermutlich hätte ich das nicht getan, wenn Evan hier gewesen wäre, aber der hatte ja zum Glück ein Date. Liebevoll stupste ich Kiera an, sie lächelte, dann legte sie den Kopf an meine Schulter. Beinahe hätte ich vor Glück geseufzt. Himmlisch.

Nachdem er nun nicht mehr leise sein musste, durchbrach Griffin die Stille. »Wisst ihr, ich habe nachgedacht.«

Matt stöhnte unüberhörbar auf, und Kiera lachte; es war ein wunderschönes Geräusch. Unbeirrt fuhr Griffin fort. »Wenn sich diese Band einmal auflösen sollte ...« Kiera hob überrascht den Kopf. Mich überraschten seine Worte nicht. Ich hatte schon ein paarmal gehört, wie er sich Gedanken darüber gemacht hatte, was er tun würde, wenn die Band sich auflöste. Letztes Mal wollte er in der Post-D-Bags-Ära Intim-Wachser werden. Deshalb war ich neugierig, wovon er diesmal träumte.

»Ich glaube, dann mache ich Kirchenrock«, endete er.

Kiera spuckte fast ihr Bier aus und begann zu husten. Ich hatte schon Schlimmeres von Griffin gehört, doch ich verdrehte die Augen und schüttelte den Kopf. Matt wandte sich mit leerem Gesicht an Griffin. »Kirchenrock ... du? Echt?«

Den Blick noch immer auf den Fernseher geheftet lächelte Griffin. »Ja. Überlegt doch mal, all die scharfen geilen Jungfrauen.«

Schließlich hatte Griffin etwas im Fernsehen gefunden, während Kiera ein paar große Schlucke von ihrem Bier trank. Der Film, den Griffin ausgesucht hatte, war typisch für ihn. Ein Typ bumste ein Mädchen, das lautstark stöhnte, als würde ihr das wilde Rammeln gefallen. Es musste sich um eine Art Weltraum-Porno handeln, denn sie trieben es auf der Kommandobrücke eines Raumschiffs. Und aus irgendeinem merkwürdigen Grund trugen beide Helme, mit denen man sich, wie ich vermutete, im Weltall schützen sollte. Dass sie diese innerhalb des Raumschiffs trugen, ergab allerdings keinen Sinn ...

Während ich von diesem belanglosen Detail abgelenkt war, starrte Kiera neben mir in ihr Bier, als sei ihr etwas Wichtiges in den Flaschenhals gefallen. Ich fragte mich, ob es für sie in Ordnung war, diesen albernen Film zu sehen.

Ihre Wangen leuchteten rot, was sogar in dem spärlich beleuchteten Zimmer zu erkennen war. Es war ihr peinlich, so viel war klar. Hatte sie nicht die lächerlichen Antennen auf den Helmen bemerkt? Wenn sie sähe, wie albern das alles war, wäre sie nicht halb so verlegen. Doch anscheinend konnte sie nicht an dem Sex vorbeisehen.

Um ihr einen Ausweg anzubieten, beugte ich mich zu ihr und fragte: »Fühlst du dich unwohl?«

Sofort schüttelte sie energisch den Kopf. Ich sollte offenbar auf keinen Fall denken, dass es ihr etwas ausmachte. Ich wusste nicht, warum es ihr wichtig war, was ich dachte. Wenn sie gehen wollte, würde ich das verstehen. Anderen Leuten beim Sex zuzusehen war komisch. Geil, aber komisch.

Ich stellte mir Kiera in der Szene vor. Ohne die merkwürdigen grünen Männchen und die albernen Helme allerdings. Ich stellte sie mir allein vor … mit mir. Wie ich ihr Ohr küsste, ihren Hals leckte, an ihrem Nippel saugte. Wie ich die Finger in sie hineingleiten ließ und spürte, wie nass sie war, wie bereit für mich … Ich trank einen Schluck Bier und strich mit der Zunge über meine Unterlippe, ich wünschte, Kiera würde mich berühren. Gott, dieser blöde Porno erregte mich. Ich sollte aufhören, ihn zu gucken, und ich sollte definitiv nicht in dieser Weise an Kiera denken.

Ich hörte, wie Kiera leise stöhnte. Anders als die Geräusche, die aus dem Fernseher drangen, war ihr Laut echt. Da fiel mir wieder ein, dass sie noch immer neben mir saß … und unsere Körper sich berührten. Mein Blick glitt zu ihr, und ich bemerkte, dass sie nicht dem Film folgte, sondern mich anstarrte. Ihre Lippen waren leicht geöffnet, und ihr Atem ging schneller. Blut rauschte durch meinen Körper, beschleunigte meinen Herzschlag, ließ meinen Atem schneller gehen und meinen Schwanz hart werden. Ich versuchte, mich daran zu erinnern, weshalb ich mich nicht zu ihr lehnen und ihre Lippen mit meinem Mund liebkosen durfte. Warum ich nicht die

Hand ausstrecken und den Nippel berühren durfte, der sich unter ihrem Trägertop abzeichnete. Warum ich sie nicht nehmen durfte. Und in diesem Augenblick konnte ich mich an nichts erinnern als daran, wie angenehm sich ihre Haut auf meiner anfühlte.

Ich wollte sie. Jetzt.

Mein Blick zuckte zu ihren vollen Lippen. Sie flehten mich an, sie riefen nach mir. Erneut strich ich mit der Zunge über meine Unterlippe, doch eigentlich wollte ich, dass sie mich mit *ihrer* Zunge berührte. Wetten, dass sie gut schmeckte. Dass sie sich gut anfühlte. Ich wollte es herausfinden. Noch nie in meinem Leben hatte ich etwas mehr gewollt. Als ich den Blick hob, sah ich die Lust in ihren Augen. Sie wollte, dass ich sie küsste. Ich würde fast sagen, dass sie es genauso sehr wollte wie ich. Mein Körper drängte sich gegen meine Jeans und flehte mich an, es zu tun. *Tu es einfach.*

Erneut richtete ich den Blick auf ihre Lippen und ließ mich von ihnen verführen. *Ja ... bitte ... küss mich.* Je näher ich kam, desto schneller ging ihr Atem. Ich sah, wie sich ihre Brust hob und senkte, spürte ihren Atem an meiner Wange. Ihr Körper wand sich unter meiner Berührung. Ich wette, sie war nass. Sie war bereit. *Für mich.* Aber ... nein ... sie gehörte mir nicht.

Als hätte man meinen Schädel gegen eine Mauer gerammt, fiel mir plötzlich wieder ein, warum ich die Finger von ihr lassen musste. *Denny.* Sie gehörte Denny, und Denny war mein bester Freund. Mist. Ich musste damit aufhören. Das war so verdammt schwer. Alles zwischen uns fühlte sich wie elektrisiert an. Jede Berührung setzte uns in Flammen. Anstatt meine Lippen auf ihre zu pressen, lehnte ich meine Stirn an ihre und berührte ihre Nasenspitze mit meiner. Sofort erwachte mehr Lust in meinen Lenden und durchströmte meinen Körper. Verdammt, ich wollte nicht aufhören.

Ein Wimmern löste sich von Kieras Lippen, das es mir noch schwerer machte, sie nicht zu küssen. Sie hob das Kinn und kam mir entgegen. Mist, wenn ich nicht bald etwas unternahm, würde es passieren. Als ich spürte, wie ihre Lippe über meine strich, wandte ich das Gesicht ab und berührte mit meiner Nase ihre Wange. Ich stöhnte, ich litt himmlische Qualen. Ich brauchte sie. Ich musste sie fühlen, sie berühren, sie erregen, mit ihr zusammen sein. Ich würde Denny verraten. Ich würde alles kaputtmachen, weil ich kein Fitzelchen Willenskraft mehr besaß.

Meine Nase ruhte noch immer an ihrer Wange, panisch holte ich zweimal tief Luft. Ich versuchte, meinen Körper zu beruhigen, wieder zur Vernunft zu kommen. Kiera drängte sich an mich, als würde sie ihrerseits die Kontrolle verlieren. Sie rutschte näher zu mir und legte eine Hand auf meinen Schenkel, erneut wandte sie sich meinem Mund zu. Mir war klar, dass ich nicht die Kraft besaß, der Versuchung noch einmal zu widerstehen. Wenn ihre Lippen den Weg zu meinen fanden, würden sie auf gierige Bereitschaft treffen. Scheiß auf Denny. Scheiß auf Matt und Griffin. Ich würde sie auf den Boden werfen und vor dem Scheißfilm mit ihr schlafen.

Und das würde sie mir nie vergeben. Ich würde es mir selbst nie vergeben.

Ich umfasste ihre Hand auf meinem Schenkel und raunte ihr ins Ohr: »Komm mit.« Mein Körper wollte unbedingt, dass sie mit mir »kam«, aber das würde ich nicht zulassen.

Ich stand auf und führte sie in die Küche. Um das zu schaffen, brauchte ich die komplette Kontrolle. Also stellte ich mir alles vor, was mich abturnte. Denny. Wie gut sie zusammenpassten, dass sie zusammengehörten. Den Ausdruck auf seinem Gesicht, als er mich gebeten hatte, die Finger von ihr zu lassen. Seinen Gesichtsausdruck, wenn er erfahren würde, dass ich sein Vertrauen missbraucht hatte. Wie Denny mich vor dem Zorn meiner Eltern bewahrt hatte. Denny, der sich für mich stark gemacht hatte und an meiner Stelle einen Schlag kassiert hatte. Denny. Mein Bruder. Ich durfte ihm das nicht antun.

Als wir die Küche erreichten, hatte ich mich mehr oder weniger im Griff. Noch immer hörte ich den blöden Film im Hintergrund, doch ich achtete nicht weiter darauf. Ich ließ Kiera los, stellte mein Bier ab, ging zum Schrank und holte ein Glas Wasser für sie. Sie atmete noch immer flach und schnell. Als ich ihr das Bier wegnahm und ihr mit einem versöhnlichen Lächeln das Wasserglas reichte, schien sie verwirrt und enttäuscht. Verlegen nahm sie es mir ab. Wahrscheinlich hatte sie erwartet, dass hier etwas ganz anderes passieren würde.

Sie atmete tief und gleichmäßig ein und aus, dann kippte sie das Wasser hinunter, als hätte sie den ganzen Tag nichts getrunken. Es tat mir leid, dass sie sich schämte; es war nicht ihre Schuld. Es war meine. Ich hatte mich hinreißen lassen und die Dinge zu weit getrieben. Ich hätte mich nicht zu ihr beugen dürfen ... Ich hätte sie gar nicht erst berühren dürfen. Und ich hätte ganz bestimmt nicht meinen eigenen Porno mit uns in der Hauptrolle in meinem Kopf abspulen dürfen.

Das war jedoch keine gute Entschuldigung, so sagte ich stattdessen: »Tut mir leid wegen des Films ...« Als sie mich ansah, lachte ich. *Schön locker bleiben.* »Griffin ist, na ja ... Griffin eben.« Ich zuckte mit den Schultern. Um zu vermeiden, dass sie ein Gespräch anfing, das ich auf keinen Fall führen wollte, fragte ich: »Vorhin auf der Treppe hast du aufgewühlt gewirkt. Willst du mir deinen Traum erzählen?«

Ich lehnte mich gegen die Arbeitsplatte, verschränkte die Arme vor der Brust und tat lässig. Wenn gar nichts mehr geht, musste man eine Show abziehen. Mit zusammengezogenen Brauen betrachtete Kiera meine Haltung. Sie wirkte noch immer aufgewühlt, verlegen und ehrlich verwirrt. »Ich kann mich nicht mehr erinnern ... nur, dass es schlimm war.«

»Oh.« Plötzlich überkam mich ein Anfall von quälend schlechtem Gewissen. Bestimmt hatte sie von mir geträumt. Sie litt meinetwegen, und das hatte ich jetzt noch schlimmer gemacht, weil ich mich von meiner Lust hatte hinreißen lassen. Ich brauchte ihre Nähe, aber ich musste sie auf Abstand halten. Es war ein schmaler Grad, und ich war mir nicht sicher, ob ich das schaffte.

Verwirrt setzte sie ihr Glas ab und ging an mir vorbei. »Ich bin müde ... Gute Nacht, Kellan.«

Ich brauchte meine gesamte Selbstbeherrschung, um sie nicht aufzuhalten und sie in meine Arme zu ziehen. *Es tut mir leid. Bitte vergib mir.* »Nacht, Kiera«, flüsterte ich.

Nachdem sie den Raum verlassen hatte, ließ ich den Kopf in die Hände sinken. *Was zum Teufel habe ich gerade getan? Was habe ich gerade zugelassen?* Ich hätte alles zerstören können. Ich ließ mich gegen den Tresen sinken und rieb mir die Nasenwurzel, an der sich ein heftiger Kopfschmerz bildete. Vielleicht hatte ich sogar schon alles zerstört. Das würde ich erst wissen, wenn ich Kiera morgen wiedersah. Zum ersten Mal seit langer Zeit wollte ich nicht, dass der morgige Tag kam.

Doch sein Herannahen war unvermeidlich. Als der Morgen durch mein Fenster hereinbrach, lag ich bereits mit offenen Augen im Bett. Ich hatte kaum geschlafen. Das gestern Abend war knapp gewesen. Denny hatte etwas ganz anderes verdient.

Nervös ging ich nach unten. Ich war nicht oft ein Nervenbündel, aber wenn, lähmte es mich. Ich hatte Angst, dass Kiera »reden« wollte. Ich wollte nicht reden. Ich wollte einfach so tun, als wäre das gestern Abend nie passiert. Dass alles wieder normal war. Na ja, unsere Version von normal. Ich wollte sie umarmen, ohne dass es komisch war. Wenn ich es nicht erwähnte, würde sie vielleicht denken, dass es ein Teil ihres Traumes gewesen war. Gott, hoffentlich hatte sie meinetwegen keinen Albtraum gehabt. Ich wollte sie nicht verletzen, noch nicht einmal in ihren Träumen.

Als ich sie die Treppe hinunterkommen hörte, zitterten meine Hände. »Hör auf«, flüsterte ich, ballte sie zu Fäusten und lockerte sie wieder. Sie brauchte nicht zu wissen, dass ich mich am Rande eines Nervenzusammenbruchs befand. Ich atmete tief ein, dann setzte ich mein Pokerface auf. Wahrscheinlich musste ich meinen Eltern dankbar dafür sein, dass sie mir so viele Gelegenheiten geboten hatten, es zu perfektionieren.

Abgesehen davon, dass mein Herzschlag aus der Reihe tanzte, war alles normal, als Kiera die Küche betrat. Ihre Wangen wurden rot, weil sie vermutlich noch immer verlegen war. Ich ließ ihr keine Zeit, darüber nachzudenken. »Morgen. Kaffee?« Ich reichte ihr den dampfenden Becher.

Sie nahm ihn mir lächelnd ab. Die Spuren von Müdigkeit unter ihren Augen waren noch immer deutlich sichtbar. Offenbar hatte sie genauso schlecht geschlafen wie ich. »Danke.«

Ich schenkte mir ebenfalls einen Becher ein, während Kiera Milch in ihren schüttete. Wir saßen zusammen am Tisch, und ein Anflug von Traurigkeit überfiel mich. Wir hatten uns nicht umarmt. Kiera runzelte die Stirn, und mein Gedanke löste sich in Luft auf. *Mist. Sie will reden. Bitte nicht. Lassen wir es einfach dabei bewenden. Über manche Dinge muss man nicht reden. Wie beispielsweise darüber, wie sehr ich dich begehre und wie falsch das ist.*

»Was?«, flüsterte ich und wünschte, ich wäre irgendwo, nur nicht hier.

Verwirrt deutete sie auf mein T-Shirt. »Du hast mir nie eins mitgebracht.«

Ich blickte hinunter. Es war das Douchebags-Shirt, das sie auch gern haben wollte. Ich hatte irgendwie vergessen, ihr eins zu besorgen.

Erleichterung durchströmte mich, dass wir nicht das teuflische Gespräch führen würden, das ich den ganzen Morgen gefürchtet hatte. »Ach ... stimmt.« Nachdem wir das Schlimmste hinter uns hatten, sprudelte ich über vor guter Laune. Da ich keine Lust hatte, ihr über Griffin eins zu besorgen und mir die Idee gefiel, dass Kiera mein Shirt trug, stand ich auf und zog es aus. Als sie mich halb nackt sah, leuchteten ihre Augen. Auf einmal wirkte sie überhaupt nicht mehr müde. Die Art, in der sie meinen Körper betrachtete, weckte in mir den Wunsch, ständig nackt zu sein, aber das war keine gute Idee. Die Verbindung zwischen uns war schon kompliziert genug.

Ich zog ihr das T-Shirt über den Kopf. Als sie mich staunend ansah, schob ich ihre Arme durch die Ärmel wie bei einem kleinen Kind. »Da, du kannst meins haben.« Das T-Shirt stand ihr gut, ich hätte es ihr schon längst geben sollen.

Während ihre Wangen einen charmanten Roséton annahmen, stotterte sie: »Ich meinte nicht ... Das hättest du nicht ...«

Mehr brachte sie offenbar nicht zustande. Wie süß. Ich verstand jedoch das Wesentliche, was sie hatte sagen wollen, und entgegnete lachend: »Mach dir deshalb keine Sorgen. Ich kann mehr bekommen. Du würdest nicht glauben, wie viele Griffin von den Dingern hat machen lassen.«

Ich wandte mich zum Gehen, dann blickte ich mich noch einmal nach Kiera um. Sie glotzte eindeutig auf meinen Hintern. Als sie merkte, dass ich sie erwischt hatte, leuchteten ihre Wangen nicht mehr rosa, sondern knallrot. Die meisten Mädchen, die ich kannte, würden mich mit den Augen verschlingen und sich nicht darum scheren, ob ich es bemerkte, doch Kiera war ständig verlegen. Ich unterdrückte ein Lachen und blickte nach unten. Sie war absolut liebenswert, und obwohl es das nicht sollte, gefiel es mir, wie sie mich ansah.

»Ich bin gleich zurück«, sagte ich. Ich schenkte ihr ein weiteres Lächeln, dann verließ ich die Küche, um mir ein anderes T-Shirt zu holen. Als ich die Stufen hinaufsprang, konnte ich mein Grinsen nicht mehr beherrschen. Den verdammten Sternen dort oben sei Dank ... wir würden nicht darüber reden. Wir würden den Vorfall unter den Teppich kehren, wo er hingehörte.

Nachdem wir den gestrigen Abend nicht mehr erwähnten, war ich mir nicht sicher, wie wir mit dem ... na ja, »Kuscheln« traf es wohl am ehesten, umgehen wollten. Ich hätte es gern gelassen, konnte aber nicht. Solange es für sie okay war, wenn ich sie in den Armen hielt, wollte ich das auch.

Sie brauchte fast den ganzen Tag, um sich mir zu nähern, aber als ich mich aufs Sofa setzte, um vor der Probe ein bisschen fernzusehen, sah sie mich voller Verlangen an. Da ich ihre Berührung brauchte und wir uns heute noch nicht umarmt hatten, streckte ich den Arm aus und klopfte einladend auf den Platz neben mich. *Bitte.*

Sie schenkte mir ein hinreißendes Lächeln und schmiegte sich an mich. Zufrieden schloss ich die Augen. Nichts hatte sich geändert. Alles war gut.

Unsere Routine setzte sich fort, als sei nichts Komisches zwischen uns vorgefallen. Ich merkte allerdings eine leichte Veränderung. Unsere Berührung wirkte irgendwie ... intimer. Als wir uns umarmten, ruhten meine Hände weiter unten auf ihren Hüften, sie drückte ihre Brüste stärker gegen meinen Körper, sie strich mit den Fingern über meinen Nacken, und sie wandte mir das Gesicht zu, nicht von mir ab. Ich würde mich nicht beschweren, ich genoss jede Sekunde.

Wie üblich schlief sie noch, als ich am nächsten Dienstag

mein Zimmer verließ. Ich stellte mir vor, wie sie lang ausgestreckt auf Joeys Bett lag. Oder hatte sie sich zu einem Ball zusammengerollt? Ich wünschte, ich könnte die Tür öffnen, um ihr beim Schlafen zuzusehen, aber wenn sie mich dabei erwischte, wäre das sehr merkwürdig. Sogar irgendwie unheimlich. Seufzend ging ich nach unten. Es gab eben gewisse Dinge, die wir nie miteinander teilen würden; miteinander zu schlafen war eins davon.

Um wach zu werden, sang ich beim Kaffeekochen. Ich begann mit einem bekannten Song aus dem Radio, doch als der Kaffee fertig war, wechselte ich zu einem Stück von den D-Bags. Eigentlich war es ein schnelles Stück, aber ich sang es langsam. Wie eine Ballade. Es funktionierte sogar ziemlich gut so. Ich musste Evan sagen, dass er es mit auf unsere Setliste setzte.

Während ich sang, stolperte Kiera in die Küche. Sie blieb stehen und lauschte, als hätte sie mich noch nie zuvor singen hören. Es war toll, dass sie scheinbar nicht nur auf den Gesang achtete, sondern versuchte, die Bedeutung hinter den Worten zu ergründen. Die meisten Leute machten sich nicht diese Mühe.

Ohne dass es ihr bewusst war, sah es aufreizend aus, wie sie sich gegen die Arbeitsplatte lehnte. Es war Stunden her, dass ich sie zum letzten Mal in den Armen gehalten hatte, und da ich noch immer etwas melancholisch war, konnte ich es nicht abwarten, sie zu berühren. Ich streckte die Arme aus und forderte sie zum Tanzen auf. Sie schnappte überrascht nach Luft, dann strahlte sie. Irgendwie war auch sie heute Morgen nicht so gut drauf. Um sie aufzumuntern, wirbelte ich sie herum, zog sie an mich und warf sie nach hinten. Es funktionierte, sie lachte. Es freute mich, dass ich uns beide ein bisschen aufheitern konnte.

Ich schob beide Arme um ihre Hüfte, und sie legte mit einem fröhlichen Seufzer ihre um meinen Hals. Mit ihr zu tanzen war unvergleichlich. Die Art, wie sich unsere Körper zusammen bewegten, wie sie sich in meinen Armen anfühlte ... Ich hätte den ganzen Tag so weitermachen können, aber ich wusste, dass ich früher oder später damit aufhören musste. Ich konnte keine zweite »Porno-Nacht« gebrauchen und hatte das Gefühl, wenn ich länger so eng mit ihr tanzte, würde ich mich nicht zurückhalten können, sie zu küssen. Gute Vorsätze hin oder her, ich war schließlich auch nur ein Mensch.

Ich blieb stehen, Kiera ebenfalls. Wir blickten einander an, und mein Herz ging schneller. Sie stand so dicht vor mir, und sie fühlte sich so gut an. Ihre Lippen würden sich noch viel besser anfühlen. Sie fuhr mit den Fingern durch meine Haare und trieb angenehme Schauer über meinen Körper. War ihr eigentlich klar, wie wundervoll das war?

Als ob sie meine Gedanken lesen könnte, ließ sie die Finger von meinen Haaren zu meinen Schultern gleiten. Da ich spürte, dass wir uns erneut gefährlichem Gelände näherten, fragte ich vorsichtig: »Ich weiß, dass Denny dir lieber wäre ...« Sie erstarrte in meinen Armen, und ich verfluchte mich, dass ich das Thema aufgebracht hatte. Doch das musste einfach sein. Wir brauchten beide eine kleine Ermahnung. »... aber soll ich dich vielleicht an deinem ersten Tag zur Uni bringen?«

Ich oder meine Frage schienen sie zu verwirren. Ich wusste nicht genau, was. Dann antwortete sie jedoch ganz entspannt: »Okay, dann muss ich wohl mit dir vorliebnehmen«, sagte sie mit einem verführerischen Lächeln.

Lachend drückte ich sie an mich, dann ließ ich sie los, was mir wirklich schwerfiel. Ich musste etwas tun, darum trat ich zum Schrank und holte einen Becher für sie heraus. »Das hat noch keine Frau zu mir gesagt«, murmelte ich und versuchte, die lockere Stimmung aufrechtzuerhalten.

Kiera verstand mich jedoch falsch. »Tut mir total leid. Ich wollte nicht ...«

Ich lachte erneut und schenkte ihr Kaffee ein. Glaubte sie wirklich, sie hätte mich beleidigt? Dazu brauchte es mehr. Ich blickte zu ihr. »Ich hab nur Spaß gemacht, Kiera.« Ich guckte wieder auf den Becher. »Na ja, zum Teil.« So etwas hörte ich tatsächlich nicht von Frauen. Auf eine schräge Weise fand ich es aber ganz erfrischend.

Als es so weit war, fuhr ich Kiera zum Unterricht. Sie war ein Nervenbündel, schlimmer als an ihrem ersten Tag im Pete's. Wenn sie doch nur sehen konnte, was ich an ihr sah – Schönheit, Anmut, Humor, Intelligenz –, dann wäre sie kein bisschen nervös wegen der Uni. Sie würde in den Seminarraum gehen, als würde er ihr gehören.

Als ich den Wagen stoppte, sah Kiera elend aus. So konnte ich sie nicht absetzen und zum Unterricht gehen lassen. Sie würde sich noch übergeben, und das wäre ein peinlicher Vorfall, den sie am ersten Tag nicht gebrauchen konnte. Ich war mir ziemlich sicher, dass ich sie zumindest ausreichend beruhigen konnte, um das zu verhindern. Also öffnete ich meine Tür und sprang aus dem Wagen.

Irritiert verfolgte sie, wie ich um den Wagen herumging und auf ihre Seite kam. Als ich ihr die Tür aufhielt, brachte sie ein schiefes Grinsen zustande. »Ich glaube, ich schaff das schon.« Sie deutete mit dem Kopf zum Eingang und stieg aus.

Ich lachte und fasste ihre Hand. Ich wusste, dass sie das konnte. Ob sie es wollte, war eine andere Sache. Lächelnd deutete ich auf das Gebäude, in dem ihr Unterricht stattfand. »Komm.«

Neugierig blickte sie zu mir auf. »Was hast du vor?«

»Na, ich bringe dich zum Unterricht.«

Als fände sie das albern, verdrehte sie die Augen. Doch sie war nur verlegen, eigentlich hatte sie nichts dagegen. »Das ist wirklich nicht nötig. Ich schaff das schon.«

»Vielleicht will ich es aber«, widersprach ich und drückte

ihre Hand. Wir näherten uns dem Gebäude, und ich hielt ihr die Tür auf. Als sie hineinging, fügte ich hinzu: »Meine Vormittage sind nicht gerade das, was man als total stressig bezeichnen würde. Wäre ich nicht hier, würde ich wahrscheinlich gerade ein bisschen dösen.« *Oder an dich denken.*

Lachend drehte sie sich zu mir um. »Warum stehst du dann so früh auf?«

Ich lachte etwas gequält, während ich neben ihr den Flur hinunterging. »Das tue ich nicht freiwillig ... glaub mir.« Nein, mein Vater hatte mir vor langer Zeit meinen Schlafrhythmus eingebläut. Jetzt wachte ich jeden Tag ungefähr um dieselbe Zeit auf, und wenn ich aus irgendeinem Grund ausschlief, was eher selten vorkam, wachte ich panisch auf und rechnete damit, dass er an meinem Fußende stand. Obwohl er lange tot war, diese irrationale Angst blieb. »Ich würde lieber ausschlafen, als mit vier oder fünf Stunden Schlaf auszukommen.«

Kiera schlug mir vor, ich solle noch ein bisschen dösen, und ich versprach es ihr. Vielleicht würde ich das wirklich tun. Ich könnte eine Erfrischung gebrauchen, und die Zeit würde schneller vergehen. Wir hatten ihren Seminarraum erreicht, und ich hielt ihr auch hier die Tür auf. Sie sah mich mit seltsam nachdenklicher Miene an. Ob sie dachte, ich würde sie zu ihrem Platz begleiten? Das hatte ich nicht vor ... es sei denn sie wollte es. »Soll ich dich reinbringen?«, fragte ich grinsend.

Sie ließ meine Hand los und schob mich scherzhaft ein Stück zurück. »Nein.« Sie blickte mich einen Augenblick ernst und voller Wärme an. Ich liebte diesen Blick an ihr. »Danke, Kellan.« Sie beugte sich vor und hauchte mir einen zärtlichen Kuss auf die Wange. Auch das liebte ich. Es gab mir dieses warme Gefühl, das sich jedes Mal verstärkte, wenn sie in meiner Nähe war.

Ich blickte auf den Boden, dann in ihre Augen. »Gern geschehen.« *Ich würde alles für dich tun.* »Ich hole dich nachher ab.« Sie wollte protestieren, aber ich brachte sie mit einem Blick zum Schweigen. Nachdem sie eingewilligt hatte, spähte ich in ihren Seminarraum voll eifriger junger Hühner. Ich wünschte ihr Spaß, drehte mich um und ging. Neugierig blickte ich zurück, um zu sehen, ob sie mir hinterherschaute. Was sie tat. Meine Brust schnürte sich zusammen, aber auf eine gute Art. Ich hob die Hand und winkte. Mit ihr auf dem Campus zu sein war gar nicht so schlecht ... ich könnte mich glatt daran gewöhnen.

In jener Woche brachte ich sie schließlich jeden Tag zur Uni. Am Freitag genoss ich unsere neue Routine bereits in vollen Zügen. Obwohl ich sie tagsüber vermisste, war ihr dankbares Gesicht, wenn ich sie morgens absetzte, und ihr freudiger Blick, wenn ich sie nachmittags abholte, die Trennung allemal wert. Vorübergehend konnte ich so tun, als würde ich alles für sie bedeuten, denn langsam bedeutete sie alles für mich. Und wenn man nur lange genug so tut, als wäre etwas wahr, wird es das irgendwann auch. Oder nicht?

9. Kapitel

Ein Mittel gegen Herzschmerz

Ich wollte schnell nach Hause und schloss meinen Gitarrenkoffer. Es war Sonntag, noch relativ früh am Abend, und Kiera musste heute nicht arbeiten. Nach der Probe könnten wir den ganzen Abend miteinander verbringen. Wenn ich mich beeilte, schaffte ich es vielleicht sogar noch, mit ihr zusammen zu essen. Vielleicht sollte ich heute Abend mal etwas für sie kochen. Spaghetti? Ich war kein toller Koch, aber Wasser heiß machen konnte ich.

Ich blickte zu Evan und Matt. »Bis morgen, Jungs.« *Ich habe ein Date. Na ja, kein Date, aber ein Ziel.*

Evan sah mich derart komisch an, dass ich erstarrte. Entweder ahnte er etwas … oder ich hatte etwas vergessen. »Was ist?«, fragte ich vorsichtig.

Evan sagte nichts, deutete nur mit dem Kopf auf Matt und hob die Brauen. Da fiel es mir wieder ein. »Mist. Matt. Du hast Geburtstag. Tut mir leid, Mann. Das habe ich ja total vergessen.«

Matt wurde rot und kratzte sich am Kopf. »Kein Problem, Kell. Ist kein Ding.« Er warf Evan einen scharfen Blick zu. »Wir müssen nichts Besonderes machen. Mit euch zu spielen hat mir schon gereicht.«

Griffin hockte auf der Sofalehne. Bei Matts Bemerkung schnaubte er empört. »Vergiss es. Wir machen Party. Ein Geburtstag, an dem du nicht kotzt, ist keiner.« Er zog konzentriert die Brauen zusammen. »Haben wir eigentlich schon gegessen?«

Evan lächelte Matt an. »Nein, noch nicht. Wohin sollen wir gehen, Geburtstagskind?«

Matt sah genervt aus, er stand einfach nicht gern im Mittelpunkt. »Nenn mich nicht so, ich bin doch keine fünf mehr.« Er seufzte. »Ich weiß nicht. Irgendwas Einfaches, wo sie kein großes Aufheben darum machen, dass jemand dem Tod ein Jahr näher gekommen ist.«

Griffin hob die Brauen. »Wow. So düster? Wie alt bist du noch mal? Zweiundsiebzig?«

Matt zeigte ihm beide Mittelfinger. »So alt bin ich.«

Griffin grinste. »Elf?« Sein Grinsen wurde breiter, als er sich an mich wandte. »Könnte hinkommen.«

Obwohl ich über Griffins Witz lachte, sah es in mir weniger fröhlich aus. Jetzt würde Kiera allein zu Hause sein und das wahrscheinlich fast die ganze Nacht. So bald würde ich nicht wieder die Chance erhalten, einen Abend mit ihr allein zu verbringen, es würde mir wie eine Ewigkeit vorkommen. Heute Abend musste ich aber auf jeden Fall mit den Jungs weggehen.

Ich zwang mich zu lächeln und sagte zu Griffin: »Ich kenne einen Laden, wo alle schlimme Hüte tragen müssen und das Personal einen den ganzen Abend beschimpft.«

Griffin sprang vom Sofa auf. »Scheiße, ja, da gehen wir hin! Obwohl, was machen die denn so mit einem?« Er drehte sich um, beugte sich übers Sofa und streckte den Hintern in die Luft. »Versohlen sie mir den Hintern, wenn ich böse bin?«

Matt zeigte mit dem Finger auf seinen Cousin. »Ich gehe auf keinen Fall irgendwohin, wo man ihm den Hintern versohlt.« Schulterzuckend fügte er hinzu: »Können wir nicht einfach ins Pete's gehen?«

Ich unterdrückte einen Seufzer. »Es ist dein Abend. Auf ins

Pete's.« *Warum konnte Kiera heute nicht arbeiten?* Vielleicht würde ich sie anrufen, wenn wir dort waren und ihr anbieten, zu uns zu stoßen. Ein bisschen gereizt aber entschieden, mich darauf einzulassen, sprang ich in den Wagen. Schließlich sah ich Kiera die ganze Zeit. Aber ... mir war schmerzlich bewusst, dass ich Zeit verlor, die ich mit ihr allein verbringen konnte, und ich hatte das schreckliche Gefühl, dass uns davon nicht mehr viel blieb.

Als wir ins Pete's kamen, versuchte ich, mich nach hinten zu schleichen, um zu telefonieren, doch Griffin kam mit mir durch die Tür. Er fasste meinen Arm, zog mich direkt zur Bar, schlug mit der Hand auf den Tresen und verkündete: »Eine Runde Jägermeister für die Band, Reets. Heute Abend schießen wir uns ab!«

Rita grinste über Griffins Spitznamen für sie, dann beugte sie sich vor, um mich auf die Wange zu küssen. Ohne dass es aussah, als würde ich ihr absichtlich ausweichen, bewegte ich mich außer Reichweite. Sie seufzte, als sie mich knapp verpasste. »Für meine Rockstars tue ich doch alles.« Sie schürzte die Lippen, als würde sie mich küssen. »Mm, mm, mm«, machte sie und schenkte uns anschließend unsere Schnäpse ein.

Als alle Gläser verteilt waren, hob Griffin seins hoch. Laut genug, dass es die gesamte Bar hören konnte, verkündete er: »Auf meinen Cousin, der dieses Jahr endlich Schamhaare bekommen hat und hofft, zum ersten Mal eine nackte Frau anzufassen ... Herzlichen Glückwunsch!«

Die ganze Bar lachte. Evan und ich lachten ebenfalls, während Griffin allein seinen Shot leerte. Anschließend streckte er die Zunge heraus und verzog das Gesicht, während Matt ihn mit leerem Gesicht anstarrte. »Ich hasse dich. Echt«, sagte er leidenschaftslos zu Griffin.

Griffin klaute ihm sein Glas und leerte es ebenfalls in einem

Zug. »Ich weiß«, gab er grinsend zurück. Dann packte er Matt am Kragen und gab ihm eine Kopfnuss.

Als Matt lachend versuchte, sich loszumachen, waren die beiden Cousins, die sich ständig stritten, schon wieder die besten Freunde. Kopfschüttelnd reichte ich Matt meinen Shot. Er kippte ihn dankbar hinunter. Evan nahm seinen, dann setzten wir unsere Gläser auf der Bar ab, wo sie sogleich erneut gefüllt wurden.

Es dauerte Ewigkeiten, bis ich mich endlich davonstehlen konnte. Ich ging zum Münztelefon, das sich im Flur zu den Toiletten befand. Eigentlich benutzte es niemand mehr, der Hörer war schon etwas eingestaubt. Ich fand etwas Kleingeld in meiner Hosentasche und rief zu Hause an, aber es klingelte und klingelte. Es sprang noch nicht einmal der Anrufbeantworter an, was ich etwas seltsam fand. Kiera achtete wie besessen darauf, dass er eingeschaltet war, damit sie ja keinen von Dennys Anrufen verpasste.

Ich konnte mir nur vorstellen, dass Kiera ins Bett gegangen war. Ich musste sie verpasst haben. Das machte mich ziemlich traurig, doch um meiner Band willen setzte ich ein Lächeln auf. Ich wollte nicht, dass die anderen mir Fragen stellten, wenn ich zum Tisch zurückkam.

Als der Abend endlich zu Ende ging, war es schon spät. Ich hatte vor einer Weile aufgehört zu trinken, sodass ich nach Hause fahren konnte, doch ich fühlte mich noch leicht benebelt, als ich in der Auffahrt den Motor ausschaltete. Lächelnd bemerkte ich, dass Dennys Honda neben meinem Wagen stand. Kiera war zu Hause und lag sicher in ihrem Bett. Ich fand es schön zu wissen, dass sie da war und nur ein paar Meter entfernt von mir schlief ... sobald ich meinen lahmen Hintern durch die Tür bekam. Vielleicht sollte ich etwas Wasser trinken, um einen klaren Kopf zu bekommen. Ja. Wasser wäre gut.

Entschlossen, meinen Flüssigkeitshaushalt in Ordnung zu bringen, machte ich im Haus einen Umweg über die Küche. Ich warf meine Schlüssel auf den Tresen und blieb dann abrupt stehen, weil ich merkte, dass ich nicht allein war. Kiera war noch auf, sie war im Pyjama … und deutlich aufgelöst. Ihre Augen waren gerötet, ihr Gesicht ein wenig verquollen, und sie kippte ein Glas Wein hinunter, als wäre es Saft. Etwas stimmte hier überhaupt nicht. Sofort beschleunigte sich mein Herzschlag.

»Hallo«, sagte ich und bemühte mich, locker zu klingen.

Sie antwortete nicht, trank nur weiter ihren Wein. Die Flasche auf dem Tresen war bereits so gut wie leer. Es gab nur eins, das sie so aus der Fassung brachte …

»Alles okay bei dir?«, fragte ich, obwohl mir bereits klar war, dass dem nicht so war.

Sie hielt im Trinken inne, um mir zu antworten. »Nein.« Ich dachte, sie würde es dabei belassen, doch dann überraschte sie mich mit dem Zusatz: »Denny kommt nicht zurück … wir haben Schluss gemacht.«

Unzählige Gefühle stürmten gleichzeitig auf mich ein: Mitgefühl, Kummer … Freude … und Schuld. Ich ging zu ihr, ich hätte sie gern in die Arme genommen und ihr gesagt, dass ich für sie da war und sie nie verlassen würde, doch ganz offensichtlich versuchte sie, ihren Schmerz zu unterdrücken. Vermutlich würde es ihr jetzt nicht gerade helfen zu hören, wie viel sie mir bedeutete. Ich musste sie erst trauern lassen. Anstatt sie zu berühren, lehnte ich mich gegen die Arbeitsplatte. Damit ich gar nicht erst in Versuchung kam, stützte ich mich zusätzlich mit den Händen ab.

Da ich nicht wusste, was ich für sie tun konnte, sah ich einen Augenblick zu, wie sie mich musterte. Dann fragte ich: »Willst du darüber reden?«, hoffte jedoch, dass sie Nein sagen würde, weil ich wirklich keine Lust hatte, über ihre Gefühle für Denny zu sprechen.

Erneut unterbrach sie das Trinken, gerade so lange, um »Nein« zu antworten.

Erneut war ich erleichtert, dass sie nicht über ihn sprechen wollte. Wahrscheinlich wollte sie genauso wenig über mich sprechen, aber das war okay. Ich hatte Verständnis dafür, wenn jemand nicht reden wollte. Und ich wusste, worauf ich stattdessen an ihrer Stelle Lust hätte. Ich blickte auf die leere Weinflasche, dann auf das Glas, das sie gerade leerte. »Hast du Lust auf Tequila?«, fragte ich.

Ein ehrliches Lächeln breitete sich auf ihrem Gesicht aus. »Unbedingt.«

Ich öffnete den Schrank über dem Kühlschrank, durchsuchte meinen Alkoholvorrat und holte den Tequila hervor. Ich war mir nicht sicher, ob es eine gute Idee war, Kiera noch betrunkener zu machen, aber etwas anderes fiel mir gerade nicht ein. Und zumindest trank sie jetzt nicht mehr allein. Ich holte Gläser, dann Salz und aus dem Kühlschrank Zitronen. Auf einem Brett schnitt ich die Zitronen in Scheiben. Die ganze Zeit spürte ich Kieras Blick auf mir.

Ich schenkte uns Tequila ein, dann reichte ich ihr lächelnd ein Glas. »Soll angeblich gegen Herzschmerz helfen.«

Sie nahm mir das Glas ab, wobei sich kurz unsere Finger berührten. Es genügte, um Lust durch meinen Körper zu treiben. Jetzt war sie Single ... das änderte die Lage. Oder nicht? Denny war mein bester Freund, ich schuldete ihm ...

Entschieden, nicht weiter nachzudenken, sondern einfach zu gucken, was passierte, tauchte ich einen Finger in meinen Tequila, befeuchtete unsere Handrücken und streute Salz darauf. Kiera verfolgte jede meiner Bewegungen. Als sie keine Anstalten machte, ihren Shot zu trinken, nahm ich mein Glas und trank zuerst, damit sie sich entspannte. Mein Hals war taub von den ganzen Jägermeistern, die ich heute Abend getrunken hatte, sodass der Tequila noch nicht einmal brannte. Bei Kiera allerdings schon.

Sie streckte die Zunge heraus und leckte das Salz von ihrer Hand, dann öffnete sie den Mund, kippte den Tequila hinunter und schloss anschließend die Lippen um die Zitronenscheibe, um den Saft herauszusaugen. Es war sehr erotisch. Dann verzog sie das Gesicht zu einer Grimasse. Ich lachte, dann schenkte ich uns eine weitere Runde ein.

Das zweite Glas ging ihr leichter die Kehle hinunter. Das dritte noch leichter. Wir sprachen nicht, wir tranken nur. Und je mehr Alkohol sie trank, desto lüsterner wurde ihr Blick. Sie starrte mich genauso begierig an, wie die Frauen in der Bar. Ich gab mir große Mühe, es zu ignorieren, aber es fiel mir schwer ... Ich *wollte*, dass sie mich so ansah. Ich wollte sie ebenfalls so ansehen. Aber ich würde keine Vermutungen darüber anstellen, was heute Nacht passieren würde. Wir waren nur zwei Freunde, die etwas zusammen tranken. Zwei Single-Freunde, die erst vor Kurzem viel mehr miteinander tun wollten ...

Nach dem vierten Glas spürte ich den Alkohol. Bei dem Versuch, den Tequila in die winzig kleinen Gläser zu füllen, schüttete ich etwas daneben. Und ich lachte, als mir fast die Zitrone aus dem Mund fiel. Ich war mehr als angetrunken.

Nach dem fünften Glas änderte sich alles. Als ich mich hinunterbeugte, um das Salz von meiner Haut zu lecken, nahm Kiera meine Hand und strich mit der Zunge darüber. Ihre Zunge war weich, nass, warm und fühlte sich fantastisch auf meiner empfindlichen Haut an. Ich wollte, dass sie weitermachte, doch sie wich zurück, um ihren Tequila zu trinken. Als sie ihre Zitronenscheibe zwischen *meine* Lippen schob, ging mein Herz schneller. *Würde sie ...?*

Sie würde. Sie hob den Mund zu meinem, und während sie an der Zitrone saugte, pressten wir die Lippen aufeinander. Ich schmeckte nur Zitrone und sie. Es war eine berauschende Kombination. Aber es war nicht annähernd befriedigend. Ich brauchte mehr.

Als Kiera sich von mir löste, rang ich um Atem. Sinnlich nahm sie die Zitrone aus ihrem Mund und legte sie auf den Tresen. Als sie sich verführerisch die Finger leckte, war es um meine Vorsätze geschehen. Plötzlich war es mir verflucht noch mal egal, was wir zuvor gewesen oder mit wem wir zusammen gewesen waren. Es war mir egal, ob sie mit Denny zusammen gewesen war – im Moment kam mir das wie eine weit entfernte Erinnerung vor. Es war mir egal, dass Evan mich gewarnt hatte, nach meiner schlechten Erfahrung noch einmal mit meiner Mitbewohnerin zu schlafen. Dass ich Denny versprochen hatte, die Finger von Kiera zu lassen oder dass ich mir selbst vorgenommen hatte, diese Grenze nicht zu überschreiten. Kiera *küsste* mich. Sie wollte mich. Und verdammt, ich wollte sie auch.

Ich kippte meinen Tequila hinunter, knallte das Glas auf den Tresen und zog sie erneut an meinen Mund.

Als sich unsere Lippen berührten, fühlte es sich noch besser an, als ich es mir vorgestellt hatte. Es hatte sich so viel gierige Leidenschaft angestaut, dass ich das Gefühl hatte, wir würden beide in Flammen aufgehen. Ich konnte nicht genug von ihr bekommen. Mein Griff um ihren Nacken festigte sich, und ich zog sie dichter zu mir. Meine andere Hand suchte ihren unteren Rücken. Perfekt.

Ich schob sie nach hinten, bis sie gegen die Arbeitsplatte stieß, während wir uns noch immer wie besessen küssten. Ihre Zunge strich über meine, sie liebkoste sie und spielte mit ihr, woraufhin ich stöhnte und mich nach mehr sehnte. Ich ließ die

Finger über ihre Rippen bis hinunter zu ihrem Hintern gleiten. Ich hob sie hoch und setzte sie auf die Arbeitsplatte. Mit einem leisen kehligen Laut schlang sie die Beine um mich und hielt mich gefangen. *Ja ...*

Trotz meiner Betrunkenheit war ich hart. Alles, woran ich denken konnte, war, sie in mein Zimmer zu schaffen, auf mein Bett zu werfen und zu erkunden. Ich wollte jede Kurve, jede Wölbung, jeden Zentimeter von ihr spüren. Alles an ihr. Und langsam glaubte ich, dass ich das vielleicht schon immer gewollt hatte.

Erst strich ich mit der Hand über ihren Hals, dann mit den Lippen. Ihre Haut schmeckte süß wie Erdbeeren. Köstlich. Mit einem Stöhnen, das direkt durch meinen Körper lief, ließ Kiera den Kopf in den Nacken sinken und schloss die Augen. Gott, sie war so wunderschön. Sie atmete ebenso schwer wie ich, in unserer Gier nacheinander keuchten wir fast.

Ich glitt mit meiner Nase ihren Hals hinauf und leckte zärtlich ihre Haut. Kiera wand sich und grub ihre Finger in mein Shirt, sie wollte es mir ausziehen, begann, es mir vom Leib zu reißen. Ich half ihr, den lästigen Stoff zu beseitigen. Sie lehnte sich zurück und verschlang mich mit ihren Blicken. Es war wundervoll, die unverhohlene Lust in ihren Augen zu sehen. Es machte mich verrückt.

Sie streichelte mit den Fingern meine Brust, und ich konnte nicht mehr an mich halten. Gott sei Dank waren alle Hindernisse beseitigt. Gott sei Dank konnten wir das hier endlich tun. Endlich dem nachgeben, was wir füreinander empfanden ... was ich für sie empfand. Ich legte die Arme um sie und hob sie hoch.

Ich hatte Schwierigkeiten, meine Füße zu koordinieren, mein Körper wollte mir nicht gehorchen. Hier und dort stieß ich gegen eine Wand und hätte Kiera beinahe fallen lassen, noch bevor wir die Treppe erreichten. Hilfreich war auch nicht gerade, dass ich nicht auf den Weg achtete. Meine ganze Aufmerksamkeit galt ihr – meine Augen, meine Lippen, meine Zunge, mein Atem, mein Herz, meine Seele. Alles.

Als wir die Treppe fast geschafft hatten, verlor ich die Kontrolle, taumelte und fiel zu Boden. Ich konnte mich gerade noch fangen, ehe ich Kiera gegen die Stufen rammte, aber es war dennoch schmerzhaft. Davon würden wir morgen sicher noch etwas merken. Doch das interessierte uns jetzt nicht, wir lachten.

»Sorry«, murmelte ich und strich mit der Zunge über ihren Hals. Sie erschauderte und grub ihre Finger in meine Schultern. Ich lag jetzt auf ihr, was sich deutlich besser anfühlte als unten an der Arbeitsplatte. Ich schob mich zwischen ihre Beine und presste meine Hüften gegen ihre. Als sie spürte, wie hart ich war, rang sie nach Luft. *Das ist für dich. Das machst du mit mir. Ich will dich ... so sehr.*

Sie saugte an meinem Ohrläppchen und trieb lustvolle Explosionen über meine Haut. Weil ich mich erneut nach ihrer Wärme und ihrer Weichheit sehnte und sie schmecken wollte, suchte ich ihren Mund. Sie grub ihre Finger in meine Haare und hielt mich fest. Da ich noch immer nicht genug hatte, zerrte ich an ihrer Pyjamahose. Weg damit.

Kiera half mir, und als die Hose um ihre Knöchel hing, schoben wir sie mit den Füßen die Stufen hinunter. Sie griff nach meinen Jeans, doch sie schaffte es nicht, die Knöpfe durch die festen Knopflöcher zu schieben. Als ich ihre nackten Schenkel erforschte und durch ihren Slip ihren Hintern streichelte, kicherte sie. Sie gab den Versuch, meine Jeans zu öffnen, auf und strich über die Muskeln an meiner Brust. Ich saugte an ihrer Lippe und ließ meine Hände nach oben gleiten. Zitternd näherte ich mich ihrer Brust. Wie lange sehnte ich mich schon danach. Ich umfasste sie und strich mit dem Daumen über und um ihre festen Nippel. *Gott, fühlte sie sich gut an.*

Gern hätte ich meine Zunge um sie kreisen lassen und sie in den Mund genommen, doch ich hatte sie noch nicht ausreichend erkundet. Kiera wand sich unter mir und hinterließ eine Spur zärtlicher Küsse auf meinem Arm, dann biss sie mich sanft in die Schulter. Es machte mich verrückt. Jedes Mal, wenn ich sie berührte, stieß sie heisere Laute aus. Sie hatte bereits gespürt, wie sehr ich *sie* begehrte, jetzt wollte ich fühlen, wie sehr sie *mich* begehrte. Während meine Lippen dicht über ihren schwebten und ich sie mit der Zungenspitze reizte, ließ ich eine Hand in ihren Slip gleiten. Gierig schob sie sich gegen mich, sie wollte, dass ich sie dort berührte. Allein bei dem Gedanken wäre ich fast gekommen. Ich riss mich jedoch zusammen … ich wollte, dass dies noch sehr lange dauerte.

Ich blickte hinunter und hielt meine Hand so, dass ich sehen konnte, wie meine Finger in sie hineinglitten. Als ich über ihre feuchte Haut glitt, schrie Kiera auf. *Sie war so unglaublich nass.* Mit offenem Mund drehte ich mich um, um ihre Reaktion zu beobachten. Sie war so verdammt heiß. Und sie wollte mich. *Mich.*

Als ich sie weiter mit den Fingern reizte, geriet sie außer sich. Sie strich über meine Arme, meinen Rücken, meine Schultern. Sie sehnte sich verzweifelt nach mehr und verbog die Hüften. »Bitte, Kellan … bring mich in dein Zimmer. Bitte. O Gott … bitte«, flüsterte sie.

Ihr leises Flehen war das Schärfste, was ich je gehört hatte. Ich hob sie hoch und setzte sie erst wieder ab, als wir meinen Türrahmen erreicht hatten. Kaum stand sie auf den Füßen, riss ich ihr den Slip vom Leib. Dann schleuderte ich meine Schuhe fort, zog hastig die Socken aus und machte mich an meiner Jeans zu schaffen, da Kiera erneut nicht mit den Knöpfen klarkam. Sie lachte über ihre eigene Ungeschicklichkeit, und ich lachte mit ihr. Ihr Lachen war unglaublich. Es verstärkte mein Begehren nur noch mehr. Ich zog ihr das Trägertop aus, dann beugte ich mich hinunter, um endlich ihren festen Nippel in den Mund zu nehmen. Kiera stöhnte auf und hielt meinen Kopf.

Nachdem ich sie kurz gereizt hatte, stieß ich sie sanft auf mein Bett. Ich streifte meine Boxershorts ab, was sie auf ihre Ellbogen gestützt beobachtete. Unsere Blicke trafen sich, und unser Lachen verstummte. Es gab niemanden auf der Welt, den ich mehr begehrte als sie. Endlich war sie hier, in meinem Bett, und sie wollte mich …

Ich kroch zu ihr aufs Bett, und unsere Körper berührten sich. Sie war warm und weich. Sie fühlte sich besser an als alles, was ich je erlebt hatte. Während wir einander unverwandt ansahen, spürte ich die Verbindung zwischen uns. Als wir uns küssten, verstärkte sie sich. Meine Hände wanderten über ihren Körper, dann folgten meine Lippen. Das Gefühl, mit ihr verbunden zu sein, eins mit ihr zu sein, wuchs mit jeder Berührung. Ich ließ meinen Mund zwischen ihre Beine gleiten und schmeckte ihre Lust. Es war genauso fantastisch wie der Rest von ihr. Sie schrie auf, drängte ihre Hüften gegen mich und raunte meinen Namen.

Sie setzte sich auf und strich mit den Fingern über meine Muskeln, dann bedeckte sie mich mit zärtlichen Küssen. Als sie sich weiter nach unten bewegte, legte ich mich hin. Sie strich mit der Zunge über meine Spitze, und ich krallte die Finger in die Laken. Ich konnte nicht mehr, ich musste sie nehmen.

Ich warf sie auf den Rücken, dann drang ich in sie ein. Das Gefühl, in ihr zu sein, raubte mir den Verstand. Wir starrten einander mit offenen Mündern an, wir keuchten, und sie umfasste mein Gesicht mit ihren Händen und strich mit den

Daumen über meine Wangen. Noch nie hatte ich eine solche Innigkeit beim Sex empfunden. Erst als ich mich in ihr zu bewegen begann, merkte ich, dass ich kein Kondom benutzt hatte. Das war meine oberste Regel, und jetzt hatte ich sie gebrochen. Ich überlegte, schnell noch eins überzustreifen, doch Kiera flüsterte so hingebungsvoll meinen Namen, dass ich es nicht schaffte. Wir waren endlich frei, und ich wollte nicht, dass je wieder etwas zwischen uns war. Sie gehörte mir, und ich wollte einen Teil von mir in ihr zurücklassen.

Wir bewegten uns so mühelos miteinander, als wäre es unser tausendstes und nicht unser erstes Mal. Als die Sinnlichkeit meinen Körper erschütterte, hoffte ich, dass es das erste von tausend Malen sein würde. Ich hoffte, es würde niemals enden. Zunächst bewegten wir uns langsam, wir genossen es. Dann zog Kiera meine Hüften zu sich und raunte: »Fester.« Ich beschleunigte den Rhythmus und spürte, wie sich die Intensität verstärkte. Unwillkürlich lösten sich lustvolle Laute aus meiner Kehle. Noch nie hatte ich so etwas Gutes gefühlt. Kiera schien genauso überwältigt zu sein. Ihr leises Stöhnen war erregender als irgendein Laut der Schreihälse, mit denen ich im Bett gewesen war. Sie hätten das eine oder andere von ihr lernen können.

Als ich spürte, dass ich zum Höhepunkt kam, wollte ich es und wollte es auch wieder nicht. Jetzt in Kiera zu kommen bedeutete Himmel und Hölle zugleich. Himmlisch wegen des reinen Glücks, höllisch, weil klar war, dass das Gefühl danach vorbei sein würde. Kiera packte meinen Kopf und zog mich dichter zu sich, als sich ihr Schreien verstärkte. Sie war kurz vor dem Orgasmus, genau wie ich. Herrgott, ich konnte es nicht mehr aufhalten.

Ich spürte, wie sich mein Magen zusammenzog, wie die Lust meinen Körper überwältigte und sich in einer Explosion entlud. Kiera erstarrte, schrie zum selben Zeitpunkt auf wie ich, und wir kamen gleichzeitig. Noch nie zuvor war ich gleichzeitig mit einer Frau gekommen. Es machte den Augenblick noch intensiver. Ich hatte das Gefühl, dass mein Höhepunkt gar kein Ende nahm. Als er schließlich nachließ, starrte ich in Kieras Augen, und sie in meine, und ich war genauso gebannt von dem gefühlvollen Ausdruck auf ihrem Gesicht wie von dem in meinem Herzen. Noch nie hatte ich so etwas erlebt. Es hatte all meine Erwartungen übertroffen. Es war unbegreiflich. Es veränderte mich. Nach dieser Erfahrung würde ich nicht mehr derselbe sein. Nach dieser Erfahrung würden *wir* nicht mehr dieselben sein.

Schwer atmend sahen wir einander in die Augen, bis unser Herzschlag sich beruhigte. Vorsichtig zog ich mich aus ihr zurück, dann schloss ich sie in die Arme. Ich hatte gedacht, mit ihr zu tanzen wäre besser als Sex. Ich hatte mich schwer getäuscht. Tanzen war nicht annähernd so gut wie Sex. Zumindest nicht wie Sex mit ihr.

Kaum hatten wir uns entspannt, schlief Kiera ein. Ich hielt sie fest in den Armen und genoss ihre Wärme. Lange sah ich ihr beim Schlafen zu. Es war so schön, sie zu halten, ihre Haut an meiner zu spüren, ihren Atem auf meiner Brust. Ich fühlte mich eng mit ihr verbunden, und dabei war sie noch nicht einmal wach. Nach einer Weile murmelte sie auf einmal in die Stille: »Kellan.« Mein Herz schlug heftig; ich war mir sicher, dass sie eben erst aufgewacht war. Was sollte ich ihr sagen? Was würde sie mir sagen? Ängstlich erstarrte ich, doch sie sprach nicht weiter.

Langsam entspannte ich mich wieder. Kiera hatte im Schlaf an mich gedacht. An *mich*. Das faszinierte mich. Wovon sie wohl träumte? Ich fühlte mich leichter als Luft, als mein Herz aus einem anderen Grund zu hämmern begann. Dass sie meinen Namen ausgesprochen hatte, dass sie im Schlaf an mich dachte, begeisterte mich fast noch mehr als der Sex, den wir gerade gehabt hatten. Und ich wusste ohne jeden Zweifel, dass ich jede Nacht mit ihr in den Armen einschlafen konnte und dabei vollkommen glücklich wäre. Dieser Gedanke bereitete mir eine Höllenangst, weil er auf der anderen Seite bedeutete, dass ich ohne sie todunglücklich wäre.

Was waren Kiera und ich jetzt? Ich hatte keinen blassen Schimmer. Ich wusste gar nichts mehr. Ich wusste nur, dass ich schon seit langer Zeit Gefühle für Kiera entwickelt hatte, die ich nicht hätte haben dürfen. Und heute Nacht hatte ich etwas getan, das meinen Freund, wenn er es je herausfand, umbringen würde. Ob sie zusammen waren oder nicht, seinetwegen war Kiera für mich tabu. Das hatte ich gewusst und hatte trotzdem mit ihr gevögelt. Ich war schrecklich.

Als ich über das Wort »vögeln« sinnierte, zog sich angewidert mein Magen zusammen. Das Wort passte nicht. Wir hatten uns nicht einfach betrunken und gebumst. Zumindest ich nicht. Hier war meine Seele beteiligt gewesen. Mit Kiera zusammen zu sein bedeutete alles für mich. *Sie* bedeutete alles für mich. Ihr Lächeln. Wie sie meiner Musik zuhörte und wie sie mich voller Mitgefühl ansah, als verstünde sie meinen Schmerz, auch wenn sie nicht wusste, woher er rührte. Alles an ihr raubte mir den Atem.

Ich blickte hinunter zu ihr, wo sie in meinen Arm gekuschelt lag. Ihr Mund war im Schlaf leicht geöffnet. Ihre Lider zuckten, als befände sie sich noch immer inmitten eines Traums. Ich wünschte, sie würde noch einmal meinen Namen aussprechen. Dass sie noch immer an mich dachte. Ich hoffte, dass ich in ihren Gedanken war, denn ich konnte an nichts anderes mehr denken als an sie. Ich wollte sie schützen. Ihr helfen zu wachsen. Ich wollte das haben, was sie mit Denny gehabt hatte.

Mist. Denny. Wie passte er dort hinein? Ich hatte ihn egoistisch zur Seite geschoben, damit ich mir nehmen konnte, was ich wollte. Ich hatte ihm die einzige Bitte verweigert, die er mir gegenüber je geäußert hatte. Als ich langsam wieder in der Realität landete, überkam mich das schlechte Gewissen, und ich dachte unwillkürlich an die Zeiten, in denen er für mich da gewesen war. Ich war ein verdammter Dreckskerl. Das würde er mir nie verzeihen. Ich würde ihn verlieren. Und wofür? Empfand Kiera überhaupt etwas für mich?

Als hätte sie meine Gedanken gehört, wandte sich Kiera von mir ab und drehte sich auf den Bauch. Eiseskälte durchströmte mich. Mein Blick glitt über ihren nackten Rücken. Ihre Haut war glatt und vollkommen. *Sie* war vollkommen. Ich erwog, sie erneut in die Arme zu nehmen, doch mein Kopf hatte begonnen zu arbeiten. Unzählige Gedanken rasten durch meinen Schädel, ohne dass ich einen davon fassen konnte. Was hatte ich getan?

Du hattest gerade Sex mit der Frau, an die du jeden Tag und jede Sekunde denkst. Eine Frau, die in deinen besten Freund verliebt ist, dem du alles zu verdanken hast und den du gerade hinterhältig erdolcht hast, indem du mit »der Liebe seines Lebens« geschlafen hast, und zwar Sekunden, nachdem sie Schluss gemacht hatten. Genau das hast du getan.

»Sei still«, brummelte ich mir selbst zu. Ich wollte mein Hochgefühl nicht dämpfen, indem ich die Realität hereinsickern ließ. Ich wollte mir unbedingt das Gefühl bewahren, das gegen meinen Brustkorb schlug und in meinem Kopf vibrierte. Ich lag neben Kiera und fühlte mich total berauscht, was jedoch nichts mit dem Alkohol zu tun hatte. Nein, nicht vom Tequila war mir leicht ums Herz und schwindelig. Nicht er löste den Impuls aus zu lächeln und Kiera fest zu umarmen. Ich war total betrunken … von ihr.

Aber bedeutete das irgendetwas für uns? Gab es überhaupt

ein *uns*? Oder waren wir noch immer sie und ich? Völlig getrennt.

Die Decke war heruntergerutscht und gab den Großteil von Kieras Körper frei. Ich hätte mich wirklich gern hintergebeugt und sie zwischen die Schulterblätter geküsst. Meine Wange auf ihren unteren Rücken gelegt, sie dicht an mich gezogen, doch ich hatte Angst, sie zu wecken. Was würde sie sagen, wenn sie wieder zu sich kam? Dass wir einen Fehler gemacht hatten? Dass sie Denny noch immer liebte? Dass sie ausziehen würde? Oder würde sie das Unmögliche sagen? Dass sie mich mochte und mit mir zusammen sein wollte?

Nein, das war äußerst unwahrscheinlich. Keine Frau, mit der ich bislang geschlafen hatte, hatte sich je wirklich für mich interessiert. Nicht so. Wahrscheinlich war Kiera einfach nur traurig gewesen, und ich hatte sie aufgeheitert. Fertig.

Doch ... wie sie mich manchmal ansah. Wie sie mich umarmte. Wie sie mich auf die Wange küsste und dann rot wurde. Das ging mir nicht aus dem Kopf. S*ie* ging mir nicht aus dem Kopf. Nie. Ständig dachte ich an sie. Gott, ich wollte nur, dass sie mich mochte. Ich wollte nicht der Einzige sein, der so empfand. Ich mochte sie so sehr. Ich liebte sie so sehr.

Wow. Ich *liebte* sie? Wusste ich überhaupt, was das bedeutete?

Ich sprang aus dem Bett, als hätte man einen Eimer Eiswasser über mir ausgeschüttet. Zum Glück hatte Kiera sich nicht gerührt, als ich den Arm unter ihr wegzog. Sie musste total weggetreten sein.

Ich liebte sie? Das hieß, ich konnte nicht ohne sie leben und wollte niemanden anders? Mist, das fühlte sich so richtig an. Aber ich konnte doch nicht in sie verliebt sein, oder etwa doch?

Scheiße.

Ich hörte auf, im Zimmer auf und ab zu laufen und starrte

zu Kiera. Sie sah so gut aus, wie sie dort in meinen Laken lag. Ich merkte, wie ich erneut erregt wurde, nur weil ich sie ansah. Gott, was würde ich dafür geben, wieder zu ihr ins Bett zu gleiten. Ich würde die Arme um sie legen und sie zärtlich wachküssen. Ich würde alles geben, um noch einmal mit ihr zu schlafen. Aber nüchtern. Ich würde mir Zeit nehmen. Jede Faser ihres Körpers würdigen … Liebe mit ihr machen. Gott, das klang seltsam, sogar in meinem Kopf. Ich war mir nicht sicher, was das bedeutete. Liebe machen? Es war immer derselbe Akt. Es waren immer dieselben Bewegungen. Sex war Sex, worin bestand also der Unterschied? Und warum verkrampfte sich mein Magen, als würde er sich nie mehr entspannen, wenn ich es so bezeichnete?

Weil du sie liebst, du Idiot.

Der Mond schien durchs Fenster herein und beleuchtete den Schwung ihres unteren Rückens. Gott, ich liebte diese Stelle. Etwas an ihr wirkte unglaublich erotisch auf mich. Die Art, wie das Licht auf ihre Haut schien, einen Bereich betonte und den Rest ins Dunkel tauchte … es war, als würde der Mond sie streicheln. Es machte mich eifersüchtig. Ich war tatsächlich irre eifersüchtig auf den irren Mond. Ich musste hier raus, damit ich mich wieder in den Griff bekam.

Ich wandte mich von ihr ab und stürmte zu meiner Kommode. Ich riss die oberste Schublade auf und holte ein Paar frische Boxershorts heraus. Nachdem ich sie angezogen hatte, schloss ich die Schublade etwas heftiger als nötig. Ich blicke zurück zu Kiera, aber sie schlief noch immer tief und fest. *Warum bin ich so wütend?*

Weil du sie liebst und du nicht gut für sie bist. Sie wird dich niemals lieben, und das weißt du. Dich hat von Anfang an niemand geliebt.

Ich schluckte, drehte mich um und durchwühlte eine weitere

Schublade, um eine Jeans herauszuholen. Ja, das alles stimmte, aber ... vielleicht konnte ich sie überzeugen, mir eine Chance zu geben? Sie musste meine Liebe ja nicht erwidern, aber vielleicht konnte sie mich wirklich mögen oder so?

Vielleicht konnten wir versuchen, eine Beziehung zu führen? Ich wusste, dass sie noch immer Gefühle für Denny hatte, na klar, schließlich hatten sie sich eben erst getrennt. Doch wenn ich ihr sagte, dass ich sie liebte ... vielleicht ... vielleicht würde sie es zumindest für eine Weile mit mir versuchen. Und eine Weile mit ihr wäre besser als nichts. Ich konnte kaum glauben, dass Denny wirklich gegangen war. Dass er tatsächlich seine Arbeit über sie stellte.

Ich zog meinen Reißverschluss zu und starrte sie mit unverhohlenem Verlangen an. Sie war allein. War es nicht besser, mit mir zusammen zu sein als allein zu sein? Nein ... vielleicht war sie lieber allein. Es war nicht gerade leicht, mich zu mögen. Aber wenn ich ihr sagte, dass ich sie liebte und nur mit ihr zusammen sein wollte, vielleicht fühlte sie sich mit mir wohl genug, um sich darauf einzulassen.

Verärgert wandte ich mich wieder ab, um ein Shirt zu suchen. In Ordnung, aber wie schaffte ich das, ohne wie ein totaler Mistkerl zu klingen? Wie zum Teufel sagte ich ihr, dass ich sie liebte? Ich konnte die Worte ja kaum denken. Wütend zog ich mir das T-Shirt über den Kopf. Ich wusste nicht, wie ich das machen sollte. Wie ich offen und ehrlich sein konnte. Wie ich sie an mich heranließ. Ich konnte mit Hunderten von Frauen schlafen, jede Nacht mit einer anderen, das machte mir nicht das Geringste aus. Aber mich ihr zu öffnen verursachte mir eine Höllenangst.

Ich musste hier raus. Solange sie im selben Zimmer war, konnte ich nicht klar denken. Das konnte ich noch nicht einmal, wenn ich mich in einem Haus mit ihr befand. Ich zog meine Schuhe an und schlich mich aus dem Schlafzimmer. Kieras Kleider lagen überall verstreut. Das Haus erstickte mich. Ich brauchte Luft. Ich schnappte mir die Schlüssel vom Küchentresen, dann hielt ich inne und betrachtete die Beweise unseres Rendezvous ... mein T-Shirt auf dem Boden, eine leere Flasche Wein, verschütteter Tequila, ausgelutschte Zitronenscheiben, leere Gläser. In so kurzer Zeit hatte sich so viel verändert.

Während ich den Raum betrachtete, in dem alles angefangen hatte, konnte ich beinahe Kieras lustvolles Stöhnen hören. Ich drehte mich abrupt um und ging. Aufräumen konnte ich später noch, wenn ich wiederkam, um Kiera zu sagen, was sie mir bedeutete. Später würde ich alles in Ordnung bringen. Irgendwie würde ich das schon hinbekommen.

Ich floh aus dem Haus und sprintete zu meinem Wagen. Nachdem ich eingestiegen war, atmete ich ein paarmal tief durch. Mir war klar, dass ich mich wie ein Feigling verhielt und dass ich zurück ins Bett gehen sollte. Zu der Frau, die ich liebte. Aber verdammt, allein die Vorstellung machte mich ganz kirre. Ich konnte sie doch nicht wirklich lieben, oder? Und konnte sie mich lieben? War ich mutig genug, es herauszufinden?

Während ich den Wagen startete, beobachtete ich, ob sich im Haus etwas tat. Doch als der Motor ansprang, rührte sich nichts. Wahrscheinlich schlief Kiera noch, oder besser gesagt, sie lag im Koma. Sie hatte wirklich ziemlich viel in ziemlich kurzer Zeit getrunken; vermutlich war ihr schlecht, wenn sie aufwachte.

Dennoch setzte ich den Wagen zurück. Ich wollte bleiben, aber ich konnte nicht. Ich konnte einfach nicht.

Ich fuhr die Straße hinunter, ohne zu wissen, wohin. Ich musste nachdenken. Auf einmal merkte ich, dass ich schon in Olympia war. Vielleicht sollte ich einfach weiterfahren? Was hielt mich schon hier? Ein Mädchen, das ich nicht haben konnte und von dem ich genauso wenig loskam. *Aber vielleicht konnte ich sie ja doch haben.* So unwahrscheinlich das war, wenn ich abhaute, würde ich es nie erfahren.

Ich brummte frustriert vor mich hin und riss im letzten Moment das Lenkrad herum, um vom Freeway herunterzufahren. Dann cruiste ich durch die Stadt, bis ich ein Diner fand, das rund um die Uhr auf hatte. Ein Mädchen, das ungefähr so alt war wie ich, empfing mich mit einem strahlenden Lächeln.

»Allein oder zu zweit?«, fragte sie und blickte hinter mich, ob noch jemand kam. *Das ist die Frage des Tages, oder?*

»Allein«, murmelte ich und fühlte mich auch so, als das Wort durch meinen Kopf hallte.

»Toll! Komm mit.« Die Kellnerin führte mich zu einem nahe gelegenen Tisch, fragte, ob ich Kaffee wollte, und als ich Ja sagte, ging sie fort, um die Kanne zu holen. Sie schien begeistert zu sein, dass ich allein war. Ich nicht. *Ich sollte nach Hause fahren.*

Während ich überlegte, wie die Chancen standen, dass Kiera mich mochte, kehrte die Kellnerin mit dem Kaffee und einem Stück Kuchen zurück, das unglaublich gut nach Beeren roch. Sie zwinkerte mir neckisch zu. »Der geht aufs Haus.« Ich war nicht in der Stimmung zu flirten, darum gab ich nur ein höfliches »Danke« zurück.

Ich blieb eine Weile dort, trank Unmengen Kaffee und schob den Kuchen auf meinem Teller hin und her. Als ihre Schicht zu Ende war und sie aufbrach, lächelte mir die Kellnerin erwartungsvoll zu, doch ich blieb. Ich blieb, bis die Sonne aufgegangen war, dann fand ich, dass es Zeit wurde, den Ort zu wechseln. Nachdem ich meine Rechnung bezahlt hatte, fuhr ich langsam nach Hause.

Als die Skyline von Seattle wieder in Sicht kam, seufzte ich. Ich wusste jetzt, was ich zu tun hatte. Ich musste mich mit Kiera zusammensetzen und in Ruhe mit ihr sprechen. Ich musste ihr sagen, dass ich sie in den letzten Wochen, in denen wir allein gewesen waren, liebgewonnen hatte. Dass ich sie mehr mochte als irgendjemand anders und dass ich wollte, dass sie mit mir zusammen war. Weil ich bis über beide Ohren, bis ans Ende der Welt, bis dass der Tod uns scheidet in sie verliebt war. Gott, ich war so ein Idiot.

Ich fuhr vom Freeway in Richtung Zentrum ab. Irgendwie konnte ich noch nicht nach Hause, wahrscheinlich schlief Kiera ohnehin noch. Ich ließ sie in Ruhe wach werden und gab ihr Zeit, zu sich zu kommen, bevor ich sie mit meinen jämmerlichen, unerwiderten Gefühlen bombardierte. Unten am Pier fand ich einen Parkplatz und löste ein Tagesticket, nur so für alle Fälle. Ich stieg aus dem Wagen, atmete die frische Morgenluft ein und beschloss, ein bisschen zu gehen. Das machte den Kopf frei und würde meine Nerven beruhigen. Anschließend würde ich mich Kiera und meinen Ängsten stellen. Ganz bestimmt.

Mein Spaziergang dauerte Stunden. Ich lief so weit, dass mir die Füße wehtaten. Aber der Schmerz war immer noch besser als von Kiera zu hören, dass sie meine Gefühle nicht erwiderte. Die Vorstellung konnte ich nicht ertragen. So wie sie mich letzte Nacht gestreichelt, wie sie mich geküsst hatte ... sie musste mich einfach mögen.

Als die Sonne tief am Himmel stand, war es Zeit, meinen Mann zu stehen, nach Hause zu fahren und es hinter mich zu bringen. Mist. Ich wollte sie in die Arme schließen, sie halten und sie küssen. Ihr sagen, dass es mir leidtat, dass ich abgehauen war und sie heute Morgen allein gelassen hatte. Und dann wollte ich ihr sagen, dass ich sie liebte. Das wollte ich. Und wollte es auch wieder nicht.

Als ich in mein Viertel kam, hämmerte mein Herz. Verdammt, ich würde es tun. Ich würde ihr alles sagen, ihr mein

Herz vor die Füße werfen und hoffen, dass sie es nicht in winzige Stücke riss. Sie konnte mich vernichten … oder sie konnte sagen, dass sie genauso empfand und mein Leben komplett verändern. Diese Möglichkeit trieb mich an.

Als ich in meine Straße einbog, stieß ich die Luft aus. Na los. Alles oder nichts.

Als ich zum Haus kam, war die Enttäuschung jedoch groß: Der Honda war weg. Da quälte ich mich die ganze Zeit, und dann war Kiera noch nicht einmal zu Hause. Wo zum Teufel war sie? Ach, es war ja Montag. Natürlich. Sie hatte heute Unterricht gehabt, anschließend war sie ins Pete's gefahren. Ich überlegte, ob ich zurücksetzen und direkt zur Bar fahren sollte, doch ich konnte nicht. Ich konnte ihr nicht in einer Bar, wo Dutzende von Leuten zusahen, mein Herz ausschütten. Nein, dazu mussten wir zwei allein sein. Unter uns. Dann würden wir alles klären und beschließen, zusammen zu sein. Ich würde ihr Freund sein. Sie meine Freundin. Bei dem Gedanken spürte ich ein Kribbeln. *Freundin*. Ich hatte noch nie eine gehabt. Ich konnte es kaum erwarten, dass Kiera die erste war. Gott, hoffentlich sagte sie Ja.

Erschöpft stieg ich aus. Ich war unglaublich müde. Als ich in den Flur trat, nahm ich sofort den Geruch von Alkohol wahr. Ups. Ich hatte unser Chaos noch nicht beseitigt. Während ich aufräumte, grinste ich unentwegt; die letzte Nacht war fantastisch gewesen. Als ich gerade fertig mit Aufräumen war, klingelte das Telefon. Ich hoffte, dass es Kiera war und stürzte zum Hörer. »Hallo?«

»Kellan, wo zum Teufel steckst du?«

Warum klang er so wütend? »Matt? Was meinst du, wo ich …« Da fiel mir ein, dass wir heute Probe hatten. Ich hätte schon längst da sein müssen. Seufzend antwortete ich: »Ich bin in zwanzig Minuten da.«

»Okay«, sagte er nur, dann legte er auf.

Ich blickte mich in der sauberen Küche um, dann sah ich sehnsüchtig nach oben. Wie gern würde ich eine Runde schlafen, aber das musste warten. Wahrscheinlich war das gut so. Denn vermutlich würde ich nicht vor morgen Früh wieder aufwachen, und dann würde ich meine Chance verpassen, mit Kiera zu reden. Und ich wollte unbedingt heute noch mit ihr reden. Ich hatte ihr so viel zu sagen.

10. Kapitel

Zu spät

Bei der Probe stritten sich Matt und Griffin heftiger als sonst, und so dauerte sie auch länger als sonst. Jedes Mal, wenn sie loslegten, schloss ich die Augen. Ich stand am Mikro und döste sogar ein paarmal ein. Ich war echt erledigt. Als Matt endlich sagte, wir seien fertig, und Griffin murmelte: »Gott sei Dank ... gehen wir was trinken«, war ich erleichtert. Natürlich nur, bis ich in meinem Wagen saß und überlegte, was ich Kiera sagen sollte.

Ich war es unzählige Mal in Gedanken durchgegangen, aber mir war nicht wirklich eine gute Art eingefallen, wie ich ihr sagen konnte, was ich für sie empfand. Vielleicht sollte ich einen Song für sie schreiben? Ihr ein Ständchen bringen? Gott, nein, das war schmalzig.

Nachdem die Jungs ins Pete's gefahren waren, legte ich den Kopf zurück und schloss die Augen. Es musste gut, ehrlich, echt sein, sodass sie wusste, dass ich es ernst meinte. Dass ich nicht mit ihr spielte oder der Playboy sein wollte, für den mich die Leute hielten. Ich wollte einfach nur mit ihr zusammen sein.

Als ich die Augen wieder öffnete, waren Stunden vergangen. *Verdammt.* Ich war eingeschlafen. Ich startete die Chevelle und fuhr nach Hause. Komischerweise stand Kieras Auto vor dem Haus. Ich dachte, sie würde noch arbeiten, aber wenn sie da war – umso besser. So konnte ich gleich mit ihr sprechen und musste nicht bis später warten.

Doch jetzt, wo es endlich so weit war, kehrte meine Nervosität zurück. Mit kleinen, unsicheren Schritten ging ich zur Haustür. Ich wusste nicht, was ich tun oder sagen würde. Ich musste es langsam angehen lassen. Ich musste mir ihren Kummer wegen Denny anhören, sie unterstützen und Verständnis zeigen, erst dann konnte ich ihr vorsichtig eine Alternative zu ihrem Unglück anbieten. Sie wollte doch sicher eine Alternative?

Mit angehaltenem Atem öffnete ich die Tür. Leise schloss ich sie und ließ die Luft langsam entweichen. Ich blickte ins Wohnzimmer und in die Küche, aber Kiera war nicht da. Auf dem Weg zur Treppe öffnete ich schon den Mund, um ihren Namen zu rufen, als ich etwas Merkwürdiges hörte und erstarrte. Es klang, als würde Kiera fernsehen, allerdings die Art von Film, die Griffin bevorzugte. Von oben drangen eindeutig Sex-Geräusche nach unten. Keuchen, Stöhnen, das Quietschen des Betts. Dann hörte ich Kiera aufschreien. Den Laut kannte ich, das war kein Fernsehfilm. Es war echt. Sie vögelte mit jemandem ... in diesem Moment.

Vollkommen sprachlos wich ich von der Treppe zurück. Ich verstand nicht, was vor sich ging. So war Kiera doch nicht. Sie war nicht die Art von Mädchen, die einen Fremden mit nach Hause nahm. Es musste jemand sein, den sie kannte. Aber wen kannte sie in Seattle außer mir? Vielleicht ein Typ aus der Uni? Doch sie war noch nicht lange genug dort, und ich konnte mir einfach nicht vorstellen, dass sie mir das antun würde. Dass sie das Denny antun würde. *Scheiße*. Denny.

Mein Blick wanderte zum Sessel im Wohnzimmer. Über der Lehne lag eine Jacke; dahinter standen Taschen. Dennys Jacke. Dennys Taschen. Denny war zurück. Er war hier, in meinem Haus, und vögelte das Mädchen, mit dem ich eben noch geschlafen hatte. Mit meinem Mädchen. Nein ... mit seinem Mädchen.

Sie hatte immer ihm gehört. Gestern Abend war sie seinetwegen außer sich gewesen. Seinetwegen hatte sie sich betrunken. Sie hatte mit mir gevögelt, um ihn zu vergessen. Bei allem war es nur um Denny gegangen. Ich bedeutete ihr nichts. Absolut gar nichts. Sie hatte mich benutzt, genau wie jede andere Schlampe mich benutzt hatte.

Noch immer hörte ich sie oben ficken. Auf keinen Fall würde ich hierbleiben und mir das antun. Nicht, nachdem ich sie gehabt hatte. Nicht, nachdem ich kapiert hatte, wie sehr ich sie liebte. Mist. Meine Brust schnürte sich schmerzhaft zusammen, ich bekam kaum noch Luft, konnte nicht denken, konnte gar nichts tun. Ich liebte sie so sehr, aber ich war ihr scheißegal. Sie wollte mich nicht. Niemand wollte mich.

Ich musste hier weg, damit mein Kopf aufhörte, sich zu drehen. Damit das Denken aufhörte. Ich ging in die Küche, riss den Schrank über dem Kühlschrank auf und holte eine Flasche Whiskey heraus. Ich musste den Schmerz loswerden. Ich wollte nichts mehr fühlen, und das würde mir dabei helfen.

Ich verließ das Haus und fragte mich, ob ich überhaupt zurückkommen konnte. Ich wollte es nicht. Ich wollte sie nie mehr wiedersehen. Vor allem, weil ihre Lippen, ihr Körper, ihr Stöhnen noch so lebendig waren. Verdammt, sie hatte mich verarscht. Ich hatte doch tatsächlich für einen ganz kurzen Moment geglaubt, dass ich ihr wirklich etwas bedeutete. Wie dumm von mir.

Während ich fuhr, stellte ich mir unentwegt sie und Denny vor. Wie sie die Lippen aufeinanderpressten, sich berührten. Ich stellte mir vor, wie er immer wieder in sie hineinstieß. Und weil ich ein kranker Idiot war, stellte ich mir sogar vor, wie ihre Gesichter aussahen, wenn sie zusammen kamen. Verflucht. Denny konnte jetzt gerade in ihr kommen. Mein Schmerz verwandelte sich in Eifersucht, als ich mir vorstellte, wie sein Samen sich über meinen legte. Als ich mein Ziel erreichte, Sams Haus, war meine Eifersucht Wut gewichen.

Diese verdammte Hure, Nutte, Schlampe.

Ich nahm den Whiskey, stieg aus dem Wagen und schlug die Tür zu. Dann öffnete ich sie wieder und schlug sie noch einmal zu. Diese kleine Fotze. Erst machte sie mich monatelang an, und nachdem sie mich endlich dazu gebracht hatte, sie zu ficken, kehrte sie einfach zu ihm zurück, als wäre nichts gewesen. Als hätte es uns nicht gegeben. Sie war die größte verfickte Schlampe, die ich kannte. Und ich kannte eine Menge Schlampen.

Ich lief auf Sams Gehweg auf und ab und trank zwei oder drei große Schlucke aus der Flasche. Ich würde diese Scheißflasche austrinken und ins Scheißkoma fallen. Die Wut würde vorübergehen. Dann würde sich die Eifersucht auflösen. Und schließlich der Schmerz. Ich würgte ein paarmal, zwang mich jedoch, den Whiskey hinunterzukippen. Ich konnte den Schmerz nicht ertragen. Das Gefühl, wie sich jeder Muskel in meinem Körper anspannte. Ich zitterte und dachte, ich müsste mich übergeben. Warum hatte ich sie gern? Warum tat sie mir das an? Warum konnte sie mich nicht einfach lieben, so wie ich sie liebte?

Ich trank weiter, bis mein Körper gegen den Alkohol aufbegehrte. Während ich dalag und tief und kontrolliert ein- und ausatmete, hörte ich eine Stimme sagen: »Was zum Teufel soll das denn?« Sam war nach Hause gekommen. Er trat gegen meinen Stiefel. »Kellan? Bist du das? Was zum Teufel treibst du hier? Und ... hast du etwa in meine Rosen gekotzt? Gottverdammt.«

Sam seufzte, dann brachte er mich zu seinem Wagen. Nicht gerade behutsam schob er mich hinein. Ich heftete meinen Blick auf sein Handschuhfach. Wenn ich mich nicht bewegte, war mir nicht ganz so schlecht. Sam stieg auf seiner Seite ein, und ich wollte ihm sagen, dass er mich nicht nach Hause bringen sollte. *Bring mich zu Evan oder zu Matt, nur nicht nach Hause. Ich habe mich in ihr getäuscht. In allem.*

Er hörte jedoch nicht auf meine stumme Bitte, und so landete ich zu Hause. Sam öffnete meine Wagentür, dann half er mir beim Aussteigen. Meine Beine fühlten sich an wie Gummi; er musste mich stützen. Wir schafften es bis zur Tür, und Sam schlug dagegen. Wer von meinen Mitbewohnern würde wohl öffnen? Das Mädchen, mit dem ich vor Kurzem noch gefickt hatte, oder der Typ, mit dem sie gerade gefickt hatte? Egal, *ich* war gefickt.

Wie das Schicksal es wollte, öffnete Kiera die Tür. Ich sah sie nicht an, erkannte sie jedoch an ihren Füßen. Und ihren Beinen. Und ihren Hüften. Diesen knackigen sexy Hüften. Zu schade, dass sie es mit der ganzen Welt trieben. Schlampe.

»Ich glaube, der gehört dir«, meinte Sam und brachte mich rein. Ich wollte protestieren. Ich gehörte ihr nicht. Ich bedeutete ihr gar nichts. Das war das Problem. Sam führte mich ins Wohnzimmer, dann ließ er mich kurzerhand auf den Sessel fallen. Ich sackte in mich zusammen, zu mehr war ich nicht in der Lage …

Ich schlief beschissen. Ich wälzte mich von einer Seite auf die andere, mir war übel, und ich schwöre, dass mein Körper die ganze Zeit bebte. Doch das war nichts verglichen mit den Bildern, die in meinem Kopf aufblitzten. Ich sah Kiera und Denny in all ihrem Ich-liebe-dich-für-immer-Glanz. Unzählige Male stellte ich sie mir beim Sex vor. Immer und immer wieder. Ihr Gesicht, wenn er sie zum Höhepunkt brachte. Ich hörte, wie sie sich ihre Gefühle zuraunten. Es war quälend, doch noch schlimmer war es, wenn ich Kiera und mich noch einmal vor mir sah. Im Geiste ließ ich die ganze Nacht Revue passieren und versuchte, einen Augenblick zu finden, der ganz offensichtlich gespielt oder gekünstelt gewirkt hatte. Ich konnte mich jedoch an keinen Moment erinnern, in dem Kiera nicht ganz und gar dabei gewesen wäre. Es hatte sich nicht falsch angefühlt, doch im Grunde meines Herzens wusste ich, dass es das war. Sie hatte Sex mit mir gehabt; sie hatte sich ein Pflaster auf eine Wunde geklebt. Nichts weiter.

Da ich ohnehin nicht schlafen konnte, gab ich auf und setzte mich im Bett auf. Mein Kopf pochte, und mein Hals war ausgetrocknet. Das Letzte, an was ich mich erinnerte, war, dass Sam mich nach Hause gefahren hatte ... und an Kiera. Sie war wach gewesen und hatte die Tür geöffnet. Nachdem Sam mich in den Sessel geschafft hatte, konnte ich mich an nichts mehr erinnern. Sie musste mir nach oben und ins Bett geholfen haben. Warum zum Teufel sollte sie das tun?

Mein Kopf tat so weh, dass ich kaum denken konnte. Als ich auf den Boden blickte, entdeckte ich mein feuchtes T-Shirt. Mir fiel ein, dass ich mit allen Klamotten unter die Dusche gegangen war. Mist ... sie hatte mir beim Duschen geholfen. Sie hatte mich sauber gemacht und mich ins Zimmer gebracht ... *Warum?*

Dann erinnerte ich mich auf einmal glasklar daran, wie ich gesagt hatte: »Keine Sorge. Ich erzähle es ihm nicht.«

Sogar stockbesoffen hatte ich gewusst, dass sie nur nett zu mir war, um sicherzugehen, dass ich die Klappe hielt. Tja, ich brauchte ihr falsches Mitgefühl nicht. Ich würde Denny nichts erzählen, weil ich ihn nicht verletzen wollte. Ich hatte ohnehin keine Bedeutung für sie. Ich war nur ein Spielzeug, das sie benutzt hatte, als es ihr nicht gut ging. Das war alles. Der Hammer beschwert sich nicht, wenn man ihn zur Seite legt, nachdem alle Nägel in der Wand sind. Und der Hammer verpfeift den Schraubendreher nicht.

Ich starrte auf meine Kommode, aber sie war zu weit weg. Darum beugte ich mich vor und hob mein dreckiges Shirt vom Boden auf. Als ich mich vorbeugte, dachte ich, ich müsste wieder kotzen, doch als ich mich wieder aufrichtete, war es noch viel schlimmer. Ich umklammerte das T-Shirt und amtete tief ein und langsam wieder aus. Ich brauchte Wasser. Und Kaffee.

Als ich das feuchte T-Shirt über den Kopf zog, klebte der Stoff kalt auf meiner Haut. Ich zitterte. Mit einem Blick auf meine Jeans stellte ich fest, dass ich die auf keinen Fall wieder anziehen konnte. Ich würde in Boxershorts runtergehen, damit mussten meine Mitbewohner leben. Die hatten ohnehin größere Probleme als mein Outfit. Ich würde Denny nichts erzählen, aber ich fragte mich, ob Kiera es tun würde. Wenn sie ihm alles gestand, würde es die Lage zwischen Denny und mir verändern. Er würde mich hassen. Und er *musste* mich hassen. Ich hatte genau das getan, was er hatte verhindern wollen. Ich hatte gedacht … ich war mir sicher, Kiera …

Es war egal, was ich gedacht hatte. Alles war egal.

Langsam richtete ich mich auf. Bei jedem Zentimeter spürte ich erneut Schmerz oder Übelkeit. Ich war mir nicht sicher, wie ich es nach unten schaffen sollte, aber was ich brauchte, befand sich dort unten, deshalb musste ich es versuchen. Schritt für Schritt bewegte ich mich langsam und systematisch vorwärts. Wenn ich mich auf meine Zehen konzentrierte, ging es. Ich blickte zu Denny und Kieras geschlossener Tür, dann richtete ich meinen Fokus wieder auf meine Füße. Meine Füße waren das Einzige, was jetzt wichtig war. Sie würden mich durch den Morgen bringen.

Ich schlurfte in die Küche, fixierte den Tisch und sehnte mich danach, mich einen Moment auszuruhen. Nur eine

Minute. Nur, bis der Schmerz nachließ und sich mein Magen beruhigt hatte. Vorsichtig setzte ich mich auf einen Stuhl. Ich hatte schon Neunzigjährige gesehen, die sich schneller hingesetzt hatten als ich, doch vorübergehend herrschte Waffenruhe zwischen meinem Magen und meinem Kopf. Diesen Frieden wollte ich nicht zunichtemachen, indem ich mich zu schnell bewegte.

Als ich schließlich saß, stützte ich den Kopf in die Hände und versuchte zu atmen. Ein. Aus. Noch einmal. Ich dachte an Kaffee, aber ich wollte mich nicht noch einmal bewegen. Noch nicht. Nur noch eine Minute.

Keine Ahnung, wie lange ich am Tisch gesessen und gleichmäßig ein- und ausgeatmet hatte, als irgendwann Kiera hereinkam. Perfekt.

»Geht's?«, flüsterte sie.

Warum schrie sie so?

»Ja«, erwiderte ich. *Ganz toll.*

»Kaffee?«, fragte sie.

Ich zuckte zusammen, dann nickte ich. *Ja, bitte.* Nur deshalb war ich schließlich überhaupt nach unten gekommen.

Sie stellte die Maschine an, und ich musste die Augen schließen. Alles, was sie tat, war so laut. Als sie mich nicht mehr mit ihrem Krach malträtierte, fragte sie: »Woher wusstest du, dass Denny zurück war?«

Stöhnend ließ ich den Kopf auf den Tisch sinken. Mein Gehirn pochte gegen meinen Schädel. Alles tat weh. Sogar ihre Frage. *Woher ich es wusste? Weil ich dich gehört habe. Ich habe gehört, wie du Sex mit ihm hattest, direkt nachdem du Sex mit mir gehabt hast.* »Hab seine Jacke gesehen«, murmelte ich.

»Oh.« Das machte mich fertig. *Das ist alles, was sie mir zu sagen hat? »Oh«?* Anscheinend nicht, denn sie fügte rasch hinzu: »Bist du sicher, dass du okay bist?«

Mein Blick zuckte zu ihr. *Du hast erst mich gevögelt, dann meinen besten Freund. Ich liebe dich. Nichts an alledem ist okay, also hör auf, mich so einen Scheiß zu fragen.* »Alles klar«, erwiderte ich kühl.

Meine Worte und mein Handeln schienen sie zu verwirren. War ich so verwirrend? Sie war diejenige, die schwer zu verstehen war. Sie liebte Denny, aber sie sah mich an, als sei ich etwas Besonderes. Während sie den Kaffee fertig machte, dachte ich an Bumbershoot. Der Tag war toll gewesen. Wie wir uns umarmt hatten, wie sie meine Nähe gesucht hatte. Es war fast, als hätte es Denny nie gegeben. Was war passiert? Oder hatte sie mich auch damals schon benutzt? Nein, sie hatte sich wirklich für mich interessiert … die Gespräche, die wir geführt hatten, die Art, wie sie meiner Musik zugehört hatte, meinen Texten. Wie sie in meine Seele geschaut hatte. Ich hatte ihr etwas bedeutet. Vielleicht bedeutete ich ihr noch immer etwas. Vielleicht war sie nur zerrissen, verwirrt, überfordert. Vielleicht litt sie, und ich sah es nur nicht.

Als der Kaffee fertig war, nahm sie zwei Becher aus dem Schrank. Ich fasste mir ein Herz und stellte eine riskante Frage, die zu einem ziemlich schwierigen Gespräch führen konnte. Aber vielleicht war es an der Zeit, dass wir ein schwieriges Gespräch führten. Wir hatten noch nie über uns gesprochen. Bislang hatten wir alles ignoriert, was passiert war. Das konnte ich nicht mehr. Ich musste wissen, ob ich ihr etwas bedeutete.

»Bei dir alles … okay?«, fragte ich. Es war eine Fangfrage, eine dumme Frage. Ich hätte einfach meinen Mut zusammennehmen und sie fragen sollen, was ich wirklich wissen wollte. *Was bedeute ich dir?*

Sie strahlte mich fröhlich an. »Ja, mir geht's bestens.«

Ihr Gesichtsausdruck und ihre Worte bestätigten alles, was

ich schon wusste. Ich bedeutete ihr gar nichts. Ich hatte das Gefühl, als müsste ich mich auf der Stelle übergeben. Ich legte die Arme auf den Tisch und den Kopf darauf. Sie war toll, und ich wünschte, ich wäre nie geboren worden. Ich merkte, wie mir Tränen in die Augen stiegen und konzentrierte mich auf meine Atmung. Ich würde ihr nicht die Genugtuung gönnen, ihr meinen Schmerz zu zeigen. Jedenfalls nicht meinen seelischen Schmerz. Der gehörte mir; sie hatte kein Anrecht auf ihn.

Ich hörte, wie sie Kaffee in die Becher schenkte. Ich musste mich entspannen, meine brodelnden Gefühle, die mich zu überwältigen drohten, in den Griff bekommen. Sie gehörte Denny, das wusste ich. Sie hatte mich benutzt. Das war ich gewohnt. Ich konnte darüber hinwegkommen. Das musste ich. Ich brauchte jedoch Hilfe. Obwohl ich es die letzten Abende schon übertrieben hatte, brauchte ich Alkohol. Ich drehte den Kopf, sodass ich sprechen konnte, und sagte zu Kiera: »Mach ein bisschen Jack rein.«

Sie grinste, als würde ich einen Witz machen. Sah ich irgendwie aus, als würde ich Witze machen? Ich litt ihretwegen, ich wollte mich betäuben. Ein paar Schüsse Jack Daniels würden helfen. Das Mindeste, was sie für mich tun konnte, war, mir meinen Willen zu lassen.

Ich hob den Kopf. In dem Bemühen, freundlich zu bleiben, sagte ich: »Bitte«, und legte den Kopf wieder ab.

Sie seufzte leise und murmelte etwas, das wie »Meinetwegen« klang. Sie musste es ja gar nicht verstehen, sie sollte es nur tun.

Ich hörte, wie sie in dem Alkoholschrank über dem Kühlschrank suchte. Als sie die Flasche fand und sie vor mir abstellte, rührte ich mich nicht. Kurz darauf kehrte sie mit dem Becher zurück und stellte ihn ebenfalls vor mir ab. Ich rührte mich noch immer nicht. Nach ein paar Sekunden goss sie etwas Alkohol in den Becher, dann schraubte sie den Deckel zurück auf die Flasche. Mir war klar, dass sie nicht annähernd genug eingeschenkt hatte, deshalb hustete ich, damit sie mich ansah, und bedeutete ihr, mehr einzuschenken. Sie seufzte, tat es jedoch.

Ich hob den Kopf, und rein aus Gewohnheit sagte ich leise: »Danke.« *Danke, dass du mir das Herz herausreißt. Danke, dass du mir etwas gezeigt hast, das ich niemals haben kann. Danke, dass du heute Morgen so schön aussiehst, dass ich mir die Augen ausstechen will. Danke, dass du nichts anderes in mir siehst als eine Ablenkung.*

»Kellan …«, hob sie schließlich an. Ich nahm einen großen Schluck Kaffee. *Jetzt kommt's …* »Vorgestern Abend …« Sie starrte mich eine Weile an, und ich starrte zurück. *Ja, vorgestern Abend, als ich jeden Zentimeter von deinem Körper berührt habe, als ich mit meiner Zunge in dich eingetaucht bin, als ich dich genommen habe, bis du gekommen bist … meinst du die Nacht? Oder hast du an eine andere gedacht?*

Sie räusperte sich und wirkte verlegen. *Wenn Sex dir so unangenehm ist, Kiera, solltest du es vielleicht lieber lassen. Vor allem, wenn du es nicht ernst meinst.* Schließlich murmelte sie: »Ich will nicht, dass es zwischen uns ein … Missverständnis gibt.«

Ich spürte, wie mein Blut in Wallung geriet, während ich einen weiteren Schluck Kaffee trank. Ach, wirklich? Ein Missverständnis? Sie benutzte meine Worte, um sie gegen mich zu verwenden? Sie verglich, was wir getan hatten, mit dem, was ich mit Joey getan hatte? Wir hatten bedeutungslosen Sex gehabt, und sie bat mich, dass sich nichts zwischen uns änderte. Sie wollte, dass alles wieder wie vorher war, damit sie und

Denny ihr glückliches Leben weiterführen konnten. Nein, kein Missverständnis. Ich bedeutete ihr nichts.

»Kiera ... zwischen uns gibt es kein Missverständnis«, erwiderte ich mit ausdrucksloser Stimme. *Zwischen uns ist nichts. Und da war auch nie etwas.*

11. Kapitel

Anhaltende Wut

Als Denny etwas später nach unten kam, entschuldigte ich mich schnell und verschwand nach oben. Mit Denny konnte ich noch nicht umgehen. Ich kam ja kaum mit mir selbst klar. Mal war ich wütend, mal fühlte ich mich schuldig, ich versuchte mich damit abzufinden, dann war ich wieder traurig. Ich wusste nicht, wo ich schließlich enden würde. Nur allein. So viel war klar.

Ich kroch ins Bett, rollte mich zusammen und versuchte, ein bisschen zu schlafen, doch der Schlaf war schwer zu fassen und entwischte mir. Wieder stellte ich mir Denny und Kiera vor, wie sie glücklich lachten und Zukunftspläne schmiedeten. Wahrscheinlich guckten sie schon nach einem Hochzeitstermin und dachten über Babynamen nach. Vermutlich würden sie mich bitten, Dennys Trauzeuge zu sein, wenn er die Frau heiratete, die ich liebte, und dann würden sie mich zum Patenonkel ihres süßen kleinen Babys machen. Scheiß auf mein Leben.

Ob Kiera Denny wohl die Wahrheit sagen würde, bevor sie vor den Altar traten? Ich sollte herausfinden, was sie vorhatte, damit ich nicht unvorbereitet getroffen wurde, zum Beispiel von Dennys Fäusten. Ich sollte mit Kiera sprechen, wollte es aber nicht. Ihre Fröhlichkeit ging mir auf die Nerven. Sie musste mir nicht so demonstrativ zeigen, wie schrecklich glücklich sie war. Ich hatte schon verstanden. Denny hatte gewonnen. Wie schön fürs australische Team.

Ich hörte, wie Denny das Haus verließ, dann, wie Kiera sich für die Uni fertig machte. Ich brauchte Wasser. Ich musste duschen, aber ich wollte ihr nicht begegnen. Sobald sie weg war, würde ich mich um mich kümmern.

Als ich sie im Eingangsbereich umherlaufen hörte, wusste ich, dass sie auf dem Weg nach draußen war. Der Unterricht fing noch lange nicht an, aber Denny hatte ihr Auto, sodass Kiera den Bus nehmen musste. Auch wenn mein Wagen hier war, würde ich sie heute nicht hinbringen. Schmerzhaft wurde mir bewusst, dass ich sie ab jetzt gar nicht mehr herumfahren würde. Ich hatte die Zeit mit ihr genossen. Doch das war ohnehin nicht echt gewesen. Warum eine Täuschung aufrechterhalten, nur weil sie sich oberflächlich gut anfühlte? Wenn Kiera nicht empfand, was ich empfand ... wozu?

Als ich hörte, wie die Tür zufiel, schlenderte ich nach unten. Auf dem Weg zur Küche blickte ich aus dem Fenster und sah, dass Kiera draußen auf die leere Auffahrt starrte. Vermisste sie Denny etwa schon? Konnte sie es denn keine fünf Sekunden ohne ihn aushalten? Gott.

Dann drehte sie sich um und sah, dass ich am Fenster stand und sie beobachtete. Sie hob den Arm, um mir zuzuwinken, doch ich ging weg, bevor sie dazu kam. *Tu nicht so, als würde ich dir etwas bedeuten, wenn es nicht so ist.*

Als ich allein war, konnte ich nicht aufhören, an Kiera zu denken. An das, was wir miteinander gehabt hatten, und an das, was ich mir für unsere Zukunft gewünscht hatte. Ich dachte an Denny, an unsere gemeinsame Vergangenheit und an unsere Freundschaft. Durch mein dummes leichtsinniges Verhalten hatten sich beide Beziehungen verändert. Wäre ich doch einfach stärker gewesen und hätte Kiera zurückgewiesen, als sie Trost brauchte, dann wäre es jetzt anders. Aber ich war schwach gewesen. Ich hatte sie gebraucht. Ich hatte mich in sie verliebt. Und jetzt zahlten wir alle den Preis dafür.

Als ich noch auf dem Sofa lag und hoffte, dass ich abschalten konnte, wenn ich mein Gehirn mit sinnlosen Fernsehsendungen betäubte, hörte ich, dass die Haustür aufging. Ich wusste nicht, ob es Kiera oder Denny war. Es war auch egal. Vor einer Weile hatte ich Griffin angerufen, damit er mich zu meinem Wagen fuhr. Er würde bald hier sein, dann konnte ich gehen. Vielleicht würde ich nicht zurückkommen.

Als wäre nichts gewesen, schlenderte Kiera ins Zimmer und setzte sich in den Sessel gegenüber der Couch. Ich blickte zu ihr hinüber, dann wandte ich mich wieder dem Fernseher zu. Sie sah gut aus, ihre Haare waren gelockt, ihr Make-up noch frisch. Sie war das ganze Gegenteil von mir. Sie sah aus, als würde sie sich pudelwohl fühlen, während es mir seelisch und körperlich beschissen ging.

Wir schwiegen beide und ignorierten uns irgendwie, bis Kiera plötzlich herausplatzte: »Von wem hast du das Haus hier eigentlich gemietet?«

Ich hielt den Blick auf den Fernseher gerichtet. *Echt? Darüber willst du jetzt reden?* »Ich hab's nicht gemietet. Es gehört mir«, erklärte ich.

Ihr fiel fast die Kinnlade herunter. »Ach! Wie kannst du dir das lei...«

Sie hielt sich selbst davon ab, ihre absolut blöde Frage zu beenden. *Warum interessiert dich das?*, wollte ich fragen, tat es jedoch nicht. Das könnte zu einer Unterhaltung über uns führen, und das wollte ich nicht. Stattdessen beantwortete ich ihre unvollendete Frage. Kiera konnte mich sogar zum Reden bringen, wenn ich eigentlich überhaupt keine Lust dazu hatte. »Meine Eltern sind vor ein paar Jahren bei einem Autounfall gestorben. Sie haben mir ihr Haus hinterlassen. Einzelkind und so.« Das trieb mich noch immer um. Hatten sie mich am Ende doch gemocht, hatten sie ein schlechtes Gewissen gehabt, oder war es nur ein weiterer Fehler in einer langen Reihe von Fehlern gewesen?

»Ach … das tut mir leid«, sagte Kiera und schien ein schlechtes Gewissen zu haben, dass sie das Thema aufgebracht hatte.

»Muss es nicht«, erwiderte ich. »So etwas kommt vor.« *Shit happens. Ist egal.*

Kieras Neugier war noch nicht befriedigt. »Warum vermietest du dann das Zimmer? Ich meine, wenn dir das Haus doch gehört?«

Ich zögerte, bevor ich antwortete. Eine Sekunde vergaß ich völlig, dass sich alles zwischen uns geändert hatte, öffnete den Mund und wollte ihr die Wahrheit sagen. *Ich lebe nicht gern in einem leeren Haus. Ich bin lieber mit anderen zusammen. Da sind wir uns ähnlich.* Doch dann fiel mir ein, dass jetzt alles anders war, und ich schloss den Mund wieder. Ihr Bedürfnis, nicht allein zu sein, hatte dazu geführt, dass sie mich als Trostpflaster benutzt hatte. Ich hatte angenommen, sie sei anders, dass *wir* anders waren, aber sie hatte mich genauso benutzt wie all die anderen.

Kühl wandte ich mich erneut dem Fernseher zu und tischte ihr eine Lüge auf. »Ich kann das Geld ganz gut gebrauchen.«

Vielleicht hätte ich das nicht sagen sollen. Kiera stand auf, kam zum Sofa und setzte sich direkt neben mich. Mein Körper litt in ihrer Nähe. Ich würde alles geben, um sie in die Arme zu schließen. Schrecklich. Warum konnte ich das nicht abstellen?

Mit schuldbewusster Miene sagte sie: »Ich wollte dich nicht ausfragen. Tut mir leid.«

Dass du mich nach meiner Vergangenheit ausfragst, tut mir noch am wenigsten weh, Kiera. Ich schluckte einen Kloß hinunter. »Kein Problem.« *Lass mich einfach in Ruhe. Bitte.*

Doch das tat sie nicht. Vielmehr beugte sie sich zu mir und umarmte mich. Ich erstarrte. Noch vor Kurzem hatte ich mich nach diesen Momenten gesehnt. Ich hatte alles getan, damit sie möglich wurden. Doch da hatte ich auch noch gedacht, sie würden etwas bedeuten. Dass *ich* etwas bedeutete. So durfte sie mich nicht mehr berühren. Nicht, nachdem ihr Freund wieder da war. Nicht, nachdem es so wehtat, dass ich das nicht ertragen konnte. *Geh weg.*

Sie wich zurück und sah mich mit großen Augen an, als würde sie plötzlich begreifen, dass ich ihre Nähe nicht genoss. *Lass mich in Ruhe.* Ich starrte an ihr vorbei, damit ich nicht explodierte. Ich sollte nicht schreien oder wütend werden, und sie sollte mich nicht mehr berühren.

Kiera ließ von mir ab. Mit verwirrter Miene sagte sie: »Kellan …?«

Ich musste hier weg. Ich setzte mich auf dem Sofa auf. »Entschuldige mich.« Meine Stimme klang rau und hart, aber zumindest schaffte ich es, höflich zu bleiben. Allerdings nicht mehr lange, wenn sie mir weiter mit dieser Gleichgültigkeit begegnete, als würde ihr das alles überhaupt nichts ausmachen.

Bevor ich aufstehen konnte, fasste sie meinen Arm. Ein Feuer schoss durch meinen Körper. *Lass das endlich.* »Warte … Bitte, sprich mit mir.«

Ich sah sie aus schmalen Augen an. *Nimm deine verdammten Hände von mir, lass mich in Ruhe. Hör auf so zu tun, als würde ich dir etwas bedeuten. Ich durchschaue dich. Ich bedeute dir nichts.* »Es gibt nichts zu sagen.« Nichts Wichtiges jedenfalls. Eigentlich hatte ich viel zu sagen. Kopfschüttelnd stieß ich hervor: »Ich muss los.« Ich schob ihre Hand fort und stand schließlich auf.

»Los?«, fragte sie verwirrt und niedergeschlagen. War das wirklich so schwer zu verstehen? *Ich bin in dich verliebt. Du hast dich mir hingegeben, dann bist du gleich zu ihm zurückgelaufen. Du. Machst. Mich. Fertig.*

Auf dem Weg nach draußen, fügte ich hinzu: »Ich muss meinen Wagen abholen.« *Ich habe ein Leben ohne dich. Du bist nicht meine ganze Welt. Nur der Teil, den ich am meisten geliebt habe ...*

Ich stürmte nach oben in mein Zimmer und schlug die Tür hinter mir zu. Mit geschlossenen Augen lehnte ich mich gegen das kühle Holz. Gottverdammt. Warum sah sie nicht, wie sehr sie mich verletzt hatte? Warum begriff sie denn nicht, dass ich sie liebte? Warum konnte sie meine Liebe nicht erwidern? *Sag Denny, er soll weggehen, Kiera ... Bleib bei mir. Entscheide dich für mich.* Doch dazu würde es niemals kommen. Eher würden meine Eltern aus ihren Gräbern aufsteigen und sich entschuldigen, dass sie mich jahrzehntelang misshandelt und vernachlässigt hatten.

Ich ließ mir Zeit, mich fertig zu machen. Als ich annahm, dass Griffin jeden Moment kam, schlenderte ich nach unten, um meine Jacke zu holen. Ich wünschte, es gäbe eine Geheimtür, durch die ich unbemerkt hätte entkommen können. Ich hatte wirklich keine Lust auf eine weitere peinliche und schmerzhafte Begegnung mit Kiera. Doch das Glück war nicht auf meiner Seite.

»Kellan ...«

Etwas an ihrer Stimme ließ mich zu ihr hinüber ins Wohnzimmer blicken. Traurigkeit, Panik, ich wusste es nicht genau. Sie stand auf und kam auf mich zu. Am liebsten hätte ich geseufzt. Sie angefleht, mich in Ruhe zu lassen. Ihr gesagt, dass alles, was sie tat, mich verletzte, aber das konnte ich nicht. Ich war wehrlos gegen sie, also ließ ich sie auf mich zukommen, obwohl mich ganz sicher verletzen würde, was immer sie meinte, mir sagen zu müssen.

Sie wirkte verlegen und senkte den Blick. Ich runzelte die Stirn. Normalerweise sah sie so aus, wenn sie sich dumm oder albern vorkam. Fühlte sie sich so, wenn sie mich sah? Ich war todunglücklich, und sie schämte sich? Was würde sie jetzt sagen? Ich hatte keine Ahnung.

Ohne mir in die Augen zu sehen, murmelte sie: »Das mit deinen Eltern tut mir wirklich leid.«

Sie sah flüchtig zu mir auf, und ich entspannte mich. Das trieb sie noch immer um? Das war doch nichts. Wasser unter einer Brücke. Sie waren gemeine Dreckskerle gewesen, aber sie waren tot. Ende. Doch nicht viele Leute sprachen mit mir über meine Eltern. Sie versuchte noch immer, mich kennenzulernen, mich zu verstehen, tiefer in mich zu dringen. Warum? *Du hattest mich doch schon, Kiera. Was willst du denn noch?*

Leise erwiderte ich: »Ist schon okay, Kiera.« *Ich würde dir alles geben, wenn du es nur annehmen würdest.*

Einige Sekunden sahen wir uns schweigend an. Ich wünschte, die Dinge wären anders. Dass unsere gemeinsame Zeit anders gewesen wäre. Dass ich ihr mehr bedeuten würde. Dass sie mich liebte, wie ich sie liebte. Ich wünschte, mein Herz würde nicht so heftig schlagen, wenn ich ihr in die Augen sah. Dass ich mich nicht danach sehnte, mit meinen Lippen ihre Haut zu berühren. Aber Wünsche änderten nichts.

Nach einer weiteren Minute stellte sich Kiera auf die Zehenspitzen und gab mir einen Kuss auf die Wange. Es brannte so heftig, als hätte sie mich geschlagen. Ich wandte den Blick ab, weil mich der Schmerz beinahe in die Knie zwang. *Gott ... bitte mach, dass diese Quälerei ein Ende hat.*

Ich drehte mich um und ging. Ich musste für mich sein und meine Erinnerungen zurückdrängen. Diese winzige Zuneigungsbekundung ließ jeden Moment, den Kiera und ich miteinander gehabt hatten, erneut vor meinem inneren Auge ablaufen. Wie wir uns umarmt und gelacht hatten, wie sie rot geworden war, wie ich sie glücklich gemacht hatte und wie sie gestöhnt hatte. Das war mir alles zu viel. Als ich spürte, wie sich ein Kopfschmerz ankündigte, presste ich mir zwei Finger auf die Nasenwurzel. Wenn ich alles vergessen konnte, wie sie offensichtlich alles vergessen hatte, würde ich nicht mehr leiden.

Griffin fuhr vor, und ich ging um den Wagen herum zur Beifahrerseite. Ich blickte zum Haus und entdeckte, dass Kiera mich vom Fenster aus beobachtete. Warum tat sie das? Warum kam sie immer wieder auf mich zu? Warum konnte sie mich nicht in Ruhe lassen? Warum konnte ich sie nicht vergessen?

Ich schüttelte meine Gedanken ab und stieg in den Wagen. Bevor mich dieser Kummer auffraß, musste ich etwas unternehmen.

Wut schien mir die beste Option zu sein. Wenn ich wütend auf sie war, würde es nicht mehr so wehtun. Und ich war gut darin, wütend auf sie zu sein. Es war nicht schwer, die Glut in meinem Bauch wieder zum Lodern zu bringen. Wenn wir allein waren, würde ich sie wegstoßen. Sie auf Abstand halten. Sie durfte mir ohnehin nicht zu nahe kommen. Ich würde ihr so gut ich konnte aus dem Weg gehen. Wut und Vermeidung. So würde ich damit klarkommen.

Als sie am nächsten Morgen zum Kaffeetrinken herunterkam, umschloss mich die Wut wie eine feste Rüstung. Sollte sie doch versuchen, einen Riss zu finden. Ich würde sie herausfordern. Ich lehnte mich gegen die Arbeitsplatte, hob den Kopf und hörte sie kommen. Ich würde das schon schaffen. Ich konnte sie auf Abstand halten, mein Herz verschließen, den Schmerz unterdrücken. Sie bedeutete mir nichts, genauso wenig wie ich ihr.

Als sie in den Raum trat, sah ich zu ihr und lächelte. *Morgen, du Schlampe. Weiß Denny schon von uns?*

»Hallo«, flüsterte sie, eindeutig nicht glücklich über den Ausdruck in meinen Augen. Tja, was interessierte es mich, ob sie glücklich war?

»Morgen«, erwiderte ich und sah sie durchdringend an. *Und? Gefällt's dir, wie ich dich jetzt ansehe? Du wolltest doch meine Aufmerksamkeit ... jetzt hast du sie.*

Sie nahm sich einen Becher und wartete, dass der Kaffee fertig war. Ihr Blick wirkte forschend. Überlegte sie, was sie sagen sollte? Sie konnte sagen, was sie wollte, es war mir scheißegal. Sie konnte mir einen schönen Tag wünschen oder sagen, dass ich abhauen sollte. Es änderte nichts an der Tatsache, dass sie eine kaltherzige Schlampe war. Ich hasste sie. *Nein, das stimmte nicht. Ich hasste sie überhaupt nicht. Ich nahm es ihr noch nicht einmal übel. Ich an ihrer Stelle würde mich auch nicht wollen.*

Ich schob diese nervigen Gedanken beiseite und konzentrierte mich wieder auf meine Wut. Wut verdrängte den Schmerz. Wut war das einzige Gefühl, das ich zuließ.

Als der Kaffee durchgelaufen war, schenkte ich mir einen Becher ein und hielt die Kanne hoch. »Soll ich dir einen reintun?«, fragte ich und meinte es absolut geschmacklos. Vielleicht brachte Denny es nicht. Vielleicht brauchte das Flittchen heute Morgen einen guten Fick. Ich tat nur meine Bürgerpflicht, indem ich ihr meine Dienste anbot. *Dazu war ich doch gut genug, stimmt's, Kiera?* Ich war ein wandelnder, sprechender Vibrator. Mehr war ich nie, mehr würde ich nie sein.

Meine Frage schien sie zu verwirren und ihr unangenehm zu sein. Ihre Augen waren beinahe leuchtend grün heute Morgen. Phänomenal. Ihre Schönheit nervte mich nur noch mehr. *Nimm deine unglaublichen Augen und steck sie dir sonst wohin. Ich brauche sie nicht. Oder dich.*

»Äh ... ja«, sagte sie und reichte mir ihren Becher.

Während ich ihr einschenkte, unterdrückte ich ein Lachen.

Ich konnte nicht glauben, dass sie tatsächlich dazu Ja gesagt hatte. Sie wollte wohl, dass ich sie fickte. »Milch?«, fragte ich zweideutig. *Soll ich noch mal in dir kommen?*

»Ja«, flüsterte sie und schluckte, als sei sie nervös.

Kein Grund, nervös zu sein. Wir haben's doch schon mal getan. Ich bin doch sowieso nur dein Spielzeug. Vor einem Spielzeug brauchst du keine Angst zu haben. Ich trat zum Kühlschrank, um die Milch herauszuholen, die ich nur ihretwegen kaufte. Die Schlampe war in jeden Winkel meines Lebens vorgedrungen. Das ging mir echt auf die Nerven.

Als ich mit der Milch zurückkam, sah Kiera aus, als wäre sie überall lieber als hier mit mir. Ich hielt das Kännchen hoch. »Sag mir, wenn ich dich befriedigt habe.«

Während ich ihr einschenkte, blickte ich ihr unverwandt in die Augen. *Willst du das richtige Zeug? Ich mach's dir gern noch mal. Diesmal ficken wir nur. Keine schmutzigen Gefühle, keine Missverständnisse. Nur eine 1A-Nummer. Ich glaube, du wärst richtig gut.*

»Hör auf«, sagte sie schnell.

Ich beugte mich dicht zu ihr und flüsterte: »Bist du dir sicher, dass ich aufhören soll? Ich dachte, das würde dir gefallen.« *Ich dachte, du würdest mich mögen, aber da habe ich mich wohl geirrt ... wie in so vielem.*

Sie schluckte erneut und wandte sich von mir ab. Mit zitternden Händen nahm sie sich Zucker. Ich lachte, obwohl nichts daran lustig war.

Um meine Wutreserven aufzuladen, starrte ich sie einen Augenblick an, bevor ich ein Thema ansprach, über das ich eigentlich nicht reden wollte. Ich musste jedoch wissen, was mich erwartete. Was unser Plan war. Oder ihrer, denn das war *ihre* Vorstellung. Ich war nur ihre Marionette.

»Du und Denny ... ihr seid also wieder ›zusammen‹?«, fragte

ich und spannte meine Bauchmuskeln an, um meinen Widerwillen gegen seinen Namen zu überwinden.

Kiera wurde rot. »Ja.«

Es fühlte sich an, als hätte sie mir gerade einen Schlag in den Magen versetzt. Ich musste mich beherrschen, mich nicht zusammenzukrümmen. Der Schmerz sickerte durch, und um das zu verhindern, musste ich mich daran erinnern, wie sehr ich sie hasste. *Blöde Schlampe.* »Einfach so ... Hat er keine Fragen gestellt?«

Meine Frage schien sie total zu schocken, als meinte sie, ich würde plötzlich zu Denny rennen und ihm alles erzählen, *Sorry, aber ich will ihn auf keinen Fall verletzen, deshalb werde ich kein Wort sagen. Es würde mich allerdings nicht wundern, wenn du das tun würdest. Flittchen.* »Willst du ihm sagen, dass wir ...?« Ich machte eine primitive Bumsgeste. Mehr als Bumsen war es nicht gewesen. Da gab es nichts zu beschönigen.

»Nein ... natürlich nicht.« Sie wandte den Blick ab, als hätte ich sie beleidigt. War die Wahrheit beleidigend? Ja, manchmal vermutlich schon. Sie blickte wieder zu mir und flüsterte: »Wirst du's ihm sagen?«

Ich zuckte mit den Schultern. Ich mochte zu dem Zeitpunkt zwar betrunken gewesen sein, aber ich hatte ihr diese Frage bereits beantwortet und es auch so gemeint. Ich würde Denny nicht verletzen. Das war ihre Entscheidung. Alles war ihre Entscheidung. »Nein, das habe ich dir doch schon gesagt.« Ich klammerte mich an meine Wut und stieß mit zusammengebissenen Zähnen eine Lüge hervor: »Für mich hatte es sowieso keine Bedeutung. Ich war nur neugierig ...«

»Na ja, ich werde ihm auch nichts sagen ... und danke, dass du es ihm nicht sagst.« Sie wirkte verblüfft über meine Antwort und meine Gleichgültigkeit. Warum sollte sie mir etwas bedeuten, wenn ich ihr nichts bedeutete? Ich sorgte nur für

Gerechtigkeit auf dem Spielfeld. Plötzlich flammte ihre Wut auf. Sie kniff die Augen zusammen und fauchte: »Was hast du neulich Abend eigentlich gemacht?«

Anzüglich grinsend, als wäre ich nur mit den schlimmsten Orgien beschäftigt gewesen, nahm ich meinen Kaffee und trank einen großen Schluck. *Das geht dich gar nichts an. Du wirst nie erfahren, dass ich mich total verrückt gemacht habe, weil ich dir sagen wollte, dass ich dich liebe, oder wie sehr es mich verletzt hat, dass du mir den Teppich unter den Füßen weggezogen hast. Du wirst nie etwas Wahres über mich erfahren. Das ist der einzige Weg, wie ich dich bestrafen kann.*

Anschließend ging sie weg, und ich hielt sie nicht auf. Es gab ohnehin nichts mehr zu sagen.

Als ich meinen Kaffee ausgetrunken hatte, ging ich in mein Zimmer und versteckte mich. Voll daneben, aber ich wollte Kiera heute nicht mehr über den Weg laufen. Ich konnte sie allerdings noch hören, was schlimm genug war. Ich hörte, wie sie mit Denny lachte, bevor sie im Bad verschwand, um zu duschen. Ich lag auf dem Bett, während das Wasser lief und Bilder von ihrem nackten Körper durch meinen Kopf geisterten. Ich wünschte, ich könnte sie vergessen. Doch ich wurde die schmerzlichen Erinnerungen an das, was ich nicht länger haben konnte, einfach nicht los. Ich saß in einer visuellen Hölle fest, die ich selbst geschaffen hatte.

Sobald ich entwischen konnte, ohne dass einer meiner Mitbewohner es bemerkte, denn mit Denny wollte ich momentan genauso wenig reden, fuhr ich zu Evan. Ich nahm ein paar Sachen mit, weil ich nicht vorhatte, heute noch nach Hause zu kommen. Ich wollte eine Weile wegbleiben. Irgendwo, wo ich Denny nicht begegnen und nicht mit Kiera allein sein musste. Die Jungs waren meine Rettung.

Als ich mit einem Matchbeutel bei Evan auftauchte, hob er

erstaunt eine Braue. »Hast du was dagegen, wenn ich ein paar Tage hier penne?«, fragte ich.

Wie erwartet zuckte Evan mit den Schultern und sagte: »Nein. Darf ich fragen, warum?«

An dem Funkeln in seinen braunen Augen erkannte ich, dass er dachte, es hätte etwas mit Kiera zu tun. Hatte es ja auch. Es war genau das passiert, wovor er mich gewarnt hatte. Ich hatte mich nicht beherrschen können. Ich war ein Drecksack. Aber Kiera genauso, und ich hatte keine Lust, mit ihm über sie zu reden.

Ich lächelte, als ob nichts wäre, und erwiderte: »Denny ist zurück. Er ist lange weg gewesen, also dachte ich, ich lasse den beiden Turteltäubchen ein bisschen Zeit für sich.«

Bei dem Wort »Turteltäubchen« klang meine Stimme etwas angespannt, aber selbst Evan schien es nicht zu bemerken. Er freute sich zu sehr, dass Denny wieder da war. *Ich weiß, tolle Neuigkeit, was? Jetzt musst du dir keine Sorgen mehr machen, dass ich es mit seiner Freundin treibe. Tja, tut mir leid, dass ich dir diese Illusion nehmen muss, Evan. Dafür ist Denny einen Tag zu spät zurückgekommen.*

Während ich mein Haus überwiegend mied, war ich bei der Bar weniger erfolgreich. Kiera konnte mich von einem Ort vertreiben, aber nicht von beiden. Es war allerdings leichter, ihr im Pete's zu begegnen. In der Gruppe fühlte ich mich sicherer. Es tat nicht so weh, sie zu sehen, wenn ich von meinen Bandkollegen umringt war, von den Barleuten und Dutzenden von Frauen, die scharf auf mich waren. Wenn auch nur für eine Nacht. Denn das war alles, wozu ich taugte.

Ich nutzte die Begegnungen im Pete's, um mich auf jämmerliche Weise an Kiera zu rächen. Es half, meine Wut zu schüren, wenn ich an ihr herumnörgelte, und Wut war zurzeit das Einzige, wodurch ich überhaupt funktionierte. Wenn ich die Wut verlor, würde mich der Schmerz über ihren Verlust überwältigen. Wie eine leere Plastikflasche, die man ins Feuer warf, würde ich in mich zusammenfallen und mich in nichts auflösen. So stachelte ich mich auf, um nicht den Verstand zu verlieren.

Ich flirtete an der Bar mit Rita und tat, als wäre ich daran interessiert, es noch einmal mit ihr zu treiben. Ich weigerte mich, mich von Kiera bedienen zu lassen, und sie schien deshalb tatsächlich beleidigt zu sein. Sie hatte mich genug bedient. Ich setzte Griffin und seine schmutzigen Geschichten ein, die vermutlich noch nicht einmal stimmten. Griffin liebte es, sie ordentlich auszuschmücken. Und Kiera hasste das. Also sorgte ich dafür, dass sie zwangsläufig zuhören musste. Ich bezog sie sogar, wann immer ich konnte, in die Gespräche mit ein.

Fast jedes Mal, wenn sie an unseren Tisch kam, lief sie rot an. Griffin brachte sie zu gern in Verlegenheit, und so hatten wir zwei eine Menge Spaß, doch später in seinem Loft machte mir Evan deshalb Vorwürfe: »Warum hackst du so auf Kiera rum?«

Es durchfuhr mich eiskalt, als ich zu ihm hinübersah. Ich lag auf dem Sofa und wollte schlafen; er war in seinem »Zimmer« und las. »Ich hacke nicht auf ihr herum.«

Evan klappte sein Buch zu und setzte sich im Bett auf. Ich zuckte innerlich zusammen. Ich hatte keine Lust, mit ihm darüber zu reden. »Doch, tust du. Du benimmst dich wie ein Arschloch. Warum? Warum bist du eigentlich wirklich hier, Kellan?«

Ich seufzte insgeheim. Morgen musste ich nach Hause zurück, damit Evan nicht misstrauisch wurde. Ich streckte ergeben die Arme zur Seite aus. »Ich mache doch gar nichts. Ich hatte nur ein bisschen Spaß mit Griffin. Ich habe eigentlich mehr auf *ihm* rumgehackt. Er ist ein Idiot, und neunzig Prozent seiner Geschichten sind totaler Quatsch.«

Evan lachte. »Stimmt. Ich glaube allerdings nicht, dass Kiera das klar ist. Vielleicht solltest du deshalb etwas zurückhaltender sein, wenn sie in der Nähe ist.«

Ich grinste breit und legte den Arm über meine Augen. »Ja, klar. Ich wollte sie nicht in Verlegenheit bringen oder so.« *Nur unglücklich machen. So wie mich.*

Am nächsten Morgen fuhr ich wieder nach Hause. Solange Kiera und ich uns nicht ansahen, nicht miteinander sprachen oder in die Nähe des anderen kamen, durfte es zu Hause nicht viel anders sein als bei Evan. Es wäre okay. Einfach okay.

Ich öffnete die Haustür und erstarrte. Denny und Kiera waren wach. Sie trieben es quasi auf meinem Sofa. Das hatte ich zwar mal lustig gefunden, jetzt aber nicht mehr. Von meinem Magen kroch Schmerz meine Kehle hinauf, doch ich schob ihn zurück. Sie war ein verdammtes Flittchen, das mich benutzt hatte, und ich hasste sie. *Und ich vermisse sie.*

Kieras und mein Blick trafen sich. Sie saß auf Dennys Schoß, ihre Finger spielten mit seinen Haaren. Ich erinnerte mich, wie sie mit den Fingern durch meine Haare gestrichen hatte, und Hass durchströmte mich. Sie sollte verflucht sein, sie hatte mich verletzt. Als ich die Schlampe höhnisch angrinste, bemerkte mich schließlich auch Denny. Rasch setzte ich ein liebenswürdiges Lächeln auf. »Morgen.«

»Kommst du jetzt erst nach Hause, Kumpel?«

Denny strich über ihre Schenkel. Ich dachte daran, wie sie ihre Beine um mich geschlungen hatte. Gott, das hatte sich so gut angefühlt. Sie hatte sich so gut angefühlt. Aber das war nicht echt gewesen, das musste ich mir immer wieder sagen. Für sie war es nur eine Ablenkung gewesen. Verdammt soll sie sein.

Den Blick nur auf Denny gerichtet erwiderte ich: »Ja, ich war ... unterwegs.« Bei dem Wort »unterwegs« sah ich zu Kiera. *Denk doch, was du willst. Ist mir egal.*

Kiera schien sich unwohl zu fühlen und rutschte von Dennys Schoß. Er lachte und legte einen Arm um sie. Als ich sah, wie sie kuschelten, zog sich mein Magen zusammen. Sie sahen so verdammt glücklich aus, aber das war genauso eine fette Lüge wie es das zwischen uns gewesen war. Denny wollte seinen alten Job zurück, und Kiera … na ja, wer wusste schon, was sie wollte.

»Bis später«, murmelte ich, schlenderte nach oben und ging in mein Zimmer. Ich schloss die Tür und legte mich aufs Bett. Mit jedem Atemzug wuchs meine Wut, aber das war mir nur recht.

Als ich an jenem Abend in die Bar spazierte, war Denny da. Wenn wir später nicht hätten spielen müssen, wäre ich rückwärts wieder rausgegangen. Es tat mir weh, in seiner Nähe zu sein. Und ihn und Kiera zusammen zu sehen war eine einzige Qual.

Da ich mich noch immer zu ihr hingezogen fühlte, auch wenn es sinnlos und vergeblich war, beobachtete ich Kiera. Sie hatte die Haare hochgesteckt, sodass ihr schlanker Nacken zum Vorschein kam. Ihr Pete's-Shirt schmiegte sich eng an ihren Körper, und sie trug diese winzigen schwarzen Shorts, die ihre schlanken Beine zur Geltung brachten. Es war quälend, wie gut sie aussah.

Ihre vollen Lippen waren leicht geöffnet, und wenn ich es nicht besser gewusst hätte, hätte ich geschworen, dass sie den Atem anhielt, als würde es sie berühren, mich zu sehen. Doch ich wusste, dass dem nicht so war. Ich war nichts für sie. Ihr Blick zuckte rasch zu Denny, als wollte sie nicht dabei erwischt werden, wie sie mich anstierte. Ich sah ebenfalls zu Denny, doch der begrüßte die Band und achtete nicht auf uns. Da mir klar war, dass er den ganzen Abend an unserem Tisch sitzen und mir das Leben zur Hölle machen würde, ging ich zu Kiera. Wenn der Abend nur halb so unangenehm werden würde, wie ich annahm, konnte ich es mir genauso gut gleich richtig geben.

Als Kiera merkte, dass ich auf sie zukam, sah sie aus, als würde sie am liebsten wegrennen. Das konnte ich ihr nicht verübeln. Ich war in letzter Zeit nicht gerade nett zu ihr gewesen. Tja, jetzt konnte ich aber nett sein, schließlich passte Denny ja auf uns auf. Ich konnte freundlich sein, aber nicht herzlich. Das ging nicht mehr.

»Kiera«, begrüßte ich sie leidenschaftslos, als würde ich ihren Namen von ihrem Namensschild ablesen.

»Ja, Kellan.« Sie klang wachsam und schien sich zu zwingen, mich anzusehen.

Es gefiel mir, dass ich sie verunsicherte. Ich lächelte. »Wir nehmen das Übliche. Bring uns auch eins für Denny ... er gehört ja schließlich dazu.« *Größtenteils. Mehr als ich, so viel war klar.*

Einige Mädels wollten mich vor dem Auftritt umarmen, und ich ließ es geschehen. Ich verlor mich regelrecht in ihrer weiblichen Schwärmerei. Es war besser, als Kiera und Denny dabei zuzusehen, wie sie sich mit großen Kulleraugen ansahen. Um mich von meinem Schmerz und meiner Schuld abzulenken, flirtete ich dankbar mit den Mädels. Ich blickte noch nicht einmal in Dennys Richtung.

Als es für die Band Zeit wurde, auf die Bühne zu gehen, grinste ich höhnisch. Ich konnte meine Genugtuung nicht verbergen. Ich hatte die Setliste geändert und jeden *Ich-hasse-dich-du-bist-scheiße*-Song mit aufgenommen, den wir im Repertoire hatten. Ich musste Dampf ablassen, und die Musik half mir dabei.

Kiera begriff, dass es in meinen Songs um sie ging, gefühlsmäßig, nicht direkt in den Texten. Das Stück, das wir gerade spielten, deuteten Fans oft falsch, sie meinten, es ginge um One-Night-Stands. Das stimmte nicht, doch ich spielte es so, dass Kiera das ebenfalls denken würde. *Ja, es handelt von bedeutungslosem Sex. Und ja, Kiera, ich widme es dir und unserem bedeutungslosen Sex.* Beim Singen flirtete ich heftig mit dem Publikum. *Zu sinnlich? Das war noch gar nichts, Kiera.*

Kiera starrte mich mit offenem Mund an, und ich schwöre, dass sich ihr Blick verschleierte. Es tat mir leid, dass sie traurig war, doch ich schützte mich mit meiner Wut und machte weiter. Sie war nur aufgewühlt, weil ich sie provozierte, nicht weil sie etwas für mich empfand.

Am nächsten Morgen fühlte ich mich etwas besser. Klar, ich war ein Arsch, aber das war besser als Trübsal zu blasen oder als sich einzuigeln, nur weil irgendeine Schlampe mich fertiggemacht hatte. Scheiß drauf. Ich hatte schon Schlimmeres überstanden.

Als Kiera in die Küche kam, saß ich am Tisch, trank Kaffee und las die Zeitung. Ich blickte zu ihr auf. Sie wirkte unsicher, aber auch irgendwie wütend, schloss die Augen und atmete tief durch. Ich dachte, sie würde vielleicht etwas wegen des Auftritts gestern Abend sagen, doch stattdessen schenkte sie sich einen Kaffee ein. Flüssiger Mut vielleicht?

Als sie sich schließlich an den Tisch setzte, vertiefte ich mich in meine Zeitung oder tat zumindest so. Ich hatte schon dreimal denselben Absatz gelesen. Ich überlegte, ob ich Kiera weiter ignorieren sollte, aber wenn ich nicht mit ihr sprach, könnte sie meinen, dass sie mir etwas bedeutete. Was nicht stimmte. Da war nichts zwischen uns, und das war gut so.

»Morgen«, sagte ich und gab mir nicht die Mühe aufzusehen.

»Kellan …«

Ich blickte zu ihr. *Was, Kiera? Was willst du noch von mir? Ich bin fertig mit dir.*

»Was?«, knurrte ich.

Sie wich meinem Blick aus und flüsterte: »Warum bist du sauer auf mich?«

Hallo? Begriff sie wirklich nicht, was sie mir angetan hatte? Dass sie mich behandelt hatte wie ein Stück Fleisch? Dass ich bis zu dem Moment dachte, mit uns wäre es anders als mit den anderen Frauen? Ich hatte sie geliebt. Ich liebte sie noch. Aber jetzt musste ich sie hassen, deshalb musste ich all das vergessen.

»Ich bin nicht sauer auf dich, Kiera. Ich war sogar ziemlich nett zu dir.« Obwohl sie mich nicht ansah, grinste ich höhnisch. »Die meisten Frauen sind mir dafür dankbar.« *Und schießen mich in den Wind, genau wie du.*

Als sie aufsah, brannte Wut in ihren Augen. »Du verhältst dich wie ein Arschloch! Seit …«

Sie unterbrach sich. Sie konnte es nicht aussprechen, sie konnte noch immer nicht über Sex sprechen. Tja, wenn sie es nicht sagen konnte, ich würde es nicht tun. *Warum sollte ich es ihr leicht machen? Ich sollte sie vielmehr einfach ignorieren.* Ich wandte meine Aufmerksamkeit wieder dem Artikel und meinem Kaffee zu. »Ich weiß wirklich nicht, was du meinst.«

»Ist es wegen Denny? Hast du ein schlechtes Gewissen …?«

Das ärgerte mich, und bevor ich es verhindern konnte, stieß ich hervor: »*Ich* habe ihn nicht betrogen.«

Bei meinen Worten zuckte sie zusammen und biss sich auf die Lippe, als könnte sie nicht glauben, dass ich so weit gehe. Ich hatte es nicht vorgehabt, aber ihre Bemerkung hatte mich dazu gebracht. Natürlich hatte ich ein schlechtes Gewissen. Ich verdankte Denny alles, und ich hatte ihn verraten … für absolut nichts. Ich hatte ganz umsonst alles riskiert, und wenn Denny das je herausfand, würde er mir nie vergeben.

»Wir waren einmal Freunde, Kellan«, flüsterte Kiera mit bebender Stimme.

Wir waren einmal Freunde, und dann so viel mehr. Oder zumindest hatte ich das gedacht, aber das stimmte nicht. Ich war nur eine Decke, um sie zu wärmen, als ihr kalt gewesen war. Mehr nicht.

Erneut wandte ich mich meinem Artikel zu. »Ach, ja? Das war mir gar nicht klar.«

Als sie auf meine gefühllose Bemerkung reagierte, klang sie verletzt und wütend. »Doch … das waren wir, Kellan. Bevor wir …«

Ihre Worte rissen Wunden auf, die ich verheilen lassen wollte. Ich wollte nicht darüber reden. Ich sah auf und schnitt ihr das Wort ab. »Denny und ich sind Freunde. Du und ich sind … Mitbewohner.« Das Wort klang abfällig aus meinem Mund, aber es war die Wahrheit.

Wütend starrte sie mich an. »Du hast eine komische Art, deine Freundschaft zu zeigen. Wenn Denny wüsste, was du …«

Erneut ließ ich mich von meiner Wut hinreißen. »Aber du wirst es ihm ja nicht sagen, stimmt's?«, zischte ich. Ich beruhigte mich und las weiter die Zeitung. Jedes dort gedruckte Wort, das ich in Gedanken wiederholte, brachte mich ein Stück runter. Doch dann setzte sich gegen meinen Willen erneut die Traurigkeit durch. Ich grübelte über das nutzlose Gefühl in meinem Bauch nach. Warum war es so unmöglich, mich zu lieben? Ich musste wieder wütend werden, um den Schmerz zu verdrängen, doch in dem Moment gelang es mir einfach nicht.

Ich las die Zeitung, ohne ein einziges Wort zu verstehen. So ehrlich wie lange nicht mehr sagte ich: »Außerdem ist das eine Sache zwischen euch beiden – es hatte nichts mit mir zu tun.

Ich bin nur für dich ... da gewesen.« *Ich liebe dich so sehr ... Es tut so weh ... Und ich muss immer daran denken, wie es war, als nur wir zwei hier waren, und das macht mich fertig.*

Ich musste weg – von ihr, aus diesem Haus, aus meinem Leben. Seufzend blickte ich erneut zu ihr. Sie hatte ihre wunderbaren Augen weit aufgerissen, ihre Wangen waren blass und ihre Lippen voll und einladend ... aber sie gehörten mir nicht. »War das alles?«, fragte ich leise. Anscheinend völlig verstört nickte sie nur. Ich stand auf und verließ den Raum. Mit jedem Schritt, den ich mich von ihr entfernte, fühlte ich mich elender. Bei ihr zu bleiben war allerdings noch schlimmer.

In meinem Zimmer packte ich ein paar Sachen zusammen, verließ das Haus und fuhr zu Matt. Das war nicht so nah wie zu Evan und auch nicht so ruhig wie bei Evan, aber dort würde mich wenigstens niemand mit Fragen löchern, wenn ich ein paar Tage blieb. Und ich brauchte Abstand. Ich war wohl schwächer als ich dachte. Vielleicht kam ich doch nicht mit allem zurecht.

Nachdem ich einige Zeit bei Matt gewohnt hatte, schaffte ich es, wieder nach Hause zu gehen. Ich kehrte zu meiner altbewährten Methode zurück, den Schmerz mit Wut zu bekämpfen und ihr möglichst aus dem Weg zu gehen. Ich blieb viel in meinem Zimmer, quälte Kiera häufig mit primitiven Bemerkungen und erinnerte mich immer wieder daran, warum ich mich einen Scheiß für sie interessieren sollte. Doch es funktionierte nicht. Ich mochte sie noch immer, es tat noch immer weh.

Nachdem Denny überstürzt nach Seattle zurückgekehrt war, um seine Beziehung zu retten, und deshalb seinen Job aufgegeben hatte, hatte er jetzt einen neuen gefunden. Als ich endlich die Kraft besaß, mit ihm zu reden, gestand er mir jedoch, dass er den neuen Job hasste.

»Hast du je das Gefühl gehabt, dass, egal, was du tust, es nie genug ist?«, fragte er. Ich überlegte. Sprach er von Kiera? Seit Denny zurück war, schien sie von Tag zu Tag unzufriedener zu werden. Ich wusste nicht, warum, und ich würde sie nicht fragen.

»Manchmal«, erwiderte ich ruhig. *Okay, vielleicht jeden Tag seit meiner Geburt.*

Denny schüttelte den Kopf, und ich las Schuld und Bedauern in seinem Gesicht. »Diese neue Stelle ... ich habe das Gefühl, mit dem Kopf gegen eine Wand zu rennen. Ich bemühe mich und gebe mein Bestes, aber je mehr ich mich anstrenge, desto unzufriedener werden die. Ich weiß, ich sollte das nicht vergleichen, aber bei meinem alten Job hätte ich nie ... Er fehlt mir einfach.« Er seufzte und schwieg.

Als Freund musste ich etwas sagen, damit er sich besser fühlte, weil er dieses Opfer gebracht hatte. Ich schob mein schlechtes Gewissen und meinen Liebeskummer beiseite und sagte: »Wenigstens hast du noch Kiera.« Ich hoffte, dass er den bitteren Unterton überhörte.

Er lächelte traurig und murmelte: »Ja.« Ich verstand. Er hatte ein schlechtes Gewissen. Ich auch.

Denny musste bei seinem Job immer mehr Botenaufträge erledigen, die nichts mit seiner eigentlichen Arbeit zu tun hatten. Er arbeitete so viel, dass er kaum noch zu Hause war. Und mit jedem Auftrag wurde Kiera gereizter. Zwischen ihnen herrschte eine neue Kälte, und ich fand ihre Reaktion interessant. Er hatte für sie seinen Traumjob aufgegeben, und jetzt war sie genervt von seinem Ersatzjob? Wenn man überlegte, was sie ihm mit mir angetan hatte, sollte man denken, dass sie etwas mehr Verständnis für ihn zeigen würde. Doch als ich eines Abends nach unten kam und sie verloren und den Tränen nahe in den Garten starrte, hätte ich sie noch immer am liebsten getröstet.

Trotz allem liebte ich sie noch. Wahrscheinlich würde das immer so bleiben. Als ich sah, dass Kiera und Denny zunehmend frustriert voneinander waren, freute ich mich einerseits, dass ihr Märchen einen kleinen Riss bekommen hatte. Andererseits hatte ich ein schlechtes Gewissen, dass ich womöglich schuld daran war. Doch das stimmte nicht. Ich war nicht Teil dieser Gleichung.

Einige Tage vergingen, ohne dass sich die Lage besserte. Denny war mürrisch, Kiera gereizt, und ich war wütend. Mein Zuhause war mit scharfen Dornen gespickt, jeder war ständig auf der Hut und meckerte den anderen an. Es war die Hölle. Ich hatte darauf gewartet, dass die Dinge leichter würden, aber nichts war leichter. Ich war verletzt, wütend, einsam und hatte die Schnauze voll. Und obwohl es kindisch und unreif war, fühlte ich mich besser, wenn ich Kiera in Rage brachte, also tat ich das.

Nachdem Denny eines Abends aus der Bar gestürmt war, ging ich kühl lächelnd zu ihr. Als würde sie mich nicht bemerken, räumte sie eifrig einen Tisch ab. Netter Versuch. Doch so kam sie mir nicht davon. Ich musste meinen aufgestauten Schmerz loswerden.

Ich trat zu ihr und quetschte mich neben sie. Auf diese Tour konnte sie mich nicht ignorieren. Die Nähe weckte etwas in mir, doch ich verwandelte das Gefühl in Öl für das Feuer in meinem Bauch. Genau wie ich es vorausgesehen hatte, wich Kiera zurück und starrte mich wütend an.

»Musste Denny schon wieder los?«, fragte ich. »Ich kann dir einen anderen Typen besorgen, mit dem du saufen kannst, wenn du wieder einsam bist. Vielleicht diesmal Griffin?« Bei der Vorstellung, dass Griffin sie berührte, zuckte ich innerlich zusammen, aber das zeigte ich ihr nicht. Kiera sah nur mein gemeines Grinsen.

Offensichtlich war Kiera nicht in der Stimmung, sich von mir nerven zu lassen. Wütend entgegnete sie: »Ich kann diesen Mist heute Abend nicht gebrauchen, Kellan!«

»Du wirkst nicht glücklich mit ihm.« Es hatte höhnisch klingen sollen, voll boshafter Anspielungen, aber es kam als ernste Aussage heraus. Während Kiera mich wütend anstarrte, dachte ich, dass das stimmte. Sie *war nicht* glücklich mit ihm. Mit mir war sie glücklicher gewesen.

Kiera sprach meine Gedanken aus. Mit spitzem Gesicht fuhr sie mich an: »Ach? Und mit dir war ich wohl glücklicher?«

Als sie den Nagel auf den Kopf traf, zog sich mein Herz zusammen. *Ja, du wärst glücklicher mit mir. Wenn du meine Liebe annehmen würdest, könnten wir beide richtig glücklich sein. Ich würde dich unendlich glücklich machen ...* Das alles konnte ich allerdings nicht sagen. Ich konnte nur lächeln.

Mein Grinsen regte sie noch mehr auf. Sie beugte sich zu mir und zischte: »Du warst der größte Fehler meines Lebens, Kellan. Du hast recht – wir sind keine Freunde und sind es auch nie gewesen. Ich wünschte, du würdest einfach verschwinden.«

Ich hatte das Gefühl, sie hätte in meine Brust gegriffen und mein Herz zerquetscht, bis es in ihren Händen geplatzt war. Ihre Worte verletzten mich mehr als alles, was ich je gehört hatte, und ich hatte im Laufe meines Lebens schon ziemlich beschissene Dinge gehört. Das war schlimmer als alles, was mein Vater je gesagt oder getan hatte. Es war schlimmer als zu hören, wie sie fünf Sekunden nach mir Sex mit Denny gehabt hatte. Das ... vernichtete mich.

Mein Lächeln erstarb, und ich schob mich an ihr vorbei, um meine Sachen zu holen und so schnell wie möglich aus der Bar zu kommen. Ich war der größte Fehler ihres Lebens? Sie wollte, dass ich verschwand? Gut. Genau das würde ich tun. Ich würde es wie Joey machen und zusehen, dass ich diese gottverdammte Stadt verließ. Plötzlich hatte ich das Gefühl, in dieser Stadt zu ersticken.

12. Kapitel

Ein Abend unter Freunden

Ich schlief mit Blick auf das doofe Ramones-Poster ein und träumte von dem Tag, an dem Kiera es mir geschenkt hatte. *Ich hatte gehofft, dass es dir vielleicht gefällt.* Als ich aufwachte, fühlte ich mich, als hätte ich wochenlang nicht geschlafen. Doch endlich wusste ich, was ich zu tun hatte. Ich musste weg. Sobald ich meinen Kaffee getrunken hatte, würde ich meinen Wagen packen und hier verschwinden. Endgültig. *Ich wünschte, du würdest verschwinden. Keine Sorge, Kiera. Das werde ich.*

Natürlich kam Kiera herunter, während ich meinen Kaffee trank und die Zeitung las. Ich sah sie nicht an, und sie sprach nicht mit mir. Sie schenkte sich einen Becher ein und ging. Doch im letzten Moment warf sie mir noch ein »Tut mir leid, Kellan« über die Schulter zu.

Ich war verwirrt. Tat es ihr leid, dass sie mich nicht mehr in ihrem Leben haben wollte oder dass sie mir das gesagt hatte? Meine Wut verpuffte, als ihre vage Entschuldigung mich erreichte, und ich schaffte es nicht, sie wieder zu entfachen. Jetzt empfand ich urplötzlich nur noch Schmerz. Erdrückenden Schmerz.

Die nächsten Tage pflegte ich meine Depression, während ich meine Optionen durchspielte. Ich sprach kaum mit jemandem und wenn, äußerte ich nur höfliche Phrasen. Den Leuten fiel auf, dass ich ungewohnt still war, doch wenn sie sich Sorgen machten, lächelte ich und winkte ab.

An einem Samstagmorgen stellte mich Denny schließlich wegen meiner Stimmung zur Rede. Ich lehnte an der Arbeitsplatte, trank meinen Kaffee und dachte darüber nach, was ich heute Abend machen würde. Vielleicht brauchte ich eine Ablenkung, eine Art Abschiedsparty, falls ich noch immer wegwollte, und was das anging, war ich mir ziemlich sicher.

Als Denny in die Küche kam, nickte ich ihm zur Begrüßung zu. Er nickte ebenfalls, holte sich einen Becher aus dem Schrank, warf mir währenddessen jedoch lange Seitenblicke zu. Den leeren Becher in der Hand wandte er sich zu mir um. »Alles klar bei dir, Digger? Du wirkst in letzter Zeit ein bisschen angeschlagen.«

Ich verstellte mich und lächelte flüchtig. »Es ging mir nie besser.«

Denny runzelte die Stirn. Er hatte mein aufgesetztes Lächeln schon zu oft gesehen. Er stellte den Becher ab und verschränkte die Arme. Offenbar bestand er auf einer richtigen Antwort. »Was ist mit dir los?«

Ich schüttelte den Kopf. Die meisten guten Lügen basierten auf Fakten, also bezog ich mich auf das, was stimmte. »Ich weiß nicht. Die Stimmung ist hier in letzter Zeit irgendwie so angespannt. Das geht mir an die Nieren.«

Denny seufzte und blickte nach oben, wo sich Kiera aufhielt. »Ja, seit ich zurück bin, ist es irgendwie anders.« Er sah wieder zu mir. »Es ist meine Schuld. Ich bin unglücklich und schleppe mein Unglück mit nach Hause.« Er wandte den Blick ab, und ich schloss kurz die Augen, damit ich sein Gesicht nicht sehen musste. Er dachte, es wäre seine Schuld? Von uns allen hatte er sich am wenigsten vorzuwerfen.

Leise fuhr er fort: »Kiera hat ein schlechtes Gewissen, weil ich meinen Job für sie aufgegeben habe und es mir nicht gefällt, wo ich jetzt bin, aber ... ich bin selbst schuld. Ich hätte die Stelle in Tucson nicht annehmen und sie nicht allein in Seattle zurücklassen dürfen. Mir war klar, dass sie nicht noch einmal die Uni wechseln konnte, ohne ihr Stipendium zu verlieren, und darauf ist sie angewiesen. Bis sie mit dem Studium fertig ist, steckt sie hier fest, und das wusste ich. Aber das war mir egal. Ich wollte den Job, also habe ich ihn angenommen. Und dann habe ich tagelang gewartet, bis ich ihr gesagt habe, dass ich nicht zurückkommen würde. Kein Wunder, dass sie mit mir Schluss gemacht hat. Ich habe mich wie ein Arsch benommen.«

Ich wand mich innerlich. *Nein, ich war der Arsch. Ich hätte sie drängen müssen, dass sie dir noch eine Chance gibt. Doch stattdessen habe ich sie in mein Bett gezerrt.*

Dennys nachdenkliche Miene wich einem Lächeln. Es war wie ein Schlag in den Magen. »Aber das ist jetzt vorbei, und ich will nicht länger darüber nachdenken. Ich will, dass es wieder so wird wie früher, darum habe ich eine Idee.«

Ich schluckte den Kloß in meinem Hals hinunter. »Ja ... was denn?«

Strahlend berichtete er mir von seinem Masterplan: »Wir sollten alle zusammen ausgehen. Mal ein bisschen Spaß haben. Uns zur Abwechslung mal altersgemäß verhalten.« Er lachte. »Oder vielleicht so tun, als wären wir ein paar Jahre jünger.«

Ich wollte mich in ein tiefes, dunkles Loch verkriechen. Eher würde ich mir die Glieder ausreißen, als jetzt mit meinen Mitbewohnern abzuhängen. Aber ich befand mich an einem Wendepunkt und konnte nicht länger hierbleiben. Vielleicht war es das letzte Mal, dass ich sie überhaupt sah. Je länger ich darüber nachdachte, desto besser erschien mir meine Idee. Ja, es war Zeit für mich zu gehen. In Seattle zu bleiben würde mich langsam umbringen. Ich konnte nur weggehen. Ich würde noch einen letzten Abend mit meinen Mitbewohnern verbringen und so tun, als wäre alles wie früher, und dann würde ich packen und abhauen. Grünere Weiden warteten auf mich. Oder zumindest weniger qualvolle.

»Hört sich gut an, Denny. Eine Freundin von mir spielt heute Abend im Shack. Wir könnten uns das anhören, wenn ihr wollt.«

Ich lächelte, als er mir auf die Schulter klopfte. »Perfekt.«

In dem Moment kam Kiera in die Küche. Es schien ihr zu gefallen, dass wir uns unterhielten. In letzter Zeit hatte ich nicht viel gesprochen. Denny sah zu ihr. »Kannst du jemanden finden, der heute Abend mit dir die Schicht tauscht? Wir wollen alle zusammen ausgehen – ein Abend unter Freunden.«

Ich sah ihr zum ersten Mal in die Augen, seit sie mir gesagt hatte, ich solle verschwinden, und klärte sie über die Details auf. Sie meinte, sie könne mit einer Kollegin tauschen, und schon war alles klar. Wir würden heute Abend alle zusammen weggehen. Eine glückliche Familie.

»Toll!«, rief Denny und gab ihr einen Kuss. Ich wandte mich ab. Gott, das wollte ich echt weder sehen noch hören. Die Liebe strahlte von ihnen ab wie Hitzewellen, die im Hochsommer vom Asphalt aufstiegen. Ich hätte kotzen können.

Denny entschuldigte sich, um duschen zu gehen. Als ich mit Kiera allein war, etwas, das ich normalerweise vermied, fragte sie: »Alles okay?«

Ich war es leid, dass mich die Leute das fragten. Als ich zu ihr hinübersah, bemerkte ich, dass sie noch ihre Pyjamahose und ihr enges Trägertop über ihren perfekten kleinen Brüsten trug. Ihre Haare hingen offen herunter und streichelten ihre Schultern. Und ihre Augen hatten diesen tiefen Grünton. Unglaublich schön und nicht im Geringsten interessiert an mir. »Klar«, erwiderte ich. »Das wird ein interessanter Abend.«

Meine Worte beunruhigten sie. Sie trat dichter zu mir und

zog die Brauen zusammen. »Bist du dir sicher? Es muss nicht sein. Denny und ich können da auch allein hingehen.«

Ich musterte ihr Gesicht und beobachtete, wie ihre Augen im Sonnenlicht leicht die Farbe änderten. Ich mochte das. Wie alles andere an ihr prägte ich es mir ein. Auch wenn die Erinnerung schmerzhaft war, wollte ich nichts an ihr vergessen. »Schon in Ordnung. Ich habe Lust, mal wieder ... einen Abend mit meinen Mitbewohnern zu verbringen.« *Einen letzten Abend. Bevor ich für immer weggehe.*

Ich drehte mich um und ging, weil es zu wehtat zu bleiben und der Abend schon schmerzhaft genug würde. Ich wollte das Leid nicht unnötig verlängern.

Als ich später ins Shack kam, stand Dennys Auto noch nicht auf dem Parkplatz. Irgendwie war ich froh, dass ich zuerst da war. Das gab mir Gelegenheit, mich vorzubereiten. Ich bestellte einen Krug Bier mit drei Gläsern, dann ging ich nach draußen. Der Biergarten bestand aus einem großen umzäunten Bereich mit einer Bühne auf der einen sowie Tischen und Stühlen auf der anderen Seite. Ich fand einen leeren Tisch in der Nähe vom Tor, das zum Parkplatz führte. Vielleicht musste ich nachher schnell einen Abgang machen, wenn es mir zu viel wurde.

Während ich auf Denny und Kiera wartete, wandte ich meine Aufmerksamkeit der Bühne zu, wo die Band gerade aufbaute. Die Schlagzeugerin, Kelsey, war eine Freundin von mir. Die Musikszene in Seattle war klein; jeder kannte jeden. Und jeder schlief mit jedem. Die meisten zumindest. Ich winkte ihr zu. Sie winkte zurück. »Hey, Kellan. Wie läuft's?«

O Gott ... wo soll ich anfangen. »Gut. Und bei dir?«

Kelsey zuckte mit den Schultern. »Ganz okay. Kann mich nicht beklagen.«

Der Sänger kam näher. Ihn kannte ich auch. Wir hatten ein paar Auftritte zusammen gehabt, als er noch in einer anderen

Band gespielt hatte. »Hey, Brendon. Schön, dich mal wiederzusehen.«

Ich streckte die Hand aus, und Brendon beugte sich hinunter und ergriff sie. »Fabelhaft. Freut mich, dass du da bist. Das wird ein gutes Konzert heute Abend.«

Auch, wenn mir nicht danach war, schenkte ich ihm ein fröhliches Lächeln. »Ja, ich freu mich drauf.«

Brendon richtete sich wieder auf. »Wir müssen bald mal wieder einen Gig zusammen machen.«

Ich nickte, dann sah ich, dass Kiera und Denny angekommen waren, und zeigte auf den Tisch mit dem Bier. Sie hoben zum Dank die Hand und begaben sich zu unserem Platz. *Und los geht's ...*

Ich drehte mich noch einmal zu Brendon um. »Ja, machen wir.« Ich hatte ein leicht schlechtes Gewissen, als ich das sagte. Nach heute Abend würde ich weg sein. Es war allerdings leichter, einfach nur Ja zu sagen.

Ich verabschiedete mich und kehrte widerwillig an meinen Tisch zurück, wo sich Kiera und Denny gerade küssten. Es war, als würde man mir ein Messer in den Magen stoßen und darin herumdrehen. Nur noch ein Abend, dann musste ich das nicht mehr ertragen, dann war ich frei. Aber irgendwie machte mich dieser Gedanke auch nicht glücklicher. Ich setzte mich und schenkte uns Bier ein. Ich musste etwas trinken, und bestimmt konnten die beiden auch was vertragen.

»Wann fangen die an zu spielen?«, fragte Denny gut gelaunt.

Ich blickte in seine Richtung und verdrängte die Tatsache, dass er mit der Frau vögelte, die ich liebte. »In zwanzig Minuten oder so.«

Ich nahm einen großen Schluck von meinem Bier, das war dringend nötig. Ein Mädchen kam am Tisch vorbei. Sie blieb stehen und starrte mich an, als erwartete sie, dass ich aufsprang und sie um eine Verabredung bitten würde. Dazu hatte ich wirklich keine Lust. Als ich sie links liegenließ, stolzierte sie davon. Denny bemerkte es. »Die war süß.«

»Ja.« Ich trank noch einen Schluck Bier und wich seinem Blick aus.

»Nicht dein Typ?«, wollte Denny wissen. Kiera zappelte auf ihrem Stuhl herum, aber ich achtete nicht auf sie.

»Nee«, erwiderte ich und versteckte mein Gesicht hinter meinem Bierglas.

Einen Augenblick schwiegen wir, dann versuchte Denny erneut, ein Gespräch mit mir zu beginnen. »Wie läuft es mit der Band?«

»Gut«, antwortete ich. Mussten wir uns unbedingt unterhalten? Konnten wir nicht einfach stumm hier sitzen, bis es Zeit war, nach Hause zu gehen?

Denny stellte mir noch ein paar weitere Fragen, dann gab er auf. Ich wusste, dass Kiera sauer auf mich war, aber das war mir egal. Hier mit ihnen zu sitzen war total beschissen. Ich gab mein Bestes. Schließlich fing die Band an zu spielen, was die Anspannung am Tisch etwas lockerte. Nach einer Weile zog Denny Kiera auf die Tanzfläche. Obwohl ich sie eigentlich ignorieren wollte, beobachtete ich sie. Sie bewegten sich perfekt zusammen, und es war deutlich zu sehen, dass Kiera gern tanzte. Ihr sexy schwarzer Rock wirbelte um ihren Körper, ihre offenen Haare wehten in der leichten Brise. Ihre Wangen färbten sich rosa, was zu der Bluse unter ihrer Sweatshirt-Jacke passte. Sie war atemberaubend, und es war unerträglich, sie mit einem anderen Mann zu sehen.

Ein paar Frauen wollten mit mir tanzen, aber ich ließ sie alle abblitzen. Ich wollte nur ein Mädchen haben, und die wurde gerade von meinem besten Freund herumgewirbelt. Unser Abend fing erst an, und ich wünschte mir schon, dass er zu Ende wäre. Ich konnte das nicht. Es war zu schwer.

Langsam wurde es kühler, doch ich fröstelte vor allem innerlich. Das war die Hölle für mich, und niemand schien es zu bemerken oder zu interessieren. Ich war vollkommen allein. Ich sollte einfach gehen. Einfach losfahren nur mit den Klamotten, die ich am Körper trug, und mit der Gitarre, die in meinem Wagen lag. Was brauchte ich mehr? Nichts.

Kiera und Denny kamen atemlos und glücklich vom Tanzen zurück. Ich starrte in mein leeres Glas und wünschte, ich könnte den Kopf hineinstecken und verschwinden. Ich spürte Kieras missbilligenden Blick auf mir, aber es war mir egal. *Ich kann eben nicht mehr so tun, als wäre alles okay.*

Ich dachte gerade daran, mich für den Abend zu entschuldigen, als plötzlich Dennys Telefon klingelte. Während er ranging, beobachtete ich unauffällig Kiera. Sie hasste das verdammte Telefon. Meist musste Denny weg, nachdem es geklingelt hatte. Kiera blickte Denny stirnrunzelnd an, bemühte sich jedoch so zu tun, als sei sie nicht gereizt. Nach einem kurzen Augenblick fluchte Denny und klappte sein Telefon zu. »Der Akku ist leer.« Er sah Kiera in die Augen. Sie zog sie zu schmalen Schlitzen zusammen. »Sorry, ich muss unbedingt Max zurückrufen. Ich geh rein und frage, ob ich deren Telefon benutzen kann.«

Ich konzentrierte mich wieder auf mein Glas. Wenn er ging, sollte ich auch gehen. Kiera sagte: »Kein Problem, wir warten hier.« Sie versuchte, nicht genervt zu klingen, doch ich spürte, dass sie das war. Ich hatte schon gehört, wie sie sich wegen Dennys Chef gestritten hatten. Denny tat alles Mögliche, um den Mann zu beeindrucken, und dazu gehörte, dass er ständig für ihn den Laufburschen spielte. Sollte ich warten, bis er zurückkam, wie Kiera gesagt hatte, oder sollte ich jetzt einfach aufstehen und gehen? Was spielte es für eine Rolle, ob ich ging?

Denny gab Kiera noch einen Kuss, dann war er weg. Ich seufzte und versuchte, es mir auf meinem Stuhl bequem zu machen. Es war mir jedoch unmöglich, mich hier wohlzufühlen. Ich sollte nicht hier sein und ihre Knutscherei hören. Ich war diese ständige Schmatzerei dermaßen leid. Das würde ich jedenfalls nicht vermissen.

Nachdem Denny fort war, wandte sich Kiera an mich. »Du hast gesagt, du hättest Lust auf den Abend. Was ist los?«

Ich sah ihr in die Augen und kämpfte mit meinen tosenden Gefühlen. »Ich amüsiere mich prächtig. Ich weiß nicht, was du meinst.« *Dir und Denny dabei zuzusehen, wie ihr umeinander herumscharwenzelt, ist toll. Einfach toll.*

Kiera wandte den Blick ab, und mir war klar, dass sie ebenfalls mit ihren Gefühlen rang. Sie sah aus, als wollte sie jemanden schlagen. »Nichts.«

Meine Geduld war am Ende. *Genau. Nichts. Ich war nichts. Ich bin nichts. Und hierzubleiben und so zu tun, als wäre nichts gewesen, ist total irre. Es ist etwas passiert, und es hat mir etwas bedeutet. Du bedeutest mir etwas. Zu sehen, wie du mit Denny heile Welt spielst und so tust, als würde ich gar nicht existieren, ist nicht gerade ein Picknick. Es ist total beschissen.*

Ich stellte mein Glas ab und stand auf. Es war sinnlos hierzubleiben. Ich würde gehen. »Sag Denny, dass ich mich nicht gut fühle …« Ich überlegte, noch eine Lüge zu ergänzen, doch dazu fehlte mir die Kraft. Sollte er doch denken, was er wollte. Ich schüttelte den Kopf und sagte: »Mir reicht's.« *Ich habe absolut, vollkommen, hundertprozentig die Schnauze voll von diesem Scheiß.*

Als verstünde sie, dass ich nicht nur von heute Abend sprach, sondern dass ich das ganze Durcheinander in meinem Leben satthatte, stand Kiera langsam vom Tisch auf. Mit zusammengekniffenen Augen sah ich sie an und forderte sie heraus, etwas zu sagen. *Na, mach schon, stell mich zur Rede. Es ist mir scheißegal.* Als sie nichts sagte, drehte ich mich um und ging. Offenbar hatte sie nichts zu sagen.

Auf halbem Weg zu meinem Wagen hörte ich, wie das Tor zuschlug und Kiera meinen Namen rief. »Kellan! Bitte warte.«

Sie klang panisch, und das traf mich direkt ins Herz. *Ich kann nicht auf dich warten, wenn ich dich nie …*

Ich verlangsamte meinen Schritt, blickte über meine Schulter zurück und seufzte. Sie rannte, um mich einzuholen. Warum? Was störte es sie, wenn ich ging?

»Was tust du hier, Kiera?« *Was machst du hier draußen, was machst du mit mir? Was zum Teufel bin ich für dich?*

Sie fasste meinen Arm und drehte mich zu sich um. »Warte, bitte bleib.«

Ich schlug ihren Arm weg. Sie hatte nicht das Recht, mich anzufassen. Sie durfte mich nicht berühren. Sie interessierte sich nur für Denny. Das sah ich jedes Mal, wenn sie sprachen, wenn sie sich küssten. Sie liebte ihn. Ich blickte zum Himmel, bevor ich ihr in die Augen sah. Ich hatte das Gefühl, den Verstand zu verlieren. »Ich kann das nicht mehr.« *Ich werde verrückt, weil ich dich liebe und es dich einen Scheiß interessiert. Also, warum bist du hier und starrst mich so an?*

Sie sah mich aus großen Augen an und suchte meinen Blick. Sie wirkte ängstlich. »Was kannst du nicht? Hierbleiben? Denny will dir bestimmt noch auf Wiedersehen sagen …« Ihre Stimme verhallte, als wüsste sie, dass es hier nicht um Denny ging. Nicht wirklich.

Ich hatte ein mulmiges Gefühl im Bauch. Ich konnte nicht lügen. Konnte ihr keine höhnische Antwort geben. Oder es einfach weglachen. Ich versank in Schmerz, und der einzige Ausweg war die Wahrheit. »Ich kann nicht hierbleiben. Ich gehe weg aus Seattle.«

Das auszusprechen zerriss mich innerlich. Ich wollte nicht weggehen, aber hier bei ihr zu bleiben war keine Option mehr. Es wäre, als würde ich mich absichtlich mit kochendem Wasser verbrühen. Unmöglich.

Kiera schossen Tränen in die Augen. Wieder fasste sie meinen Arm und hielt ihn derart eisern fest, wie ich es noch nie zuvor bei ihr erlebt hatte. »Nein, bitte, geh nicht weg! Bleib ... bleib hier bei ... bei uns. Bitte geh nicht!«

Sie begann zu schluchzen, und die Tränen liefen wie Sturzbäche über ihre Wangen. So aufgelöst hatte ich sie nur damals wegen Denny gesehen. Als er weggegangen war, hatte sie so geweint. Warum weinte sie meinetwegen? Noch nie hatte jemand meinetwegen geweint. Niemand. »Ich ... warum bist du ...? Du hast doch gesagt ...« Ich schluckte die verwirrenden Gefühle herunter, die mir die Sprache verschlugen. Warum weinte sie? Was bedeutete das? Ich wollte mir keine Hoffnungen machen, dennoch meldete sich in all meiner Verzweiflung eine leise Stimme. Empfand sie etwa doch etwas für mich?

Ich starrte an ihr vorbei ins Leere. Ich konnte den Anblick ihrer verwirrenden Tränen nicht länger ertragen. »Du bist ... du und ich sind nicht ...« *Du empfindest nichts für mich. Das weiß ich. Oder?* »Ich dachte, du ...« *Du liebst ihn. Ich war ein Fehler. Ich bin der Einzige, der hier etwas empfindet, deshalb tut es so weh.*

Ich atmete langsam aus und sah ihr erneut in die Augen. »Es tut mir leid. Es tut mir leid, dass ich so kühl gewesen bin, aber ich kann nicht hierbleiben, Kiera. Ich kann das nicht mehr mitansehen. Ich muss weg ...« Meine Stimme wurde zu einem Flüstern, Entsetzen packte mich. Ich hatte ihr die Wahrheit gesagt. Ich hatte ihr mein Herz geöffnet, und sie konnte aufs Neue zustechen.

Mein Geständnis schien ihr einen Schock zu versetzten,

doch das war ihre einzige Reaktion. Frischer Schmerz stieg in mir auf. Nein, sie empfand nichts für mich. Ich wandte mich zum Gehen, doch sie riss mich zu sich herum und schrie: »Nein! Bitte, sag, dass es nicht meinetwegen ist, nicht wegen dir und mir.«

»Kiera ...« *Doch, genau deshalb.*

Sie legte mir eine Hand auf die Brust und trat dichter vor mich. Ihre Zärtlichkeit und die Nähe trieben eine Welle der Lust durch meinen Körper. Ich begehrte sie noch immer. Ich liebte sie noch immer. Es linderte den Schmerz, aber nicht die Verwirrung. »Nein, geh nicht, weil ich so dumm war. Du hast dich hier wohlgefühlt, bevor ich ...«

Ich wich einen halben Schritt von ihr zurück. Weiter konnte ich nicht, weil ich sie eigentlich gar nicht wegstoßen wollte. Ich wollte sie näher bei mir haben. So viel näher. »Es ist nicht deinetwegen. Du hast nichts falsch gemacht. Du gehörst zu Denny. Ich hätte nie ...« Ich seufzte, als mich die Wahrheit wie ein Steinschlag traf. Es war nie ihre Schuld gewesen. Die ganze Zeit über war ich wütend auf sie gewesen, dabei war ich derjenige, der sich Vorwürfe machen musste. Ich hatte gewusst, dass sie Denny liebte. Dass sie sich mit mir nur hatte trösten wollen. Aber sie hatte nicht gewusst, dass ich sie liebte. Dass sie mir irgendetwas bedeutete. Woher sollte sie also wissen, dass sie mich verletzt hatte? Ich war direkt danach verschwunden, dann hatte ich mich zunehmend kühl und distanziert verhalten. Ich hatte nie einen Anspruch auf sie gehabt. Sie gehörte Denny, und ich war ein Mistkerl, weil ich so weit gegangen war. »Du ... und Denny seid ...«

Noch immer liefen ihr die Tränen über die Wangen, sie trat näher zu mir und presste ihren Körper an meinen. Ihre Berührung brannte wie Feuer, und mir war zugleich unendlich kalt. »Wir sind was?«, fragte sie.

Ich konnte mich nicht rühren, konnte kaum atmen. Ich begehrte sie mehr, als ich sie je begehrt hatte, aber das war nicht richtig. Das durften wir nicht, aber ich brauchte sie so sehr. »Ihr seid mir beide wichtig.« Ich flüsterte und meinte jede Silbe ernst.

Sie kam mit ihren Lippen so nah, dass ich ihren Atem auf meinem Gesicht spürte. Mein Herz begann zu rasen. Nur noch ein Stück …, dann gehörte sie mir. »Wichtig … wie wichtig?«

Sag es. Sag es einfach. Sag ihr, dass du sie liebst. Dass du an nichts anderes mehr denken kannst und dass deine ganze schlechte Laune und deine fiesen Bemerkungen nur daher kommen, weil sie dich verletzt hat. Sag es ihr, verdammt.

Warum? Sie ist mit Denny zusammen. Es würde nichts ändern.

Ich schüttelte den Kopf und wich erneut zurück. »Kiera … lass mich gehen. Du willst das nicht.« *Du willst mich nicht.* »Geh wieder rein, geh zu Denny.« *Wo du hingehörst.*

Ich hob die Hand, um sie von mir wegzuschieben, doch sie schlug meinen Arm fort. »Bleib«, befahl sie.

Ich rang mit mir. Noch nie hatte mich jemand gebeten zu bleiben. Noch nie hatte jemand meinetwegen geweint. Ich bedeutete ihr etwas. Es konnte nicht anders sein. Aber Denny auch, und ich wusste nicht, wie ich damit umgehen sollte. »Bitte, Kiera, geh.« *Bevor wir beide noch mehr leiden … geh.*

In der Dämmerung schimmerten ihre wunderschönen Augen in einem intensiven Smaragdgrün. Sie suchte meinen Blick und wiederholte. »Bleib … bitte. Bleib bei mir … verlass mich nicht.«

Ihre Stimme brach. Das hier hatte nichts mehr mit Denny zu tun. Hier ging es um sie und um mich. Eine Träne lief über meine Wange, und ich hielt sie nicht auf. Kiera wollte, dass ich hier bei ihr blieb. Sie hatte mich gern. Sie wollte mich. *Mich.*

Doch so gern ich so getan hätte, als gäbe es nur uns zwei auf diesem Parkplatz, ich wusste, dass wir nicht allein waren. Und ich konnte Denny das nicht antun. Er bedeutete mir sehr viel. Doch so etwas hatte ich noch nie erlebt. Noch nie hatte *mich* jemand gewollt. Ich rang mit mir und murmelte: »Nicht. Ich will...« *Ich will ihn nicht verletzen. Ich will dich nicht verletzen. Und ich will auch nicht verletzt werden. Aber was will ich dann?*

Da legte sie ihre Hände an mein Gesicht und wischte mit dem Daumen meine Träne fort. Ihre Wärme verbrannte mich. Sie strömte durch meinen Körper und setzte mich in Flammen. Ich hielt den Atem an und sah ihr tief in die Augen. Ich wollte sie. Jetzt. Aber ich durfte es noch immer nicht.

Mit der anderen Hand umfasste sie meinen Nacken. Sie zog mich zu sich herab, bis sich unsere Lippen berührten. Beinahe wäre ich in die Knie gegangen, so gut fühlte es sich an. Sie schloss die Augen und presste ihre Lippen auf meine. Ich erstarrte, ließ mich jedoch auf ihren Kuss ein. Gott, das hatte ich so vermisst. Ich hatte sie so vermisst. Ich begehrte sie so sehr. Ich liebte sie so sehr. Aber trotzdem...

»Tu das nicht«, flüsterte ich mir selbst zwischen unseren gierigen Küssen zu. *Das wird uns nur verletzen ... alle drei. Sei stark genug wegzugehen. Hör auf.* Sie presste ihre Lippen fester auf meine. Während mein Schmerz sich in einer Art Klagelaut aus meiner Kehle löste, schwand meine Willenskraft. »Was machst du denn nur, Kiera?« *Was mache ich?*

Sie verharrte mit ihren Lippen auf meinen. »Ich weiß es nicht ... aber bitte verlass mich nicht, bitte geh nicht.« Ich hörte deutlich, dass sie aufrichtig war und dass sie litt – *sie wollte mich.*

Sie hatte die Augen geschlossen, sodass sie mein Lächeln nicht sah. *Ich werde dich niemals verlassen.* »Kiera ... bitte ...« *Ich gehöre dir ... nimm mich.* Mein Widerstand löste sich mit einem Schaudern auf, und ich suchte ihren Mund. Ich brauchte sie. Und sie wollte, dass ich blieb. Wollte, dass ich bei ihr war. Sie wollte mich. Und ich gehörte ihr.

Ich öffnete die Lippen und strich mit der Zunge über ihre. Sie stöhnte an meinem Mund und erwiderte gierig meinen Kuss. Sie wollte mehr. Ich wollte mehr. Jetzt, nachdem wir die Vernunft über Bord geworfen hatten, wurden wir von Verzweiflung getrieben. Die lustvolle Energie zwischen uns elektrisierte mich. Ich wollte ihr die Kleider vom Leib reißen und in sie eindringen. Ich wollte, dass sie ihren Körper um mich wand. Dass sich ein feuchter Film auf ihre Haut legte. Ich wollte jeden Zentimeter von ihr schmecken. Dass sie meinen Namen schrie, wenn sie kam. Mein Körper war bereit für sie. Mein Herz auch.

Sie wollte mich ...

Während wir uns leidenschaftlich küssten, bewegte ich mich langsam rückwärts. Auf dem Parkplatz gab es einen Espressostand. Den hatte ich auf dem Weg zu meinem Wagen gesehen. Kiera und ich brauchten etwas Intimsphäre. Auf keinen Fall würde ich jetzt aufhören. Ich liebte sie, ich brauchte sie, alles andere war egal.

Mein Rücken stieß gegen die Tür des Espressostands. Kiera drückte mich dagegen und schmiegte sich an mich. Flammen breiteten sich in meinem Körper aus, und mein Atem beschleunigte sich, während ich hart wurde. Ich brauchte sie so sehr. Ich ließ die Hände unter ihre Bluse gleiten, um die glatte weiche Haut auf ihrem Rücken zu spüren. Ich wollte noch mehr fühlen. Wir brauchten noch mehr Intimsphäre.

Ich griff hinter mich, um die Tür zu öffnen. Wenn das verdammte Ding nicht auf war, würde ich es eintreten. Irgendwie würde ich da reinkommen. Zum Glück ließ sich der Knopf drehen. Ein Hoch auf die nachlässigen Angestellten.

Ich stieß mich von der Tür ab und schob sie auf. Kiera und ich lösten die Lippen voneinander und sahen uns in die Augen. Ihr Blick war voller Leidenschaft und Verlangen ... es zerriss mich. Und ich schwöre ... ich schwöre, dass ich dort noch etwas anderes sah. Ein tieferes Gefühl. Etwas, das es wert war, all das zu riskieren. Ich wiederholte im Geiste jedes nette Wort und jede zärtliche Berührung von ihr. Sie hatte mich gern. Sie war es wert. Sie war alles wert.

Mein Körper begehrte sie. Ich brauchte sie. Ich strich über ihren Rücken, umfasste ihre Schenkel und hob sie hoch. Sobald wir in dem dunklen Verkaufswagen waren, setzte ich sie ab und schloss die Tür. Schwer atmend verharrten wir dort einen Augenblick. Die Dunkelheit verstärkte unsere Empfindungen, und die elektrische Anziehungskraft zwischen uns wuchs. Sie hatte die Arme fest um meinen Nacken geschlungen, und ich hielt sie um die Hüfte. Ich konnte nicht glauben, dass wir zusammen hier waren, dasselbe voneinander wollten ... dasselbe brauchten.

Ich liebe dich so sehr, Kiera. Lass mich dir zeigen, wie sehr. Auf die einzige Weise, die ich kenne.

Ich hielt sie fest und sank mit ihr auf die Knie. Sobald wir den Boden erreicht hatten, riss Kiera mir die Kleidung vom Leib. In Sekundenschnelle war meine Brust entblößt. Sie strich mit den Fingern über meinen Körper, über meine Brustwarzen, über meine Rippen, über die angespannten Muskeln, die zu meinen Lenden führten. Gott, ich wollte, dass sie ihre Hand um mich legte. Dass sie mich mit diesen zarten Fingern fest umfasste und mich streichelte. *Bitte ... berühre mich.*

Ein Stöhnen löste sich tief aus meiner Kehle, dann rang ich rasch nach Atem. Mein Kopf drehte sich, als wäre ich betrunken oder als sei mir schwindelig. Noch nie hatte ich jemanden so gebraucht. Als ich meine Lippen zu ihrem Hals senkte, stöhnte Kiera leidenschaftlich auf. Ich hinterließ eine Reihe von Küssen auf ihrer zarten Haut, während ich ihr die Jacke von den Schultern schob. Sie wand sich ungeduldig, als ich ihre Bluse aufknöpfte.

Obwohl ich so schnell machte wie ich konnte, ging es ihr nicht schnell genug. Hastig streifte sie sich die Bluse ab, und ich streichelte sie mit meinen Blicken. Gott, sie war perfekt. Kurvig, verführerisch, teuflisch sexy. Ich strich mit der flachen Hand über ihre Haut, über ihre Brust, hinunter zu ihrer Taille. Sie stieß lautstark die Luft aus und durchbrach die Stille. Es war erregend und trieb Schockwellen direkt in meinen erregten Schwanz. *Ja.*

Erneut strich ich mit der Hand über ihre Haut nach oben und reizte ihre Nippel durch den Stoff des BHs. Sie bog sich mir entgegen und suchte erneut meine Lippen. Gott, ich wette, sie war nass für mich.

Ich legte sie auf den Boden. Wir befanden uns im Lagerbereich des Espressostands. Säcke mit Kaffeebohnen in den Regalen und auf dem Boden verbreiteten im ganzen Raum den Duft von meinem morgendlichen Lieblingsgetränk. Das wir fast jeden Tag miteinander teilten. Es schien nur passend, dass wir unserem Begehren füreinander hier nachgaben. Unsere Beziehung hatte praktisch mit Kaffee begonnen.

Kaum lagen wir auf dem dreckigen Boden, fuhr Kiera mit den Nägeln über meinen Rücken. Ich stöhnte vor Lust. *Gott, ja, das fühlt sich gut an.* Sie schob meine Hüften fort, damit sie meine Jeans öffnen konnte. Wir atmeten beide derartig heftig, dass ich fürchtete, wir könnten ohnmächtig werden. Während sie sich an meiner Hose zu schaffen machte, stöhnte ich und sog die Luft durch die Zähne ein. *Gott, bitte, berühre mich, Kiera. Bitte.*

Sie schob meine Hose über meine Hüften nach unten, dann

sah sie mich durchdringend an. Mein Glied drängte sich gegen meine Unterhose und sehnte sich verzweifelt nach ihr. *Das ist für dich ... bitte, berühre mich.*

Dann, als hätte sie mein stummes Flehen gehört, ließ sie die Finger an mir hinabgleiten. Keuchend lehnte ich meine Stirn an ihre. *Gott, ja ... mehr.* Sie schloss die Hand um mich und bewegte sie sanft auf und ab. *O Gott, ja ... ich brauche dich. Ich liebe dich.*

Verzweifelt drückte ich meine Lippen auf ihre. Ich schob ihren weiten Rock nach oben, dann riss ich ihr den Slip herunter. Ich musste in ihr sein. Jetzt. Sie raunte in mein Ohr: »O Gott ... bitte. Kellan.« Sie wollte mich. Mich. Sie liebte mich. Sie musste mich lieben.

Ich schob meine Unterhose herunter, dann drang ich mit einem Stoß in sie ein. Kiera wimmerte und biss in meine Schulter. Ich vergrub meinen Kopf an ihrem Hals und brauchte eine Minute, um mich von der nassen Wärme, die um mich pulsierte, zu erholen. *Jesus ... fuck ... Du fühlst dich so gut an. Das fühlt sich so richtig an. Ich liebe dich so sehr ...*

Kiera hob die Hüften und schob mich tiefer in sich hinein. Wellen der Lust pulsierten durch meinen Körper, und ich stieß erneut zu. Ich brauchte mehr. So viel mehr. »Fester«, stöhnte sie. Ich fasste ihre Hüften und stieß immer wieder zu. Noch nie hatte ich so etwas erlebt. Die aufgestaute Lust, die Traurigkeit, die Verzweiflung, die Einsamkeit, die Leidenschaft – alles gipfelte in dem besten sexuellen Erlebnis, das ich je gehabt hatte. Ich wollte, dass es nie aufhörte, und doch konnte ich es kaum erwarten, mit ihr zusammen zu kommen.

»Gott, Kiera ...«, raunte ich, während sich unsere Körper gemeinsam bewegten. »Gott ... ja ... Gott. Ich liebe dich ...«, flüsterte ich, die Worte verloren sich an ihrer Haut.

Sie stöhnte und zog mich fester an sich. Unsere Bewegungen

wurden schneller, tiefer, fester. Mein Griff um sie war so stark, dass ich ihr vermutlich wehtat, aber ich war wie von Sinnen. Kiera wand sich unter mir und schrie auf, als die Lust ein unkontrollierbares Maß erreichte. Ich schrie ebenfalls. Noch nie hatte sich ein Orgasmus so intensiv angefühlt. Alle Nerven standen in Flammen und bauten eine kribbelnde Spannung auf, die sich entladen musste. Kieras Stöhnen steigerte sich. *Gott, ja, bitte, komm für mich ... komm jetzt.*

Ich spürte, wie sie sich um mich zusammenzog, während sie einen erstickten Schrei ausstieß. Dann kratzte sie mit ihren Nägeln so fest über meinen Rücken, dass sich meine Haut nass anfühlte. Kurz sog ich vor Schmerz die Luft ein. Doch das Brennen gemischt mit der intensiven Lust trieb mich zum Höhepunkt. Ich stöhnte auf und schloss die Finger so fest ich konnte um Kieras Schenkel, während sich die Spannung auf wundervolle Weise aus meinem Körper entlud.

Als meine Euphorie nachließ, kamen auch langsam meine Hüften zur Ruhe. Einige Sekunden empfand ich nichts als Frieden. Ich liebte sie. Sie liebte mich. Wir hatten Liebe miteinander gemacht, und es war besser als alles, was ich je zuvor erlebt hatte. Ich wollte mich in ihren Armen zusammenrollen und spüren, wie sie durch meine Haare strich, ihr zuflüstern, dass ich sie liebte und dass ich sie nie verlassen würde. Ich würde hier bei ihr bleiben, weil mein Herz hier war. Sie war mein Herz.

Dann spürte ich, dass Kiera weinte. Nein, nicht weinte. Sie schluchzte. Reumütiges Schluchzen, das schrie *Warum habe ich das getan?*

Schlagartig erstarb mein Glück, und ich wich zurück. Ich richtete meine Kleidung und setzte mich auf die Fersen. Mein T-Shirt hielt ich in den Händen, weil ich es noch nicht anziehen konnte. Mein Rücken war blutig, das spürte ich. Sie hatte mich so sehr begehrt, dass sie mich blutig gekratzt hatte, und jetzt sah sie aus, als sei ihr übel. Noch nie war ich jemandem körperlich so nah gewesen, und sie wirkte, als müsste sie sich übergeben. Weil sie mich nicht liebte. Es war ein weiterer Fehler gewesen. Alles, was ich je für sie sein konnte, war ein Fehler. Verflucht. Ich hatte ihr gesagt, dass ich sie liebte, und sie sah aus, als sei für sie eine Welt zusammengebrochen.

Während Kiera ihren Slip anzog, zitterte ich, doch das hatte nichts mit der Temperatur zu tun. Während sie sich einhändig ankleidete, hielt sie sich mit der anderen Hand den Mund zu. Als müsste sie sich sofort übergeben, wenn sie losließe. Während ich beobachtete, wie sie ihre Bluse überzog, erwachte Wut in mir. Gott, fand sie mich denn so abstoßend? War es so widerlich, was wir getan hatten?

Nachdem sie sich angezogen hatte, sagte sie schniefend. »Kellan …?«

Ich hatte mich nicht gerührt, hatte ihr nicht geholfen, hatte nicht den Blick vom Boden gehoben. Ich konnte nicht. Ihre Reaktion schockierte mich. Und machte mich wütend. *Schon wieder hatte sie mich hereingelegt.* Als sie meinen Namen sagte, blickte ich auf. Meine Augen waren nass, aber das war mir egal. Ich hatte alles für sie riskiert … meine Freundschaft mit Denny, meinen Verstand. Ich hatte alles auf eine Karte gesetzt, weil ich geglaubt hatte, dass ich tatsächlich jemanden gefunden hatte, der mich wirklich gern hatte. Und jetzt war sie am Boden zerstört. Sie hatte mich nicht gern. Ich bedeutete ihr noch immer nichts, jedenfalls nicht so, wie ich es brauchte. Es machte mich fertig, dass ich Denny erneut für nichts betrogen hatte. Ich hätte mich in meinen Wagen setzen und losfahren sollen. Ich hätte jetzt schon aus der Stadt sein können. Das war mein Plan gewesen; warum hatte ich nicht daran festgehalten?

»Ich wollte das Richtige tun. Warum konntest du mich nicht

einfach gehen lassen?« *Warum bin ich nicht stark genug wegzugehen? Warum bin ich so verdammt egoistisch? Warum bin ich noch immer in sie verliebt?*

Sie begann erneut zu weinen. Sie nahm ihre Jacke, stand auf und wollte gehen. Ich starrte erneut auf den Boden und wünschte, ich könnte durch ihn hindurchkriechen. Ich wollte nichts lieber als zu verschwinden. Plötzlich hörte ich, wie Kiera nach Luft schnappte. Sie kam zu mir, und ich verstand, warum. Ich spürte, wie das Blut meinen Rücken hinunterlief. Erst jetzt war ihr aufgefallen, was sie getan hatte. *Ja, Kiera. Du hast mich so viel tiefer verletzt, als du ahnst.*

Ohne aufzublicken, sagte ich: »Nicht. Geh. Denny hat inzwischen bestimmt gemerkt, dass du weg bist.« *Und mit ihm willst du doch zusammen sein, oder? Ich brauche dein Mitgefühl nicht. Ich brauche deine Liebe. Aber die wirst du mir niemals geben.*

Kiera drehte sich um und floh aus dem Verkaufswagen, dann war ich wieder einmal allein.

13. Kapitel

Bleiben oder Weggehen?

Ich blieb gefühlte Stunden in dem Espressostand. Ich hörte Leute kommen und gehen und nahm an, dass in einem der Fahrzeuge, die den Parkplatz verließen, Kiera und Denny saßen. Als ich mein T-Shirt überzog, brannten die Schrammen auf meinem Rücken. Doch der Schmerz war mir nur recht. Er erinnerte mich daran, dass ich ein Idiot war. Ich hatte nichts anderes verdient, als dass man mir das Herz brach. Dumm, dumm, dumm.

Auf dem Weg zu meinem Wagen dachte ich an den Moment, bevor Kiera und ich uns hatten hinreißen lassen. Sie hatte mich angefleht zu bleiben. Das hatte noch keine Frau getan. Überhaupt niemand. Sogar meine Eltern hatten mich nicht gebeten zurückzukommen, als ich weggelaufen war. Nein, stattdessen hatten sie das Haus verkauft, waren umgezogen und hatten mein ganzes Zeug weggeworfen. Sie hatten mich weggeworfen, und das erwartete ich automatisch auch von allen anderen. Doch Kiera hatte um mich geweint. Sie hatte geschluchzt. Ihre Tränen waren echt gewesen. Einen derartigen Gefühlsausbruch konnte sie nicht vorgetäuscht haben.

Ich war verwirrt. Ich hasste sie, ich liebte sie. Sie interessierte sich einen Dreck für mich. Ich bedeutete ihr so viel, dass sie geweint hatte. *Okay, und was mache ich jetzt mit diesem ganzen Mist?* Und war etwas davon wichtig? Sie war noch immer Dennys Freundin. Er war derjenige, mit dem sie nach Hause gefahren war. Er hatte gewonnen, und ein Teil von mir wollte es auch so. Nach dem, was ich hinter seinem Rücken getan hatte, stand ihm alles zu – die Karriere und das Mädchen.

Ich stieg in meinen Wagen, startete den Motor und fuhr vom Parkplatz. Ich wusste nicht genau, wohin. Es gab unzählige Möglichkeiten, doch alle liefen auf dasselbe hinaus. Wohin ich auch fuhr, ich würde immer vollkommen allein sein. Das ließ mir nur eine Option.

Ich sah tränennasse, haselnussbraune Augen vor mir. *Geh nicht, bitte verlass mich nicht.* Sie hatte mich angefleht hierzubleiben. Sie hatte sich mir hingegeben, obwohl Denny nur knapp hundert Meter entfernt gewesen war. Das hatte etwas zu bedeuten, und wenn ich wegging, würde ich nie erfahren, was. Vielleicht war sie die Erste, die überhaupt etwas für mich empfand. Vielleicht war sie verwirrt, weil sie auch noch Gefühle für Denny hatte. Was wir heute Abend miteinander geteilt hatten, war echt gewesen. Unsere Gefühle, unsere Ängste. Sie spielte nicht mit mir, sie machte mir nichts vor. Sie war keine Schlampe. Sie war verwirrt, sie litt, und sie war erschrocken – genau wie ich.

Langsam entspannte ich mich auf meinem Sitz. Was, wenn wir uns ähnlicher waren als mir klar war? Was, wenn sie nur mit Denny zusammen war, weil sie nicht allein sein wollte? Oder wenn sie ihn liebte, aber auch Gefühle für mich entwickelt hatte? Konnte ich sie mit ihm teilen? Wäre das nicht besser als nichts, besser als sich leer und allein zu fühlen? Denny konnte den Großteil von ihr haben, aber ich würde winzig kleine Teile von ihr abbekommen. Wie heute Abend, als sie mich gebeten hatte zu bleiben. Konnte ich mit so wenig leben?

Ich war mir nicht sicher, aber eins wusste ich: Ich konnte nicht weggehen. Jetzt war der Sog zu stark, der mich zu ihr hinzog. Ich hatte meine Chance verpasst. Jetzt würde ich endgültig hierbleiben, um die Sache auf die eine oder andere Weise zu klären. Es würde schmerzhaft werden. Wahrscheinlich bedeutete es den Tod für mich. Aber das Leben wurde ohnehin überbewertet, und eine Sekunde mit ihr war besser als Jahrzehnte allein. Wenn ein Leben ohne sie bedeutete, dass ich in Leere ertrank, dann gab ich es gern auf.

Ich fuhr über Nebenstraßen nach Hause, damit ich Zeit zum Nachdenken hatte. Ich wollte sicher sein, dass ich das, was ich jetzt vorhatte, auch umsetzen konnte. Den wütenden, verletzenden Tanz, den Kiera und ich seit Dennys Rückkehr vollführt hatten, konnte ich nicht fortsetzen. Nein, wenn ich nach Hause zurückkehrte und bei ihr blieb, würden wir eine *Beziehung* haben – eine, auf die wir uns beide einließen. Ich brauchte Nähe. Ich musste sie in den Armen halten, und ich musste von ihr in den Armen gehalten werden. Wenn sie mich wieder wegstieß, würde es nicht funktionieren.

Als ich schließlich nach Hause kam, war es so spät, dass man schon wieder hätte aufstehen können. Ich fühlte mich leicht und seltsamerweise ganz ruhig. Kiera mochte mich. Sie wollte, dass ich hier war, also war ich hier. Und wir würden alle wieder glücklich und zufrieden sein. Solange niemand herausfand, dass Kiera und ich Gefühle füreinander hatten.

Denny wachte auf und wankte nach unten. Ich fühlte mich ein ganz kleines bisschen schuldig, schob das Gefühl jedoch rasch beiseite. Was ich mit Kiera erlebt hatte, war mehr, als ich je in meinem Leben mit irgendjemandem erlebt hatte. Ich wollte Denny nicht verletzen, aber das mit Kiera konnte ich nicht aufgeben. Es hatte ohnehin nur bedingt mit ihm zu tun.

Ich machte mir eine Kanne Kaffee, während Denny sich einen Becher Tee zubereitete. Dabei redeten wir dies und das, bloß nicht von dem, was zwischen Kiera und mir direkt vor seiner Nase passiert war. Während ich am Tisch saß und meinen

Kaffee trank, hörte ich, wie jemand die Treppe herunterpolterte. Denny schien den Lärm gar nicht zu bemerken. Er lehnte an der Arbeitsplatte, trank seinen Tee und sah zum Fernseher im Wohnzimmer hinüber.

Da ich wusste, dass Kiera jede Sekunde den Raum betreten würde, heftete ich meinen Blick auf den Eingang zur Küche. Als sie um die Ecke bog, fiel ein Lichtstrahl auf sie, sodass sie aussah wie eine Göttin, die vom Himmel herabstieg. Sie blieb stehen und starrte auf das seltsame Bild von Denny und mir, die so taten, als sei nichts gewesen.

Ich wollte ihr zulächeln, sie vielleicht sogar auf die Wange küssen, aber sie sah mich derart schockiert an, dass sich leichter Widerwillen in mir regte. Sie hatte mich gebeten hierzubleiben; warum überraschte es sie dann, dass ich noch hier war? Hatte sie ihre Meinung geändert? Wollte sie mir noch nicht einmal eine Chance geben? Ich lächelte ihr zu und verdrängte meinen aufkommenden Ärger. Ich hatte mich jetzt so lange an ihn geklammert, es wurde Zeit, damit aufzuhören. Es war Zeit, sie an mich heranzulassen. Ich musste mich entspannen.

Als Denny Kiera bemerkte, drehte er sich zu ihr um. »Morgen, du Schlafmütze. Geht's dir besser?«

Sie brauchte einen Moment, um den Blick von mir zu lösen und ihm zu antworten. Ich grinste. Zumindest hatte ich ihre Aufmerksamkeit. »Ja, viel besser«, erwiderte sie. Ich war neugierig, wovon sie sprachen, aber vermutlich hatte sie gestern Abend behauptet, ihr sei schlecht, um aus der Bar wegzukommen.

Ich folgte ihr mit dem Blick, als sie an Denny vorbeiging, um sich mir gegenüber an den Tisch zu setzen. Sie hatte ihn noch nicht einmal berührt. Interessant. Sie musterte ihn jedoch vom Tisch aus, und ihre Miene wirkte düster und schuldbewusst. Ganz offenbar fühlte sie sich zerrissen und war traurig darüber, dass sie ihn betrogen und sich mir geöffnet hatte. Es war schrecklich, sie so zu sehen, und es trieb einen Anflug von Eifersucht und Schuld durch meinen Körper. *Nein, lass das ... Hier geht es nicht um Denny.*

Als sie mit Denny fertig war, wandte sie sich mir zu und musterte mich. Sie schien nicht glücklich über das, was sie sah, und ihr reumütiger Ausdruck machte einer wütenden Miene Platz. War sie wütend auf mich? Warum? Ich hatte sie nicht gezwungen. Vielmehr hatte sie mich angefleht, es zu tun. Wenn hier also jemand Grund hatte, wütend zu sein, dann ich. Meine Miene verfinsterte sich, und ich betrachtete sie mit zusammengekniffenen Augen.

Als sich Denny zu Kiera umdrehte, wandte ich mich ab. Denny erwischte sie, wie sie mich wütend anstarrte, und ich musste unwillkürlich lächeln. Geschah ihr recht. Sie konnte heute Morgen vieles sein, aber wütend auf mich – das gehörte nicht dazu.

»Soll ich dir etwas zu essen machen?«, fragte Denny ehrlich besorgt, dass es ihr noch immer schlecht ging. Was nicht der Fall war.

»Nein, danke. Mir ist noch nicht nach Essen.«

Ich wollte, dass diese unangenehme Situation vorüberging. Ich wollte wiederhaben, was wir gehabt hatten. Und noch mehr. Sie sah so verdammt gut aus heute Morgen, dass mich allein ihr Anblick scharfmachte. Wie gern würde ich sie mit nach oben nehmen, zurück in mein Bett. *Mein Bett.*

»Kaffee?«, fragte Denny sie und deutete auf die Kanne neben sich.

Mit blassem Gesicht flüsterte Kiera: »Nein.« Ich wusste, dass sie an dasselbe dachte, woran ich auch schon den ganzen Morgen denken musste – meine Hände auf ihr, ihre Hände auf mir, Seufzen, Stöhnen. Wie ich in sie eingedrungen war, das Gefühl, wie sie um mich gekommen war, wie ich in ihr gekommen war.

Himmel und Hölle. Der Geruch von Kaffee würde von nun an für immer mit Sex verbunden sein.

Denny stellte seinen Becher ab und ging zu ihr. Je näher er kam, desto heftiger schlug mein Herz. Ich wusste, was er tun würde, und es störte mich. Denny beugte sich hinunter und küsste sie zärtlich auf die Stirn. Ich wollte nicht zusehen, konnte aber nicht anders und kämpfte mit meinen Gefühlen. Am liebsten hätte ich ihn angeknurrt, dass er weggehen sollte, aber ich musste schweigen. Wenn Denny von Kiera und mir wusste, wäre nicht nur sein Glück zerstört. Auch unsere Freundschaft.

»Okay. Sag Bescheid, wenn du Hunger bekommst. Ich mache dir, was immer du willst«, sagte Denny liebevoll, bevor er ins Wohnzimmer ging und sich vor dem Fernseher fallen ließ. Am liebsten hätte ich vor Erleichterung geseufzt, dass er weg war, aber mein Magen war ein einziger Krampf. Würde Kiera zu ihm gehen oder bei mir bleiben?

Zu meiner Überraschung blieb sie am Tisch sitzen. Doch so, wie sie den Kopf hängen ließ, dachte ich, dass sie es vermutlich nur aus schlechtem Gewissen tat. Es mochte traurig sein, aber ich würde auch das nehmen. Ich räusperte mich, und Kiera schreckte auf, als hätte sie vergessen, dass ich da war. Das tat weh. Ich blickte zu Denny hinüber, der völlig ahnungslos schien, und auch das war schmerzhaft. Ich war ein schrecklicher Mensch. Ich wollte ihm wirklich nicht wehtun, ich begehrte sie nur so sehr. Ich liebte sie, und das Einzige, was ich wollte, war, dass sie mich auch liebte. Nur ein kleines bisschen. Einen Bruchteil der Gefühle, die sie für Denny hatte, mehr wollte ich gar nicht. Das war doch nicht zu viel verlangt, oder?

Als ich ihr erneut meinen Blick zuwandte, betrachtete sie mich noch immer. Sie studierte mein Shirt, als würde sie sich mich nackt vorstellen. Vielleicht dachte sie daran, wie sie mit ihren Nägeln meine Haut aufgekratzt hatte. Vielleicht wollte sie es noch einmal wiederholen. Ich würde sie bestimmt nicht daran hindern. Was immer sie mir geben wollte, egal wie viel oder wie wenig es war. Mein Körper reagierte allein auf die Vorstellung, dass sie mich berührte, und ich wünschte mir irgendwie, dass sie sehen konnte, was sie mit mir anstellte. *So sehr begehre ich dich.*

Ich grinste schief, und jetzt, nachdem Denny den Raum verlassen hatte, ließen Eifersucht und Schuldgefühle nach. Es half, mit ihr allein zu sein. Wenn wir allein waren, stellte ich mir für einen Augenblick vor, dass es nur uns zwei gab. Kiera wurde rot und wandte den Blick ab. Sie hatte also tatsächlich daran gedacht. Sie stellte sich gerade vor, mit mir zusammen zu sein. Sie wollte mit mir zusammen sein. Und verdammt, ich wollte sie noch einmal nehmen, egal was das mit Denny machte. Und wenn sie schon daran dachte, vielleicht wollte sie es ja auch.

»Plötzlich so schamhaft? Ist es dafür nicht ein bisschen zu spät?«, provozierte ich sie leise. *Wenn du mich lässt, reize ich dich auf ganz andere Weise.*

»Bist du verrückt geworden?«, zischte sie und versuchte leise zu sein, was ihr nicht gelang. Ich lächelte breiter. *Ja, vielleicht. Verrückt vor Liebe.* Sie beruhigte sich und fragte: »Was machst du hier?«

Ich legte den Kopf schräg und spielte mit ihr. Wie gern hätte ich wirklich mit ihr gespielt. »Ich wohne hier ... schon vergessen?« *Wenn du willst, kannst du mich jede Nacht haben.*

Kiera sah aus, als hätte sie mir am liebsten eine verpasst. Stattdessen verschränkte sie die Finger. »Nein, du wolltest weggehen, schon vergessen? Großer dramatischer Abgang – klingelt da was?«

Ihr Ton war so sarkastisch, dass ich lachen musste. Sie war so süß, wenn sie wütend war. Wenn sie mit mir nach oben kam, konnte ich sie beruhigen. »Die Lage hat sich geändert. Ich wurde auf unwiderstehliche Art gebeten zu bleiben.« Lächelnd biss ich mir auf die Lippe. *Bitte mich, jetzt zu bleiben, Kiera. Lass uns ins andere Zimmer gehen, dann zeige ich dir noch einmal, wie sehr ich dich begehre.*

Sie schloss die Augen und hielt die Luft an. Ihr Gesicht erinnerte mich in diesem Moment an gestern Abend, als sie überwältigt von Verlangen nach mir gewesen war. *Ich könnte es dir besorgen, Kiera. Ich bin bereit. Du auch?*

»Nein. Nein, du hast keinen Grund zu bleiben.« Sie öffnete die Augen, sah mein Lächeln und blickte dann zu Denny, der noch immer ahnungslos im Wohnzimmer saß.

So gern ich auch mit ihr spielte, ich musste sie wissen lassen, dass es mir ernst war. Dass ich blieb, weil sie mich darum gebeten hatte. Dass ich sie brauchte und wusste, dass sie mich auch brauchte. Sie war einfach nur zu stur, es zuzugeben. Ich beugte mich vor und sagte: »Ich habe mich geirrt. Vielleicht willst du das hier ja doch. Ich bleibe und finde es heraus. Das ist es mir wert.« *Du bist alles wert. Alles. Wenn es drauf ankäme, sogar meine Freundschaft mit Denny.*

Sie stotterte und suchte nach Worten, als hätte ich ihr gerade eröffnet, dass ich ein Alien wäre. »Nein!«, war alles, was sie schließlich hervorstieß. Dann fasste sie sich und fügte hinzu: »Du hattest recht. Ich will Denny. Ich habe mich für Denny entschieden.«

Sie kämpfte, aber ich wusste nicht, ob für sich oder für mich. Und wenn es auch nur einen leisen Zweifel bei ihr gab, konnte ich nicht weggehen. Jeder Zweifel bei ihr bedeutete Hoffnung für mich.

Lächelnd streckte ich die Hand aus und berührte ihre Wange, ich zeichnete die Kontur ihrer vollen Lippen nach. Sie reagierte sofort. Ihr Atem beschleunigte sich, sie schloss halb die Augen und öffnete die Lippen. Wenn ich weiter ihren Körper erkunden würde, würde ich feststellen, dass sie genauso bereit für mich war wie ich für sie.

Es kostete mich ziemlich viel Willenskraft, mich zurückzuhalten. Ihre Reaktion amüsierte mich. *Sei so stur wie du willst, dein Körper lügt nicht.* »Das werden wir ja sehen«, sagte ich und zwang meine Hand zurück in *meinen* Schoß, obwohl ich nichts lieber getan hätte, als ihren zu erkunden.

Gereizt deutete Kiera mit dem Kopf auf Denny. »Und was ist mit ihm?«

Ich richtete den Blick auf den Tisch. Ja ... Denny. Egal, wie ich es auch drehte und wendete, ich betrog Denny. Ich wollte ihn nicht verletzen. Deshalb war ich damit einverstanden, dass wir es für uns behielten. Wenn Denny nicht wusste, was wir taten, konnte Kiera weiter mit ihm zusammen sein. Wenn sie das denn wollte. Was sie mit ihrem Freund tun wollte, war ihr überlassen.

Widerwillig sagte ich, was ich sagen musste: »Ich hatte letzte Nacht viel Zeit zum Nachdenken.« Ich hob den Blick wieder zu ihr. »Ich werde ihn nicht unnötig verletzen. Wenn du das nicht willst, werde ich ihm nichts sagen.« *Ich werde für immer schweigen, wenn du nicht willst, dass er je erfährt, dass du dein Leben mit uns beiden teilst. Was auch immer es dir leichter macht. Was immer du willst. Solange ich ein Stück von dir bekomme, egal wie klein es ist, bin ich glücklich.*

Sie reagierte sofort: »Nein, ich will nicht, dass er es erfährt.« Sie wirkte gequält. Ich verstand sie. Ich fand es schrecklich, dass Denny hier überhaupt involviert war, aber das war er nun einmal. Doch ihre Beziehung würde getrennt von unserer sein, und ich würde versuchen, mich damit abzufinden. Kiera schien das nicht so leicht hinzunehmen wie ich. Sie wirkte zerrissen und verwirrt. »Was meinst du mit unnötig? Was sind wir jetzt deiner Meinung nach?«, fragte sie.

Mein Lächeln kehrte zurück, als ich über den Tisch nach ihrer Hand griff. Es fühlte sich so gut an, sie wieder zu berühren. Sobald sie den Schrecken und die Schuld überwunden hatte, würde sie sich auch wieder daran erinnern, wie unglaublich die Verbindung zwischen uns gewesen war.

Sie zuckte zusammen und versuchte, ihre Hand wegzuziehen, aber ich hielt sie fest und strich über ihre Finger. Sie musste sich daran erinnern, wie angenehm es war, mich zu fühlen. Das war der einzige Weg, wie wir wieder werden konnten, was wir gewesen waren. »Na ja, jetzt sind wir Freunde.« Ich ließ den Blick über ihren Körper gleiten und wünschte, wir wären wieder ganz allein. »Gute Freunde.« *Und so viel mehr. Lass mich an dich heran, und ich kann alles für dich sein.*

Sie starrte mich mit offenem Mund an, dann wurde sie wütend. »Du hast gesagt, wir wären keine Freunde. Nur Mitbewohner, schon vergessen?«

Solange sie noch mit ihrem schlechten Gewissen kämpfte, konnte ich ihr meine Gefühle nicht erklären, also erwiderte ich spöttisch: »Du hast mich umgestimmt. Du kannst sehr … überzeugend sein.« Unwiderstehlich. Ich senkte die Stimme und fragte sie: »Würdest du mich gern irgendwann noch einmal überzeugen?« *Vielleicht gleich jetzt? Wie gern würde ich mit den Händen über deinen Körper streichen, hören, wie du meinen Namen raunst, spüren, wie du dich an mich klammerst. Ich würde Liebe mit dir machen. Ich würde auf dich aufpassen. Gib mir doch eine Chance.*

Sie stand so überstürzt auf, dass der Stuhl geräuschvoll über den Boden schrammte. Ich ließ ihre Hand los, doch sie würde mir nicht entkommen. Diesmal müsste sie mich mit aller Macht wegschicken, und das würde sie nicht tun. Nicht mehr.

Ihr abruptes Aufstehen hatte Denny auf sie aufmerksam gemacht. »Alles okay?«, fragte er.

Nervös rief Kiera zurück: »Ja. Ich gehe nach oben und dusche. Ich muss mich für die Arbeit fertig machen. Für Emilys Schicht.«

Sofort stellte ich sie mir nass vor – wie ihre dunklen Haare glatt an ihrem Kopf anlagen, wie Seifenblasen zwischen ihren Brüsten hinunterglitten. Als ich mich meiner Fantasie hingab, fühlte sich meine Jeans unangenehm eng an. Während Kiera zu Denny zurückblickte, der sich schon wieder dem Fernseher zugewandt hatte, fragte ich sie leise: »Soll ich mitkommen? Wir könnten uns weiter ... unterhalten.«

Sie starrte mich wütend an, offenbar lautete die Antwort auf meinen launigen Vorschlag Nein.

Als sie nach oben ging, um zu duschen, nippte ich an meinem Kaffee. Während ich abwesend der Fernsehsendung zusah, die Denny verfolgte, kreisten all meine Gedanken um sie. Ich stellte mir vor, wie sie sich auszog, das Wasser aufdrehte, in die Dusche trat und Gänsehaut ihren Körper überlief, bis das heiße Wasser ihre Haut beruhigte. Ich stellte mir vor, wie sie mit den Händen über ihre Kurven strich. Mit diesen scharfen Bildern im Kopf konnte ich mich nur schwer am Küchentisch halten. Es zog mich nur nach oben zu ihr. Ich könnte sie mit zärtlichen Küssen und sanften Berührungen reizen. Sie so stark erregen, bis sie mich anflehte, sie noch einmal zu nehmen. Wie gern würde ich das tun, allerdings nicht, solange Denny hier war. Das ging zu weit, und ich war schon viel weiter gegangen als ich je gewollt hatte. Doch für einen Rückzug war es jetzt zu spät. Ich konnte mich nur so anständig wie möglich benehmen, solange er in der Nähe war, und zum charmanten aber gefährlichen Mistkerl werden, sobald er weg war.

14. Kapitel

Süchtig

Nachdem sich die Lage im Haus etwas beruhigt hatte, entspannte ich mich ebenfalls, musste mich jedoch schwer zusammenreißen, um nicht bei jeder Gelegenheit hemmungslos mit Kiera zu flirten. Ich konnte nicht anders. Selbst wenn Denny in der Nähe war, auch wenn ich anschließend immer ein schlechtes Gewissen hatte.

Ich berührte sie an intimen Stellen, küsste sie auf den Nacken und auf die Schultern und zog sie mit meinen Blicken aus. Ich wollte, dass sie mich ebenfalls berührte, mich küsste, noch einmal mit mir schlief. Rund um die Uhr konnte ich an nichts anderes mehr denken als an sie.

Und ich wusste, dass es Kiera genauso ging, auch wenn sie sich dagegen wehrte, auch wenn sie mich zurückstieß. Ihr Körper reagierte, egal wo ich sie berührte. Sie bekam ja schon fast einen Orgasmus, wenn ich mit den Fingern über ihre Schulterblätter strich. Es machte Spaß, das zu sehen, und steigerte die Vorfreude. Bei der Leidenschaft, die zwischen uns herrschte, würde das nächste Mal geradezu explosiv werden. Ich war schlicht und ergreifend süchtig nach Kiera, ich konnte nicht genug von ihr bekommen.

Eines Morgens sprach sie mich auf mein verändertes Verhalten an. Sie schauderte, als ich sie berührte, stieß mich zurück und sagte wütend: »Du bist derart launisch. Da komme ich einfach nicht mehr mit.«

Sie sah süß aus, wenn sie so wütend war. Was sich allerdings schnell änderte, als hätte sie Angst, mich zu verärgern. Vermutlich wirkte ich tatsächlich launisch auf sie. Nach unserem ersten Mal hatte ich mich eiskalt verhalten, und jetzt war ich superheiß. Doch ich hatte sie die ganze Zeit geliebt, nur sie hatte sich ziemlich irreführend verhalten. Wenn ich also launisch war, dann, weil sie mich dazu trieb. Lächelnd erklärte ich: »Ich bin nicht launisch. Ich bin Künstler.«

Sie schürzte die Lippen zu einem perfekten Schmollmund. Wie gern hätte ich an ihren Lippen gesaugt. »Tja, dann bist du eben ein launischer Künstler.« Leise fügte sie hinzu: »Voll die Diva.«

Amüsiert schob ich sie gegen die Arbeitsplatte und drückte meinen Körper gegen ihren. Es fühlte sich so gut an, ihr so nah zu sein. Es erinnerte mich an unser erstes Mal. Mein Halbmast wurde sofort hart, und ich fasste ihr Bein und legte es um meine Hüfte, sodass sie es spürte. Ich strich mit der Hand ihren Rücken hinauf und zog sie an mich. Dann raunte ich in ihr Ohr: »Eine Diva bin ich ganz sicher nicht.«

Ich ließ die Lippen ihren Hals hinuntergleiten und provozierte sie. Sie versuchte mich wegzuschieben, doch es war nur ein äußerst halbherziger Versuch. Sie begehrte mich auch. »Bitte, hör auf«, wimmerte sie.

Obwohl sie das sagte, bot sie mir noch minutenlang ihren Hals dar und flehte um einen letzten Kuss. Ich erfüllte ihre stumme Bitte und saugte fest an ihrer wundervollen Haut. Dann löste ich mich seufzend von ihr. Mit leicht verhangenem Blick sah sie mich an. »In Ordnung«, sagte ich. »Aber nur, weil du mich angefleht hast. Das macht mich einfach an.«

Ein paar Tage später nieselte es, und ich wusste, dass Kiera nicht auf Regen stand, egal wie harmlos er war. Also beschloss ich, ein Gentleman zu sein, zur Uni zu fahren und sie abzuholen. Ehrlich gesagt war das mit dem Gentleman jedoch nicht der wahre Grund, weshalb ich mit einem breiten Grinsen zum Campus fuhr. Ich vermisste es, sie zu fahren. Es war Teil unserer Routine gewesen, die ich gern wieder aufnehmen wollte.

Als sie mich entdeckte, hielt sie die Luft an. Ich wusste nicht, ob sie sich so freute, mich zu sehen, weil ich schon länger nicht mehr hier gewesen war, oder ob sie aufgebracht war. Hoffentlich nicht Letzteres. Ich wollte sie herausfordern, die Wand zwischen uns niederreißen, aber ich wollte sie nicht verletzen.

Als ich lächelte, rollte sie mit den Augen. Offenbar freute sie sich nicht so sehr wie ich. Ich hoffte, dass sie nicht stur war und mein Angebot annahm. Schließlich wollte ich sie nicht in meinen Wagen drängen, sie auf den Sitz werfen und über sie herfallen. Es sei denn, sie wollte das.

Kiera schleppte sich zu meinem Wagen, als würde sie durch einen Sumpf waten. Ich nahm es als gutes Zeichen, dass sie sich überhaupt in meine Richtung bewegte. Um ihren Haaransatz saßen Regentropfen, ebenso wie auf ihren Wimpern und Lippen. Sie war hinreißend.

Als sie mich mit forschendem Blick ansah, erklärte ich gelassen: »Ich dachte, du freust dich vielleicht, wenn ich dich fahre.«

»Klar, danke. Ich muss ins Pete's.« Sie klang leicht und unbeschwert, wirkte jedoch alles andere als das. Ihr Atem ging schneller, und sie starrte auf meine Lippen und Hände, als würde sie mit sich ringen, mit was sie zuerst berührt werden wollte.

Ihre verräterischen Körperreaktionen brachten mich zum Schmunzeln, ebenso wie die Wahl ihres Ziels. Ihre Schicht fing erst in ein paar Stunden an. Es war ziemlich klar, dass sie dort nur hinwollte, damit sie nicht mit mir allein im Haus war.

Nachdem ich ihr galant die Autotür aufgehalten hatte, ging ich auf meine Seite. Kiera sah zu, wie ich mich setzte. Als wir losfuhren, verspannte sie sich zunehmend. Was dachte sie, was wir unterwegs machen würden? Ich würde alles tun, worum sie mich bat.

Plötzlich richtete sie den Blick auf die Rückbank und wirkte verlegen. Stellte sie sich vor, dass wir es dort taten? Es war genug Platz, ich konnte es ihr sehr bequem machen, wenn sie wollte. Gespannt, was sie sagen würde, fragte ich lachend: »Alles okay?«

Sie blickte wieder nach vorn und quiekte: »Ja.« *Von wegen. Lügnerin.*

»Gut«, sagte ich und ließ ihr die Lüge durchgehen.

Als wir an einer roten Ampel hielten, blickte ich zu ihr hinüber und lächelte ihr freundlich zu. Sie atmete so heftig, dass sie beinahe keuchte. Ganz offensichtlich wollte sie, dass ich sie berührte, sie konnte sich kaum noch beherrschen. Es machte mich an, doch ich hielt mich zurück. Ich wollte sie nicht berühren, wenn sie damit rechnete. Ich wollte sie überraschen und an ihre Grenzen treiben, damit sie endlich mit dieser Scharade aufhörte und mich an sich heranließ.

Als die Ampel auf Grün sprang, wandte Kiera sich ab und starrte aus dem Fenster. Sie schien tief in Gedanken versunken. Ob sie an mich dachte? Da mir der Zeitpunkt günstig schien, legte ich eine Hand auf ihr Knie und strich an der Innenseite bis zur Mitte ihres Schenkels nach oben. Sie schloss die Augen, und ich stand in Flammen, mein Verlangen nach ihr wuchs ins Unermessliche.

Sie atmete langsam ein und aus, als würde sie sich zur Ruhe zwingen. Die ganze Fahrt über hielt sie die Augen geschlossen, auch als ich schon parkte. Was hätte ich nicht gern alles mit ihr angestellt. Ich wollte sie küssen. Sie hinlegen. Ich wollte, dass sie meinetwegen vor Lust schrie. Ihr zuflüstern, wie viel sie mir bedeutete, wie sehr ich sie liebte. All das.

Ich löste meinen Sicherheitsgurt und rutschte über den Sitz zu ihr. Unsere Körper berührten sich seitlich, und erneut ging ihr Atem schneller. Sie begehrte mich so sehr. Ich sie auch. Ich bewegte meine Hand weiter ihren Schenkel hinauf, sodass mein kleiner Finger auf der Innennaht ihrer Jeans ruhte – ganz dicht neben der Stelle, an der ich sein wollte. Sie öffnete den Mund und seufzte lasziv. Gott, sie wollte mich, aber sie wehrte sich noch dagegen. Bevor wir noch einmal miteinander schliefen, musste sie erst akzeptieren, dass es uns gab. Ich musste mich damit begnügen, sie jetzt nur zu reizen.

Ich rieb meine Wange an ihrem Kinn. Ganz offensichtlich rang sie mit sich, doch sie beherrschte sich, den Kopf zu drehen und meine Lippen zu suchen. Ich küsste ihr Kinn und strich mit der Zunge zu ihrem Ohr. Sie zitterte, und ich pulsierte vor Lust. Ich knabberte an ihrem Ohr und wünschte, es wäre ihr Nippel. »Bereit?«, flüsterte ich.

Sie riss die Augen auf. Ihr Atem ging schwer, doch meine Frage versetzte sie in Panik. Sie wandte mir das Gesicht zu und ließ den Blick zu meinen Lippen gleiten. Unsere Münder waren jetzt nur noch wenige Millimeter voneinander entfernt. Es erforderte meine ganze Beherrschung, aber ich hielt mich zurück und küsste sie nicht. Sie musste erst von sich aus nachgeben, aber Gott, das fiel mir schwer.

Ich wandte den Blick ab und löste ihren Sicherheitsgurt. Mir war klar, dass sie mit etwas anderem gerechnet hatte. Mit einem launigen Grinsen rückte ich von ihr ab. Ganz klar, meine Art, sie zu provozieren, frustrierte sie. Wütend stieß sie die Tür auf und schlug sie hinter sich zu. Grinsend nahm ich ihren aufgebrachten und zugleich verlegenen Gesichtsausdruck wahr. Dann stürmte sie zur Bar.

Sorry, Kiera, aber wenn du mehr willst, musst du mich darum bitten. Und diesmal musst du es auch so meinen.

Am nächsten Morgen fiel Kiera praktisch über mich her, allerdings nicht auf die Art, wie ich es mir gewünscht hätte. Sie unterbrach meine fröhliche Begrüßung, indem sie mir den Finger in die Brust bohrte. Ich stellte die Kaffeekanne zurück auf die Platte und lächelte, weil sie mich berührte.

»Du musst dich zurückhalten!«, forderte sie in einer Mischung aus Verlangen und Wut.

Ich fasste nach ihrer Hand und zog sie in meine Arme. »Ich habe dir nichts getan. In letzter Zeit zumindest nicht.« *Aber ich würde nur zu gern, wenn du mich doch nur lassen würdest.*

Sie tat, als wollte sie sich von mir losreißen, aber es war zu halbherzig, um meinen Griff zu lösen. Da musste sie sich schon deutlich mehr anstrengen. Ich ließ mich nicht mehr abschütteln. Sie schürzte gereizt die Lippen und blickte auf ihre Arme, die ich unter meinen gefangen hielt. »Äh ... und das?«

Ich küsste sie aufs Kinn und schob meine Nase in ihre Halsbeuge. Sie fühlte sich so gut an. Fantastisch. »Das machen wir doch die ganze Zeit. Manchmal auch mehr ...« *Wir könnten jetzt etwas mehr tun. Ich könnte dich nach oben bringen, dich ausziehen, über dich herfallen. Ich könnte dich glücklich machen.*

Doch Kiera war auf einem anderen Trip. Nervös stotterte sie: »Und im Wagen?«

Ich lachte auf. »Das warst doch du. Du hast da gesessen und warst total scharf auf mich.« Ich ging in die Hocke und blickte in ihre wunderbaren haselnussbraunen Augen. »Sollte ich das etwa einfach ignorieren?« *Wie könnte ich dich ignorieren?*

Sie wurde rot und wandte sich seufzend von mir ab. Sie wusste, dass ich recht hatte. Dass sie mich wollte. Sie wollte es nur nicht wahrhaben, doch das änderte nichts an der Wahrheit.

Ich sollte ehrlich zu ihr sein, ihr alles sagen, was in meinem

Herzen vor sich ging, aber ich konnte nicht. Allein bei dem Gedanken, mich ihr anzuvertrauen und sie an mich heranzulassen, krampfte sich mein Magen schmerzhaft zusammen. Eher würde ich mir die Augen ausstechen. Nein, sie zu provozieren und zu reizen, war das Einzige, womit ich mich wohlfühlte, darum tat ich es.

»Hmmm, willst du, dass ich aufhöre?« Ich strich von ihren Haaren zu ihrer Wange, ihren Hals hinunter zwischen ihre Brüste und weiter zu ihren Hüften. Ihr Körper reagierte wie eine Blume, die sich der Sonne zuwendet. Es war so subtil, wahrscheinlich war ihr gar nicht bewusst, dass sie sich mir entgegenbog, doch mit Frauen kannte ich mich aus. Ich konnte ihre Körpersprache besser deuten als meine eigene. Und Kieras schrie *Nimm mich!*

Sie schloss die Augen, und ihr Atem beschleunigte sich. »Ja«, flüsterte sie. *Genau, Kiera. Sag ja, ich will.*

Leise raunte ich: »Du scheinst dir nicht ganz sicher zu sein. Ist dir das unangenehm?«

Ich strich mit dem Finger an der Innenseite ihres Hosenbunds entlang und beobachtete ihr Gesicht. Sie bemühte sich, mir nicht zu zeigen, wie sehr sie es genoss. Ich war mir sicher, dass sie bereit für mich war. Ich musste nur die Hand etwas tiefer bewegen, dann würde ich es fühlen. Gott, wie gern ich das wollte.

»Ja«, flüsterte sie. Ihre Stimme war mehr ein Flehen als eine Zurückweisung.

Ich beugte mich vor und flüsterte ihr ins Ohr: »Willst du mich noch einmal in dir fühlen?«

Wie aus der Pistole geschossen erwiderte sie überraschenderweise sofort: »Ja ...«

Sie riss die Augen auf und erwachte aus der kleinen Trance, in die ich sie gelockt hatte. Sie machte große Augen, als hätte sie

Angst, dass ich sie beim Wort nehmen würde, ohne ihr noch eine Sekunde zum Nachdenken zu lassen. »Nein! Ich meinte nein!«

Sie war rot geworden, entweder weil sie sich schämte oder weil sie erregt war. Ich versuchte nicht zu lachen, doch als sie mich wütend ansah und wiederholte: »Ich habe Nein gemeint, Kellan«, konnte ich nicht anders.

»Ja, ich weiß – ich weiß genau, was du wolltest.« *Du willst Ja sagen, aber du bist noch nicht so weit.*

Als ich nachmittags nach der Uni erneut auf Kiera traf, wirkte sie erschöpft. Sie saß auf dem Sofa vorm Fernseher, sah aber ganz offensichtlich nicht wirklich hin. Sie schien nicht zu merken, dass ich im Türrahmen stand und sie beobachtete. Sie musste wirklich müde sein. Normalerweise spürte sie sofort, wenn ich sie ansah. Als ich zum Sofa ging, fragte ich mich, ob sie meinetwegen so fertig war. Hoffentlich nicht.

Ohne mich anzusehen, stand sie sofort auf, als sie spürte, dass sich jemand auf das Polster setzte. Als wüsste sie, dass ich es war und bloß nicht in meine Nähe kommen wollte. Ihre Widerborstigkeit und ihre Sturheit amüsierten mich. Ich packte ihren Arm und zog sie wieder zurück aufs Sofa. Wenn sie mich ignorierte, kamen wir nicht weiter.

Sie musterte mich aus schmalen Augen, ganz offensichtlich gefiel es ihr nicht, dass ich sie zwang, bei mir zu bleiben. Sie verschränkte die Arme, um mir noch deutlicher zu machen, wie genervt sie war. War ihr eigentlich klar, wie süß sie gerade aussah? Sie wandte den Blick ab, offenbar wollte sie nicht sehen, wie ich sie anhimmelte. Kopfschüttelnd legte ich einen Arm um ihre Schultern. Sie versteifte sich sofort, wich mir jedoch nicht aus. Bis ich sie auf meinen Schoß ziehen wollte – da riss sie sich los, als hätte ich ihr einen Eimer kaltes Wasser über den Rücken gegossen.

Ihr plötzlicher Rückzug und ihr eiskalter Blick verwirrten mich. Ich wollte doch nur, dass sie sich bei mir ausruhte, so wie früher. Ich war mir nicht sicher, warum sie so heftig reagierte, bis ich begriff, wie sie meine Geste verstanden hatte. Ich fing an zu lachen.

Ich deutete auf meinen Schoß und versicherte ihr, dass ich nichts Anstößiges meinte. »Leg dich einfach hin. Du siehst müde aus.« Da ich mich nicht beherrschen konnte, fügte ich im Spaß hinzu: »Aber wenn du willst, würde ich dich nicht abhalten.«

Daraufhin stieß sie mir den Ellbogen in die Rippen. Zumindest verstand sie, dass ich einen Witz gemacht hatte. Ich stöhnte und zog sie zurück auf meinen Schoß. »Sturkopf«, murmelte ich, als sie sich schließlich entspannte.

Sie drehte sich auf den Rücken, und ich blickte sie an und strich über ihre dunklen Haare. Sie war so schön und sich dessen so überhaupt nicht bewusst. Sie war sich einer Menge Dinge nicht bewusst. Wie beispielsweise der Tatsache, wie viel sie mir bedeutete, wie anders sie war als alle anderen Frauen, denen ich je begegnet war, und dass ich absolut alles für sie tun würde. Sogar weggehen, wenn sie ihre Meinung änderte und mich darum bat. Ich hoffte allerdings, dass sie das nie tun würde.

»Na siehst du, ist doch gar nicht so schlimm, oder?«, fragte ich. *Das könnten wir jeden Tag wieder haben, wenn du mich nur lässt.*

Kiera beobachtete mich, während ich sie voller Verlangen ansah. Merkte sie, wie sehr ich sie begehrte? Stand es mir ins Gesicht geschrieben? Würde sie es verstehen, wenn sie es sah? Sie war so naiv, so unerfahren. Denny war vermutlich der Einzige, mit dem sie zusammen gewesen war, dem sie sich hingegeben hatte. Vielleicht hatte sie wirklich keine Ahnung, was sie tat, wie sehr sie mich anmachte. Obwohl mir klar war, dass ich kein Recht hatte, das zu fragen, trieb mich die Neugier dazu.

»Darf ich dich etwas fragen? Aber nicht sauer werden.«

Ich war mir sicher, dass sie Nein sagen würde, aber überraschenderweise nickte sie. Ich konnte ihr nicht in die Augen sehen, wenn ich sie etwas derart Indiskretes fragte, und musterte stattdessen meine Finger, die durch ihre Haare strichen.

»Ist Denny der Einzige, mit dem du zusammen warst?«

Ich hörte ihr an, dass sie sauer über meine Frage war. Ich nahm es ihr nicht übel. Es ging mich überhaupt nichts an.

»Kellan, ich verstehe nicht, was das ...«

Ich unterbrach sie dreist. »Beantworte einfach die Frage.« *Bitte. Ich weiß, ich habe kein Recht, dich das zu fragen, aber ich muss es wissen. Sind Denny und ich die Einzigen, mit denen du zusammen gewesen bist? Kannst du ihn deshalb nicht loslassen?*

Verwirrt sah sie mich an. Ich fühlte mich schlecht und war mir sicher, dass sie mir das auch ansah. »Ja ... bis zu dir, ja. Er war mein erster ...«

Ich nickte. Hatte ich es doch gewusst. Er war ihre erste Liebe, ihr erstes Mal, ihr erstes ... alles. Deshalb fühlte sie sich ihm so verbunden, deshalb fiel es ihr so schwer, ihre Gefühle mit mir zu teilen. Deshalb machte sie allein die Vorstellung, er könnte sie verlassen, beinahe hysterisch. Er war ein Teil von ihr. Wie konnte ich damit konkurrieren? Das konnte ich nicht. Und das brauchte ich auch nicht. Ich brauchte nicht *alles* von ihr, nur ein winziges Stück würde genügen. Ein winziges Stück ihrer Wärme, ihrer Liebe. Damit wäre ich glücklich.

Kieras leise Stimme durchbrach meinen Gedankengang. »Warum interessiert dich das?«

Ich hörte auf, sie zu streicheln, und sah sie an. Mit eingefrorenem Lächeln überlegte ich, ihr den wahren Grund zu nennen. *Ich liebe dich, aber ich weiß, dass dein Herz Denny gehört.*

Der Großteil jedenfalls. Ich wollte nur wissen, ob eine Chance besteht, dass du mich mehr liebst als ihn. Aber die gibt es nicht. Und das ist okay. Solange ich das hier habe, ist es okay, wenn ihm der Rest gehört.

Das konnte ich nicht sagen, also sagte ich nichts und streichelte weiter ihre Haare. Wie schon so oft, schien Kiera zu wissen, dass ich ihr nicht antworten konnte, also drängte sie mich nicht. Sie ließ sich gegen mich sinken, und während wir uns tief in die Augen sahen, schwirrte mir der Kopf. Ich wünschte mir so sehr, in ihren Augen der Richtige zu sein, doch dazu würde es niemals kommen. Auch nicht, wenn sie und Denny sich trennten. Er war zu sehr ein Teil von ihr. Doch sie hatte mich gern. Wir teilten *etwas*, und daran würde ich mich so lange wie möglich klammern.

Auf einmal füllten sich Kieras Augen mit Tränen. Das Grün schimmerte, und der Schmerz dahinter war unübersehbar. Stirnrunzelnd wischte ich eine Träne fort, die über ihre Wange lief. Warum weinte sie? »Verletze ich dich?«, fragte ich und hoffte, dass dem nicht so war. Ich wollte ihr niemals wehtun.

»Jeden Tag«, flüsterte sie.

Tatsächlich. Dass ich mit ihr flirtete, sie provozierte und mit ihr spielte, um das Feuer zwischen uns zu schüren und sie dazu zu bringen, uns zu akzeptieren, verletzte sie. Ich war ein Mistkerl. Wieder einmal. »Ich wollte dir nicht wehtun. Tut mir leid.«

Sie zog die Brauen zusammen und schnappte: »Und warum tust du es dann? Warum lässt du mich nicht einfach in Ruhe?«

Mein Herz zog sich zusammen, als hätte sie es gerade in einen Schraubstock gezwungen. *Du hast mich angefleht zu bleiben. Du hast meinetwegen geweint. Du hast mit mir geschlafen. Wie soll ich dich danach in Ruhe lassen? Ich will nur einen Teil von dir, ist das zu viel verlangt?* Ich runzelte die Stirn und hoffte, dass sie mir nicht sagen würde, dass es ganz aus war. »Bist du nicht gern mit mir zusammen? Auch … nicht nur ein bisschen?« *Bitte sag Ja. Ich überlebe es nicht, wenn du Nein sagst.*

Sie zögerte, als wüsste sie nicht, was sie sagen sollte, dann entspannten sich ihre Gesichtszüge, als würde sie die Wahrheit endlich akzeptieren. »Doch … aber ich kann nicht. Ich darf nicht. Es ist nicht richtig. Denny gegenüber.«

Obwohl mich ihre Antwort erleichterte, war ich nicht glücklich. *Denny.* Ja, da hatte sie recht. Es war ihm gegenüber nicht fair. Absolut nicht. »Stimmt …« Ich nickte. Ich konnte sie mir nur richtig mit ihm teilen, wenn er ebenfalls einverstanden war, und das würde er niemals sein. Welcher Mann würde so etwas zustimmen? *Welches Arschloch würde seinen besten Freund und die Frau seiner Träume bitten, eine so perverse Beziehung mit ihm anzufangen?* Ich hörte erneut auf, sie zu streicheln. »Ich will keinem von euch wehtun … dir nicht und ihm nicht.« *Ihr bedeutet mir beide so viel …*

Einige Minuten sahen wir uns schweigend an. Ich war mir nicht sicher, was sie dachte. In meinem Kopf herrschte Chaos. Denny war an alledem vollkommen unschuldig, und er hatte etwas Besseres verdient, aber ich konnte meine große Liebe nicht aufgeben. Nicht ganz.

Kiera und ich konnten noch immer eine innige Beziehung haben, aber sie durfte nur emotional sein, nicht sexuell. Ich würde den sexuellen Aspekt opfern und sie nicht drängen, mit mir zu schlafen. Ich musste mich damit abfinden, dass das zu ihrer und Dennys Beziehung gehörte. Kiera und ich würden wieder zu dem nichtsexuellen Kontakt zurückkehren, den wir hatten, solange Denny weg gewesen war. Dann könnte ich mir die Nähe bewahren, die ich mir wirklich von ihr ersehnte. Und wenn wir keinen Sex hatten, mussten wir auch kein schlechtes Gewissen mehr haben. Das konnte funktionieren.

Oder es konnte nach hinten losgehen … und wir würden alles verlieren.

»Dann belassen wir es dabei. Wir flirten nur. Keine Grenzüberschreitungen mehr. Nur harmloses Flirten, so wie früher.«

Mein Vorschlag schien sie zu überraschen. Und vermutlich war es absurd, aber sie musste dem unbedingt zustimmen. Ich brauchte das. »Kellan, ich glaube nicht, dass wir uns überhaupt … nicht seit der Nacht. Nicht seit wir …«

Ich lächelte, dass sie es noch immer nicht aussprechen konnte. Die Erinnerung an unser Zusammensein tauchte in meinem Kopf auf, aber ich ließ sie rasch vorbeiziehen. Wenn ich Kiera dafür behalten durfte, konnte ich darauf verzichten. Ich strich über ihre Wange und wünschte, wir hätten mehr miteinander, wusste jedoch, dass es das nie sein konnte. »Ich brauche deine Nähe, Kiera. Das ist der beste Kompromiss, den ich dir anbieten kann.« Ein Anflug von Bosheit erfasste mich, und ehe ich es verhindern konnte, waren die Worte schon aus meinem Mund: »Oder ich nehme dich gleich hier auf dem Sofa.«

Sie erstarrte auf meinem Schoß und fand den Vorschlag ganz offensichtlich nicht lustig.

»Das war doch nur ein Witz, Kiera.« Ich seufzte.

Sie schüttelte den Kopf. »Nein, das war es nicht, Kellan. Das ist das Problem. Wenn ich okay sagen würde …«

Ich lächelte, weil die Vorstellung, noch einmal mit ihr zu schlafen, meine Sinne vernebelte. »Ich würde alles tun, worum du mich bittest.« *Alles. Sag nur Ja.*

Sie wandte den Blick ab und bot mir ihren Nacken dar. Ich strich mit dem Finger über ihre Wange und ihr Schlüsselbein und erneut hinunter zu ihrer Hüfte. Sie war so schön. Kiera drehte sich mit einem wütenden Funkeln zu mir um, und ich grinste dümmlich. Das würde schwieriger werden, als ich gedacht hatte. Viel schwieriger.

»Ups ... sorry. Ich gebe mir Mühe.« *Das verspreche ich. Gib mir nur eine Chance. Es war so schön zwischen uns. Das will ich wiederhaben. Nein, ich muss es wiederhaben. Bitte, Kiera.*

Sie sagte nicht Ja, aber sie wehrte sich auch nicht weiter. Ich nahm das als Zeichen, dass sie es sich überlegte. Hoffentlich. Ich streichelte weiter ihre Haare, und schließlich machte die gleichmäßige Bewegung sie schläfrig. Schmunzelnd beobachtete ich, wie ihr die Augen zufielen. So spaßig es auch war, sie zu erregen, bis sie sich vor Lust wand und keuchte, wenn sie so ruhig und friedlich aussah, war es auch schön. Auf andere Art. Ich wollte alle Gefühle mit ihr teilen. Na ja, zumindest alle guten.

Als sie tief schlief, schob ich sie von meinem Schoß und stand auf. Sie schlief noch immer, aber sie runzelte die Stirn, als würde sie mich vermissen. Ob sie wohl von mir träumte? Der Gedanke machte mich unglaublich froh. Ich wollte in ihr Unterbewusstsein vordringen, genau wie sie in meins vorgedrungen war. Ich beugte mich hinunter und hob sie hoch. Sie seufzte zufrieden und kuschelte ihr Gesicht an meine Brust. Ich schloss die Augen und genoss den Augenblick. Es könnte so wundervoll zwischen uns sein, wenn sie es nur zuließe. Und vielleicht würde sie das jetzt tun. Mehr konnte ich nicht von ihr verlangen.

Ich steckte sie ins Bett und starrte sie ewig an. Wenn sie aufwachte und sah, wie ich sie anstierte, würde sie mich wahrscheinlich für geistesgestört halten. Das war ich jedoch nicht. Ich war nur verliebt. Es fühlte sich gut an, mir das einzugestehen. Könnte ich es doch nur auch ihr gegenüber zugeben, vielleicht könnte sie mir dann leichter glauben, dass ich sie nicht benutzte oder nur an Sex interessiert war. Es ging so viel tiefer als das. Aber solche Dinge konnte ich nicht aussprechen. Die Worte gingen mir einfach nicht über die Lippen.

Ich ließ sie in ihrem Zimmer schlafen und traf mich mit den Jungs. Wir hatten heute Abend einen Gig im Razor, und ich freute mich darauf. Zum ersten Mal seit einer ganzen Weile fühlte ich mich zuversichtlich, und das hob meine Stimmung. Als ich mit Matt herumflachste, sprach mich Evan darauf an. »Du wirkst irgendwie verändert. Nicht so melancholisch wie in letzter Zeit«, stellte er fest. »Ist was passiert?«

Schulterzuckend deutete ich mit dem Kopf auf Griffin. Er hatte gerade eine Trommel aus dem Van geholt und sah sich um, als hätte er keinen blassen Schimmer, was er damit jetzt anstellen sollte. »Ja. Mister Ahnungslos packt ausnahmsweise mit an. Das ist ein Wunder der Neuzeit. Wer weiß, was als Nächstes passiert? Weltfrieden. Keiner muss mehr hungern. Die Huskies und die Cougars vertragen sich. Alles ist möglich. Außer vielleicht Letzteres.«

Ich lachte und holte eine Gitarre aus dem Van. Evan kniff die Augen zusammen, fragte jedoch nicht weiter. Ich hatte ein etwas schlechtes Gewissen, dass ich seiner Frage auswich, aber ich konnte ihm nicht die Wahrheit sagen. Ich war in Kiera verliebt. Sie *sah* mich. Sie verstand mich. Na ja, sie verstand die Teile von mir, die ich ihr zeigte. Sie bedeutete alles für mich, und so falsch es war, ich konnte es nicht abwarten, sie wiederzusehen.

Am nächsten Morgen kam Kiera nach unten, während ich Kaffee kochte. Das hatte sie schon seit einer Weile nicht mehr getan. Sie hatte es vermieden, allein mit mir zu sein, und soweit ich wusste, hatte sie seit dem Espressostand keinen Kaffee mehr getrunken. Ich konnte noch immer keinen Kaffee trinken, ohne daran zu denken, wie sie unter mir gestöhnt hatte. Es war eine verdammte Schande, dass das vorbei war.

Als ich hörte, wie sie die Küche betrat, drehte ich mich um, um sie zu begrüßen. Ihre Haare waren vom Schlafen verwuschelt, und sie hatte noch ihren Pyjama an – weite Hose und ein Trägertop. Wie üblich trug sie darunter keinen BH, und ihre festen Brüste zeichneten sich deutlich unter dem engen Stoff ab. Ihre Nippel standen in der morgendlichen Kälte fest nach oben. Sie sah atemberaubend aus. Und dass sie sich dessen überhaupt nicht bewusst war, steigerte den Reiz nur noch.

»Morgen. Kaffee?«, fragte ich und zeigte auf die Kanne.

Sie schenkte mir ein strahlendes Lächeln, bei dem mein Herz einen Schlag aussetzte, dann legte sie die Arme um meine Taille, und mein Herz begann, heftig zu pochen. Ihre Berührung überraschte mich so sehr, dass ich kurz erstarrte, bevor ich mich ihrer Umarmung hingab. Gott, es fühlte sich so wundervoll an, erneut ihre Arme um mich zu spüren. Ich wollte sie nie mehr loslassen.

Sie sah zu mir auf, heute leuchteten ihre Augen in einem ruhigen Grün. »Guten Morgen. Ja bitte.« Sie deutete mit dem Kopf auf die Kaffeekanne.

Als ich zu ihr hinunterblickte, empfand ich tiefe Zufriedenheit. *Ja, genau das wollte ich wirklich.* »Hast du was dagegen?«, fragte ich und zog sie dichter an mich.

Sie lächelte mich warm an, was genau meinem Gefühl entsprach. »Nein, es hat mir sogar gefehlt.«

Ich beugte mich vor, um sie zärtlich auf den Nacken zu küssen, doch da stieß sie mich sanft zurück. »Ich glaube, wir sollten aber ein paar Regeln aufstellen ...«

Ich lachte. Was für Regeln würde sie sich wohl ausdenken? Abgesehen davon, dass wir keinen Sex hatten. Das war klar. »Okay ... schieß los.«

Sie begann mit dem, woran auch ich zuerst gedacht hatte: »Na ja, abgesehen von dem Offensichtlichen, dass du und ich nie wieder ...« Sie wurde rot und schaffte es nicht, den Satz zu beenden. Wie süß.

Ich konnte nicht widerstehen: »Heißen schweißtreibenden Sex haben dürfen? Willst du dir das nicht noch mal überlegen? Wir sind wirklich absolut ...«

Sie schlug mit der Hand gegen meine Brust. Mit einem bezaubernd wütenden Blick erklärte sie: »Abgesehen von dem Offensichtlichen, keine Küsse mehr. Nie wieder.«

Mein Lächeln erstarb. Tja, das war hart. Ich küsste sie gern, schmeckte gern ihre Haut. Auch wenn ich sie nicht auf die Lippen küsste, war es ein unglaublicher Genuss. Und solange ich sie nicht auf den Mund küsste, sah ich da wirklich kein Problem. Vielleicht konnte ich sie davon überzeugen. »Was, wenn ich dich nicht auf die Lippen küsse? Freunde küssen sich schließlich schon mal.«

Sie runzelte die Stirn, dann erzitterte sie. »Aber nicht so, wie du mich küsst.«

Ich seufzte, das gefiel mir nicht, aber ich freute mich viel zu sehr, dass wir endlich überhaupt auf einer Seite standen, dass es mir nicht so wichtig war. Wenigstens durfte ich sie noch immer jeden Morgen in den Armen halten. »Gut ... noch was?«

Mit einem dreisten Lächeln trat sie zurück. Als wäre ihr Körper der Hauptgewinn einer Spielshow stellte sie ihre Brüste und ihre Hüften zur Schau. Gegen ein solches Spiel hätte ich nichts einzuwenden. »Diese Bereiche sind tabu ... nicht anfassen«, erklärte sie in belustigtem aber dennoch ernstem Ton.

Das hätte ich mir denken könnten, und es war schade, aber ich übertrieb, als ich erwiderte: »Gott, du bist echt eine Spaßbremse.« Dann grinste ich, damit sie verstand, dass das nicht ernst gemeint war. »Okay, noch irgendwelche Regeln, die ich kennen sollte?«

Ich breitete die Arme aus, und sie kuschelte sich an mich. Himmlisch. Sie suchte meinen Blick. »Es muss unschuldig bleiben, Kellan. Wenn du das nicht hinkriegst, müssen wir es beenden.«

Ich spürte, dass sie nach einem Zeichen suchte, dass ich nicht damit klarkam. Doch das würde ich schaffen. Wenn ich das oder nichts haben konnte, würde ich mit allem klarkommen. Ich zog ihren Kopf an meine Schulter und umarmte sie fest. »Okay, Kiera.« *Ich liebe dich so sehr. Ich nehme alles, was du mir gibst.*

Ich rückte von ihr ab, schob sie zurück und sagte: »Dasselbe gilt natürlich auch für dich.« Ich deutete auf meine Lippen, dann auf meinen Schritt. »Nicht anfassen, klar?« Sie schlug mir erneut gegen die Brust, und ich fügte lachend hinzu: »Es sei denn, du willst es unbedingt ...«

Als sie mich erneut schlagen wollte, zog ich sie in meine Arme. Es war unglaublich. Mit ihr zusammen zu sein war einfach unglaublich. Sie war unglaublich. Ich würde ein ganzes Leben lang leiden, wenn ich nur wüsste, dass ich Momente wie diesen haben konnte. *Das* war es mir wert.

Kiera schmiegte sich in meine Arme. Egal, wie merkwürdig es auch sein mochte, für uns funktionierte es. Doch als das Telefon klingelte, zuckte sie alarmiert zusammen. Sie blickte zur Decke, dann stürzte sie zum Telefon, und ich wusste, weshalb. Denny. Leid und Schuld schwebten buchstäblich drohend über unseren Köpfen. Wir konnten diese Nähe und Vertrautheit nur leben, solange er schlief oder weg war. Ich wusste, warum das so sein musste, dennoch tat es weh. So sehr ich Denny auch mochte und respektierte, ein Teil von mir würde immer haben wollen, was er hatte.

Kiera beugte sich über die Arbeitsplatte und nahm den Hörer ab. Dabei präsentierte sie mir auf anzügliche Weise ihren Hintern. Ich schmunzelte in mich hinein, als ich mir vorstellte, was ich in dieser Position alles mit ihr anstellen könnte. Klar, nachdem wir unser Verhältnis »unschuldig« gestalten wollten, durfte ich so etwas nicht einmal denken, aber ihr Körper war einfach perfekt. Da war es schwer, keine schmutzigen Gedanken zu haben.

Kiera richtete sich auf und fuhr herum. Sie stemmte eine Hand in ihre Hüfte und sah mich finster an. Erwischt. Doch ihr Ausdruck trug nicht gerade dazu bei, meine unanständigen Gedanken zu vertreiben. Schnell malte ich einen Heiligenschein über meinen Kopf. *Vielleicht habe ich schmutzige Gedanken, aber ich bin ganz brav. Ich werde mich so gentlemanlike verhalten wie menschenmöglich.*

Kiera lehnte sich lächelnd wieder gegen die Arbeitsplatte. »Hallo, Anna.« Während Kiera mit ihrer Schwester telefonierte, bereitete ich unseren Kaffee vor.

»Ist es nicht ein bisschen früh zum Telefonieren?«, fragte Kiera ins Telefon. Während ich etwas Milch in ihren Becher gab, schwieg sie, dann sagte sie. »Nein, ich war schon auf.«

Ich rührte Kieras Kaffee um, und sie lachte über etwas, das ihre Schwester gesagt hatte. »Doch, Mister Sexy ist auch schon auf.« Ich blickte rechtzeitig auf, um zu sehen, wie sie das Gesicht verzog und in meine Richtung sah. Mister Sexy? Echt? Meinte sie etwa mich? Ich hob eine Braue, formte das Wort mit den Lippen und deutete auf mich. Kiera verdrehte die Augen und nickte. Ich musste lachen und fragte mich, wer sich das wohl ausgedacht hatte – Kiera oder ihre Schwester?

Ich trank einen Schluck Kaffee und blickte unverwandt zu Kiera. Ein spöttisches Grinsen erschien auf ihren Lippen. Woran dachte sie wohl? Unbekümmert erklärte sie ihrer Schwester: »Er hat mich gerade auf dem Küchentisch flachgelegt, während wir darauf gewartet haben, dass der Kaffee durchläuft.«

Ich verschluckte mich und erstickte beinahe an meinem Kaffee. Ich konnte nicht glauben, dass sie das gerade gesagt hatte.

Ich hatte einen schlechten Einfluss auf sie. Oder einen wirklich guten, das kam auf die Sichtweise an. Meine schmutzigen Gedanken kehrten augenblicklich zurück, und Kiera wandte ihr Gesicht ab. Ihre Wangen leuchteten feuerrot.

»Mensch, Anna, ich mache doch nur Spaß. Den würde ich nicht mit der Kneifzange anfassen. Wenn du wüsstest, mit wie vielen Mädchen der schon zusammen gewesen ist. Iiih, das ist doch widerlich … und außerdem schläft Denny doch oben.«

Sie blickte zur Decke hinauf, zu Denny, und mein Blick wanderte zum Boden. *Das ist doch widerlich.* Aha … so dachte sie also wirklich über mich? Mein Lebensstil stieß sie ab. Ich stieß sie ab. In gewisser Weise war ich schmutzig und widerlich für sie. Sie musste das denken. Am Ende war ich ihrer überhaupt nicht würdig. Sie sollte zurück zu Denny rennen und mich links liegenlassen. Das wäre schlau.

Ich stellte meinen Kaffeebecher ab und wollte gehen, doch Kiera fasste meinen Arm. Traurig und geschlagen blickte ich in ihre Richtung. *Du solltest mich gehen lassen.* Sie sah mir durchdringend in die Augen, während sie ins Telefon sprach: »Alles okay.« An ihrem Ton hörte ich, dass sie nicht nur irgendeine Frage beantwortete, die ihre Schwester gestellt hatte, sondern mich zugleich wissen ließ, dass sie nicht gemeint hatte, was sie gesagt hatte.

Sie legte meinen Arm um ihre Taille, und ich brauchte sie zu sehr, um ihr zu widerstehen. Selbst wenn sie mich abscheulich fand, änderte es nichts daran, dass ich die Verbindung zu ihr brauchte.

Ich entspannte mich, während wir beide an der Arbeitsplatte lehnten. Auf ihren Wangen erschienen zwei knallrote Flecken, während sie mich ansah. Ich wollte wissen, warum, fragte jedoch nicht, da sie noch am Telefon war. Mir gefiel die Vorstellung, dass es irgendwie mit mir zu tun hatte.

Ich versuchte, nicht zuzuhören, als Kiera ihr Telefonat beendete, doch nach dem, was ich dennoch mitbekam, planten die Schwestern, sich zu sehen. Und Kiera war nicht wirklich erfreut darüber. Sie fluchte, als sie schließlich auflegte.

Als sie mich bat, Griffin nichts von ihrem Fluchen zu sagen, zuckte ich mit den Schultern. Ich hatte Griffin sowieso noch nie etwas von Kiera erzählt. »Was ist los?«, fragte ich.

Unglücklich sagte sie: »Meine Schwester will uns besuchen.«

Ich zog die Brauen zusammen. Das hatte ich mir schon gedacht, doch ich verstand ihren Widerwillen nicht. »Okay ... und du kannst sie nicht leiden?«

Sie strich über meine Arme und schüttelte den Kopf. »Doch, doch. Ich liebe sie über alles ...«

Sie wandte den Blick ab, und ich versuchte, wieder Kontakt zu ihr zu finden. »Aber was?«

Geschlagen sah sich mich wieder an. »Für meine Schwester bist du so etwas wie ein Lolli in Männergestalt.«

Ich lachte. Offenbar war ihre Schwester an mir interessiert. Und laut ihrer Beschreibung war ihre Schwester deutlich forscher als sie. Na ja, das war mir egal. Mich interessierte nur Kiera. »Aaaah ... sie wird also über mich herfallen, ja?« Ich lachte wieder und stellte mir vor, wie ich mir Kieras Schwester vom Leib halten musste. Das würde interessant werden.

Kiera fand das weniger lustig. »Das ist nicht witzig, Kellan.«

Ich lächelte sie warm an. »Doch, irgendwie schon.« Die Schwester, die ich haben wollte, konnte ich nicht ganz bekommen, und die, an der ich nicht interessiert war, riss sich bereits das Höschen vom Leib. Ich fand das auf eine schräge Art ziemlich lustig.

Kiera wirkte zunehmend bedrückt. Obwohl sie den Blick abwandte, sah ich, dass ihr Tränen in die Augen stiegen. Ich hatte noch immer keine Ahnung, warum sie so aufgebracht war. Was spielte es für eine Rolle, ob ihre Schwester herkam? Ob sie scharf auf mich war? Mein Herz gehörte allein Kiera. Voll und ganz.

Ich steckte eine Haarsträhne hinter ihr Ohr und murmelte: »Hey …« Ich fasste sanft ihr Kinn und zwang sie, mich anzusehen. »Was soll ich tun?« *Ich tue alles, was du willst. Frag mich einfach.*

Sie sah aus, als würde sie mit sich ringen, ob sie ehrlich zu mir sein sollte. Ich wünschte es mir. Ich wollte ihr Problem verstehen. Ich konnte nur das Richtige tun, wenn ich wusste, worum es ging. »Ich will nicht, dass du es mit ihr ›*machst*‹. Am liebsten wäre mir, wenn du sie überhaupt nicht anfasst.«

Sie starrte mich wütend an, und so langsam verstand ich. Sie war eifersüchtig. Sie dachte, ich würde mit ihrer Schwester schlafen, weil ich nicht mit *ihr* schlafen konnte. Als ob mich eine schlappe Kopie interessieren würde. Als ob ich es ertragen könnte, mit jemand anders zusammen zu sein, nachdem Kiera die Einzige war, die es für mich gab. Ich wusste nicht, wie lange ich es ohne Sex aushalten würde, aber ich wusste, wie lange ich es ohne Kiera aushalten konnte. Nicht sehr lange. Ich würde nichts tun, was sie vertreiben könnte. Ich dachte noch nicht einmal daran, ihre Schwester anzufassen.

»Okay, Kiera«, sagte ich und strich ihr über die Wange.

Da sie das Ausmaß meiner Zustimmung nicht verstand, füllten sich ihre Augen mit Tränen. »Versprich es mir, Kellan.«

Ich lächelte ihr so beruhigend zu wie ich konnte. »Versprochen, Kiera. Ich werde nicht mit ihr schlafen, okay?« *Ich will nur dich.* Es dauerte einen Moment, doch schließlich nickte sie und ließ sich von mir in den Arm nehmen.

Ich will niemals irgendjemand anders als dich haben.

15. Kapitel

Himmel und Hölle

Die vergangenen Tage mit Kiera waren toll. Es war irgendwie wie vorher und doch anders. Zuvor hatten wir geflirtet, es jedoch nicht zugegeben. Wir hatten nie über uns gesprochen. Jetzt machten wir anzügliche Bemerkungen, ich konnte sie umarmen, mit ihr flirten und sie damit provozieren. Es änderte etwas, und es stärkte unsere Beziehung. Unser Flirten hatte nichts Unschuldiges mehr, doch Kiera schien sich damit wohlzufühlen. So wies ich sie nicht darauf hin, dass die sexuelle Spannung zwischen uns ausgereicht hätte, um eine Kleinstadt mit Strom zu versorgen. Vermutlich wusste sie es ohnehin, sie wollte es nur nicht zugeben.

Ich starrte an die Decke und ließ noch einmal den Traum Revue passieren, aus dem ich eben erwacht war. Kiera war in der Küche gewesen und hatte mir ein Sandwich für die Arbeit gemacht. Nachdem sie mir die Tüte gereicht hatte, sah sie mir tief in die Augen und sagte: »*Ich liebe dich so sehr, Kellan. Ich weiß nicht, was ich ohne dich tun würde.*«

Wie sehr wünschte ich mir, dass sie das wirklich zu mir sagen würde. Lächelnd flüsterte ich in die Dunkelheit: »Ich liebe dich auch, Kiera. Mehr als du ahnst.«

Es war noch ziemlich früh am Morgen, und ich hatte nicht viel geschlafen. Wenn ich die Augen schloss, sah ich nur Kiera. Aus Angst, dass sie mir wieder erschien, konnte ich nicht wieder einschlafen. Als ich den Versuch schließlich aufgab, ging ich nach unten und setzte Kaffee auf. Lächelnd sah ich zu, wie die dunkelbraune Flüssigkeit in die Kanne floss. Der Anblick und der Geruch erinnerten mich an Kiera. Daran, wie ich mit ihr geschlafen hatte, und an meinen Traum. Es war eine so angenehme Fantasie gewesen ... ich wünschte, sie wäre real.

Die Kanne war beinahe voll, als sich warme Arme um meine Taille legten. Ich atmete tief ein und nahm ihren Geruch wahr, dann drehte ich mich zu ihr um. Sie lächelte müde, aber glücklich.

»Morgen.«

Sie grinste. »Morgen.« Sie legte ihren Kopf an meine Brust, und ich zog sie an mich. Ich schloss die Augen und genoss – ihren Duft, ihre Weichheit, ihre Wärme. Ich wollte mir alles genau einprägen, nur für den Fall, dass dies auch nur ein Traum war.

Erst als wir oben die Dusche hörten, lösten wir uns voneinander. Mit einem kleinen Seufzer wich Kiera zurück. Auf ihrem Gesicht erschien ein schuldbewusster Ausdruck. Ich wünschte, sie würde nicht so empfinden, doch ich verstand sie. Zum Teil ging es mir genauso. Wir waren beide Mistkerle, wir spielten hinter Dennys Rücken heimlich ein Spiel und bewegten uns nah an einer Grenze, die wir bereits überschritten hatten und nicht noch einmal überschreiten durften. Wir sollten damit aufhören, aber ich konnte nicht. Meine Gefühle waren zu tief.

Während ich uns Kaffee einschenkte, kochte Kiera Tee für Denny. Das war süß von ihr, doch es erinnerte mich auf unangenehme Weise daran, dass mein Traum nicht mehr als das gewesen war – eben ein Traum. Ihr zuzusehen versetzte mir einen heftigen Stich, also konzentrierte ich mich auf unseren Kaffee.

Kurz darauf kam Denny herunter, ich begrüßte ihn freundlich und lächelte ihm zu. Während ich meinen Kaffee am Tisch trank, lehnte Kiera an der Arbeitsplatte und nahm ihren im Stehen zu sich. Damit Denny keinen Verdacht schöpfte, hielt sie Abstand zu mir. Sie reichte Denny seinen Tee, und er umarmte sie. »Danke, Süße.« Er gab ihr einen Kuss.

Wie Kiera ihn ansah – ihr Blick drückte Liebe aus. Es stand außer Frage, wem ihr Herz gehörte. Das war schmerzhaft. Doch als Denny den Kopf drehte, um seine Nase an ihrem Hals zu vergraben, sah sie zu mir, ohne dass sich der Ausdruck in ihren Augen änderte. Seltsam. Ihr Lächeln ließ ein wenig nach, dann trat ein trauriger Ausdruck in ihren Blick. Sie wirkte bedrückt, aber ich wusste nicht, ob meinetwegen oder wegen Denny oder wegen uns beiden. Es war verwirrend. Ich schenkte ihr ein kurzes *Mach-dir-um-mich-keine-Sorgen*-Lächeln, dann konzentrierte ich mich auf meinen Kaffee.

Als Kiera sich setzte, sagte Denny zu ihr: »Kann sein, dass ich heute ziemlich lange arbeiten muss. Max braucht meine Hilfe bei einem *Job*.« Denny betonte das Wort »Job« auf seltsame Weise, und Kiera runzelte die Stirn, als sei sie sich sicher, dass es sich dabei um etwas Primitives handelte, das Denny und seine Fähigkeiten unterforderte. Solche Dinge ärgerten sie total. Als Denny ihre Miene sah, fügte er rasch hinzu: »Du arbeitest ja sowieso, deshalb dachte ich, dass es dir sicher nichts ausmacht. Stimmt doch, oder?«

Kiera öffnete den Mund, als wollte sie ihm widersprechen, doch dazu hatte sie keinen richtigen Grund. Ihr Blick zuckte kurz zu mir, dann murmelte sie: »Stimmt, hört sich gut an.« Erneut wirkte sie schuldig, und ich unterdrückte den Impuls, ihre Hand zu nehmen.

Als sie später in meinen Wagen stieg, grinste ich übers ganze Gesicht. Sie zur Uni zu bringen und wieder abzuholen, gehörte für mich zu den Highlights des Tages. Ich sah sie zu gern neben mir auf dem Sitz. Es fühlte sich so richtig an. Lächelnd schloss sie die Tür, auch sie war glücklich. Als ich den Motor startete, fragte ich sie: »Darf ich dich heute reinbringen?« Das letzte Mal, als ich sie gefahren hatte, durfte ich das nicht.

Sie schürzte nachdenklich die Lippen, dann schüttelte sie den Kopf. »Nein, ich glaube, du bleibst lieber im Wagen.«

Ich seufzte, beließ es jedoch dabei. Vermutlich hatte sie ihre Gründe. Aber ich begleitete sie wirklich gern, und es war völlig harmlos, genau wie sie es wollte. Ich würde es weiter versuchen. Doch für heute setzte ich sie ab und wünschte ihr viel Spaß, dann fuhr ich zum Supermarkt, um ein paar Lebensmittel zu besorgen.

Zurück zu Hause arbeitete ich ein bisschen an einem neuen Song. Evan hatte eifrig komponiert, und ein paar meiner Texte passten noch nicht ganz. Da seine Komposition besser als meine Texte war, wollte ich sie noch ein bisschen anpassen.

Ich arbeitete am Küchentisch, bis mein Blick verschwamm und ich eindöste. Drei Stunden Schlaf waren offenbar nicht genug gewesen. Ich legte mein Notizbuch zur Seite und schlurfte zum Sofa. Bevor ich Kiera abholen wollte, blieb mir noch etwas Zeit. Ich stellte den Fernseher an und streckte mich auf dem Sofa aus. Das unförmige Biest war nicht gerade die bequemste Couch der Welt, aber sie erfüllte ihren Zweck.

Als ich gerade eindösen wollte, ging die Haustür, und zu meiner Überraschung kam Kiera nach Hause. Eigentlich hatte sie noch Uni. »Hey, du bist ja früh zurück. Ich wollte dich eigentlich abholen«, sagte ich, als sie ins Wohnzimmer kam.

Sie trat vors Sofa, und ich setzte mich auf und klopfte zwischen meine Beine, damit sie sich ganz dicht zu mir setzte. »Du siehst müde aus. Alles okay?« Sie kuschelte sich zwischen meine Beine und lehnte sich mit dem Rücken an meine Brust.

Ja, weit mehr als okay. Ich fühle mich wie im siebten Himmel.

Ich umarmte sie und spielte mit ihren Haaren. »Mir geht's gut ... Ich hab nur nicht gut geschlafen.«

Sie drehte den Kopf zu mir herum und grinste mich aufreizend an. »Ach. Hast du ein schlechtes Gewissen?«

Ich lachte und drückte sie. »Deinetwegen? Jeden Tag.«

Ich seufzte. In dieser Aussage steckte so viel Wahrheit, dass ich nicht darüber nachdenken wollte. Um das Thema zu wechseln, schob ich sie ein Stück nach vorn. »Kellan.« Sie wehrte sich und drehte sich zu mir um, doch ich fasste ihre Schultern und zwang sie, nach vorn zu schauen. Für mein Vorhaben brauchte ich ihren Rücken.

Als ich mit den Fingern ihre Muskeln zu kneten begann, wehrte sie sich nicht mehr. Vielmehr schmolz sie wie Butter unter meinen Händen. »Hmmmmm ... an die Sache mit dem Flirten könnte ich mich gewöhnen«, murmelte sie, während sie sich entspannte. Als ich lachte, fragte sie: »Hast du schlecht geträumt?«

Schmunzelnd dachte ich an meinen Traum, während ich weiter mit den Händen über ihre Schulterblätter strich. »Nein ... ehrlich gesagt war es ein schöner Traum.«

»Hmmmm ... wovon denn?« Sie klang ein wenig abwesend, als würde ich sie mit meinen Fingern ablenken.

Ich strich ihr Rückgrat hinunter, und sie gab einen leisen, zufriedenen Laut von sich. Ich hielt kurz inne. »Von dir.« Ich grub die Finger tiefer in ihre Muskeln, und ihre genussvollen Laute verstärkten sich.

»Hmmm ... nichts Unanständiges, hoffe ich.«

Ich ließ meine Finger weiter ihren Rücken hinuntergleiten, und sie stieß lustvoll die Luft aus. Ich dachte an meine süße, liebevolle Traumversion von ihr und musste lachen. »Nein ... nichts Unanständiges. Versprochen.«

Ich strich mit den Fingern wieder ihren Rücken hinauf, löste ihre Verspannungen und spürte, wie sich ihre festen Muskeln in Wackelpudding verwandelten. Als ich mir an einer besonders harten Stelle zu schaffen machte, stöhnte Kiera leise auf.

»Hmmmm ... gut, so darfst du nämlich echt nicht an mich denken.«

Angesichts der unsichtbaren Wand, die uns körperlich voneinander trennte, empfand ich einen leichten Stich, aber zumindest hatte ich einen Teil von ihr. Das musste reichen. Danach redeten wir nicht mehr. Kiera schien zu entspannt, um sich weiter zu unterhalten, aber das war okay für mich.

Ich genoss das Gefühl ihres Körpers, den Geruch ihres Shampoos, der mir kribbelnd in die Nase stieg, und die befriedigten Laute, die sie von sich gab, wenn ich eine Verspannung löste. Als ich erneut nach unten strich, um besser an ihren Rippenbogen heranzukommen, stieß sie Laute aus, die ziemlich unanständig klangen. Es war faszinierend, ihr zuzuhören, und wann immer sie ein Stöhnen von sich gab, hielt ich inne. Wenn ich die Augen schloss, konnte ich so tun, als würde ich mit ihr schlafen, es hörte sich tatsächlich so an. Lust erwachte in meinem Körper. Ich merkte, wie ich hart wurde, und biss mir auf die Lippe, um mein eigenes Stöhnen zu unterdrücken. Gott, wie sehr ich sie begehrte.

Als ihre sinnlichen Laute nicht verstummten, wurde ich richtig scharf. Ich brauchte sie. Ich bewegte meine Hände zu ihren Hüften, veränderte meine Haltung und zog sie an mich. Sie berührte nur leicht meine Jeans. Ich wollte, dass sie sich an mir rieb. Sie aufs Sofa werfen, ihr die Kleider herunterreißen und sie nehmen. Ich wollte mehr von ihren berauschenden Lauten hören. Hören, wie sie kam.

Als sie dachte, ich sei mit meiner Massage fertig, lehnte Kiera sich mit einem zufriedenen Seufzer an meine Brust. In dem Moment schien sie zu merken, dass ich nicht mehr ruhig und friedlich war. Ich empfand quälendes Verlangen. Ich wollte sie. Ich konnte an nichts anderes denken.

Als ich über ihre Innenschenkel strich und sie an mich zog, fuhr sie in meinen Armen zu mir herum. Ich unterdrückte die Lust, die in mir toste, öffnete langsam die Augen und sah sie an. Sie blickte alarmiert zu mir auf, ihre Lippen waren leicht geöffnet. Ich wollte sie küssen. An ihrer Reaktion merkte ich, dass sie die Lust in meinen Augen sah. *Ja, ich will dich.* Ich legte eine Hand auf ihre Wange und zog sie zu mir. *Ich brauche dich.*

Es wirkte, als würde es sie einige Anstrengung kosten, doch schließlich schüttelte sie den Kopf »Nein ... Kellan.«

Als ich meinen Namen hörte, kam ich wieder etwas zur Vernunft. Ich schloss die Augen und schob sie weg. Wenn ich mich beherrschen sollte, brauchte ich Platz. Wenn ich überhaupt eine Chance haben wollte, es zu schaffen. Ich war so scharf auf sie, dass meine engen Jeans sich reichlich unbequem anfühlten. Ich konzentrierte mich auf den leichten Schmerz in meinen Lenden anstatt auf meine Wahnsinnslust. »Sorry. Gib mir eine Minute ...«

Als Kiera sich wegsetzte, zog ich die Knie an. Ich atmete dreimal tief ein und aus und dachte an Dinge, die alles andere als sexy waren: Krieg, Krankheit ... meine Eltern. Als ich mich wieder unter Kontrolle hatte und nicht mehr von dem Gefühl beherrscht wurde, sie auf den Boden werfen und nehmen zu müssen, öffnete ich die Augen. Sie beobachtete mich aufmerksam und mit beunruhigter Miene.

Bemüht, sie zu beruhigen, lächelte ich. »Sorry ... ich gebe mir Mühe. Aber vielleicht könntest du beim nächsten Mal ... äh, nicht diese Geräusche machen?«

Ihr war ganz offensichtlich nicht bewusst gewesen, dass sich ihr lustvolles Stöhnen nach Sex angehört hatte. Jetzt lief sie knallrot an und wandte den Blick ab. Es war bezaubernd, und ich musste grinsen. Gott, was sollte ich nur mit dieser Frau machen?

Manchmal war ich mir wirklich nicht sicher, aber solange ich mit ihr zusammen sein, sie berühren und mich mit ihr verbunden fühlen konnte, kam ich mit allem klar. Sogar damit, dass sie mit einem anderen Mann schlief.

»Stört es dich eigentlich, wenn Denny und ich miteinander schlafen?«

Kiera und ich pflegten gerade unsere morgendliche Routine und kuschelten miteinander, während wir darauf warteten, dass der Kaffee durchlief. Denny schlief oben. Kiera hatte die Arme um meinen Hals gelegt und sah mich an. In ihrem Blick lag Bedauern und Neugier. Ihre Frage traf mich mitten ins Herz. Ich war mir nicht sicher, wie ich das fand. Sie hatten sicher noch einmal Sex gehabt – Denny war schließlich seit über einem Monat zurück –, aber seit dem einen Mal hatte ich nichts mehr gesehen oder gehört, sodass ich leicht so tun konnte, als fände es nicht statt. Bei der Vorstellung drehte sich mir der Magen um. Während ich sie fest in meinen Armen hielt, fühlte ich mich schlagartig mies.

Da ich ihre unangenehme Frage nicht wirklich beantworten wollte, lächelte ich und sagte: »Im selben Bett?«

Für meine blöde Antwort erhielt ich einen Stoß in die Rippen. »Du weißt schon, was ich meine«, flüsterte sie und bekam rosige Wangen.

Stumpf wiederholte ich ihre Frage mit meinen eigenen Worten. Sie musste wirklich lernen, lockerer über Sex zu sprechen, vor allem angesichts unserer komplizierten Beziehung. »Ob es mir etwas ausmacht, wenn du mit deinem Freund Sex hast?«

Sie nickte und war nun knallrot. Ich bewahrte mein eingefrorenes Lächeln, sagte jedoch nichts. Was sollte ich ihr denn erzählen? *Ja, ich liebe dich von ganzem Herzen. Deshalb bringt mich die Vorstellung um, dass du mit ihm schläfst und nicht mit mir.*

Sie hob die Brauen und lächelte, als wollte sie sagen: *Verstanden.* »Beantworte einfach die Frage.«

Ich lachte, weil sie meine Worte gegen mich verwandte. Ich wich ihrem Blick aus, seufzte und beschloss, ehrlich zu sein. Halbwegs zumindest. »Ja, es macht mir etwas aus … aber ich verstehe es.« Ich sah ihr wieder in die Augen, ohne meine Gefühle zu verbergen. »Schließlich gehörst du mir nicht.« *Aber ich gehöre dir …*

Während sie mich anstarrte, wurden ihre Augen feucht. Ich war mir nicht sicher, was sie empfand, jedenfalls schien es schwierig für sie zu sein. Sie rückte von mir ab, doch ich hielt sie fest. Ich wollte nicht, dass sie ging. »Gib mir eine Minute …«, flüsterte sie.

Als sie dieselben Worte gebrauchte wie ich, als ich zu erregt gewesen war, um ihre Nähe zu ertragen, ließ ich sie los. »Es ist schon okay, Kiera.« *Du musst nicht weggehen.*

Sie sah mir in die Augen, und wirkte traurig. Schrecklich. »Aber *ich* brauche eine Minute, Kellan.«

Das überraschte mich. War sie so aufgewühlt, dass sie über mich herfallen wollte? Aus schlechtem Gewissen. Das tat weh, und zugleich wurde mir warm ums Herz. *Sie begehrte mich.*

Schweigend schenkten wir uns Kaffee ein, dann standen wir uns an die Arbeitsplatten gelehnt gegenüber. Die ganze Zeit fragte ich mich, was zum Teufel ich eigentlich mit ihr machte. Ich sollte damit aufhören, bevor Denny verletzt wurde. Doch dann geisterte ihre Stimme durch meinen Kopf – *Bleib hier. Verlass mich nicht. Bitte.* –, und ich wusste, dass ich das nicht konnte. Sie konnte ihn nicht aufgeben, ich konnte sie nicht aufgeben. Wir steckten alle in einer verdammten Sackgasse.

Ich bat Kiera erneut, sie zu ihrem Raum bringen zu dürfen, und diesmal gab sie nach. Ich hatte das Gefühl, dass sie noch immer ein schlechtes Gewissen wegen heute Morgen hatte, doch wenn ich dafür etwas mehr Zeit mit ihr verbringen durfte, nahm ich ihr Mitleid gern an.

Neben ihr herzuschlendern fühlte sich wie früher an, und ich genoss jede Sekunde. Wir redeten dies und das – über ihr Leben, ihre Eltern –, und ich hielt den ganzen Weg ihre Hand. Es war himmlisch. Nachdem ich sie weggebracht hatte, fuhr ich nach Hause und machte mich an die Arbeit. Während ich mich gerade damit quälte, eine Textzeile zu finden, die nicht von Sonnenschein und Glück handelte, klingelte mein Telefon. Der Song sollte eigentlich düster sein, doch mit Kiera war das Leben alles andere als düster, ich fühlte mich einfach gut.

»Ja?«, meldete ich mich.

»Hey, Kell, hier ist Matt. Ich wollte dich nur an heute Abend erinnern.«

Ich rollte mit den Augen. »Ich weiß. Wir spielen im Norden. In Everett, stimmt's?«

»Ja. Deshalb musst du früher als sonst hier sein.«

Ich war es gewohnt, dass Matt mich anrief, um mich an Dinge zu erinnern, aber manchmal behandelte er mich echt, als wäre ich fünf. Oder Griffin. »Kein Problem. Bis später.« Kopfschüttelnd fügte ich hinzu: Warum hast du überhaupt einen Gig so weit im Norden klargemacht? Gibt es hier in der Gegend denn nicht genug Läden?«

Matt seufzte leise, als hätte er das heute schon x-mal erklärt. »Ich buche jeden Auftritt, den ich kriegen kann. Das Pete's ist toll, aber wenn wir bekannter werden wollen, müssen wir unseren Fan-Kreis erweitern. Das heißt, dass wir von Zeit zu Zeit ein bisschen fahren müssen.«

Ich zuckte mit den Schultern. Mir war es ziemlich egal, ob

wir bekannter wurden oder nicht. Ich wollte den Job einfach gern noch eine Weile weitermachen. Eigentlich solange ich konnte. Es ging mir um die Musik, der ganze andere Kram war mir egal. »Okay, du bist der Boss.«

Matt lachte. »Absolut. Komm nicht zu spät.«

Er legte auf, und ich schüttelte noch einmal den Kopf. »Okay«, brummte ich in den leeren Raum. Matt sollte sich entspannen. Vielleicht konnten Evan und ich heute Abend ein Mädchen finden, mit dem er abziehen konnte. Matt war eher schüchtern, und manchmal brauchte er etwas Hilfe, um aus sich herauszugehen. Oder einen kleinen Schubs. Vielleicht genügte etwas weibliche Aufmerksamkeit, damit er relaxte.

Den Rest der Zeit dachte ich darüber nach, was ich für Kiera tun konnte, da ich sie heute Abend nicht sehen würde. Schließlich kam ich auf die Idee, ihr einen Espresso mitzubringen. Als sie mich im Flur vor ihrem Klassenraum mit dem Becher in der Hand sah, quiekte sie vor Freude wie ein kleines Mädchen.

Nachdem wir glücklich und kuschelnd zu Hause waren, hatte ich überhaupt keine Lust zu gehen, aber schließlich musste ich los. Wenn ich zu spät kam, würde Matt mir den Kopf abreißen. Ich stieß einen tiefen Seufzer aus und spielte mit einer Haarsträhne von Kiera. Sie machte auf dem Sofa ihre Hausaufgaben, und ich leistete ihr Gesellschaft. Überall lagen Bücher, und sie machte sich Notizen. Als sie meinen Seufzer hörte, blickte sie auf. Sie lächelte, als sie mich anstelle ihrer Bücher betrachtete.

Sie blickte auf meine Finger, die mit ihren Haaren spielten, dann sah sie mir erneut in die Augen. Ein seltsamer Ausdruck legte sich auf ihr Gesicht – Schuld gemischt mit Traurigkeit. »Findest du es nicht ziemlich langweilig, mir bei den Hausaufgaben zuzusehen?«

Ich lächelte, und ihre schuldbewusste Miene verschwand. »Nein. Ich könnte dir den ganzen Tag zusehen.« Ich runzelte die Stirn. »Aber ich kann nicht. Ich muss zu den Jungs. Wir haben heute Abend einen Gig.«

Kieras Miene verfinsterte sich ebenfalls. Das freute mich. Vielleicht vermisste sie mich ja genauso sehr wie ich sie? »Ach ... okay.«

Am liebsten hätte ich mich vorgebeugt und sie geküsst, nur auf die Wange, doch das war tabu. Also strich ich ihr nur mit dem Finger über die Haut. »Es wird spät, aber wir sehen uns morgen Früh.«

Ihr Lächeln kehrte zurück, und sie nickte: »Gut.«

Ich starrte sie einen Augenblick an und prägte mir jedes wunderschöne Detail ein, dann stand ich auf, um meine Sachen zusammenzusuchen, und ging. Die Arbeit rief, und mir blieb nichts anderes übrig als zu gehorchen. Auch wenn ich keine Lust hatte.

Ein paar Stunden später half ich den Jungs, den Van auszuladen. Wir befanden uns in einer Gasse hinter dem Laden, in dem wir auftreten sollten. Dort konnte uns niemand sehen, der heute Abend ins Konzert kam. Keiner der fünfzehn Gäste; der Laden war nämlich winzig. Matt besprach mit dem Besitzer, wo wir aufbauen konnten. Das war die Gelegenheit, zu Griffin zu gehen, der seitlich am Van lehnte.

»Hey, Griff«, sagte ich beiläufig.

Griffin wirkte sofort argwöhnisch. »Ich habe Matt schon gesagt, dass ich den Scheiß mit reintrage. Geh mir also deshalb nicht auf den Senkel.«

Ich schüttelte den Kopf. »Wollte ich ja gar nicht. Ich habe nur gerade gedacht ... Findest du nicht auch, dass Matt in letzter Zeit ziemlich angespannt ist?«

Griffin sah mich an. »Aber hallo. Dieser Scheißkerl hat mich neulich total zusammengefaltet. Dem steckt ein Stock so weit im Arsch, dass seine Augen braun werden.«

Bei Griffins Ausdrucksweise zuckte ich leicht zusammen, dann lächelte ich. »Vielleicht braucht er eine kleine Ablenkung?«

Griffin starrte mich mit leerem Blick an. »Hä?« Ich wollte gerade antworten, als bei ihm der Groschen fiel. »Oh, du meinst eine Tussi? Heilige Scheiße, ja, sorgen wir dafür, dass er Sex hat.« Er grinste und klopfte mir auf die Schulter. Bevor ich zustimmen oder ablehnen konnte, erklärte er: »Keine Sorge. Hab schon verstanden.«

Als er wegging, blickte ich ihm besorgt hinterher. Im Allgemeinen war es eine schlechte Idee, Griffin etwas zu überlassen. Evan bemerkte meine Miene: »Was ist los?«

Ich deutete mit dem Daumen auf Griffin, der an der Seite des Gebäudes verschwand. So viel dazu, dass er den ganzen Kram mit uns reintragen würde. »Ich glaube, ich habe gerade einen taktischen Fehler gemacht. Ich dachte, dass Matt vielleicht etwas weibliche Gesellschaft gebrauchen könnte, und jetzt will Griffin sich darum kümmern.«

Evan blickte in die Richtung, in der Griffin verschwunden war. Er schwieg einen Augenblick, dann sagte er: »Dir ist ja wohl klar, dass das schiefgeht, oder?«

Ich lächelte ihn an. Ja. Matt würde mich umbringen.

Den ganzen Auftritt über verhielt Matt sich jedoch ganz normal, und ich dachte, dass Griffin vielleicht versagt hatte. Ich hätte es allerdings besser wissen müssen. Als Evan und ich die Instrumente abbauten, war Matt verschwunden. Griffin pfiff vor sich hin. Das hätte mich stutzig machen müssen. Ich ahnte jedoch nichts und dachte mir auch nichts dabei, bis Evan und ich sein Schlagzeug in den Van hieven wollten.

Mit knallrotem Kopf stürmte Matt aus der Hintertür. Evan und ich hielten inne und sahen ihn an. Es hatte zu nieseln begonnen, und ich schwöre, dass Matts Wut die Regentropfen um ihn herum verdampfen ließ. »Wer zum Teufel war das?«, schrie er in die Gasse.

Evan und ich tauschten einen Blick, während Griffin in sich hineinkicherte. Na toll. Was zum Teufel hatte Griffin angestellt? Ich stellte das Schlagzeug auf dem Asphalt ab und machte einen vorsichtigen Schritt auf Matt zu. »Wer war was? Was ist los?«

Matt ballte wütend die Fäuste. »Wer hat eine Nutte für mich angeheuert?«

Mir klappte die Kinnlade herunter, und ich warf Griffin einen wütenden Blick zu. Der lachte jetzt aus vollem Hals. Er zeigte mit dem Finger auf mich: »Das war Kells Idee.«

Sofort hob ich flehend die Hände. »Nein, das stimmt nicht.«

Matt ignorierte Griffin und starrte mich wütend an. »Was zum Teufel?«

Ich schüttelte den Kopf und fragte mich, wie ich aus der Nummer wieder rauskam. Verdammter Griffin. Ich wusste, dass ich besser auf ihn hätte aufpassen müssen. »Ich habe nur gesagt, dass du vielleicht etwas Gesellschaft gebrauchen könntest …« Ich verstummte. Das klang kein bisschen besser, als ihm eine Prostituierte zu besorgen.

Matt starrte mich an. Er kochte vor Wut. »Eine Hure? Dachtest du, dass ich das nötig habe?«

Wieder schüttelte ich den Kopf. »Nein! Griffin hat das falsch verstanden. Ich wollte nur …«

Matt winkte ab und fiel mir ins Wort. »Ich habe die Schnauze voll von euch. Ich fahre mit dem Taxi zurück.«

Ich sah Matt ungläubig an. Ein Taxi für diese Strecke würde ihn mehr kosten als unsere Gage von heute Abend. Das war dumm. »Hör zu, wenn du nicht mit Griffin und den Instrumenten zurückfahren willst, verstehe ich das, aber du kannst doch mit mir fahren.« Es war nicht genügend Platz für alle und das Equipment, deshalb fuhr ich fast immer mit dem eigenen Wagen zu unseren Gigs.

Matt hob eine blonde Braue. »Ich habe gesagt, ich nehme ein Taxi.« Damit drehte er sich um und ging zurück in die Bar.

»Matt! Mach dich nicht lächerlich. Du hast doch schließlich nicht mit ihr geschlafen!«, rief ich. Ich stutzte. »Hast du etwa mit ihr geschlafen?« Er war ganz schön lange weg gewesen.

Griffin rollte sich praktisch über den Boden vor Lachen. Ich wollte Matt hinterhergehen, doch Evan hielt mich am Arm zurück. »Ich glaube, es ist besser, wenn ich das übernehme«, meinte er. Er blickte kopfschüttelnd zu Griffin und folgte Matt in die Bar.

Ich musterte Griffin mit zusammengekniffenen Augen. »Du bist ein Idiot.«

Griffin wischte sich die Lachtränen aus den Augen. »Meinst du echt, er hat sie gevögelt?« Er fing erneut an zu lachen, und ich seufzte. Das würde eine lange Nacht werden.

Evan brauchte zwei Stunden, bis Matt bereit war, in meinen Wagen zu steigen. Obwohl ich mich unzählige Male bei ihm entschuldigte, sprach er auf der Heimfahrt kein Wort mit mir. Ich musste das irgendwie wiedergutmachen. Ich setzte ihn bei Evan ab, weil er nicht mit Griffin allein sein wollte, dann fuhr ich nach Hause. Ich war total fertig, doch als ich mich die Treppe hinaufschleppte, blieb ich dämlich grinsend vor Kieras Tür stehen. Ich konnte es nicht erwarten, sie zu sehen. Und da es so unglaublich spät war, musste ich nur noch wenige Stunden warten. Ein kleiner Vorteil, wenn man fast die ganze Nacht wegblieb.

Mein Körper hatte jedoch andere Pläne. Am nächsten Morgen wachte ich deutlich später auf als üblich. Wahrscheinlich war ich müder gewesen als ich gedacht hatte. Das passierte mir gelegentlich. Mein Körper rebellierte gegen meinen Rhythmus, und dann schlief ich zwölf Stunden durch. Zum Glück war es diesmal nicht ganz so schlimm.

Kaum kam ich zu mir, setzte ich mich auf und machte ein paar Liegestütze. Davon wurde ich wacher als von Kaffee. Während ich trainierte, hörte ich das Wasser laufen und nahm an, dass Denny sich für die Arbeit fertig machte. Das bedeutete vermutlich, dass Kiera unten auf mich wartete. Ich verharrte einen Moment in der Liegestützposition, dann sprang ich auf. Es war mir wichtiger, sie zu sehen, als meine Muskeln zu trainieren.

Schnell wie ein Wiesel schlüpfte ich in meine Hose und zog ein sauberes T-Shirt an. Ich öffnete die Tür und wollte gerade einen Song summen, als ich seltsame Geräusche aus dem Bad hörte. Poltern, dazu Stöhnen. Jemand hatte Sex in der Dusche. Mein Magen krampfte sich zu einem einzigen Knoten zusammen, während ich den deutlichen Geräuschen von Kiera in Ekstase lauschte. So wie sie stöhnte, musste sie kurz vorm Höhepunkt sein. Mit Denny. Er war genau jetzt in ihr. Stieß in sie hinein. Brachte sie dazu hinauszuschreien, wie sehr sie ihn begehrte. Ihn wollte. Sie wollte *ihn* …

Ich blickte zu ihrer Schlafzimmertür und hoffte inständig, dass Kiera dort erscheinen würde. Dass Denny irgendwie mit einer anderen Frau vögelte. Aber Kiera trat nicht aus ihrem Zimmer, weil sie die andere Frau *war*. Nein, in diesem Fall war ich der andere Mann. Und wenn ich weiterhin irgendeine Form von Beziehung zu Kiera haben wollte, musste ich mich damit abfinden. Ich durfte nicht wieder ausrasten. Ich musste die Dinge auf die leichte Schulter nehmen. Das war die einzige Möglichkeit, Kiera zu halten.

Mein Blick verschleierte sich, und der Knoten in meinem Magen kroch meine Kehle hinauf. Mir wurde übel …. Ich lief so schnell ich konnte nach unten, doch nicht schnell genug.

Obwohl ich mich bemühte wegzuhören, vernahm ich deutlich, wie Kiera ein letztes Mal schrie, als sie kam … mit einem anderen Mann.

Ich raste an der Küche vorbei zum unteren Bad und schaffte es gerade noch rechtzeitig auf die Toilette.

Zum Glück hatte ich nichts im Magen. Ich spülte die Galle hinunter und hockte mich auf die Fersen. In meinen Augen brannten Tränen, doch ich kämpfte gegen sie an. Ich hatte gewusst, dass das passieren würde. Ich musste mich damit abfinden. *Ich kann sie teilen. Ich kann sie teilen. Ich schaffe das …*

Ich stand auf und ging zum Waschbecken, um mir den Mund auszuspülen. Als ich mich einigermaßen wieder im Griff hatte, taumelte ich in die Küche und machte mir Kaffee. Heute war ein ganz normaler Tag. Ich durfte mich nicht davon beeinflussen lassen. Doch als ich mir einen Becher Kaffee einschenkte, hallte mir Kieras lustvoller Schrei in den Ohren. Ihr Becher mit kaltem Kaffee stand noch auf der Arbeitsplatte. Sie war heruntergekommen, und ich war nicht hier gewesen, und dann hatte Denny sie entführt.

Ich stellte ihren Becher in die Mikrowelle und setzte mich mit meinem eigenen Kaffee an den Tisch. Meine Hände zitterten. Ehe ich sie sah, hörte ich bereits, wie die Turteltäubchen herunterkamen. Ich holte tief Luft und setzte eine neutrale Miene auf. Denny strahlte, als er hereinkam. Na ja, klar. Schließlich hatte er gerade einen tierischen Orgasmus mit einer wunderschönen Frau gehabt. Da würde ich auch strahlen. »Morgen, Kumpel.«

»Morgen … Kumpel.« Ich gab mir große Mühe, nicht bitter zu klingen. Denny traf nun wirklich keine Schuld. Niemand hatte Schuld. Es war einfach, wie es war.

Kiera wirkte nicht ganz so glücklich wie Denny. Sie schien sich nicht wohlzufühlen. Als habe sie ein schlechtes Gewissen. Ihre nassen Haare erinnerten mich schmerzlich an das, was sie gerade getan hatte, also konzentrierte ich mich auf meinen Kaffee. Ich hörte, wie Denny sie küsste, dann sagte er: »Jetzt komme ich zu spät. Aber das war es mir wert.« Ich wusste, was er damit meinte, und mir drehte sich erneut der Magen um. Ich zwang ihn zur Ruhe, ich wollte nicht schon wieder ins Bad rennen.

Nachdem Denny sich verabschiedet hatte und gegangen war, breitete sich Schweigen in der Küche aus. Ich durchbrach es als Erster. »Ich habe deinen Kaffee in die Mikrowelle gestellt. Er war kalt …«

Sie schaltete das Gerät ein. »Kellan … ich bin …«

»Nicht«, unterbrach ich sie. Ich wollte keine Entschuldigung hören. Ich brauchte keine, und sie schuldete mir keine.

»Aber …«

Ich stand auf und ging zu ihr, blieb jedoch mit etwas Abstand vor ihr stehen. Ich konnte ihr jetzt nicht nah sein. Noch nicht. »Du schuldest mir keine Erklärung …« Ich starrte auf den Boden, ich konnte ihr nicht in die Augen sehen. »Und schon gar keine Entschuldigung.« Ich hob den Blick. »Also … sag einfach nichts. Bitte.«

Auf ihrem Gesicht erschien Mitgefühl, und Tränen brannten in ihren Augen, sie breitete die Arme aus. »Komm her.«

Ich zögerte, ich war hin- und hergerissen. Natürlich wollte ich sie mehr als alles andere in den Armen halten, aber die Laute, die ich von ihr und Denny gehört hatte, gingen mir nicht aus dem Kopf. Ich fühlte mich, als hätte man mich soeben auf dem elektrischen Stuhl hingerichtet, und die letzten Stromstöße erschütterten noch immer meinen Körper. Doch ich brauchte sie. Sie fügte mir den größten Schmerz zu, und sie war meine Rettung. Sie war die Einzige, die das Loch in meinem Herzen heilen konnte, ein Loch, das sie gerissen hatte.

Ich ließ die Arme um ihre Taille gleiten und vergrub mein

Gesicht an ihrem Hals. Ich würde das schaffen. Ich konnte sie lieben und sie zugleich loslassen. Sie strich mir über den Rücken. Es tat weh, dass diese Hände gerade noch Denny gestreichelt hatten, aber es tat auch gut.

»Tut mir leid«, wisperte sie voller Bedauern; es war auch für sie schwer. Sie verletzte Menschen nicht gern, weder absichtlich noch unabsichtlich.

Ihre Worte waren schlicht, aber sie wirkten. Sie legte ein kleines Pflaster aus Liebe über die offene Wunde. Es heilte sie nicht ganz, aber es verhinderte, dass sie weiterblutete. Ich atmete einmal tief durch und nickte an ihrer Schulter.

Ich liebe dich, und du musst dich nicht bei mir entschuldigen, weil es nichts zu entschuldigen gibt. Du gehörst mir nicht.

16. Kapitel

Mein Mädchen

Ich fuhr Kiera ganz normal zur Uni, es fühlte sich allerdings nicht ganz normal an. Die Wand, die uns trennte, hatte sich ein kleines bisschen verstärkt. Doch ich würde das wieder hinbekommen, den Schmerz überwinden, ich musste nur stark genug sein. Ich bemühte mich, lustig, locker und fröhlich zu sein. Nachdem ich Kiera sicher an ihrem Unterrichtsraum abgeliefert hatte, merkte ich allerdings, wie mich das angestrengt hatte. Obwohl ich heute ausgeschlafen hatte, hätte ich mich am liebsten schon wieder hingelegt. Doch das durfte ich nicht. Ich musste die Sache mit Matt wieder in Ordnung bringen. Warum nicht gleich jetzt? Ich wollte nicht, dass sich etwas festsetzte und gärte.

Ich fuhr zu Evan, da Matt bei ihm gepennt hatte. Überraschenderweise parkte Griffins Van ebenfalls dort. Nach dem Ausgang des Abends hatte ich irgendwie damit gerechnet, dass Matt eine Kontaktsperre gegen Griffin verhängt hätte. Als ich die Straße überquerte, kam Roxie auf mich zu und wischte sich dabei an einem Lappen die Hände ab. »Hey, Kell. Hast du etwa die Pyjama-Party verpasst?« Sie deutete mit dem Kopf auf Griffins Van.

Ich lachte über den Ausdruck auf ihrem Gesicht. »Sieht ganz so aus.« Ich wünschte, ich wäre dabei gewesen. Wäre ich hier aufgewacht, wäre mein Morgen deutlich anders verlaufen.

Evans Tür war verschlossen. Ich klopfte und wartete geduldig, dass mir jemand öffnete. Als niemand reagierte, klopfte ich lauter. Ich hörte Gebrumme und Fluchen, dann wurde die Tür aufgeschlossen und einen Spalt geöffnet. Ein hellblaues Auge blickte mich unter schmutzigblonden Haarsträhnen hervor an. »Kellan? Du bist hundert Jahre zu früh für die Probe. Wenn du nicht hier bist, um uns Frühstück zu machen, hau ab und lass uns schlafen.«

Griffin wollte die Tür schon wieder schließen, doch ich hielt ihn auf. »Ich wollte nach Matt sehen. Ist er noch sauer auf uns?«

Griffin lachte, als hätte ich einen Witz gemacht. Er machte die Tür weiter auf und deutete auf einen wirren Haufen aus Decken und Kopfkissen auf dem Boden vor dem Sofa. »Nein, dem geht's gut. Wir haben mit ihm gesoffen, bis er uns irgendwann gesagt hat, dass er uns alle lieb hat.« Er kratzte sich grinsend am Kopf. »Als Roxie heute Morgen aufgetaucht ist, hat er ihr sogar gesagt, dass er sie heiraten will.«

Ich machte große Augen. Wenn sie so lange Party gemacht hatten, dass sie Roxie noch begegnet waren, dann waren sie erst vor Kurzem ins Bett gegangen. Kein Wunder, dass Griffin rote Augen hatte und etwas wackelig auf den Beinen war. Ich blickte zu Evans Matratze in der Ecke. Er schnarchte so laut, dass er sogar den Werkstattlärm von unten übertönte. Von Matt war nichts zu hören, aber der Deckenberg bewegte sich gleichmäßig auf und ab. Er schlief ebenfalls.

Ich klopfte Griffin auf die Schulter. »Gut. Ich wollte nicht, dass er mir die Schuld gibt, weil du Mist gebaut hast.«

Für den Bruchteil einer Sekunde wirkte Griffin beleidigt, dann lächelte er. »Der Idiot ist irgendwie ständig sauer auf mich. Mit der Zeit gewöhnt man sich daran.«

Er gähnte, und ich schüttelte den Kopf. »In Ordnung. Dann lasse ich euch mal weiterpennen. Ihr seht aus, als würdet ihr das brauchen.«

Griffin griff sich provokant in den Schritt. »Was ich brauche, ist Lola. Die soll kommen und es mir umsonst machen. Hure hin oder her, die Braut war echt scharf!«

Ich zog die Tür zu, während er sich weiter an seinem Schritt zu schaffen machte. »Nacht, Griffin.«

Nachdem sich die Sache mit Matt schneller geklärt hatte als erwartet, hatte ich auf einmal Zeit. Ich fuhr nach Haus und holte meine Gitarre heraus. Ich setzte mich aufs Sofa und spielte irgendwelche Melodien. Das hatte ich immer gemacht, als ich noch jünger gewesen war. Einfach gespielt, was mir in den Sinn kam. Es war befreiend und sorgte für einen klaren Kopf. Es gab kein Drama, keinen Schmerz, nur die Musik. Auf andere Weise machte mich das genauso zufrieden wie mit Kiera zusammen zu sein. Fast.

Ich war in meine Improvisation vertieft, als die Haustür aufging und Kiera hereinspazierte. Meine innere Uhr sagte mir, dass sie ziemlich früh dran war. Sie musste den Unterricht geschwänzt haben. Ich wollte zwar keinen schlechten Einfluss auf sie ausüben, aber ich freute mich, dass sie früher kam, um Zeit mit mir zu verbringen.

Ich hörte auf zu spielen und wollte die Gitarre auf den Boden stellen, doch Kiera setzte sich zu mir aufs Sofa und hielt mich zurück: »Nein, hör nicht auf. Das ist schön.«

Ich senkte den Blick, sah jedoch Kieras große ausdrucksvolle Augen vor mir. *Nein, du bist schön. Das war nur ein bisschen Geklimper.* Ich legte ihr das Instrument auf den Schoß. »Hier ... versuch's auch mal.« Ich hatte ihr schon einmal etwas gezeigt, aber das hatte nicht so gut geklappt. Die Laute, die sie der Gitarre entlockt hatte, waren alles andere als schön gewesen.

Ich blickte zu ihr und sah, wie sie das Gesicht verzog. »Bei dir klingt das so gut. Aber wenn ich das Ding in die Hand nehme, passiert irgendwie immer was Komisches.«

Lachend drehte ich sie so, dass ich meine Hände auf ihre legen konnte. Dass ich sie dabei im Arm hielt, war ein netter Nebeneffekt. »Du musst sie nur richtig halten«, raunte ich in ihr Ohr. Ein Schauder durchlief ihren Körper, und als ich in ihr Gesicht sah, merkte ich, dass sie die Augen geschlossen hatte.

Ich schmunzelte. Als sich unsere Finger in der richtigen Position befanden, stieß ich sie amüsiert mit der Schulter an, weil sie noch immer die Augen geschlossen hielt. »Hey.« Sie riss die Augen auf und wurde wieder einmal rot. Äußerst liebenswert. Ich lachte. »Hier ... so liegen deine Finger perfekt, genau unter meinen.« *Genau da, wo sie hingehören.* In der anderen Hand hielt ich ein Plektron. »Jetzt streich ganz leicht über die Saiten. So ...« Ich brachte die Saiten zum Singen.

Kiera sah aus, als wäre sie sich absolut sicher, dass sie das niemals zustande brächte. Sie wehrte sich jedoch nicht, als ich ihr das Plektron zwischen die Finger steckte. Sie strich ebenfalls über die Saiten, doch es klang alles andere als schön. Sie hatte das Talent, wirklich schlecht zu spielen. Das war auch eine Begabung. Ich verschränkte unsere Finger und strich mit ihr gemeinsam über die Saiten. Nachdem ich erneut die Führung übernommen hatte, klang es gut.

Kiera entspannte sich, und ich lächelte sie an, während ich den Song blind weiterspielte. »Das ist wirklich nicht so schwer. Das habe ich gelernt, als ich sechs war.« Es war eins der ersten Stücke, das ich mir selbst beigebracht hatte.

Ich zwinkerte ihr zu. »Na ja, du hast halt geschicktere Finger«, meinte sie.

Ich stutzte, denn mir kamen sofort schmutzige Gedanken. Als ich lachte, rollte sie mit den Augen, lachte jedoch auch. »Du hast vielleicht eine schmutzige Fantasie. Du und Griffin, ihr seid euch echt ganz schön ähnlich.«

Ich verzog das Gesicht, als ich daran dachte, wie Griffin von einer Nutte gesprochen und dabei an sich herumgespielt hatte. Gott, ich hoffte, dass wir uns nicht *allzu* ähnlich waren. *Wenn du bei mir bist, kann ich einfach nicht anders.* Ich wünschte, ich würde diese Dinge nicht nur denken. Ich nahm die Hände von der Gitarre. »Jetzt du.«

Wenigstens gab sie nicht auf, bis sie einen Laut produziert hatte, der irgendwie melodisch klang. Ich lächelte, als sie vor Freude kicherte. Wenn sie glücklich war, leuchteten ihre Augen, und um sie herum bildeten sich kleine Falten. Wundervoll.

Nachdem sie den Grundakkord beherrschte, zeigte ich ihr einen weiteren. Nach ein paar Versuchen schaffte sie auch den, und dann brachte sie irgendwie das Stück zustande, das ich ihr beigebracht hatte. Sie spielte eine Weile, doch dann schüttelte sie die Hand aus. Offenbar hatte sie für heute genug.

Ich stellte die Gitarre auf den Boden, zog sie an meine Brust und massierte ihre Finger. »Du musst sie trainieren, damit sie kräftiger werden«, erklärte ich.

Rundum zufrieden erwiderte sie nur: »Hmmmm …«

Unwillkürlich registrierte ich, dass sie diesmal keine lustvollen Laute von sich gab. Sie wollte es mir leichter machen, und dafür war ich ihr dankbar. Nach einer Weile hörte ich auf, ihre Finger zu massieren, und hielt sie einfach nur in den Armen. Es war friedlich und wundervoll, aber ich sehnte mich dennoch nach mehr. »Können wir mal was ausprobieren?«, fragte ich leise.

Sie erstarrte sofort und blickte mich argwöhnisch an. »Was denn?«

Ich lachte. In ihren Augen las ich, dass sie fest mit etwas absolut Verruchtem rechnete. Offenbar war ich nicht der Einzige mit einer schmutzigen Fantasie. Lustig. »Es ist absolut harmlos … versprochen.«

Ich legte mich rücklings aufs Sofa und öffnete einladend

die Arme. Ihr Widerstand wich Verwirrung, doch schließlich kuschelte sie sich in den Spalt zwischen mir und der Couch. Als ich die Arme um sie schloss, entwich mir ein glücklicher Seufzer. *Ja, genau das brauchte ich.*

Der fruchtige Duft ihres Shampoos umfing mich. Ihre Haut war weich und ihr Körper warm. Zum ersten Mal fühlte ich mich heute irgendwie ganz, ich war wirklich glücklich.

Kiera schien noch immer verwirrt, hob den Kopf und blickte zu mir herunter. »Das wolltest du probieren?« Überraschte es sie, dass meine Bitte nicht sexueller Natur war? Ich hatte ihr doch gesagt, dass ich mich benehmen würde. Und das hatte ich auch so gemeint.

Ich zuckte mit den Schultern. »Ja, es sah so ... gemütlich aus, als du das mit Denny gemacht hast.«

Sie nickte und wirkte etwas überfordert, dann legte sie den Kopf an meine Brust, sah mir in die Augen und legte ihren Arm und ihr Bein um mich. Fast hätte ich vor Glück geschnurrt. Warum hatte ich das noch nie gemacht? Weil vorher noch niemand solche Gefühle für mich gehabt hatte. Deshalb.

Seufzend lehnte ich meinen Kopf an ihren. Ich wünschte, der Moment würde ewig dauern. »Ist das in Ordnung für dich?«, flüsterte ich in ihre Haare.

Ich spürte, wie all ihre Anspannung aus den Muskeln wich, und mein Lächeln wuchs. Sie entspannte sich bei mir. Sie genoss es. »Ja ... es ist gemütlich. Und alles klar bei dir?«

Ich merkte, wie sie mit den Fingern einen Kreis auf meiner Brust malte und lachte. Ich hatte mich noch nie in meinem Leben besser gefühlt. »Alles klar.« *Wunderbar.* Ich rieb über ihren Rücken, und sie umarmte mich fest. Ich genoss den Augenblick. Ich wollte wirklich nicht, dass das hier jemals aufhörte.

Kiera kuschelte sich an meinen Hals, dann spürte ich, wie sich ihr Griff lockerte. Ihr Atem strich gleichmäßig über meine Haut. »Kiera«, flüsterte ich. »Schläfst du?« Ich wartete ein paar Sekunden, doch sie antwortete nicht. Sie brummte noch nicht mal im Halbschlaf. Sie atmete einfach gleichmäßig weiter. Froh, dass sie sich so wohl bei mir fühlte, dass sie sogar eingeschlafen war, drückte ich sie. »Danke, dass du dich darauf eingelassen hast.« Nach einer langen Pause fand ich den Mut zu flüstern: »Ich liebe dich ... so sehr.«

Meine Kehle schnürte sich zusammen, und ich konnte nicht weitersprechen. Ich war vielmehr überrascht, dass ich überhaupt so viel herausgebracht hatte. Meine Gefühle auszusprechen fiel mir schwer. Obwohl ich kaum zu hören war, obwohl ich wusste, dass sie tief und fest schlief, fiel es mir extrem schwer. Langsam glaubte ich, dass ich nie in der Lage sein würde, ihr zu sagen, wie viel ich für sie empfand. Ich musste es ihr einfach zeigen und hoffen, dass sie mein Handeln richtig interpretierte.

Während sie schlief, hielt ich sie eine Ewigkeit in den Armen. Dann war mein Arm taub, und ich musste mich bewegen. Wir hatten noch Zeit, bevor Denny nach Hause kam, deshalb wollte ich sie nicht wecken. So vorsichtig wie möglich änderte ich meine Haltung. Ich bewegte die Finger, um das Blut wieder in Fluss zu bringen. Doch die kleine Bewegung genügte, um Kiera zu wecken. »Sorry ... ich wollte dich nicht wecken«, murmelte ich.

Erschrocken schoss sie nach oben. Mit großen Augen blickte sie zur Haustür und flüsterte: »Denny.« Schockiert sah sie mich an.

Ich setzte mich auf und steckte ein paar lose Haarsträhnen hinter ihr Ohr. »Du hast nicht lange geschlafen. Es ist noch früh. Er kommt erst in einer Stunde oder so.« Enttäuscht, dass unser Moment vorüber war und dass sie schon wieder an Denny dachte, wandte ich den Blick ab. Trotzdem verstand ich ihre

Reaktion. Ich wollte auch nicht, dass Denny uns so sah. Er würde es nicht verstehen. Ich verstand es ja selbst kaum. »Ich passe schon auf, dass er uns nicht sieht.« *Aber wenn du offiziell mit mir zusammen sein willst, könnten wir auch reinen Tisch mit ihm machen.*

Sie schüttelte den Kopf, und auch wenn ich nickte, spürte ich einen leichten Stich. Nein, sie wollte nicht mit mir zusammen sein. Unsere kurzen »harmlosen« Zusammentreffen genügten ihr. Das wusste ich doch. Es war dumm zu denken, dass sie sich nach mehr sehnte, nur weil es mir so ging.

Der leidenschaftliche Blick, mit dem ich Kiera anstarrte, schien sie etwas zu überfordern. Ich wollte sie nicht bedrängen, ich konnte nur den Blick nicht von ihr lösen. Auf einmal platzte sie mit einer Frage heraus, als sei sie ihr gerade in den Kopf geschossen. »Wo bist du eigentlich neulich gewesen? Als du tagelang nicht nach Hause gekommen bist?« Sie setzte sich wieder neben mich. Als ich daran dachte, wie ich vor ihr weggerannt war und mich versteckt hatte, musste ich lächeln, doch ich sagte nichts. Sie meinte, mein Schweigen müsse etwas Anstößiges bedeuten. »Du kannst es mir ruhig sagen, wenn du … mit jemandem zusammen gewesen bist.«

Ich legte den Kopf schräg, ihre Vermutung überraschte mich. »Hast du das gedacht? Dass ich mit einer anderen Frau zusammen gewesen bin?« Das würde ihr kühles Verhalten mir gegenüber erklären. Auch wenn wir kein Paar waren oder so …

Kiera wand sich. Sie wusste, dass sie kein Recht hatte, eifersüchtig zu sein, schließlich war sie diejenige, die tatsächlich mit jemand anderem zusammen war. »Du bist schließlich nicht mit mir zusammen. Es ist dein gutes Recht, dich mit anderen Frauen zu treffen.«

Sie nahm meine Hand, und ich strich über ihre Finger. »Ich weiß.« *Aber welche Frau auf der Welt könnte mir geben, was du mir gibst? Für mich gibt es keine andere.* »Würde es dir denn etwas ausmachen, wenn ich mich mit einer anderen treffe?«, fragte ich unfassbar neugierig, ob sie genauso reagieren würde wie ich, wenn es um sie und Denny ging.

Darauf wollte sie ganz offensichtlich nicht antworten, sie wandte den Kopf ab und schluckte. Doch überraschenderweise sagte sie dann doch leise: »Ja.«

Seufzend blickte ich zu Boden. Dann waren wir also beide mit gewissen Aspekten im Leben des anderen nicht ganz glücklich. Na toll. Was sollte ich mit dieser Information anfangen? Ich wollte sie nicht verletzen, ganz bestimmt nicht. Ich wollte sie lieben. Aber ihre Worte bedeuteten, dass ich ziemlich allein war, solange wir »zusammen« waren. Ich schlief allein, während sie mit Denny schlief, durfte ihr meine Zuneigung nicht vor anderen zeigen und niemandem von meinen Gefühlen erzählen. Und ich würde in unserer Pseudo-Beziehung niemals Sex mit ihr haben. Ich wollte mit keiner anderen schlafen, aber bei der Vorstellung, den Rest meines Lebens im Zölibat zu leben, fühlte ich mich ziemlich einsam. Konnte ich das? Welche Wahl hatte ich?

»Was ist?«, fragte Kiera vorsichtig.

Ich legte einen Arm um ihre Taille und strich ihr über den Rücken. »Ach, nichts.« *Mach dir meinetwegen keine Sorgen. Ich schaff das schon ...*

Sie schmiegte sich an mich. »Das ist nicht fair, oder? Ich bin mit Denny zusammen, während du und ich ... nur Freunde sind. Ich kann nicht von dir verlangen, dass du nie ...«

Erneut verstummte sie, bevor sie das Wort ausgesprochen hatte. Ich schmunzelte. Das Wort »Freunde« verletzte mich allerdings, und plötzlich wünschte ich, dieses unangenehme Gespräch wäre vorbei. »Na ja, wir könnten dieses kleine Problem doch lösen, indem wir deine Regeln ein bisschen lockern.«

Obwohl ich es im Grunde ernst meinte, grinste ich. »Vor allem die erste.« *Lass uns wieder zusammen schlafen.*

Sie fand das nicht lustig, also hörte ich auf zu lachen. Das Thema war eigentlich ohnehin nicht lustig. Ich lachte nur lieber, als dass ich schwierige Gespräche führte. Mit aufrichtiger Miene erklärte sie: »Ich würde es verstehen. Es würde mir zwar nicht gefallen, genauso wenig wie es dir wahrscheinlich gefällt, wenn ich und Denny … Aber ich würde es verstehen. Nur bitte mach es nicht heimlich. Wir sollten keine Geheimnisse voreinander haben.«

Eine Sekunde war ich sprachlos. Sie gab mir die Erlaubnis, mit anderen Frauen zu schlafen, solange sie darüber Bescheid wusste. Das konnte ich schwer nachvollziehen. Würde sie es wirklich in Ordnung finden, wenn ich mit einer anderen Sex hatte? Ich war mir sicher, dass ich ihr viel bedeutete, aber vielleicht doch nicht so viel wie ich dachte. Wenn sie die Vorstellung nicht störte … Aber vielleicht machte es ihr genauso viel aus wie mir. Genau wie sie gesagt hatte. Dennoch ließ sie es zu, weil wir nie ein Paar sein konnten. Es würde immer eine Denny-Wand zwischen uns stehen, und sie wollte mir nicht verbieten, mit jemandem Sex zu haben, weil sie in mich verliebt war. Sie *musste* in mich verliebt sein.

Tieftraurig nickte ich. *Am liebsten hätte ich ein Date mit ihr, mit keiner anderen.*

»Und, wohin verschwindest du dann?«, wollte sie wissen.

Ich lächelte und freute mich über den Themenwechsel. »Wohin ich verschwinde? Na ja, kommt drauf an. Manchmal zu Matt und Griffin, manchmal zu Evan. Manchmal saufe ich bis zur Besinnungslosigkeit vor Sams Haustür.« Darüber musste ich lachen. Sam war noch immer sauer auf mich, weil ich in seine Rosen gekotzt hatte.

»Oh …« Meine schlichte Antwort schien sie ehrlich zu überraschen. Sie hatte sich wohl die schlimmsten Dinge ausgemalt. Und zu einem anderen Zeitpunkt in meinem Leben hätte sie recht gehabt. Damals hätte ich meine Probleme verdrängt, indem ich von Bett zu Bett gehüpft wäre. Doch seit Kiera die Szene betreten hatte, hatten sich die Dinge geändert. Ich hatte mich verändert. Und unverbindlicher Sex mit fremden Frauen war nicht mehr so befriedigend wie früher. Es schien mir noch nicht einmal reizvoll.

Sie strich mir über die Wange. Die Berührung trieb eine Lustwelle durch meinen Körper. Wozu brauchte ich Sex, wenn allein ihre Berührung solche Gefühle in mir auslöste? »Wo warst du nach unserem ersten Mal? Ich habe dich den ganzen Tag und die ganze Nacht nicht gesehen. Und als du nach Hause gekommen bist, warst du …«

Sturzbesoffen? Na ja, ich bin durch die Stadt gelaufen und habe mir überlegt, wie ich dir sage, wie sehr ich dich liebe. Dann bin ich nach Hause gekommen und habe gehört, wie du mit meinem besten Freund gevögelt hast. Das ist passiert.

Da ich nichts von alledem sagen konnte, stand ich auf und reichte ihr die Hand. »Komm. Ich bring dich ins Pete's.«

Sie nahm meine Hand und ließ sich von mir hochziehen, bohrte jedoch weiter nach. »Kellan, du kannst es mir wirklich sagen. Ich werde nicht …«

Ich zwang mich zu lächeln, auch wenn mir nicht danach war. Ich wollte nicht darüber reden. Es war sinnlos. Als wir zum ersten Mal miteinander geschlafen hatten, hatte ich auf eine Zukunft gehofft, doch das war nur ein Traum gewesen. Ich kannte die Realität und konnte rein körperlich nicht mit ihr darüber sprechen. Die Worte gingen mir einfach nicht über die Lippen. Ich konnte ja schon kaum reden, wenn sie verwirrt war. Wenn sie mich so absolut wachsam mit ihrem Blick durchbohrte, ging erst recht gar nichts.

»Du willst doch nicht zu spät kommen, oder?« *Versteh das Zeichen, dieses Thema ist tabu.* Sie schürzte gereizt die Lippen. Sie wollte nicht, dass es zwischen uns Geheimnisse gab. Bis ich jedoch überzeugt davon war, dass meine Worte mich nicht vorzeitig ins Grab befördern würden, würde ich mich auf die einzige Weise schützen, die ich kannte. Ich würde schweigen und meine Gefühle für mich behalten.

Kiera pochte auf ihre Unabhängigkeit und meinte: »Du musst mich nicht immer überallhin kutschieren.« Als ich sie schief anlächelte, schmollte sie. »Ich komme auch ohne dich ganz gut klar.« Ich zeigte es ihr nicht, aber ihre Worte ließen mich erschaudern. *Das weiß ich.*

Ich blieb in der Bar bei Kiera, anstatt zu Evan zum Proben zu fahren. Ich war mir sicher, dass Matt wütend auf mich sein würde, wenn ich nicht auftauchte. Schon wieder. Aber vielleicht auch nicht. Wahrscheinlich hatte er einen heftigen Kater. Vielleicht wollte er einen Abend frei haben. Ich überlegte, ob ich ihn anrufen und es herausfinden sollte, aber ich hatte Angst, dass er sagen würde, ich sollte meinen Hintern dorthin bewegen. Und dazu hatte ich echt keine Lust. Ich wollte hierbleiben, mit Kiera lachen und ihr beibringen, wie man Poolbillard spielte.

Griffin und Evan kamen dazu, als ich gerade mit Kiera über dem Billardtisch lehnte und ihr half, ihren Stoß vorzubereiten. Dabei hatte ich gar keine Ahnung, wie das ging. Ich kam mir etwas komisch vor, dass die Jungs mich in dieser Haltung mit ihr sahen, aber ich tat, als wäre das nichts Besonderes. Zwei Freunde spielten ein unverfängliches Spiel. Nichts Ungewöhnliches. Grinsend nahm sich Griffin sofort einen Queue, rieb die Spitze mit Kreide ein und machte einen auf Sieger. Zwischen Kiera und mir stand es unentschieden – wir hatten beide noch fast alle Kugeln auf dem Tisch. Pool war einfach nicht mein

Spiel. Kieras auch nicht. Sie war die Erste, die genauso schlecht spielte wie ich. Es war ganz erfrischend, zur Abwechslung mal eine Chance zu haben.

Nachdem Kieras Stoß fehlgeschlagen war, versuchte ich mein Glück. Ich entdeckte nichts, auf das es sich zu zielen gelohnt hätte. Also schoss ich einfach auf die nächste Kugel und hoffte das Beste. Als ich danebentraf, schnaubte Griffin verächtlich, und Evan klopfte mir auf den Rücken. »Du musst ein paar Züge vorausdenken, Kellan. Blindes Herumschießen bringt nichts.«

Ich blickte Evan säuerlich an. »Um ein paar Züge vorauszusehen, müsste man hellsehen können. Und wenn ich in die Zukunft sehen könnte, würde ich meine Superkräfte nicht bei einem blöden Billard-Spiel vergeuden.«

Evan lachte, dann fragte er: »Was würdest du denn sonst damit machen?«

Ich blickte an Evan vorbei zu Jenny. Sie lief mit einem strahlenden Lächeln von der Bühne zur Bar, als wäre heute der tollste Tag ihres Lebens. So sah sie allerdings fast immer aus. »Natürlich würde ich meinen Freunden helfen.«

Evan folgte meinem Blick, dann rollte er mit den Augen. »Ich fasse es nicht. Dass du immer wieder damit anfängst. Lass das doch endlich mal.«

Grinsend zuckte ich mit den Schultern. Jenny und Evan mit ihrer potenziellen Seelenverwandtschaft aufzuziehen war einer meiner liebsten Zeitvertreibe. »Ich sage nur, was ich sehe.«

Evan schüttelte den Kopf, dann blickte er zu Kiera hinüber. Seine dunkelbraunen Augen nahmen einen neugierigen Ausdruck an. »Und bei dir? Gibt's was Neues?«

Mein Grinsen ließ etwas nach. Wenn er schon nicht über sein Liebesleben reden wollte, sollte er mich wenigstens auch mit meinem in Ruhe lassen. »Nein, nichts Neues.« Ich drehte mich um und sah, wie Kiera auf magische Weise eine Kugel versenkte. Sie schien selbst überrascht, sofort zuckte ihr Blick zu mir. Sie stieß einen kleinen Glücksschrei aus und hüpfte in die Luft. Es war hinreißend. Wie gern hätte ich sie in die Arme geschlossen. Ich wandte meine Aufmerksamkeit wieder Evan zu und wechselte rasch das Thema. »Wo ist Matt? War er sauer, dass ich nicht gekommen bin?«

Evan verzog das Gesicht. »Nein ... er ... äh ... fühlt sich nicht gut. Er hat den ganzen Nachmittag abwechselnd geschlafen und gekotzt. Griffin und ich haben ihn schließlich nach Hause gebracht, bevor wir hergekommen sind.« Er kratzte sich den Kopf. »Wir haben es wohl etwas übertrieben mit dem Abfüllen.«

Ich schüttelte den Kopf und war erleichtert, dass ich Matt zumindest nicht schon wieder verärgert hatte. »Armer Kerl. Nächstes Mal sollte er die Prostituierte einfach mit einem Lächeln annehmen.«

Evan lachte, und wir blickten beide zu Griffin hinüber. Er beugte sich über eine Frau, die auf einem Stuhl saß und sich mit ihrer Freundin unterhielt. An seiner Haltung war deutlich zu erkennen, dass er versuchte, dem Mädchen in den Ausschnitt zu stieren. Evan brachte brummend zum Ausdruck, was ich dachte: »So ein Idiot.«

Ich freute mich, als Kiera strahlend auf mich zukam. Heute Abend schimmerten ihre Augen in einem hellen Grünton. Faszinierend. »Meine Pause ist vorbei. Du musst das Spiel mit jemand anderem zu Ende spielen.«

Ich stützte mich auf meinen Queue und ließ mit dramatischer Miene den Blick durch den Raum gleiten. »Hmmm ... etwa mit jemandem, gegen den ich verliere?«

Kiera lachte, dann fasste sie meine Schulter. Meine Haut kribbelte. »Du darfst nicht denken, dass du verlieren wirst. Du musst immer daran glauben, dass du gewinnst.« Sie drückte meine Schulter, dann drehte sie sich um und ging. Ich sah ihr hinterher, obwohl mir bewusst war, dass Evan mich beobachtete. Ihre Worte gingen wie eine nicht enden wollende Schleife durch meinen Kopf: *Du musst immer daran glauben, dass du gewinnst.*

Aber das Einzige, was ich wirklich gewinnen will, bist du, Kiera.

Am nächsten Tag war Matt wieder fit. Ich kam extrafrüh zur Probe, um die letzten Male gutzumachen. Er schien überrascht, mich pünktlich zu sehen. Noch mehr schien ihn zu überraschen, dass ich ihm und Evan einen neuen Song gab, an dem ich gearbeitet hatte. So gern Matt auch das alte Zeug perfektionierte, noch lieber mochte er neue Songs. »Wir müssen frisch bleiben, uns immer weiterentwickeln«, erklärte er uns oft.

Ich freute mich, als er mit leuchtenden Augen die neuen Texte las. Dabei bewegte er den Kopf zu einer Melodie, die nur er hören konnte, da er sie gerade in seinem Kopf komponierte. Er blickte auf, bevor er das Blatt umdrehte. »Das ist gut. Richtig gut.«

Er las gleich weiter, sodass er mein Schulterzucken nicht bemerkte. »Es ist okay.« Die Texte waren ziemlich schwungvoll, peppig, schon fast kitschig. Es war anders als unser sonstiges Zeug. Womöglich romantisch. Es handelte davon, seine andere Hälfte zu finden, die einen erst zu einem Ganzen machte, und zu entdecken, dass man sie ebenfalls ergänzte. Das war ein Wunschgedanke von mir. Ich war nicht Kieras zweite Hälfte, das war Denny.

Nach der Probe gingen wir alle ins Pete's. Evan und Matt arbeiteten an der Komposition für einen neuen Song, während

Griffin zu »Baby Got Back« auf dem Tisch tanzte. Schließlich wurde Pete auf Griffins Poserei aufmerksam und beorderte ihn zum Glück vom Tisch, allerdings erst, nachdem wir alle gut gelacht hatten. Das Lächeln auf Kieras Gesicht war berauschend, und ich konnte lange nicht den Blick von ihr lösen.

Nur weil ich jede ihrer Bewegungen verfolgte, sah ich etwas Unangenehmes. Irgendein Vollpfosten, der in ihrem Bereich saß, griff ihr unter den Rock und fasste an ihr Bein. Es kam manchmal vor, dass betrunkene Gäste das Personal anmachten. Keine Stammgäste, sondern Typen, die zufällig vorbeikamen. Den Idioten, der gerade Kiera ansprach, hatte ich hier noch nie gesehen, aber ich würde mir ihn und seinen Freund vorknöpfen. Doch als ich gerade aufstehen wollte, war Kiera bereits weggegangen. Ich sank zurück auf meinen Stuhl und beobachtete den Typen. Wenn er sie noch einmal anfasste, war er tot.

Evan bemerkte, dass ich den Typen anstarrte. Kiera ging ihm größtenteils aus dem Weg, aber wann immer sie in seine Nähe kam, streckte er seine Griffel nach ihr aus. Ich hätte sie ihm am liebsten abgehackt und in den Rachen gestopft. »Wen verbrennen wir da denn gerade bei lebendigem Leib?«, fragte Evan.

Ich deutete mit dem Kopf auf den miesen Typen und seinen ebenso miesen Freund. »Der Typ da drüben hat Kiera betatscht. Ich passe nur auf, dass er es nicht noch mal tut.«

Evan blickte zu dem Mistkerl. »Hmmm, Sam hat heute frei, oder? Na ja, Kiera ist ein großes Mädchen, die kriegt das schon hin.«

»Das sollte sie aber nicht müssen«, zischte ich.

Evan musterte mich, dann nickte er. »Okay, dann behalten wir den Kerl im Auge.«

Keine fünf Minuten später ging Kiera widerwillig zu dem Typen, um ihm die Rechnung zu bringen. Ich spannte die Muskeln an, dann sprang ich auf. Er hatte sie nicht angerührt, aber ich machte mich bereits auf den Weg. Evan sagte den anderen Jungs Bescheid, und ich hörte, wie ihre Stühle über den Boden scharrten, als sie mir folgten. Ich war keineswegs auf Gewalt aus, aber ich würde es nicht zulassen, dass dieser Typ noch einmal *mein* Mädchen antatschte.

Sorglos packte dieser Wichser an ihren Hintern, zog sie dicht an sich und betatschte mit der anderen Hand ihre Brust. *O nein, das lässt du schön bleiben.* Kiera schlug seine Hand von ihrer Brust, konnte ihn aber nicht zurückstoßen. Der Typ ahnte nicht, dass ich ihn umbringen würde, und lachte. Kiera blickte sich hilfesuchend um, aber die Hilfe war bereits unterwegs.

Womöglich hatte Evan gesehen, dass ich dem Typen die Arme ausreißen würde, jedenfalls war er vor mir da. Er trat hinter den Idioten, riss seine Hände von Kiera fort und hielt sie an den Seiten fest. Der Mann schien sprachlos, als hätte er ehrlich nicht damit gerechnet, dass jemand eingreifen würde. *Sorry, Meister. Du begrapschst hier in unserem Wohnzimmer keine Frau und kommst ungeschoren davon. Und schon gar nicht, wenn du die Frau belästigst, die ich liebe.*

Ich beherrschte mich, den Mann krankenhausreif zu schlagen und stieß wütend hervor: »Das war eine ganz schlechte Idee.« Er hatte gelbe Zähne, und sein Atem roch, als würde er seit drei Tagen saufen und hätte keine Zeit für simpelste Dinge wie Duschen gehabt. Der Geruch schreckte mich jedoch nicht ab.

Irgendwo hinter mir hörte ich Griffin sagen: »Ja, dieser Hintern gehört nämlich uns.« Vermutlich stand er neben Kiera.

Der Mann befreite sich aus Evans Griff und stieß mich zurück. Er war stark, und ich wich einen Schritt zurück. »Verpiss dich, du Schönling.«

Ich packte ihn am Kragen und trat erneut dicht vor ihn.

»Willst du noch mehr … Nur zu …« *Ich hätte zu gern einen Grund, dir die Lichter auszublasen. Nicht dass ich den nicht schon hätte … du hast das falsche Mädchen angefasst.*

Wir starrten einander eine ganze Weile in die Augen, ohne dass einer nachgab. Langsam sank mein Adrenalinspiegel. Jetzt durfte ich ihn nicht mehr schlagen, dazu war zu viel Zeit vergangen. Ich wollte auf keinen Fall, dass sich jemand wunderte, warum ich Kiera verteidigte. Klar, ich würde auch jede andere Kellnerin hier beschützen, aber beschützen und völlig ausrasten waren zwei verschiedene Dinge. Ich musste mich besonnen und vernünftig verhalten.

Ich ließ den Typen los, aber nicht, ohne ihm noch eine Warnung mit auf den Weg zu geben: »Ich schlage vor, dass du jetzt gehst. Und ich rate dir, ja nicht noch mal wiederzukommen.«

Sein Freund packte ihn an der Schulter und drängte ihn. »Komm schon, Alter. Das ist sie nicht wert.«

Falsch. Kiera war alles wert. Der Arsch schnaubte verächtlich, musterte mich von oben bis unten und besaß die Dreistigkeit, Kiera dann zuzuzwinkern. Am liebsten hätte ich ihm die Zähne ausgeschlagen, aber ich hielt mich zurück. Er wandte sich zum Gehen, und ich entspannte mich und blickte mich nach Kiera um. Griffin hatte den Arm um ihre Schulter gelegt. Mit großen Augen blickte sie zwischen dem Typen und mir hin und her. Sie schien ziemlich geschockt zu sein. Ich wollte Griffins Platz einnehmen und sie in die Arme schließen, aber dazu mussten wir uns erst irgendwohin zurückziehen. Als ich sie gerade fragen wollte, ob sie in Ordnung sei, riss sie die Augen noch weiter auf und schrie warnend meinen Namen.

Sofort folgte ich ihrem Blick und wandte meine Aufmerksamkeit erneut dem Mann zu, von dem ich dachte, dass er gegangen sei. Der stürzte sich plötzlich auf mich, wobei in seiner Hand ein Messer aufblitzte. Kurz war ich geschockt, dass dieser Arsch eine Waffe hatte. Ich schaffte es, mich wegzudrehen, doch ein heftiger Schmerz an der Seite sagte mir, dass ich nicht schnell genug gewesen war. Um mich herum brach Chaos aus. Griffin hielt Kiera zurück, die Anstalten machte, zu mir zu laufen. Matt schob den Freund von dem Arsch zur Seite und hielt ihn aus dem Kampf heraus. Und Evan versuchte, dem Typen das Messer zu entwenden. Ich befand mich jedoch in der besseren Position. Ich holte Schwung und schlug ebenso hart zu wie mein Vater es getan hätte; vermutlich wäre er stolz auf mich gewesen.

Nachdem ich dem Typen einen Kinnhaken verpasst hatte, ging er zu Boden, und das Messer schlidderte unter einen Tisch. Ich stürzte mich auf den Kerl und wollte die Sache dringend zu Ende bringen, doch er raffte sich auf und flüchtete, ohne sich noch einmal umzudrehen; sein Freund folgte ihm auf dem Fuß. Eine Weile herrschte Totenstille im Pete's, dann begannen die Leute langsam, sich wieder zu unterhalten.

Ich bewegte die Finger meiner schmerzenden Hand und drehte mich zu Kiera um. »Alles in Ordnung bei dir?«, fragte ich.

Ihre Anspannung schien ein bisschen nachzulassen. »Ja, danke, Kellan ... Jungs.« Sie blickte jeden von uns an, dann wandte sie sich an Griffin, der noch immer neben ihr stand. »Du kannst jetzt meinen Hintern loslassen, Griffin.«

Ich musste über meinen Kumpel lachen, der jede Gelegenheit nutzte. Mit einem verschmitzten Grinsen nahm er die Hand fort und hielt sie hoch. »Sorry. Die macht einfach, was sie will.« Er zwinkerte Kiera zu, dann schlenderte er zu Matt. Die beiden sprachen über das, was passiert war, und gingen zurück zu unserem Tisch.

Evan blieb bei Kiera und mir. Irgendwie wollte ich, dass er ging. Doch er musterte mich besorgt. »Alles klar bei dir, Kell? Bist du verletzt?«

Als ich mich zu Kiera umdrehte, verzog ich das Gesicht. Sie schien noch besorgter zu sein als Evan. Offenbar hatte sie nicht mitbekommen, dass der Typ mich erwischt hatte. Ich schob eine Hand unter mein T-Shirt und tastete nach der schmerzenden Stelle an meinen Rippen. Sie fühlte sich nass an, und ich war nicht im Geringsten überrascht, dass meine Finger blutverschmiert waren, als ich sie wieder herauszog.

Kiera flippte bei dem Anblick aus. »O Gott ...« Sie untersuchte meine Hand, dann hob sie mein Shirt hoch, um die Wunde zu untersuchen. Ich hatte einen ordentlichen Schnitt über den Rippen. Er blutete zwar ziemlich, aber ich nahm an, dass er nicht sehr tief war. Die Wunde würde sich von allein schließen. Kiera schien da anderer Meinung zu sein. »Kellan, damit musst du ins Krankenhaus.«

»Ist nur ein Kratzer. Mir geht's gut.« Ich lächelte und hob eine Braue, da sie noch immer mein Shirt hochhielt. Sie ließ es los, dann fasste sie erneut meine Hand.

»Los, komm mit«, sagte sie und zog mich mit sich fort.

Sie führte mich durch die Menge aus neugierigen Gaffern zum Personalraum. Dort holte sie ein Pflaster aus dem Erste-Hilfe-Kasten, dann gingen wir zurück in den Flur. Sie befahl mir zu warten und steckte den Kopf in die Damentoilette, um sich davon zu überzeugen, dass sie leer war. Geduldig lehnte ich an der Wand.

»Das ist wirklich nicht nötig. Mir geht's gut«, beteuerte ich noch einmal, als sie mich bei der Hand nahm und in die Toilette zog.

Nachdem sie die Tür hinter uns geschlossen hatte, sah Kiera mich streng an. »Zieh das T-Shirt aus.«

Ich lächelte. Vielleicht war das hier am Ende gar nicht so schlecht. »Aye-aye, Captain!«

Ich zog mein Shirt aus und hielt es in der Hand, während ich am Waschbecken darauf wartete, dass sie mich verarztete. Die Vorstellung, dass sie mit ihren Fingern meine nackte Haut berührte, ließ mich erschaudern, auch wenn es ganz sicher wehtun würde. Schon der Stoff von meinem T-Shirt hatte höllisch auf dem Schnitt gebrannt. Ich konnte es jedoch aushalten. Von ihr berührt zu werden war es mir wert.

Sie drehte das Wasser auf und befeuchtete ein Handtuch. Als sie damit die Wunde säuberte, sog ich lautstark die Luft ein. Es war kalt, und es brannte. Kiera grinste über meine Reaktion, was mich wiederum amüsierte. »Du kleine Sadistin«, murmelte ich. Das gefiel ihr nicht. Sie setzte eine empörte Miene auf und versuchte, streng zu gucken. Ich lachte.

Sie bemühte sich, etwas vorsichtiger zu sein und fragte ungläubig: »Wie kannst du dich nur mit einem Typen anlegen, der ein Messer hat?« Ich kämpfte mit dem brennenden Schmerz. Hoffentlich war sie bald fertig, sonst würde ich noch anfangen zu jammern, und das wäre mir wirklich peinlich. »Woher sollte ich denn wissen, dass er ein Messer hatte?« Kiera drückte das Handtuch fest auf meine Seite und versuchte, die Blutung zu stoppen. »Ich wollte nicht, dass der dich so anfasst.« Als ich daran dachte, wie er sie begrapscht hatte, packte mich erneut die Wut. Mistkerl. Er hätte den Schnitt verdient. Hoffentlich hatte er zumindest Kopfschmerzen.

Kiera und mein Blick trafen sich, und all meine Wut löste sich in nichts auf. Sie war so wunderschön, so fürsorglich, so warm und so zärtlich. Sie war einfach unglaublich. Sie nahm das Handtuch weg und lächelte zufrieden. Ich blickte hinunter und sah, dass die Wunde aufgehört hatte zu bluten. Gut. Ich hasste Krankenhäuser.

Als sie ein Pflaster zurechtmachte, konnte ich nicht anders, ich musste sie ärgern. »Der darf dich nicht so anfassen. Ich darf es ja schließlich auch nicht.« Ich lachte, woraufhin Kiera das Pflaster nicht gerade feinfühlig auf meine Wunde klatschte. Erneut durchfuhr mich ein heftiger Schmerz, und ich nahm mir vor, Frauen nicht mehr zu ärgern, wenn sie mich verbanden.

Mit reumütiger Miene strich Kiera sanft die Ränder des Pflasters glatt. »Es war jedenfalls dumm. Du hättest dich ernsthaft verletzen können, Kellan.« Sie schluckte schwer, und ich sah deutlich, wie sehr sie die Vorstellung mitnahm. Sie würde mich vermissen, wenn ich tot wäre. Nein, sie würde um mich trauern. Und das war ein überraschend tröstlicher Gedanke.

Ich nahm ihre Finger und drückte sie an meine Brust. »Besser mich als dich, Kiera.« Ich konnte mir nicht vorstellen, um sie zu trauern. Ich konnte mir nicht vorstellen, dass sie nicht mehr da wäre. Ich wollte es auch nicht. Erneut sahen wir uns in die Augen. Sie wirkte nachdenklich, und ihre Iris hatte einen tiefen Grünton mit braunen Sprenkeln an den Rändern. Ich konnte mich so leicht in ihren Augen verlieren. »Danke ...« Ich wünschte, ich könnte sie küssen. Das schien mir die einzige Möglichkeit, mich richtig bei ihr zu bedanken. Aber das wollte sie nicht, und das respektierte ich.

Sie hielt die Luft an, dann wandte sie den Blick ab und wurde rot. »Du kannst dich jetzt wieder anziehen«, murmelte sie.

Nachdem ich mein T-Shirt übergezogen hatte, starrte sie auf die blutige, zerrissene Stelle. Tränen stiegen ihr in die Augen. Ich zog sie an mich. Sie umarmte mich ebenfalls fest, und ich sog lautstark die Luft ein, als ich erneut einen brennenden Schmerz in der Seite spürte. »Tut mir leid. Du solltest damit vielleicht doch lieber zum Arzt gehen.«

Obwohl ich nur zum Arzt gehen würde, wenn ich verblutete, nickte ich und zog sie erneut an mich. Sie seufzte und entspannte sich in meinen Armen, doch da ging die Tür auf. »Ups«, sagte Jenny. »Ich wollte nur mal nach dem Patienten sehen.«

Rasch rückte Kiera von mir ab. Der Verlust schmerzte mehr als meine Wunde. »Wir haben nur … ihm geht's gut«, stammelte sie.

Ihre Aufregung amüsierte mich, und da ich nicht wollte, dass Jenny sich etwas dabei dachte, dass wir uns umarmt hatten, lachte ich und ging in den Flur. Ich drehte mich um und sagte: »Danke noch mal, Kiera«, dann nickte ich Jenny zu. »Vielleicht sollte ich Griffin jetzt lieber mal das Messer abnehmen.«

Jenny wirkte für einen Moment verwirrt. »Ach, ist das etwa bei Griffin gelandet?« Ich hob eine Braue. Jenny kannte Griffin genauso gut wie ich. Wenn jemand in der Bar es genommen hatte, dann er. Und Griffin gehörte zu den Typen, die nie bewaffnet sein sollten. Das war für alle sicherer. Als Jenny verstand, verdrehte sie die Augen. »Gott … ja, mach das.«

Ich sah mich noch einmal nach Kiera um und überspielte mein Verlangen mit einem Lachen, dann ging ich den Flur hinunter. Ich hörte, wie Jenny Kiera fragte, ob sie mitkäme, und dass Kiera antwortete, sie bräuchte eine Minute. Meinetwegen? Wie sehr hatte sie der Gedanke aus der Bahn geworfen, mich für immer zu verlieren? Vielleicht würde das etwas verändern. Vielleicht aber auch nicht. Ungeachtet von Kieras »Denke immer daran, dass du gewinnen wirst«-Einstellung konnte ich nicht darauf zählen, dass die Dinge sich so entwickeln würden. Die Hoffnung war zu schmerzhaft.

17. KAPITEL

Mit einer schönen Frau schlafen

Während Kiera und Denny sich zunehmend voneinander entfernten, kamen Kiera und ich uns weiterhin näher. Ich hatte zwar ein schlechtes Gewissen, aber das Zusammensein mit ihr fühlte sich einfach zu gut an. Ich wollte mehr von ihr, nicht weniger. Und obwohl wir uns schon sehr nah waren, reichte es mir noch nicht.

Die Leidenschaft zwischen uns brodelte unter der Oberfläche. Wenn wir uns versehentlich in einer Tabu-Zone berührten oder uns glühende Blicke zuwarfen, wurde sie für einen kurzen Augenblick sichtbar. Wir spielten mit dem Feuer. Das war mir absolut klar. Unser »unschuldiges« Flirten war vollkommener Quatsch. Vielleicht war das, was wir taten, nicht ganz so schlimm wie eine richtige Affäre, aber es war verdammt nah dran. Wir betrogen Denny auf emotionale Weise.

Es fiel mir zunehmend schwerer, ihm in die Augen zu sehen. Manchmal ertappte ich mich dabei, wie ich ihn anstarrte, bevor er zur Arbeit ging, und mir wünschte, er würde es hier so schrecklich finden, dass er zurück nach Australien ginge. Das machte mich fertig. Denny war ein wichtiger Teil meiner Kindheit, er war wie ein Bruder für mich. Und jetzt wollte ich, dass er seine Freundin und mich in Ruhe ließ, damit wir nicht mehr hinter seinem Rücken heimlichtun mussten. Ich war ein hinterhältiger Dreckskerl.

»Alles klar bei dir, Kumpel?«, fragte er eines Abends.

Ich war müde und früh aus dem Pete's nach Hause gekommen. Kiera arbeitete noch, und Denny war allein zu Hause. Wenn Kiera Dienst hatte, blieb ich normalerweise bis zum Ende ihrer Schicht. Doch ich war der letzte D-Bag in der Bar gewesen, und nachdem ich mehrfach gegähnt hatte, fragte Jenny mich, warum ich dort herumhängen würde. Ich konnte ihr ja schlecht sagen, dass ich blieb, um Kiera bei der Arbeit zuzusehen. Also musste ich gehen, damit Jenny nicht merkte, dass Kiera mir alles bedeutete.

Ich trat ins Wohnzimmer und setzte mich in meinen bequemen Sessel. »Ja klar, warum nicht?«

Mein Herz schlug etwas heftiger, als Denny den Kopf schief legte und mich forschend ansah. »Na ja, erstens ist es erst zehn. Normalerweise bist du länger unterwegs.«

Ich lachte. »Stimmt. Ich war total fertig, deshalb habe ich heute mal früher Schluss gemacht.« Leider. Ich fragte mich, was Kiera jetzt gerade tat ...

Denny lehnte sich auf dem unförmigen Sofa zurück. »Allein? Seit wir hier sind, habe ich noch keine einzige weibliche Eroberung bei dir gesehen. So kenne ich dich gar nicht. Bist du schwul geworden, Digger?«

Als ich daraufhin eine Braue hob, lachte er. Kopfschüttelnd sagte ich: »Ich lasse es nur ... etwas ruhiger angehen.«

Amüsiert erwiderte Denny: »Hoffentlich nicht unseretwegen. Kiera und mir macht es absolut nichts aus, wenn du über Nacht Frauen mitbringst. Es ist schließlich dein Haus.«

Angespannt lächelte ich weiter. Ich wollte ihm nicht zeigen, wie falsch er lag. Kiera würde es etwas ausmachen. Sehr viel sogar.

Denny wandte sich wieder seiner Fernsehsendung zu. Irgendein Krimi, in dem alle aussahen, als würden sie eine Modenschau und keinen Tatort besuchen. Gerade überlegte ich, ob ich nach oben gehen, ein bisschen von Kiera träumen und dabei eindämmern sollte, da stieß Denny einen tiefen Seufzer aus. Er sah irgendwie mitgenommen aus. Bei seiner Ankunft hier hatte er ganz anders gewirkt. Er litt unter seiner Situation, konnte sie aber nicht ändern. Ich empfand Mitgefühl.

»Alles in Ordnung bei dir?«, fragte ich.

Er wandte mir seinen Blick zu und schien für den Bruchteil einer Sekunde misstrauisch. Dann seufzte er erneut und sah noch müder aus, als ich mich fühlte. »Es ist nur wegen der Arbeit. Ich bemühe mich wirklich, das Positive zu sehen, aber das ist echt schwer. Ich finde es immer noch ätzend da, und ich weiß, dass das nicht richtig ist, aber manchmal bin ich deshalb sauer auf Kiera.«

Als er ihren Namen aussprach, zuckte ich zusammen, bemühte mich jedoch um eine neutrale Miene. »Na ja, das ist wahrscheinlich ganz normal.« Ich sah Dennys und Kieras finstere Blicke vor mir und dachte an die Streitereien hinter verschlossenen Türen. Sie fetzten sich nicht richtig, doch die Beziehung war angespannt.

Denny wandte sich wieder dem Fernseher zu. »Nein, es ist mies. Sie hat mich schließlich nicht gebeten, meinen Job aufzugeben und wieder herzukommen. Wenn ich ihr noch etwas Zeit gelassen hätte, hätte sie sich beruhigt, und alles wäre gut geworden. Ich hatte einfach ... Panik. Ich hatte das Gefühl, ich müsste sofort zurückkommen, sonst wäre es zu spät ...« Er blickte wieder zu mir. »Ich weiß auch nicht, warum.«

Als er wieder zum Fernseher sah, schloss ich die Augen und schluckte einen Kloß hinunter. Er hatte meinetwegen so empfunden. Weil er gespürt hatte, dass ich sein Mädchen vögeln würde, wenn er sie mit mir allein ließ. Das war mies von *mir* gewesen. Ich könnte mich deshalb noch immer in den Hintern beißen.

Als Denny erneut seufzte, öffnete ich die Augen wieder. Zum Glück blickte er noch immer zum Fernseher und hatte den schuldbewussten Ausdruck auf meinem Gesicht nicht bemerkt. »Alles wird gut«, erklärte ich und hasste mich noch mehr dafür. Es war nett gemeint, aber es war ein leeres Versprechen. Wenn alles gut würde, wäre es zwischen Kiera und mir aus, und so sehr ich Denny mochte, ich wollte Kiera mehr als alles andere. Aber Denny und ich hatten eine gemeinsame Geschichte, und ich wollte, dass auch er wieder glücklicher war. »Kann ich etwas für dich tun? Dir helfen, einen neuen Job zu finden? Vielleicht eine Zeit bei jemand anderem wohnen, damit du und Kiera etwas Zeit für euch allein habt?« Mein Gott, hoffentlich nahm er das Angebot nicht an.

Ein kleines Lächeln erhellte Dennys Miene, doch er schüttelte den Kopf. »Du kannst nicht viel für mich tun. Es sei denn, du kennst ein paar hohe Tiere in der Werbung.« Er zögerte einen Moment, dann fügte er hinzu: »Aber danke. Das ist echt nett von dir.«

Ich behielt die Kontrolle über mein Mienenspiel, doch bei jedem seiner Worte drehte sich das Schwert der Schuld in meinem Bauch. Er durfte mir für nichts danken.

Mit finsterer Miene fügte Denny hinzu. »Vielleicht wäre es eine ganz gute Idee, wenn Kiera und ich etwas Zeit für uns allein hätten, aber ich weiß nicht. Sie hat zu tun, ich habe zu tun. Die Zeit arbeitet gegen uns. Morgen muss ich sogar verreisen. Und weißt du, was echt komisch ist? Als ich das Kiera gesagt habe, schien es ihr überhaupt nichts auszumachen. Wenn ich mir überlege, wie sie sich beim letzten Mal angestellt hat, ist das schon merkwürdig.«

Mein Herz schlug schneller. Er fuhr weg? Waren meine stillen Gebete erhört worden? Das hatte ich kaum zu hoffen gewagt. Um den Schein zu wahren, setzte ich ebenfalls eine düstere Miene auf und tischte ihm eine in Wahrheit verpackte Lüge auf. »Vielleicht hat sie deshalb ein schlechtes Gewissen und versucht, diesmal besser damit umzugehen.« Ich war mir sicher, dass sie ein schlechtes Gewissen wegen des letzten Mals hatte, aber ich war mir nicht sicher, wie sie es fand, dass er erneut wegfuhr. Freute sie sich genauso wie ich? Wir hätten wertvolle Zeit für uns. Vielleicht konnten wir eine Weile wegfahren, irgendwohin, wo wir uns nicht zu verstecken brauchten. Die Möglichkeiten waren endlos, und das Adrenalin ließ mein Herz höher schlagen.

Denny sah skeptisch zu mir herüber. »Ja ... vielleicht.«

Sein prüfender Blick gefiel mir nicht, darum fragte ich: »Wie lange bleibst du denn weg?«

Er wirkte verlegen. »Nur eine Nacht. Aber es kommt mir wie tausend vor, weißt du?«

Ich lächelte, schwieg jedoch. Wahrscheinlich kam es ihm so lange vor, weil er ihr nicht vertraute. Und der Grund, weshalb er ihr nicht vertraute, war ich. Weil ich ein schrecklicher Mensch war.

Anschließend sagte er nichts mehr. Ich ließ zu, dass sich Schweigen zwischen uns legte, ich wusste nicht, was ich noch sagen sollte. Die Tatsache, dass wir uns nichts mehr zu sagen hatten, erschien mir in gewisser Weise ironisch. Man sollte doch meinen, dass wir uns jetzt, nachdem wir in dieselbe Frau verliebt waren, ziemlich viel zu erzählen hätten.

Kaum war ich allein und die unendliche Schuld los, freute ich mich, dass er wegfuhr. Zwischen Kiera und mir hatte sich seit dem ersten Mal, als er weggewesen war, so viel verändert. Ich wollte unsere Verbindung stärken, ohne Denny ganz und gar zu verraten. So unmöglich sich das auch anhörte.

Als ich endlich ins Bett ging, konnte ich lange nicht einschlafen. Ich dachte nur an eins: Ich wollte mit Kiera in den Armen einschlafen. Noch nie hatte ich etwas so sehr gewollt.

Am nächsten Morgen, als Kiera und ich händchenhaltend Kaffee tranken, beschloss ich, das Thema anzusprechen. »Ich hab gehört, Denny ist heute Nacht nicht da?«

Sie wirkte sofort misstrauisch. »Ja. Er ist bis morgen Abend in Portland. Warum?«

Ich blickte nach unten. Ob sie in meinen Augen las, was ich dachte? Ich wollte unbedingt heute Nacht mit ihr zusammen sein. Den Blick weiter nach unten gerichtet sagte ich: »Bleib heute Nacht bei mir.«

»Ich bin doch jede Nacht hier«, erwiderte sie.

Amüsiert über ihren verwirrten Ton, blickte ich zu ihr auf. »Nein ... schlaf heute Nacht mit mir.«

Mein Vorschlag schien sie zu schockieren. »Kellan! So wird das nicht ...«

Ich musste lachen. Sie hatte genauso oft schmutzige Gedanken wie ich. Mein Vorschlag war jedoch überhaupt nicht sexuell gemeint. »Ich meinte das wortwörtlich: Schlaf bei mir im Bett.«

Verlegen darüber, was sie gedachte hatte, wandte sie den Blick ab. Als sie mich schließlich wieder ansah, erklärte sie: »Ich glaube nicht, dass das eine gute Idee ist, Kellan.«

Ich strahlte sie an. Wenn wir keine große Sache daraus machten, war es keine große Sache. Ich wollte nur mit ihr in den Armen einschlafen ... das war doch nicht schlimm. »Warum denn nicht? Ganz ›unschuldig‹ – ich komme noch nicht einmal unter deine Decke.«

Sie dachte darüber nach und hob fragend eine Braue: »In Klamotten?«

Euphorisch, dass sie vielleicht Ja sagen würde, strich ich lachend mit dem Daumen über ihre Finger. »Klar. Wenn dir das lieber ist.«

Sie lächelte. Ihre Lippen ließen mein Herz schneller schlagen. »Ist es.«

Ich war begeistert. Sie sagte Ja. Mein Hochgefühl ließ auch nicht nach, als sie die Stirn runzelte. »Aber du sagst Bescheid, wenn es zu hart wird, ja?«

Ich konnte nicht fassen, dass sie etwas so Doppeldeutiges gesagt hatte. Ich wandte mich ab und versuchte, mich erwachsen zu verhalten und nicht zu lachen. Die sexuelle Spannung zwischen uns war derart stark, dass ich oft etwas hart wurde.

»Du weißt, was ich meine«, flüsterte sie beschämt.

Lachend wandte ich mich wieder zu ihr um. »Ja, schon klar ... und ja, mach ich.« Glücksgefühle durchströmten mich, als ich in ihre ruhigen haselnussbraunen Augen blickte. »Du bist echt süß, weißt du das eigentlich?«

Lächelnd wandte sie den Blick ab. »Okay ... lass es uns versuchen«, sagte sie leise.

Als ich sie anstrahlte, legte sich ein Schatten auf ihr Gesicht. Sicher machte sie sich Sorgen, dass sie einen Fehler beging. Dass sie die ihr selbst auferlegte Grenze überschreiten und sich der Lust zwischen uns hingeben würde. Ich wollte ihr schlechtes Gewissen nicht sehen; es spiegelte meine eigenen Gewissensbisse.

Ich will ihm auch nicht wehtun, Kiera. Darum wird heute Nacht nichts passieren. Versprochen.

Da es Freitag war, spielten die D-Bags im Pete's. Bevor wir anfingen, bat ich Evan, den Song »Until You – Bis zu dir« mit auf die Setliste zu setzen. Er sah mich komisch an, dann nickte er. »Until You« war unser kitschigster Song, und normalerweise bat Evan darum, ihn zu spielen. Ich glaube, er tat es jedes

Mal, wenn er für irgendein Mädchen schwärmte. Matt und Griffin nannten das Stück deshalb den »Evan hat's wieder erwischt«-Song. Evan hatte den Großteil geschrieben – es war einer der wenigen D-Bags-Songs, die nicht von mir stammten –, weshalb es wohl logisch war, dass er es für seine romantischen Anfälle nutzte. Es kam mir seltsam vor, danach zu fragen, aber ich konnte nicht anders. Kiera hatte mein Leben verändert, sie hatte meinem Leben einen Sinn gegeben, und das wollte ich der Welt so unauffällig wie möglich mitteilen.

Während ich sang, versuchte ich, nicht zu Kiera hinüberzusehen. Hoffentlich spürte sie irgendwie, dass das Stück für sie war. Alles war für sie. Ich entdeckte, dass sie währenddessen mit Jenny sprach, aber ich wusste nicht, ob sie dennoch auf den Text achtete und die darin enthaltene Botschaft verstand. *Ich liebe dich, nur dich.*

Als wir zum letzten Stück kamen, teilte ich dem Publikum mit, dass es keine Zugabe geben würde. Auf mich warteten eine Matratze und eine absolut scharfe Frau. Ich hob die Hand, um das aufgekratzte Publikum zur Ruhe zu bringen. »Meine sehr verehrten Damen und natürlich auch Herren.« Ich hielt inne und wartete die Schreie ab. »Danke, dass ihr heute Abend hier wart. Wir haben noch einen letzten Song für euch, dann packen wir's.« Ich blickte zu Kiera, die mich beobachtete. »Wir haben noch was vor.«

Es war heiß unter den Scheinwerfern, mir stand der Schweiß auf der Stirn, er rann an meinen Schläfen hinunter. Mit dem Saum meines T-Shirts wischte ich mir durchs Gesicht. Die Fans, die jede meiner Bewegungen verfolgten, drehten durch, und irgendwo von hinten hörte ich Rita kreischen: »Ausziehen! Ausziehen!«

Ich grinste sie belustigt an, dann sah ich erneut zu Kiera, die vor ihr stand. Kiera schien die Vorstellung, dass ich einen

Strip hinlegte, zugleich zu beschämen und zu reizen. Lachend drehte ich mich zu den Jungs um, ob sie irgendwelche Einwände hatten. Es sah nicht so aus; wenn es nun mal die Fans aufheizte.

Da ich gut drauf war, beschloss ich, dem Publikum zu geben, was es wollte. Ich fasste mein T-Shirt und zog es aus. Der Tumult in der Bar wurde ohrenbetäubender, je mehr ich von meiner Haut zeigte. Ich musste lachen. Männer und Frauen waren sich doch ähnlicher, als sie wahrhaben wollten.

Ich steckte das T-Shirt hinten in den Bund meiner Jeans und drehte mich zu Evan um. Mit spöttisch gehobener Braue betrachtete er meinen halb nackten Körper. Ich zuckte mit den Schultern und sagte: »Könnte schlimmer sein. Ich könnte hier auch nur in Chaps stehen.«

Während Evan lachte, nannte ich ihm den Titel von unserem letzten Song, »All You Want«. Ich gab ihm ein Zeichen, und er begann sofort mit dem Intro. Ich wandte mich wieder dem Publikum zu, nahm das Mikro und strich mir durch die Haare. Die Fans rasteten total aus. Mein Adrenalinausstoß war hoch. Das berauschte mich, und der Gedanke an meine bevorstehende Pyjama-Party versetzte mich in Hochstimmung.

Während ich mit dem Publikum spielte und die Hände ausstreckte, um ein paar Fans vor der Bühne zu berühren, blickte ich zur Bar. Dort stand die gesamte Belegschaft und sah mir zu ... auch Kiera. Sie starrte Löcher in mich, als könnte sie nicht genug bekommen, und das machte mich an.

Als das Stück vorüber war, verneigte ich mich zu tosendem Applaus. Das Publikum heute Abend war ziemlich laut. Vielleicht sollte ich mich häufiger halb nackt ausziehen. Nachdem ich mein T-Shirt wieder anzogen hatte, buhten ein paar Mädchen. Ich schüttelte lachend den Kopf. Nein, in mancherlei Hinsicht waren Mädchen nicht anders als Jungs. Kiera stand noch immer an der Bar und beobachtete mich, ich schenkte ihr ein breites Grinsen. Ich liebte es, wenn ihr Blick an mir hing. Und ich freute mich darauf, dass wir nachher kuscheln würden ... die ganze Nacht. Ausnahmsweise würde ich mal nicht allein aufwachen. Das fand ich eine außerordentlich beruhigende Aussicht.

Als Kieras Schicht schließlich zu Ende ging, war ich verrückt vor Aufregung. Ich konnte nicht aufhören zu grinsen. Machte die Liebe eigentlich jeden zum Idioten? Oder war das nur bei mir so? Als Kiera bereit zum Aufbruch war, führte ich sie durch die Bar und legte ihr dabei eine Hand auf den Rücken. Es fühlte sich in dem Moment ganz natürlich an, sie zu berühren, es war mir sogar egal, ob es jemand sah.

Kaum waren wir draußen, nahm ich Kieras Hand und sang erneut »All You Want«. Ich dachte, sie fände es schön, wenn ich es für sie singe, doch sie runzelte die Stirn. »Was ist?«, fragte ich überrascht.

Sie schmollte, aber ich sah, dass es gespielt war. »Haben wir nicht schon einmal über deine Art zu singen gesprochen?«

Ich lachte und setzte eine unschuldige Miene auf. »Was war denn daran falsch?« Ich deutete auf die Bar. »Schließlich war ich fast die ganze Zeit angezogen.«

Sie wollte mich mit dem Ellbogen in die Seite stoßen, doch ich wich aus. Weil ich so verdammt gut gelaunt war, lief ich hinter ihr her und hob sie hoch. Sie quiekte überrascht auf und versuchte sich loszumachen, doch ich hielt sie fest. Als ich sie schließlich absetzte, schlang ich weiterhin fest die Arme um sie. *Du entkommst mir nicht. Nicht heute Nacht. Heute Nacht ... gehörst du mir.*

Als wir eng umschlungen zu meinem Wagen gingen, erklärte ich: »Das habe ich doch für Pete gemacht.«

Sie blieb abrupt stehen, und ich stieß gegen sie. Sie drehte sich zu mir um und sah mich mit großen Augen an. »Oh ... *Oh!*«

Ich hatte keine Ahnung, was sie so aus der Fassung brachte. Ich überlegte, was ich gesagt hatte, dann begriff ich. Sie dachte, ich hätte für Pete gestrippt. Buchstäblich.

Ich ließ sie los und wich zurück. Ich musste mir vor Lachen den Bauch halten. Die Vorstellung, dass Pete um mich herumschwarwenzelte, war einfach zu komisch. Unschlagbar. »O mein Gott, Kiera! Nein, so habe ich das nicht gemeint.« Jetzt kamen mir vor Lachen die Tränen, ich wischte mir die Augen. In meinem Überschwang fand ich den Moment noch lustiger. Wenn ich zuvor auf Wolke sieben gewesen war, hatte Kiera mich eben auf Wolke acht katapultiert. »Gott, ich kann es nicht erwarten, das Griffin zu erzählen.«

Kiera fand das nicht ganz so lustig wie ich, und ich merkte, dass ich sie mit meinem Lachen in Verlegenheit brachte. Ich versuchte, mich zu beherrschen, aber das war nicht so leicht. »Ahhh ... und du tust immer so, als hätte *ich* eine schmutzige Fantasie.« *Sorry, Süße, aber du bist ganz genauso verdorben wie ich.*

Ich legte die Arme um sie und atmete langsam und gleichmäßig aus. Als ich das Gefühl hatte, dass der Lachreiz nachließ, sagte ich: »Hast du gesehen, wie die Leute darauf abgefahren sind? Ich wette, morgen ist es doppelt so voll wie heute. Ich habe ihm nur geholfen, Kiera.« Völlig entspannt wiegte ich sie hin und her und genoss es, ihr so nah zu sein.

Ihr gereizter Ausdruck wich Verständnis. »Na gut, das verstehe ich. Du bringst mehr Leute, er macht mehr Geld, du wirst bekannter und machst vermutlich auch mehr Geld.«

Das Geld war mir eigentlich komplett egal, aber im Grunde hatte sie es verstanden. »So ungefähr.«

Sie verzog die Lippen zu dem sinnlichsten Lächeln, das ich

je gesehen hatte. Mir stockte der Atem. Ich wollte ihre Haut schmecken, ihre Weichheit spüren, mich in Küssen verlieren.

»Dann darf ich ja wohl nichts sagen«, bemerkte sie. Sie beugte sich vor und küsste mich auf die Wange.

Mein Gesicht brannte, wo sie mich berührt hatte. Ohne Zeit zu verlieren, küsste ich sie ebenfalls auf die Wange. Sie blinzelte überrascht, und ich grinste breit. »Wenn du gegen eine Regel verstoßen darfst, darf ich das auch.« Augenzwinkernd schob ich sie in Richtung Chevelle. Ich war bereit, mit unserem Kuschelabend zu beginnen. Ich war für eine Menge Dinge bereit.

Als wir ins Auto stiegen, meinte Kiera: »Du hast aber gute Laune.«

Ich musste unwillkürlich grinsen. »Ich habe ja schließlich auch nicht jede Nacht Gelegenheit, mit einer schönen Frau zu schlafen.« Ehrlich gesagt konnte ich mich nicht erinnern, wann ich überhaupt das letzte Mal eine ganze Nacht mit einer Frau verbracht hatte. Ich war mir ziemlich sicher, dass ich das noch nie getan hatte. Wenn ein Mädchen zum Sex gekommen war, war sie kurz darauf gegangen. Wenn ich irgendwo zum Sex gewesen war, hatte ich dasselbe getan. Von Schmusen war nie auch nur die Rede gewesen. Kiera wusste das nicht, aber heute Nacht war eine Premiere für mich.

Als ich den Motor startete, bemerkte ich, dass sie sich mit meiner Bemerkung nicht wohlzufühlen schien. Sie hatte es schon wieder als schmutzige Anspielung verstanden. Und jetzt wirkte sie ein wenig bedrückt. Um ihr das Gefühl zu geben, dass wir nichts wirklich Falsches taten, stellte ich klar: »He, ich habe nur vom Schlafen gesprochen, nicht vom Fi…«

In scharfem Ton unterbrach sie mich: »Kellan!«

Ihr ungehaltener Ausdruck war so verwirrend, dass ich Schwierigkeiten hatte, ein anderes Wort zu finden. Ich suchte nach einem anderen Wort mit F, das nicht ganz so abstoßend klang. »Fintimverkehr?«, sagte ich schließlich. Sie musste anerkennen, dass ich mir zumindest Mühe gab.

Lachend rutschte sie über die Sitzbank zu mir, schmiegte sich an mich und lehnte den Kopf an meine Schulter. Himmlisch.

Als wir zu Hause ankamen, verschwand Kiera in ihrem Zimmer. Kurz dachte ich, sie würde einen Rückzieher machen. Sofort überkam mich Enttäuschung. Ich wollte diese Nacht so sehr, dass es schon quälend war. Es dauerte zwanzig Minuten, aber schließlich trat sie komplett angezogen aus ihrem Zimmer. Sie trug sogar einen Pullover. Bei ihrem Anblick musste ich lachen. Es fehlten nur noch Handschuhe, eine Mütze und vielleicht noch ein Schutzanzug, dann wäre sie bestmöglich vor mir geschützt.

Als sie ins Bad ging, um sich die Zähne zu putzen, zog ich sie auf: »Bist du sicher, dass dir darin warm genug ist?« Sie rollte mit den Augen und schloss die Tür. Ich schmunzelte. *Es passiert wirklich.*

Als sie fertig war, tauschten wir die Plätze. Während ich mich im Spiegel ansah, hörte ich, wie sie in mein Zimmer ging. Ich schloss die Augen und ließ langsam die Luft aus meiner Lunge entweichen. Ich würde das schon schaffen. Immer schön locker bleiben. Ich würde es nicht versauen, sie nicht verschrecken, nicht zu weit gehen. Obwohl ich nichts lieber wollte als jeden Zentimeter ihres Körpers zu küssen, würde ich brav sein. Es ging mir um die Verbindung zwischen uns, nicht um den körperlichen Kram. Als ich die Augen wieder öffnete, betrachtete ich mein Spiegelbild. Nachdem der Schweißfilm getrocknet war, glänzte ich noch immer ein bisschen. Ich ließ das Wasser laufen und so warm werden, wie es gerade noch auszuhalten war, dann wusch ich mir das Gesicht. Nachdem ich fertig war, trocknete ich mich ab und betrachtete mich erneut. Ich schien noch immer zu glänzen. Vielleicht lag das an Kiera. Kopfschüttelnd putzte ich mir die Zähne. Ich war ein absolut hoffnungsloser Fall.

Als ich zurück in mein Zimmer kam, stand Kiera in der Mitte und starrte mit unentschlossener Miene auf mein Bett. Ich überlegte, sie nach ihren Gedanken zu fragen, aber dann würde sie vielleicht über uns reden, und das wollte ich nicht. Schweigen bedeutete Sicherheit.

Ich zeigte auf das Bett, gegen das sie einen gewissen Widerwillen zu hegen schien. »Na los. Es beißt nicht.« Lachend fügte ich hinzu: »Und ich auch nicht.« *Locker, ganz locker.*

Sie sah mich amüsiert an, dann holte sie tief Luft und kroch unter die Decke. Wie ich ihr gesagt hatte, legte ich mich *auf* die Decke. Es war eine seltsame Art zu schlafen, und ich war mir ziemlich sicher, dass mir verdammt kalt werden würde, aber um mit ihr zusammen zu sein, würde ich alles aushalten. Ich nahm mein eisiges Schicksal an und rollte mich auf die Seite zu ihr. Ich legte mein Bein über ihrs und meinen Arm auf ihren Bauch. Selbst durch die Decke fühlte es sich wunderbar an, bei ihr zu sein. Irgendwie richtig, als würde ich an ihre Seite gehören.

Ich beugte mich über sie und schaltete die Nachttischlampe aus. In der Dunkelheit konnte ich nichts sehen, dafür reagierten meine übrigen Sinne umso empfindlicher. Ich roch den blumigen Duft ihres Shampoos. Ich hörte ihr leises Atmen. Mein Herz schlug heftig, und ich war mir augenblicklich genau der Stellen bewusst, an denen mein Körper ihren berührte. Was würde ich dafür geben, mit ihr unter der Decke zu liegen. Nichts zwischen uns zu haben, keine Laken, keine Kleider, keine Geheimnisse, keine Wände.

»Kellan ...« Sie klang etwas angespannt.

»Ja?«

»Könntest du das Licht bitte wieder anschalten?«

Ich schmunzelte. Meine Nähe löste etwas in ihr aus. Das machte mich glücklich. Ich wollte ihr unter die Haut gehen.

Ich griff erneut über sie hinweg und schaltete das Licht wieder ein. Ich blinzelte und vermisste sofort die Intimität der Dunkelheit. Ohne Licht war es leichter, so zu tun, als würden wir nichts Falsches machen. Als würden wir uns nicht am Rand eines sehr gefährlichen Kliffs bewegen und Gefahr laufen, uns ins Elend zu stürzen.

Ich schob meine trüben Gedanken fort und fragte locker: »Besser so?« Dann stützte ich mich auf einem Ellbogen ab, sodass ich auf sie hinunterblicken konnte. Ihre Augen wirkten heute Abend eher golden als grün. Honig mit smaragdgrünen Flecken. Toll.

Sie wirkte irgendwie gebannt, als wir einander anblickten. Dann stieß sie plötzlich hervor: »Mit wem hast du es eigentlich das erste Mal gemacht?«

Ihre Frage erwischte mich kalt. »Was? Wieso?«

Peinlich berührt schluckte sie. »Na ja, das hast du mich doch auch gefragt. Jetzt bist du dran.«

Ich war peinlich berührt und studierte die Decke. Ich hätte nicht so weit gehen dürfen, ich hätte sie das nicht fragen dürfen. Diese blöde Neugier. »Stimmt, das habe ich wohl gefragt.« Ich blickte zu ihr hoch. »Entschuldige … das ging mich wirklich nichts an.«

Sie lächelte siegesgewiss. »Beantworte einfach die Frage.«

Ich lachte, als sie erneut meine Worte gegen mich verwandte. Touché. Ich ging meine ganzen Liebschaften durch und versuchte mich an die Einzelheiten des Mädchens zu erinnern, das mich entjungfert hatte. Strahlend blaue Augen, platinblonde Haare und ein verführerisches Lächeln tauchten vor meinem inneren Auge auf. Ich konnte mich nicht an ihren Namen erinnern. In Gedanken hatte ich sie immer Marilyn genannt. Marilyn Monroe. Klassisch, kurvig und irgendwie ein bisschen verrucht.

Während ich über die Vergangenheit nachdachte, erschien ein komischer Ausdruck auf Kieras Gesicht, als könnte sie nicht glauben, dass ich erst überlegen musste. Für sie war es natürlich einfacher, sie war immer noch mit ihrem ersten Mal zusammen. Ich lachte über ihren Gesichtsausdruck, dann berichtete ich: »Na ja, sie war ein Mädchen aus der Nachbarschaft, sie war sechzehn, glaube ich, und ziemlich hübsch. Sie mochte mich irgendwie.«

Bei der Erinnerung daran, wie sehr sie mich mochte, musste ich lächeln. »Aber wir haben uns nur einen Sommer lang ein paarmal getroffen.«

Ihre Miene veränderte sich, und mit leiser Stimme, als hätte sie Angst, die Frage könnte mich verletzen, sagte sie: »Oh ... warum, was ist passiert?«

Sie wirkte so ernst, dass ich nicht anders konnte, als sie zu ärgern. Irgendwie war ich außerdem neugierig, ob sie mir glauben würde, wenn ich etwas völlig Abwegiges behauptete. Ich strich mit den Fingern durch ihre Haare und murmelte: »Ich habe sie geschwängert, und sie musste zu ihrer Tante ziehen, um dort das Baby zu bekommen.«

Sofort fuhr sie zu mir herum: »Was?!«

Lachend gab ich ihr einen Nasenstüber. »Das war ein Witz, Kiera.«

Stöhnend schob sie mich weg. »Du bist unmöglich.«

Ich stützte mich wieder auf dem Ellbogen ab. »Du hast es mir aber abgekauft. Du scheinst mir ja wirklich alles zuzutrauen.« An ihrem Ton hatte ich gemerkt, dass sie nicht an meiner Geschichte gezweifelt hatte. Tief im Innern glaubte sie, ich wäre der Typ, der in dieser Situation einfach abhauen würde. Sie dachte, ich würde davonlaufen, wenn es schwierig wurde. Und ich war ja auch fast vor Kiera davongelaufen. Vertraute sie mir deshalb nicht? *War* ich vertrauenswürdig? Man musste sich nur ansehen, was ich Denny angetan hatte. »Ich bin doch kein Monster.« Vielleicht hatte ich Dennys Vertrauen missbraucht, aber ich würde niemals ihres missbrauchen.

Kiera stützte sich ebenfalls auf dem Ellbogen ab und sah mich an. »Du bist aber auch nicht gerade ein Engel.« Sie grinste mich derart aufreizend an, dass mir keine andere Wahl blieb, als ihr Lächeln zu erwidern. Da hatte sie vermutlich recht. »Was ist also wirklich mit dem Mädchen passiert?«, wollte sie wissen.

Ich zuckte mit den Schultern. Die wahre Geschichte war nicht allzu interessant. »Nichts Dramatisches. Sie ist wieder auf ihre Schule zurückgegangen und ich auf meine. Verschiedene Wege ...«

Kiera schien verwirrt. »Ich dachte, du hättest gesagt, sie wäre eine Nachbarin gewesen. Warum seid ihr auf unterschiedliche Schulen gegangen?«

Ich merkte, dass ich einen Fehler gemacht hatte. Ich konnte ihr unmöglich die Wahrheit sagen, dass ich nämlich unglaublich jung gewesen war. Verboten jung. Kiera würde nicht verstehen, was ich durchgemacht hatte, dass Sex das Einzige gewesen war, das mein Leid gelindert hatte. Nein, sie würde nur mein Alter sehen. Sie wäre abgestoßen und würde schreckliche Dinge von mir denken. Ich wollte nicht, dass Kiera mich für ein sexsüchtiges Monster hielt. Und ich wollte nicht, dass sie dachte, ich wäre völlig gestört, so einsam, dass ich mich kaum selbst ertragen konnte. Ich wollte nicht, dass sie die dunklen Stellen in mir sah. Ich war nicht bereit, mich ihr derart zu öffnen. Allein bei dem Gedanken wurde mir übel, also gab ich ihr eine möglichst vage Erklärung. »Wir waren nicht in derselben Stufe.« Ich sah förmlich, wie sich die Rädchen in ihrem Kopf in Bewegung setzten, ich musste das Thema wechseln. »Aber sie war sechzehn, wie alt warst du denn dann?«

Genau diese Frage hatte ich umgehen wollen. Aber irgendwie rutschte mir gegen meinen Willen heraus: »Nicht sechzehn ...« *Nein, ich war zwölf Jahre alt gewesen. Ahnungslos. Ein Kind. Aber das würdest du nicht verstehen.*

Kiera schien noch immer verwirrt. »Aber ...«

Wütend auf mich selbst, weil ich zu viel verraten hatte, erklärte ich entschieden: »Du solltest jetzt schlafen, Kiera, es ist schon spät.« *Und ich werde nicht mehr darüber reden.*

Ich dachte, dass sie noch weiter nachbohren würde, doch stattdessen schien sie zu spüren, dass ich noch nicht bereit dazu war, und beließ es dabei. Sie schob ihre Hand unter der Decke hervor, und mit einem dankbaren Lächeln nahm ich sie. Wir legten uns beide zurück auf die Kopfkissen, und ich zog sie an meine Brust. Ich strich über ihren Kopf, der an meinem Herzen lag, und über ihren Rücken. Die Angst, dass sie etwas über meine Vergangenheit herausfinden könnte, wich einem friedlichen Gefühl. All das war ohnehin nicht wichtig. Dieser Moment, sie in meinen Armen, war alles, was zählte.

Sie schmiegte sich an mich, und ich küsste aus einem Impuls heraus ihr Haar. Es geschah, bevor es mir überhaupt bewusst war, doch sie stieß mich nicht zurück, sie stürmte nicht aus dem Zimmer. Sie tat nichts. Sie lag einfach neben mir und genoss meine Nähe genauso sehr wie ich ihre.

Währenddessen strich sie mit den Fingern über meinen Körper. Sie begann bei dem Schnitt über meinen Rippen, der Wunde, die ich ihretwegen kassiert hatte. Dann ließ sie die Hand zu meiner Brust gleiten, und mein Herz schlug heftiger. Es fühlte sich so gut an, von ihr berührt zu werden. Ich stieß einen leisen Seufzer aus und drückte sie an mich.

Sie bemerkte, dass sie mich erregte, und stützte sich auf, um mir in die Augen zu sehen. Ihre wirkten müde, was sie jedoch nur noch berauschender machte. »Kellan, vielleicht sollten wir doch lieber nicht ...«

Nein, ich will nicht, dass das aufhört. Nie. »Bei mir ist alles okay, Kiera. Schlaf ein bisschen.«

Sie legte sich wieder hin und kuschelte sich in meine Armbeuge. Das war okay; es fühlte sich gut an. Sie griff nach meiner Hand und verschränkte ihre Finger mit meinen. Dann legte sie unsere Hände unter ihre Wange. Ich seufzte vor Glück; noch nie hatte ich eine so innige Verbindung zu jemandem gespürt. Wenn die Welt jetzt unterginge, wäre ich vollauf zufrieden.

Erneut küsste ich sie aufs Haar, und sie flüsterte: »Kellan ...?«

Mir war klar, dass sie sich Sorgen machte, die Situation könnte mich überfordern, darum versicherte ich ihr. »Wirklich, es ist alles okay, Kiera.«

Sie blickte zu mir auf. »Nein, ich habe mich nur gefragt ... warum willst du das alles mit mir? Ich meine, du weißt doch, dass das zu nichts führt. Warum vergeudest du mit mir deine Zeit?«

Ein schmerzhafter Stich verletzte den perfekten Augenblick, aber ich steckte ihn weg, so gut ich konnte. »Kein Moment mit dir ist vergeudet. Wenn das alles ist ...« Ich konnte ihr nicht meine ganze Verzweiflung gestehen, also beließ ich es dabei.

Zum ersten Mal schien sie zu begreifen, dass es hier für mich nicht um Sex ging. Dass sie mir etwas bedeutete, und ich versuchte, mit der Tatsache zurechtzukommen, dass sie nicht mit mir zusammen sein wollte. Als sie mir ins Gesicht sah, wusste ich, dass sie mich sah, wirklich *mich*. Es tat weh, aber ich wich nicht aus, wechselte nicht das Thema oder setzte eine Maske auf. Das war ich, ganz ungeschützt.

Sie schien irgendwie verwirrt zu sein, ließ meine Hand los und strich mir über die Wange. Es verstärkte den Schmerz. Sie würde niemals mir gehören. Nicht ganz. Ich würde immer nur kurze Glücksmomente mit ihr erleben, denn morgen Abend würde sie wieder in ihrem eigenen Bett neben Denny liegen, und ich war wieder allein.

Nachdem ich jetzt wusste, wie großartig sich das anfühlte, fand ich den Gedanken schrecklich, dass ich das nie mehr wiederhaben sollte. Ich wollte nicht mehr ohne sie sein. Ich wollte sie nicht mehr teilen. Egoistisch wollte ich jeden Teil, jeden Winkel von ihr. Ich wusste, dass ich an eine Grenze stieß, die ich mir geschworen hatte, nie zu übertreten. Doch Denny wusste nicht zu schätzen, was er an ihr hatte. Ich schon. Ich genoss jede Sekunde mit ihr, und ich wollte, dass unsere Verbindung noch tiefer wurde.

Kurz verlor ich die Beherrschung und küsste sie auf den Mundwinkel. Ich war schockiert, dass ich deutlich zu weit gegangen war, doch Kiera, die ebenfalls überrascht zu sein schien, stieß mich nicht zurück. Ich lehnte meinen Kopf an ihren, atmete leise an ihrer weichen Haut, und sie tat nichts. Sie hielt die Luft an und streichelte weiter meine Wange.

Als sie mit dem Daumen über meine Haut strich und mich unterschwellig ermunterte weiterzumachen, gerieten meine Vorsätze ins Wanken. Ich begehrte sie so sehr. Ich brauchte sie so sehr. Ich küsste zärtlich ihr Kinn, dann hauchte ich einen Kuss auf ihren Hals. Sie wehrte sich noch immer nicht, und sie schmeckte so süß. Ich brauchte mehr. Ich schob die Hände unter die Decke, ließ sie zu ihrer Taille gleiten und zog sie dichter an mich. Mein Atem ging schneller, und mit einem leisen Stöhnen verteilte ich Küsse auf ihrem Hals. *Ja. Mehr.*

Ich ballte die Hände zur Faust. Am liebsten hätte ich ihr die Decke fort- und die Kleider vom Leib gerissen, alle Hindernisse zwischen uns entfernt. Ich atmete flach und schnell, löste meine Lippen von ihrer Haut und lehnte meine Stirn gegen ihre. Ich wollte ihren Mund auf meinem spüren.

»Kiera …« *Ich brauche dich. Küss mich … oder halt mich auf.* Ich sah sie durchdringend an und wollte sie dazu bringen, mich zu küssen. Ich betete, dass sie es tat. *Würde mich ein weiterer Kuss nicht verrückt machen?* Sie sagte nichts, aber ihr Gesicht drückte widersprüchliche Gefühle aus.

Es gab eine Verbindung zwischen uns, etwas, das über körperliche Anziehung hinausging – dessen war ich mir sicher. In ihrem schüchternen Lächeln sah ich, dass sie mehr für mich empfand. Ich spürte es an der Art, wie sie ihren Kopf an meine Schulter legte, wenn sie müde war, hörte es an ihrem Lachen in den kurzen sorglosen Momenten, in denen keiner von uns ein schlechtes Gewissen hatte. Kiera litt darunter, die Mauer zwischen Freundschaft und Liebschaft aufrechtzuerhalten. Sie war innerlich zerrissen, genau wie ich, aber ich konnte mich nicht mehr zurückhalten.

Als ich meine Lippen zu ihren senkte, glitten ihre Finger zu meinem Mund und versuchten halbherzig, mich aufzuhalten. Ich stöhnte und genoss das Gefühl ihrer Haut an meiner so sehr, dass ich ihre sanfte Zurückweisung ignorierte und die Augen schloss. Sie bewegte ihre Finger nicht, sie versuchte nicht, mich abzuhalten. Also presste ich meine Lippen auf ihre, obwohl ihre Hand noch immer zwischen uns war. Ich ignorierte, dass sie unsere Lippen voneinander trennten, und küsste ihre Finger. Doch sie zu küssen genügte mir nicht. Ich zog ihre Finger fort von meinen Lippen.

»Ich will dich spüren …«

Als ich ihre Oberlippe küsste, reagierte Kiera, als hätte ich ihr eiskaltes Wasser über den Rücken gegossen. Sie holte scharf Luft, stieß mich zurück und krabbelte aus dem Bett. In dem Moment realisierte ich, was ich getan hatte und was es mich vermutlich kosten würde. Kiera wollte das nicht, das hatte sie mir unzählige Male gesagt.

Atemlos vor Panik setzte ich mich auf. »Kiera, es tut mir leid. Ich werde nicht mehr …« Ich schluckte ein paarmal und versuchte, mich zu beruhigen. *Bitte, sag nicht, dass es vorbei ist.*

Kiera versuchte, normal zu atmen, während sie mich mit großen Augen anstarrte. »Nein, Kellan … das war wirklich keine gute Idee. Ich gehe lieber in mein Zimmer. Allein.«

Sie zeigte auf mich, und ich hatte das Gefühl, ihr Finger würde sich direkt in mein Herz bohren. *Nein, verlass mich nicht.* Ich hatte Schwierigkeiten, mich zu bewegen. Ich hatte das Gefühl, meine Hände und Füße wären aus Blei. »Warte. Es ist schon in Ordnung. Gib mir nur eine Minute. Das geht wieder vorbei …« *Bitte geh nicht.*

Sie hob die Arme, um mich aufzuhalten. »Nein … bitte bleib hier. Ich kann … ich kann das nicht. Das ging viel zu weit, Kellan. Das ist einfach zu schwer.« Sie wich zur Tür zurück.

Nein … bitte geh nicht. Ich kriege das hin. »Warte, Kiera, ich werde mich bessern. Bitte geh jetzt nicht.«

Als sie meine Erschütterung sah, blieb sie stehen. Für mich brach eine Welt zusammen. Ich war ein Idiot, dass ich gemeint hatte, die heutige Nacht würde kein Riesenfehler sein. Ich sollte sie gehen lassen, ich konnte nur nicht.

Ihre Züge wurden weicher, sie hatte Mitgefühl. »Ich muss heute Nacht allein sein. Wir reden morgen, okay?«

Ich konnte nichts mehr sagen, also nickte ich und sah zu, wie sie ging. Genau wie ich würde sie heute Nacht allein sein. Ihre Qual würde morgen jedoch enden, während meine andauerte. Aber zumindest hatte ich einen Augenblick puren Glücks mit ihr gehabt. Auch wenn mein Herz brach und ich Wahnsinnsangst hatte, dass sie ihre Meinung ändern und unser Arrangement beenden würde, konnte ich mich an das Gefühl klammern, sie in den Armen gehalten zu haben. Ich würde mich für immer daran festhalten.

Ich liebe dich, Kiera. Und es tut mir leid.

18. Kapitel

Ich gehöre dir nicht

Zu meiner großen Überraschung beendete Kiera die Sache am nächsten Morgen nicht. Erschöpft nach einer schlaflosen Nacht, in der ich nur an sie gedacht hatte und daran, was sie nach dem gestrigen Vorfall wohl sagen würde, war ich früh zu ihrem Zimmer gegangen. So schmerzhaft die Vorstellung, sie zu verlieren, auch war, ich musste wissen, ob sie mich in die Wüste schickte oder mir noch eine Chance gab. Als sie mich nur kurz maßregelte und mir sagte, ich solle es nie wieder so weit treiben, empfand ich große Erleichterung. Ob das richtig oder falsch war, sie wollte es jedenfalls noch nicht beenden.

Später am Abend platzte die Bar dank meines gestrigen kleinen Strips aus den Nähten, aber ich war nicht ganz bei der Sache. Ich konnte nur daran denken, wie ich Kiera in meinem Bett in den Armen gehalten hatte. Vielleicht war es das letzte Mal gewesen. Der Gedanke drückte auf meine Stimmung. Ich hatte das Gefühl, in meinem Kopf würde eine Glocke läuten, die mich ständig daran erinnerte, dass Kiera und Denny wieder zusammen waren. Am liebsten hätte ich Denny gebeten, wieder zu fahren. Oder ihn einfach weggeschickt. Doch das konnte ich nicht. Ihn traf keine Schuld an der Situation. Dieses Gefühlschaos hatte ich mir selbst zuzuschreiben. Ich hätte nie etwas begehren dürfen, das mir nicht gehörte.

Ein paar Tage später holte ich Kiera von der Uni ab, und wir fuhren zu unserem Lieblingsplatz in einem Park. Er lag fußläufig zur Uni, und wir kamen manchmal her, wenn wir Lust hatten, den Tag, die Natur und einander zu genießen. Das erste Mal, als ich Kiera zufällig hier getroffen hatte, hatte ich ihr vorgeworfen, mich zu stalken, weil ich häufiger hier trainierte. Wir hatten gelacht, herumgealbert und uns beinahe geküsst. In letzter Zeit schienen wir uns ziemlich häufig beinahe zu küssen. Mit ihr zusammen zu sein war unglaublich aber auch schwierig. Schmerz und Freude mischten sich so perfekt miteinander, dass es manchmal schwer war, beides auseinanderzuhalten.

Ich hielt in der einen Hand einen Espresso, während ich mit der anderen eine Decke aus dem Kofferraum holte. Es war sonnig aber kühl. Der Winter rückte näher. Kiera war in eine dicke violette Jacke gemummelt, und ihre Nase war gerötet. Ich hatte den merkwürdigen Wunsch, meine Nase an ihrer zu reiben – rosa an rosa –, aber ich wusste nicht, ob das zu weit ging.

Wir fanden einen Platz am Rand einer Wiese, auf der ein paar Leute herumliefen und versuchten, warm zu bleiben. Ich stellte meinen Kaffee ins Gras, nahm die Decke und ließ sie auf den Boden sinken. Vorsichtig, um ihren eigenen Kaffee nicht zu verschütten, ließ sich Kiera nieder, dann lächelte sie mich an. Ihr Strahlen raubte mir den Atem. Obwohl Denny zurück war, strahlte Kiera, wann immer sie mich sah. Und vielleicht bildete ich mir das nur ein, aber für Denny schien sie nicht so breit zu lächeln. Oder nicht so oft. Vielmehr schienen sie nicht viel Zeit miteinander zu verbringen. Erst neulich hatte Denny Kiera, kurz bevor sie zusammen ins Kino gehen wollten, versetzt – es war mindestens schon das zweite Mal vorgekommen. Sie war sauer auf ihn gewesen, aber dann hatte sie mich gebeten, sie stattdessen zu begleiten, und wir hatten einen tollen Abend gehabt. Ich versuchte, kein schlechtes Gewissen zu haben, weil Denny sich nicht mehr so gut mit ihr verstand. Mich aber auch nicht darüber zu freuen. Ihre Beziehung war losgelöst von unserer, zumindest versuchte ich, mir das einzureden. Ich tat das, was Kiera wollte.

Wir tranken schweigend unseren Kaffee. So sehr mich die Flüssigkeit auch wärmte, es war nichts verglichen mit dem Gefühl, neben Kiera zu sitzen. Sie wärmte mich von innen heraus. Sie brachte kalte, dunkle Stellen in mir zum Schmelzen, derer ich mir zuvor noch nicht einmal bewusst gewesen war. Zeit mit ihr zu verbringen machte alles besser.

Als wir ausgetrunken hatten, stellten wir die leeren Becher ins Gras, und ich nahm ihre Finger. Sie waren noch warm vom Halten des Bechers. Kiera durchbrach die Stille mit einer überraschenden Frage. »Dieser Song, den ihr da am Wochenende gespielt habt, dieser emotionale … der handelt eigentlich nicht von einer Frau, stimmt's?«

Ich wusste genau, welchen Song sie meinte. Er hieß »I Know«, und wie sie sagte, hatte ich ihn vor einiger Zeit gespielt. Das Stück handelte von einer Frau, die in einer Beziehung misshandelt wird. Dahinter verbarg sich meine Vergangenheit. Mir war nicht klar gewesen, dass Kiera so genau auf den Text geachtet hatte und mich derart durchschaute, dass sie zwischen den Zeilen lesen konnte. Woher zum Teufel wusste sie das?

Als sie die unausgesprochene Frage von meinem Gesicht ablas, lieferte sie mir eine Antwort, die ich nicht erwartet hatte. »Denny hat mir erzählt, wie es bei dir zu Hause war, als er bei euch gewohnt hat. Der Song handelt von dir, oder? Von dir und deinem Vater?«

Ich wandte den Blick ab und ließ ihn über den Park schweifen. Denny. Ich hätte mir denken können, dass er es ihr erzählen würde. Irgendwie verletzte es mich, dass er ihr so etwas Persönliches verraten hatte, andererseits war ich froh, dass sie es wusste. Ich wollte allerdings nicht darüber sprechen. Ich nickte, sagte jedoch nichts.

»Willst du darüber reden?«, fragte sie leise.

»Nein.« Ich wollte niemals darüber reden. Es war sinnlos, daran zu denken, geschweige denn darüber zu sprechen. Es war, wie es war.

»Würdest du es trotzdem tun?«, fragte sie mitfühlend.

Schnaubend blickte ich aufs Gras. Dann riss ich einen Grashalm heraus und drehte ihn zwischen den Fingern. Irgendwie kam ich mir wie dieser Grashalm vor, ich wurde gegen meinen Willen herumgewirbelt. Was würde der Halm sagen, wenn er sprechen könnte? *Mach mit mir, was du willst, ich bin schon kaputt.*

Als ich zu ihr aufblickte, erschien der missbilligende Blick meines Vaters vor meinem inneren Auge. »Da gibt es nichts zu bereden, Kiera.« *Er hat mich verprügelt, weil er mich gehasst hat. Meine Mutter hat es zugelassen, weil ich ihr Leben zerstört habe. Ich zerstöre alles; sieh doch nur, was ich mit dir und Denny mache.* »Wenn Denny dir erzählt hat, was er gesehen hat, was er für mich getan hat, dann weißt du genauso viel wie alle anderen.«

»Nicht so viel wie du.« Ihre Stimme klang fest, aber mitfühlend. Eiseskälte kroch mein Rückgrat hinunter. Diesmal würde sie nicht nachgeben. Sie würde mich drängen, nachhaken und versuchen, meine Geheimnisse zu ergründen. Ich war nicht bereit, sie ihr zu verraten. Vermutlich würde ich nie dazu bereit sein. Und trotzdem wollte ich auch nicht, dass sie aufhörte.

Sie sah aus, als würde es ihr leidtun, dennoch fragte sie: »Hat er dich oft geschlagen?«

Es stürmten so viele Erinnerungen auf mich ein, dass ich sie nicht auseinanderhalten konnte. Wie ich mich unter seinen Faustschlägen gekrümmt hatte, wie ich geschrien hatte, als sein

Gürtel in die nackte Haut an meinen Schenkeln geschnitten hatte. Wie ich geweint und gebettelt hatte, dass er aufhört ...

Mein Herz schlug schnell, und meine Kehle war komplett zugeschnürt. Ich konnte nichts sagen, selbst, wenn ich gewollt hätte. Ich schluckte heftig und nickte. Es war eine schwache, jämmerliche Art, eine Frage zu beantworten, aber es war das schwerste Geständnis, das ich je in meinem Leben gemacht hatte. *Ja, er hatte mich die ganze Zeit geschlagen. Jeden verdammten Abend hatte er einen Grund gefunden, mich zu verletzen. Ich konnte nichts richtig machen. Doch ich hatte es versucht. Ich hatte mich so unendlich bemüht, gut zu sein.*

»Sehr schlimm?«, fragte Kiera, die offenbar mit ihren eigenen Gefühlen rang.

Ich wollte ihr nicht antworten. Ich wollte unbedingt das Thema wechseln, aber ihr Blick hielt mich gefangen, und nach einer ganzen Weile nickte ich schließlich erneut. Es hatte Zeiten gegeben, in denen ich nicht hatte sitzen, und Zeiten, in denen ich nicht hatte stehen können. Knochenbrüche, geprellte Rippen, Gehirnerschütterungen – das ganze Programm.

»Seit du klein warst?«

Ich nickte erneut, Tränen brannten in meinen Augen. *Seit ich denken kann.*

Kiera schluckte, und ich wusste, dass sie mich nicht weiter mit Fragen quälen wollte, aber jetzt auch nicht aufhören konnte. Sie hatte das Pflaster heruntergerissen, jetzt wollte sie die Wunde säubern, bevor sie es erneut auflegte. »Hat deine Mutter denn nie versucht, ihn aufzuhalten und dir zu helfen?«

All das war offenbar völlig unvorstellbar für sie. Nach dem, was ich wusste, waren Kieras Eltern herzlich, liebevoll und gut. Meine nicht. Ich schüttelte den Kopf, als ich daran dachte, wie meine Mutter mich voller Verachtung gemustert hatte, als wäre ich an allem selbst schuld gewesen. Mir lief eine Träne über die

Wange. »Das hast du dir selbst zuzuschreiben, Kellan«, hatte sie häufig erwidert.

Nachdem ich meine Tränen zurückgedrängt hatte, sah ich deutlich den Schock in Kieras Gesicht. Ich war mir nicht sicher, ob das gut oder schlecht war. Ihr Gesichtsausdruck trieb noch weitere Erinnerungen an die Oberfläche. Sie prasselten erbarmungslos auf mich ein.

In Kieras Augen stand ebenfalls das Wasser, als sie fragte: »Und war es vorbei, nachdem Denny weg war?«

Meine Gedanken wanderten zu den schrecklichen Monaten, nachdem Denny wieder nach Hause gefahren war. Mein Vater war so wütend gewesen, dass man ihn erwischt hatte. Dass ich ihn schlecht hatte dastehen lassen. Dass ein Riss in der Fassade war. Dass ich Rückgrat gezeigt hatte. Er und meine Mutter wollten wie eine vorbildliche Familie wirken. Der Schein bedeutete ihnen alles. Viel mehr als ich.

Ich schluckte den Kloß in meinem Hals hinunter und schüttelte erneut den Kopf. »Es wurde schlimmer ... viel schlimmer.« Es überraschte mich, dass ich Kiera das erzählen konnte. Dass ich überhaupt sprechen konnte.

Als könnte sie sich eine solche Grausamkeit einfach nicht vorstellen, flüsterte sie: »Aber warum denn nur?«

Weil nichts an mir liebeswert ist. Das habe ich doch gerade wieder einmal bewiesen. Sieh dir an, was ich dir und meinem besten Freund angetan habe.

»Das müsstest du sie fragen«, flüsterte ich.

Jetzt begann sie ernsthaft zu weinen, doch ich fühlte mich innerlich taub und aufgerieben von meinen Erinnerungen. Teilnahmslos sah ich zu, wie ihre Tränen liefen, wie sie schließlich die Arme um meinen Hals legte und mich an sich zog. »Es tut mir so leid, Kellan«, flüsterte sie mir ins Ohr.

Ich legte locker die Arme um sie, langsam sickerte Schmerz

durch die Taubheit, und zwar umso heftiger, da ich bereits aufgerieben war. »Schon okay, Kiera. Das ist Jahre her. Sie haben mir schon lange nicht mehr wehgetan.« *Es durfte nicht mehr so wehtun. Ich sollte darüber hinweg sein.*

Sie hielt mich fest, und auf einmal konnte ich den Schmerz nicht mehr beherrschen. Ich konnte die Wand, die sie eingerissen hatte, nicht wieder aufrichten. Ein Leben voller Schmerz wütete in meinem Körper, prallte von einer Seite gegen die andere. Jeder Schlag ließ mich verletzt und misshandelt zurück. Ich zitterte, als mir lautlos die Tränen über die Wangen liefen.

Nach ein paar Minuten rückte Kiera von mir ab, um mich anzusehen. Sie sagte nichts zu den feuchten Spuren auf meiner Haut, zu meinen geröteten Augen. Sie legte mir nur die Hände auf die Wangen und wischte sie trocken. Als ich in ihr wunderschönes, liebenswertes Gesicht sah, lief mir noch eine letzte Träne aus dem Auge. *Warum kannst du mich nicht so lieben wie ich dich liebe? Warum kann das niemand? Wie schrecklich bin ich denn?*

Kiera küsste meine Träne fort. Ihre Wärme brannte bis in mein Inneres. *Ich brauche dich ... so sehr.* Als sie sich zurücklehnte, suchte ich ihren Mund. Es geschah nicht mit Absicht, es war mehr ein Impuls. *Der Schmerz soll aufhören. Das ist der einzige Weg, wie ich ihn loswerden kann.*

Unsere Lippen berührten sich, ohne dass sich einer von uns rührte. Aus Angst, mich zu bewegen, die Verbindung zu lösen, die meinen Schmerz Sekunde um Sekunde linderte, hielt ich die Luft an. Ich wusste nicht, wie lange wir so dagesessen hatten, die Lippen aneinandergepresst, Kieras Hände auf meinen Wangen, aber irgendwann brauchte ich Luft. Ich musste atmen, und sie war das Beste, das ich einatmen konnte. Ganz sicher würde sie die Leere in meiner Brust besser füllen als Sauerstoff es je könnte.

Ich öffnete die Lippen, um Luft zu holen … und da küsste Kiera mich.

Sie strich mit den Lippen über meine, und beinahe brannten wieder Tränen in meinen Augen, so gut fühlte sich das an. Ich erwiderte ihren Kuss, und wir neigten uns sanft zueinander. Ich konnte nicht glauben, dass sie das zuließ, sie zitterte sogar. Vermutlich konnte sie es auch nicht glauben. Unser Kuss war warm, zärtlich, tief und innig, aber er weckte ein Feuer in mir, und es dauerte nicht lange, bis ich mehr wollte … deutlich mehr. Ich wollte sie überall spüren, sie überall küssen, sie überall lieben. Ich wollte sie ganz.

Ich legte eine Hand um ihren Nacken und zog sie zu mir heran. Unsere Zungen berührten sich, und sie stöhnte, dann stieß sie mich zurück. Sofort begriff ich meinen Fehler. Ich war erneut zu weit gegangen, hatte gegen ihre Regeln verstoßen. Sie würde ausrasten und mich verlassen. Sie würde gehen. Ich wäre allein. Das konnte ich nicht ertragen, vor allem jetzt nicht, nachdem ich mich noch immer so besonders verletzlich fühlte.

»Tut mir leid, es tut mir so leid. Ich dachte, du hättest deine Meinung geändert.« *Bitte geh nicht.*

Auf Kieras Gesicht zeichnete sich eine Mischung aus Verwirrung, Schuld, Traurigkeit und Verlangen ab. »Nein … das war meine Schuld. Es tut mir so leid, Kellan, aber das funktioniert einfach nicht.«

All meine Ängste in einem Satz. Sie durfte nicht Schluss machen. Ich wusste nicht, was ich ohne sie tun sollte. Ich beugte mich vor und fasste ihren Arm. »Nein, bitte, ich werde mich bessern. Bitte gib mir noch eine Chance. Bitte verlass mich nicht …« *Nie. Ich liebe dich. Ich kann nicht ohne dich leben.*

Von meinem leidenschaftlichen Flehen deutlich beunruhigt biss sich Kiera auf die Lippe. »Kellan …«

Ich durfte sie nicht verlieren. »Bitte«, bettelte ich und suchte in ihrem Gesicht nach einem Zeichen von Hoffnung. *Verlass mich nicht.*

Eine Träne lief über ihre Wange, als sie mit belegter Stimme sagte: »Das ist nicht fair. Das ist nicht fair Denny gegenüber. Und dir gegenüber auch nicht.« Ihre Stimme bebte. »Ich bin gemein zu dir.«

Ich setzte mich auf die Knie und fasste ihre Hände. »Nein ... nein, das stimmt nicht. Du gibst mir mehr als ... Bitte beende das hier nicht.« *Bitte ... Ich bin noch nie jemandem so nah gewesen. Ich liebe dich so sehr. Geh nicht.*

Meine Antwort verblüffte sie. »Aber was ist denn *das* für dich, Kellan?«

Ich blickte hinunter. Ich konnte es ihr nicht sagen. Was würde sie tun, wenn sie die Wahrheit erfuhr? Wenn sie wüsste, was sie mir wirklich bedeutete, würde sie davonlaufen. Sie würde ganz sicher Schluss machen. Ich musste die lockere Leichtigkeit von vorher wiederherstellen. Ich wusste nur nicht, wie ich das momentan schaffen sollte. »Bitte«, murmelte ich und hoffte, das würde genügen.

Sie stieß einen schweren Seufzer aus. »Okay ... okay, Kellan.«

Erleichtert blickte ich zu ihr auf. Zumindest für heute blieb sie bei mir.

Nach dem Zwischenfall im Park verlief die Woche ruhig. Kiera und ich redeten nicht mehr davon, wofür ich dankbar war. Wir sprachen auch nicht darüber, dass es zwischen uns zunehmend sexuelle Energie gab, was zwiespältige Gefühle in mir auslöste. Einerseits wollte ich, dass wir wieder Freunde waren. Andererseits wollte ich, dass wir uns mit Überschallgeschwindigkeit in eine sexuelle Beziehung stürzten. Ich wollte beides mit ihr haben – Leidenschaft *und* Freundschaft. Aber sie hatte bereits einen Partner. Einen Partner, dem zunehmend auffiel, dass seine Freundin ziemlich abwesend wirkte.

Eines Morgens war ich mit Denny in der Küche und trank meinen Kaffee, während Kiera oben duschte. Denny blickte zur Decke, dann wieder zu mir. »Ich kann nicht länger warten. Ich muss los ... Sagst du Kiera liebe Grüße von mir?«

Ich erstarrte mit dem Becher an den Lippen. Denny sah traurig und mitgenommen aus. Sofort stürmten heftige Schuldgefühle auf mich ein. Ich stellte den Becher auf den Tisch und nickte. »Klar, kein Problem.«

Er nickte ebenfalls und wirkte dabei ziemlich abwesend. »Früher hat sie mich immer zur Tür gebracht, egal, was zwischen uns war. Ich weiß, dass ich ziemlich viel gearbeitet habe, aber es ist, als würde sie sich noch nicht mal mehr Mühe geben. Als wäre es ihr egal, dass wir uns voneinander entfernen ...«, murmelte er, als würde er mit sich selbst sprechen. Ich biss die Zähne zusammen, Dennys Bemerkung traf den Nagel auf den Kopf. Ja. Dennys bedingungslose Hingabe an seinen so gar nicht optimalen Job war tatsächlich ein Problem für ihre Beziehung. Ich war mir jedoch ziemlich sicher, dass ich der eigentliche Grund war, weshalb Kiera nicht mehr so aufmerksam wie früher war. Ich war schuld an seinem Leid, ich nahm ihm einen Teil der Person, die er am meisten liebte. Dafür hasste ich mich, war jedoch nicht in der Lage, etwas daran zu ändern. Dazu brauchte ich Kiera selbst zu sehr.

»Wahrscheinlich hat sie nur viel mit der Uni um die Ohren.« *Nein, mit mir.*

Denny sah zu mir herüber, als hätte er vergessen, dass ich auch noch da war. Vermutlich hatte er all das nicht laut aussprechen wollen. Er sprach selten offen mit mir über ihre Probleme. Ich war mir nicht sicher, ob dies aus Respekt vor Kiera geschah oder aus Angst, dass ich die Risse in ihrer Beziehung ausnutzen könnte. Normalerweise würde ich ihm sagen, dass ich das nie tun würde. Dass ich ihn nie verletzen würde, aber ... das hatte ich bereits getan. Ich hatte bereits alles versaut, also schwieg ich. Ich sollte ihm wenigstens nicht noch leere Versprechungen machen.

Mit traurigem Lächeln bemerkte er: »Ja, na ja, ich bin froh, dass ihre Schwester kommt. Vielleicht hilft es, ein bisschen mit der Familie zusammen zu sein.«

Ich nickte nur. Gott, ich war ein solcher Mistkerl. Ich sollte aufhören, Zeit mit Kiera zu verbringen. Aufhören, die Grenzen unserer Beziehung zu testen. Nicht mehr von ihr träumen, an sie denken, auf eine Zukunft mit ihr hoffen. Es gab keine Zukunft für uns. Ich könnte mich nie heimlich mit ihr davonmachen, das würde Denny umbringen. Und ich liebte auch ihn.

Da ich nicht wusste, was ich sagen sollte, erwiderte ich: »Ja, wir haben einen Laden gefunden, wo wir mit ihr zum Tanzen hingehen können. Das wird sicher lustig.«

Denny legte den Kopf schräg und kniff die dunklen Augen zusammen. »Wir? Kiera hat mir erzählt, *sie* hätte einen Laden gefunden, der Anna gefallen könnte. Hast du ihr dabei geholfen?«

Ich sah die unausgesprochene Frage in seinen Augen und ruderte sofort zurück. Ich hätte Kiera und mich nie gemeinsam nennen dürfen. Wir waren kein *wir*. »Ich war dabei, als sie Griffin gefragt hat.« Das war fast richtig. *Ich* hatte Griffin gefragt, wohin wir mit Anna gehen konnten, aber das brauchte Denny nicht zu wissen. Ich grinste dreckig. »Du willst nicht wissen, was er zuerst vorgeschlagen hat.«

Der misstrauische Ausdruck wich aus Dennys Augen, und er lächelte. »Ich kann es mir vorstellen.« Er blickte noch einmal nach oben, seufzte und sagte: »Bei mir wird es spät. Bis dann, Kumpel.«

»Mach's gut, Denny.« Nachdem er gegangen war, legte ich den Kopf auf den Tisch. *Ich bin ein schrecklicher Mensch.*

Als Kiera wieder nach unten kam, war ich im Wohnzimmer und sah fern, ohne wirklich hinzusehen. Kiera lachte, als sie sich zu mir aufs Sofa setzte. Sie deutete auf den Fernseher. »Sienna Sexton? Ich wusste gar nicht, dass du auf die stehst.«

Erst jetzt bemerkte ich, was dort eigentlich lief – ein Dokumentarfilm über den größten Popstar der Welt. Ich suchte die Fernbedienung und schaltete aus. »Tu ich auch nicht.« Ich lächelte, wurde jedoch schnell ernst, als sich erneut die Schuld in mir meldete. »Du hast Denny verpasst. Er meinte, ich soll dich lieb von ihm grüßen.«

Kiera wurde ernst. »Oh ...« Sie blickte zu Boden und schien unsicher, was sie mit dieser Information anfangen sollte. *Willkommen im Club.*

Sie war ein guter Mensch, und die Situation belastete sie, weshalb ich mich noch schlechter fühlte. Selbst wenn ich versuchte, das Richtige zu tun, verletzte ich sie. All das war so seltsam, so kompliziert und so schmerzhaft. Ich wünschte, ich könnte sie für mich haben und all die Verstrickungen umgehen, aber die Realität sah anders aus. Ich nahm ihre Hand, verschränkte meine Finger mit ihren und bekräftigte unsere tiefe Verbindung. *Das* war unsere Realität, und daran würde ich mich halten. Wenn es sein musste, gegen großen Widerstand.

Danach umarmten wir uns, bis es schließlich Zeit wurde, unseren Tag zu beginnen. Der Nachmittag verlief normal. Ich brachte sie zur Schule, holte sie anschließend wieder ab, brachte sie nach Hause und half ihr beim Lernen. Ich fuhr sie zur Arbeit und traf mich anschließend mit den Jungs zur Probe. Nachdem wir an ein paar Songs gearbeitet hatten, fuhren wir auf ein paar kühle Biere ins Pete's. Ein ganz normaler Tag.

Ich lehnte mich auf dem Stuhl zurück und hörte Matt zu,

der berichtete, dass sein Großvater für die Ferien herkommen wollte, aber Angst vorm Fliegen hätte. Er deutete auf Griffin. »Das Genie da drüben hat ihm vorgeschlagen, er solle mit dem Auto kommen.«

Ich zuckte mit den Schultern. Für mich klang das nicht unvernünftig. Aber an dem Grinsen auf Matts Gesicht merkte ich, dass es einen Haken gab. »Lass mich raten, er besitzt keinen Wagen?«

Matt grinste breiter. »Oh doch. Er steht in seiner Garage. In seinem Haus. Auf Maui.«

Als Matt und ich lachten, starrte Griffin uns wütend an. »Was? Es muss doch eine Fähre oder so etwas geben. Hawaii ist doch nicht *so* weit weg.« Griffin grinste. »Vielleicht könnte er auf eine Single-Kreuzfahrt gehen. Sex haben, während er verladen wird.«

Matt verzog angewidert das Gesicht, während ich noch mehr lachte. Griffins Vorschlag war schließlich gar nicht so verkehrt. Na ja, abgesehen von dem Sex natürlich. Es sei denn, sein Großvater stand auf so etwas. Schließlich war er mit Griffin genauso verwandt wie mit Matt, er konnte also geil wie nur was sein. Bei der Vorstellung schüttelte ich mich und sah mich in der Bar um, damit das Bild von Griffin im Körper eines alten Mannes aus meinem Kopf verschwand.

An einem Tisch saßen kichernde Frauen, die in meine Richtung blickten. Ganz offensichtlich versuchten sie, meine Aufmerksamkeit zu erregen. Ich ließ den Blick weiterschweifen, bis ich Kiera entdeckte. Als sich unsere Blicke trafen, wirkte sie betrübt. Dann setzte sie rasch eine andere Miene auf, ich hatte jedoch bereits gesehen, dass sie etwas belastete. Ging es immer noch um heute Morgen, oder beschäftigte sie etwas anderes? Sie hatte es sich doch nicht etwa anders überlegt – oder?

Langsam stand ich auf und ging zu ihr. Mein Herz pochte. Sie war gerade dabei, einen Tisch abzuwischen. Ich wusste nicht, was ich tun würde, wenn sie Schluss machte. Als ich direkt neben ihr stand, legte ich meine Hand auf den Tisch, sodass unsere Finger sich berührten. »Hey.«

»Hi.« Sie lächelte schüchtern, wodurch sie noch schöner aussah. Meine Brust zog sich zusammen. *Mach noch nicht Schluss, ich brauche dich.* Fast als hätte sie das gehört, richtete sie sich auf und trat näher, bis sich unsere Körper berührten.

Wir standen ziemlich nah zusammen, näher als Freunde. Obwohl die Bar voll war, wirkte unsere Nähe merkwürdig. Das war mir jedoch egal. Ich musste wissen, woran sie dachte. Wir standen dicht genug zusammen, dass ich unauffällig mit dem Finger über ihr Hosenbein streichen konnte. »Du sahst gerade aus, als hättest du an etwas … Unangenehmes gedacht. Willst du vielleicht darüber reden?«

Bitte sag, dass es nichts mit uns zu tun hat. Verlass mich nicht.

Sie öffnete den Mund, um zu antworten, hielt jedoch inne, als Griffin herüberkam und mir eine Hand auf die Schulter legte. Am liebsten hätte ich mich umgedreht und ihm eine verpasst. Stattdessen rückte ich etwas von Kiera ab, damit er nicht merkte, dass er uns gestört hatte. Wobei Griffin ohnehin nicht auf Dinge achtete, die ihn nicht direkt betrafen.

»O Mann, guck dir mal die heiße Braut da am Tresen an.« Er biss sich in die Hand. »Die ist sowas von scharf auf mich. Meinst du, ich könnte die hinten flachlegen?«

Ich blickte zu der Frau, wegen der Griffin derart aus dem Häuschen war. Sie war hübsch, mit langen glatten braunen Haaren. Sie trug ein enges, kurzes Kleid, saß auf einem Barhocker und hatte die Beine übereinandergeschlagen, sodass man ziemlich viel Schenkel sah. Als ich mich umdrehte, trafen sich unsere Blicke. Sie biss sich auf die Lippe und rutschte auf ihrem Stuhl umher, als wäre sie so geil, dass sie es kaum noch aushielt. Ich wusste nicht, ob sie sich für Griffin interessierte oder nicht, aber *irgendjemand* konnte sie vermutlich nehmen. Sie war ganz eindeutig bereit.

Die Frau sah mich mit glühenden Augen an und würdigte Griffin keines Blickes. Langsam schwante ihm, dass sie vielleicht doch nicht an ihm interessiert war. »O Scheiße, Mann! Hast du die etwa schon genagelt? Gott, ich hasse es, deine Abgelegten abzubekommen. Die hören nie auf, davon zu erzählen, wie du …«

Ich würde Griffin erwürgen. Dass Kiera meinte, wir zwei würden uns Frauen teilen, war wirklich das Letzte, was ich wollte. Es würde sie anwidern. *Mich* widerte es an. Wahrscheinlich war es schon einmal vorgekommen, aber ich wollte wirklich nicht daran denken, und ganz sicher wollte ich nicht darüber reden. Über manche Dinge schwieg man lieber.

Ich schlug ihm gegen die Brust, um ihn zu unterbrechen. »Griff!«

Er schien den Hinweis nicht zu verstehen. Das war ja klar. »Was ist los, Alter?«

Genervt, dass Griffin nicht mehr Gehirnzellen besaß und dass er immer nur an sich selbst dachte, deutete ich auf Kiera. Sie wollte nichts von seinen Heldentaten hören. Oder von meinen.

Griffin blinzelte, als hätte er sie jetzt erst bemerkt. Vermutlich war er so aufs Vögeln aus gewesen, dass er sie glatt übersehen hatte. »Oh, hallo Kiera.«

Zum Glück zog der geile Magnet an der Bar Griffin von uns fort. Ich hatte keine Ahnung, was ich Kiera sagen sollte. Das Gespräch schien ihr unangenehm gewesen zu sein, und das konnte ich ihr nicht verdenken. Auch ich war gereizt. Da wir in der vollen Bar nicht ungestört miteinander sprechen konnten, drehte ich mich um und ging zurück zu unserem Stammtisch.

Ich würde später mit ihr reden, wenn wir allein waren. Ich musste diesen Mist aufklären, und ich musste wissen, warum sie vorhin so betrübt gewirkt hatte. Was sie dachte, was sie vorhatte. Ob sie mir bald das Herz brechen würde.

Im weiteren Verlauf des Abends wirkte Kiera irgendwie abweisend. Ich wusste nicht genau, warum, und es beunruhigte mich. Ich bot ihr an zu bleiben und sie nach Hause zu fahren, doch sie lehnte ab. Das machte sie manchmal, weil sie meinte, ich sei müde, oder weil sie keinen Verdacht erregen wollte. Heute wusste ich nicht genau, warum sie es nicht wollte, und auch das beunruhigte mich.

Zu Hause konnte ich nicht schlafen. Zweifel trieben mich um. Als ich hörte, wie die Haustür aufgeschlossen wurde, setzte ich mich im Bett auf. Ich trat an meine Zimmertür, öffnete sie einen Spalt und wartete im Dunkeln, bis Kiera mit leichten Schritten die Treppe hinaufstieg. Als sie an mir vorbeikam, packte ich sie am Arm, zog sie ins Zimmer, schloss die Tür und schob sie dagegen. Ich stützte mich rechts und links von ihr ab und hielt sie gefangen. Jetzt waren wir ungestört.

Unsere Lippen waren nur Zentimeter voneinander entfernt. »Das mit Griffin tut mir leid«, flüsterte ich. »Manchmal ist er halt ein ... na ja, ein Arsch.« Ich lächelte und hoffte, dass das Fiasko damit für sie erledigt war. Als sie nichts sagte, fragte ich: »Worüber hast du vorhin nachgedacht?« *Bitte sag nicht, dass du das hier beenden willst ...*

Im dämmerigen Mondlicht sah ich, wie sie die Lippen öffnete, jedoch nichts sagte. Sie schien erstarrt und nicht, weil ich sie an der Tür festhielt. Ihr Atem ging schneller, und ihr Blick zuckte über mein Gesicht, als könnte sie nicht genug von mir bekommen. Aus ihren Augen sprach Lust. *Sie begehrte mich.*

»Woran denkst du?« Sie antwortete noch immer nicht, ihre

Lider flatterten, und sie erschauderte. »Kiera?« *Sag mir, dass du mich willst.*

Mein Blick glitt über ihren sinnlichen Körper, ich wollte sie berühren. Plötzlich wurde mir bewusst, wie dicht wir voreinander standen, wie dunkel und wie intim mein Zimmer war. Ich wurde hart.

Bevor ich wusste, was ich tat, presste ich meine Brust fest gegen ihre. Es fühlte sich so richtig und auch so falsch an; das war zu nah, zu intim. Wir überschritten eine Grenze, aber meine Gründe, mich von ihr fernzuhalten – der Freund, der mir näherstand als meine Familie, sein Gesicht, als er von seiner Angst um die Liebe seines Lebens gesprochen hatte; das lang zurückliegende Versprechen, dass ich die Finger von seiner Freundin lassen würde – all diese Erinnerungen verblassten, als die Verbindung zwischen Kiera und mir zündete. Meine Hände lösten sich von der harten Tür und strichen über ihren weichen Körper. Ich ließ die Finger von ihren Schultern zu ihrer Taille gleiten und verharrte an ihren Hüften. Ich wollte die weiche Haut direkt unter ihren Jeans spüren. Wenn ich sie aufknöpfte, könnte ich meine Hände hineinschieben. Sie würde sich so gut anfühlen …

Ich hielt mich zurück und sah ihr tief in die Augen. »Kiera … sag doch was.« *Ich weiß nicht mehr, was richtig ist. Hilf mir. Führ mich. Lieb mich.*

Sie sagte noch immer nichts, doch ich sah die Lust in ihren Augen. Wie sie jede meiner Bewegungen verfolgte, wie sich ihre Brust an meiner schwer hob und senkte. Ihre Gründe lösten sich ganz klar genauso schnell auf wie meine, und die Frage *Warum können wir das nicht haben?* dröhnte durch die Stille. Sie hallte von den Wänden wider und von unseren Seelen, und diesmal hatte ich keine gute Antwort, keinen triftigen Grund zurückzuweichen. Kiera anscheinend auch nicht.

Unsere aufgestaute Lust ließ sich nicht mehr kontrollieren. Kiera war erregt, bereit für mich. Ich konnte es fast schmecken. Ich wollte sie schmecken. Ich wollte jeden Zentimeter von ihr auf meiner Haut spüren. In sie hineingleiten. Hören, wie sie meinen Namen rief. Ihr Gesicht sehen, wenn sie sich ganz hingab. Ihr sagen, dass ich sie liebte. Ich lehnte meine Stirn an ihre. Ganz nah. Ich spürte ihren Atem auf meinem Gesicht. Ihre Lippen waren direkt vor mir. Sie forderten mich geradezu auf, sie zu suchen. Ich schob mein Knie zwischen ihre Schenkel und schloss die letzte Lücke zwischen uns. Als ich sie so nah bei mir spürte, pulsierte die Lust durch meinen Körper. Sie rang um Atem, als sich unsere Hüften trafen, und beinahe verlor ich die Beherrschung. Ich konnte mich nicht mehr lange zurückhalten. Wenn einer von uns das hier verhindern wollte, dann musste es jetzt sein.

Ich konnte ihren Reizen nicht länger widerstehen. Ich brauchte mehr. Ich musste etwas tun, sonst würde ich explodieren. Leise stöhnend biss ich mir auf die Lippe und ließ meine Finger unter ihr Shirt gleiten. Sie fühlte sich so weich und so warm an, und sie roch so gut. *Ja.*

»Bitte ... sag was. Soll ich ...? Willst du, dass ich ...«

Sie hatte noch immer nichts gesagt, und ich war am Ende meiner Kräfte. Ich konnte mich nicht mehr beherrschen, und die verbotene Grenze löste sich in nichts auf. Ich stieß die Luft aus und neigte mich zu ihrem Mund hinunter. Ich musste sie schmecken. Nur kurz. Ich strich mit der Zunge über die Innenseite ihrer Oberlippe. O Gott ... sie schmeckte so gut. *Mehr. Ja.*

Sanft strich ich über ihren BH, ihre Nippel waren fest, bereit. Ich wollte auch sie schmecken. Ich folgte ihrem BH-Träger bis zu ihrem Rücken. Diesem makellosen, sexy Rücken. Ich wollte ihn mit der Zunge erkunden.

Kiera seufzte atemlos und schloss die Augen. Sie sagte nichts; sie wollte, dass ich weitermachte. Leise stöhnend küsste ich ihre Oberlippe. Dann ließ ich meine Zunge in ihren warmen Mund gleiten. *Gott, ja, das hat mit gefehlt. Davon habe ich geträumt. Das wollte ich so gern noch einmal haben. Ja, lass mich dich lieben.*

Sie gab ein sinnliches Keuchen von sich, es war ein Flehen um mehr. Endlich. Ich umschloss ihren Nacken und zog sie an mich, um sie leidenschaftlicher zu küssen. *Ja, lass mich dich verwöhnen. Lass mich an dich heran ... stoß mich nicht zurück.*

Doch genau das tat sie. Mit beiden Händen stützte sie sich gegen meine Brust und schob mich so weit wie möglich von sich. Sie wollte es doch nicht. Und ich hatte ihr gerade erst versprochen, mich zu bessern. Jetzt war es zu Ende. Ich war zu weit gegangen.

Ich hob entschuldigend die Hände. »Tut mir leid. Ich dachte ...«

In diesem Augenblick stürzte sie sich jedoch regelrecht auf mich, legte eine Hand auf meine Brust, die andere um meinen Nacken und zog mich zu sich. Nicht sicher, was sie vorhatte, verstummte ich und wich einen Schritt zurück. Erneut zog sie mich zu sich und sah mich durchdringend an. Ihr Gesicht war voller Leidenschaft und Lust. Sie stieß mich nicht zurück. Wir würden wieder zusammen sein. Wir würden erneut miteinander schlafen. Gott, ich wollte sie so sehr.

Sie ließ die Hände zum Bund meiner Jeans gleiten und zog an den Gürtelschlaufen, bis sich erneut unsere Hüften trafen. Ihr Körper trieb Lustwellen durch meinen. *Ja.* Bald würden wir zusammen sein. Wir würden uns nackt umeinanderschlingen. Ihre Lippen würden mich berühren, ihre Zunge meine Bauchmuskeln liebkosen. Meine Hände würden jeden Zentimeter ihrer zarten Haut erkunden. Meine Finger ihre Nässe. Und ich würde sie lecken, bevor ich in sie eindrang. Ich würde sie nehmen, gleich hier und jetzt ... während Denny nebenan lag.

Verdammt.

»Kiera ...?« Ich konnte es nicht aussprechen. Deshalb blickte ich nur zu ihrem Zimmer und hoffte, dass sie mich auch so verstand. *Willst du das wirklich tun, wenn er direkt nebenan ist, nur ein paar Meter entfernt?*

Ich erreichte sie durch den Nebel der Lust. Ich sah ihre Unentschlossenheit, den Schmerz und die Verwirrung, und am liebsten hätte ich die Frage sofort zurückgenommen. Ich wollte die Arme um sie schlingen und sie aufs Bett ziehen. Alles tun, wovon ich geträumt hatte, und alle Gründe vergessen, warum wir das nicht tun durften. Die Realität konnte warten. Ich wollte nur einen Moment Glück, unsere körperliche Verbindung vertiefen. Doch ich hatte die Illusion zerstört, und die Realität stürmte auf uns ein und erdrückte uns. Jetzt gab es kein Zurück mehr.

Auf Kieras Gesicht zeichnete sich Entschlossenheit ab, als würde sie sich zusammenreißen. Bevor sie etwas sagte, wusste ich, was sie tun würde. Sie beugte sich vor und keuchte: »Fass mich nie wieder an. Ich gehöre dir nicht.« Dann stiegen ihr Tränen in die Augen, als täte es ihr weh, so schroff zu mir zu sein. Aber sie hatte einen Entschluss gefasst, und nachdem sie mich aufs Bett gestoßen hatte, floh sie aus dem Zimmer.

Wie gelähmt und noch immer hart vor Lust lag ich auf der Matratze und litt. Ich hatte sie gehabt. Nur ganz kurz. Ich hatte sie gehabt, und dann hatte ich sie verloren. Sie war weg, und es war aus. Sie hatte die Worte nicht ausgesprochen, aber mir war klar, dass die Unschuld unwiederbringlich verloren war, egal, wie sehr wir uns bemühten. Das Theater war vorbei.

19. Kapitel

Eifersucht

Ich schlief nicht viel, ich dachte an Kiera. Was würde sie wohl sagen, wenn wir uns das nächste Mal sahen? Was ich sagen würde, wusste ich bereits – *Es tut mir leid. Ich werde mich bessern.* Es war das Einzige, das mir einfiel, doch das würde nicht genügen.

Als ich es nicht mehr aushielt, stand ich auf und ging nach unten, um mir Kaffee zu machen. Mein Magen war angespannt, und mir war übel. Was würde sie sagen? Würde sie dem allen ein Ende machen?

Als Kiera schließlich erschien, legte ich ihr sofort eine Hand auf den Arm. »Es tut mir leid, Kiera. Ich bin zu weit gegangen. Ab jetzt werde ich mich wirklich zusammenreißen.«

Als sie mich fortschob, wusste ich, dass das der Anfang vom Ende war. »Nein, Kellan. Das ist schon lange kein unschuldiges Flirten mehr. Ich wollte es trotzdem versuchen, aber irgendwie können wir nicht mehr zurück. Wir haben uns verändert.«

Dessen war ich mir zwar bewusst, doch als sie es aussprach, durchfuhr mich ein heftiger Schmerz. Vielleicht war es nicht unschuldig, vielleicht war es nie unschuldig gewesen, aber ich wollte es trotzdem. Ob richtig oder falsch, ich konnte an nichts anderes denken als an sie. »Nein … bitte tu das nicht.«

Sie wirkte gequält und hin- und hergerissen, aber ihre Antwort klang fest. »Ich muss, Kellan. Denny merkt, dass etwas nicht stimmt. Ich glaube zwar nicht, dass er weiß, was los ist, oder dass es mit dir zu tun hat, aber er merkt, dass ich mit den Gedanken woanders bin.« Sie biss sich auf die Lippe und blickte nach unten. Ich spürte, dass sie das alles nicht sagen wollte, aber das Gefühl hatte, keine Wahl zu haben. »Zwischen Denny und mir ist schon lange nichts mehr ... gelaufen, und das verletzt ihn. *Ich* verletze ihn.«

Ich war zugleich bedrückt und erleichtert. Denny war verletzt, aber sie hatten nicht jede Nacht zusammen geschlafen. Ich blickte auf den Boden, damit sie nicht sah, dass mich ihre Abstinenz erfreute. Ich hatte kein Recht, mich über Dennys Unglück zu freuen. »Aber ich habe dich nie gebeten, nicht ... mit ihm ... Ich verstehe doch, dass ihr ...«

Das Gespräch war schrecklich. Eigentlich hätte ich ihr gern gesagt, dass ich froh war, dass sie nichts gemacht hatten. Ich wollte nicht, dass sie Denny anfasste. Aber sie gehörte mir nicht, und ich hatte kein Recht, irgendwelche Bedingungen zu stellen. Ich würde alles nehmen, was ich von ihr bekommen konnte, egal, wie wenig es auch war.

Meine Antwort ließ ihre müden Augen noch trauriger wirken. Vermutlich hatte sie genauso wenig geschlafen wie ich. »Ich weiß, Kellan, aber ich bin in Gedanken viel zu sehr bei dir ...« Sie stieß einen tiefen Seufzer aus. »Ich habe ihn vernachlässigt.«

Hoffnung stieg in mir auf und brannte in meinem Herzen. Ich fasste ihre Arme, zog sie an mich und suchte in ihren Augen nach diesem Anflug von Liebe, den ich manchmal bei ihr spürte. »Du bist in Gedanken bei mir. Das bedeutet doch etwas, Kiera. Du willst, dass wir mehr als nur Freunde sind.« *Ich weiß, dass du etwas für mich empfindest. Ich weiß, dass da etwas zwischen uns ist. Du hast mich angefleht zu bleiben.*

Sie schloss die Augen. »Bitte, Kellan, das macht mich fertig. Ich kann ... ich kann das einfach nicht mehr.«

Sie stieß mich zurück, aber es tat ihr weh. Sie begehrte mich und wollte es eigentlich genauso wenig beenden wie ich. »Kiera, sieh mich an … bitte.« Wenn sie doch nur die Augen öffnen würde, dann würde sie sehen, dass es mir ernst war, dann würde sie es nicht beenden. *Ich liebe dich. Verlass mich nicht.*

Doch sie hielt die Augen fest geschlossen. »Nein, ich kann nicht, okay? Das ist nicht richtig, es fühlt sich nicht richtig an. Bitte hör auf damit, fass mich nicht mehr an.«

Sie log. Nichts auf der Welt fühlte sich richtiger an, als wenn wir uns umarmten. Wir waren füreinander bestimmt. »Kiera, ich weiß doch, dass du etwas anderes empfindest.« Ich hielt sie fest, und das Gefühl, dass es richtig war, verstärkte sich. »Ich weiß, dass du etwas für mich empfindest …« *Es muss einfach Liebe sein. Du hast meinetwegen geweint.*

Schließlich öffnete sie die Augen, sah mich jedoch nicht an. Den Blick auf meine Brust gerichtet, stieß sie sich fest von mir ab. »Nein. Ich will dich nicht. Ich will mit ihm zusammen sein. Ich liebe *ihn*.«

Bei jedem ihrer Worte hatte ich das Gefühl, sie würde mir ein Stück aus dem Herzen reißen. Ich wollte das nicht hören, ich wollte es nicht glauben, aber … ich wusste, dass sie die Wahrheit sagte. Ich hatte immer gewusst, dass sie sich für Denny entschieden hatte. Ich konnte nicht mit ihm konkurrieren. Ich hatte keine Chance.

Schließlich blickte Kiera mir in die Augen. Sie musste doch sehen, wie ich litt, doch sie tat nichts dagegen. Sie sah mich mitfühlend an und riss den Rest meines Herzens in Stücke. »Ich fühle mich zu dir hingezogen, aber ich empfinde nichts für dich, Kellan.«

Ich empfinde nichts für dich? Nichts? Gar nichts. Darauf hatte ich nichts zu erwidern. Nichts. Also verließ ich die Küche.

Ich hielt es nicht aus, mit ihr in einem Haus zu sein. Sie

zu hören, sie zu sehen, sie zu riechen – es tat zu heftig weh. Ich fühlte mich wie betäubt und konnte nicht glauben, dass es vorbei war. Tatsächlich vorbei. Ein Teil von mir wollte sich nicht damit abfinden. Ich wollte sie weiter reizen, sie erregen, sie daran erinnern, was wir miteinander gehabt hatten. Aber wozu, wenn sie *nichts* für mich empfand? Ich wollte nicht nur eine Ablenkung für sie sein, ich wollte, dass sie wirklich etwas für mich empfand. Ich war mir dessen so sicher gewesen, aber offenbar hatte ich mir all das eingebildet.

Ich stieg in den Wagen und überlegte erneut, ob ich nicht weggehen sollte. Ich könnte abhauen und versuchen, sie zu vergessen. Doch mir war klar, dass das nicht ging. Sie würde immer in meinem Kopf sein. Von heute an bis zu meinem Tod würde ich in sie verliebt sein.

Ich fuhr zur Probe zu Evan, und als alle danach noch ins Pete's gingen, blieb ich bei Evan. Ich wollte Kiera nicht sehen. Ich konnte nicht. Noch nicht. Ich musste erst verarbeiten, was sie gesagt hatte. Es schien mir irgendwie abwegig, und ich konnte es nicht verstehen. Sie hatte mich auf dem Parkplatz inständig gebeten, sie nicht zu verlassen. Das hatte sie doch nicht nur getan, weil sie sich zu mir hingezogen fühlte. Da war mehr gewesen. Sie würde ihre Beziehung zu Denny doch nicht wegen eines charmanten Lächelns aufs Spiel setzen.

Ich starrte an Evans Zimmerdecke und grübelte darüber nach, als ich hörte, wie die Tür geöffnet wurde. »Kell, bist du noch da? Was ist los? Ich dachte, du wolltest nachkommen?«

Mit verwirrter Miene betrat Evan das Appartement. Ich tat, als müsste ich gähnen, blinzelte und setzte mich auf dem Sofa auf. »Wie spät ist es denn?«, fragte ich schläfrig. »Ich muss eingeschlafen sein.«

Als die Jungs ihre Sachen zusammengepackt hatten und zur

Bar gefahren waren, hatte ich ihnen erzählt, ich würde nur noch ein paar Textzeilen aufschreiben und dann nachkommen. Um meinen kreativen Prozess nicht zu behindern, hatten sie mich in Ruhe gelassen und keine Fragen gestellt. Ich hatte jedoch nur einen einzigen verdammten Satz aufgeschrieben. Meine Gedanken rasten viel zu sehr, als dass ich auch nur eine anständige Zeile zustande gebracht hätte. Ich hatte zwar ein schlechtes Gewissen, die Jungs anzulügen, aber ich konnte ihnen ja schlecht erzählen, dass ich Kiera aus dem Weg ging. Ich konnte ihnen gar nichts sagen.

Evan kam zum Sofa, ich streckte mich. »Es ist ziemlich spät. Wir waren bis zum Schluss im Pete's.« Er grinste mich schief an. »Du hast verpasst, wie Griffin bei einer scharfen Blondine abgeblitzt ist. Das war der absolute Kracher!« Er lachte, dann deutete er auf das Notizbuch, das neben mir auf dem Sofa lag. Jawohl, ich hatte für Requisiten in meinem Lügenszenario gesorgt. »Bist du fertig geworden?«

Ich nahm das Heft an mich. »Ja, fast.«

»Darf ich es lesen?« Evan schien wirklich Lust zu haben, einen neuen Song zusammenzubasteln, aber ich hatte noch nichts aufgeschrieben.

Mit bedauerndem Gesicht hob ich das Heft, ohne jedoch den Griff zu lösen. »Es ist alles andere als fertig. Aber bald. Versprochen.«

Evan nickte. Er respektierte den Schaffensprozess und bedrängte mich nicht. Das wusste ich zu schätzen, kam mir dadurch aber nur noch mieser vor. Ich musste bald einen Song zusammenschreiben, sonst würde ich als Lügner dastehen.

Ich strich mir durch die Haare und gähnte erneut. »Ich bin alle. Ich geh besser nach Hause und leg mich aufs Ohr.«

Evan klopfte mir auf die Schulter und gähnte ebenfalls. »Ja, ich mich auch. Das Lachen hat mich total geschafft.« Er schüttelte den Kopf und begann erneut zu kichern. »Du hättest dabei sein sollen, Mann. Du hast echt was verpasst.«

Obwohl mir nicht danach war, lächelte ich. »Hört sich so an.« Ich hatte das Gefühl, dass ich ziemlich viele Dinge verpasst hatte. »Nacht, Evan.«

»Nacht.«

Ich ließ mir Zeit für den Nachhauseweg. Ich tankte und besorgte in einem 24/7-Shop ein paar Lebensmittel. Ich überlegte sogar, noch einmal zu diesem Diner in Olympia zu fahren. Doch das ließ ich. Irgendwann riss ich mich zusammen und fuhr nach Hause. Kiera und Denny schliefen. Da ich niemanden wecken wollte, mied ich sorgsam die knarrenden Stellen, legte meine Sachen weg und schlich auf Zehenspitzen nach oben. Mein Leben war aus den Fugen geraten. Was oben schien war unten, und was richtig schien war falsch. Wann war die Welt so verwirrend geworden? Oder war sie schon immer so gewesen, und ich hatte es nur nicht bemerkt?

Das Schlafen gestaltete sich schwierig. Ständig sah ich Kiera vor mir, die immer wieder sagte: »Ich fühle mich zu dir hingezogen, aber ich empfinde nichts für dich.« Dann erschien mein Vater. Er lachte mich aus und höhnte: »Ich habe dir ja gesagt, dass sie zu gut für dich ist.«

Nach wenigen Stunden wachte ich auf und stand auf. Von Kiera und von meinem Vater zurückgewiesen zu werden, war nicht gerade erholsam. Dann war ich lieber müde.

Als Kiera in die Küche trat, saß ich bereits am Tisch und trank Kaffee. Sie schien erleichtert, mich zu sehen, aber auch ein schlechtes Gewissen zu haben. Ich fragte mich, warum – weil sie mir etwas vorgemacht oder weil sie mir die Wahrheit gesagt hatte. Egal. Gesagt war gesagt. Ich hatte ohnehin nie damit gerechnet, dass unser Arrangement länger dauern würde.

Sie nahm mir gegenüber Platz, und ich beobachtete sie. Sie schien nervös zu sein, als wüsste sie nicht, wie ich auf sie reagieren würde. Das konnte ich ihr nicht verübeln. Ich hatte alles mit ihr durchgemacht. Hochs und Tiefs. Jetzt fühlte ich mich einfach nur ... betäubt.

»Hey«, flüsterte sie.

»Hey«, erwiderte ich. Ich stellte meinen Kaffeebecher ab und hatte das Verlangen, sie zu berühren. Ich wollte nur ihre Finger halten und streicheln. Es war erst einen Tag her, dass sie Schluss gemacht hatte, dennoch vermisste ich sie schon.

Keiner von uns sagte etwas, und Spannung erfüllte den Raum. Es war, als würden wir beide darunter leiden, uns zurückhalten zu müssen. Oder vielleicht hoffte ich nur, dass sie mich auch unbedingt berühren wollte. Vielleicht war das für sie völlig okay, und ich war der Einzige, der mit sich rang. Sie wirkte allerdings auch ziemlich angespannt.

Plötzlich platzte sie heraus: »Morgen kommt meine Schwester. Denny und ich holen sie morgen Früh vom Flughafen ab.«

Ich blinzelte, dann nickte ich. Das hatte ich glatt vergessen. »Ach ... stimmt.« Da ich nicht wollte, dass sich jemand in meiner Gegenwart unwohl fühlte, erklärte ich: »Sie kann gern mein Zimmer haben, dann penne ich bei Matt.« *Dann musst du kein schlechtes Gewissen haben, wenn du mich ansiehst.*

»Nein, das ist wirklich nicht nötig.« Sie zögerte und wirkte auf einmal total traurig. »Kellan, ich will nicht, dass es so zwischen uns ist.«

Ich konnte ihr nicht in die Augen sehen, also starrte ich auf den Tisch. »Ich auch nicht.«

»Können wir nicht einfach Freunde sein? Wirklich nur Freunde?«

»Kommst du mir gerade wirklich mit der Lass-uns-doch-Freunde-bleiben-Nummer?«, fragte ich ironisch.

Sie grinste, und es versetzte mir einen leichten Stich. Sie war so schön und so unerreichbar. »Ja ... ich glaube, schon.«

Konnte ich wieder mit ihr befreundet sein? Aber was hieß das eigentlich? Waren wir Freunde, bevor sie uns den Stecker gezogen hatte? Nein, wir waren nie nur Freunde gewesen. Wir waren immer mehr als das. Und jetzt war jede Art von Freundschaft unwiederbringlich in weite Ferne gerückt. Ich konnte nicht ihr Freund sein, wenn sie für mich die Welt bedeutete, das würde mir zu sehr wehtun, aber hatte ich eine Wahl? Ich würde alles nehmen. Alles. Sogar das.

Ich sammelte gerade meinen Mut zusammen, um ihr zu sagen, dass wir sein könnten, was immer sie wollte, als sie mich unterbrach. »Übrigens sollte ich dich wohl warnen, was meine Schwester angeht.«

Der plötzliche Themenwechsel riss mich aus meinen Gedanken. Ich versuchte zu verstehen, was sie mir mit ihrer Bemerkung sagen wollte, dann fiel mir wieder ein, was sie vor ein paar Wochen über ihre Schwester gesagt hatte. Ich zeigte auf mich selbst und sagte: »Ich habe es nicht vergessen, ich bin für sie ein Lolli in Männergestalt.« Laut Kieras Vorhersage würde ihre Schwester mich ziemlich anbaggern. Na ja, sie konnte auch nicht schlimmer sein als die aufdringlichen Fans in der Bar. Ich war mir sicher, dass ich mit ihr zurechtkam.

Kiera schüttelte den Kopf. »Nein ... ich meine, ja, aber das meine ich nicht.«

»Ach?«, fragte ich neugierig. Was konnte es sonst noch geben?

Kiera wandte den Blick ab, als wäre es ihr peinlich, was sie sagen wollte. »Sie ist ... na ja ... sie ist sehr schön«, seufzte sie schließlich.

Das überraschte mich nicht. »Davon gehe ich aus.« Kieras

Blick zuckte zu mir, und ich fügte leise hinzu: »Schließlich seid ihr verwandt, oder?«

Sie seufzte gereizt. »Kellan ...«

»Schon klar. Freunde.« Ich musste mich damit abfinden, dass sie mir nicht mehr als diese Freundschaft geben konnte. Der Gedanke war allerdings derart schmerzlich.

Kiera sah mich mitfühlend an. Sie wollte mich nicht verletzen, und das wusste ich. »Kommst du immer noch mit uns in den Club?«

Warum? Wozu? »Willst du, dass ich mitkomme?«, fragte ich und sah ihr nicht in die Augen.

»Ja, natürlich. Wir sind doch Freunde, Kellan, und meine Schwester erwartet ...«

Plötzlich begriff ich, ich sah sie an. Natürlich. Ich durfte unsere Scharade nicht vergessen. »Stimmt, wir wollen ja nicht, dass sie die falschen Fragen stellt«, bemerkte ich rau. Das war also der wahre Grund, weshalb Kiera sofort alles klären wollte. Nicht weil sie sich schlecht fühlte, mich verletzt zu haben, sondern weil sie nicht wollte, dass ihre Schwester Verdacht schöpfte. Denn dann würde sie vielleicht mit Denny sprechen, und das war das Letzte, was Kiera wollte. Ich hätte es wissen müssen. Es ging immer nur um Denny.

»Kellan ...«

»Ich werde da sein, Kiera.« *Mach dir keine Sorgen. Ich will auch nicht, dass Denny etwas erfährt.*

Ich trank meinen Kaffee aus und stand auf. Es gab nichts mehr zu sagen. Ich war schon auf dem Weg nach draußen, als Kiera harsch nach mir rief. Ich drehte mich noch einmal um. Weswegen war sie denn jetzt auf einmal sauer?

»Denk an dein Versprechen.«

Mein Versprechen? Dass ich nicht mit ihrer Schwester schlafen würde? Warum sollte ich mit einer schlappen Kopie meiner

Traumfrau schlafen wollen? Warum sollte ich mir das antun? Und was interessierte sie das überhaupt, wenn sie doch nichts für mich empfand?

Ich überlegte, ob ich eine fiese Bemerkung machen sollte, hatte aber nicht die Energie dazu. Ich wollte nicht mehr kämpfen. Ich war mir nicht sicher, ob ich überhaupt noch etwas wollte, abgesehen von ihr natürlich. Wieder dachte ich daran, wie ich Kiera in den Armen gehalten hatte. Noch nie in meinem Leben war ich so zufrieden gewesen. Das war jetzt vorbei. In mir herrschte Eiseskälte. Kopfschüttelnd gab ich zurück: »Ich habe nichts vergessen, Kiera.«

Der Tag verging äußerst schleppend. Kiera und ich verhielten uns höflich aber distanziert, und irgendwie fühlte es sich traurig an. Ich hatte den Großteil des Tages in zombieähnlicher Starre verbracht – nicht wütend, nicht traurig. Ehrlich gesagt glaube ich, dass ich es einfach leugnete. Ich konnte der Realität noch nicht ins Auge sehen, deshalb hüllte ich mich in einen Schleier aus Melancholie. Wenn ich gar keine Gefühle zuließ, konnte ich mich auch nicht schlecht fühlen.

Unsere Truppe war im Pete's und bereitete unseren Gig vor. Ich wünschte, ich hätte es schon hinter mir, damit ich allein in meinem Zimmer grübeln konnte, als der Abend von jetzt auf gleich eine interessante Wende nahm.

Griffin schlug Matt auf die Brust und murmelte: »Oh ... heiliger ... Fuck. Ich bin verliebt. Sieh dir diesen Hintern an!«

Ich stand mit dem Rücken zur Tür, sodass ich nicht sah, von wem Griffin sprach. Es war mir auch egal. Kiera servierte Bier und beobachtete mich aus dem Augenwinkel. Ich sie auch. Wehmütig. Ich konnte nicht anders. Ich wollte nicht, dass es zwischen uns vorbei war, ich wollte nicht nur locker mit ihr befreundet sein.

Als eine langbeinige Brünette direkt hinter Kiera stehen blieb und ihr die Augen zuhielt, machte Griffin sich gerade und setzte ein breites Grinsen auf. »Rat mal, wer hier ist?«, fragte die Frau.

Kiera riss die Hände von ihren Augen und fuhr herum. »Anna?«, rief sie verblüfft und umarmte sie stürmisch. »O mein Gott! Wir wollten dich doch morgen vom Flughafen abholen! Was machst du denn jetzt schon hier?«

Annas Blick glitt zu mir. »Ich konnte es nicht erwarten und hab einfach einen früheren Flug genommen.«

Kiera hatte mich gewarnt, dass ihre ältere Schwester Anna hübsch sei, aber zugegeben, ihr Aussehen überraschte mich dennoch. Sie war größer als Kiera, kurviger und eindeutig auffälliger. Sie trug ein enges rotes Kleid, das nichts der Fantasie überließ, und ihre vollen Lippen waren in demselben knalligen Ton geschminkt. Ihre Augen waren smaragdgrün und von dichten, sorgfältig getuschten langen Wimpern umrahmt. Annas Haare waren dunkler als Kieras, glatter und glänzender. Sie hatte sie mit einer Spange zusammengehalten, und in der Mähne, die über ihre Schultern fiel, blitzten rote Strähnen auf. Diese Frau wollte auffallen. Vermutlich *brauchte* sie die Aufmerksamkeit. Hinter ihrer Aufmachung, hinter der Schminke, den manikürten Fingernägeln, den perfekt frisierten Haaren und der erstklassigen Kleidung versteckte sich jemand, der eigentlich ziemlich unsicher war. Das war mir nicht fremd.

Liebevoll betrachtete Kiera ihre Schwester. Dann nahm sie eine knallrote Haarsträhne. »Sind die neu? Gefällt mir!«

Derweil musterte Anna noch immer mich. Sie versuchte erst gar nicht, ihr Interesse zu verhehlen. Ich hatte das Gefühl, dass sie deutlich forscher als Kiera war. Das passte zu ihrem Verlangen nach Aufmerksamkeit. »Ich hatte was mit einem Friseur«, erwiderte sie und wandte ihren Blick nun Kiera zu. »So etwa eine Stunde.«

Griffin stöhnte aufreizend, und ich sah, dass er sich in die Hand biss, als habe er Schmerzen. Ich musste lachen. Wenn er seine Traumfrau aus einzelnen Körperteilen zusammensetzen könnte, würde sie wie Anna aussehen. Sie war der Stoff, aus denen seine pornografischen Träume bestanden. Und dabei hatte sie ihn bislang noch nicht einmal bemerkt. Armer Kerl.

Ich beobachtete unwillkürlich Kiera, wie sie ihre Schwester musterte. Auf ihrem Gesicht lag ein Ausdruck, den ich nicht deuten konnte. Kiera liebte sie, da war ich mir sicher, aber sie war irgendwie ... traurig, oder unsicher, als würde sie sich mit Anna vergleichen und in ihren eigenen Augen schlecht abschneiden. Aber das war doch lächerlich. Ja, Anna war absolut umwerfend, aber sie wirkte gezwungen. Künstlich. Kiera musste sich nicht so anstrengen. Sie war eine natürliche Schönheit. Sie musste sich nicht verrenken und zu einem Meisterstück zurechtmachen. Sie war bereits ein Kunstwerk.

Schließlich holte Kiera tief Luft. »Leute, das ist meine Schwester ...«

»Anna«, ergänzte Anna und lächelte herzlich und einladend. »Kellan.«

Ich schüttelte ihr die Hand, als Griffin aufstand und sie mir entriss. *Langsam.* »Griffin ... hey.« Wahnsinn, wie wortgewandt er sich gab. Anna kicherte und begrüßte ihn.

Während sich Anna den Jungs vorstellte, beobachtete ich Kiera. Es schien ihr nicht zu gefallen, dass Anna ohne ihre Hilfe zurechtkam. Vielleicht wünschte sie sich, auch so unerschrocken zu sein. Das konnte sie, wenn sie wollte. Das Einzige, was sie zurückhielt, war sie selbst.

Griffin, der entschlossen war, Anna zu beeindrucken und in sein Bett zu schaffen, holte einen Stuhl für sie. Leider saß noch jemand darauf, doch das interessierte Griffin nicht. Mit einem »Runter da, Blödmann« riss er den Stuhl fort und stellte ihn neben sich. Während der vertriebene Gast ihm einen Vogel zeigte und davonstürmte, um sich bei Sam zu beschweren, der sicher nichts unternehmen würde, klopfte Griffin auf den Stuhl, damit sich seine neu entdeckte Liebe zu ihm setzte.

Anna lächelte. »Danke«, dann hob sie den Stuhl jedoch hoch und stellte ihn neben mich. Matt und Evan amüsierten sich. Griffin verfolgte die Aktion mit finsterem Blick. Kiera überraschenderweise ebenfalls. Interessant. War sie eifersüchtig auf Anna und mich? Obwohl ich ihr versprochen hatte, nichts mit Anna anzufangen? Es sah ganz so aus, als Anna sich setzte.

Um meine Theorie zu überprüfen, lächelte ich Anna freundlich zu, als sie sich so dicht neben mich setzte, dass sich unsere Körper seitlich berührten. Ich konnte geradezu sehen, wie Kiera vor Wut qualmte. Sehr interessant.

»Na ja, ich muss weiterarbeiten. Ich bringe dir gleich was zu trinken, Anna.«

Anna ließ mich nicht aus den Augen, als sie erwiderte: »Okay.« Dann fügte sie noch hinzu: »Ach, so ein Typ namens Sam hat meine Jacke und meine Taschen in irgendein Hinterzimmer gebracht.«

Kiera seufzte, als könnte sie nicht fassen, wozu Anna die Männer bewegen konnte. Ich wollte Kiera sagen, dass das die Macht der Muschi war, aber vermutlich würde ihr diese Bemerkung nicht gefallen. »Okay, dann rufe ich mal Denny an, damit er dich nach Hause bringt.«

Endlich drehte sich Anna zu Kiera um. »Ich komm schon klar.« Ich wusste, dass sie mich meinte, und mein Grinsen wurde breiter. Anna machte es mir so verdammt leicht. Ich musste lediglich lächeln, sie ihr Ding machen lassen und beobachten, wie Kiera grün vor Eifersucht wurde. Wahrscheinlich sollte ich dieses Spiel lieber nicht spielen, aber Kiera eifersüchtig zu machen fühlte sich deutlich besser an, als mich in meinem Leid zu suhlen. Und außerdem wollte Kiera es ja so. Sie musste wissen, dass es seinen Preis hatte, mich gehen zu lassen.

Annas Blick kehrte zu mir zurück. Ihre Augen funkelten, ihr Ausdruck war leicht zu deuten – *Ich will dich.* »Und du bist also Sänger, ja?« Sie ließ den Blick derart verführerisch über meinen Körper gleiten, dass sie mir genauso gut gleich die Hosen hätte herunterreißen und mit meinem Schwanz spielen können. »Und was kannst du sonst noch so?«, fragte sie. Ziemlich direkt.

Während Anna lachte und ich grinste, ergriff Kiera die Flucht. Ganz offensichtlich wollte sie absolut nicht in unserer Nähe sein, aber irgendwie schien sie uns auch nicht allein lassen zu wollen. Dieser Besuch würde äußerst lustig werden.

Nachdem Kiera verschwunden war, bot ihre Schwester all ihren Charme auf. »Und, Kellan Kyle, erzähl mir von dir. Ich will alles von dir wissen.« Sie grinste anzüglich. »Ich will dich in- und auswendig kennen.«

Darauf würde ich wetten. So leicht ging das bei mir allerdings nicht. Sie musste sich mit den Basics zufriedengeben. »Ich habe eine Zeit in L.A. gewohnt, aber ich bin hier geboren und aufgewachsen.« *Und werde wahrscheinlich auch hier sterben.* »Über die Band weißt du ja schon alles, viel mehr gibt es eigentlich nicht zu berichten.«

Sie beugte sich vor. »Hast du eine Freundin?«

Griffin, der uns belauschte, wieherte. »Dieses Arschloch macht sich nichts aus Freundinnen. Ich dagegen ...« Er breitete einladend die Arme aus.

Anna sah kurz zu ihm hinüber, wandte ihren Blick dann jedoch wieder mir zu. »Keine Freundin. Gut zu wissen.« Sie schenkte mir ein atemberaubendes Lächeln, und ich grinste diabolisch. Es war fast zu leicht.

»Okay, ich habe dir von mir erzählt, jetzt bist du dran.« Ich hob eine Braue und wartete, dass sie anfing zu reden. Nachdem sie einmal begonnen hatte, hörte sie gar nicht mehr auf, und ich unterbrach sie nicht. Je mehr sie mir von sich erzählte, desto weniger musste ich von mir erzählen. Ich hörte lieber zu.

Kiera kam, als Anna bei ihrer Unizeit angelangt war. Sie hatte dasselbe College besucht, auf das auch Kiera anfangs gegangen war. Sie war Cheerleader gewesen. Was mich nicht überraschte. Kiera stellte ein rötliches Getränk vor ihre Schwester, und Anna unterbrach ihren Monolog, um ihr kurz ein »Danke« zuzuwerfen, bevor sie fortfuhr.

Ich linste zu Kiera hinüber. Sie musterte uns mit finsterem Blick. Es war hinreißend, und irgendein fieser Teil von mir hatte richtig Spaß daran, sie eifersüchtig zu machen.

Nachdem Anna für Unterhaltung sorgte, nahm der Abend Fahrt auf. Während sie mir von ihrem Leben, ihren Hoffnungen und Träumen erzählte, flirtete sie. Und das konnte sie gut. Wenn ich nicht an jemand anderem interessiert wäre, würde ich sicher auf ihre Vorstellung einsteigen. Sie berührte mein Gesicht, meine Schulter, mein Bein. Sie strich mit den Händen über ihren Körper und betonte diskret ihre Kurven. Es war erotisch. Das musste ich ihr lassen. Und obwohl ich nur mitspielte, um Kiera zu ärgern, war sie eine attraktive Frau. Ich hatte nichts gegen ihre Vorstellung einzuwenden.

Im Laufe des Abends näherte sich ihre Hand langsam meinem Schenkel. Wenn ich mich zu ihr genauso hingezogen fühlen würde wie zu Kiera, wäre es mir jetzt zu eng in meiner Jeans. Meine Aufmerksamkeit galt jedoch nicht Anna, deshalb fiel es mir leicht, ihren Fingernagel zu ignorieren, der über die Innennaht meiner Hose strich. Als Kiera sich widerwillig erneut dem Tisch näherte, registrierte sie ganz genau, wo sich die Hand ihrer Schwester befand. Sie fixierte die Stelle. Und als Kieras Blick über meinen Schoß glitt, erregte mich das deutlich mehr als Annas Finger. Was würde ich darum geben, von ihr so berührt zu werden.

»Es ist Zeit, Kellan«, bemerkte Kiera schnippisch. Ich musste darüber lächeln, wie wütend sie war. *Es nervt, wenn jemand anders sich an denjenigen heranmacht, mit dem du zusammen sein willst, stimmt's? Willkommen in meiner Welt.*

Anna schien Kieras Bemerkung zu verwirren, sie wandte sich mit fragendem Gesicht zu ihr um. Kiera lächelte gezwungen. »Sie müssen auf die Bühne.«

Anna war begeistert. »Oh ... cool!« Kieras Miene nach zu urteilen hatte sie jetzt schon genug vom Besuch ihrer Schwester. Ein Teil von mir hoffte, dass Anna nie wieder nach Hause fuhr. Vielleicht käme Kiera ja zu mir zurück, wenn ich sie eifersüchtig genug machte. Wir könnten es noch einmal versuchen.

Während die Jungs und ich unsere Plätze einnahmen, bezog Anna direkt vor der Bühne Stellung, sie wollte eindeutig nichts verpassen. Ich lächelte ihr aufmunternd zu, dann blickte ich zu Kiera, die davonstapfte, um ein paar Gäste zu bedienen. Es war kindisch von mir, doch ich genoss jede Sekunde von ihrem Zorn.

Ich legte eine rekordverdächtige Show hin. Ich sang mir die Seele aus dem Leib, spielte mit dem Publikum, warf jeder Frau vor der Bühne einen *Du-bist-die-Einzige*-Blick zu, und was Anna anging, zog ich alle Register. Ich schenkte ihr so viel Aufmerksamkeit, dass ich befürchtete, die gierigen Mädels um sie herum würden ihr womöglich die Ellbogen ins Gesicht rammen. Anna konnte sich jedoch ganz gut behaupten. Als ein Mädchen versuchte, ihren Platz einzunehmen, indem sie ihr einen beherzten Stoß versetzte, packte Anna sie am Pferdeschwanz und zog sie dicht zu sich heran. Sie schrie ihr irgendetwas zu, woraufhin das Mädchen völlig verängstigt die Flucht ergriff. Sie bahnte sich ihren Weg durch die Menge und flüchtete schnurstracks aus der Bar. Anschließend legte sich keine mehr mit Anna an. Verdammt. Der scharfe Käfer war tough.

Anna sprang auf und ab und amüsierte sich prächtig, als hinter ihr jemand auftauchte und ihr eine Hand auf die Schulter legte. Zuerst dachte ich, es wäre vielleicht ein Freund von der Frau, die Anna verjagt hatte, doch dann sah ich, dass es Denny war. Vermutlich war er gekommen, um sie nach Hause zu bringen. Anna drehte sich um, erkannte den Freund ihrer Schwester und warf die Arme um seinen Hals. Denny schien ihre Überschwänglichkeit zu verblüffen. Er tätschelte ihr den Rücken, als wüsste er nicht genau, was er mit ihr anfangen sollte.

Ich lächelte. Dann suchte ich mit dem Blick in der Menge nach Kiera. Ob sie wohl ebenso eifersüchtig auf Denny und Anna war, wie sie es auf Anna und mich zu sein schien? Kiera beachtete die beiden jedoch gar nicht. Stattdessen beobachtete sie mich. Während Denny und Anna zusammen vor der Bühne standen, starrte sie die ganze Zeit mich an. Anscheinend machte sie sich ihretwegen überhaupt keine Sorgen. Als Denny Anna verließ und zu Kiera zurückkehrte, starrte sie mich noch immer an. Erst als Denny ihre Schulter berührte, kam sie wieder zu sich.

Denny setzte sich auf einen Hocker an der Bar, und Anna blieb in der Menge, wo sie war. Offenbar hatte sie sich geweigert, mit ihm nach Hause zu fahren. Das hatte ich nicht anders erwartet. Sie hatte deutlich zu viel Interesse an mir. Sie würde keine Ruhe geben, ehe sie in meinem Wagen oder in meinem Bett gelandet war. Nicht dass ich Letzteres zulassen würde. Ich hatte es Kiera versprochen.

Als unser Gig vorbei war, klebte Anna erneut an meiner Seite. Sie brachte mir ein Bier und ein Handtuch und verscheuchte die anderen Frauen mit ihren Blicken. *Er gehört mir, verschwindet,* schien sie zu sagen. Griffin war genauso genervt von der ganzen Sache wie Kiera. Ich fand es einfach nur lustig. Und in letzter Zeit hatte ich nicht viel Lustiges erlebt.

Als sich die Bar leerte und es Zeit wurde, nach Hause zu fahren, gingen Anna und ich Arm in Arm aus der Tür. Sogar Rita blickte uns finster hinterher. Es amüsierte mich, wie viele Leute ich in so kurzer Zeit verärgert hatte. Das war rekordverdächtig. Als wir jedoch draußen waren, fand Griffin, dass ich Anna jetzt lange genug in Beschlag genommen hatte.

Er schlich sich an sie heran und fragte: »Und wie hat dir der Auftritt gefallen?«

Den Arm noch immer um mich gelegt blickte Anna zu mir hoch und lächelte: »Es war toll.« Ihr Ton verriet, was sie eigentlich meinte: *Er war toll.*

Griffin starrte mich wütend an, als hätte ich sie gezwungen, das zu sagen. Kopfschüttelnd wandte ich den Blick von seinem genervten Gesicht ab. Ich hatte keinen Einfluss darauf, um wen Anna herumscharwenzelte. Griffin fasste Annas Hand und zog sie von mir weg. He, langsam. Sie stolperte, lachte jedoch. »Ich muss dir was zeigen«, sagte er.

Als ich mich umsah, eilten die beiden zu Griffins Van. Matt stand auf meiner anderen Seite. Schnaubend sagte er: »Meinst du, er holt für sie sein Ding raus?« Grinsend schüttelte er den Kopf. »Ich bin mir nicht so sicher, ob sie das beeindrucken wird.«

Lachend beobachtete ich, wie Griffin die Tür seines Vans aufschob und darin herumwühlte. Es dauerte ungefähr eine Minute, dann hielt er etwas Schwarzes in der Hand. Ich lachte noch mehr. *Unser Band-T-Shirt? Das hatte er ihr zeigen wollen?*

Mit einem Tusch faltete er das Douchebags-Shirt auseinander. Anna kreischte und wollte es ihm abnehmen. Doch Griffin hielt es mit der einen Hand zurück und hob den Finger der anderen. »Das gibt's nicht umsonst«, erklärte er. »Das musst du dir erst verdienen.«

Wahnsinn. *Dieser Idiot.* Doch Anna lächelte affektiert und drückte Griffin gegen den Van. Wie bei einer Festnahme schob sie ihr Knie zwischen seine Beine und hielt seine Handgelenke neben dem Kopf fest. Während Griffin die Kinnlade herunterklappte und er die Augen schloss, rieb Anna ihren Körper an seinem. Sie strich mit der Nase über seinen Hals hinauf zu seinem Ohr. Als sie ihm etwas zuflüsterte, schmolz Griffin dahin. Er ließ das T-Shirt los, und Anna schnappte es sich sofort. Als sie von ihm fort trat, war sein Blick glasig.

Schwer atmend sagte er: »Fick mich. Jetzt.«

Anna kicherte und drückte das T-Shirt an ihre Brust. Sie stupste mit dem Finger an seine Nasespitze und lachte. »Du bist so süß. Danke für das T-Shirt«

»Danke für die Megalatte«, gab er zurück.

Anna machte auf dem Absatz kehrt und kam zufrieden zu mir zurück. Griffin lehnte noch immer benommen an seinem Van. Ich schüttelte den Kopf. »Was hast du zu ihm gesagt?«

Sie biss sich auf die Lippe und hob bedeutungsvoll die Brauen. »Wenn du dich gut benimmst, wirst du es vielleicht erfahren.« Sie lachte und ging weiter. »Wollen wir nach Hause fahren?«

Ich sah mich nach Griffin um. Er hielt sich mit geschlossenen Augen den Bauch, als hätte er von seinem Steifen Magenschmerzen bekommen. Ich wollte nicht mit Anna schlafen, aber ich war unglaublich neugierig, was sie wohl gesagt hatte, um aus Griffin ein geiles Häuflein Elend zu machen.

Kiera trat gerade aus der Bar, als Anna auf meinen Sitz glitt.

Selbst auf die Entfernung konnte ich sehen, dass Kiera sauer war, weil Anna mit mir fuhr. Breit grinsend stieg ich in den Wagen. Kiera zu ärgern machte ziemlich viel Spaß.

Als wir zu Hause ankamen, zeigte ich Anna das Wohnzimmer. Sofort zog sie mich mit sich aufs Sofa. Kaum saßen wir, ruhte ihre Hand auch schon neben meinem Schritt.

Ich hörte, wie die Tür aufging, dann stürmte Kiera herein. Sie sah aus, als wollte sie jemandem den Kopf abreißen. Doch sie konnte nichts tun, weil wir uns unauffällig verhalten wollten.

Denny trat kurz nach ihr herein. Er legte einen Arm um Kiera, und *meine* Eifersucht wuchs. Es machte Spaß, jemand anders eifersüchtig zu machen, aber umgekehrt war es ziemlich nervig. Zum Glück hatte ich eine Ablenkung. Anna lächelte mir verführerisch zu. »Und ...? Wo schlafe ich heute Nacht?«

Eigentlich fragte sie mich *Und ...? Welche Stellung willst du zuerst ausprobieren?* Ich lächelte lasziv und wollte ihr antworten, doch Kiera kam mir zuvor.

»Du schläfst bei mir, Anna.« Ihr Ton duldete keinen Widerspruch. Ich verkniff mir ein Lachen, während Kiera zu Denny sah. »Macht es dir etwas aus, auf der Couch zu schlafen?«, fragte sie.

Denny wirkte nicht gerade glücklich, und das konnte ich ihm nicht verdenken. Das Monstrum war nicht bequem. »Auf der Couch? Im Ernst?«

Kieras Augen verengten sich zu schmalen Schlitzen. Wow, sie war echt auf hundertachtzig ... super. »Na ja, wenn es dir lieber ist, kannst du auch bei Kellan schlafen.« Ihr Ton machte deutlich: *Du hast Option A oder B. C gibt es nicht.*

Jetzt konnte ich mich nicht mehr beherrschen und brach in Lachen aus. Während Denny erstaunt eine Braue hob, sagte ich: »Aber ich warne dich, Kumpel, ich trete im Schlaf.«

Mit unglücklicher Miene grummelte Denny: »Ich nehme das Sofa«, dann ging er nach oben, um sein Bettzeug zu holen.

Anna drängte ihre Brüste seitlich an mich und schlug fröhlich vor: »Also, weißt du, ich könnte doch auch bei ...«

Ehe ich mich versah, hatte Kiera Anna vom Sofa gezogen. »Komm mit«, sagte sie und zog ihre Schwester in Richtung Treppe.

Tja. Kiera war irre eifersüchtig. Ich wette, sie würde heute Nacht kein Auge zutun. Sie würde die ganze Nacht hellwach bleiben, um sicherzugehen, dass ihre Schwester sich ja nicht heimlich aus dem Zimmer schlich.

O Mann, so mussten sich Kinder am Abend vor Weihnachten fühlen. Ich freute mich so auf morgen, dass ich wahrscheinlich ebenfalls die ganze Nacht wachliegen würde.

20. Kapitel

Eine höllische Doppelverabredung

Als ich aufwachte, fühlte ich mich so gut wie lange nicht mehr. War ich sadistisch, weil ich Kieras Leid derart genoss? Doch sie litt ja nicht richtig, sie war nur eifersüchtig. Sie wollte ihre Schwester nicht mit mir teilen. Wenn ich das Ganze nicht so lustig fände, wäre ich vielleicht beleidigt. Kiera hatte sich entschieden, es konnte ihr eigentlich egal sein, was ich tat. Doch ich hatte ihr mein Versprechen gegeben, und diesmal wollte ich es halten.

Nachdem ich ein paar Liegestütze und Sit-ups gemacht hatte, zog ich mich an und ging nach unten, um Kaffee zu kochen. Kiera hatte offenbar gelauscht und nur auf mich gewartet, denn sie kam kurz nach mir herunter. Es überraschte mich nicht, dass sie wach war. Vermutlich hatte sie die ganze Nacht aufgepasst, dass Anna sich nicht zu mir stahl. Sie wirkte mitgenommen, hatte geschwollene Augen und zerzauste Haare. Dennoch stellte ihre natürliche Schönheit die gekünstelte Perfektion ihrer Schwester in den Schatten.

Ich lächelte ihr fröhlich zu, während ich Wasser in die Kaffeemaschine füllte. »Morgen. Gut geschlafen?«

Mit ausdrucksloser Miene erwiderte sie. »Ja. Und du?«

Als ich mit der Maschine fertig war, drehte ich mich um und lehnte mich an die Arbeitsplatte. *Lüg mich nur an, Kiera, ist schon okay. Ich weiß eh, dass du beschissen geschlafen hast.* »Wie ein Baby.« Sie lächelte gezwungen und setzte sich an den

Tisch. Ich verkniff mir ein Lachen. Sie war so süß, wenn sie wütend war. »Deine Schwester ist ... interessant.« Ich formulierte den Satz ganz bewusst vage und ließ Raum für Interpretationen.

Sie legte die Stirn in Falten, als würde sie überlegen, was ich damit meinte. Als sie schließlich antwortete, leuchteten ihre Wangen wundervoll rosig. »Ja, das ist sie.«

Ich fand es lustig, dass Kiera ihre Antwort ebenso vage hielt. Offenbar wollte keiner von uns ins Detail gehen. Als der Kaffee fertig war, bereitete ich unsere Becher vor und stellte ihren vor ihr ab. Zufrieden lehnte ich mich auf meinem Stuhl zurück. Kiera kauerte über ihrem Becher, als wäre ihr kalt und als sei der Becher die einzige Wärmequelle. Doch ihr Verhalten hatte nichts mit Kälte zu tun. *Eifersucht ist ein mieses Luder, stimmt's, Kiera?*

Kaum hatten wir unseren Kaffee ausgetrunken, verließ ich die Küche. Ich dachte, es wäre das Beste, wenn wir nicht zu viel redeten. Na ja, vor allem dachte ich, dass ich so die Eifersucht anheizen konnte. Ich war mir nicht sicher, warum ich Kiera aufstacheln wollte. Aus Rache? Oder um eine Theorie zu beweisen? Wenn sie wirklich nichts mehr für mich empfand, würde es ihr doch nicht so viel ausmachen. Sie hatte zwar abgestritten, dass sie Gefühle für mich hatte, aber es konnte nicht anders sein. *Bitte.*

Um einen freien Kopf zu bekommen, machte ich einen langen Lauf, doch unterwegs erinnerte mich alles an Kiera. Sie eifersüchtig zu machen linderte den Schmerz nur geringfügig. Als ich zurückkam, waren Anna und Kiera nicht da, und Denny sah fern. Er wirkte mopsfidel, als er in *meinem* Lieblingssessel vor *meinem* Fernseher saß und vermutlich an *meine* Exgeliebte dachte. Einen Augenblick hasste ich ihn für sein Glück. Doch dann fiel mir ein, was ich ihm angetan hatte, und mein Hass verging. Denny war nicht der Böse. Ganz im Gegenteil. Er war der *wirklich* Gute.

Als ich hereinkam, wandte Denny sich zu mir um. Grinsend deutete er mit dem Daumen auf den Fernseher. »Ich weiß, dass du nicht so drauf stehst, aber hast du Lust, das Spiel mit mir zu gucken?«

Ich blickte zum Fernseher und lächelte. Hockey. Denny liebte Sport. Schon damals auf der Highschool hatte er ständig irgendein Spiel gesehen. Er hatte vergeblich versucht, mich für diverse Sportarten zu begeistern. Doch nachdem mein Vater mich hatte abblitzen lassen, als ich versucht hatte, ihm über seine Lieblingssportarten näherzukommen, hasste ich Sport und ignorierte ihn ganz bewusst.

Da mir nicht nach Gesellschaft zumute war, schüttelte ich höflich den Kopf. »Nein, danke.« Er lachte, als würde ihn das nicht überraschen.

Nachdem ich schnell geduscht hatte, blieb ich fast den ganzen Nachmittag auf meinem Zimmer und schrieb Texte, die nie zu einem Song taugen würden. Doch das Schreiben tat gut. Es hatte etwas Befreiendes, dem Papier meine Probleme anzuvertrauen. Ich konnte schreiben, wie einsam ich war, wie leer ich mich fühlte, wie wertlos ich mich fand und wie viel Kiera mir bedeutete, ohne dass es jemals jemand lesen würde. Auf diese Weise konnte ich mich meiner Probleme entledigen, die ich noch immer vor der Welt verbarg, und im Verbergen war ich wirklich gut. Leider.

Am frühen Abend kehrten Anna und Kiera zurück. Obwohl ich Gitarre spielte, hörte ich, wie sie durch die Tür kamen. Es war, als würden meine Ohren sofort hellhörig, wenn Kiera sich mir irgendwie näherte. Ich achtete auf jedes Wort, jedes Lachen, jedes Ein- und Ausatmen. Das war anstrengend, aber es war besser als die Alternative. Nie wieder einen Ton von ihr zu hören würde mich völlig fertigmachen.

Während ich innehielt, um zu lauschen, stapften die Schwestern die Treppe herauf. Ich konnte ihre Schritte leicht unterscheiden. Kieras waren schwer und schleppend, Annas leicht und federnd. Kiera sagte, dass sie sich fertig machen müssten, und Anna gestand ihr kichernd, wie aufgeregt sie sei. Ich war mir nicht sicher, ob sie aufgeregt war, tanzen zu gehen oder den ganzen Abend mit mir zu verbringen. Vermutlich betrachtete sie mich heute Abend als ihr Date. Kiera brummelte etwas, das ich nicht verstand, und Anna kicherte erneut.

Als ich hörte, wie Anna Kieras Zimmer verließ und nach unten ging, öffnete ich meine Tür einen Spalt und spähte in den Flur. Denny kam vorbei und ging in sein Zimmer. Kurz stand die Tür offen, und ich sah, dass Kiera irgendwie verloren wirkte. Denny zog die Tür hinter sich zu, schloss sie jedoch nicht richtig. Leise schlich ich hinüber. Ich konnte zwar nichts sehen, hörte sie aber deutlich reden.

»Was ist los?«, fragte Denny.

»Ich habe nichts zum Anziehen für heute Abend.« Kiera seufzte, und ich konnte mir den verlorenen Ausdruck auf ihrem Gesicht vorstellen.

»Warum ziehst du nicht das pinkfarbene Kleid an? Oder den Rock? Oder Shorts? In dem Laden ist es wahrscheinlich ziemlich heiß.«

Kiera erwiderte nichts, und ich konnte ihre Gereiztheit in der Stille förmlich hören. Ich stellte sie mir in dem Rock vor, den sie getragen hatte, als wir uns in dem Espressostand unserer Lust hingegeben hatten. In den Shorts, die sie manchmal bei der Arbeit trug. In den Jeans, in denen sie zur Uni ging. Und in den weiten Schlabberhosen, in denen sie schlief.

Traurig lächelnd strich ich mit den Fingern über ihre Tür.

»Egal, was du anziehst, du wirst toll aussehen. So sehr du dich auch bemühst, du kannst deine Schönheit nicht verbergen, Kiera.«

Ich flüsterte es so leise, dass ich es selbst kaum hörte, dennoch erstarrte ich, als eine Stimme hinter mir rief: »Kellan! Da bist du ja.«

Ich fuhr herum und hielt die Luft an. Hatte Anna mich gehört? Hatte sie gesehen, dass ich quasi die Tür gestreichelt hatte? Ablenkung war in diesem Fall die beste Verteidigung, also lächelte ich schief, während ich sie langsam von Kopf bis Fuß mit Blicken maß. »Du siehst ... toll aus.«

Sie trug ein enges Kleid, das wie ein langes Trägertop aussah. Es betonte jede Kurve und bedeckte nur knapp ihren Hintern. Falls Anna sich fragte, weshalb ich Denny und ihrer Schwester hinterherspionierte, sagte sie es jedenfalls nicht. Stattdessen musterte sie mich kurz und sagte: »Du auch.« Genau wie sie war ich ganz in Schwarz gekleidet. Ich hatte mich angezogen, während ich an meinen melancholischen Texten gearbeitet hatte. Da war mir die Farbe passend erschienen. Nachdem ich jetzt jedoch feststellte, dass Anna und ich wie Zwillinge aussahen, war ich mir da nicht mehr so sicher. Anna schien das allerdings zu gefallen. Mit einem verführerischen Lächeln schlenderte sie auf mich zu. »Ich brauche Hilfe.«

Nachdem mein rasender Herzschlag sich langsam wieder normalisiert hatte, fragte ich: »Wobei?«

Sie trat so dicht vor mich, dass mich ihre Brust streifte. »Na ja, ich dachte, wenn du es mir machst, kann ich es dir machen?«

Ich hob eine Braue und fragte, was sie mit dieser offensichtlich zweideutigen Bemerkung wirklich meinte. Anna lachte über meinen Gesichtsausdruck. Sie nahm eine rote Locke und meinte: »Haare. Wenn du mir hilfst, meine zu machen, helfe ich dir, etwas Flippiges mit deinen zu machen.«

Es war mir ziemlich egal, wie meine Haare aussahen, doch es war eine Chance, also ergriff ich sie. »Klar. Warum nicht?«

Noch nie zuvor hatte ich einer Frau die Haare hochgesteckt, doch Anna war eine gute Lehrerin. Wir waren ziemlich schnell fertig, doch Kiera kam noch immer nicht aus ihrem Zimmer. Ich wollte ihr sagen, dass sie sich wegen ihres Aussehens nicht stressen sollte, aber das stand mir nicht zu. Das war Dennys Job. Als Anna mit ihrem makellosen Gesicht zufrieden war, nahm sie eine Dose, dann meine Hand und zog mich mit sich nach unten. »Im Sitzen ist es leichter«, erklärte sie mit einem aufreizenden Funkeln in den Augen.

»Okay.« Es war mir ziemlich egal.

Unten setzte sie mich aufs Sofa und kletterte hinter mich. Ich musste über ihre offensive Art lächeln. Wäre dies eine andere Situation gewesen, hätte ich sie rittlings auf meinen Schoß gezogen, ihr den Slip heruntergerissen und sie in ihrem Kleid gevögelt. Doch die Dinge lagen jetzt anders, und ich hatte kein Verlangen mehr nach bedeutungslosem Sex mit Frauen, die ich nicht kannte. Die Verbindung war nicht stark genug. Im Vergleich zu dem, was ich mit Kiera erlebt hatte, erschien sie mir geradezu lächerlich armselig.

Anna strich mit den Fingern durch meine Haare. Ich hatte keine Ahnung, was sie vorhatte, es fühlte sich an, als würde sie meine Haare senkrecht nach oben richten. Na, toll, ich würde wie ein Nadelkissen aussehen. Aber auch egal.

Denny hatte den Fernseher angelassen, und ich verfolgte nebenher das Programm. Es amüsierte mich, dass Anna die Gelegenheit nutzte, ihre Brüste gegen meinen Rücken zu pressen. Während sie mit meinen Haaren beschäftigt war, kam Kiera herunter. Anna sagte ihr, sie sähe toll aus, woraufhin ich mich nach ihr umsah. Anna hatte recht. Kiera sah unglaublich aus. Sie trug sexy schwarze Jeans, die sie wie eine zweite Haut umschlossen, ohne dabei billig auszusehen. Die Haare hatte sie hochgesteckt, sodass ihr Nacken und ihre Schultern frei lagen. Obenherum trug sie ein feuerrotes, tief ausgeschnittenes Top mit Spaghettiträgern, das ihren Körper mehr betonte als Annas enges Kleid es je könnte. Und soweit ich das beurteilen konnte, trug sie keinen BH. Allein ihr Anblick trieb Lust durch meinen Körper. Gott, wollte sie mich etwa provozieren? Wie zum Teufel sollte ich das durchstehen?

Denny kam hinter ihr die Treppe herunter, flüsterte ihr etwas ins Ohr und küsste sie auf den Hals. Es war, als würde man mir ein Messer in den Bauch rammen. Kiera sah jedoch so atemberaubend aus, dass ich meinen Blick nicht abwenden konnte. *Gott, sie ist wunderschön.*

Denny stellte sich neben Kiera, und sofort fiel mir auf, dass er der Einzige von uns allen war, der Weiß trug. Wie passend. Er sah verwirrt aus und fragte Kiera: »Ich bin ja wohl hoffentlich nicht danach dran, oder?«

Dabei musterte er meine Haare. Offenbar war er nicht ganz überzeugt von Annas Werk. Ob ich wie ein Stachelschwein aussah, wenn sie mit mir fertig war? Denny und Kiera traten ins Wohnzimmer. Denny setzte sich auf den Sessel und klopfte auf seinen Schoß. Kiera blickte zu mir, setzte sich dann jedoch zu ihm. Ich schluckte den Kloß in meinem Hals hinunter und setzte eine gleichgültige Miene auf. *Es macht mir nichts aus, es macht mir nichts aus, es macht mir nichts aus ...*

Bemüht locker fragte Kiera ihre Schwester. »Was tust du da, Anna?«

»Hat er nicht verdammt sexy Haare! Willst du da nicht auch einfach nur ...?« Anna fasste mit den Händen in meinen Schopf und zog daran. Ich zuckte zusammen, es brannte, aber über ihre Bemerkung musste ich lachen. *Ja, Kiera, willst du nicht auch mal?*

Anna strich weiter durch meine Haare. Es fühlte sich angenehm an, aber bei Weitem nicht so angenehm wie bei Kiera. »Er lässt sich von mir stylen. Damit ist er der schärfste Typ im Club. Sorry, Denny.«

Ich linste nach oben und sah, dass Denny lachte. »Kein Problem.«

Schweigen erfüllte den Raum. Während die anderen Anna zusahen, beobachtete ich Kiera. Auf ihrem Gesicht lag eine Mischung aus Interesse und Gereiztheit. Anscheinend gefiel es ihr nicht, dass Anna etwas so Intimes mit mir machte. Na ja, angesichts der Tatsache, dass es mir nicht gefiel, dass Kiera es sich auf Dennys Schoß bequem machte, waren wir wohl quitt.

Als Kieras Wangen noch rosiger leuchteten und sie den Blick abwandte, fragte ich sie. »Wie findest du's?«

An ihrer Stelle antwortete mir Denny. »Äh ... sieht gut aus, Mann«, erklärte er lachend.

Anna schien beleidigt zu sein, dass es ihm nicht gefiel. »Ach, du verstehst einfach nichts von Frauen, Denny. Sie werden durchdrehen, wenn sie ihn so sehen. Stimmt's, Kiera?«

Ich musste darüber lachen, wie Anna Kiera wieder ins Gespräch zog. Ganz bestimmt war Kiera geradezu erpicht darauf, diese Frage zu beantworten. Kiera wirkte verunsichert und murmelte: »Ja klar, Anna. Er wird ...«

Ich konnte mich nicht beherrschen und unterbrach sie, indem ich den Begriff benutzte, mit dem Kiera mich einmal beschrieben hatte. »Wie ein Lolli in Männergestalt wirken?«

Anna quietschte und legte die Arme um mich. »Oohhh ... das gefällt mir!«

Kiera nicht. Sie kniff die Augen zusammen und zischte: »Können wir dann aufbrechen?«

Ich nickte und stand auf. Ich war mir nicht ganz sicher, wie ich den Abend überstehen würde und wollte es einfach hinter mich bringen.

Da ich nicht die ganze Zeit mit Denny und Kiera in einem Auto festsitzen wollte, schlug ich Denny vor, mit zwei Wagen zu fahren. Wenn ich es nicht mehr ertrug, konnte ich einfach abhauen. Natürlich stieg Anna zu mir in den Wagen, während Kiera mit ihrem Freund fuhr. Nachdem wir den Club erreicht hatten, der aufreizenderweise Spanks hieß, sorgte ich dafür, dass wir alle reinkamen, dann besorgte ich eine erste Runde Getränke.

Die Schlange an der Bar war lang, doch die Barkeeperin winkte mich nach vorn. Da Kiera sich mit Sicherheit darüber ärgern würde, bestellte ich Tequila. Nachdem die Barfrau eifrig vier Shots eingegossen hatte, klemmte ich sie vorsichtig zwischen meine Finger und nahm mit der anderen Hand Salz und den Behälter mit Zitronenscheiben. Ich bahnte mir einen Weg zurück zum Tisch. Kiera wirkte überrascht, dass ich so schnell wieder da war. Sie blickte zur Bar, dann stutzte sie. Die Barfrau starrte vermutlich noch immer zu mir herüber. Sie hatte mich die ganze Zeit mit Blicken verschlungen. *Tja, sorry, Kiera, ich kann nichts dafür, dass die Frauen auf mich stehen.*

Nachdem ich die Drinks verteilt hatte, wandte Kiera ihre Aufmerksamkeit wieder unserem Tisch zu. Sie nahm ihren Shot und roch daran. Mein Grinsen war kindisch, aber ich konnte nicht anders. Der Ausdruck auf ihrem Gesicht war unbezahlbar. Ich konnte beinahe hören, was sie dachte. *Tequila? Willst du mich verarschen? Nein, Kiera, will ich nicht. Wir haben eine Geschichte. Du hast meinetwegen geweint, hast mich angefleht zu bleiben. Du bist eifersüchtig, weil ich mich um deine Schwester kümmere, weil du mehr für mich empfindest. Ob es dir gefällt oder nicht, du magst mich. Da bin ich mir sicher.*

Während sie mich ungläubig anstarrte, stellte ich die Zitronen und das Salz ab. Anna und Denny bereiteten ihre Getränke vor, Kiera schien tatsächlich protestieren zu wollen. Als sie die Zähne dann doch zusammenbiss und stur ihren Shot vorbereitete, musste ich lachen. Sie zu ärgern machte fast so viel Spaß wie sie eifersüchtig zu machen.

Als ich meinen Drink vorbereitete, schloss Kiera die Augen. Ich fragte mich, ob sie genau wie ich von Erinnerungen überwältigt wurde. *Bitte Kellan ... bring mich in dein Zimmer ...* Ich konnte es kaum ertragen und hätte dieses Theater beinahe sofort beendet, doch da beugte sich Denny zu Kiera und flüsterte ihr etwas zu. Ich wusste nicht, was er sie gefragt hatte, doch als sie antwortete, blickte sie zu mir. Mit eiskaltem Blick erklärte sie: »Ja, ich bin nur kein großer Tequila-Fan.«

Wie lustig. »Ach echt? Ich hätte gedacht, dass du voll darauf stehst.«

Kiera sah mich finster an, ich lachte, und Anna verkündete: »Tja, ich steh drauf ... Prost!«

Ich hob mein Glas, Anna und ich stießen an und tranken. Der Tequila brannte in der Kehle, und ich fand auch das irgendwie passend. Alles, was mit Kiera zu tun hatte, brannte – manchmal auf eine gute, manchmal auf eine weniger gute Art.

Denny hob sein Glas, und Kiera und er taten es Anna und mir gleich. Bis auf den letzten Teil. Kiera blickte kaum merklich zu mir herüber, nahm Denny die Zitronenscheibe aus dem Mund und gab ihm einen langen *Scheiß-auf-dich-und-deinen-Tequila*-Kuss. Vorbei war meine gute Laune.

Während Denny die Frau küsste, die ich liebte, feuerte Anna sie auch noch an. »Woohoo, das ist meine Schwester!« Als sie knutschte, fühlte ich mich schlecht. Doch als sie sich voneinander lösten und Kiera zu mir herübersah, fühlte ich mich noch schlechter. Sie wollte also gemein sein, ja? Das konnte ich auch.

Ich wandte meine Aufmerksamkeit Anna zu, reichte ihr die

Hand und deutete mit dem Kopf auf die Tanzfläche. »Hast du Lust?«, fragte ich. Anna stimmte begeistert zu. Nachdem sie praktisch in meine Arme gesprungen war, begleitete ich sie auf die Tanzfläche, wobei meine Hand knapp über ihrem Hintern lag. Ich blickte kurz zu Kiera, bevor Anna und ich von der Menge verschluckt wurden; sie wirkte wütend, und das freute mich. Ich war selbst aufgebracht. *Ja, ich haue mit deiner Schwester ab. Ja, ich werde sie überall berühren. Und ja … jede Sekunde werde ich mir wünschen, sie wäre du.*

Anna und ich verschwanden in einer hinteren Ecke der Tanzfläche. Sie legte sofort die Arme um meinen Hals und zog mich dicht an sich. Sie presste ihren Körper gegen meinen und versuchte eindeutig, mich auf Touren zu bringen. Ich war zwar innerlich aufgewühlt, aber nicht auf die Art, die Anna sich wünschte. Als ich zu ihr hinuntersah, sah ich nur Kiera vor mir. Ihre vollen Lippen, ihre changierenden Augen, ihr liebenswertes Lächeln. Ich konnte ihr nicht entkommen. Die Musik vibrierte in meiner Brust, aber ich achtete nicht auf sie. Ich dachte nur an Kiera.

Ich spürte, wie Anna ihre Hand auf meinen Nacken legte und versuchte, meinen Mund zu sich zu ziehen. Ich hielt mich jedoch aufrecht und gab nicht nach. Daraufhin änderte sie die Taktik. Sie strich mit den Händen über meine Brust, dann über meine Arme. Meine Hände ruhten auf ihren Hüften, so wie bei schüchternen Kids, die miteinander tanzten. Anna wollte eindeutig mehr. Sie fasste meine Hände und legte sie auf ihren Hintern. »Du darfst mich ruhig berühren«, rief sie mir durch die Musik zu.

Ich lächelte kurz und legte meine Hände auf ihren Rücken. *Ich weiß genau, was ich alles mit dir machen kann. Leider bist du nicht diejenige, die ich will.*

Anna schien verwirrt, dass ich nicht auf ihr verführerisches

Angebot einging. Sie drehte sich um und rieb ihren Hintern an meinem Schritt. Ich wich ein Stück zurück, doch sie folgte mir. Schließlich stieß ich gegen einen Lautsprecher, woraufhin Anna triumphierend lächelte und mich mit ihrem Körper gefangen hielt. Ohne dass ich sie zurückstieß, konnte ich nicht verhindern, dass sie ihren Körper an meinem rieb.

Ich musste die Situation unter Kontrolle bringen, wirbelte sie herum und zog sie an mich. Wenn wir einander gegenüberstanden, konnte ich zumindest etwas Abstand zwischen uns wahren. Ich strich über ihre Hüfte, schob ihr Bein über meins und drängte mich im Takt der Musik an sie. Ich blickte ihr tief in die Augen, und sie hielt meinem Blick stand, als sei sie von mir gebannt. Sie öffnete den Mund, straffte die Schulter und streckte die Brust heraus. Ich musste irgendwie reagieren, ich strich mit der Hand an ihrer Seite hinauf und streifte mit dem Daumen ihre Brust. Daraufhin schloss sie die Augen und sank gegen mich.

Ich schob ihren Kopf an meine Schulter und strich mit den Händen über ihren Rücken. Unschuldiger konnte ich die Verführung mit ihr nicht gestalten. Nachdem Annas Gesicht nicht mehr im Weg war, ließ ich den Blick über die Tanzenden schweifen. Als würde sie ihn wie ein Magnet anziehen, entdeckte ich Kiera sofort. Sie befand sich mit Denny in der Mitte der Tanzfläche. Sie lachten beim Tanzen, und obwohl Kiera die Arme um seinen Hals gelegt hatte und er sie an der Taille hielt, fand ich, dass sie wie gute Freunde miteinander tanzten.

Die ganze Zeit, während ich mit Anna tanzte, ließ ich die beiden nicht aus den Augen. Nach einer gefühlten Ewigkeit neigte sich Anna zu meinem Ohr und sagte, sie müsse auf die Toilette. Ich nickte und beobachtete, wie sie durch die Menge davontänzelte. Als ich wieder zu Kiera zurückblickte, war sie allein. Mein Herz klopfte bis zum Hals, als ich mich nach

Denny umsah. Er hatte sie gerade verlassen und schien zur Bar zu gehen, vielleicht auch nach draußen, um etwas frische Luft zu schnappen. Es war ziemlich heiß hier drin. Sofort kam mir ein verwegener Gedanke, und wie ferngesteuert schob ich mich durch die Menge. Den ganzen Abend hatte ich Kiera beobachtet und gelitten, jetzt wollte ich die Arme um sie legen. Nur *einen* Tanz mit ihr, mehr wollte ich nicht.

Als ich zu ihr trat, stand sie mit dem Rücken zu mir. Ich sah mich nach Denny um, doch der war bereits um die Ecke verschwunden. Natürlich war das dumm, wir konnten leicht erwischt werden, aber ich konnte mich nicht beherrschen. Ich brauchte das jetzt.

Kiera war in den Song versunken und merkte nicht, dass ich hinter ihr stand. Als ich sie berührte, wusste sie jedoch sofort, dass ich es war. Ich trat dicht hinter sie und ließ die Hände über ihr Shirt zu ihrem Bauch gleiten. Sie fühlte sich warm und weich an, und sie roch fantastisch. Ich spürte, wie sich ihre Muskeln anspannten. Sie wich jedoch nicht zurück. Ich zog sie rücklings an meine Hüften und bewegte mich mit ihr im Einklang. Es fühlte sich so richtig, so natürlich und zugleich so falsch an. Wenn Denny oder Anna uns so sahen, war alles vorbei.

Auf ihrer Haut bildete sich eine Schweißperle und lief zwischen ihren Schulterblättern hinunter. Ich wollte mit den Lippen ihre Haut berühren, sie schmecken. Das durfte ich nicht, aber ich tat schließlich eine Menge Dinge, die ich nicht durfte, und ich konnte nicht länger widerstehen. Ich schob ein paar lose Haarsträhnen zur Seite, beugte mich hinunter und berührte mit der Zunge ihre erhitzte Haut. Sie erschauderte, und ich fuhr ihren Nacken hinauf. Ich wollte mehr und strich sanft mit den Zähnen über ihre Haut, ein spielerischer Biss. Er trieb Schockwellen der Lust durch meinen Körper. Anscheinend auch durch Kieras. Sie ließ sich mit dem Rücken an meine Brust sinken, fasste meine Hand, die noch immer auf ihrem Bauch ruhte, griff mit der anderen meine Hüfte und legte den Kopf in den Nacken. Sie wollte es.

Ich ließ die Hand von ihrem Bauch zu ihrer Jeans hinuntergleiten. Ich wünschte, ich könnte sie öffnen und die zarte Haut darunter spüren. Kiera umklammerte meine Hand, als wollte sie es auch. Mein Atem ging schneller, während wir uns weiter gemeinsam im Takt der Musik wiegten. Sie fühlte sich so gut an. Ich begehrte sie ... so sehr. *Bitte, Kiera, lass es geschehen. Lass mich dich lieben.*

Als sie mit der Hand über meine Hüfte hinunter zu meinem Schenkel fuhr und mir den Kopf zuwandte, war es, als hätte sie mein stummes Drängen gehört. *Ja, bitte, küss mich. Jetzt.* Ich konnte ihre langsamen aufreizenden Bewegungen nicht länger ertragen, fasste ihr Kinn und zog ihren Mund zu meinem. Ich war mir sicher, dass sie sich in dem Augenblick zurückziehen würde, in dem wir uns berührten. Doch das tat sie nicht. Ich rechnete fest damit, dass sie mich ohrfeigen würde. Doch auch das passierte nicht. Ihre gierigen Lippen verrieten, wie sehr sie mich vermisst hatte. Ich brauchte sie so sehr. Es war mir egal, ob uns jemand beobachtete. Ihr Körper war alles, was mich interessierte. Diese Verbindung war alles, was zählte.

Wir öffneten die Lippen, und ich spürte ihren Mund. Sie drehte sich in meinen Armen zu mir um, strich mir durch die Haare und drängte sich mit ihrem ganzen Körper an mich. Gott, noch nie hatte ich eine so starke Leidenschaft und Lust empfunden. Es war noch intensiver als im Espressostand. Ich wollte jede Faser von ihr erkunden, aber hier war kein Raum dafür.

Beinahe rang ich um Atem, als ich mit den Händen ihr Top hinaufstrich. Ihre nackte Haut fühlte sich himmlisch an. Absolut himmlisch. Ich brauchte mehr, so viel mehr. Mein ganzer Körper war hart und begierig. Ich wollte, dass sie spürte, was sie in mir auslöste. Während wir uns weiter leidenschaftlich küssten, schob ich eine Hand über ihren Rücken zu ihrem Schenkel und hob ihr Bein auf meine Hüfte. Als sich unsere empfindlichsten Stellen trafen, fühlte sie meine Lust. Stöhnend löste sie sich von mir. Ich dachte, sie würde jetzt vielleicht gehen, doch sie lehnte nur ihre Stirn gegen meine, atmete schwer und sah mich durchdringend an. Dann knöpfte sie mein Hemd auf.

Herrgott. Sie zog mich mitten auf der vollen Tanzfläche aus. *Ja, lass es uns hier in aller Öffentlichkeit tun. Ja, nimm mich ... ich gehöre dir. Zeigen wir der Welt, wie sehr wir einander brauchen. Sollen uns alle sehen ... Anna ... Denny. Nein ... das dürfen wir nicht, aber Gott, doch. Wohin können wir gehen? Irgendwohin ...*

Trotz meines lustvernebelten Hirns öffnete ich die Augen und ließ den Blick durch den Raum gleiten. Frauen, die neben uns tanzten, beobachteten uns, aber das war mir egal. Ich suchte eine Kammer, ein Bad, eine Garderobe – irgendetwas mit einer Tür, die ich hinter uns schließen konnte. Da entdeckte ich Denny, der sich seinen Weg durch die Menge bahnte. *Mist. Nein. Nicht jetzt. Was zum Teufel soll ich tun?* Kiera mit mir wegziehen? Er würde merken, dass sie nicht mehr da war. Er würde sich wundern. Er würde es herausfinden. Aber ich durfte nicht länger hierbleiben.

Da ich nicht wusste, was ich tun sollte, schob ich Kiera von mir fort, drehte mich um und verschwand in der wirbelnden Menge. Meine Lippen brannten, nachdem ich ihre nicht mehr spürte, mein Körper schmerzte, doch Denny durfte das einfach nicht sehen. Er durfte uns nicht erwischen. Das würde ich nicht zulassen.

In der dichten Menge fand ich einen Platz, von dem aus ich Kiera beobachten konnte, ohne dass sie mich sah. Ihre Wangen waren gerötet, ihr Atem ging schnell, ihre Augen glänzten vor Lust. Auf mich. Doch genügte das, damit sie Denny verließ? Dass sie sich für mich entschied? Andere Frauen strichen mir über den Rücken und fragten mich kichernd, ob ich tanzen wollte, aber ich ignorierte sie und beobachtete, wie sich auf Kieras Gesicht Verwirrung abzeichnete. Sie wusste nicht, was ich wusste.

Als Denny zwei Sekunden später von hinten zu ihr trat, begriff sie. Sie fuhr zu ihm herum, und ich hielt die Luft an. Dies war der Augenblick der Wahrheit. Entweder würde sie ihm jetzt beichten, dass sie Gefühle für mich hatte, oder sie würde wieder einmal abtun, was zwischen uns passiert war. Und ich wüsste sicher, dass ich ihr wirklich nicht so viel bedeutete wie sie mir.

Beinahe hatte ich Angst zu sehen, wie sie sich verhalten würde, aber ich konnte mich auch nicht abwenden. *Bitte sag ihm, dass du mich willst. Bitte entscheide dich für mich, Kiera. Bitte.* Sekunden vergingen, bevor sie handelte, doch in diesen Sekunden reifte Hoffnung in mir. Ich war zu ihr durchgedrungen. Sie würde es tun.

Als sie jedoch Dennys Kopf packte und seine Lippen zu ihren herunterzog, war meine Zuversicht dahin. Ich hatte das Gefühl, als würde mir ein Betonblock in den Magen gerammt. Mehrmals. Als ich sah, wie sie sich auf ihn stürzte, blieb mir die Luft weg. Zunächst schien Denny ihr Überfall zu verblüffen, doch kaum hatte er sich gefasst, erwiderte er ihre Leidenschaft. Sie küsste ihn ohne jede Hemmung, mit purer, unverfälschter Lust. Sie küsste ihn genauso wie sie mich noch vor wenigen Minuten geküsst hatte. Wie konnte sie mir das antun? Wie konnte sie so schnell umschalten? Oder hatte sie das gar nicht? Küsste sie in Gedanken noch immer mich? Hatte ich sie scharfgemacht und dann meinem besten Freund überlassen? *O ... Gott.*

Schockiert beobachtete ich, wie sie sich kurz voneinander lösten und Kiera sich zu Denny beugte, um ihm etwas ins Ohr zu sagen. Was immer es war, dem Ausdruck auf Dennys Gesicht nach zu urteilen war es etwas Angenehmes. Er legte den Arm um ihre Taille, sah sich im Club um und führte sie dann durch die Menge. Fuck, die gingen doch wohl nicht? Hatte sie ihn etwa gebeten, sie nach Hause zu bringen? Um ... um ...

Ich konnte den Gedanken nicht zu Ende führen.

Ich folgte ihnen. Nein. Nein, das durfte doch nicht wahr sein. Auf der Tanzfläche waren wir uns so nah gewesen. Kiera musste doch merken, wie sehr sie mich liebte, sie sollte Denny verlassen und mit mir nach Hause fahren. Sie sollte sich für mich entscheiden. Warum entschied sie sich nie für mich?

Sie eilten davon, und ich verlor sie aus dem Blick. Panik trieb mich hinter ihnen her durch die Menge. Sie durften nicht zusammen nach Hause fahren. Nicht, solange Kiera noch so aufgeheizt war. Von mir. Ich hatte sie so scharfgemacht, dass sie sich nicht mehr beherrschen konnte. Sie hatte mich so begehrt, dass sie mich fast auf der Tanzfläche ausgezogen hätte. Das musste doch etwas bedeuten. Aber dennoch ging sie mit ihm weg. Warum zum Teufel ging sie mit ihm? Ich wollte ihren Namen rufen, ihr sagen, dass sie zurückkommen sollte, aber ich hatte Angst, auch nur den Mund zu öffnen. Wenn ich es tat, musste ich mich womöglich übergeben.

»Kellan, da bist du ja!«

Anna fasste meinen Arm und hielt mich in dem Meer aus ausgelassenen Tänzern zurück. Ich wandte ihr meinen Blick zu. Sie sah mich mit einem Ausdruck an, den ich nur zu gut kannte – *Bring mich einfach irgendwohin, und ich mache Dinge mit dir, die du bislang nicht für möglich gehalten hast.* Doch ich wollte nicht, dass Anna meinen Körper und meine Seele ergründete, und mir fehlte die Kraft, ihren verführerischen Blick zu erwidern.

Mit ausdrucksloser Miene beugte ich mich zu ihrem Ohr hinunter. »Ich will aufbrechen. Können wir los?«

In ihren Augen blitzte Interesse auf, sie nickte. Wahrscheinlich verstand sie meine Frage als Einladung, aber so hatte ich es nicht gemeint. Ich hielt es nur nicht mehr in dieser wogenden, schwitzenden Menge aus. Ich brauchte Platz, ich wollte mich irgendwohin setzen und ungestört zusammenbrechen.

»Sollten wir Denny und Kiera nicht Bescheid sagen?«, fragte sie durch die Musik.

Ich schüttelte den Kopf, um ihr zu antworten und zugleich den schrecklichen Anblick von Kiera, die Denny küsste, aus dem Kopf zu bekommen. »Die sind gerade gegangen.«

»Ohne mir Bescheid zu sagen? Interessant.« Anna lächelte bedeutungsvoll, als wüsste sie genau, warum ihre Schwester aufgebrochen war, ohne erst nach ihr zu suchen. Von ihrem Lächeln wurde mir noch schlechter.

Ich musste aus diesem verdammten Club. Ich fasste Annas Hand und zog sie durch die Menschenmenge. Dabei achtete ich bewusst darauf, nicht denselben Weg wie Denny und Kiera zu nehmen. Das konnte ich einfach nicht ertragen. Als wir draußen waren, atmete ich tief durch. Dennoch ging es mir nicht besser. Mir war noch immer übel, und in meiner Brust war ein Schmerz, der nicht verging. Ich hatte das Gefühl, langsam den Verstand zu verlieren.

Anna kicherte neben mir. Ich blickte zu ihr hinüber und fragte mich, ob sie meine Verzweiflung spürte. Anscheinend nicht. Sie starrte aus ihren smaragdgrünen Augen auf meine Brust; an meinem Hemd standen noch immer fast alle Knöpfe offen. Mich überlief ein eisiger Schauer, der nichts mit dem kalten Wind auf meiner Haut zu tun hatte. »Ist es dir da drin zu heiß gewesen?«, fragte sie mit einem aufreizenden Lächeln.

Ich ließ ihre Hand los und knöpfte hastig mein Hemd zu. Ich wollte mich nicht an Kieras Finger auf meinem Körper erinnern. Oder an Dennys Körper, den sie jetzt vermutlich streichelten. Gott, mir war schlecht.

»Ja, irgendwie schon«, sagte ich, während ich zu meinem Wagen eilte. Anna musste rennen, um mit mir Schritt zu halten. Als ich sah, dass Dennys Auto verschwunden war, hielt ich mir den Bauch, um nicht auf den Asphalt zu kotzen.

Anna keuchte etwas atemlos, als sie die Beifahrertür der Chevelle erreichte. »Wo bist du eigentlich gewesen? Als ich von der Toilette zurückgekommen bin, warst du einfach verschwunden.«

Ich blickte über das Wagendach zu ihr, und sie zuckte mit den Schultern. Das Bild, wie ich mich an Kieras Rücken gerieben hatte, tauchte gegen meinen Willen in meinem Kopf auf, schnell gefolgt davon, wie sie Denny leidenschaftlich geküsst hatte. »Ich brauchte was zu trinken«, murmelte ich und öffnete die Wagentür.

Mit zusammengezogenen Brauen stieg Anna in den Wagen. Ich wollte nicht darüber nachdenken, was heute Abend passiert war. Nicht darüber, was jetzt gerade passierte. Ich wollte überhaupt nicht denken. Basta. Ich überlegte, was ich tun, wohin ich fahren sollte. Wir konnten eindeutig nicht nach Hause. Ich konnte mir nicht vorstellen, je wieder nach Hause zu fahren. Anna blickte auf die Stelle, wo Dennys Wagen vorhin gestanden hatte. Sie öffnete den Mund, als wollte sie eine Bemerkung machen. Doch da mir klar war, dass es eine Anspielung auf Kiera und Denny sein würde, kam ich ihr zuvor.

»Denny und Kiera brauchen ein bisschen Zeit für sich. Wie

wäre es also, wenn wir zu einem Freund fahren?« Ich war ziemlich stolz, dass ich das herausgebracht hatte. Meine Stimme hatte bei Kieras Namen nur ganz leicht brüchig geklungen.

Anna gehörte zu den Mädchen, die einfach für alles zu haben waren und sich leicht mit den kleinen Veränderungen des Lebens arrangierten. Sie nickte begeistert und streckte die langen Beine vor sich aus. Während sie mich mit Blicken verschlang, erklärte sie: »Ich bin mit allem einverstanden.«

Die Hände auf dem Lenkrad hielt ich einen Moment inne und sah zu ihr hinüber. Sie ähnelte Kiera auf schmerzliche Weise. Die gleichen dicken braunen Haare, die gleichen ausdrucksstarken Augen, das gleiche Lächeln. Sie biss sich auf ihre volle Unterlippe und wand sich leicht auf ihrem Sitz, während sie mich ansah, als wollte sie sagen *Ich will, dass du mich vögelst.* Wenn ich wollte, konnte ich sie haben. Ich konnte sie wahrscheinlich gleich hier auf diesem vollen Parkplatz nehmen. Ich könnte das Bild von Kiera und Denny aus dem Kopf verdrängen, indem ich mich einer anderen Frau an den Hals warf. Nur wollte ich das nicht. Und ich hatte Kiera mein Versprechen gegeben. Ich war mir nicht sicher, ob ich Kiera noch etwas schuldete oder nicht …, aber, na ja, ich hatte es ihr nun mal versprochen, und ich würde mein Versprechen halten.

Ich richtete den Blick auf die Windschutzscheibe und murmelte: »Wir fahren zu Matt und Griffin. Die haben sicher nichts dagegen, wenn wir dort auftauchen.«

Anna kicherte aufgeregt, während ich den Wagen vom Parkplatz des Clubs lenkte.

21. Kapitel

Vermeidungsstrategien

Die ganze Fahrt über flirtete Anna entweder mit mir, oder sie schwärmte von Denny und Kiera. Und da ich ihr schlecht sagen konnte, dass sie nicht von ihnen reden sollte, nickte ich nur. Als wir bei Matt ankamen, hatte ich die Nase voll von dem Abend.

Sowohl Matts als auch Griffins Wagen standen in der Einfahrt. Ich klopfte an die Haustür. Ich wusste nicht, was sie heute vorhatten, hoffte jedoch, dass sie mir dabei helfen konnten, Anna zu unterhalten. Während wir warteten, trat sie von einem Fuß auf den anderen und rieb sich die Arme. Ich war mir nicht sicher, ob ihr tatsächlich kalt war oder ob sie nur wollte, dass ich wieder den Arm um sie legte, wie vorhin, als wir in den Club gegangen waren. Ich war jedoch nicht in der Stimmung, den Kavalier zu spielen, starrte auf den Eingang und überließ sie sich selbst.

Kurz darauf wurde die Tür einen Spalt geöffnet, und Matts Gesicht erschien. Er wirkte nicht überrascht, mich zu sehen, ich kam häufig unangemeldet vorbei. Er sagte nur: »Hey«, und ließ uns herein. Als Anna und ich eintraten, hob Matt die Hand zum Gruß. Er sah sich nach Kiera und Denny um, doch als er niemanden sah, schloss er die Tür.

»Hast du ein Bier da?«, fragte ich.

Er deutete mit dem Kopf in Richtung Küche. Ich wollte schon losgehen, drehte mich dann jedoch noch einmal zu

Anna um. Ich sollte zumindest nicht unhöflich sein. »Willst du auch eins?«

Anna betrachtete interessiert Matts und Griffins Haus. »Sehr gern«, erwiderte sie und ließ den Blick über meinen Körper gleiten. Ich unterdrückte den Impuls zu seufzen. Ich hatte jetzt einfach keine Lust auf diese Blicke.

Matt führte Anna ins Wohnzimmer, während ich in die Küche ging. Unterwegs hörte ich Griffins Stimme durch den Flur hallen. »Wer zum Teufel ist da? Und wann gehen wir endlich auf diese Party ins Rain's? Wir hätten gleich vom Pete's aus hinfahren sollen, so wie Evan. Aber, nein, dieses Weichei muss natürlich erst nach Hause fahren und sich umziehen. Pussi. Ich hab dir das Bier doch nicht mit Absicht über den Schoß gekippt!«

Ich grinste. Sobald Griffin wusste, dass Anna hier war, würde er das Haus nicht mehr verlassen. Wahrscheinlich würde er nicht mehr von ihrer Seite weichen. Ich holte zwei Flaschen für Anna und mich aus dem Kühlschrank, öffnete sie und ging zurück ins Wohnzimmer. Wie ich es vorhergesagt hatte, war Griffin hin und weg von Anna. Er stand deutlich zu dicht vor ihr, lächelte zu ihr hinunter und spielte mit einer ihrer knallroten Haarsträhnen.

Ich wollte sie nicht unterbrechen und reichte Anna darum so beiläufig wie möglich die Flasche. Sie wandte sich dennoch zu mir um. »Danke, Kellan.«

Sie zwinkerte mir zu, und Griffin zog die Brauen zusammen. Wenn er bei ihr heute Nacht nicht zum Zuge kam, würde er mir das ewig vorhalten. Und *wenn* er heute Nacht bei ihr zum Zuge kam, würde er mir *das* ewig unter die Nase reiben. So oder so war ich angeschissen. Doch das war mir ziemlich egal. Ich wollte mit meiner Flasche allein sein und ließ mich am anderen Ende des Sofas nieder.

Matt sah erst mich an, dann Griffin. »Wir wollten gerade weggehen. Kommt ihr mit?«

Ich schüttelte den Kopf – ich hatte keine Lust, mit einem Haufen betrunkener Leute abzuhängen. Ich wollte hierbleiben und allein mein Bier trinken. Oder so allein, wie es eben gerade ging.

Bevor ich widersprechen konnte, meldete sich allerdings schon Griffin. »Nein, lass uns den Scheiß vergessen. Hier ist es doch cool.« Sein Blick kehrte zu Annas Brust zurück. Anna sah zu mir herüber, vielleicht um mein Okay einzuholen, schließlich waren wir heute Abend irgendwie zusammen unterwegs. Ich ignorierte sie jedoch und betrachtete die Tautropfen an meiner Flasche. Ob Kiera jetzt wohl nass war? O Gott ... was hatte ich denn für Gedanken?

»Hört sich gut an. Ich würde aber gern weitertanzen. Können wir Musik anmachen?« Anna schien es nicht im Geringsten zu stören, dass ich kein sehr gesprächiger Begleiter war.

Schulterzuckend nahm Matt die Fernbedienung der Anlage in die Hand. Kurz drauf ertönte ein donnernder Bass, und ich hätte mir fast die Ohren zugehalten. Gott, ich hatte genug von Clubmusik.

Matt schaltete den Fernseher ein, ließ dazu eine Sportsendung ohne Ton laufen und lehnte sich in seinem Sessel zurück. Mit dem Fuß, der auf seinem Knie ruhte, wippte er im Takt der Musik und sah abwechselnd mit halbem Auge zum Fernseher und zu Anna und Griffin. Anna lachte und kicherte, trank ihr Bier und stieß beim Tanzen mit ihrer Hüfte gegen Griffins. Ein paarmal streckte sie die Hand nach mir aus, damit ich mich ihnen anschließe, doch ich senkte jedes Mal den Blick. *Nicht heute Abend.*

Nach einer Weile hörte sie auf und widmete sich dem D-Bag, der sich verzweifelt um ihre Aufmerksamkeit bemühte. Als ich mein zweites Bier zur Hälfte geleert hatte, knutschten sie wild herum. Noch immer lachend und kichernd klammerte sich Anna an Griffin, was meinen Schmerz nur noch verstärkte. So ähnlich hatte Kiera mich vorhin überfallen. Sie hatte versucht, mich auszuziehen. Sie hatte mich begehrt. Gott, warum war sie nur mit *ihm* nach Hause gefahren?

Griffin zog Anna mit sich in den Flur zu seinem Zimmer. Und sie folgte ihm bereitwillig und mit einem breiten Grinsen im Gesicht. Sie sah sich noch nicht einmal nach mir um, als sie mit einem anderen Mann abschwirrte. Wie passend. Jeder hatte heute Abend Sex, nur ich nicht. Und Matt. Den schien das jedoch nicht so zu stören wie mich.

Kaum waren Griffin und Anna gegangen, deutete ich auf die Musik. »Ich glaube, die brauchen wir jetzt nicht mehr.«

Matt schaltete die Musik aus und drehte die Lautstärke des Fernsehers auf. So gut wir konnten, versuchten wir das wummernde Geräusch und das Lachen, das aus Griffins Zimmer drang, mit Sportstatistiken und kitschigen Titelmusiken zu überspielen. Es war mir egal, was im Fernsehen lief, dennoch hielt ich den Blick starr auf den Bildschirm gerichtet. Ich wollte nicht von Griffins und Annas Geräuschen daran erinnert werden, dass Denny jetzt vermutlich gerade mit Kiera schlief. Gott.

»Alles okay bei dir, Kell?«, fragte Matt aus seinem Sessel.

Ich trank mein Bier aus und blickte zu ihm hinüber. »Ja, warum?«

Mit schiefem Grinsen deutete er den Flur hinunter. »Normalerweise überlässt du Griffin kein Mädchen.«

Obwohl Griffin in seinem Zimmer Musik angestellt hatte, hörte ich Anna stöhnen: »O mein Gott, ja ... Fick mich, ja!« Ich wollte nicht darüber nachdenken, was er mit ihr anstellte. Die Vorstellung, dass Griffin kam, war allerdings besser als die, dass Denny kam, also lächelte ich Matt an.

»Jeder hat mal Glück.«

Matt schnaubte, dann beugte er sich vor und stieß mir mit der Faust in die Seite. Als ich aufstand, um mir noch ein Bier zu holen, sagte er: »Jetzt brauch ich auch eins. Bringst du mir eine Flasche mit?«

Ich nickte und ging in Richtung Küche. Je weiter ich mich vom Fernseher entfernte, desto deutlicher hörte ich Annas Stöhnen. »O Gott, Griffin. Nimm ... mich ... ja!«

Schnell griff ich zwei Bier aus dem Kühlschrank und eilte zurück ins Wohnzimmer. Matt hatte zu »Matrix« umgeschaltet. Es war ziemlich laut, dennoch hörte ich weiterhin gedämpftes Stöhnen aus dem Flur. Ich ignorierte es und konzentrierte mich auf den Film und auf mein Bier. Was Anna und Griffin machten, auch wenn sie es über zwei Stunden trieben, war mir wirklich egal.

Als der Film zu Ende war, waren die beiden endlich auch fertig. »Gütiger, fick mich, ja, hör nicht auf, das ist so verfickt gut, o mein Gott, Gott, ja, ja, fick mich, genau so!« Es folgten glückliche Geräusche, dann friedliche Stille. *Gott sei Dank.*

Matt sah angewidert zu mir herüber. »Gott. Müssen wir ihm jetzt ein Kühlkissen bringen?«

Ich lachte, was angesichts meiner beschissenen Stimmung etwas zu bedeuten hatte. Ich blickte auf all die leeren Bierflaschen auf Matts Couchtisch und erklärte: »Ich glaube kaum, dass meine Begleitung so bald gehen wird, außerdem kann ich nicht mehr fahren. Hast du was dagegen, wenn ich hier penne?«

Gähnend stand Matt auf und schlug mir auf die Schulter. »Natürlich nicht, Mann. Mein Haus ist dein Haus, das weißt du doch.«

Ich prostete ihm zu. »Danke.«

Er kratzte sich träge an der Brust und stellte seine leere Bierflasche ab. »Nachdem unsere Häschen endlich mit Hoppeln fertig sind, gehe ich dann auch mal ins Bett. Bis morgen!«

Ich nickte und sah ihm hinterher. Erneut drang lautes Gekicher aus Griffins Zimmer. Stöhnend leerte ich mein Bier. Das war die längste verfickte Nacht der Welt.

Irgendwann am nächsten Morgen hatte ich einen Knoten im Rücken, als hätte ich auf einem Stein geschlafen. Zu meinem Entsetzen war ich davon aufgewacht, dass jemand vögelte. *Wollt ihr mich verarschen?* Waren die etwa immer noch dabei, oder waren sie früh aufgewacht und hatten gleich weitergemacht? Ich drückte mir das Sofakissen auf die Ohren. Es war viel zu früh für diesen Mist.

Vom anderen Ende des Flurs hörte ich Matt schreien: »Ruhe!« Ich war offenbar nicht der Einzige, den das nervte.

Ich konnte ebenso gut aufstehen und schleppte mich in die Küche, um Kaffee zu kochen. Zumindest eine Sache, auf die ich mich heute freuen konnte. Während ich Wasser in die Maschine füllte, fragte ich mich, ob ich wohl zurück nach Hause konnte. Ich musste Anna zurückbringen, doch bei der Vorstellung, durch die Tür zu treten und zu sehen, wie Denny und Kiera sich in Erinnerung an ihre denkwürdige Nacht voll kosmischer Orgasmen gegenseitig anstrahlten, krampfte sich mein Magen zusammen. Ich wollte ihr blödes verliebtes Lächeln nicht sehen. Vor allem nicht, weil ich Kiera für diese Nacht erst vorbereitet hatte. Ich hatte sie heißgemacht. Ich hatte sie Denny quasi als Geschenk serviert. Verflucht, das kotzte mich so an.

Während ich einen extra starken Kaffee kochte, weil ich mich ziemlich schlapp fühlte, beschloss ich, heute nicht zurück nach Hause zu gehen. Ich würde Anna nur kurz dort absetzen. Vom anderen Ende des Flurs stimmte Anna meiner Entscheidung zu. Sie rief: »Ja, ja, ja!« und klang absolut entrückt. Gut. So viel war klar, heute würde ich noch nicht nach Hause gehen.

Als Griffin und Anna mit dem gegenseitigen »Kennenlernen« fertig waren, war es fast Mittag. Aus Griffins Zimmer roch es intensiv nach Sex. Die beiden waren zerzaust, hatten einen verschleierten Blick und gingen etwas komisch. Das überraschte mich nicht. So sah man eben aus, wenn man Marathonsex gehabt hatte.

Ich wartete an der Haustür auf Anna, eigentlich wollte ich nicht gehen. Sie trug noch immer ihre Kleidung vom Vorabend, und als Griffin sie zum Abschied umarmte, hatte er die Hand unter ihrem kurzen Kleid. Anschließend nahm er ihr Gesicht in beide Hände und küsste sie leidenschaftlich. »Ich wünschte, du würdest noch eine Nacht in der Stadt bleiben«, sagte er. Das überraschte mich. Griffin stand nicht auf Wiederholungen. Genauso wenig wie ich. Vermutlich hatten ihn all die »Fick mich! Ja, noch fester!«-Schreie beeindruckt.

Atemlos murmelte Anna. »Ich auch. Ich würde es zu gern noch mal tun.«

Griffin deutete mit dem Kopf auf sein Zimmer. »Tun wir es noch mal.«

Doch Anna biss sich auf die Lippe und schüttelte seufzend den Kopf. »Ich kann nicht. Ich muss heute zurückfliegen und sollte wirklich noch etwas Zeit mit meiner Schwester verbringen.« Lächelnd fügte sie hinzu: »Aber wenn ich zu Hause bin, schicke ich dir Bilder für deine Pornosammlung.«

Griffin stöhnte und küsste sie erneut. »Ich werde die nächsten drei Tage an dich denken und durchwichsen.«

Ich rollte mit den Augen. Ich störte ihren Liebesrausch ja nur ungern, aber ich wollte wirklich nichts mehr von Griffins Masturbationsarien hören. »Können wir los, Anna?«

Mit deutlichem Widerwillen drehte sie sich zu mir um und

seufzte. Kein Vergleich zu gestern, als sie mich mit Blicken verschlungen hatte. »Ja, ich glaube schon.«

Als wir das Haus verließen, war Matt endlich eingeschlafen und schnarchte. Griffin kratzte sich am Schritt oder bereitete sich auf seinen Masturbationsmarathon vor. Okay, jetzt wollte ich *endgültig* gehen. Griffin sah mir in die Augen, nachdem Anna hinausgegangen war, und formte mit den Lippen *Unglaublicher Fick!* Dann hob er triumphierend die Hände. *Ja, danke, du Genie, Ich habe mir schon gedacht, dass sie sich von dem abhebt, was sonst so aus deinem Zimmer kommt.*

Als ich Anna zu meinem Wagen folgte, rümpfte ich die Nase. Wohin zum Teufel sollte ich gehen? Was zum Teufel sollte ich tun? Und wie lange konnte ich mein Zuhause meiden? Leider nicht lange genug. Aber zumindest heute. Ich konnte zumindest das Nachglühen vermeiden. Das heißt natürlich Kieras. Annas konnte man unmöglich ignorieren. Als ich in den Wagen stieg, fächerte sie sich Luft zu. Obwohl ich wirklich keinen guten Morgen hatte, lächelte ich sie an. »Hast du dich gut amüsiert?«

Sie rieb sich die Beine und stieß ein tiefes Stöhnen aus. »Oh, ich fasse es verdammt noch mal nicht, Kellan. So oft und so heftig bin ich noch nie gekommen.« Ihre Augen glänzten noch immer lustvoll, als sie sagte: »Griffins Schwanz ist gepierct. Hast du schon mal Sex mit jemandem gehabt, der gepierct war?«

Ich musste unwillkürlich grinsen. Sie war so anders als Kiera. »Nicht mit einem Typen, nein, aber äh … ja. Ich hab's schon mal mit einer Gepiercten gemacht.«

Sie hob wissend eine Braue. »Dann weißt du ja genau, wie ich mich jetzt fühle.«

Kopfschüttelnd startete ich den Wagen. Nein, ich war mir ziemlich sicher, dass ich nicht genau wusste, wie sie sich jetzt fühlte – schließlich redeten wir hier von Griffin. Ich konnte mir allerdings vorstellen, dass sie sich ziemlich gut fühlte. Ich hingegen fühlte mich beschissen. Und ich fühlte mich umso beschissener, je näher wir meinem Haus kamen. Als wir in die Straße bogen, hatte ich ernsthaft das Gefühl, ich müsste aus dem Fenster reihern. Ich hielt es hier nicht aus, vor allem, nachdem mir noch die Töne von Annas Orgasmusarie durch den Kopf hallten. Hatten Kiera und Denny in meinem Haus ähnliche Geräusche produziert? Vielleicht würde einer meiner freundlichen Nachbarn eine Bemerkung machen, wie »glücklich« die Geräusche aus meinem Haus geklungen hatten. Gott, ich konnte den Gedanken kaum ertragen, geschweige denn das eigentliche Gespräch.

Als wir die Einfahrt erreichten, fuhr ich nicht hinein, sondern hielt am Straßenrand. Ich starrte auf Dennys Wagen in der Auffahrt und sagte zu Anna: »Ich muss noch einen Freund treffen. Das hatte ich ganz vergessen.«

Anna sah mich skeptisch an. »Okay. Na ja, dann viel Spaß.« Sie setzte sich auf und zwinkerte mir zu. »Aber nicht so viel Spaß wie ich ihn hatte.«

Ich beugte mich übers Lenkrad und lächelte aufrichtig. »Ich bezweifle, dass ich dazu in der Lage wäre, Anna. Komm gut nach Hause.«

Sie schlang die Arme um meinen Hals. »Ihr werdet mir fehlen. Aber ich komme bestimmt bald wieder.« Nachdem sie sich von mir gelöst hatte, bohrte sie mir den Finger in die Brust und sagte streng. »Sei nett zu meiner Schwester, ja?«

Mein Lächeln erstarrte, und es durchfuhr mich eiskalt. Wie meinte sie das? Ahnte sie etwas? *Mist, was soll ich ihr denn sagen?* Ich tat cool, obwohl es mir das Herz zerriss, und sagte geziert: »Ich bin zu allen nett.«

Sie schlug mir auf den Schenkel. »Ja, das habe ich schon gehört. Bis dann, Kellan.«

»Bis dann, Anna.« Sie küsste mich flüchtig auf die Wange. Hinter ihr ragte das Haus meiner Eltern auf. Obwohl es hell und freundlich wirkte, war es alles andere als das. Es war eine eiskalte Folterkammer. Dort gab es keine Liebe. Zumindest nicht für mich.

Ich wartete zwei Sekunden, bis Anna aus dem Wagen gestiegen war, dann gab ich Gas und raste durch die enge Straße davon. Ich konnte den Anblick des Hauses nicht mehr ertragen.

Anschließend fuhr ich zu Evan. Ich dachte gar nicht darüber nach. Ich bog einfach auf den Freeway und landete bei ihm. Als ich vor seinem Loft über der Autowerkstatt hielt, stand sein Wagen auf dem Parkplatz. Kurz darauf öffnete er mir die Tür. »Hey, Mann. Was gibt's?«

Schulterzuckend trat ich durch die Tür. »Nichts Besonderes. Ich wollte mit dir nur ein bisschen an dem neuen Stück arbeiten.«

Sofort wurde Evan aufmerksam. »Ich habe gerade gestern mit Rain darüber gesprochen. Ich glaube, mir ist da was eingefallen, das zu deinen letzten Texten passt. Hier, hör mal.«

Ehe ich mich versah, war es weit nach zehn Uhr abends. Das war das Tolle, wenn man bei Evan abhing. Wenn wir uns in die Musik vertieften, die unserem Leben Halt und Bedeutung gab, raste die Zeit. Und Evan hatte recht, seine neue Komposition passte perfekt zu meinen trübsinnigen Texten. Sein Talent wurde nicht genug gewürdigt. Das war ein unglücklicher Nebeneffekt: Alle konzentrierten sich auf mich, den Leadsänger, und achteten nicht auf die anderen. Aber die waren genauso wichtig. Manchmal wünschte ich, ich könnte den Scheinwerfer auf sie richten, aber ich hatte eine Rolle zu spielen. Und das machte ich gut.

Als sich der Abend dem Ende neigte, dachte ich an den Schrecken, der mich zu Hause erwartete – Mr und Mrs Perfect. Blöde Beziehung. Ich war noch immer nicht bereit, ihnen gegenüberzutreten. Ich hasste mich dafür, dass ich so feige war, dennoch suchte ich nach einer Entschuldigung, um bei Evan zu bleiben. Ich warf absichtlich mein Bier um und zwang mich zu lachen. »Sorry, Alter, ich glaube, ich habe mehr getrunken, als ich dachte.«

Evan lachte ebenfalls und meinte, ich solle bleiben und mich ausschlafen. Obwohl ich noch immer dieselben Klamotten anhatte und meine Haare noch immer vom Kopf abstanden, nahm ich sein Angebot an. Gott, ich war so jämmerlich.

Mit dem Gedanken an Kieras Atem auf meiner Haut schlief ich ein.

Als ich am nächsten Morgen aufwachte, hatte ich genug vom Couch-Surfing. Ich brauchte ein richtiges Bett, eine Dusche und saubere Klamotten. Ich fühlte mich, als hätte ich die ganzen zwei Nächte nicht geschlafen. Auf jeden Fall konnte ich die Stunden an einer Hand abzählen. Meine Nerven lagen blank, als ich mich dem Haus näherte. Ich wollte Kiera nicht begegnen und hoffte, dass sie in der Uni war.

Als ich ankam, war die Auffahrt leer, aber das hatte ich erwartet. Denny war bei der Arbeit. Vorsichtig näherte ich mich dem Haus. Es war wirklich schlimm, dass Kiera mir mein Zuhause so vermieste. Ich musste aufhören, mein Leben von ihr bestimmen zu lassen. Aber dann konnte ich genauso gut aufhören zu atmen. Sie war die auslösende Kugel im Newton-Pendel – der Antrieb. Ich war die, die reagierte. Mir blieb keine andere Wahl.

Mit zitternder Hand griff ich den Türknauf, zog sie sogleich wieder zurück und ballte sie zur Faust, damit das Blut zirkulierte. Das war doch echt keine große Sache. Dann war Kiera eben da, na und? Wir hatten all die Verletzungen und die Lust zwischen uns ignoriert, bis sie uns erneut eingeholt hatte.

Gott, wir mussten diesen Kreislauf durchbrechen. So viel war klar.

Gereizt holte ich die Schlüssel heraus und schloss die Tür auf. Sobald ich eintrat, umfing mich ein vertrauter Geruch. Ich blieb stehen und atmete ihn ein. Ich wusste nicht, wann das genau passiert war, aber ab irgendeinem Punkt hatte ihr Duft alles in meinem Haus durchdrungen. Oder vielleicht bildete ich mir das auch nur ein. Keine Ahnung.

Ich schloss die Tür und lief nach oben, um die kürzeste Dusche der Welt zu nehmen. Ich wollte das Haus so schnell wie möglich wieder verlassen. Ganz bewusst mied ich den Blick zu Dennys und Kieras Zimmer. Was sie mit ihm dort drin gemacht hatte, während sie so getan hatte, als wäre er ich, fraß sich wie eine unheilbare Krankheit in mein Gehirn. Verdammt, ich wollte nicht hier sein. Ich ging in mein Zimmer, zog mich aus und schlurfte ins Bad.

Nachdem ich mir saubere Klamotten angezogen hatte und erfrischt war, fuhr ich wieder zu Evan zur Probe. Anschließend, als die Jungs ins Pete's gehen wollten, war ich hin- und hergerissen. Einerseits wollte ich ablehnen und mich verabschieden, andererseits wollte ich mitgehen. Dieser Teil siegte. So schmerzhaft es auch werden würde, ich vermisste Kiera und hielt es nicht aus, sie noch einen Abend nicht zu sehen.

Auf der Fahrt dorthin war ich bedrückt. Ich hatte keine Ahnung, wie sie reagieren würde, wenn sie mich sah. Nachdem ich geparkt hatte, saß ich im Wagen und starrte im Rückspiegel auf die Bar. Ich wusste nicht, worauf ich wartete, ich wusste nur, dass ich dort noch nicht hineingehen konnte. Der Abend im Club blitzte in meinem Kopf auf – ihr schneller Atem, ihre gierigen Lippen, ihre Hände in meinem Haar. So viel Leidenschaft war zwischen uns gewesen, wir hatten auf der Tanzfläche beinahe in Flammen gestanden. Das konnte doch nicht alles gespielt gewesen sein.

Jemand klopfte an meine Scheibe und riss mich aus den Gedanken. Griffin stand neben meiner Tür, dahinter Matt und Evan, sie warteten auf mich. Griffin deutete grinsend auf den Spiegel. »Du siehst toll aus, Prinzessin. Schieb deinen Hintern aus dem Wagen.«

Ich verdrehte die Augen und öffnete die Tür. Ich würde das schon schaffen. Ich schlug Griffin auf den Arm für seine Bemerkung, und er wich mit finsterem Blick zurück. »Ruhig, Pussi. Es ist nicht meine Schuld, dass du neulich Abend keinen Sex hattest.«

Während er rückwärts ging, hob er selbstzufrieden die Hand. »Fünfmal, Alter.«

Als ich den Blick von dem gefürchteten Eingang abwandte, begegnete ich Griffins Blick. »Was fünfmal?«

»So oft bin ich gekommen! Nicht mitgerechnet die zwei Male, die ich am nächsten Morgen gewichst habe.« Er stolperte über einen Stein und fiel beinahe auf den Hintern. Trottel.

Ich verzog das Gesicht und machte einen Bogen um ihn. »Widerlich«, murmelte ich. Ich hatte schon ein sehr anschauliches Bild *während* des Akts bekommen, auf eine detaillierte Schilderung konnte ich gut verzichten.

Griffin wollte jedoch weiter prahlen und folgte mir. »Es war unglaublich. Was die Frau draufhat! Zu schade, dass sie sich für mich entschieden hat, Mann. Nicht dass ich es ihr verdenken kann, aber da ist dir echt was entgangen.«

Matt schnaubte. »Ist das dein Ernst? Die stand doch total auf Kellan, der hat sie nur abblitzen lassen. Du warst ihre zweite Wahl, Alter.«

Als ich mich umdrehte, blickte ich in Griffins perplexes Gesicht. »Hast du Crack geraucht, Kumpel? Die war total scharf auf mich, völlig geil. Sie hat mir sogar erzählt, dass sie schon nass war, als sie mir das erste Mal begegnet ist.«

Mit wissendem Lächeln zuckte Matts Blick zu mir. »Als du ihr das erste Mal begegnet bist? Du meinst, als sie sich auf Kellans Schoß geworfen und dich kaum beachtet hat? *Das* Mal?«

Griffin rempelte mich an und drängte sich an mir vorbei. »Du hast ja keine Ahnung.«

Lachend lief Matt hinter ihm her. »Warte, Griff! Erzähl mir doch noch mal, wie scharf sie auf dich war! War das bevor oder nachdem sie Kellan am Tisch an den Sack gefasst hat?«

Ich schüttelte den Kopf über die beiden, Evan lachte. Griffin eilte durch die Tür, und der Lärm von innen sickerte auf den Parkplatz. Ich beugte mich hinunter und tat, als würde ich mir den Schuh zubinden. So weit war es mit mir gekommen, dass ich mich mit peinlichen Verzögerungstaktiken aufhielt. Fuck. War ich bereit, sie zu sehen?

Evan blieb stehen und wartete auf mich. »Alles okay?«

Ich überprüfte meinen Gesichtsausdruck, doch ich machte keine Leidensmiene, während ich mir den Schuh zuband. Mein Aufruhr fand innerlich statt. »Ja«, erwiderte ich, als ich wieder stand. »Warum?« Für Evan war es nur ein ganz normaler Abend im Pete's.

Evan musterte mein Gesicht. »Ich weiß nicht. Du wirkst irgendwie ... abwesend.« Er grinste. »Vielleicht hast du immer noch einen Kater von gestern? Du warst ganz schön blau.«

Ich lächelte. »Ja, vielleicht ist es das. Ich bin noch ein bisschen fertig.« Emotional. Körperlich ging es mir gut.

Entschlossen zu beweisen, dass ich mich problemlos mit Kiera in einem Raum aufhalten konnte, ohne dass es mich zerriss, öffnete ich die Tür und betrat die Bar. Gegen meinen Willen glitt mein Blick sofort zu ihr. Sie befand sich im Bandbereich, ihr Blick war jedoch fest auf die Tür gerichtet, als hätte sie auf mich gewartet. *Verdammt, sie war so schön.* Ihr Pete's-Shirt betonte ihre schlanke Figur, und ihre Jeans saß tief auf den Hüften und gab einen verführerischen Streifen Haut frei. Die Haare hatte sie zu einem lockeren Pferdeschwanz zurückgebunden, dessen Anblick mich jedes Mal umhaute. Er erinnerte mich an Sex – wilden, hemmungslosen, leidenschaftlichen Sex. Ich wollte das Band lösen, ihre Haare fassen und sie an mich ziehen.

Aber nein, das ging nicht. Sie gehörte Denny. Das hatte sie mir vorgestern Abend klargemacht. Unsere Freundschaft würde nie wieder diese Grenze überschreiten. Es war wirklich vorbei.

Mein Magen zog sich zusammen, doch ich unterdrückte das Gefühl. Es war, wie es war, deshalb musste ich kein Magengeschwür bekommen. Mein Herz schlug heftig, als wir einander anstarrten. Ich konnte ihren Gesichtsausdruck nicht deuten. Da mir klar war, dass sie aus meinem ebenso wenig schlau wurde, nickte ich ihr zu und lächelte. *Siehst du, Kiera, ich kann nett sein, obwohl du mir das Herz herausgerissen hast. Wir können noch immer Freunde sein, obwohl es mich fertigmacht, nur dein Freund zu sein.*

Ich dachte, Kiera würde mein Lächeln erwidern, vielleicht erleichtert wirken, dass ich nicht wütend oder verletzt war, doch stattdessen stürmte sie mit finsterem Blick davon. Was zum Teufel? Ich wusste, dass ich eine Grenze überschritten hatte, aber schließlich war sie genauso scharf gewesen. Wer hatte mich denn auf der Tanzfläche fast ausgezogen?

Während ich Kiera beim Arbeiten beobachtete, stieg langsam Wut in mir auf. Sie ignorierte mich völlig. Und zwar nicht so, als würde sie sich einfach nicht für mich interessieren. Nein, sie mied ganz bewusst meinen Blick. Ich sollte merken, dass sie stinkwütend war. Ich hatte nur keine Ahnung, warum. Sie kam noch nicht einmal an unseren Tisch, was wahrscheinlich gut war, da Griffin irgendeinen Typen, der am Nebentisch saß, mit Sexstorys von Anna zutextete. Gott, er würde das nächste halbe Jahr von nichts anderem mehr reden.

Nachdem wir zwanzig Minuten überhaupt nicht bedient worden waren, schaffte es Evan schließlich, Kiera heranzuwinken. Sie guckte zu unserem Tisch herüber, ohne mich eines Blickes zu würdigen, verdrehte die Augen und ging zur Bar, um unsere Getränke zu holen. Sie fragte noch nicht einmal, was wir haben wollten? Warum zum Teufel war sie denn dermaßen sauer auf mich? Ein bisschen sauer, klar, völlig verständlich, aber das wirkte total übertrieben, selbst für ihre Verhältnisse.

Ein paar Minuten später stürmte sie an unseren Tisch. Wortlos knallte sie jedem von uns eine Flasche Bier hin, wodurch sich auf meiner eine kleine Schaumkrone bildete. Komisch, dass die Flasche nicht kaputtgegangen war. Noch immer stumm, machte Kiera auf dem Absatz kehrt und stapfte so schnell wie möglich davon.

Nachdem sie gegangen war, wandte sich Matt an Evan. »Was ist denn mit der heute los?« Daraufhin blickten beide zu mir, als wäre ich der Herr über Kieras Stimmungsschwankungen.

Achselzuckend nahm ich mein Bier. »Frag mich nicht. Ich bin nicht ihr Freund.« Ich hatte nicht harsch klingen wollen, doch das gelang mir nicht ganz. Während Evan mich skeptisch ansah, nahm ich einen Schluck von meinem Bier. Ich verzog das Gesicht und blickte auf die Flasche. Light-Bier? Hä? Ich ärgerte mich einen Augenblick still vor mich hin, während die anderen ihr ganz normales, kalorienhaltiges Bier tranken. Was. Zum. Teufel.

Ein paar Minuten später bemerkte ich, dass Kiera im hinteren Flur verschwand. Da ich ihre Missachtung keine Sekunde länger ertrug, stand ich abrupt auf und folgte ihr. Ich wollte eine Erklärung, und zwar sofort. Ich traf sie, als sie aus der Toilette kam. Bei meinem Anblick wirkte sie derart schockiert, als würde sie sich am liebsten im Personalraum verstecken. Auf keinen Fall. Wo immer sie hinging, ich würde ihr folgen. Ich würde nicht von ihrer Seite weichen, bis sie mit mir geredet hatte.

Vielleicht sah sie ein, dass es keinen Zweck hatte, vor mir zu fliehen, denn sie stieß einen verzweifelten Seufzer aus und versuchte, an mir vorbeizukommen. Ich fasste sie am Ellbogen. »Kiera …« Mit feurigem Blick sah sie zu mir auf. Die Wut in ihren Augen raubte mir für einen Moment den Atem. Sie riss sich los, während sie mit ihrem Blick Löcher in meinen Kopf brannte. »Wir sollten reden …«

»Es gibt nichts zu reden, Kellan!«, stieß sie hervor.

Ich fragte mich, was zum Teufel ich getan hatte, dass sie so wütend auf mich war, warum sie *mich* derart hasste und *ihn* so sehr liebte und warum ich allein vom Klang ihrer Stimme weiche Knie bekam. »Da bin ich anderer Meinung«, widersprach ich ruhig.

Sie beugte sich vor und höhnte: »Tja … offensichtlich kannst du ja tun, was du willst!«

In ihre schnoddrige Art mischten sich Schmerz und Verzweiflung. In scharfem Ton erwiderte ich: »Was soll das denn heißen?«

»Dass es nichts zu bereden gibt«, zischte sie und drängte sich an mir vorbei.

Ich ließ sie gehen und war verwirrter als je zuvor. Was zum Teufel war hier los?

22. Kapitel

Ich wollte dir nur helfen

Am Ende des Abends ignorierte Kiera mich noch immer. Ich war ebenso amüsiert wie wütend über ihr Verhalten, versuchte jedoch nicht mehr, mich ihr zu nähern. Vielleicht brauchte sie einfach einen Tag, um wieder runterzukommen.

Langsam machte der Laden zu, und die Leute verließen nach und nach die Bar. Schließlich waren nur noch ein paar Stammgäste übrig, Kiera, Griffin, Evan und ich. Evan verließ gerade mit Cassie den Laden, einer niedlichen Blondine, die den ganzen Abend an ihm herumgebaggert hatte. Ich lehnte mit verschränkten Armen an einem Tisch und beobachtete Kiera, die offenbar realisierte, dass sie niemanden hatte, der sie nach Hause bringen würde. Vermutlich hatte sie in ihrer Wut ganz vergessen, etwas zu organisieren. Wenn sie wollte, würde ich sie natürlich fahren.

Als die Eingangstür langsam hinter Evan zufiel, sah Kiera, dass es draußen in Strömen regnete. Sie seufzte. Da sie Regen verabscheute, würde sie wohl kaum zu Fuß nach Hause laufen wollen. Was würde sie jetzt tun? Sie blickte in meine Richtung, machte jedoch keine Schritt auf mich zu. Nein, stattdessen schockierte sie mich, indem sie auf meinen Bassisten zuging. Ich musste unwillkürlich grinsen. *Echt? Du würdest dich lieber von Griffin nach Hause bringen lassen als von mir?*

Das würde interessant werden.

Kiera versuchte es ganz locker. »Hallo, Griffin.«

Griffin war sofort auf der Hut. Ihre Beziehung war nicht gerade freundschaftlich. »Ja? Was willst du?« Er lächelte, als wäre er sicher, Kiera würde ihn fragen, ob sie ihm einen blasen dürfte.

Kiera verzog das Gesicht, schaffte es jedoch, höflich zu bleiben. »Könntest du mich vielleicht mit nach Hause nehmen?«

Ich konnte mir ein Kichern kaum verkneifen. O Gott. So etwas konnte man Griffin doch nicht fragen, ohne dass er auf die schmutzigsten Gedanken kam. Griffins Gehirn saß in seinen Eiern. »Ach, Kiera, ich dachte schon, du würdest nie fragen«, gurrte er, während er sie mit Blicken auszog. »Na klar, du kannst gern mit zu mir kommen.«

Eine typische Griffin-Antwort. Kiera lächelte angespannt. »Ich meinte eigentlich zu mir nach Hause. Ob du mich fahren kannst.«

Herrlich, mir tat schon der Bauch weh, weil ich mir die ganze Zeit ein Lachen verkniff. Warum war sie nur so verdammt hinreißend? Griffin fand das nicht ganz so lustig. »Also kein Sex?«, fragte er enttäuscht.

Kiera schüttelte so heftig den Kopf, dass ich dachte, sie bekäme ein Schleudertrauma. »Nein.« Ich konnte förmlich hören, wie sie stillschweigend *Iiiiiih!* hinzufügte. Es heiterte mich etwas auf. Wenigstens ein Mann, dessentwegen ich mir keine Sorgen zu machen brauchte.

Griffin schnaubte beleidigt. »Also, ne, dann nicht. Eine Ohne-Sex-Fahrt kannst du doch mit Kellan haben.«

Da konnte ich mich nicht mehr beherrschen und prustete laut los. Ja, kein Sex. Kiera blickte erneut zu mir, dann sah sie sich in der Bar um, als suchte sie nach einem Fluchtweg. Während sie noch überlegte, was sie tun sollte, ging ich zu ihr. Mein Herz schlug mit jedem Schritt heftiger. Auch wenn sie mich verletzte, fühlte ich mich zu ihr hingezogen.

»Soll ich dich mitnehmen?«, fragte ich. Diese schlichte Frage bedeutete für mich mehr, als sie ahnte. *Entscheide dich für mich.*

Sie schüttelte heftig den Kopf, verschränkte die Arme vor der Brust und stürmte nach draußen. Das war auch eine Antwort. Sie war so übereilt aufgebrochen, dass sie ihre Jacke und ihre Tasche vergessen hatte. Fand sie mich so schrecklich, dass sie vor mir davonlief? Ich überlegte, ob ich ihr wie ein liebeskranker Idiot hinterherrennen sollte, aber wozu? Ich würde nur genauso nass werden. Ich konnte sie allerdings nicht den ganzen Weg nach Hause laufen lassen; das war zu gefährlich. Und es regnete. Sie hasste Regen. Sie sollte nicht meinetwegen leiden. Verdammt. Ich würde sie unterwegs einsammeln, und wahrscheinlich würde ihr das nicht gefallen.

Seufzend ging ich in den Personalraum, um ihre Sachen zu holen.

Als ich in meinem Wagen saß und hinter Kiera herfuhr, regnete es richtig heftig. Mit zusammengekniffenen Augen suchte ich die Straßen nach ihr ab. Sie durfte bei diesem Wetter nicht nach Hause laufen. Sie würde sich den Tod holen. Hoffentlich war sie nicht schon zu weit. Gott, hoffentlich war ihr nichts passiert.

Zum Glück entdeckte ich sie nur einen Block von der Bar entfernt. Sie war komplett durchnässt und umklammerte frierend ihren Oberkörper. Wollte sie tatsächlich so bis nach Hause laufen? Das war doch lächerlich. Sie musste mich ja nicht weiter beachten, aber im Wagen war sie wenigstens im Trockenen. Warum zum Teufel war sie nur so wütend auf mich?

Ich lenkte den Wagen an den Straßenrand und fuhr langsam neben ihr her. Unfassbar, wie dickköpfig sie war. Ich beugte mich hinüber und kurbelte die Fensterscheibe herunter. »Steig schon ein, Kiera.«

Sie durchbohrte mich mit ihrem Blick. »Nein.«

Ich biss die Zähne zusammen und sah zum Himmel. *Gott, gib mir die Geduld, mit dieser Frau fertigzuwerden. Sie ist ganz offensichtlich neben der Spur.* Ich blickte wieder zu ihr und sagte so ruhig ich konnte: »Es regnet in Strömen. Jetzt komm schon.«

»Nein.«

Gott. Dann wurde es eben schwierig. Na ja, ich konnte auch schwierig sein. Auf gar keinen Fall würde ich sie hier draußen allein lassen. »Na gut, dann folge ich dir eben bis nach Hause.« *Ich mein's ernst, Kiera.*

Das schien sie zu begreifen. Wutschnaubend blieb sie stehen. »Fahr nach Hause, Kellan. Ich komm schon klar.«

Ich hielt den Wagen an und stützte mich auf dem Lenkrad ab. War sie wirklich so stur? Würde sie ihr Leben aufs Spiel setzen, nur um mir aus dem Weg zu gehen? Das hier war nicht gerade die beste Gegend. »Du läufst nicht den ganzen Weg allein nach Hause. Das ist zu gefährlich.«

Sie rollte die Augen und ging weiter. »Ich komme schon klar«, wiederholte sie.

Ich beobachtete, wie sich ihr schmaler, zitternder Körper entfernte. Wut vertrieb meine Sorge. Was sollte dieser Mist? Wenn sie nicht freiwillig mitkam, würde ich ihren Hintern eben eigenhändig in den Wagen befördern. Stöhnend trat ich aufs Gaspedal und bog scharf um eine Ecke. »So was von krass stur.« Weiter vor mich hin fluchend hielt ich am Straßenrand, schaltete den Motor aus, kurbelte das Fenster wieder hoch und stieg aus.

Als ich auf Kiera zustürmte, sah sie mich mit offenem Mund an. Überraschte es sie tatsächlich, dass ich nicht zuließ, dass sie an einer Lungenentzündung starb oder von irgendwelchem Pack überfallen wurde? Hielt sie mich für einen gefühllosen Arsch?

Obwohl ich eine Jacke anhatte, war ich bereits durchnässt, als ich bei ihr ankam. Meine Wut wuchs mit jedem Schritt. Nur um der Sturheit willen stur zu sein war albern. Ich würde ihr doch nichts antun, wenn sie in den Wagen stieg. Sie hatte ihre Wahl im Club deutlich gemacht. Sie war mit Denny nach Hause gefahren. Sie hatte sich für ihn entschieden. Kapiert.

»Steig in den verdammten Wagen, Kiera«, knurrte ich.

»Nein!« Sie stieß mich zurück. Na gut, wenn sie sich so unreif verhielt, würde ich einfach tun, was ich ohnehin vorgehabt hatte. Ich würde das hysterische kreischende Etwas in den Wagen verfrachten. Ich packte ihre Ellbogen und zerrte sie in Richtung Chevelle. Natürlich wehrte sie sich. »Nein, Kellan ... hör auf damit!«

Sie versuchte, sich von mir loszumachen, aber ich ließ mich nicht abschütteln. Ich umklammerte sie fest und zog sie zum Beifahrersitz. Sie war wütend, dass ich sie so unsanft behandelte, aber langsam war ich auch etwas gereizt. Genug war genug. Als ich nach unten griff, um die Tür zu öffnen, riss sie ihren Arm los. Anstatt vernünftig zu sein und in den warmen, trockenen Wagen zu steigen, wollte sie erneut zu Fuß laufen. *Mensch!* Ich ließ sie nicht entkommen, schlang einen Arm um ihre Taille und drückte sie an meine Brust. Sie trat und wand sich, als ich sie vom Boden hob, doch ich hielt sie fest. Ihr schmaler, nasser Körper, der sich an meinem rieb, löste Gefühle in mir aus, die ich heute Abend wirklich nicht gebrauchen konnte. Warum konnte ich meine Gefühle für sie nicht einfach abschalten? Das würde mein Leben so viel leichter machen.

Ich setzte sie neben der offenen Autotür ab und hielt sie mit meinem Körper gefangen, sodass sie mir nicht entwischen konnte. »Hör auf Kiera – steig jetzt in das Scheißauto!«

Ihre haselnussbraunen Augen waren von Hass erfüllt. Hass und noch etwas anderem. Sie atmete schwer, das Pete's Shirt klebte an ihrem Körper. Aus ihren Ponyfransen tropfte der Regen; einige glückliche Haarsträhnen klebten an ihren geröteten Wangen und an ihrem schlanken Hals. Mein Atem ging schneller, als ich diese stolze, sinnliche Schönheit vor mir sah. Ihre Leidenschaft zwang mich in die Knie. Ich begehrte sie so sehr. Warum konnte sie mich nicht einfach auch begehren? Warum konnte sie mich nicht lieben?

Bevor ich überhaupt begriff, was sie tat, packte sie mich. Sie fasste in meine nassen Haare und zog mein Gesicht zu sich herunter. Sie tat mir weh, aber ich war zu berauscht von ihren Lippen, die nur einen Hauch von meinen entfernt waren. *Gott, ja ... küss mich. Jetzt Bitte. Ich brauche das. Ich brauche dich.*

Als hätte sie meine stumme Bitte erhört, drückte sie ihre Lippen auf meine. *O ... Gott ... ja.* Gerade, als ich ihren fiebrigen Kuss erwidern wollte, wich sie zurück. Und kaum einen Herzschlag später ohrfeigte sie mich.

Meine nasse Wange brannte, mein Ohr klingelte. Aus einem Reflex heraus stieß ich sie gegen den Wagen, Wut durchströmte heiß meinen kalten Körper. Verdammt, was sollte das?

Einen Augenblick hörte ich nur unseren schnellen Atem und den prasselnden Regen. Sie starrte mich mit stürmischem Verlangen an. Sie begehrte mich. Ich spürte deutlich ihre Lust. Ich begehrte sie auch. Mehr als alles andere. Ich war beinahe hart. Ich wollte sie auf meinen Sitz werfen, ihr die nasse Kleidung von der feuchten Haut reißen und hören, wie sie meinen Namen schrie, wenn ich in sie eindrang. Und das würde sie. Sie würde ihn immer und immer wieder rufen, während ich sie kurz vorm Höhepunkt hielt. Vielleicht würde ich sie auf diese Weise dafür bestrafen, dass sie mich verletzt hatte, körperlich und emotional – ich würde sie nicht kommen lassen.

Entschlossen packte ich sie und zwang sie langsam auf die Sitzbank. Sie wehrte sich nicht wirklich. Sie versuchte, es zu leugnen, aber sie wollte mich in sich spüren. Ich ließ ihr keine Chance zu entkommen und stieg direkt hinter ihr ein. Während ich die Tür hinter uns schloss, rutschte sie rasch auf die andere Seite, als wollte sie erneut flüchten. O nein. Ich drehte mich um, packte ihre Beine und zog sie zu mir zurück. Ich wollte meinen Körper mit ihrem verschmelzen, zwang sie zurück auf die Bank und kletterte auf sie. Sie stieß gegen meine Brust, als wollte sie mich loswerden, krallte dabei jedoch die Finger in mein Shirt. Sie machte mir etwas vor, sie begehrte mich.

»Geh runter«, zischte sie, ihr Atem ging schnell, und ihre Blicke sagten das Gegenteil. Sie wollte mich doch ... oder? »Nein«, entgegnete ich.

Sie streckte die Hand aus und packte meinen Nacken. Während sie mich mit Worten zurückstieß, zog sie mich mit der Hand zu sich heran. »Ich hasse dich ...«

Ihr Blick trieb ein heftiges Pulsieren durch meinen Unterleib. Ich brauchte sie. Ich musste ihr zeigen, was sie mit mir machte, wie sehr ich sie begehrte. Vielleicht würde sie dann aufhören, es zu leugnen. Ich war jetzt steinhart. Ich schlang ihre Beine um mich und rieb mich an ihrer Jeans. *Das ist für dich. Nur für dich. Das machst du mit mir. Was mache ich mit dir? Zeig es mir ... Nimm mich ... Ich gehöre dir, nur dir. Warum siehst du das denn nicht? Verdammt!*

Sie verdrehte die Augen und keuchte. Sie wollte es so sehr. Bitterkeit stieg in mir auf. Ich war dieses Leugnen so satt. »Das ist kein Hass ...« Als sie sich um einen möglichst kühlen Blick bemühte, lachte ich höhnisch. Mit einem bösen Grinsen fügte ich hinzu: »Und Freundschaft ist das auch nicht.« Nein, das Stadium der Freundschaft hatten wir schon lange hinter uns gelassen.

»Hör auf ...« Sie wehrte sich noch immer und wand die

Hüften unter mir. Was mein Begehren allerdings nur noch verstärkte. Ich benutzte ihren Körper, um ihr zu zeigen, wie viel Leidenschaft sie erwartete, und schob mich langsam und bewusst gegen sie. Sie schrie auf, bog den Rücken durch und blickte zur Decke. Nein, sie sollte mich ansehen. Sie sollte sehen, was sie mit mir machte. Ich fasste ihr Gesicht und zwang sie, mir in die Augen zu sehen. Das gefiel ihr nicht.

»Es sollte unschuldig bleiben, Kellan!«, stieß sie wütend hervor.

»Das mit uns war nie unschuldig. Wie naiv bist du denn?«, entgegnete ich im selben Ton. Sie konnte sich nicht länger etwas vormachen.

Tränen der Verzweiflung traten ihr in die Augen, und sie flüsterte: »Gott, wie sehr ich dich hasse.«

Mein Gott, diese unglaubliche Sturheit. Was immer zwischen uns war, es war nicht aus Hass geboren. »Nein, das tust du nicht.«

Ich stieß meine Hüften schneller gegen ihre. Ich biss mir auf die Lippen und ließ ein kehliges Stöhnen ertönen. Gott. Ich brauchte sie. *Sag ja, Kiera. Lass mich zu dir.* Obwohl eine Träne über ihre Wange lief, beobachtete sie aufmerksam meine Reaktion. »Doch ... ich hasse dich.« Sie atmete so schwer, dass sie kaum sprechen konnte.

Ich drückte mich erneut gegen sie und zuckte zusammen, als die Berührung Schockwellen durch meinen Körper trieb. *Ja. Gott ... ja.* »Nein ... du willst mich.« Ihre Leidenschaft ließ mich erneut an den Club denken. An ihre hemmungslose Begierde, als wir getanzt hatten. Die hatte mir gegolten. Das konnte sie nicht leugnen. »Ich habe es gesehen. Und gespürt ... Als wir im Club waren, hast du mich gewollt.« Ich schob meinen Mund direkt über ihren und atmete ihren Duft ein, ihre schnellen Atemzüge, und teilte meinen Atem mit ihr. Es war nur der Anfang dessen, was ich mit ihr teilen wollte. Als sie sich unter mir wand, spürte ich, wie erregt sie war.

»Gott, Kiera, du hast angefangen, mich auszuziehen.« Ich schmunzelte, als ich an das Gefühl ihrer Finger auf meiner Haut dachte. Ich wollte sie jetzt spüren. »Du wolltest mich dort, vor allen anderen.« Ich musste sie schmecken und strich mit der Zunge von ihrem Kinn zu ihrem Ohr hinauf. »Und ich wollte dich auch.« Ich stöhnte an ihrem Ohr.

Sie packte meine Haare und riss meinen Kopf zurück. Ich sog lautstark die Luft ein, mein Unterleib flehte um Erlösung. Ich presste meine Lenden immer wieder gegen sie, nicht sicher, wie lange ich das noch aushalten würde. *Hör auf, dich zu wehren. Sag ja.*

»Nein, ich habe mich für Denny entschieden.« Ich ignorierte sie und rieb mich immer weiter an ihr. Härter. Schneller. *Gott, ja. Noch einmal. Mehr.* »Ich bin mit ihm nach Hause gegangen.« *O Gott, Kiera, ja, verdammt … ja.* »Und für wen hast du dich entschieden?«, fragte sie.

Ihr gemeiner Ton brachte die Stimme in meinem Kopf zum Schweigen und meine Hüften zum Stillstand. Eine Warnung blitzte durch meinen Kopf. Eine Warnung und ein Hinweis. Was zum Teufel meinte sie damit? »Was?«

Sie schlug mir mit voller Wut gegen die Brust. »Meine Schwester, du Arschloch! Wie konntest du mit ihr ins Bett gehen? Du hattest es mir doch versprochen!«

Innerhalb einer Mikrosekunde ergab alles einen Sinn. Deshalb war sie wütend? Nicht, weil ich erneut eine Grenze überschritten hatte. Nicht, weil sie ihrer Lust nachgegeben hatte. Nicht, weil ich tagelang weggeblieben war. Nein, weil sie dachte, ich hätte mit Anna geschlafen. Deshalb durfte sie nicht wütend sein. Nicht, nachdem sie den blöden Club mit Denny verlassen hatte. In dem Augenblick, in dem sie mein

Herz in Stücke gerissen hatte, war alles offen gewesen. Wenn ich mit Anna die ganze Nacht vögeln wollte, dann hatte ich jedes Recht dazu.

Jetzt wirklich außer mir sagte ich etwas Unüberlegtes und absolut Missverständliches. »Deshalb kannst du ja wohl kaum sauer auf mich sein. Du bist schließlich weggegangen, um mit *ihm* zu vögeln! Du hast mich mit ihr stehenlassen ... dabei wollte ich dich.« Ich stieß das Messer noch tiefer in ihren Rücken, indem ich mit den Händen auf sinnliche Weise über ihre Hüften strich und flüsterte: »Und sie war nur allzu bereit. Es war ganz einfach, sie zu nehmen.« Wenn sie gemein war, konnte ich das auch.

Sofort zeichnete sich die Wut auf ihrem Gesicht ab. Es war so befriedigend. Ich hatte sie verletzt. Gut. Jetzt wusste sie, wie ich mich fühlte. Sie hatte mir nämlich verdammt wehgetan. Sie versuchte, mich zu ohrfeigen, doch ich sah es voraus und hielt ihre Hand fest. »Du Verräter«, fauchte sie.

Sie war so wütend, dass ich dachte, die Regentropfen, die aus ihren Haaren fielen, würden zischen, wenn sie auf ihre Haut fielen. Es machte mich heiß, es erregte mich. Ihre roten Wangen, die Art, wie ihre Blicke tanzten – ihre Eifersucht war berauschend. Ich lächelte auf eine Weise, die sie ganz sicher wahnsinnig machen würde, und sagte: »Ich weiß, mit wem ich gevögelt habe, aber sag mir doch« – mir war schwindelig vor Lust, Verlangen und Leidenschaft, und ich senkte die Lippen zu ihrem Ohr – »mit wem hast du in der Nacht fickt?« Ich drückte erneut meine Hüften gegen ihre, erinnerte sie an den lustvollen Augenblick im Club und verstärkte das Feuer, das jetzt zwischen uns brannte. Sie stöhnte und sog lautstark die Luft ein.

»War er besser als ich?« Erneut wandte ich mich ihrem Mund zu und strich mit der Zunge über ihre süße regenfeuchte

Lippe. »Das Original kann man nicht einfach ersetzen. Ich bin viel besser ...«

Scheiße ... sag ja ...

Das tat sie nicht. Stattdessen stieß sie hervor: »Ich hasse, was du mit mir machst.«

Ich betrachtete ihre brennenden Augen. Sie log. Zumindest zum Teil. Aber ich verstand, was sie meinte. Ich verabscheute auch manchmal, was sie mit mir machte. Aber mehr als dass ich es hasste, liebte ich es. Und ich wusste, dass sie genauso empfand. »Nein, es gefällt dir.« Ich dachte daran, wie ich in ihr gewesen war, wie ich sie zum Schreien gebracht hatte, und strich mit der Zunge ihren Hals hinauf. »Du verzehrst dich danach.« *Genau wie ich. Ich brauche dich.* »Du willst mich. Nicht ihn.« *Entscheide dich für mich, Liebe mich. Zeig es mir. Jetzt.*

Ich presste mich lustvoll an sie, ich brauchte sie mehr als je zuvor. Sie fuhr mit den Fingern durch meine Haare, dann bewegte sie ihre Hüften im Einklang mit meinen. Oh. Mein. Gott. Ja. Ich schrie mit ihr zusammen auf. Wir brauchten einander. *Bitte, Kiera. Sag ja.* Wir bewegten uns im selben Rhythmus. Unser Atem ging schneller, unsere Leidenschaft wuchs, die Scheiben beschlugen, und der Wagen schaukelte sanft vor und zurück. *Gott, ja, jetzt, mehr.*

Sie krallte sich an meine Jacke und wollte, dass ich sie auszog. Ich half ihr. *Ja. Wir müssen diese Schichten zwischen uns beseitigen. Ich will nackt mit dir sein.* Sie schob mir ihre Lippen entgegen, doch ich wich aus. Sie zu reizen trieb flüssiges Feuer durch meine Lenden. Verflucht, ja. Ich wollte sie provozieren. Und dann wollte ich sie befriedigen. Sie versuchte es erneut, allerdings mit ihrer Zunge, und wieder wich ich aus. Ich dachte, ich würde explodieren. Ich konnte sie nicht mehr lange hinhalten.

Kiera wollte nicht gereizt werden. Verzweifelt strich sie mit den Nägeln über meinen Rücken. Es war dieselbe Art, wie sie es in dem Espressostand getan hatte. Als ich daran dachte, wäre ich fast gekommen. Ich ließ den Kopf auf ihre Schulter sinken und vergrub mich hemmungslos in ihr. *Ja, Gott, mehr, Kiera. Ja.* Sie schrie auf, fasste die Gesäßtaschen meiner Jeans und schlang wie von Sinnen die Beine um mich.

Sie umklammerte mich, schob sich fester gegen mich und stöhnte: »Nein, ich will ihn.«

Quatsch. Ich war mir sicher, dass sie so etwas noch nie mit ihm erlebt hatte. »Nein, du willst mich«, raunte ich an ihrem Hals.

»Nein, Denny würde meine Schwester niemals anfassen! Du hast es mir versprochen, du hast es doch *versprochen*, Kellan!« Sie erstarrte unter mir. Der Verlust der Bewegung, die zunehmend schneller geworden war, trieb mich beinahe in den Wahnsinn.

»Es ist nun mal passiert. Das kann ich jetzt nicht mehr ändern.« Sie versuchte, mich wegzustoßen, aber ich packte ihre Hände und hielt sie neben ihrem Kopf fest. Erneut rammte ich meine Hüften gegen sie, und sie stieß einen Laut aus, der mir deutlich zeigte, dass sie die vorübergehende Pause ebenfalls fast umgebracht hatte. »Aber das hier ... Hör doch endlich auf, dich zu wehren, Kiera. Sag einfach, dass du es willst. Sag mir, dass du mich willst, genau wie ich dich.« Mein Mund schwebte über ihrem. »Es ist mir doch eh längst klar.«

Ich hatte genug davon, sie zu provozieren. Ich wollte keine Spiele mehr spielen. Ich brauchte sie. Jetzt. Wir konnten nicht aufhören. Nicht mehr. Ich senkte meinen Mund zu ihrem. Als sich unsere Lippen trafen, stöhnte sie, und mein Magen zog sich zusammen. *Ja ... Gott, Kiera, ja.*

Unser Kuss war gierig und leidenschaftlich, wir sehnten uns beide nach mehr. Ich hatte recht, ich wusste es. Sie wollte es genauso sehr wie ich. Ich ließ ihre Hände lo, und sofort griff sie wieder nach meinen Haaren. Es fühlte sich wundervoll an, wie ihre Finger über meinen Kopf strichen. Ich wollte ihre langen Locken fühlen, sehen, wie sie sich über den Ledersitz ergossen. Ich riss ihr das Band aus den Haaren und warf es auf den Boden. Auch nass fühlten sich ihre Haare wundervoll zwischen meinen Fingern an. Kieras zweideutige Botschaften endeten auch nicht, als sich unsere Zungen miteinander verbanden. Sie murmelte, dass sie mich hasste, sie strich mit den Händen über meinen Rücken, zog an den Taschen meiner Jeans und flehte »Mehr, tiefer, fester«. Ich gehorchte ihren körperlichen Bitten, und sagte ihr dabei, dass sie mich nicht hasste.

Meine Hände strichen über jede Kurve ihres Körpers – ihr Kinn, ihre Brust, die winzigen Erhebungen ihrer Rippen, ihre Hüften, ihren Hintern. Ihre kleinen Hände glitten unter mein Shirt. Das Gefühl von Haut auf Haut trieb einen elektrischen Schlag durch meinen Körper, der nur wenig durch ihre Worte gemildert wurde.

»Das ist falsch«, stöhnte sie.

Mein Rausch ließ ein ganz kleines bisschen nach. Natürlich hatte sie recht, das hier war falsch. Doch es fühlte sich besser an als alles, was ich je zuvor erlebt hatte, und es war zu spät – ich konnte nicht aufhören, sie zu berühren. Mein Daumen strich über ihren festen Nippel, der sich durch ihr Shirt und ihren dünnen BH drückte. Wie sehr sehnte ich mich danach, ihn in den Mund zu nehmen. »Ich weiß, aber, Gott, du fühlst dich so gut an.«

Ja, sie fühlte sich unglaublich an. Wir verschmolzen wortlos miteinander, wir empfanden nichts als unkontrollierbare Lust. Ich hörte Kieras Atem in einen vertrauten Rhythmus fallen, das heisere Stöhnen wiederholte sich in einem Muster, das stetig lauter wurde, verzweifelter, eindeutiger. Sie war kurz vorm Höhepunkt. Mein eigener Körper hatte diesen Punkt schon vor Ewigkeiten erreicht – es war pure Willenskraft, die mich von der weltbewegenden Erlösung abhielt. Ich würde nicht ohne sie kommen. Nein, ich würde es in ihr vollenden. Und möglichst mit ihr. Ja, ich wollte mit ihr zusammen kommen. Mehr als alles andere.

Ich löste mich von ihren gierigen Lippen. Sie beugte sich vor, um an meinem Mund zu saugen, und ich verdrehte vor Genuss die Augen. Dann wich ich weiter zurück. Da ihre Kleider so feucht waren, brauchte ich Platz, um sie ihr auszuziehen. Und ich *würde* sie ausziehen. Ich musste sehen, wie ihre helle Haut unter meinen Fingerspitzen bebte. Sie keuchte, als sie realisierte, was ich tat. Ihr lustvoller Blick suchte meinen, und alles, was ich sah, bestätigte mich – *Ja, nimm mich. Ich gehöre dir.*

Ich sah, wie sie mich mit gierigen Blicken verschlang. Sie wollte das hier. Die Nacht im Club war der eigentliche Fehler gewesen. *Ich* war derjenige, den sie wollte. Sie hatte nur nicht den Mut gehabt, an jenem Abend mit mir wegzugehen. Aber dieser Moment, jetzt hier, war richtig. Und obwohl ich es morgen bedauern würde, Denny betrogen zu haben, war es mir jetzt egal. Heute Nacht gehörte sie mir.

Als ich nur noch einen Knopf an ihrer Jeans zu öffnen hatte, fasste sie meine Handgelenke, riss meine Hände hoch und hielt sie über ihrem Kopf fest. Unsere Körper schmiegten sich erneut aneinander, und ein Pulsieren durchlief mich. Ich war so erregt, dass es wehtat. *Quälend.*

»Hör auf, Kiera!«, stieß ich hervor. Ich war gereizt und erregt und litt auch gehörig. Ich musste unbedingt kommen. »Ich brauche dich. Bei mir vergisst du ihn.« Verzweifelt fügte ich hinzu: »Bei mir vergisst du *dich*.«

Sie bebte unter mir; sie wusste, dass ich recht hatte. Was wir jetzt erfahren würden, würde stärker sein als alles, was wir bislang gekannt hatten. Dessen war ich mir sicher. Und ich wollte, dass es passierte, jetzt, bevor ich spontan in Flammen aufging. Problemlos befreite ich meine Hand aus ihrem Griff und strich über ihren Körper zurück zu ihrer Jeans. Sie reagierte auf jede meiner Berührungen. *Siehst du, Kiera, ich habe recht.* »Gott, ich will dich nehmen.«

»Hör auf, Kellan!«

Gereizt, dass sie sich noch immer wehrte, verharrte ich mit den Lippen an ihrem Hals. »Warum? Du willst es doch, du hast darum gebettelt!« Das konnte sie nicht leugnen, nicht nachdem sie so oft »Bitte« gesagt hatte. Um zu beweisen, dass ich recht hatte, schob ich meine Hände in ihre Jeans, jedoch nicht in ihren Slip. Erst musste sie es sagen. Sie sollte mich darum anflehen. Dann konnten wir dieses frustrierende Spiel endlich beenden.

Obwohl ich sie nicht direkt berührte, reagierte sie heftig. Ihr unkontrollierter Schrei verstärkte meine Lust und meinen Schmerz. Sie umfasste meinen Nacken und zog mein Gesicht zu ihrem. Ich stöhnte vor Verlangen. Ich konnte es nicht länger aushalten. Ich musste sie nehmen. Ich musste sie schreien hören. Spüren, wie sie kam. Aber zuerst musste sie sagen, dass sie mich wollte.

Doch sie weigerte sich noch immer. »Nein ... ich will das nicht.« Mein Finger strich über den Bund ihres Slips, und sie stockte. Sie log noch immer. Sie wollte mich. Sie war nass vor Lust. Ich bräuchte nur leicht den Finger zu bewegen, dann könnte ich es fühlen. Ich musste nur ihre Jeans herunterziehen, dann könnte ich es schmecken. O Gott, ich wollte sie schmecken ...

Ich verdrängte das Bild und bemühte mich, die Kontrolle zu behalten. Sie musste es erst sagen. *Gib mir die Erlaubnis, Kiera.* Doch sie kämpfte noch immer gegen mich an; sie löste die Hand von meinem Nacken, um meine forschenden Finger wegzuschieben. Ich war jedoch stärker und ihr Versuch halbherzig.

»Ich spüre, wie sehr du es dir wünschst, Kiera.« Meine Stimme klang angespannt, aber momentan war alles an mir angespannt. Ich konnte die Heftigkeit, das Verlangen, das Pulsieren nicht mehr beherrschen. Ich musste es beenden. Ich stieß ein gequältes Stöhnen aus. »Ich will dich. *Jetzt*. Ich halte das nicht mehr aus«, keuchte ich. Ich hatte das Gefühl, den Verstand zu verlieren, wenn ich nicht bald in sie eindrang. Ich befreite meine andere Hand ebenfalls und zerrte an ihren nassen Jeans. »Gott, Kiera, ich brauche das jetzt.«

Ich war kurz davor, *sie* anzuflehen, als sie hervorstieß: »Warte! Kellan ... hör auf! Ich ... ich brauche eine Minute. Bitte ... ich brauche einen Moment.«

Ich sah sie mit großen Augen an, meine Hände erstarrten. Meinte sie das ernst? Sie benutzte das, was quasi unser »Codesatz« war? Als könnte sie meine Gedanken lesen, wiederholte sie: »Ich brauche eine Minute.«

Großer Gott, verdammt.

Reglos verarbeitete ich, was gerade passierte. Sie keuchte unter mir, und ich starrte fassungslos auf sie hinab. Sie hatte es wieder getan. Sie hatte mich bis kurz vor den Höhepunkt getrieben und dann Nein gesagt. Und wenn ich sie nicht zwingen wollte, irgendwann nachzugeben, blieb mir keine andere Wahl, als sie gehen zu lassen. Scheiße.

»Scheiße!«

Sie zuckte zusammen. Ich setzte mich auf und raufte mir die Haare, während ich versuchte, mich zu beruhigen. Es funktionierte nicht. Mit jedem Moment, den ich sie auf dem Sitz liegen sah, wurde ich wütender. Was zum Teufel machte sie mit mir?

»Scheiße!«, stieß ich erneut hervor und schlug so fest ich konnte gegen die Tür hinter mir.

Sie setzte sich nervös auf und knöpfte ihre Jeans wieder zu. Verdammt, wir waren so kurz davor gewesen. Sie hatte mich gewollt. Warum quälte sie mich ständig mit etwas, das ich nicht haben konnte? Weil sie eine verdammte Schlampe war. Ein Flittchen ... deshalb. »Du ... bist ...«

Bevor mein Temperament mit mir durchging, schloss ich den Mund. Sie war keine Schlampe. Sie war kein Flittchen. Sie liebte einen anderen Mann, einen Mann, der mir auch etwas bedeutete. Das durfte ich nicht vergessen. Aber verdammt, das tat so weh. Ich konnte die aufgeheizte, schwüle Luft im Wagen nicht mehr ertragen, den Schmerz, die Anspannung, den Verrat. Ich bekam keine Luft. Ich musste aus diesem verdammten Wagen raus.

Ich öffnete die Tür und stürzte nach draußen. Der eisige Regen tat gut, doch er linderte nicht meine Wut. Ich spürte geradezu, wie die Tropfen auf meiner wütenden Haut zischten. Ich richtete meinen Zorn auf die Autoreifen. Ich brauchte ein stärkeres Ventil, sonst würde ich Kiera beschimpfen. Schlampe.

So fest ich konnte trat ich gegen den Reifen. »Scheiße!« Meine aufgestaute Spannung löste sich ein bisschen, also tat ich es noch einmal. »Scheiße! Verfickte Oberscheiße!« Ich wusste, dass Kiera mein sinnloses Toben beobachtete, aber das war mir egal. Scheiß auf mein verficktes Leben. Ich trat vom Wagen zurück, ballte die Hände zu Fäusten und schrie meine Wut und meine Verzweiflung in die leere Straße. »FUCK ... FUCK ... FUCK ... FUCK!«

Fuck, ich schrie auf der Straße herum wie eine beschissene Dramaqueen. Ich musste mich beruhigen. Ich raufte mir erneut die Haare und unterdrückte den Drang, sie mir büschelweise auszureißen. Ich legte den Kopf in den Nacken und versuchte, mich zu sammeln. *Denk nur an die Regentropfen. Hör nur auf den prasselnden Regen. Fühl nur die Kälte. Denk nicht an sie. Denk nicht an ihre Lippen. Denk nicht an ihren Körper. Ihr Lächeln. Ihr Lachen. Ihre Augen, die Art, wie sie dich ansieht. Wie sie ihn ansieht. Fuck.*

Ich ließ die Hände sinken, drehte jedoch die Handflächen nach oben und fing die Tropfen auf. *Denk nur an den Regen. Es gibt nur den eiskalten Regen. Dich und den Regen. Sonst nichts.*

»Kellan?«

Fuck.

Mit ihrer Stimme machte sie meinen kurzen Zen-Moment zunichte. *Du hast mir zweimal innerhalb von achtundvierzig Stunden das Herz gebrochen. Das Mindeste, was du tun kannst, ist, mich einen Augenblick in Ruhe zu lassen, damit ich mich sammeln kann!* Ich hob den Finger und hoffte, dass sie den Hinweis verstand und mich in Ruhe ließ. Aber nein.

»Es ist eiskalt. Bitte komm zurück ins Auto.«

Du willst mich wohl verarschen. Fünf Minuten? Konnte ich vielleicht mal fünf Minuten Ruhe vor ihr in meinem verdammten verzweifelten Schädel haben? Regen. Regen. Nur Regen. Beruhige dich. Noch immer nicht in der Lage, sie anzusehen, noch immer nicht fähig zu sprechen, schüttelte ich den Kopf. *Versteh doch endlich, Kiera. Ich will jetzt absolut nicht in deiner Nähe sein, aber ich kann dich auch nicht hier draußen allein lassen. Also sitze ich mit dir in meinem Wagen fest, in meinem Haus und in meinem verdammten Herzen!*

Regen. Nur Regen.

»Es tut mir leid, bitte komm zurück«, rief sie aus dem Wagen.

O mein verfickter Gott, bitte mach, dass sie die Scheißklappe hält, bevor ich den Verstand verliere. Regen … Regen … Regen …

Ich hörte sie murmeln. »Verdammt«, dann stieg sie aus dem Wagen.

Unglaublich. Konnte sie mir noch nicht einmal diesen einen Moment lassen? Was für eine unfassbare Schlampe. Wütend starrte ich sie an. Ich fragte mich, ob ich genauso aufgebracht aussah wie ich mich fühlte. Offenbar, denn sie näherte sich mir mit kleinen vorsichtigen Schritten. »Steig wieder ins Auto, Kiera.« Ich riss mich zusammen und stieß die Worte zwischen zusammengebissenen Zähnen hervor.

Sie schluckte nervös, schüttelte jedoch den Kopf. »Nicht ohne dich!«

Noch immer so verdammt stur. Alle friedlichen Gedanken an Regentropfen auf Bürgersteigen verpufften. Meine Muskeln zitterten vor Wut und Anspannung. »Steig in das verdammte Auto! Hör doch nur einmal auf mich!«, schrie ich so laut, dass mein Hals wehtat. Im Konzert morgen Abend würde ich heiser sein. Na toll. Noch ein verdammtes Problem, an dem sie schuld war.

Meine Wut wirkte ansteckend. Sie hob das Kinn und schrie zurück. »Nein! Rede mit mir. Versteck dich nicht hier draußen, sag was!«

Mit ihr reden? Über was zum Teufel wollte sie denn mit mir reden? Darüber, wie sehr sie Denny liebte und wie wenig sie an mich dachte? Nein danke, das wollte ich nicht hören. Ich trat einen Schritt auf sie zu, inzwischen waren wir beide durchnässt. »Was willst du denn hören?«

Ihr Kinn bebte, und ihre Stimme klang wütend. »Warum du mich nicht in Ruhe lässt? Ich habe dir gesagt, dass es aus ist, dass ich mit Denny zusammen sein will. Aber du quälst mich noch immer …«

»Dich quälen?«

Machte sie Witze? Sie war doch diejenige, die mich ständig

provozierte. Allein die Art, wie sie mich ansah, würde die meisten Männer in die Knie zwingen. Und ihre Küsse waren für die meisten Männer eine Aufforderung zum Sex.

»Du bist doch diejenige, die …«

Gerade noch rechtzeitig hielt ich inne. Ich würde ihr nicht die Genugtuung gönnen, ihr zu sagen, was sie mit mir machte. Wie sehr ich sie wollte. Wie sehr ich sie liebte. Wie sehr es mich verletzte, dass ich ihr nie gut genug sein würde. Wie sehr ich mir wünschte, sie wäre mir scheißegal. Dass es mich umbrachte, wenn sie mich an die Grenze trieb. Wie sehr ich mir wünschte, dass wir heute Nacht nicht aufgehört hätten.

»Diejenige, die was?«, schrie sie in die plötzliche Stille.

Ich sah sie an. Echt jetzt? Sie konnte nicht einmal Ruhe geben, oder? Ich versuchte, nicht auf sie loszugehen, aber ich konnte meine Zunge keine weitere Minute im Zaum halten. Wenn sie die Wahrheit hören wollte, na gut, dann würde ich sie ihr auf die einfachste, brutalste Weise sagen. Vielleicht würde sie dann endlich verstehen, wie absolut nicht unschuldig ihr angeblich so unschuldiges Flirten war.

Ich lächelte finster. »Willst du wirklich wissen, was ich jetzt denke?« Ich trat noch einen weiteren Schritt auf sie zu, sie wich zurück. »Ich denke, dass du ein Flittchen bist, das Spaß daran hat, Männer aufzugeilen. Und dass ich dich einfach hätte flachlegen sollen!«

Pure Gehässigkeit floss durch meine Adern, ich machte noch einen Schritt vorwärts und trat dicht vor sie. Ich hätte sie fassen können, sie ins Auto schieben und es zu Ende bringen können. Direkt jetzt. Ich sollte weggehen und mich beruhigen, aber es war zu spät, und so sagte ich etwas, das ich augenblicklich bereute: »Vielleicht sollte ich das noch tun. Du bist eine Schlampe, die …«

Bevor ich zu Ende gesprochen hatte, knallte ihre Hand auf

meine Wange. Der Schlag war doppelt so fest wie ihre Ohrfeige von vorhin. Das würde rote Striemen geben. Ich hatte echt die Nase voll davon, geschlagen zu werden! Grob stieß ich sie gegen den Wagen. »Du hast doch mit alledem angefangen! Was hast du denn gedacht, wie unser ›unschuldiges‹ Flirten ausgehen würde? Was hast du gedacht, wie lange du mich heißmachen könntest?« Ich umklammerte ihren Arm, ich wusste nicht mehr, was ich eigentlich sagte. »Quäle ich dich immer noch? Willst du mich noch immer?«

Tränen liefen ihr über die Wangen, als sie antwortete: »Nein … jetzt hasse ich dich wirklich!«

Ich hatte das Gefühl, sie hätte mir die Seele herausgerissen. Nur ein Rest von Wut hielt mich aufrecht. »Gut! Dann steig in den verdammten Wagen!«

Ich wusste nicht, was ich tat, und schob sie ins Auto. Als ihre Füße drin waren, schlug ich die Tür zu. Am liebsten hätte ich sie noch einmal geöffnet und noch fester zugeschlagen, aber das schaffte ich nicht. O Gott. Was zum Teufel hatte ich gerade getan? Warum hatte ich solche Dinge zu ihr gesagt? Auf ihrem Gesicht hatte sich aufrichtiger Hass abgezeichnet. Und jetzt weinte sie. Fuck, Fuck, Fuck. Ich hatte einfach alles kaputtgemacht. Vorher war es schon schlimm gewesen, aber jetzt hatte ich alle Brücken eingerissen. Himmel, jetzt hatte ich sie für immer verloren.

Ich lief vor dem Wagen auf und ab. *Was mache ich denn jetzt? Was soll ich nur tun? Wie kann ich das bloß wieder zurücknehmen? Wie kann ich das wieder in Ordnung bringen? Geht das überhaupt?*

Da ich nicht wusste, was ich sonst tun sollte, ging ich zur Fahrerseite. Wenn ich von vornherein einfach auf meiner Seite geblieben wäre, wäre das alles nicht passiert. Wenn ich sie im Club in Ruhe gelassen hätte. Wenn ich Seattle verlassen hätte.

Wütend, frustriert und ängstlich stieg ich in den Wagen und schlug die Tür zu. Die Stille war bedrückend. Schon die Luft zwischen uns war anders. Alles war jetzt anders und das nur wegen meiner ungezügelten Klappe. »Verdammt!«, stieß ich hervor und schlug mit der Hand aufs Lenkrad. So hatte ich mir das nicht vorgestellt. »Verdammt, verdammt, verdammt.«

Ich prügelte auf das Lenkrad ein, dann legte ich den Kopf auf das feste Leder. »Verdammt, ich hätte nie hierbleiben dürfen …«

Als ich den Kopf hob, fühlte ich mich allein, und mir war eiskalt. Ich kniff mir in die Nasenwurzel, um den Druck eines aufkommenden Kopfschmerzes zu lindern, doch es half nicht. Ich war am Arsch. Und allein. Vollkommen allein. Mal wieder.

Ich startete den Wagen und drehte die Heizung auf, damit mir warm wurde. Ich durfte diesen gottverdammten Platz erst verlassen, wenn ich mich entschuldigt hatte. Ich musste zumindest versuchen, es wieder in Ordnung zu bringen. Während Kiera neben mir weinte, sagte ich: »Es tut mir leid, Kiera. Das hätte ich nicht sagen dürfen. Nichts von alledem hätte passieren dürfen.«

Sie sagte nichts, sondern weinte weiter. Ich seufzte. Deshalb war ich ihr nicht gefolgt. Ich hatte ihr nur helfen wollen. Ich hatte ihr nur ihre Sachen bringen und sie nach Hause fahren wollen, damit ich sie in Sicherheit wusste. Ich wollte doch nur, dass sie sicher war. Und glücklich.

Als ich sah, dass sie zitterte, griff ich hinter mich und holte ihre Jacke vom Rücksitz. Meine Jacke lag dort ebenfalls, aber die wollte ich nicht. Ich hatte es verdient zu frieren.

Stumm reichte ich sie ihr, und sie zog sie ebenso stumm an. Es gab nichts mehr zu sagen. Wir waren fertig. Sie und ihre Liebe waren für mich jetzt so unerreichbar wie meine toten

Eltern. Doch diesmal hatte ich es nicht anders verdient. Ich war ein Mistkerl, sie war besser ohne mich dran.

Während ich sie schweigend nach Hause fuhr, überkam mich pure Verzweiflung. Ich hatte durch sie die Liebe kennengelernt. Vielleicht nur vorübergehend, vielleicht war es auch nur eine freundschaftliche Art von Liebe gewesen. Doch egal, was sie mir gegeben hatte, es war das Beste, das ich je in meinem ganzen Leben gefühlt hatte. Und jetzt war es weg. Ich würde es nie wieder erleben. Ich würde allein sein und konnte es nicht noch einmal haben. Der Schmerz würde mich mehr denn je auffressen. Wie sollte ich ab jetzt ohne Liebe leben? Wie sollte ich ohne sie leben?

Als wir vor dem Haus hielten – meinem leeren, bedeutungslosen Haus, in dem ich erst zu leben begonnen hatte, seit sie da war –, spürte ich, dass ich zusammenbrechen würde. Ich schaltete den Motor aus und stieg sofort aus. Ich wollte nicht, dass sie mich so sah. Ich merkte genau, dass ich gleich anfangen würde zu heulen.

Tränen liefen mir über die Wangen, während ich die Haustür aufschloss. Meine Kehle war wie zugeschnürt, als ich in den Flur trat. Ich riss mich noch einmal zusammen und sprintete die Treppe hinauf. *Noch nicht. Noch nicht zusammenbrechen.* Ich schloss die Tür hinter mir und stützte mich von innen mit der Hand dagegen, dann ließ ich meinem Kummer freien Lauf und brach schluchzend auf dem Bett zusammen.

Freund. Liebhaber. Begleiter. Familie. Was immer sie für mich gewesen war, ich hatte sie für den Rest meines Lebens verloren. Ich hatte keine Ahnung, wie ich weiterleben sollte.

Ich hörte, wie meine Tür aufging, aber ich konnte meine Tränen nicht mehr zurückhalten. Offensichtlich hatte sie mich ohnehin schon gehört. Kiera setzte sich neben mich, doch ich rührte mich nicht. Ich konnte nicht. Ich konnte nur weinen, um alles, das ich verloren hatte, und um alles, was ich nie haben würde. Ich war allein. Einsam. Ungeliebt. Ich verstand noch nicht einmal, weshalb sie neben mir saß.

Und dann legte Kiera gegen alle Hoffnung oder Vernunft einen Arm um meine Schulter. Ihre schlichte, tröstende Geste haute mich endgültig um. *Ich darf sie nicht verlieren. Bitte, Gott, lass das nicht zu. Ich brauche sie. Ich werde alles dafür tun. Wir werden dieser Scharade ein Ende machen, wir werden wieder einfach nur Freunde sein. Nimm sie mir nur nicht weg.*

Mit einem gequälten Schluchzen schlang ich die Arme um sie und legte meinen Kopf auf ihren Schoß. *Es tut mir leid, es tut mir so leid. Bitte verlass mich nicht. Bitte hass mich nicht.* Nun verlor ich endgültig die Kontrolle. Gefühlte Stunden ließ ich alles raus, was sich in mir angestaut hatte. Ich weinte, weil ich Kieras Liebe nicht bekam und weil ich nie Eltern gehabt hatte. Ich weinte, weil ich Kiera verletzt hatte. Weil ich Denny betrogen hatte. Weil ich keine Kindheit gehabt hatte. Ich weinte sogar wegen der ganzen One-Night-Stands, denn die waren vermutlich alles, was mir ab jetzt noch blieb.

Kiera flüchtete nicht vor meinem Zusammenbruch. Sie hielt mich, wiegte mich in den Armen, strich mir über den Rücken, sie zog sogar eine Decke über meinen zitternden Körper und wärmte mich. Noch nie hatte ich so viel Liebe und Trost von einem anderen Menschen erhalten. Ihre Zärtlichkeit linderte schließlich meinen Kummer und trocknete meine Tränen. Sie hielt mich weiterhin schweigend in den Armen und wiegte mich, wie es vielleicht eine Mutter mit ihrem Kind tun würde. Das konnte ich nur vermuten. Meine Mutter hatte das nie getan. Niemand. Es tröstete mich, und ich spürte, wie der Schlaf über mich kam und die Leere füllte, die der heftige Schmerz hinterließ.

Als ich langsam wegdämmerte, begann ich zu träumen. In meinem Traum verließ Kiera mich. Ich streckte die Hand nach ihr aus und sagte: »Nein!«, doch sie verließ mich trotzdem. Am Ende verließ sie mich trotz allem.

23. Kapitel
Eine Illusion ist besser als nichts

Mein Blick war verschwommen, das Licht im Zimmer zu hell, und ich sah meinen Vater neben meinem Bett stehen. Wie üblich verzog er abfällig den Mund. »Wach auf, du fauler Sack. Wir lassen nicht zu, dass ein Faulpelz aus dir wird.«

Als ich zum Fenster blickte, war es draußen noch stockfinster. Die Sonne war noch nicht aufgegangen. »Es ist doch noch nicht einmal hell«, murmelte ich.

Mein Vater schüttelte den Kopf. »Du solltest schon vor einer Stunde aufgestanden sein und deinen Aufgaben nachkommen, aber sieh dich an, du verbummelst den Tag. Jämmerlich«, sagte er in jenem herablassenden Ton, den ich nur allzu gut kannte.

Hinter ihm stand meine Mutter und beobachtete mich mit unbewegtem Blick. »Warum machst du alles so kompliziert, Kellan? Wir erwarten doch wirklich nicht viel von dir, trotzdem schaffst du es immer wieder, uns zu enttäuschen.« Sie verzog missbilligend den Mund. Auch das war mir nur allzu vertraut.

Mein Vater seufzte, und ich richtete den Blick wieder auf ihn. »Ich habe mich ja schon damit abgefunden, dass aus dir nichts Anständiges wird, aber hast du ernsthaft geglaubt, dass du gut genug für sie wärst?«

Keuchend und mit rasendem Herzen schreckte ich aus dem Schlaf hoch. Ich betrachtete mein Zimmer und versuchte zu begreifen, wo ich mich befand. Was passiert war. Ich hatte

Kopfschmerzen, Bauchschmerzen und einen wunden Hals. Einen Augenblick war ich verwirrt und dachte, dass meine Eltern tatsächlich in meinem Zimmer stünden und mich niedermachen würden. Ich sah mich sogar nach ihnen um. Doch dann fiel mir alles wieder ein – der Regen, wie ich Kiera angeschrien und in ihren Armen geweint hatte. Ich schloss die Augen, als mich erneut der Schmerz überkam. *Verdammt.* Ausnahmsweise wünschte ich, mein Albtraum wäre die Realität und meine Realität ein Traum.

Ich hatte Kiera als Flittchen bezeichnet. Ich hatte daran gedacht, sie in meinem Wagen zu vögeln, ob sie wollte oder nicht. Gott. Ich hatte das Gefühl, ich müsste mich übergeben. Meine Eltern hatten recht. Ich hatte Kiera nicht verdient.

Ich trug noch immer die Kleidung von gestern Abend, Kiera war nicht mehr da. Das überraschte mich nicht. Schließlich konnte sie nicht die ganze Nacht bei mir bleiben und mich trösten. Ich hatte noch immer meine Stiefel an den Füßen, und mein Bett war dreckig. Ich fühlte mich schmutzig, aber ich wollte mich nicht umziehen. Noch nicht. Erst musste ich mit Kiera reden. Ich musste mich für gestern Abend entschuldigen. Ich musste reinen Tisch machen, ihr die Wahrheit über ihre Schwester sagen, sie um Verzeihung bitten.

Du bist nicht gut genug für sie.

Nein, vermutlich würde ich nie gut genug für sie sein, aber ich konnte wenigstens aufhören, sie zu verletzen. Ich konnte die ganze Sache beenden. Sie in Frieden lassen. Was gestern Abend geschehen war, würde nie wieder vorkommen. Ich würde endlich Ruhe geben.

Als ich meinen Körper aus dem Bett gehievt hatte, war Kiera schon in der Küche. Wie üblich, wenn wir Kaffee tranken, trug sie noch ihren Pyjama. Sie wirkte mitgenommen; auch für sie war der gestrige Abend hart gewesen.

Ich blieb im Türrahmen stehen, und Kiera sah mich mit fragendem Blick an, als sei sie unsicher, wie ich sie heute Morgen behandeln würde. Das konnte ich ihr nicht verübeln. Sie hatte mich einmal provokant als launisch bezeichnet, und ich hatte ihr mehrfach bewiesen, dass sie recht hatte. Wenn es um sie ging, *war* ich launisch. Es war einfach schwierig ... Warum musste ich sie nur so sehr lieben?

Mit einem schweren Seufzer trat ich zu ihr an die Kaffeemaschine. Ich musste es hinter mich bringen, ehe ich es mir anders überlegte. Ich hielt die Hände hoch und zeigte ihr, dass ich unbewaffnet war, körperlich wie emotional. »Frieden?«

»Frieden.« Sie nickte.

Ich lehnte mich gegen die Arbeitsplatte und klemmte die Hände hinter mir fest. Ich wollte nicht in Versuchung geraten, sie anzufassen. Ich konnte ihr nicht in die Augen sehen, also starrte ich auf den Boden. »Danke, dass du gestern bei mir geblieben bist.«

»Kellan ...«

Sie wollte mich unterbrechen, aber das ließ ich nicht zu. »Ich hätte das nicht sagen dürfen, so bist du nicht. Es tut mir leid, wenn ich dir Angst eingejagt habe. Ich war so wütend, aber ich würde dir nie wehtun, Kiera. Nicht mit Absicht.« Mein Geständnis gab mir Kraft, und ich hob den Blick zu ihr. »Ich war völlig neben der Spur. Ich hätte dich nie in diese Lage bringen dürfen. Du bist nicht ... Du bist wirklich keine Schlampe.« Bei den letzten Worten wandte ich erneut den Blick ab. Gott, was war ich für ein Arsch, dass ich das gesagt hatte.

»Kellan ...«

Ich musste meinen Gedanken zu Ende bringen, bevor mich der Mut verließ, darum unterbrach ich sie erneut. »Ich hätte nie ... Ich hätte dich nie zu etwas gezwungen, Kiera. Das ist nicht ... So bin ich nicht.« Ich stoppte mein unsinniges Geschwafel und starrte auf den Boden. Warum fehlten mir immer die Worte, wenn ich sie am meisten brauchte?

Kieras leise Stimme füllte die Leere zwischen uns. »Das weiß ich doch.« Sie schwieg einen Augenblick, dann fügte sie hinzu, »Es tut mir leid. Du hattest recht. Ich ... ich habe dich heißgemacht.« Sie legte ihre Hand an meine Wange und zwang mich, sie anzusehen. »Das tut mir alles so leid, Kellan.«

Sie nahm zu viel Schuld auf sich. Sie konnte nichts dafür, dass ich die Kontrolle verloren hatte. Auch nicht, dass ich mich in einen wütenden Dreckskerl verwandelt hatte. »Nein ... ich war einfach nur wütend auf dich. *Ich* hatte unrecht. Du hast nichts gemacht. Du musst dich nicht dafür entschuldigen, dass ...«

Leise unterbrach sie mich. »Doch, das muss ich. Wir wissen beide, dass ich genauso viel gemacht habe wie du. Ich bin genauso weit gegangen.«

Nein, das stimmte nicht. Sie hatte mir immer wieder gesagt, dass sie mich nicht wollte. Ich hatte ihr nur nicht zuhören wollen. »Du hast mir doch immer wieder gesagt, ich soll aufhören. Und ich habe immer wieder nicht auf dich gehört.« Ich nahm ihre Hand aus meinem Gesicht und stieß die Luft aus. Ich verdiente ihre Freundlichkeit nicht. »Ich habe mich beschissen verhalten. Ich bin viel zu weit gegangen.« Angewidert von mir selbst rieb ich mir durchs Gesicht. »Es tut mir so leid.«

Stur wie immer widersprach Kiera. »Kellan ... nein, ich war nicht klar. Ich habe mich missverständlich verhalten.«

Wie konnte sie mir widersprechen? Erstaunt hob ich eine Braue. »›Nein‹ ist ziemlich eindeutig, Kiera. ›Hör auf‹ genauso.«

»Du bist doch kein Monster, Kellan. Du hättest niemals ...«

Ich dachte an die Nacht, in der wir versucht hatten, im selben Zimmer zu schlafen, und kam ihr zuvor. »Aber ein Engel bin ich auch nicht, schon vergessen? Und du weißt nicht, wozu ich fähig bin.« *Sieh doch nur, was ich meinem besten Freund angetan habe. Ich bin eine Enttäuschung. Ich bin wertlos. Ich bin nichts. Du verdienst viel mehr.*

Kiera schürzte die Lippen, sie war nicht überzeugt. »Wir haben beide Mist gebaut, Kellan.« Sie streckte die Hand aus und berührte meine Wange; ihre Finger brannten auf meiner Haut. »Aber du würdest mich doch nie zu etwas zwingen.«

Nein, das würde ich nicht. Egal wie sehr ich dich begehre, wenn du mich nicht willst, würde ich dich in Ruhe lassen. Du bist alles für mich.

Da ich ihr das nicht sagen konnte, umarmte ich sie stattdessen. Kiera legte die Arme um meinen Hals, und für einen Moment fühlten wir uns wieder wie früher. Es erinnerte mich daran, wie weit wir gegangen waren und wie viel sich verändert hatte. So schön es sich auch anfühlte, sie in den Armen zu halten, es war nicht richtig, und es war keine gute Idee. Wir brauchten Raum. Abstand war gut.

»Du hattest recht. Wir müssen damit aufhören.« Es fiel mir unendlich schwer, das zu sagen, aber ich wusste jetzt, dass es das einzig Richtige war. Ich wollte etwas von ihr, das sie mir nicht geben konnte. Es wurde Zeit, dass ich ihre Entscheidung respektierte.

Ich lehnte mich zurück, um sie anzusehen, und sah Tränen auf ihren Wangen. Ich wischte sie vorsichtig fort. Sie sollte nicht weinen. Ich war ihre Tränen nicht wert. Ich streichelte ihr Gesicht und strich mit dem Daumen über ihre Wange. Ich hatte von Anfang an gewusst, dass unser freundschaftliches Flirten nicht funktionieren würde, ich hatte sie nur so schrecklich begehrt.

Kiera suchte meinen Blick und flüsterte: »Ich weiß.« Sie schloss die Augen, und noch mehr Tränen liefen über ihre Wangen. Es war so schwer, sie leiden zu sehen. Umso mehr, weil ich wusste, dass ich die Ursache war. Ich quälte sie, das hatte sie selbst gesagt. Und sie quälte mich. Wir waren Gift füreinander und brachten uns langsam gegenseitig um.

Es war nicht richtig von mir, aber ich konnte nicht gehen, ohne sie ein letztes Mal zu küssen. Ich musste sie ein letztes Mal schmecken und mir den Geschmack fest ins Gedächtnis einprägen, damit ich in schlechten Zeiten auf die Erinnerung zurückgreifen konnte. Ich rechnete damit, dass sie mich zurückstoßen würde, als ich sanft mit meinen Lippen über ihre strich. Doch sie wehrte sich nicht; vielmehr zog sie mich dichter zu sich. Ihre Lippen waren gierig, doch ich blieb sanft und zärtlich, und sie passte sich an. Ich ließ all meine Liebe in diesen intimen Augenblick fließen. Ich wollte, dass sie es spürte, ohne dass ich es sagen musste. *Ich liebe dich mehr als alles andere.*

Ich hätte sie den ganzen Morgen küssen können, aber es war Zeit aufzuhören. Ich löste die Finger von ihrer Wange, strich ihr durchs Haar und dann über ihren Rücken. »Du hattest recht. Du hast dich entschieden. Ich will dich noch immer«, raunte ich und zog sie noch einmal an mich. »Aber nicht, solange du zu ihm gehörst. Nicht so, nicht wie gestern.« Mit einem wehmütigen Seufzer ließ ich sie los.

In ihren Augen schimmerten neue Tränen, und meine Augen brannten ebenfalls. Es war so schwer, sich zu verabschieden. »Es ist vorbei«, sagte ich und strich mit dem Finger über ihre leicht geöffneten Lippen. Tränen strömten weiter über ihre Wangen, und ich stieß verzweifelt die Luft aus. *Ich wünschte, ich müsste das nicht tun …*

»Anscheinend bin ich nicht sehr gut darin, die Finger von dir zu lassen.« Ich ließ meine Hand sinken und hielt sie fest an meiner Seite. Entschieden schluckte ich einen Kloß hinunter. »So etwas wie gestern wird nie wieder vorkommen. Ich werde dich nie wieder anfassen. Und diesmal werde ich mein Versprechen halten.«

Ich musste weg, drehte mich um und ging. Plötzlich fiel mir mein Traum wieder ein, und ich blieb im Türrahmen stehen. *Du bist nicht gut genug für sie ...*

Bevor ich mich eingemischt hatte, waren Denny und Kiera ein glückliches Paar gewesen, während Kiera und ich uns ständig stritten. Hoffentlich hatte ich sie nicht zu sehr durcheinandergebracht. Hoffentlich bekamen sie ihre Probleme wieder in den Griff und fanden wieder zueinander. »Du und Denny passt gut zusammen. Du solltest bei ihm bleiben.«

Eifersucht und Verzweiflung befielen mich, ich starrte auf den Boden und hoffte, dass der Anfall vorüberging. Doch das tat er nicht. Ich war mir nicht sicher, wie ich das schaffen sollte. Wie ich den einzigen Menschen, der mir je ein bisschen Zärtlichkeit gegeben hatte, gehen lassen sollte. Ich liebte sie, aber ich musste sie loslassen. Doch nicht ganz. Ich beschloss, ihr nicht die Wahrheit über Anna zu sagen. Sie würde deshalb einen Funken Eifersucht empfinden, und ich würde einen Funken Eifersucht wegen ihrer Beziehung zu Denny empfinden. Auf diese triviale Weise waren wir noch immer miteinander verbunden. Bis entweder Anna oder Griffin ihr irgendwann die Wahrheit erzählen würden. Dann wäre auch das vorbei, aber vielleicht war das gut so.

Als ich zu ihr aufsah, rann auch mir eine Träne über die Wange. »Ich bringe das wieder in Ordnung. Es wird alles wieder so, wie es sein soll.« *Ich komme dir nicht mehr zu nahe. Ich belästige dich nicht mehr. Ich werde dich nie wieder anfassen. Und vielleicht komme ich eines Tages sogar über dich hinweg.*

Die Tage vergingen, doch sie fühlten sich wie Jahre an. Ich dachte, dass es irgendwann einfacher werden würde. Dass es mich nach einer Weile nicht mehr so fertigmachen würde, in Kieras Nähe zu sein und sie nicht zu berühren. Dass ich kein Problem mehr damit haben würde, sie mit Denny zu sehen. Doch da hatte ich mich getäuscht. Jeden Tag schnürte sich meine Brust zusammen, ich bekam schlecht Luft, und ich fühlte mich, als würde mein Kopf implodieren. Ich ging Kiera mit allen Mitteln aus dem Weg. Ich achtete darauf, dass wir nie allein waren und dass ich sie nie berührte. Ich verbrachte den ganzen Tag in einer einsamen Blase und wünschte, die Dinge wären anders. Jede Nacht starrte ich an die Decke und motivierte mich weiterzuleben. Doch jeden Morgen, wenn ich aufwachte, fühlte ich erneut den Schmerz. Ich trauerte um das, was wir gehabt hatten, und es wurde nicht besser.

Wenn ich Kiera sah, beobachtete ich sie ununterbrochen. Ich wollte ihr nah sein, und wenn ich ihr in die Augen sah, las ich dort das gleiche Bedürfnis. Egal, was ihr Herz sagte, sie sehnte sich nach meiner Umarmung. Doch sie musste vergessen, was zwischen uns gewesen war, und ich musste vergessen, wie sehr ich sie liebte. Die Dinge mussten sich ändern, um unser beider willen.

Überraschenderweise fand ich im Pete's etwas Trost. Und zwar nicht in Form von Alkohol. An einem Tisch saß eine Frau, die Kieras Zwilling hätte sein können. Ich musste sie die ganze Zeit anstarren. Sie war ihr so ähnlich, es wäre ganz leicht, so zu tun, als sei sie es. Das würde mir helfen, den Kummer zu überwinden.

Ich konnte sie erobern, darin war ich gut. Es würde den Schmerz lindern, und nur darum ging es.

Nach einer kurzen Unterhaltung und ausgiebigem Flirten nahm ich die Pseudo-Kiera mit zu mir. Als wir das Haus betraten, stürmte der vertraute Geruch der echten Kiera auf mich ein. Ich schloss einen Augenblick die Augen und fragte mich, ob ich es schaffen würde. *Ich muss. Ich muss nach vorn schauen.* Nachdem das Mädchen die Haustür geschlossen hatte, fasste ich nach ihrer Hand und zog sie in die Küche. Ich brauchte einen Drink.

»Willst du was trinken?«, fragte ich sie, während ich den Kühlschrank öffnete und nach einem Bier suchte.

Sie trat hinter mich, neigte sich vor und saugte an meinem Ohrläppchen, dann flüsterte sie: »Ich will dich.«

Ich schloss die Augen. Ihre tiefe, heisere Stimme machte es mir ganz leicht, mir Kiera vorzustellen. Ja, genau das brauchte ich jetzt. Mit geschlossenen Augen machte ich die Kühlschranktür zu und drückte sie dagegen. Ein sinnliches Stöhnen kam über ihre Lippen – Kieras Lippen. Ich brauchte sie und suchte ihren Mund. *Gott, Kiera, ich habe dich vermisst.*

Wir küssten uns wie von Sinnen. *Kiera ... ja.* Ich stöhnte. Sie strich mit ihrer Zunge über meine, und aller Trennungsschmerz war vergessen. Wir waren wieder zusammen. Ich konnte sie haben, Nacht für Nacht, ohne schlechtes Gewissen. Alles war gut. Alles war wieder gut.

Sie schlang ein Bein um meinen Körper, und ich ließ eine Hand unter ihren Rock gleiten. *Ja, das hat mir gefehlt, Kiera. Du hast mir gefehlt.* Ich wollte in sie eindringen. Ich wollte hören, wie sie aufschrie. Ich wollte die Verbindung zwischen uns spüren.

Gerade, als ich sie bitten wollte, mit mir nach oben zu kommen, starb meine Illusion. Ich hörte leise Schritte, jemand kam in die Küche. Ich blickte zur Tür und sah die echte Kiera im grauen Flurlicht stehen, die Augen vor Schreck geweitet. *Mist.* Nein, ich hatte nicht gewollt, dass sie das sah. Dass sie meine Verzweiflung sah, aber vermutlich sollte sie wissen, dass mein Leben weiterging. Oder dass ich mich zumindest darum bemühte. Wenn sie mitbekam, dass ich mich mit anderen Frauen abgab, würde sie vielleicht aufhören, mich mit diesen haselnussbraunen Augen voller Verlangen anzusehen. Ich konnte diesem Verlangen nicht widerstehen. Ihr nicht widerstehen. Ich brauchte eine Ablenkung, das würde sie doch sicher verstehen.

Meine Begleiterin hatte Kiera noch nicht bemerkt. Sie küsste meinen Hals und streichelte durch meine Jeans meinen Schwanz. Als Kiera begriff, was sie da sah, zeichnete sich Entsetzen auf ihrem Gesicht ab. *Tut mir leid. Ich brauche dich. Und das ist der einzige Weg, wie ich jetzt noch mit dir zusammen sein kann.*

Ich konnte Kiera nicht einfach ohne eine Erklärung stehen lassen, und es war klar, dass ich das nicht in Anwesenheit meiner Begleiterin tun konnte. Daher wandte ich mich an das Mädchen und gurrte: »Süße … gehst du schon mal hoch? Ich muss nur kurz was mit meiner Mitbewohnerin besprechen.« Sie nickte, und ich gab ihr einen Kuss.

»Die Tür auf der rechten Seite. Ich komme sofort.« Sie kicherte, und ich unterdrückte einen Seufzer. Das hatte ich nicht gewollt.

Während sich in der Küche Schweigen ausbreitete, blickte ich dem Mädchen hinterher. Ich wusste nicht, was ich Kiera sagen sollte. Musste ich mich wirklich erklären? Seltsamerweise *musste* ich das.

Um die Spannung zu lockern, machte ich einen Witz. Zugegeben, er war schlecht, aber ich fand die Vorstellung lustig und konnte ihn mir nicht verkneifen. »Was meinst du, was Denny sagen würde, wenn sie die falsche Tür nimmt?«

Kiera sah aus, als wollte sie sich übergeben. Ich hasste diesen Ausdruck an ihr, aber es war zum Besten für alle. Ich sah ihr in die Augen. Traurigkeit drohte mich zu überwältigen. Im Halbdunkel sah sie atemberaubend aus, eine Perfektion, die meine falsche Kiera dort oben niemals erreichen würde. Ich würde alles dafür geben, der Frau dort oben zu sagen, dass sie gehen sollte, damit diese Kiera ihren Platz einnehmen konnte, aber das war nicht die Realität. Ich musste das Richtige tun und Abstand zwischen uns schaffen.

»Du hast gesagt, dass du wissen willst, wenn ich mich mit jemandem treffe. Na ja, ich glaube, es ist jetzt so weit.« *Mit einer, die mich nur interessiert, weil sie mich an dich erinnert. Weil ich nicht über dich hinwegkomme, es aber muss.* »Du wolltest keine Geheimnisse, also, ich gehe jetzt nach oben und ...«

Ihr Gesicht sagte deutlich, *Das will ich nicht hören,* also schwieg ich. Sie wusste ohnehin, was in meinem Zimmer passieren würde. Ich musste nichts beschönigen. Als ich die widerstreitenden Gefühle auf ihrem Gesicht sah, fühlte ich mich schlecht. *Ich will das nicht ... ich will dich.* »Ich habe gesagt, ich würde es dir nicht verheimlichen. Vollkommene Offenheit, richtig?«

Plötzlich wollte ich ihre Zustimmung haben. Sie sollte mir sagen, dass es okay war. Dass ich sie nicht betrog, dass ich sie nicht verletzte. Dass sie wollte, dass ich mein Glück fand, auch wenn es in den Armen einer anderen war. Wenn es für sie in Ordnung wäre, dann wäre es das für mich vielleicht auch. Vielleicht konnte ich nach oben gehen und Sex mit dieser Frau haben und sie nicht in meinem Kopf zu Kiera machen.

Kiera blickte mich finster an. Als ob sie mein Bedürfnis nach Zustimmung spürte und mir diese strikt verweigern wollte, stieß sie hervor: »Weißt du überhaupt, wie sie heißt?«

Erst war ich enttäuscht, dann seltsamerweise erleichtert. Wäre es für sie in Ordnung, wäre ich ihr tatsächlich scheißegal. An ihrem Ton war jedoch deutlich zu hören, dass sie mich dafür verurteilte. Sie hatte kein Recht, mich zu verurteilen, weil ich jemanden brauchte, um über sie hinwegzukommen.

Absolut kein Recht. »Nein, Kiera, und das brauche ich auch nicht.« *Sie muss mich nur an dich erinnern. Das ist alles.* Kieras Ausdruck wurde noch eisiger. »Verurteile mich nicht, dann verurteile ich dich auch nicht.« Es war mir einfach so herausgerutscht.

Wütend, verletzt und voller Schuldgefühle stürmte ich aus dem Raum. Ich musste mich ihretwegen nicht beschissen fühlen. Ich musste über sie hinwegkommen. Sie ließ mir keine andere Wahl.

Ich riss meine Tür auf und trat ins Zimmer. Meine Begleiterin räkelte sich splitterfasernackt auf meinem Bett. »Ich bin bereit für dich, Kellan«, schnurrte sie und strich über ihren Körper.

Ich schloss die Tür und zog mich aus. *Ich bin auch bereit für dich, Kiera.*

Eine Viertelstunde später tauchte ich in sie ein. Ich versuchte, das Bild von Kiera aufrechtzuerhalten, aber das Mädchen schrie auf eine theatralische Art, die nichts mit Kiera zu tun hatte. Es war, als wollte sie unbedingt die Nachbarn wecken. Und als ich langsam zum Höhepunkt kam, sah ich Kieras entsetztes Gesicht vor mir. Mit einem Feuerwerk von Flüchen kam das Mädchen zum Höhepunkt. Ich konnte nicht mit ihr kommen, ich war noch nicht so weit.

Ich verdrängte alle anderen Gedanken aus meinem Kopf und stellte mir vor, wie es gewesen war, mit Kiera zu schlafen. Wie sie mich umarmt, mich berührt hatte. An ihr leises Stöhnen an meinem Ohr. Wenn ich hörte, wie Kiera zum Höhepunkt kam, kam ich ebenfalls. Während ich das Mädchen unter mir vögelte, stellte ich mir diese Laute vor.

Kieras Stimme füllte meinen Kopf. *O Gott, Kellan ... ja. Ja.*

Ich spürte, wie sich langsam die Spannung in mir bildete und verzog das Gesicht. »Ja ... Kiera, Gott. Ja ... Kiera.« Ich umklammerte Kieras Hand. »Ja.« Ich stöhnte an ihrem Ohr, »Kiera … Gott, ja.«

Kiera bewegte sich unter mir, doch mit der freien Hand griff ich nach ihren Hüften und hielt sie fest. »Verlass mich nicht, Kiera. Bleib bei mir. Hilf mir. Liebe mich.« Ich murmelte unsinniges Zeug, doch ich war so erregt, dass mir das egal war. Als ich kam, rang ich nach Luft und rief im Geiste Kieras Namen.

Nachdem die berauschende Erschütterung nachließ, sank ich auf Kiera. Sie wirkte angespannt, nicht annähernd so entspannt wie ich, und da fiel mir wieder ein, dass ich nicht wirklich mit Kiera zusammen war. Die Stimme meiner Begleiterin klang eiskalt, als sie fragte: »Wer zum Teufel ist Kiera?«

Ich löste mich von ihr und bekam Panik. Mir fiel nichts anderes ein als: »Ich dachte, so heißt du.«

Sie schob mich von sich herunter. »Nein, ich heiße Trina, du Mistkerl.« Sie stand auf und zog sich hastig an.

Ich biss die Zähne zusammen. »Sorry.« *Hatte sie mir überhaupt gesagt, wie sie hieß?*

Egal. Ich hatte im Bett wiederholt den Namen einer anderen Frau gestöhnt. Das konnte ich nicht wiedergutmachen. Ich setzte mich auf und machte ihr ein Friedensangebot. »Soll ich dich zu deinem Wagen fahren?«

Während sie in ihr Oberteil schlüpfte, starrte sie mich wütend an. »Ich ruf mir ein Taxi. Bleib hier und amüsiere dich mit deiner Kiera.«

Sie sammelte ihre restlichen Sachen ein, dann stürmte sie aus dem Zimmer. Kopfschüttelnd schloss ich die Augen und dankte dem Schicksal, dass sie wenigstens nicht die Tür zuknallte. Vielleicht schliefen Denny und Kiera und hatten sie nicht gehört. Gott, hoffentlich hatten sie sie nicht gehört. Oder mich. Mist. Ich musste vorsichtiger sein.

Abgesehen von meinen Schuldgefühlen und der peinlichen Situation hatte die Frau zumindest dafür gesorgt, dass ich mich etwas besser fühlte. Es war zwar keine Dauerlösung für mein Problem, aber es war auf jeden Fall ein Anfang. Wenn ich mich mit genügend Frauen ablenkte, konnte ich Kiera vielleicht vergessen. Ich hatte meine Zweifel, aber ich musste es versuchen.

Ich schlief besser als sonst in letzter Zeit. Vielleicht war es kein guter Plan, aber zumindest hatte ich jetzt überhaupt einen. Das war doch was.

Am nächsten Morgen sah ich fern, während ich überlegte, wie ich zu mehr Dates kommen konnte. Ich wollte nicht mehr allein sein. Wenn ich allein war, kreisten meine Gedanken ständig um Kiera. Ich überlegte, was ich getan hatte, bevor Kiera in mein Leben getreten war. Damals hatte ich keine Probleme gehabt, Frauen kennenzulernen. Eigentlich hatte ich die noch immer nicht, wie man gestern Abend gesehen hatte, aber ich wollte aktiver vorgehen. Vielleicht sollte ich eine Party machen? Klar, warum nicht. Das musste ich jedoch erst besprechen. Kiera würde meine schlappen Versuche, über sie hinwegzukommen, vermutlich durchschauen, aber ich musste tun, was ich tun musste.

Denny und Kiera kamen zusammen die Treppe herunter, was eher ungewöhnlich war. Offenbar kamen sie sich schon wieder näher. Noch ein positiver Nebeneffekt meines Handelns. Ich schaltete den Fernseher aus, ging zu ihnen in die Küche und bereitete mich darauf vor, meine Frage zu stellen. Eigentlich sollte das kein großes Ding sein, war es aber irgendwie trotzdem.

Als ich hereinkam, sahen mich beide an. Kiera wirkte mitgenommen, als hätte sie nicht geschlafen. Gott, hoffentlich hatte sie nichts gehört. Vor allem nicht von mir. »Morgen.« Denny hätte sicher kein Problem mit meiner Frage, also richtete ich sie zuerst an ihn. *Ich bin so ein Schisser.* »Ich wollte heute Abend ein paar Freunde einladen. Hättet ihr was dagegen?«

Lächelnd klopfte Denny mir auf die Schulter. »Nein, natürlich nicht. Meinetwegen, Kumpel. Es ist ja schließlich deine Hütte.«

Ich blickte zu Kiera. Sie wirkte jetzt wirklich niedergeschlagen. Ich musste wissen, ob es für sie okay war. Ob meine … Verabredung … für sie in Ordnung war. Traurigerweise brauchte ich noch immer ihre Bestätigung. »Hast du damit ein Problem?«

Sie wurde rot und wandte den Blick ab. Offenbar hatte sie meine eigentliche Frage verstanden. Gut. Ich hielt den Atem an und fragte mich, ob sie Nein sagen würde, ob sie mir vor Denny eine Szene machen würde. »Nein … meinetwegen.« Da hatte ich sie, meine schlappe Zustimmung. Vermutlich konnte ich nicht auf mehr hoffen.

Und wer weiß, vielleicht würde uns eine Party ja alle wieder mehr zusammenbringen. Vielleicht war es genau das, was wir brauchten.

Die Party startete, als ich gerade von der Probe nach Hause kam. Jedenfalls warteten vor der Tür schon zwei Mädchen auf mich. Eine hatte cremefarbene Haut und erdbeerblonde Haare, die andere war dunkel wie die Nacht. Ich kannte keine von beiden, aber da sie offensichtlich wegen meiner Party hier waren, musste sie jemand eingeladen haben, den ich kannte.

»Ihr seid ein bisschen früh dran. Deshalb müsst ihr mir leider noch beim Aufbauen helfen.« Ich hatte unterwegs bei einem Supermarkt gehalten und ein paar Sachen eingekauft. Freundlich lächelnd reichte ich ihnen ein Sixpack Chickbeer. Sie kicherten wie mein One-Night-Stand von gestern Nacht, vermutlich hatte ich bei beiden Chancen.

Als Denny nach Hause kam, war das Haus knallvoll. Er sah sich verwundert um – solange er hier wohnte, hatte er keinen der Gäste schon einmal gesehen. Es waren Partyfreunde, keine richtigen Freunde. Ich redete nur mit ihnen, wenn es was zu Feiern gab. Nachdem er seine Sachen nach oben gebracht hatte, betrat Denny mit großen Augen das Wohnzimmer. »Kennst du die alle?«, fragte er.

Ich blickte zu der Blondine, die vor mir herumwirbelte. Ich wusste immer noch nicht, wie sie hieß. »Nein, aber wenn du willst, dass ich sie rauswerfe, mache ich das mit Vergnügen. Ich will nicht, dass du dich gestört fühlst.« Ich hatte schon genug getan, um Denny zu »stören«. »Willst du ein Bier?«, fragte ich und verdrängte den Gedanken.

Denny lächelte und zuckte mit den Schultern. »Klar. Danke, Kumpel.«

Genau in dem Augenblick beugte sich meine dunkelhaarige Freundin zu mir. Nachdem sie mich flüchtig geküsst hatte, fragte sie verführerisch: »Brauchst du was, Schatz?«

»Ja, tatsächlich. Ein Bier für mich und meinen Freund wäre toll. Danke.«

Sie lachte, dann beugte sie sich vor, um mich ausgiebiger zu küssen. Sie schmeckte nach Whiskey. Als sie ging, blickte ich zu Denny. Er schüttelte ungläubig den Kopf. »Kennst du sie wenigstens?«

Breit grinsend schüttelte ich den Kopf. »Nein.«

Denny rollte mit den Augen, dann lachte er. »Manche Dinge ändern sich wohl nie.«

Ich lachte mit ihm, fühlte innerlich jedoch einen Stich. *Alles hatte sich verändert.*

Denny und ich redeten, lachten und alberten herum wie früher. Ich fragte ihn nach seinem Job, und er beklagte sich eine ganze Viertelstunde lang über seinen Chef. Als er sich alles von der Seele geredet hatte, sagte ich: »Ich wette, ich kann dir keinen neuen Job besorgen, aber ich kann dich von deinem Chef erlösen. Vielleicht können wir ihn ja dazu bringen, von selbst zu kündigen? Griffin kennt ein paar Prostituierte.«

Er machte große Augen. »Griffin kennt ein paar ...« Er schloss den Mund und schüttelte den Kopf. »Tja, das überrascht mich nicht.« Unsere Biere kamen, als wir gerade gemeinsam lachten. Er stieß mit mir an und sagte im Scherz: »Ja, das machen wir. Sag Griffin, er soll seinen Nutten Bescheid geben, dann erpressen wir Max. Sag es nur nicht Kiera ... Das mit den Prostituierten würde ihr nicht gefallen.«

Lachend nippte ich an meinem Bier. »Ich glaube, die würden ihr noch eher gefallen als Griffin.« Denny lachte so heftig, dass er schnaubte, und ich schluckte die Rasierklinge aus Schuld hinunter, die jedes Mal durch mich hindurchschnitt, wenn ich Kiera in seiner Gegenwart erwähnte. Als Denny gelassen erneut von seinem Bier trank, fragte ich Idiot: »Wie läuft es eigentlich mit euch beiden?« Wieso musste ich ein Gespräch beginnen, das mich auf jeden Fall runterziehen würde, egal, was er antwortete? Weil es die einzige Möglichkeit war, in die Normalität zurückzukehren – deshalb.

Denny setzte sein Bier ab. Er lächelte zwar, taxierte mich jedoch auf irgendwie seltsame Art. »Alles bestens. Besser als seit Langem jedenfalls.«

Ich nickte und fühlte mich darin bestätigt, dass ich das Richtige tat. Denny füllte die Lücke, die ich bei Kiera hinterlassen hatte, und das war gut so. Und obwohl mich der Verlust von Kiera innerlich mit Kälte erfüllte, wärmte mich der Gedanke, dass sich zumindest die Freundschaft mit Denny kaum verändert hatte. Er war noch immer derselbe. Warm, freundlich, aufmerksam. Ein toller Freund. Ich war entschlossen, ihm wieder der Freund zu sein, den er verdiente.

Als der Abend voranschritt, fühlte ich mich ziemlich gut. Die dunkelhaarige Frau machte es sich auf meinem Schoß bequem und küsste mich. Obwohl sie total betrunken war, ließ ich mich auf sie ein. Mich interessierte nur die Ablenkung und ob ich mir vorstellen konnte, sie sei Kiera, wenn ich die Augen schloss.

Vielleicht, weil ihm der Überschwang des Mädchens unangenehm war, stand Denny vom Sofa auf. Sofort nahm jemand seinen Platz ein, aber ich war zu sehr mit den weiblichen Verführungskünsten beschäftigt, um weiter darauf zu achten. Unser Kuss wurde ziemlich leidenschaftlich, und ich strich mit den Händen über ihre Schenkel, Kieras Körper kam mir in den Kopf. Gott, sie hatte einen tollen Körper. Schlank und sportlich, aber dennoch an den richtigen Stellen kurvig. Wundervoll.

Die Person, die Dennys Platz eingenommen hatte, stieß gegen meine Schulter, offenbar wollte sie, dass ich ihr meine Aufmerksamkeit zuwandte. Ich löste mich von der Dunkelhaarigen, und als ich mich umsah, lächelte mich die Frau mit den erdbeerblonden Haaren an. »Willst du mich etwa den ganzen Abend ignorieren?«, fragte sie. Ihre Stimme hatte einen angenehm sinnlichen Klang.

Ich lächelte, während ich mit den Fingern durch die Haare des Mädchens strich, das auf meinem Schoß saß. »Natürlich nicht. Es ist schließlich schwer, jemanden zu ignorieren, der so hübsch ist wie du.« Ich beugte mich zu ihr und presste meine Lippen auf ihre; sie schmeckte ebenfalls nach Whiskey. Das Mädchen auf meinem Schoß hielt mich nicht auf. Vielmehr streichelte sie meine Seiten und schmiegte sich noch dichter an mich. Ich würde ganz sicher mit beiden im Bett landen.

Nachdem wir eine Zeitlang rumgeknutscht hatten, sprang

die Blondine auf. »Ich liebe dieses Stück!«, rief sie und reichte mir die Hand.

Die andere Frau glitt von meinem Schoß und setzte sich auf den Platz, auf dem die Blonde gesessen hatte. Ich stand auf. Mir gefiel das Stück auch, und Tanzen hörte sich gut an. Es passte zu meinen Gedanken an den Abend mit Kiera. Es war unglaublich, wie wir zusammen getanzt hatten.

In Erinnerung an meinen erotischen Tanz mit Kiera trat ich hinter die blonde Frau. Sofort schob sie sich rücklings gegen meine Hüften. *Kiera, es fühlt sich so gut an, mit dir zu tanzen.* Übermütig beugte ich mich zum Ohr der blonden Frau und raunte: »Es gefällt mir, wie du dich bewegst. Du fühlst dich gut an. Ich wette, nackt ist das noch viel besser.«

Stöhnend ließ sie sich gegen mich sinken. Ihre Reaktion stimmte mich zufrieden, doch als mein Blick zufällig zur Küche glitt, blieb mir fast das Herz stehen. Die echte Kiera war nach Hause gekommen und beobachtete mich aus schmalen Augen. Das traf mich. Meine zwei Flirts kamen bei Weitem nicht an sie heran. Ich würde sie sofort hergeben, wenn ich dafür in die Küche gehen und Kieras Hand nehmen könnte. Aber das konnte ich nicht. Meine Fantasien waren alles, was mir blieb.

Ich zwang mich, Kiera zuzulächeln, meiner *Mitbewohnerin*, und nickte kurz. Dann ignorierte ich sie. Das musste ich. Das andere Mädchen tauchte hinter mir auf und drängte sich von hinten gegen mich. Ich gab mich den beiden hin. Sie lenkten mich ab und taten mir gut. Da ich wusste, dass Kiera mich beobachtete, lehnte ich mich nach hinten und gab der Dunkelhaarigen einen Kuss. Kiera musste sich daran gewöhnen, genau wie ich.

Die Mädchen und ich tanzten eine Weile zusammen. Langsam löste sich die Party auf, und ich verabschiedete mich von allen. Hauptsächlich beschäftigte ich mich jedoch mit den beiden Frauen und bemühte mich, Kiera zu ignorieren. Sie war nur jemand, mit dem ich in einem Haus zusammenwohnte. Das musste ich akzeptieren.

Schließlich bewegte sich unser Tanz-Trio zurück zum Sofa und wurde heißer. Je mehr Leute gingen, desto hemmungsloser wurden wir drei. Irgendwann trafen sich die Lippen der beiden Frauen zu einem Kuss. Ich nahm das als Zeichen, dass wir alle so weit waren. Doch als ich gerade daran dachte, unsere kleine Privatparty nach oben zu verlegen, sah ich zufällig, wie Kiera Denny wegzog. Sie wirkte sauer oder verletzt. War das zu viel für sie?

So war ich nun einmal, das war meine Art, mit der Situation zurechtzukommen, und es war alles, was mir jetzt noch blieb. Ich wollte ihr nicht wehtun, aber ich brauchte das.

Während meine beiden Frauen miteinander knutschten, löste ich den Blick von der Stelle, an der Kiera eben noch gestanden hatte. Ich musste mich hierauf konzentrieren, ich durfte mich nicht um sie sorgen. Die Blonde löste sich von der anderen Frau und wandte sich erneut mir zu. Ich küsste sie gierig, doch in Gedanken berührte ich Kiera.

Gezwungen fröhlich führte ich die Mädchen nach oben in mein Zimmer. Die Dunkelhaarige zog mir mein Shirt aus, während die Blonde mit den Fingern über meinen Rücken strich. »Mann, bist du scharf«, stellte sie fest.

Die andere stimmte ihr voller Überzeugung zu. Sie knöpfte meine Jeans auf und umfasste meinen Schritt, während sie knurrte: »Ich kann es kaum erwarten, dich in mir zu fühlen.«

Die Blonde kicherte, dann fügte sie hinzu. »Und ich kann es kaum erwarten, von dir überall geleckt zu werden. Ich bin dein Nachtisch.«

Die Dunkelhaarige sah zu ihrer Freundin. »Super Idee!« Sie wandte sich wieder an mich. »Hast du Schlagsahne da?«

Am liebsten hätte ich geseufzt, doch stattdessen lächelte ich. »Ja, hab ich. Bin gleich zurück.«

So wie sie redeten, und noch dazu, da sie zu zweit waren, fiel es mir schwer, mir Kiera vorzustellen, aber ich war mir sicher, dass ich es schaffen konnte. Ich konnte einen klaren Kopf bekommen und einen Augenblick die Verbindung zu der Liebe meines Lebens spüren, auch wenn es eine Illusion war. Ich schloss die Tür hinter mir und schlich auf Zehenspitzen die Treppe hinunter in die Küche. Dort saß Kiera. Sie hatte mir den Rücken zugewandt und hielt den Kopf gesenkt. Es sah aus, als würde sie weinen. Offenbar ging es ihr nicht gut.

»Kiera?«

Ich sah, wie sie die Schultern sinken ließ. Sie hatte nicht gewollt, dass ich sie so finde. »Was ist, Kellan?«

»Alles in Ordnung bei dir?« Ich kannte die Antwort bereits.

Sie fuhr zu mir herum, dann hielt sie inne und starrte mich an. Ihre Augen funkelten, während sie einen Kloß hinunterschluckte. »Was machst du hier unten?«, fragte sie wütend. »Solltest du dich nicht ... um deine Gäste kümmern?«

Ich kam mir albern vor, deutete auf den Kühlschrank, öffnete ihn und fand die Flasche mit der Schlagsahne. »Die Mädels wollten ...« Es war ganz offensichtlich, was sie wollten, also beließ ich es dabei. Kiera wirkte gekränkt, auf sie musste mein Verhalten schrecklich wirken. Ich sollte es ihr erklären, aber wie? Die Wahrheit brachte ich nicht über die Lippen. Eine Lüge schien mir zu wenig.

Kiera stieß lautstark die Luft aus und verdrehte die Augen, dann wandte sie den Blick ab. Als sie die Augen schloss, wusste ich, dass sie mit den Tränen kämpfte. »Kiera ...« Ihr Name klang wie ein Streicheln, und ich musste innehalten, um mich zu sammeln. Als sie mich ansah, fuhr ich fort: »So war ich, bevor du hergekommen bist. So bin ich nun mal.« *So war ich einmal, aber jetzt bin ich anders, weil ich dich liebe ... aber das sollte ich dir lieber nicht sagen.* Ich deutete nach oben, zu Denny, dem Mann, bei dem sie sein sollte. »Und das bist du. So sollte es sein.«

Mich überkam das Verlangen, sie in den Arm zu nehmen, und ich machte einen Schritt nach vorn. Dann hielt ich mich jedoch zurück. Wenn ich jetzt nachgab, wenn ich sie jetzt berührte, würde der Teufelskreis, der uns überhaupt erst an diesen Punkt gebracht hatte, wieder von vorn beginnen. Nein, ich musste Abstand halten. Ich musste nach oben gehen und sie hier unten zurücklassen. Es führte zu nichts, dieses Elend zu verlängern.

Ich wandte mich zum Gehen, blieb jedoch an der Tür noch einmal stehen. »Gute Nacht, Kiera«, flüsterte ich, dann ging ich, bevor sie etwas erwidern konnte. Es gab ohnehin nichts zu sagen. So schnell ich konnte, lief ich zurück zu den Mädchen, die in meinem Zimmer auf mich warteten, und nahm mir vor, nicht Kieras Namen zu rufen. Nicht laut jedenfalls.

24. KAPITEL

Den Schmerz schüren

Meine Tage, Nachmittage, Nächte und manchmal auch die frühen Morgenstunden waren von Frauenbekanntschaften bestimmt, die in meinem Kopf miteinander verschwammen. Selbst für meine Verhältnisse war ich überaus aktiv. Ich versuchte, nicht mehr an Kiera zu denken, was mir überhaupt nicht gelang. Immer, wenn ich mit einem Mädchen zusammen war, wanderten meine Gedanken zu ihr. Immer wieder schlief ich mit ihr, zwar waren es Dutzende verschiedener Körper, doch das Szenario in meinem Kopf war immer dasselbe.

Es war Kiera, die mit den Händen über meinen Körper strich und mich überall küsste. Es war ihr Mund, auf den ich meine Lippen presste, ihre Zunge tanzte mit meiner. Und es war Kiera, die mich bat, sie zu nehmen.

Während ich mit meinen Kiera-Fantasien langsam geübter wurde, wurde die echte Kiera zunehmend kühler. Jedes Mal, wenn ich sie nach einem meiner Dates traf, versengte sie praktisch meine Haut mit ihren bösen Blicken. Wenn ich es nicht besser wüsste, würde ich sagen, sie begriff, dass ich bei meinen vielen Verabredungen eigentlich mit *ihr* schlief. Doch das konnte sie unter keinen Umständen wissen. Ich achtete sorgsam darauf, nie einen Ton von mir zu geben, wenn ich so tat, als sei ich mit ihr zusammen. Ich durfte ihr auf keinen Fall meine wahren Gedanken offenbaren, darum erzählte ich niemandem, was los war. Es würde ohnehin niemand verstehen.

Meine Freunde spürten jedoch, dass etwas nicht stimmte und stellten mir Fragen, die ich nicht beantwortete. Ich wischte ihre Bedenken beiseite und wechselte das Thema. Überraschenderweise sprach mich sogar Denny auf die Spannung im Haus an. Na ja, indirekt. Eines Abends, als Kiera bei der Arbeit war, hielt er mich auf, als ich gerade in die Bar gehen wollte.

»Warte mal, Kellan.«

Ich zog meine Jacke über und drehte mich zu ihm um. Er wirkte verlegen, was mich beunruhigte. Wusste er etwas? Er kratzte sich am Kopf und sagte: »Also, erst mal musst du wissen, dass ich alles völlig okay finde, was du hier machst. Es ist schließlich deine Hütte.«

Ich kniff die Augen zusammen. Worauf wollte er hinaus? Er seufzte und wich meinem Blick aus. »Es ist nur ... irgendwie lauter als vorher und ... Kiera hat mich gebeten, ob ich ... Na ja, ich habe ihr erklärt, dass es mir nicht zusteht, etwas zu sagen und dass du tun kannst, was du willst und mit wem du willst ...« Er verstummte und hob die Hände. »Weißt du was, ich halte jetzt einfach die Klappe. Es ist dein Haus, Kumpel. Du kannst tun, was du willst. Wir sind beide echt dankbar, dass du uns hier wohnen lässt. Das ist echt nett von dir.« Mit einem Lächeln auf den Lippen klopfte er mir auf die Schulter, dann wandte er sich um und ging.

Entsetzt starrte ich ihm hinterher. Kiera hatte ihn darum gebeten? Darum, mit mir über meine Verabredungen zu sprechen? Mir war klar, dass sie sauer war, aber war sie wirklich so wütend auf mich, dass sie Denny da mit hineinzog? Sie hatte kein Recht, wütend zu sein. Absolut nicht.

Ein paar Tage später versuchte ich, das Thema mit ihr anzuschneiden.

Als sie zum Morgenkaffee in der Küche erschien, grüßte ich sie freundlich. Sie ignorierte mich. »Kiera?« Sie ignorierte mich weiterhin, nahm sich einen Becher und schenkte sich Kaffee ein. Tja, offenbar waren wir wieder in dem unreifen Stadium angekommen, in dem wir beide schlecht mit den Dingen zurechtkamen. »Bist du sauer auf mich?« Gott, war sie süß, wenn sie so stur war.

Mit wütendem Blick erwiderte sie: »Nein.«

»Dann ist es ja gut, denn dazu hast du auch wirklich keinen Grund.« *Ich mache das hier für dich. Um es dir leichter zu machen, deinen Flirt zu überwinden. Denn mehr bin ich nicht für dich.*

»Tja, bin ich ja auch nicht.« Ihre Antwort klang patzig und traf mich. »Warum sollte ich?«

Verstand sie es wirklich nicht? Hatte sie vergessen, wie brisant die Lage zwischen uns geworden war? Wie schrecklich? Musste ich sie erst wieder als Schlampe bezeichnen, damit sie sich daran erinnerte, warum es gut war, dass wir uns getrennt hatten? »Wir haben es *beide* beendet, als es uns entglitten ist.« *Und wie.*

»Ich weiß. Ich war ja dabei.« Eiskalt. Egal, was sie sagte, sie war sauer auf mich. Weshalb? Weil ich mein Leben weiterführte? Wie konnte sie mir das vorwerfen?

»Ich mache nur, worum du mich gebeten hast. Du wolltest wissen, wenn ich mich mit jemandem treffe.« *Du hast mich nicht gewollt, deshalb habe ich etwas gesucht, das meinen Schmerz lindert. Und jetzt willst du mir das auch noch nehmen?*

»Ich wollte keine Geheimnisse, aber ich wollte nicht live dabei sein.«

Sie wollte also, dass ich meine Fantasien heimlich auslebte, damit ihre perfekte Beziehung von meinen Ausschweifungen nicht gestört wurde. Sie wollte immer ihren Willen durchsetzen. Keine Kompromisse. Kein Mitgefühl. Sie lebte hier mit *ihm*, und ich musste damit zurechtkommen, aber umgekehrt kam sie nicht damit klar. Das war scheinheiliger Quatsch.

»Ach, und was soll ich deiner Meinung nach tun? Ich muss es bei euch doch auch mit ansehen und hören. Ihr seid auch nicht gerade leise. Meinst du vielleicht, das gefällt mir? Dass mir das je gefallen hat?« *Ich liebe dich und muss dich ständig mit einem anderen Mann hören.* Ich hatte genug von dieser Unterhaltung und stand auf. »Ich gebe mir Mühe, dich zu verstehen. Das könntest du auch tun.«

Die Auseinandersetzung mit Kiera hatte mir die Laune verdorben. Wenn ich zuhören musste, wie mein bester Freund mit der einzigen Frau vögelte, die ich je geliebt hatte, dann konnte sie ja wohl ein bisschen bedeutungsloses Bumsen ertragen. Und das war es: bedeutungslos. Und leer. Aber es linderte vorübergehend den Schmerz. Was sollte ich denn sonst tun?

Nachdem Kiera zur Uni aufgebrochen war, fuhr ich in der Stadt umher. Wie üblich, seit wir auf Abstand gegangen waren, hatte sie den Bus genommen. Ich wusste nicht, was ich tun sollte, ich wusste nur, dass ich mich beschäftigen musste, sonst würde ich durchdrehen. Schließlich landete ich in einem Supermarkt und kaufte ein Sixpack Bier und eine Schachtel Kondome. In letzter Zeit hatte ich einen irren Verbrauch.

Eine süße Blondine in der Schlange erkannte mich und verwickelte mich in ein Gespräch über die D-Bags. Ich merkte, dass sie an mir interessiert war, obwohl sie das mit dem Gerede über die Band zu überspielen versuchte. Nachdem ich erwähnt hatte, dass ich an einem neuen Song arbeitete, meinte sie: »Wenn du Lust hast, mir was zu zeigen, mich interessiert alles.« Ihr Blick glitt zu meiner Hose, und mir war klar, dass hier nicht mehr von Musik die Rede war.

Mit einem charmanten Lächeln sagte ich: »Wie wäre es,

wenn wir zu mir fahren? Dann zeige ich dir alles.« *Ich zeige dir meinen Körper, aber ich werde dir nie ein Stück von mir zeigen.*

Sie stimmte zu, und kurz darauf fanden wir uns in meinem Zimmer wieder. Ich stellte Musik an. »Wow ... Kellan Kyles Schlafzimmer.« Sie sah sich um. »Nett. Gemütlich.«

Dann sah sie mich an. Ich überlegte, ob ich ihr sagen sollte, dass sie mich einfach Kellan nennen konnte, doch mir war nicht nach Smalltalk. Ich hatte keine Lust, überhaupt zu reden.

Die ruhige Musik stimmte mich friedlich, und ich forderte sie zum Tanzen auf. Während wir uns im Takt der Musik wiegten, blickte ich auf ihre Schulter und stellte mir vor, sie wäre Kiera. *Du fühlst dich so gut an, Kiera.*

Dann küsste sie mich, und ich schloss die Augen und gab mich meiner Fantasie hin. *Kiera ... küss mich ...*

Die Vorstellung, Kiera zu küssen, machte mir Lust auf mehr. Als das Mädchen den Reißverschluss meiner Jeans öffnete, flüsterte sie: »Gott, bist du hart.«

Ja, Kiera, und das alles für dich.

Da ich wollte, dass das Mädchen nicht mehr redete, fasste ich ihre Wange und küsste sie leidenschaftlicher. Sie stöhnte an meinen Lippen, dann schob sie mich zurück. »Das wollte ich schon lange mit dir machen.« Ich fragte mich, was sie damit meinte, und was »schon lange« bedeutete. Zehn Minuten? Eine Viertelstunde?

Sie schob mich zurück, bis ich mit den Beinen gegen das Bett stieß, dann drückte sie mich nach unten. Offenbar wollte sie, dass ich mich setzte, und ich gehorchte. Kurz war ich verwirrt, bis sie vor mir auf die Knie sank, da schnallte ich es. Ich dachte an meine Kiera-Fantasie und schloss die Augen. *Ja, Kiera. Küss mich dort ... küss mich überall.*

Das Mädchen zog an meiner Jeans, sodass sie an mich herankam. Zunächst spürte ich die kühle Luft auf meiner Haut, doch dann fühlte ich ihren Mund, und der war warm und nass und unglaublich erregend. *Ja, Kiera ... Gott, ja. Mehr.* Sie machte weiter und nahm ihn so weit in den Mund wie sie konnte. Schon spürte ich, wie ich auf dem Weg zum Orgasmus war. Ich wand mich, krallte mich an das Laken und presste die Lippen zusammen. *Ja, genau so, Kiera. Hör nicht auf. Ich komme ...*

Ich dachte, ich hätte etwas gehört, und meine Pseudo-Kiera ließ von mir ab, doch ich war kurz vorm Höhepunkt, sie durfte noch nicht aufhören. Sie durfte mich nicht so zurücklassen. Ich packte ihre Haare und hielt sie fest. *Geh noch nicht, Kiera.*

Lustvoll stöhnend machte sie sich erneut an mir zu schaffen. *Ja, gleich ... Ja ... Gott, Kiera, ich liebe dich ... Hör nicht auf. Hör niemals auf.*

Ich hörte ein seltsames Geräusch, als würde eine Tür zugeschlagen, aber es war zu weit weg. »Gott, ja, ich komme gleich«, murmelte ich heiser.

Sie stöhnte erneut, das gefiel ihr. Jetzt keuchte ich fast, und der Druck verstärkte sich, sodass ich ihn nicht mehr beherrschen konnte. Als ich gerade kommen wollte, hörte ich plötzlich, wie der Motor meines Wagens ansprang. *Was zum Teufel?*

Meine Kiera-Fantasie wurde schlagartig zerschmettert, und ich versuchte, die Blondine von mir wegzuschieben. Jetzt war sie allerdings voll in Aktion. »Hör auf«, sagte ich fest, aber sie stöhnte nur und machte weiter. Ich hörte das Geräusch quietschender Reifen, und Panik ergriff mich. Hatte jemand meinen Wagen gestohlen? Verdammter Mist! Ich würde denjenigen umbringen, aber zuerst musste ich dieses Mädchen von meinem Schwanz herunterbekommen.

»Hör auf!«, schrie ich und schob sie zurück. Verdutzt landete sie auf dem Hintern.

»Hey, was ist los?« stieß sie wütend hervor.

Ich zuckte zusammen. Nachdem sich ihr aufmerksamer Mund nicht mehr um mich kümmerte, wandelte sich die Lust in Schmerz. Ich hatte mich selbst daran gehindert zu kommen, jetzt zahlte ich den Preis dafür. Mit verzerrtem Gesicht zog ich meine Jeans hoch und stürzte zum Fenster. Eindeutig, mein Baby war weg. Ich empfand Angst und Leere. Mein Wagen, mein unersetzbares Auto, war *weg*. Vielleicht war es unterwegs in eine Werkstatt, wo man es in unzählige Teile zerlegte. Gott, das durfte ich nicht zulassen, aber was sollte ich tun? Die Cops rufen? Die Nationalgarde?

»Mein Wagen ist weg. Mein verdammter Wagen ist weg!« Ich rastete aus, ich hätte nie gedacht, dass mir das einmal passieren könnte. Oder meinem Baby.

Als ich mich zu meiner Begleiterin umdrehte, sah sie mich an, als hielte sie mich für geisteskrank. Ganz bestimmt büßte ich gerade meinen coolen Rockstar-Status bei ihr ein, aber das war mir ziemlich egal. Ich wollte mein verdammtes Auto zurück. Ich lief im Zimmer auf und ab und überlegte, was ich tun sollte.

»Ja. Da ist jemand im Haus gewesen und hat die Schlüssel geholt. Hast du das nicht gehört?« Das Mädchen sah mich ungläubig an, als müsste mir das doch sonnenklar sein.

Mit zusammengebissenen Zähnen erwiderte ich: »Ich war etwas abgelenkt. Was gehört? Was ist passiert?«

Sie zuckte mit den Schultern und deutete mit dem Daumen auf die Tür. »Da war ein Mädchen. Sie hat erst nebenan herumgewühlt und nach dir gerufen. Dann hat sie durch die Tür gespäht. Anschließend ist sie die Treppe runtergelaufen, hat die Haustür zugeschlagen und ist mit deinem Wagen weggefahren.« Sie lächelte stolz. »Ich habe ein ziemlich gutes Gehör.« Dann runzelte sie die Stirn. »Ich dachte, du wüsstest, dass sie uns sieht, und hättest mich deshalb nach unten gedrückt. Ich dachte, du stehst vielleicht auf Publikum.« Sie zuckte erneut mit den Schultern. »Ich fand das scharf.«

Ich starrte sie fassungslos an, während ich verarbeitete, was sie sagte. »Sie hat meinen Wagen gestohlen. Sie hat meinen Wagen *gestohlen*. Nein!«

Die Blondine hob bloß die Schultern, als wollte sie sagen, *Tja, was will man machen?* Ich kniff die Augen zusammen, zog meinen Reißverschluss zu und hob meine Jacke vom Boden auf. »Wir gehen«, stieß ich hervor.

Sie hob die Hände. »Wie denn? Sie hat doch deinen Wagen.«

Ich stürzte aus dem Zimmer und rannte nach unten. In der Küche nahm ich das Telefon und rief denjenigen an, der mir als Erstes in den Sinn kam. Zum Glück hob er ab. »Ja?«

»Matt. Das ist ein Notfall. Du musst mir helfen.«

»Kellan? Was ist los?«

»Kiera hat meinen verdammten Wagen gestohlen, und ich brauche jemanden, der mich fährt, um ihn zurückzuholen.«

Matt fing an zu lachen. »Sie hat was?« In dieser Angelegenheit teilte ich seinen Humor nicht. Ich schwieg. Als ich sein Lachen nicht erwiderte und überhaupt keine Reaktion zeigte, hustete er und sagte: »Okay, klar. Ich komme so schnell ich kann.«

Wortlos legte ich auf, dann riss ich den Kühlschrank auf und nahm mir ein Bier. Ich öffnete es und stürzte es herunter. *Sie hatte meinen verdammten Wagen geklaut.* Ich konnte es nicht fassen.

Während ich ein zweites Bier öffnete, kam die Blondine herunter. »Kann ich auch eins haben?«, fragte sie. In meiner Wut ignorierte ich sie. »Okay …«, murmelte sie. »Na ja, ich nehme dann mal den Bus.«

Ich hob die Hand in einer *Meinetwegen*-Geste.

»Toll. Tja, danke für … na ja … ich hoffe, du bekommst

deinen Wagen zurück.« Sie verließ die Küche, dann das Haus. Ich fühlte mich schlecht, weil ich sie so respektlos behandelt hatte, doch dann dachte ich wieder daran, dass Kiera meinen Wagen geklaut hatte, und empfand nur noch Wut. Warum zum Teufel tat sie mir das an?

Als Matt endlich auftauchte, trank ich bereits mein viertes Bier und versuchte, mich zu beruhigen. Es funktionierte nicht. Kaum trat er in den Flur, stürmte ich mit der Bierflasche in der Hand auf ihn zu. »Sie ist im Pete's. Komm, lass uns fahren.«

Matt hielt mich am Arm zurück. »Warte, Kell, vielleicht solltest du dich erst beruhigen. Ich bin mir sicher, sie hatte einen guten Grund.«

Ich riss meinen Arm los und kniff die Augen zusammen. »Verdammt, ich bin total ruhig. Lass uns fahren.«

Matt seufzte, folgte mir jedoch aus dem Haus. Im Auto kippte ich den Rest des Biers herunter. »Kannst du überhaupt noch fahren, wenn wir dein Auto wiederhaben?«, fragte er.

»Das geht schon«, zischte ich.

»Gut ...«

Ich wartete nicht, bis Matt den Wagen geparkt hatte, sondern stieß schon währenddessen die Tür auf und stieg aus. »Mensch, Kellan«, rief er, als ich die Tür zuschlug und mit großen Schritten auf die Bar zulief. Ich blickte nach rechts und sah meine Chevelle. Gott sei Dank, sie war noch heil. Wenn Kiera sie ramponiert hätte ...

Ich stürmte ins Pete's und suchte nach Kiera. Sie war hinten, dort, wo sich die Band immer aufhielt. Als sie mich sah, bekam sie große Augen und blickte sich um, als wollte sie vor mir flüchten. Das konnte sie gern versuchen, ich würde nicht gehen, ehe ich meine Schlüssel zurückhatte.

Matt holte mich ein, legte mir eine Hand auf die Schulter und versuchte, mich zurückzuhalten. »Kell, warte ...«

Ich riss mich los und fuhr zu ihm herum. »Du hast deine Meinung gesagt, jetzt lass mich in Ruhe.«

Matt hob die Hände und wich zurück. Ich richtete wieder meine ganze Wut auf Kiera. *Du hast mir das angetan. Du hast mich geliebt, mich benutzt, mich verletzt, mich gewollt und mich zurückgewiesen. Und dann stiehlst du mir auch noch eins der wenigen Dinge, die mir wirklich etwas bedeuten.*

Kiera wirkte zunächst ängstlich, doch dann hob sie trotzig das Kinn. Gott, sie war so attraktiv. Ich wollte an ihren vollen Lippen saugen. Ich wollte ihre Haare packen und sie an mich ziehen. Sie umdrehen, über den Tisch werfen und vor allen nehmen. Ihr sagen, dass ich sie liebte.

Doch all das konnte ich nicht tun, also hob ich nur resigniert die Hand. Kiera wirkte etwas enttäuscht von meiner Reaktion. Wollte sie, dass ich sie auf den Tisch warf? Würde sie das weniger enttäuschen?

»Was?«, fragte sie in diesem patzigen Ton, der mich auf die Palme brachte.

»Die Schlüssel«, zischte ich mit zusammengebissenen Zähnen.

»Welche Schlüssel?«, fragte sie mit provokantem Funkeln in den Augen.

Wie gern hätte ich sie an mich gezogen, ich spürte schon wieder ein Ziehen in den Leisten. Matt hatte recht, ich musste mich beruhigen. »Kiera, mein Wagen steht da draußen.« Ich deutete in die Richtung. »Ich habe gehört, wie du ihn genommen hast.«

»Warum hast du dann nicht versucht, mich aufzuhalten?«

»Weil ich …«

Sie stieß mir einen Finger in die Brust und unterbrach mich. »Weil du … eine ›Verabredung‹ hattest?« Bei Verabredung malte sie Anführungsstriche in die Luft.

Ich hatte das Gefühl, in dem Raum sei kein Sauerstoff mehr. In all meiner Wut darüber, dass sie mir den Wagen gestohlen hatte, hatte ich komplett vergessen, was sie gesehen hatte. Sie war hereingeplatzt, als mir eine Frau einen geblasen hatte. Nun ja, ich hatte zwar einiges zwischen ihr und Denny gehört, das ich lieber nicht gehört hätte, aber ich hatte noch nie etwas gesehen. Ich glaube, ich würde durchdrehen. War ihr das passiert? Na ja, es sollte ihr egal sein, selbst wenn sie etwas gesehen hatte.

Ich fand meine Fassung wieder und entgegnete: »Und das gibt dir das Recht, meinen Wagen zu stehlen?«

Sie hob das Kinn noch ein Stück höher. »Ich habe ihn mir geliehen. Freunden leiht man doch Dinge, oder?«, gab sie zurück.

Tja, das war der Kern unseres Problems, stimmt's? Es war immer mehr zwischen uns gewesen als nur Freundschaft. Als ich eine Beule in ihrer vorderen Hosentasche sah, vermutete ich, dass sie die Schlüssel dort aufbewahrte, und griff hinein.

»Hey«, protestierte sie und versuchte, meine Hand wegzuschlagen.

Doch es war zu spät, ich hatte sie. Ich biss fest die Zähne zusammen und hielt sie ihr vor die Nase. Ich wollte nicht sagen, was mir gerade durch den Kopf ging, aber in meiner Wut rutschte es mir heraus. »Wir sind keine Freunde, Kiera. Das waren wir noch nie.«

Ich drehte mich um und stürmte nach draußen. Ich wusste, dass sie nicht verstehen würde, was ich gemeint hatte, und dass sie es vermutlich negativ auffassen würde, aber ich war zu angepisst. Sie war zu weit gegangen.

Nachdem ich die Bar verlassen hatte, fühlte ich mich beschissen. Aber ich hatte nichts gesagt, was nicht stimmte. Vielleicht waren wir für den Bruchteil einer Sekunde so etwas wie »Freunde« gewesen, aber kaum hatte Denny die Stadt verlassen, waren wir etwas anderes geworden. Sobald einmal die Liebe im Spiel war, konnte man unmöglich zu einer Freundschaft zurückkehren. Und ich liebte sie so sehr.

Als ich schließlich nach Hause kam, ging ich hoch in mein Zimmer und stellte melancholische Musik an. Ich musste nachdenken, und ich musste allein sein. Ich holte mein Notizbuch heraus und schrieb ein paar Textzeilen auf. Das meiste war Unsinn, aber ein paar waren vielleicht ganz brauchbar. Eine berührte mich besonders. *Du wirst mich niemals wirklich kennen, das lasse ich nicht zu.*

Das stimmte doch? Warum war es auf dem Papier so viel leichter, ehrlich zu sein?

Als ich früh am nächsten Morgen aufwachte, hielt ich noch immer das Notizbuch in der Hand. Ein halb fertiger Gedanke lief über die Seite nach unten ins Nichts. Im Dämmerlicht der Lampe betrachtete ich mein Gekritzel und versuchte, mich daran zu erinnern, was ich mir dabei gedacht hatte. Doch der Augenblick war verloren, die Worte für immer vergessen. Ein weiteres lyrisches Opfer meines Unterbewusstseins.

Ich glitt vom Bett und begann mein morgendliches Sportprogramm. Als meine Bauchmuskeln brannten, wechselte ich zu den Armen. Nachdem ich diverse Liegestütze gemacht hatte, zitterte mein Oberkörper. Mir schwirrte der Kopf. Ich musste mit Kiera sprechen. Ich durfte die harschen Worte nicht zwischen uns stehen lassen. Es stand ohnehin schon zu viel zwischen uns.

Als ich nach unten stapfte, versuchte ich die Energie aufzubringen, Kaffee zu kochen, aber sie reichte nicht. Ich setzte mich an den Tisch, stützte den Kopf in die Hände und überlegte, was ich Kiera sagen sollte. Ein schlichtes »Tut mir leid« schien am besten, doch das würde nicht genügen.

Ich hörte, wie Kiera den Raum betrat, und blickte auf. Sie sah mich finster an und wirkte eindeutig nicht glücklich. Ich wollte gerade etwas sagen, doch da erschien Denny hinter ihr, und ich hielt den Mund. Kiera verzog die Lippen zu einem leichten Lächeln, dann wandte sie sich zu Denny. »Ich weiß, du bist schon angezogen, aber hast du Lust, noch mal mit mir unter die Dusche zu springen?«

Bei dem verführerischen Ausdruck auf ihrem Gesicht schnürte sich meine Brust zusammen. Mir war klar, was sie damit meinte. Denny ebenfalls. Ich betrachtete den Tisch, während Denny lachte und meinte: »Supergern, Süße, aber heute darf ich nicht zu spät kommen. Max dreht wegen der Feiertage völlig am Rad.«

»Ach, es kann ja eine ganz kurze Dusche sein?«, lockte Kiera. Ich wusste, dass sie das nur machte, um mich zu verletzen. Meine guten Vorsätze, mich bei ihr zu entschuldigen, lösten sich in Wohlgefallen auf.

Glückwunsch, Kiera, da wären wir wieder. Wenn du ein Spiel spielst, spiele ich auch eins, und wenn du es ertragen kannst, kann ich es auch. Schüren wir den Schmerz.

25. Kapitel

Du gehörst mir und ich dir

Nach Thanksgiving wurde die Stimmung zu Hause sogar noch eisiger. Kiera flirtete offen mit Denny, wie sie es nie getan hatte, solange wir miteinander »geflirtet« hatten, und ich traf mich weiterhin mit anderen Frauen. Zwischen Kiera und mir knisterte es jedoch, es stand ein *Na, wie gefällt dir das?* im Raum, als befänden wir uns in einem *Wer-kann-den-anderen-mehr-verletzen*-Wettbewerb. Wir verhielten uns kindisch und unreif, ich konnte nur nicht damit aufhören. Jedes Mal, wenn sie Denny streichelte und mir dabei einen hinterhältigen Blick zuwarf, weckte sie neue Rachegefühle in mir. Und wenn sich eine Gelegenheit ergab, ihr wehzutun, ergriff ich sie.

Als ich wieder einmal mit den Jungs im Pete's war, kam ein Mädchen mit feuerroten Locken selbstbewusst auf mich zu, setzte sich auf meinen Schoß und legte die Arme um meinen Hals. »Hey, Kellan. Warum hast du nicht angerufen?«

Ich brauchte einen Augenblick, bis ich die zierliche Frau erkannte, die sich an meine Weichteile schmiegte, als gehörte sie dorthin. Ihr Name fiel mir nicht ein, doch ich wusste, dass ich ihr über den Weg gelaufen war, als ich Kiera auf dem Campus herumgeführt hatte. Damals war mir die Situation etwas peinlich gewesen, aber jetzt kam sie mir ganz gelegen. So wütend, wie Kiera uns anstarrte, wusste sie genau, wer die Frau war. Gut so.

Ich legte die Arme um die Taille des Mädchens, zuckte mit

den Schultern und schüttelte den Kopf. »Ich habe aus Versehen deinen Zettel mit der Nummer in der Jeans mitgewaschen.«

Das Mädchen kicherte und drückte mein Gesicht an ihre Brüste. »Na, okay, das ist ein Argument.« Ich blickte zu Kiera hinüber, und unsere Blicke trafen sich. Dass ich wusste, dass sie die Frau kannte, stand offenbar aber unausgesprochen im Raum.

Es war falsch und jämmerlich, aber aus purer Gehässigkeit hielt ich mich den ganzen Abend über dicht bei dem Mädchen, und als die Bar schloss, fuhren wir zu mir und amüsierten uns noch ein paar Stunden. Die Vorstellung, dass es Kiera verrückt machen würde, uns zusammen zu hören, gefiel mir. Und das Mädchen machte ihre Sache gut – sie war eine der lautesten Frauen, mit der ich je zusammen gewesen war.

Doch nachdem sie gegangen war, fühlte ich mich schlecht und noch einsamer als zuvor. Mit allem, was ich tat, um Kiera zu vergessen, erreichte ich das Gegenteil. Ich dachte immer mehr an sie. Wie lange konnte ich noch so weitermachen?

Am darauffolgenden Montag setzte Pete einen Marketinggag von Griffin um, damit unter der Woche mehr Leute in die Bar kamen. Bis Mitternacht kostete ein Tequila-Shot nur zwei Dollar. Ich hatte Pete für verrückt gehalten, dass er überhaupt auf Griffin hörte, doch diesmal hatte er recht gehabt, das musste ich meinem Bassisten lassen – die Bar war voll.

Der eigentliche Grund, weshalb Griffin ihm dazu geraten hatte, zeigte sich schnell: Die Bar war gerammelt voll mit betrunkenen Mädchen im Collegealter – Griffins bevorzugte »Beute«, obwohl es in seinen Augen sehr schwer war, eine zu finden, die es mit Anna aufnehmen konnte. Kieras Schwester hatte die Latte ziemlich hochgelegt, dagegen fiel jede andere ab. Zum ersten Mal überhaupt beklagte sich Griffin über den Mangel an guten Muschis in Seattle. Seine Worte, nicht meine.

Er versuchte es jedoch mit der alten College-Masche und amüsierte sich mit zwei blonden kichernden Studentinnen. Matt und Evan hatten ebenfalls ihren Spaß. Evan scharwenzelte um ein Mädchen herum, das am Wochenende angekommen war, und Matt unterhielt sich mit einer Frau, die so zierlich war, dass ich sie mit einer Hand hätte hochheben können, vielleicht sogar mit einem Finger. Und ich für meinen Teil nutzte die Situation, um eine niedliche Brünette klarzumachen, die den ganzen Abend an mir hing. Sie begrabschte mich ziemlich aggressiv und hatte mich sogar gefragt, ob ich sie im Hinterzimmer nehmen wollte, doch ich hatte abgelehnt. Wenn ich jetzt schon mit ihr Sex hatte, müsste ich allein nach Hause gehen, und das wollte ich nicht. Und zweitens fühlte es sich nicht richtig an, es an Kieras Arbeitsplatz zu tun, wenn Kiera da war. Es wäre fast so, als würde ich es mit einer anderen in ihrem Bett treiben. Obwohl wir gerade etwas zickig zueinander waren, schien mir das ein Tabu zu sein.

Kiera hatte mich überwiegend ignoriert, solange ich mich mit meiner Begleiterin beschäftigt hatte, doch es wirkte ziemlich angestrengt. Eigentlich hätte sie mich gern wütend angestarrt und wäre auf mich losgegangen, nur dass sie keinen Grund dazu hatte.

Als ich irgendwann zur Toilette ging, sprach Kiera mich schließlich an. Es war das erste Mal seit Langem, dass sie überhaupt etwas zu mir sagte, und als ich ihre Worte hörte, wünschte ich, sie hätte den Mund gehalten.

»Lass doch dein Ding einfach mal in der Hose, Kyle.«

Ich blieb abrupt stehen und drehte mich zu ihr um. Hatte sie das gerade wirklich gesagt? Hatte sie überhaupt eine Ahnung, wie heuchlerisch das war? Dennys gescheiterter Versuch, mit mir über meine Frauengeschichten zu sprechen – *auf Kieras Bitte hin* – schoss mir in den Kopf. Sie hatte kein Recht, so mit mir zu sprechen.

»Du hast vielleicht Nerven.« Ich lachte, Wut strömte durch meine Adern.

»Was?« Ihr Ton war ausdruckslos, ihr Blick genauso hitzig wie meiner. Sie war sauer, und dazu hatte sie kein Recht.

Sie stand an einem leeren Tisch, ich ging zu ihr, packte ihren Arm und zog sie dicht zu mir. So nah waren wir uns schon lange nicht mehr gewesen, und mein Herz schlug heftig. Nein. Ich wollte nicht, dass sie wieder eine solche Wirkung auf mich hatte. Kieras ganzer Körper war angespannt. Ich wusste nicht, ob das mit unserer Nähe zu tun hatte, oder damit, dass sie abwartete, was ich sagen würde. Ich beugte mich vor und flüsterte ihr ins Ohr: »Will mir etwa gerade die Frau, die einen festen Freund hat und mit der ich nicht nur ein, sondern gleich zwei Mal Sex hatte, etwas von Enthaltsamkeit erzählen?«

Kiera versuchte, sich von mir loszumachen, aber ich hielt sie fest. Verzweiflung und Wut packten mich, und ehe ich es verhindern konnte, kamen harsche Worte über meine Lippen. »Darf ich dich eigentlich immer noch vögeln, wenn du ihn irgendwann heiratest?«, zischte ich ihr direkt ins Ohr.

Ich wusste sofort, dass ich zu weit gegangen war. Kiera fand das offenbar auch. Sie riss ihre Hand los, holte Schwung und ohrfeigte mich. Nein »ohrfeigen« klang zu milde. Sie versetzte mir mit voller Wucht einen Schlag ins Gesicht. Ich taumelte einen Schritt zurück und sog lautstark die Luft ein. Ich sah Sterne. Meine Ohren klingelten, und meine Wange fühlte sich an, als hätte sie mich mit einem heißen Bügeleisen verbrannt. Benommen starrte ich sie an. *Was zum Teufel?*

»Du Scheißkerl!«, schrie sie, offenbar außer Kontrolle.

Es war ihr ganz egal, dass wir uns in einer vollen Kneipe befanden und zunehmend die Aufmerksamkeit der Gäste erregten. Stattdessen hob sie die Hand, um mich erneut zu schlagen. Diesmal fing ich ihr Handgelenk ab und drückte es nach unten. Sie winselte vor Schmerz, doch ich ließ nicht locker. Ich kannte den Ausdruck in ihren Augen, sie wollte Blut sehen. Mein Blut.

»Was zum Teufel, Kiera? Was soll der gottverdammte Mist?« Wenn sie unser äußerst aufmerksames Publikum ignorierte, tat ich das auch. Scheiß drauf. Scheiß auf alles. Ich war zu geladen, als dass mich das noch interessiert hätte.

Ihre andere Hand zuckte, und ich packte sie, bevor sie erneut zuschlagen konnte. Sie gab noch immer nicht nach. Diese streitsüchtige Furie hob doch tatsächlich das Bein, als wollte sie mir ihr Knie in die Eier rammen. *Auf keinen Fall.* Ich schob sie zur Seite. Wenn sie nicht an mich herankam, konnte sie mich auch nicht angreifen. Überraschenderweise trat sie erneut nach mir. Sie benahm sich wie ein wildes Tier, sie wollte mich in Fetzen reißen. Wenn ich nicht so wütend auf sie gewesen wäre, hätte ich mir vielleicht Sorgen gemacht.

Während Evan Kiera um die Taille packte und sie zurückhielt, legte Sam mir eine Hand auf die Brust. Das war nicht nötig. Ich würde ihr nicht zu nahe kommen. Jenny stellte sich mit ausgestreckten Armen zwischen Kiera und mich, als wollte sie uns auf magische Weise auseinanderhalten. Während ich Kiera unverwandt anstarrte, spürte ich, dass Matt und Griffin hinter mich traten. Matt war ruhig, Griffin lachte; abgesehen von Kieras und meinem schwerem Atem war sein Lachen das einzige Geräusch in der Bar. Wie schön, dass er das lustig fand. Für mich war es das ganz und gar nicht.

Als anscheinend keiner wusste, was er mit uns anfangen sollte, übernahm Jenny die Regie. Sie fasste erst mich, dann Kiera an der Hand und zog uns mit sich. »Kommt mit«, forderte sie uns angespannt auf. Ganz offensichtlich war sie auch nicht glücklich mit der Situation.

Ich folgte Jenny und ignorierte Kiera auf ihrer anderen Seite. Ich wollte diese aufgebrachte Furie jetzt echt nicht sehen. Mein Gesicht brannte noch immer wie Feuer. Ich hatte wirklich die Nase voll, mich von ihr schlagen zu lassen. Ich wollte von *niemandem* mehr geschlagen werden. Ich hatte in diesem Leben genügend Schläge eingesteckt.

Als Jenny uns in den Flur zog, machte ich vollkommen zu. Evan öffnete die Tür zum Personalraum, und Jenny zerrte uns hinein. Evan überprüfte den Flur auf Lauscher, dann trat er ein, schloss die Tür und bewachte sie, als wären Kiera und ich Gefangene. Die ganze Sache kam mir lächerlich vor, ich wollte nur nach Hause.

»Okay«, fing Jenny an und ließ unsere Hände los. »Was ist los?«

Als Kiera und ich gleichzeitig erklären wollten, was passiert war, hob Jenny die Hände. »Halt. Einer nach dem anderen.«

Ich hatte die Nase voll von diesem Gespräch, obwohl es ja praktisch noch gar nicht begonnen hatte. Und was sollten wir denn überhaupt sagen? Das konnten Kiera und ich nur unter uns klären. Und ich hatte keine Lust, mit ihr allein zu sein.

Ich richtete meinen wütenden Blick auf Jenny. Was sollte das hier? »Wir brauchen keinen Vermittler, Jenny«, stieß ich hervor. *Wir können sehr gut allein um unsere Probleme herumtänzeln, vielen Dank.*

Jenny wirkte nicht im Geringsten beleidigt und erwiderte ruhig: »Ach, nein? Na ja, da bin ich aber anderer Meinung. Und die Hälfte der Leute da draußen auch.« Sie deutete auf die Bar voller Zeugen, die wir zurückgelassen hatten. Sie sah mich finster an und wirkte irgendwie beklommen. »Zufällig weiß ich, worüber ihr euch streitet. Ich lasse Kiera bestimmt nicht mit dir allein.«

Ich erschrak. Sie wusste Bescheid? Wenn sie wusste, worüber wir stritten, dann wusste sie auch, warum. Sie wusste alles. Kiera hatte es ihr erzählt. Warum zum Teufel hatte sie das getan?

Ich wandte mich an Kiera. »Du hast es ihr erzählt? Sie weiß es?« Kiera zuckte mit den Schultern. Ihr Blick glitt zu Evan, er war der Einzige im Raum, der die Wahrheit noch nicht kannte. »Alles?«, fragte ich sie noch immer ungläubig. Wenn unser Geheimnis öffentlich war, wirkte es umso realer, umso schrecklicher. Und es war weiß Gott vorher schon schlimm genug gewesen.

Kiera zuckte erneut mit den Schultern. Ihre gleichgültige Art machte mich nur noch wütender. Ich hatte meinen Mund gehalten, warum konnte sie das nicht auch? Verdammt! Es konnte doch nicht so schwer sein, den Leuten nicht zu erzählen, dass man ein Flittchen war, das hinter dem Rücken seines Freundes herumgevögelt hatte. Offenbar doch.

Noch immer fassungslos murmelte ich: »Tja, das ist ja interessant. Und ich dachte, wir wollten nicht darüber reden.« Mein Blick glitt zu Evan. Er begriff ganz offensichtlich noch immer nicht, was los war. Na ja, was spielte es jetzt schon für eine Rolle, ob er es wusste? Jetzt war ohnehin alles egal.

Jetzt konnte ich genauso gut alles gestehen. »Na gut, nachdem die Katze nun aus dem Sack ist, sollten wir vielleicht alle auf den gleichen Stand bringen.« Mit dramatischer Geste zu Kiera erklärte ich Evan: »Ich hab Kiera gevögelt, obwohl du mich davor gewarnt hast. Und zu allem Überfluss habe ich es noch ein zweites Mal gemacht.«

»Achte auf deine Ausdrucksweise, Kellan«, mahnte Jenny, während Evan meinte: »Verdammt, Kellan«, und Kiera schrie: »Halt die Klappe, verdammt!« Wütend auf alle sah ich mich im Raum um und fügte hinzu: »Ach ja. Und ich habe sie als Schlampe bezeichnet!« Wenn sie schon wütend auf mich waren, konnten sie ebenso gut *richtig* wütend auf mich sein.

Kiera ballte die Hände zu Fäusten und wandte den Blick ab. »Du bist so ein Arsch!«

Das hatte gesessen. Wenn einer von uns gerade ein Arsch war, dann ja wohl sie. Ich starrte sie wütend an, bis sie sich erneut zu mir drehte. »Ein Arsch? Ich bin ein Arsch?« Ich machte einen Schritt auf sie zu, und Jenny legte mir eine Hand auf die Brust. »Du hast mich doch geschlagen. Schon wieder mal!« Ich zeigte ihr mein Gesicht. So wie meine Wange brannte, musste dort eine rote Spur zu sehen sein.

Ehe Kiera etwas erwidern konnte, schaltete sich Evan ein. »Mensch, Kellan, was hast du dir nur dabei gedacht? Hast du überhaupt nachgedacht?«

Ich fuhr zu ihm herum. Er schien echt sauer auf mich zu sein. Doch das war mir gerade ziemlich egal. Mir war alles egal. Scheiß auf alle. »Sie hat mich angefleht. Ich bin schließlich auch nur ein Mensch.«

Kiera schnaubte, als würde ich lügen. Aber es stimmte. »Du hast mich angefleht, Kiera! Und zwar beide Male, schon vergessen?« Ich zeigte mit dem Finger auf sie, Jenny stieß mich zurück. Ich hatte das Gefühl, den Verstand zu verlieren. Wie konnte der Versuch, das Richtige zu tun, derart nach hinten losgehen? »Ich habe nur getan, worum du mich gebeten hast.« Hilflos streckte ich die Arme zur Seite aus, ich wusste einfach nicht, was ich sonst tun sollte.

»Ich habe dich nie darum gebeten, mich eine Schlampe zu nennen!«, zischte sie.

Da hatte sie recht, aber ich war zu wütend, um einzulenken. »Und ich habe dich nicht darum gebeten, mich zu schlagen. Hör endlich auf mit dem verfluchten Mist!« Jenny ermahnte mich erneut wegen meiner Ausdrucksweise, während Evan meinte, ich solle mich beruhigen. Ich ignorierte beide; eigentlich sollten sie ohnehin nicht mit in die Sache hineingezogen werden.

Das regte wiederum Kiera auf. Mit funkelnden Augen stieß sie hervor: »Du hast es doch darauf angelegt, du Dreckskerl! Wo wir jetzt schon alles erzählen, warum sagst du ihnen nicht, was du vorhin zu mir gesagt hast!« Kiera machte einen Schritt auf mich zu, woraufhin Jenny diesmal *sie* zurückhielt. Ihr zierlicher Körper war das Einzige, das zwischen unserer Wut stand.

»Ich wollte mich sofort entschuldigen, aber du lässt mich ja nicht ausreden. Und weißt du was, inzwischen tut es mir auch nicht mehr leid!« Ich deutete um Jenny herum auf Kiera und fügte hinzu: »Diesmal bist du zu weit gegangen. Dir passt es doch nur nicht, dass ich mich mit anderen Frauen treffe.«

Sie sah mich ungläubig an. »Dich triffst? Alles zu vögeln, was zwei Beine hat, ist nicht ›treffen‹, Kellan! Du weißt doch noch nicht mal, wie sie heißen. Das ist nicht okay!« Sie sah mich aus schmalen Augen an und schüttelte den Kopf. »Du bist wie ein geiler Hund.«

Ich war was? Wollte sie mich verarschen? Ich wollte gerade wieder auf sie losgehen, als Evan sich erneut einmischte. »Da hat sie nicht so unrecht, Kellan.«

Kiera und ich fuhren beide zu ihm herum. Was? Ich hatte den Eindruck, der Schlag hatte meine Gehirnzellen durcheinandergewirbelt, und ich verstand jedes Wort falsch. Evan konnte ihr doch unmöglich zugestimmt haben. An seiner strengen Miene erkannte ich jedoch, dass ich nichts missverstanden hatte. Er hielt mich also für einen geilen Hund. Okay, jetzt flog mir die Wahrheit von allen Seiten um die Ohren. »Hast du mir sonst noch was zu sagen, Evan?«

Ich wich zurück, und Jennys Hand glitt von meiner Brust.

Evans Miene verhärtete sich, und er sah mich mit durchdringendem Blick an. »Ja, vielleicht. Vielleicht hat sie recht. Und vielleicht, nur vielleicht, weißt du das auch.« Ich zuckte zusammen, als Evan so unverblümt die Wahrheit aussprach, meine eigenen Worte blieben mir im Hals stecken. Wusste Evan etwa, was ich mit all den One-Night-Stands machte? Dass ich sie im Geiste zu Kiera machte? Woher sollte er das wissen, aber allein der Gedanke schnürte mir die Kehle zu.

Als ich nichts sagte, fügte er hinzu: »Warum sagst du ihr nicht, warum du so viel Wert auf weibliche Begleitung legst? Vielleicht versteht sie es ja.«

Wut schoss mein Rückgrat hinauf. Ich hatte die Nase voll von Leuten, die sich in mein Leben einmischten. Das war mein Leben. Niemand außer mir hatte das Recht, über mich zu urteilen. Und ich wusste genau, wer ich war. »Was weißt du schon davon?«, gab ich zurück und trat auf Evan zu.

Auf Evans Gesicht zeichnete sich Mitgefühl ab. »Mehr als du ahnst, Kellan.«

Ich erstarrte und konnte mich nicht mehr rühren. Er sprach nicht von Kiera. Nicht von meiner kranken Manie, in jeder Frau, die ich anfasste, Kiera zu sehen. Nein, seine Anspielung ging deutlich tiefer. In seinen Augen sah ich etwas, das ich schon einmal bei Denny gesehen hatte, als er damals den Schlag für mich eingesteckt hatte. Und bei Kiera, als ich ihr gestanden hatte, wie schrecklich das Leben mit meinen Eltern gewesen war. Evan wusste Bescheid. Verflucht. Ich hatte keine Ahnung, wie er es herausgefunden hatte, aber Evan wusste, dass ich mich mit Sex tröstete, weil ich nur dort bislang Trost gefunden hatte. Er provozierte mich, aber ich wollte nicht darüber reden. Nie.

»Ich warne dich, Evan, halt bloß den Mund. Halt verdammt noch mal die Klappe.« Ich war kurz davor auszurasten, und wenn er mich jetzt bedrängte, würde er mit mir untergehen.

Jenny ermahnte mich erneut wegen meiner Ausdrucksweise, Kiera wollte wissen, was los sei, aber ich konzentrierte mich nur auf Evan. *Die Band steht auf dem Spiel. Hör auf, Evan, ehe du alles kaputtmachst, was wir uns gemeinsam aufgebaut haben.*

Evan verstand genau, was ich dachte. Seufzend zuckte er mit den Schultern und sagte: »Meinetwegen, Mann. Das musst du selbst wissen.«

Ich stieß die Luft aus und entspannte mich für einen Augenblick. Er gab nach. »Da hast du verdammt recht.« Ich zeigte mit dem Finger auf alle und kam zum Thema zurück. »Mit wem ich mich treffe, geht nur mich etwas an. Und wenn ich den ganzen Laden vögeln will …«

Ziemlich laut fiel Kiera mir ins Wort: »Das hast du doch praktisch schon!«

Ich wurde ebenfalls laut. »Nein! Ich hab *dich* gevögelt!« In der plötzlichen Stille, die meiner Bemerkung folgte, hörte ich Jenny seufzen und Evan fluchen. Ich ließ Kiera jedoch nicht aus den Augen. Ihre Wangen waren gerötet, und sie biss so fest die Zähne zusammen, dass ich die Anspannung an ihrem Hals sah. Als es erneut ruhig im Raum war, sprach ich die Wahrheit aus. »Und jetzt hast du ein schlechtes Gewissen wegen Denny.« Ich beugte mich an Jenny vorbei, und sie hielt mich erneut zurück. »Du fühlst dich schuldig wegen unserer Affäre, aber du …«

»Wir hatten keine Affäre! Wir haben bloß zwei Mal einen Fehler gemacht – das ist alles!«

Mir fiel die Kinnlade herunter, ich stieß verzweifelt die Luft aus. Glaubte sie das wirklich? »Ach, komm schon, Kiera! Gott, sei doch nicht so naiv. Vielleicht hatten wir nur zwei Mal Sex, aber wir hatten eindeutig die ganze Zeit eine Affäre!«

Sie rang die Hände, als könnte sie es nicht fassen. »Das ergibt doch überhaupt keinen Sinn!«

Ungläubig schüttelte ich den Kopf. »Ach ja? Warum wolltest du es dann denn unbedingt vor Denny geheim halten, hm? Wenn es wirklich so harmlos und so unschuldig war, wie du behauptest, warum haben wir dann nicht allen gezeigt, wie wir zueinander stehen?« Ich deutete auf die Tür, hinter der jetzt wahrscheinlich Hunderte von Leuten über uns redeten.

Offenbar wusste Kiera nicht, was sie darauf antworten sollte, und als sie herumstotterte, fuhr ich fort. »Warum dürfen wir einander nicht mehr berühren? Was passiert, wenn ich dich anfasse, Kiera?«

Sie bekam große Augen, antwortete jedoch nicht. Mir war klar, dass ich anzüglich klang, aber das war mir egal. Sie musste endlich begreifen, was wirklich zwischen uns los war. Es nutzte nichts, wenn sie sich weiterhin etwas vormachte. Obwohl ich wusste, dass es ihr höllisch peinlich sein würde, machte ich es so deutlich wie möglich.

»Soll ich dir sagen, was passiert?« Verführerisch strich ich mit den Händen über meinen Körper. »Dein Puls geht schneller, genau wie dein Atem.« Ich biss mir auf die Lippen und atmete schwer. »Dein Körper zittert, du öffnest die Lippen, und deine Augen leuchten.« Ich atmete aus und stöhnte dabei leise, dann sog ich die Luft lautstark wieder ein. Ich sprach abgehackt, als würde ich gleich kommen: »Du spürst das Verlangen ... überall.«

Ich schloss die Augen, stöhnte leise und strich mir mit der einen Hand durch die Haare, während ich mir mit der anderen über die Brust strich. Ich imitierte Kieras Gesichtsausdruck, wenn sie total scharf auf mich war, schluckte und stieß einen lustvollen Laut aus. »O ... Gott ... bitte ...« Ich zog jedes Wort in die Länge und unterstrich es mit anzüglichen Geräuschen. Dann ließ ich die Hände hinunter zu meiner Hose gleiten ...

»Das reicht!«, stieß Kiera hervor und unterbrach meine Vorstellung abrupt.

Ganz offenbar hatte sie mich endlich verstanden. Ich öffnete die Augen und starrte sie durchdringend an. »Klingt das in euren Ohren etwa unschuldig? Für irgendeinen von euch?« Ich blickte mich im Raum um. Kiera war knallrot geworden, Jenny bleich wie ein Gespenst, und Evan schüttelte angewidert den Kopf. Ich richtete den Blick erneut auf Kiera. »Du hast dich entschieden, weißt du noch? Für Denny. Wir haben das hier beendet. Du empfindest ja angeblich nichts für mich. Du wolltest nicht mit mir zusammen sein, aber jetzt willst du auch nicht, dass ich mit einer anderen zusammen bin, stimmt's?« Wütend und traurig schüttelte ich den Kopf. »Ist es das, was du willst? Dass ich allein bin?« Meine Stimme brach. Ich hatte echt genug vom Alleinsein.

Kiera kochte vor Wut. »Das habe ich nie gesagt. Ich würde es doch verstehen, wenn du dich mit jemandem triffst. Aber meine Güte, Kellan, Evan hat recht, du solltest dich vielleicht mal ein bisschen zurückhalten!«

Nach Kieras Erklärung herrschte Stille im Raum. Evan und Jenny starrten mich wütend an, sie standen eindeutig auf ihrer Seite, also starrte ich wütend zurück. Nach einem Moment stummen Starrens zuckte Kiera mit den Schultern und sagte: »Willst du mir vielleicht wehtun? Willst du mir irgendetwas beweisen?«

Irritiert, weil sie womöglich recht hatte, blickte ich zu Kiera. »Dir ...? Nein ... nichts!« *Vielleicht. Ein bisschen.*

Jetzt wollte Kiera auf mich losgehen. Jenny musste sie mit beiden Händen an den Schultern zurückhalten. »Du willst mich nicht absichtlich verletzen?«

»Nein.« *Vielleicht. Ich weiß es nicht mehr.*

»Und was war dann mit meiner Schwester?«, zischte sie.

Stöhnend richtete ich den Blick zur Decke. »Gott. Das schon wieder.« Ich wollte nicht noch einmal unseren Regenstreit wiederholen, aber genau darauf schien es hinauszulaufen.

Jenny konnte Kiera kaum noch zurückhalten. Evan wollte ihr helfen, doch Jenny schüttelte den Kopf, woraufhin er zurückwich und sie allein machen ließ. »Ja! Das! Schon! Wieder! Du hattest es mir versprochen!«, kreischte sie und zeigte mit dem Finger auf mich.

Ich kochte über vor Wut. Es ging sie nichts an, mit wem ich geschlafen hatte, auch wenn ich gar nicht mit derjenigen geschlafen hatte, die sie im Verdacht hatte. »Offensichtlich habe ich mein Versprechen gebrochen, Kiera! Vielleicht ist dir schon mal aufgefallen, dass das bei mir manchmal vorkommt!« Ich rang verzweifelt die Hände. »Und was spielt das überhaupt für eine Rolle? *Sie* wollte mich, du nicht. Was hast du dagegen, wenn ich …«

»Weil du mir gehörst!«, schrie sie.

Alles Blut wich aus meinem Gesicht und sammelte sich in meinem Magen, wo es sich zu einem dunklen, wütenden Klumpen zusammenballte. Als das wütende Feuer zurück in meinen Mund stieg, schossen die Worte von allein heraus. »Nein, nein, das tue ich nicht! UND GENAU DARUM GEHT ES HIER, VERFLUCHT UND VERDAMMT!«

Jenny ermahnte mich erneut, und ich wandte mich wütend zu ihr um. Ich war nicht in der Stimmung, auf meine Ausdrucksweise zu achten. Ich hatte keine Lust auf diesen ganzen Scheiß.

Kiera ließ sich von meinen scharfen Worten nicht abschrecken. Stattdessen stachelte sie mich weiterhin auf und heizte unseren Streit noch an. Genoss sie es etwa? »Hast du es deshalb getan? Hast du deshalb mit Anna geschlafen, du Idiot? Um mir irgendetwas zu beweisen?« Sie war so sauer, dass ihre Stimme brach.

Ich öffnete den Mund, um zu antworten, doch Jenny kam mir zuvor. »Das hat er doch gar nicht getan, Kiera.«

Jetzt richtete sich meine Wut gegen sie. »Jenny!«

Kieras Wut wich Fassungslosigkeit. »Was …?«, fragte sie Jenny.

Als sie sah, dass Kiera sich beruhigte, ließ Jenny ihre Schultern los. »Kellan hat nicht mit Anna geschlafen.«

Als ich eine Bewegung auf Jenny zumachte, war Evan sofort neben mir. Da ich wusste, wie er für sie empfand, wich ich zurück. Er hielt sich jetzt zwar raus, doch wenn ich auf Jenny losging, würde er mich verprügeln. Und dazu hatte ich wirklich keine Lust. Ich war schon genug geschlagen worden. »Das geht dich nichts an, Jenny, halt dich da raus!«

Jenny sah mich wütend an. »Jetzt geht es mich schon etwas an! Warum lügst du sie an, Kellan? Sag ihr doch ausnahmsweise mal die Wahrheit!«

Mir war klar, dass Jenny von Griffin und Anna wusste. Griffin hatte am Tisch so oft davon geredet, dass sie es gehört haben musste. Ehrlich gesagt wunderte es mich, dass Kiera noch nichts davon mitbekommen hatte. Vielleicht hätte ich Kiera schon vor langer Zeit erzählen sollen, was passiert war, aber, na ja, es war die einzige Waffe, die mir noch gegen sie geblieben war. Von der wollte ich mich nur ungern trennen. Ich konnte nicht sprechen, mein Mund blieb geschlossen, und mein Kiefer war angespannt.

Evan und Jenny gefiel das nicht. Kiera auch nicht. Genervt schrie sie: »Kann mir bitte mal jemand erklären, was hier los ist?«

Jennys Blick glitt zurück zu Kiera, und bevor sie etwas sagte, wusste ich, dass das Schauspiel vorüber war. »Hörst du Griffin denn nie zu?«

Wütend, dass meine Lüge aufflog, knurrte ich. »Nein, sie geht ihm aus dem Weg, wann immer sie kann.« Leise fügte ich hinzu: »Darauf habe ich gebaut.«

Kiera sah verwirrt aus, als habe sie Schwierigkeiten, die einzelnen Punkte miteinander zu verbinden. »Moment ... Griffin? Meine Schwester hat mit Griffin geschlafen?« Sie sagte das, als könnte sie nicht fassen, dass *irgendeine Frau* mit Griffin schlief, ganz zu schweigen ihre Schwester.

Jenny nickte und rollte mit den Augen. »Er redet doch von nichts anderem mehr, Kiera. Er erzählt jedem vom ›besten Fick seines Lebens‹!« Sie verzog das Gesicht und streckte angewidert die Zunge heraus.

Genervt von den Einzelheiten, genervt von meinem Leben, stieß ich hervor. »Das reicht, Jenny.«

Fassungslos über diese Neuigkeiten, tauschte Kiera Blicke mit Evan und Jenny, dann wandte sie sich an mich. »Du hast mich belogen?«, flüsterte sie.

Ich zuckte mit den Schultern und gab mich gleichgültig. »Du hast es mir unterstellt, ich habe dir nur nicht widersprochen.«

Ihre Miene verfinsterte sich. »Du hast mich angelogen!«

»Ich habe dir gesagt, dass ich das ab und an tue!«

»Warum?«, wollte sie wissen.

Das war eine verständliche Frage, die ich ihr jedoch nicht beantworten konnte. Ich konnte ihr noch nicht einmal mehr in die Augen sehen, aus Angst, dass sie mich durchschaute. »Antworte ihr, Kellan«, hörte ich Jenny sagen. Ich sah sie an, sie stand wieder zwischen uns und hob erwartungsvoll eine Braue. Ich legte die Stirn in Falten und schwieg. Wie sollte ich ihr das erklären? Wie sollte ich ihr irgendetwas erklären? Wenn ich den Mund aufmachte, würde ich ihr zugleich mein Herz ausschütten. Und mein Herz auszuschütten bedeutete, verletzlich zu sein, und sie hatte mich schon zu oft verletzt. Noch eine weitere Wunde würde mich unweigerlich umbringen.

Kieras Stimme durchbrach die Stille. »Der ganze Streit im Wagen … im Regen … hat doch nur angefangen, weil ich so wütend deshalb war. Warum hast du mich in dem Glauben gelassen …«

»Warum hast du es automatisch angenommen?«, unterbrach ich sie. Sie hatte das Schlimmste von mir gedacht, schon gleich nach Annas Ankunft. Sie hatte mir überhaupt keine Chance gegeben, aufrichtig zu ihr zu sein. Nicht dass ich ihr das schuldig gewesen wäre. Sie war ganz sicher nicht aufrichtig zu mir. Oder zu Denny.

»Sie hat es mir gesagt. Na ja, zumindest hat es sich so angehört.« Ihre Stimme verhallte, und sie schloss die Augen. Als sie mich wieder ansah, wirkte ihr Blick sanft, entschuldigend. »Es tut mir leid, dass ich dich verdächtigt habe, aber warum hast du nichts gesagt?«

Ihr Gesicht, ihre Stimme lösten die Spannung in meiner Brust. Ich liebte sie auch jetzt, und ich schuldete ihr eine Erklärung. In der Hoffnung, dass es sie nicht zu sehr verletzte, gestand ich. »Ich wollte dir wehtun.«

»Wieso?«, flüsterte sie und trat einen Schritt auf mich zu. Da sie sah, dass der Sturm vorüber war, hielt Jenny sie nicht zurück.

Kieras Frage brach mir das Herz. *Weil ich dich liebe, aber du mich nicht willst.* Da mir die Worte fehlten, wandte ich mich von ihr ab. Sanft berührte sie meine Wange, und ich schloss die Augen, als ich ihre Wärme und Zärtlichkeit spürte. Sie hatte mich schon so lange nicht mehr angefasst. »Wieso, Kellan?«, wiederholte sie.

Mit geschlossenen Augen fiel es mir leichter, die Worte zu

finden. »Weil du mir wehgetan hast. Immer wieder. Ich wollte dir so wehtun wie du mir.«

Als ich die Augen wieder öffnete, schimmerte die Wand zwischen uns. Ich spürte, wie der Schmerz, den ich heruntergeschluckt hatte, erneut in mir aufstieg. Ich hatte sie so sehr vermisst. Sie zu sehen, sie jedoch nicht berühren, nicht umarmen, nicht lieben zu dürfen machte mich fertig. Kiera hatte auf meinem Herzen eine Narbe hinterlassen, die niemals ganz verheilen würde, egal, mit wie vielen Bekanntschaften ich sie zu überdecken versuchte. Die jämmerlichen Kopien rissen die Wunde nur immer von Neuem auf. Ob das gut oder schlecht war, sie war jedenfalls für immer ein Teil von mir.

Während Kiera und ich uns intensiv in die Augen sahen, verließen Jenny und Evan diskret den Raum. Schließlich mit mir allein flüsterte Kiera: »Ich wollte dir nie wehtun, Kellan … Und Denny auch nicht.«

Nachdem sie das gesagt hatte, brach Kiera buchstäblich zusammen, als könnte sie die Last nicht mehr tragen. Sie sank auf die Knie und blickte nach unten, während Schuld, Schmerz und was auch immer auf sie einstürmten. So schwer es für mich war, es war genauso hart für sie. Das hatte ich ganz vergessen.

Ich kniete mich vor sie, nahm ihre Hände und sagte: »Das ist doch jetzt egal, Kiera.« *Alles ist egal.* »Jetzt ist wieder alles so, wie es sein sollte. Du bist mit Denny zusammen, und ich bin … ich bin …« *Ich bin allein.*

Kiera stieß die Luft aus und murmelte: »Du fehlst mir.«

Ihre Worte waren wundervoll und quälend zugleich.

In meinem Hals bildete sich ein Kloß. »Kiera …« *Nicht. Wir dürfen nicht wieder damit anfangen.*

Sie begann zu weinen, und mein letzter Widerstand brach. Ich konnte sie nicht weinen sehen, ohne sie zu trösten, vor allem nicht, weil sie meinetwegen so aufgebracht war. Es war alles meine Schuld, ich hätte nie diese Grenze überschreiten dürfen. Ich hätte mein Versprechen Denny gegenüber halten und die Finger von ihr lassen sollen. Wir hätten Freunde bleiben sollen, nur Freunde.

Ich zog sie in meine Arme und strich über ihren Rücken. Sie klammerte sich an mich und schluchzte an meiner Schulter. Es zerriss mich. Sie litt genauso wie ich. Sie hatte mir Angst gemacht, aber ich ihr auch. »Es tut mir so leid, Süße«, murmelte ich. Ich war mir nicht sicher, ob sie das gehört hatte, aber es fühlte sich gut an, es zu sagen.

Ich setzte mich auf den Boden und zog sie auf meinen Schoß. Mit geschlossenen Augen genoss ich einfach ihre Nähe. Ich strich ihr über die Haare und wünschte, es würde für immer so bleiben. Doch das ging nicht. Uns blieb nicht viel Zeit, und sobald wir diesen Raum verlassen hatten, war alles wieder beim Alten. Sie gehörte noch immer zu Denny. Mehr als diesen Augenblick hatten wir nicht.

Ich spürte, dass Kiera sich von mir löste, doch ich war noch nicht bereit, sie loszulassen. Ich drückte sie an mich und flüsterte: »Nein, bitte, bleib noch.«

Kiera erstarrte auf meinem Schoß. Sie war mir so nah, und ich hatte sie so lange nicht mehr in den Armen gehalten, dass trotz aller Trauer leise Lust in mir erwachte. Würde es je eine Zeit geben, in der ich sie nicht begehrte? Wahrscheinlich nicht. Als unser Atem die Stille füllte, öffnete ich langsam die Augen, um sie anzusehen. Auf ihren geröteten Wangen waren noch letzte Spuren von Tränen zu sehen, doch sie sah mich mit sinnlichem Blick an. Die Lust bestand auf beiden Seiten; sie wollte mich genauso wie ich sie. Das machte es vermutlich umso schwieriger.

Sie musterte mein Gesicht. »Du fehlst mir so sehr.«

Sie schien selbst überrascht von ihrem Geständnis zu sein, wodurch es aufrichtig wirkte.

Ich lehnte meine Stirn an ihre. *Gott, du fehlst mir auch. Ich will dich ... so sehr.* »Kiera, ich kann nicht ...« *Ich will nicht wieder verletzt werden. Das überlebe ich nicht.* »Das ist falsch, du gehörst mir nicht.«

»Doch, ich gehöre dir.« Ihr Atem strich genauso berauschend über mein Gesicht wie ihre Worte.

Meine Brust schnürte sich zusammen, und ich rang um Atem. »Wirklich?«, fragte ich und bekam kaum Luft.

Ich sah auf und begegnete ihrem Blick. Jetzt oder nie. *Mach was, riskier was oder lauf weg.* Ich hatte keine Lust mehr, vor ihr davonzulaufen. »Ich will dich so sehr ...« Ich will *alles*. Unsere Freundschaft. Wie sie mich durchschaute. Unsere Spaziergänge über den Campus. Unser Flirten. Die Art, wie sie mich anlächelte. Wie sie sich für mich interessierte, wenn es niemand anders tat oder getan hatte oder jemals tun würde. Sie war alles für mich. Mein Leben.

Ich rechnete damit, dass sie mich erneut zurückstoßen würde, doch das tat sie nicht. Mit Tränen in den Augen flüsterte sie: »Ich will dich auch.« So klar hatte sie das noch nie gesagt. Es erstaunte mich, überwältigte mich und machte meine Gefühle für sie nur noch stärker.

Ich verlagerte mein Gewicht, sodass sie auf dem Boden lag und ich über ihr. Während meine Lippen über ihren schwebten, rang ich mit mir. Durfte ich erneut mit dem Feuer spielen, wenn ich doch wusste, dass ich mir die Finger verbrennen würde? Würde sie mir diesmal folgen oder mich erneut wegstoßen? Ich wusste es nicht, und das machte mir eine Heidenangst.

Vielleicht, weil sie meine Unsicherheit bemerkte, schüttelte Kiera den Kopf und öffnete mir ihr Herz. »Du hast mir so sehr gefehlt. Ich will dich schon lange berühren, dich umarmen. Ich brauche dich, Kellan.«

Ihre Worte klangen himmlisch in meinen Ohren, aber ich wusste noch immer nicht, was sie wollte. Ich wollte nicht noch einmal in diesen unerträglichen Teufelskreis geraten, das würde ich nicht überstehen. Ich suchte ihren Blick und hoffte, dass wenigstens ein Funken meiner Gefühle dort erwidert wurde. Wenn wir erneut die Grenze überschritten, musste ich wissen, ob sie auf der anderen Seite noch da sein würde. Dass sie, ob richtig oder falsch, zu mir stand. Mir keine Vorwürfe machte. »Du ... du darfst mich nicht noch einmal auf die falsche Fährte führen, Kiera. Ich will nicht noch einmal verletzt werden, eher gehe ich. Ich kann das nicht.« *Noch eine Zurückweisung ertrage ich nicht.*

Sie legte ihre Hand an mein Gesicht. »Verlass mich nicht. Du gehörst mir ... und ich dir. Ich will dich, du kannst mich haben. Nur bitte hör auf mit all diesen ...«

Alarmiert wich ich zurück. Darum ging es hier also? »Nein. Ich will nicht mit dir zusammen sein, nur weil du eifersüchtig bist.«

Sie liebkoste erneut mein Gesicht und zog mich zu sich herunter. Dann strich sie mit der Zunge unter meiner Oberlippe entlang, so wie ich es einmal bei ihr getan hatte. Ich erschauderte. Sie fühlte sich so gut an. *Nein. Ja.* »Kiera ... nein. Tu mir das nicht noch einmal an.«

Kiera hielt inne, wobei ihre Lippen meine fast berührten. »Das tue ich nicht, Kellan. Es tut mir so leid, dass ich dich zurückgestoßen habe. Das kommt nicht noch einmal vor.« Ihre Zunge kehrte zu meiner Lippe zurück, mir schwirrte der Kopf. Sie würde mich nicht zurückweisen? Ich konnte sie haben? Wann immer ich wollte? Was war mit Denny? Konnte ich sie mit ihm teilen? Ja. Nicht mit ihr zusammen zu sein war schlimmer als jedes andere Schicksal, das ich mir vorstellen konnte.

Als ihre Zunge erneut über meine Lippe strich, küsste ich sie. Gott, sie schmeckte gut, sie fühlte sich gut an, und sie roch gut. Das hatte mir so gefehlt. Doch als sich unsere Lippen trafen, kam mir ein Gedanke. Ich unterbrach den Kuss und rückte von ihr ab, um sie anzusehen. *Was soll ich tun?* In Sekundenschnelle traf ich eine Entscheidung, mein Atem ging flach und schnell. Wenn sie das hier mit mir tat, dann sollte sie die Wahrheit erfahren. Sie durfte nicht denken, mir ginge es nur um Sex. Es war so viel mehr als das. Und das sollte sie wissen.

Zögernd sprach ich die Worte aus, die ich noch nie einem anderen Menschen gegenüber geäußert hatte: »Ich liebe dich.« Sie wollte mich unterbrechen, doch das ließ ich nicht zu. Wenn ich es ihr jetzt nicht sagte, würde ich es nie mehr tun.

Ich legte meine Hand auf ihre Wange, küsste sie zärtlich und sagte noch einmal: »Ich liebe dich so sehr, Kiera. Ich habe dich so vermisst. Es tut mir so leid. Es tut mir leid, dass ich so schreckliche Dinge zu dir gesagt habe. Dass ich dich wegen deiner Schwester belogen habe … Ich habe sie nie angerührt. Das hatte ich dir doch versprochen. Ich wollte nicht, dass du weißt, was du mir bedeutest. Wie sehr du mich verletzt.«

Mit jedem Wort fiel mir das Sprechen leichter. Ehe ich mich versah, redete ich zwischen kurzen zärtlichen Küssen immer weiter. »Ich liebe dich. Es tut mir leid. Es tut mir so leid. Die Frauen, ich hatte solche Angst, dich zu berühren. Du wolltest mich nicht. Ich konnte das nicht mehr aushalten. Ich habe doch nur versucht, über dich hinwegzukommen. Jedes Mal, wenn ich mit einer von ihnen zusammen war, habe ich nur an dich gedacht. Es tut mir so leid. Ich liebe dich.«

Ich wusste nicht, ob ich sie erreichte. Ob meine Worte einen Sinn ergaben, aber ich musste sie um Verzeihung bitten. Ich hatte so viel falsch gemacht. »Vergib mir, bitte. Ich habe versucht, dich zu vergessen. Es hat nicht funktioniert. Ich wollte dich nur noch mehr. Gott, wie ich dich vermisst habe. Es tut mir leid, dass ich dir wehgetan habe. Noch nie wollte ich jemanden so sehr wie ich dich will. In jeder Frau sehe ich immer nur dich. Ich will dich für immer. Vergib mir ... Ich liebe dich so sehr.«

Kieras Atem ging schneller, und unsere Küsse wurden heftiger, leidenschaftlicher.

»Gott, ich liebe dich. Ich brauche dich. Vergib mir. Bleib bei mir. Sag, dass du mich auch brauchst. Sag, dass du mich auch willst. Bitte ...« Während ich um ihre Liebe flehte, sickerte auf einmal die Realität zu mir durch. Kiera hatte die ganze Zeit geschwiegen. Sie hatte kein einziges Wort gesagt. Was hatte das zu bedeuten? War es okay für sie, was ich sagte? Überraschte ich sie mit meinen Gefühlen? War sie hin- und hergerissen? Empfand sie überhaupt etwas für mich? Was dachte sie?

»Kiera ...?«

Sie versuchte, etwas zu sagen, brachte jedoch keinen Ton heraus. Sie beruhigte sich und schloss die Augen. Ich sah Tränen unter ihren Wimpern, konnte jedoch auch das nicht deuten. Sie schwieg eine ganze Weile und hielt die Augen geschlossen. Vermutlich war das die Antwort, die sie mir geben konnte. Sie fühlte nicht, was ich fühlte. Sie liebte mich nicht. Ich hatte ihr mein Herz für nichts ausgeschüttet. Nein, nicht für nichts. Ich hatte mich jemandem geöffnet, und das hatte ich noch nie zuvor getan. Das musste zu etwas gut sein.

Ich löste mich von ihr, und schließlich öffnete sie die Augen. Sie fasste meinen Arm und hielt mich zurück. Meine Augen brannten, als ich zu ihr hinabsah. Würde sie mir jetzt erneut das Herz brechen? Konnte ich das ertragen? Ich glaubte, nicht dazu in der Lage zu sein. Eine Träne lief über meine Wange.

Kiera strich sie fort, dann zog sie mich dichter zu sich. Unsere Lippen trafen sich, und mein Herz setzte aus.

»Kiera ...« Ich löste mich erneut von ihr. Ich musste jetzt Worte von ihr hören, Taten genügten nicht.

Ihre Augen waren genauso nass wie meine. Sie schluckte einen Kloß hinunter, dann sagte sie schließlich: »Du hattest die ganze Zeit recht – wir sind keine Freunde. Wir sind viel mehr. Ich will mit *dir* zusammen sein, Kellan. Ich gehöre dir schon längst.«

Sie sagte es nicht so direkt wie ich, aber ich verstand es auch so. Sie liebte mich. Sie wollte es nicht, aber sie tat es, und sie wollte nicht mehr dagegen ankämpfen. Sie gehörte mir. Endlich.

26. Kapitel

Ich schenke dir mein Herz

Ich neigte mich erneut über Kiera und küsste sie hingebungsvoll, doch einen Teil hielt ich noch zurück. Sie könnte ihre Meinung jeden Augenblick wieder ändern. Sie könnte mich mit einem einzigen Wort vernichten. Ich wollte auf ihre Zurückweisung vorbereitet sein; vielleicht würde es dann nicht so wehtun.

Mein Körper zitterte vor Anspannung, und überall, wo sie mich berührte, brannte ich vor Verlangen. Sie war alles, was ich wollte, alles, was ich brauchte, alles, worauf ich gehofft hatte. Sie strich über meinen Rücken, dann schob sie mir das T-Shirt über den Kopf. Ich ließ meine Finger über ihre Haut gleiten und zog ihr ebenfalls das Oberteil aus. Ich wollte, dass wir nackt waren, dass uns nichts voneinander trennte. Aber ich wollte Kiera nicht erschrecken, also bewegte ich mich aufreizend langsam.

Sie streichelte meinen nackten Rücken, dann ließ sie die Finger zu der Narbe an meiner Seite gleiten. Die heilende Wunde war ein kleiner Preis, den ich für sie bezahlt hatte. Ich würde ihn gern noch einmal zahlen. Wenn nötig, würde ich mein Leben für sie geben.

Ich fühlte ihre nackten Schultern, strich über ihren BH hinunter zu ihrer Taille. Ich wollte so viel mehr, aber ich wusste nicht, ob sie bereit dazu war. Ich wusste nicht, ob sie zu hundert Prozent meinte, was sie gesagt hatte.

Ich verlagerte mein Gewicht und fasste nach dem Bund ihrer Jeans. Ich wollte es unbedingt, aber ich konnte kein weiteres Nein ertragen. Dann würde ich explodieren. Sie musste mir erst versichern, dass das okay war.

Als ob sie meine Gedanken gehört hätte, flüsterte Kiera: »Ich gehöre dir … Hör nicht auf.«

Sie wand ihre Hüften, um mir deutlich zu signalisieren, dass sie es wirklich wollte. Sie gehörte *mir*. Ich brauchte nichts zu fürchten. Diesmal würde sie mich nicht zurückweisen.

Erleichtert atmete ich aus und machte mich an ihren Jeans zu schaffen. Ja, es würde tatsächlich passieren. Wir würden uns einander hingeben. Alles würde gut werden.

Kiera öffnete meine Jeans, während ich dasselbe mit ihrer tat. Glückswellen durchströmten meine Brust. »Kiera, ich liebe dich«, flüsterte ich, dann küsste ich ihren Hals.

Als ich meine Nase an ihren Hals schob, hörte ich, wie sie leise sagte: »Kellan, warte … nur eine Min…«

Ich ließ sie unseren Codesatz nicht zu Ende sprechen. »Kiera …«, stöhnte ich. Enttäuscht löste ich die Hand von ihrem Hosenbund und ließ mich gegen sie sinken. Machte sie das wirklich schon wieder? »O mein Gott. Ist das dein Ernst?« Ich stieß mit dem Kopf gegen ihre Schulter. Ich war schockiert und zugleich nicht im Geringsten überrascht. »Bitte, tu mir das nicht noch mal an. Das ertrage ich nicht.«

Sie klang entschuldigend, aber fest. »Nein, das will ich doch gar nicht, aber …«

Ungläubig hob ich den Kopf, um sie anzusehen. »Aber?« Von der plötzlichen Unterbrechung bekam ich Bauchschmerzen. Es war ein Schmerz, der mir allzu vertraut war, wenn es um Kiera ging. Langsam wallte Wut in meiner Enttäuschung auf. »Ist dir eigentlich klar, dass ich impotent werde, wenn du das meinem Körper noch öfter antust?«

Kiera presste die Lippen zusammen, kicherte aber dennoch. Ich lehnte mich zurück, um sie anzusehen. Das war mein voller Ernst. »Wie schön, dass du das lustig findest ...«

Sie lachte noch immer, ihre Augen leuchteten in einem fröhlichen Seegrün. Sie strich mit dem Finger über meine Wange und sagte: »Wenn wir das hier tun wollen, dann nicht auf dem Fußboden im Hinterzimmer vom Pete's.«

Sie sah sich im Raum um, und ich entspannte mich. Sie wies nicht mich ab, sondern nur den Ort, und das konnte ich verstehen. Es war nicht gerade der romantischste oder der bequemste Platz der Welt. Ich konnte warten, aber ich konnte nicht widerstehen, sie ein bisschen zu ärgern.

Ich küsste sie sanft und flüsterte: »Seit wann hast du was gegen schmutzige Fußböden?« Ich legte die Stirn in Falten und hoffte, dass es charmant war, als ich hinzufügte: »Hast du mich etwa dazu gebracht, dir mein Herz auszuschütten, nur um mich noch einmal nackt zu sehen?«

Kiera lachte, dann berührte sie zärtlich mein Gesicht. »Gott, das habe ich so vermisst.«

Zufrieden strich ich über ihren Bauch und sah sie an. »Was hast du vermisst?«

»Dich ... deinen Humor, dein Lächeln, deine Berührung, dein ... alles eben.«

Ihre Stimme war so voller Zärtlichkeit, sie wärmte mich. »Ich habe dich auch unendlich vermisst, Kiera.«

Ich beobachtete die Gefühle, die sich auf ihrem Gesicht abzeichneten, dann beugte ich mich hinunter und küsste sie. Plötzlich kam mir ein Gedanke, ich wich zurück und grinste sie frech an. »Weißt du, es gibt hier noch andere Optionen als den Fußboden.«

Sie lächelte, sie genoss unser Spielchen. »Ach was?«

»Ja. Sieh dich doch mal um.« Ich stellte mir die unterschiedlichen Orte vor, an denen Kiera und ich verschiedene Positionen ausprobieren konnten. »Tisch. Stuhl. Regal. Wand?«

Ich grinste diabolisch, als ich ihr erneut meinen Blick zuwandte. All diese Möglichkeiten hörten sich wunderbar an, und zugleich war keine von ihnen gut genug für Kiera. Ich wollte sie auf ein Bett legen. Nichts anderes genügte.

Lachend und kopfschüttelnd raunte Kiera: »Küss mich einfach.«

Na, das sollte kein Problem sein. »Ja, Ma'am.« Ich strich mit den Lippen über die weiche Haut an ihrem Hals und flüsterte: »Du machst mich schon wieder heiß.«

Feixend erwiderte sie: »Loses Miststück.«

Sie küsste meine noch immer brennende Wange, und ich stieß ein heiseres Lachen aus. Ein leises Klopfen hallte durch den Raum, aber ich war nicht bereit aufzuhören. Während Kiera zufrieden seufzte, strich ich leicht mit der Zungenspitze über ihren Hals und über ihr Kinn. Da wurde auf einmal die Tür aufgerissen.

Überrascht hob ich den Kopf und sah Evan. »Mensch, Evan, du hast mich zu Tode erschreckt!«, sagte ich lachend.

Evan hielt sich die Augen zu, während er die Tür hinter sich schloss. »Äh, sorry, Mann. Ich weiß, ihr zwei seid … äh, ich muss dich dringend sprechen, Kellan.«

Evan ließ die Hand sinken und wandte den Blick ab. Ich schützte Kieras Körper mit meinem eigenen, damit er nicht viel sehen konnte, doch er verhielt sich äußerst respektvoll. Das wusste ich zu schätzen. Aber worüber musste er jetzt unbedingt mit mir sprechen? Das konnte doch sicher warten.

»Dein Timing könnte besser sein, Mann.«

Sein Blick zuckte kurz zu mir, bevor er sich erneut abwandte. Kiera klammerte sich noch fester an mich; sie schämte sich und fand die Situation vermutlich ziemlich unangenehm. Evan schüttelte den Kopf. »Tut mir leid, aber in ungefähr zehn Sekunden wirst du dankbar für mein Timing sein.«

Ich wusste nicht, was er damit meinte, aber ich war mir sicher, dass er nicht unbedingt hier sein musste. »Im Ernst, Evan, kann das nicht noch zehn …«

Kiera stieß mich in die Rippen. Als ich zu ihr hinunterblickte, strahlten ihre Wangen rosig und ihre Augen funkelten anzüglich. Ich sah wieder zu Evan und korrigierte mich: »… zwanzig Minuten warten?« Sie kicherte.

»Denny ist hier«, sagte Evan leise in drohendem Ton, und seine Worte hallten durch den Raum.

»Was?«, flüsterte Kiera. Ich setzte mich sofort auf und warf Kiera fluchend ihr Oberteil zu. Sie zog es rasch über. Warum musste Denny jetzt hier auftauchen? Die einzige Person, die wir überhaupt nicht gebrauchen konnten.

Schließlich sah Evan zu uns und hielt meinem Blick stand. »Wenn du nicht willst, dass der Abend noch interessanter wird, sollte Kiera jetzt lieber schnell gehen und du mit mir reden.«

Ich nickte und fand mein T-Shirt. Natürlich hatte er recht. Denny hatte es nicht verdient, es auf diese Art zu erfahren. Ich schlüpfte in mein Shirt und blickte erneut zu Evan. »Danke.«

Evan lächelte betrübt. »Seht ihr, ich wusste, dass ihr mir dankbar sein würdet.«

Ich stand auf, dann half ich Kiera auf. Hastig zupften wir unsere Klamotten zurecht. Sie drehte durch. Ich auch. Aber ich fasste ihre Schultern, um sie zu beruhigen. Er würde es heute nicht herausfinden. Für heute war alles okay. »Alles ist gut. Alles kommt in Ordnung.«

Sie hatte alle Leichtigkeit verloren – ihre Augen waren groß, ihr Atem ging schnell. Sie sah aus, als stünde sie kurz vor einem Nervenzusammenbruch. Es erinnerte mich daran, wie viel Denny ihr bedeutete. Uns. »Aber die ganze Bar … Alle haben es gesehen, alle reden darüber. Er hat bestimmt schon was mitbekommen.«

Da hatte sie recht, aber das konnte ich ihr in ihrem Zustand nicht sagen. »Er weiß nur, dass wir uns gestritten haben. Das ist alles.« Evan trat von einem Fuß auf den anderen, er war unruhig und wollte, dass Kiera ging. Je länger sie blieb, desto höher standen die Chancen, dass wir aufflogen. »Du solltest gehen, ehe er noch hier hinten nach dir sucht.«

Kiera zögerte und erinnerte mich daran, wie viel *ich* ihr bedeutete. »Okay ...«

Als sie sich schließlich zur Tür wandte, griff ich nach ihrem Arm. »Kiera ...« Ich zog sie an mich und gab ihr einen letzten langen Kuss, dann ließ ich sie gehen.

Die Tür fiel krachend hinter Kiera ins Schloss. Ich war mir nicht sicher, ob es an meinen Nerven lag oder eine Art Vorankündigung war. Ich liebte Kiera, und jetzt wusste sie es. Sie liebte Denny, aber sie liebte auch mich. Das sah ich in ihren Augen. Sie würde uns nicht mehr verleugnen, aber sie würde ihn auch nicht verleugnen. Wir drei würden eine seltsame, beschissene Familie werden. Ich hatte keine Ahnung, wie das gut ausgehen sollte.

Nachdem Evan und ich allein im Raum waren, wirkte die Luft irgendwie stickiger. Zwischen uns herrschte eine enorme Spannung. Ich wusste, dass er mich ansah, ich spürte seinen Blick auf meiner Wange, wo Kiera mich geschlagen hatte. Es war zwecklos, weiter auf die Tür zu starren und mir zu wünschen, dass Kiera zurückkommen würde, also holte ich tief Luft und wandte mich zu Evan um. Er verschränkte die Arme über der Brust und hob eine Braue.

»Was?«, fragte ich und wusste genau, was er für ein Problem mit mir hatte.

Er stieß einen missbilligenden Seufzer aus und schüttelte

den Kopf. »Was hast du dir nur dabei gedacht, Kell? Dennys Mädchen? Wie konnte das passieren?«

Ich ließ den Kopf sinken, allerdings nur für einen Moment. Er wusste nicht, was sie mir bedeutete. Wie sehr ich mich bemüht hatte. »Ich habe mich verliebt. Ich wollte das nicht, das kannst du mir glauben, aber es ist trotzdem passiert.« Ich blickte erneut zur Tür. »Es ist passiert, und jetzt stecken wir alle zusammen in dieser verdammten Zwickmühle.«

»Was willst du machen?«, fragte er ruhig. Das war wohl die eigentliche Frage.

»Ich weiß es nicht.« Ich sah ihm wieder in die Augen. Er wirkte jetzt mitfühlend, als würde er mich tatsächlich verstehen, wüsste aber auch nicht, was ich tun sollte. »Ich kann sie nicht aufgeben, Evan. Ich habe es versucht. Ich habe versucht, mich von ihr fernzuhalten, sie zu vergessen. Ich habe versucht zu ignorieren, was zwischen uns passiert, aber das ist unmöglich. Ich denke ständig an sie, und wenn ich sie sehe … sie berühre …« Seufzend rieb ich mir durchs Gesicht. »Ich weiß nicht, was ich tun soll.«

Evan holte zwei Stühle, die an der Wand übereinanderstanden. Er setzte sich und klopfte auf den Platz neben sich. Er schwieg einige Minuten, dann sagte er: »Du hast dich irgendwie in eine Ecke manövriert, Kell, aber es geht hier um *Denny*. Du solltest es ihm sagen.«

Ich stützte mich mit den Unterarmen auf den Knien ab und legte den Kopf in die Hände. »Wie soll ich ihm denn sagen, dass ich in seine Freundin verliebt bin? Dass sie mir mehr bedeutet als … Wie soll ich ihm all das sagen? Er wird mich hassen.«

Evan stieß einen weiteren Seufzer aus. »Meinst du, er hasst dich weniger, wenn er es auf andere Weise erfährt? Und dir ist doch wohl klar, dass es irgendwann rauskommt? Du kannst das nicht für immer geheim halten, und wenn er es nicht von dir erfährt …« Er seufzte erneut. »Du musst es ihm sagen. Du bist der Einzige, der das Ganze in Ordnung bringen kann.«

Ich blickte zu ihm hoch. »Indem ich alles kaputtmache?«

Er hob einen Mundwinkel. »Es ist schon kaputt. Denny weiß es nur noch nicht.«

Ich sah ihn eine Weile an. Er hatte recht, aber ich wollte es nicht zugeben, und ich wollte mir nicht vorstellen, wie es sein würde, Denny zu verletzen. Ich wollte an gar nichts denken. Alles, was ich wollte, war, mir noch einmal die magischen Worte in Erinnerung zu rufen, die Kiera mir vor ein paar Minuten gesagt hatte. *Ich gehöre dir.*

Ich unterdrückte ein Lächeln und starrte auf meine Hände. Doch Evan hatte es dennoch bemerkt. »Sie macht dich wirklich glücklich, stimmt's?«

Ich nickte. »Und unglücklich zugleich.« Ich linste zu ihm hoch. »Wer hätte gedacht, dass eine Frau so etwas schafft?«

Lachend klopfte er mir auf den Rücken. »Das hätte ich dir sagen können. Nichts bringt einen so durcheinander wie eine Frau.« Evan blickte zur Tür, und ich fragte mich, ob er wohl an Jenny dachte. Ausnahmsweise zog ich ihn jedoch nicht mit ihr auf. Ich hatte meine eigenen Probleme.

»Erzähl mir von ihr«, forderte er neugierig, ohne mich zu verurteilen. »Wie seid ihr zusammengekommen? Wann hast du gemerkt, dass du in sie verliebt bist?«

Ich holte tief Luft und fragte mich, ob ich ihm erzählen sollte, was zwischen uns vorgefallen war, doch als ich an Kiera dachte, musste ich automatisch lächeln, und dann redete ich wie ein Wasserfall. Ich hatte das alles viel zu lange für mich behalten.

Evan ließ mich reden. Hin und wieder stellte er eine Frage, und manchmal runzelte er die Stirn oder schüttelte den Kopf, behielt seine Bemerkungen jedoch für sich. Als ich fertig war, wusste er fast alles. Sein einziger Kommentar lautete: »Warum hast du mir das nicht früher erzählt?«

Ich wandte den Blick ab. »Ich wusste, was du sagen würdest, und das wollte ich nicht hören.« Ich blickte in seine Richtung. »Ehrlich, das will ich immer noch nicht, aber jetzt ist es irgendwie zu spät.«

Evan lächelte. »Ja. Jetzt ist die Katze aus dem Sack, oder wie war das?«

Als ich an meinen wütenden Ausbruch dachte, verzog ich das Gesicht. Gott, ich konnte manchmal so ein Arschloch sein. Evan feixte neben mir, dann sagte er: »Ich halte dich trotz allem für einen guten Menschen, Kellan, und ich weiß, dass du das Richtige tun wirst.«

Ich nickte, obwohl ich keine Ahnung hatte, was das Richtige war. Meine Gedanken wanderten zu Kiera, und ich konzentrierte mich auf Evans Bemerkung. Wenn ich Denny aus der Gleichung herausnahm, was wäre dann das Richtige für uns? Diese Frage war leicht zu beantworten. Ich musste ehrlich sein. Reinen Tisch machen, die Mauern mussten eingerissen werden. Ich musste ihr mein tiefstes Inneres zeigen und hoffen, dass ich sie nicht verschreckte. Aber ich hatte ihr schon ziemlich dunkle Seiten von mir gezeigt, und sie gehörte mir noch immer, also hatte ich ein gutes Gefühl. Zum ersten Mal in meinem Leben wollte ich mich jemandem öffnen. Jemandem alles erzählen.

Und ich wusste den perfekten Ort dafür. Der Ort, von dem ich ihr erzählt hatte – die Space Needle. Dazu musste ich ein paar Vorbereitungen treffen, aber zum Glück wusste ich genau, mit wem ich darüber sprechen musste. Der Sicherheitschef war ein Fan der Band. Dafür schuldete ich Zeke dann allerdings einen großen Gefallen, aber das war es mir wert. *Sie* war es mir wert.

Nachdem ich alles geregelt hatte, kehrte ich zum Pete's zurück und parkte auf der anderen Straßenseite. Es dauerte noch, bis Kieras Schicht zu Ende war, aber ich wollte sie nicht verpassen, falls sie früher Schluss machte. Als sie die Bar schließlich mit Jenny zusammen verließ, stieg ich aus dem Wagen. Ich lehnte mit verschränkten Armen an der Tür und fragte mich, ob sie wohl bemerken würde, dass ich sie beobachtete. Sie blieb abrupt stehen und starrte mich an, als hätte sie einen Geist gesehen. Ich musste lächeln. Meinte sie wirklich, ich würde sie nicht nach Hause fahren?

Nachdem sie noch ein paar Worte mit Kiera gewechselt hatte, winkte Jenny mir zu und ging zu ihrem Wagen. Kiera freute sich, mich wiederzusehen, und hüpfte über den Parkplatz auf mich zu. Mir wurde unbeschreiblich warm ums Herz. Es hört sich total kitschig an, aber sie machte mich irgendwie ganz.

Als ich ihre Hand nahm und sie auf die andere Seite des Wagens führte, grinste sie von einem Ohr zum anderen. So wie wir zwei strahlten, konnte man meinen, wir hätten uns tagelang nicht gesehen, nicht nur ein paar Stunden. *Sie vermisste mich.*

Als ich auf meiner Seite ins Auto stieg, setzte Kiera eine gespielt böse Miene auf.

»Was denn? Wir haben uns doch seit Stunden nicht gesehen. Was habe ich denn angestellt?«, fragte ich.

Obwohl ich sie angrinste, schmollte sie weiter. »Ich muss die ganze Zeit daran denken, was du vorhin getan hast.«

Auf welchen Teil des Abends bezog sie sich wohl? Ich legte den Kopf schief. »Ich habe so einiges getan, könntest du vielleicht etwas genauer werden?«

Sie unterdrückte ein Lachen, dann verfinsterte sich ihr Gesicht, und ihr Schmollen war echt. »O ... Gott ... bitte.« Sie schlug mich auf den Arm. »Wie konntest du mich nur vor Evan und Jenny so gemein nachmachen? Mann, war das peinlich!«

Lachend wich ich ihrem Angriff aus. »Au! Sorry. Ich wollte nur deutlich machen, was ich meine.«

»Ich glaube, das ist dir gelungen, du mieser Arsch!« Nachdem sie noch einmal nach mir geschlagen hatte, verschränkte sie die Arme vor der Brust.

Ich lachte. »Ich glaube, ich habe einen schlechten Einfluss auf dich – du fluchst schon genauso oft wie ich.«

Grinsend kuschelte sich Kiera an meine Seite. Ich saß zu gern neben ihr. Ich ärgerte sie auch gern, aber es tat mir leid, dass ich sie bloßgestellt hatte. »Du kannst mich ja irgendwann auch mal nachmachen.« Ich wusste, dass sie das niemals tun würde, aber mir gefiel die Vorstellung, dass sie sinnliche Geräusche von sich gab.

Erwartungsgemäß lief sie bei dem Gedanken, mich beim Sex nachzumachen, rot an. Mit heiserer Stimme bemerkte sie, dass meine Vorstellung gut gewesen war, und ich gestand ihr, dass ich das nicht zum ersten Mal gemacht hatte. Kiera schien das zu überraschen, und ich lachte über den Ausdruck auf ihrem Gesicht. Ich fragte mich, ob es ihr nicht auch ein bisschen gefallen hatte und ob ich sie zugleich ärgern und erregen konnte. Ich legte den Kopf schräg und sagte: »Du hast recht, das war nicht fair von mir. Guck, jetzt mache ich mich selbst nach ...«

Ich legte die Arme um sie, presste meine Lippen an ihr Ohr und imitierte ein lustvolles Stöhnen. Ich atmete schwer und zog die Worte künstlich in die Länge. »O ... Gott ... ja.« Am Ende fügte ich ein Wimmern an, und Kiera fuhr herum und packte meinen Nacken, um mich gierig zu küssen. Offenbar hatten meine Schauspielkünste nicht nachgelassen.

Sollte ich mich von dem Kuss überwältigen lassen und sie gleich hier auf dem Sitz nehmen? Nein, es wartete jemand auf uns, heute Nacht hatte ich etwas anderes als Sex mit ihr vor.

Ich löste mich von ihr und lächelte sie aufreizend an. »Kann ich dir was zeigen?«

»Ja«, stöhnte sie und wollte mich erneut küssen.

Grinsend wich ich ihr aus. »Brauchst du eine Minute?«

Sie war nicht glücklich – weder über mein Grinsen noch über meine Frage. Erneut schlug sie mich auf den Arm. Während ich den Wagen startete, fragte sie etwas missmutig, an was ich denn denken würde.

Ich musste lachen. »Tut mir leid, ich wollte dich nicht so heißmachen.«

Ungläubig hob sie eine Braue. *Ja, erwischt.*

»Okay ... ja, vielleicht doch. Aber ich habe etwas mit dir vor.« *Etwas, das dir gefallen wird.*

Sie nickte, und ich fuhr los.

Als Kiera merkte, dass wir Richtung Zentrum fuhren, fragte sie, wohin es ginge. »Na ja, ich habe dir doch versprochen, dass wir mal auf die Space Needle hochfahren würden«, erwiderte ich.

Sie wirkte verblüfft und dachte kurz nach. »Aber Kellan, es ist zwei Uhr morgens, die hat doch längst geschlossen.«

Ich zwinkerte ihr zu und versicherte ihr, dass alles in Ordnung wäre. Ich würde da jemanden kennen.

Ich fand einen Parkplatz, fasste sie an der Hand und führte sie zu dem Wahrzeichen. Es fühlte sich wundervoll an, wieder ihre Hand zu halten. Mir war gar nicht klar gewesen, wie sehr mir das gefehlt hatte und wie unbefriedigend all meine Pseudo-Kieras gewesen waren. Nichts im Vergleich zu der wahren Kiera.

Dank Zeke erwartete uns der diensthabende Wachmann am Fuß der Needle. Ich griff in die Tasche und reichte ihm ein paar Hunderter, die ich aus meinem Versteck für schlechte Tage geholt hatte. Es war ein teurer Trip aufs Dach der Needle, aber er war jeden Penny wert. Und wozu sollte ich das Geld meiner Eltern sonst verwenden? Ich brauchte nicht viel zum Leben. Nur Kiera.

Zufrieden führte uns der Wachmann zu den Fahrstühlen. Kiera hatte beobachtet, dass ich ihm Geld gegeben hatte. Mit großen Augen flüsterte sie: »Wie viel hast du ihm bezahlt?«

Ich sagte ihr, sie solle sich deshalb keine Sorgen machen. Das Haus sei nicht das Einzige, was meine Eltern mir hinterlassen hätten. Es gab auch noch Lebensversicherungspolicen, Sparkonten sowie lebenslangen Missbrauch und Vernachlässigung.

Der Fahrstuhl fuhr nach oben, und Kiera schnappte nach Luft und drückte sich an die Kabinenwand. Die Glaswände boten den Gästen einen beeindruckenden Blick auf die Stadt, doch an Kieras blassem Gesicht war deutlich zu sehen, dass sie den Ausblick nicht wirklich genoss. Ich fasste ihr Kinn und neigte ihren Kopf nach hinten, damit sie mich ansah und nicht den Boden, den wir unter uns zurückließen. »Du bist hier vollkommen sicher, Kiera.«

Ich gab ihr einen zärtlichen Kuss, der sich langsam steigerte und schließlich in wilder Leidenschaft gipfelte. Der Wachmann räusperte sich, und ich bemerkte, dass der Fahrstuhl angehalten hatte. Ups. »Ich glaube, wir sind da«, stellte ich lachend fest.

Ich klopfte dem Wachmann auf den Rücken, fasste Kieras Hände und führte sie aus dem Fahrstuhl. Dass wir uns vor dem Wachmann so leidenschaftlich geküsst hatten, war ihr peinlich gewesen, und ihre Wangen waren leicht gerötet. Das machte sie nur noch attraktiver. Sobald sich die Türen des Fahrstuhls wieder geschlossen hatten, war es dunkel. Da die Needle jetzt nicht für Besucher geöffnet war, brannte nur die Notbeleuchtung. So wirkten die Lichter der Stadt um uns herum noch deutlich heller. Ich zog Kiera an den Rand der inneren Aussichtsplattform.

Sie blieb stehen, um den Blick zu genießen. »Kellan … wow … das ist wunderschön.«

Ich lehnte mich an das Geländer, um *sie* zu betrachten. »Ja.« Ich breitete die Arme aus. »Komm her.«

Sie trat zu mir, und wir umarmten uns. Zufrieden wandte ich den Kopf und genoss den Ausblick. Es war wirklich großartig hier oben.

Ich merkte, dass Kiera mich ansah. Nach einem Moment flüsterte sie: »Warum ich?«

Es mochte unbekanntes Terrain sein, auf das wir uns bei diesem Gespräch begaben, aber ihr zu erklären, was mich an ihr anzog, schien mir ein guter Anfang zu sein.

Ich sah sie an und lächelte. »Offenbar hast du keine Ahnung, wie attraktiv du für mich bist. Das gefällt mir.« Es war nur einer der vielen Aspekte, die sie von anderen unterschieden. Kiera errötete auf ihre wundervoll bescheidene Art, und ich zögerte und überlegte, wie ich ihr alles erklären sollte. »Es hatte auch mit Denny und dir zu tun … mit eurer Beziehung.«

Mir war klar, dass das für sie keinen Sinn ergab, darum überraschte es mich nicht, als sie die Stirn runzelte. »Wie meinst du das?« Sie strich mit den Fingern durch die Haare über meinem Ohr. Bei der Vorstellung, ihr mein Herz zu öffnen, befiel mich plötzliche Unruhe, und ich blickte über die Stadt. Ich war mir nicht sicher, ob ich das schaffen würde. Kiera legte eine Hand an meine Wange und zwang mich, sie anzusehen. Sie wollte mich daran hindern, mich zu verstecken, sie wollte eine Antwort. »Wie meinst du das, Kellan?«

Seufzend senkte ich den Blick. Ich durfte nicht mehr schweigen. Nicht bei ihr. Ich musste mich öffnen und ihr alles erzählen. Hoffentlich würde es nicht zu sehr wehtun, obwohl das auch nicht schlimmer sein konnte als der Gedanke, sie zu verlieren. »Ich kann es dir nicht richtig erklären, ohne …

ohne etwas zu dem zu sagen, worauf Evan vorhin angespielt hat.«

Kiera dachte einen Augenblick nach. »Als du ihm etwas harsch gesagt hast, er sollte den Mund halten?«

Ich wünschte, wir hätten diesen Teil bereits hinter uns und murmelte: »Ja.«

»Ich verstehe nicht, was das mit mir zu tun hat?«

Ich schüttelte traurig den Kopf. »Nichts ... und alles.«

Das schien sie zu amüsieren. »Irgendwann ergibt das aber schon einen Sinn, oder?«

Ich lachte und ließ den Blick erneut über die Skyline schweifen. »Ja, gib mir nur eine Minute.« Oder drei oder vier. *Ich schaffe das ...*

Kiera respektierte meine Bitte, legte den Kopf an meine Schulter und umarmte mich fest. Als ich ihren Kopf hielt und über ihren Rücken strich, spürte ich, wie sich meine Unruhe auflöste. Ich öffnete mich nicht irgendjemandem. Das hier war Kiera. Sie hatte mein Herz bis in den letzten Winkel erobert, was spielte es also für eine Rolle, ob sie von der Dunkelheit erfuhr, die mich umgab? Sie würde mich dennoch lieben. Daran zweifelte ich nicht mehr. Meine Geheimnisse waren bei ihr sicher. Ich war sicher bei ihr.

Ich begann leise, weil ich die Worte anders nicht hervorbrachte. »Du und Evan hattet recht mit den Frauen. Ich habe sie jahrelang benutzt.« Als Evan mich vorhin im Personalraum in die Ecke getrieben hatte, war ich zu wütend gewesen, um es mir selbst einzustehen. Jetzt sah ich deutlich, was ich den Frauen mein ganzes Leben lang angetan hatte, als ich ziellos nach einer Verbindung mit jemandem gesucht hatte. Mit irgendjemandem. Ich hatte sie benutzt, damit ich mich besser fühlte. Damit ich das Gefühl hatte, etwas wert zu sein, wenn auch nur für einen Moment.

Kiera sah seltsam verletzt aus. »Jahrelang? Nicht nur meinetwegen?«

Lächelnd steckte ich ihr eine Haarsträhne hinters Ohr. »Nein, obwohl es das sicher noch schlimmer gemacht hat.« So viel schlimmer. Ich war komplett besessen davon gewesen, mich abzulenken, einen Ersatz zu finden. Ich war so dumm gewesen. Es gab keinen Ersatz für sie.

Kiera veränderte ihre Haltung, sie schien sich etwas unwohl zu fühlen. »Man sollte Menschen überhaupt nicht benutzen, Kellan, egal aus welchem Grund.«

Ihre Antwort erschien mir irgendwie ironisch. »Hast du mich bei unserem ersten Mal etwa nicht benutzt, um Denny zu vergessen?« Ich wusste, dass es so gewesen war. Sie hatte ihre Sorgen in Alkohol ertränkt und mich benutzt, um Denny aus dem Kopf zu bekommen. Peinlich berührt von der Wahrheit wandte Kiera den Blick ab. Ich fasste ihr Kinn, damit sie mich wieder ansah. »Ist schon in Ordnung, Kiera. Das war mir klar.«

Ich ließ sie los und blickte über das Wasser auf der anderen Seite der Needle. »Es hat mich aber nicht davon abgehalten zu glauben, dass wir vielleicht eine Chance hätten. Darum bin ich den ganzen Tag durch die Stadt gelaufen. Ich habe überlegt, wie ich dir sagen kann, was ich für dich empfinde, ohne dass ich mich dadurch zum Vollidioten mache.«

»Kellan …«

Ich dachte an die verschiedenen Orte, die ich an jenem Tag aufgesucht hatte. Ich war so ängstlich gewesen, ihr zu sagen, was ich empfinde, dass ich sie allein gelassen hatte, und wahrscheinlich hatte sie geglaubt, sie sei mir egal. Kein Wunder, dass sie Denny sofort zurückgenommen hatte. Wahrscheinlich hatte sie mich für einen miesen gefühllosen Arsch gehalten.

Ich wandte ihr wieder meinen Blick zu und gestand ihr, wie

sehr ich gelitten hatte. »Gott, es hat mich fertiggemacht, dass du gleich wieder zu ihm zurückgegangen bist, als wäre nichts gewesen. Als ich nach Hause gekommen bin und euch zwei oben gehört habe, war mir klar, dass ich meinen Plan vergessen kann.« Die Wut von damals war meiner Stimme anzuhören.

Kiera blinzelte. »Du hast uns gehört?«, fragte sie verwirrt. Wenn ich mich richtig erinnerte, hatte ich ihr in jener Nacht erzählt, dass ich Dennys Jacke gesehen hätte. Ich war ziemlich betrunken gewesen.

Ich richtete den Blick auf den Boden und verzog das Gesicht. Vermutlich hätte ich das lieber auslassen sollen. »Äh, ja, ich bin kurz zu Hause vorbeigekommen und habe gehört, wie ihr zwei euch in eurem Zimmer ... versöhnt habt. Das ... war ziemlich ätzend. Ich habe mir was zu trinken geschnappt, bin zu Sam gefahren und na ja, den Rest kennst du ja.« *Ich war total besoffen.*

Ich hörte ihr an, dass sie nichts von alledem gewusst hatte. »Kellan, Gott, das tu mir so leid. Ich hatte keine Ahnung.«

»Du hast nichts falsch gemacht, Kiera.« Ich sah ihr in die Augen, dann wandte ich den Blick ab. »Ich habe mich danach wie ein Arschloch benommen. Das tut mir leid.« Kiera verzog das Gesicht, als ich sie verlegen anlächelte. Offensichtlich stimmte sie mir zu. »Tut mir leid, wenn ich wütend bin, habe ich mich nicht im Griff, und du kannst mich einfach ziemlich wütend machen.« *War das nicht die Wahrheit?*

Kiera lachte auf und hob eine Braue. »Das habe ich schon gemerkt.« Ich lachte, und ihre Miene änderte sich. »Du hattest allerdings immer recht. Und irgendwie hatte ich deine Härte verdient.«

Still legte ich meine Hand auf ihre Wange. »Nein, das hast du nicht.«

»Ich habe dir falsche Hoffnungen gemacht«, sagte sie und wirkte äußerst schuldbewusst.

»Du hast nicht gewusst, was ich für dich empfinde«, flüsterte ich und streichelte ihre Wange.

Als sie zu mir aufsah, schimmerten ihre Augen leuchtend grün. »Ich wusste, dass du mich gern hast. Ich war kalt.«

Kalt? Ich glaube, da musste ich ihr zustimmen. Ab und an war sie grob zu mir gewesen. Und umgekehrt. Um meine Antwort etwas abzumildern, lächelte ich und gab ihr einen Kuss. »Stimmt. Aber wir sind irgendwie vom Thema abgekommen. Ich glaube, wir haben über meine angeknackste Psyche gesprochen.«

Sie lachte kurz auf, um die ernste Stimmung etwas zu lockern. »Stimmt, über dein ... Rumhuren.«

»Autsch.« Ich nahm meinen Mut zusammen und zog das Pflaster herunter, das mein gesprungenes Herz viel zu lange zusammengehalten hatte. »Am besten fange ich wohl mit meiner beschissenen Kindheit an ...«

Sie versuchte, mich davon abzuhalten, ihr Dinge zu erzählen, die mir wehtaten, aber ich wollte, dass sie die ganze Geschichte kannte. Die Geschichte, die ich noch niemandem erzählt hatte, noch nicht einmal Denny. Ich warnte sie: »Wahrscheinlich findest du es sogar lustig.«

Sie widersprach, und vermutlich hatte sie recht. »Na ja, okay, vielleicht nicht gerade lustig, aber es ist ein seltsamer Zufall.«

Als sie mich verwirrt ansah, begann ich zu erzählen. Es war schwierig, doch Stück für Stück entfernte ich die Lügengeschichten, die ich um mich aufgebaut hatte, und zeigte ihr all die Leichen, die ich stets geleugnet hatte. »Offenbar ist meine Mutter in den besten Freund meines Vaters verliebt gewesen. Irgendwann musste mein guter alter Vater für ein paar Monate weg, ein Notfall in der Familie oder so etwas. Und du kannst dir vermutlich vorstellen, wie überrascht er bei seiner

Rückkehr war, als seine sittsame Braut in seiner Abwesenheit schwanger geworden war.«

Kiera blieb der Mund offen stehen, sie stellte sofort den Bezug zu unserer Situation her. Sie hatte nicht geahnt, dass mein Vater nicht mein *richtiger* Vater gewesen war. Niemand hatte das. Das war unser größtes Familiengeheimnis und unsere größte Schande gewesen, etwas, worüber wir nicht offen sprachen. Mit niemandem. Und es war der Hauptgrund, warum meine Eltern mich nicht geliebt hatten.

27. Kapitel

Vorbereitung auf die Realität

Als wir die Needle verließen, fühlte ich mich um Tonnen erleichtert. Jetzt gab es keine Geheimnisse mehr zwischen uns. Nun wusste Kiera alles über mich. Sie wusste, was ich getan hatte und warum. Sie kannte den wahren Grund, weshalb meine Eltern für mich nichts als Verachtung übriggehabt hatten. Ein Teil von mir fürchtete noch immer, dass Kiera mich zurückweisen würde, aber für den Moment war die Welt in Ordnung.

Es war frisch, als Kiera und ich über den Parkplatz zurück zum Wagen gingen. Die empfindliche Kälte deutete darauf hin, dass der Winter bereits um die Ecke lauerte. Mir war die Veränderung ganz recht. Während es draußen kälter wurde, würden Kiera und ich uns wärmen. Da alle Mauern zwischen uns gefallen waren, hielt uns nichts mehr voneinander fern. Vielleicht musste ich sie mit Denny teilen, aber zumindest würde ich sie nicht verlieren. So traurig es klang, solange mir nur ein Stück ihres Herzens gehörte, teilte ich ihren Körper gern. Zumindest redete ich mir das ein. Wenn es sein musste, auch immer wieder. *Ich schaffe das.*

Ich wollte nicht in trüben Gedanken versinken und konzentrierte mich wieder auf Kiera. Als wir den Wagen erreichten, blieb ich stehen und sagte mit ernster Miene: »Da ist noch etwas, worüber ich mit dir reden will.«

Sofort wirkte sie angespannt. »Was denn?«

Ich musste grinsen. »Ich kann noch immer nicht fassen, dass du echt mein Auto gestohlen hast!«

Kiera lachte, was ich zwar nicht lustig, aber äußerst charmant fand. Dann verzog sie das Gesicht, und mir war klar, dass sie an die Ereignisse dachte, die zu dem Auto-Raub geführt hatten. »Du hattest es irgendwie verdient. Du hast Glück, dass du es heil zurückbekommen hast«, stellte sie fest und bohrte ihren Zeigefinger in meine Brust.

Ich hatte nicht wirklich etwas falsch gemacht, aber mir war auch klar, wie sehr es mich aufgewühlt hätte, wenn ich Kiera in dieser Situation mit Denny erwischt hätte. *Ich schaffe das.* Da ich mich nicht in die negativen Seiten unserer Beziehung hineinsteigern wollte, hielt ich mich an meinen Humor. »Hmmmm ... Könntest du mir in Zukunft einfach wieder eine scheuern und die Finger von meinem Schätzchen hier lassen?«

Mit gespielt finsterer Miene öffnete ich ihr die Tür. Sie stellte einen Fuß hinein, dann strich sie mit dem Finger an meinem Kinn entlang. »Könntest du in Zukunft vielleicht aufhören, dich mit anderen Frauen zu ›treffen‹?«

Sie tat locker, doch der Ausdruck in ihren Augen stand dazu im Widerspruch. Ihre Frage war ernst gemeint. Sie wollte, dass ich ihr treu war, während sie ihre Liebe zwischen Denny und mir aufteilte. Kurz war ich betrübt, dass ich nicht haben konnte, was ich mir eigentlich wünschte, doch dann fasste ich mich.

Ich grinste und gab ihr einen flüchtigen Kuss. »Ja, Ma'am.« Kopfschüttelnd ging ich um den Wagen herum auf meine Seite. Mein Leben war ganz schön chaotisch.

Auf der Heimfahrt schmiegte Kiera sich an meine Seite. Wir hielten uns an den Händen, sie lehnte den Kopf an meine Schulter, und ich streichelte ihre langen schlanken Finger. Friedlich. Das war das einzige Wort, das meine Gefühlslage in diesem Moment beschrieb. Oder vielleicht selig, euphorisch, zufrieden. Nur dass das nicht ganz stimmte. *Sie gehört mir noch immer nicht.*

Jetzt wollte ich jedoch Frieden empfinden, also hörte ich auf, in meiner Seele zu graben, und dachte nicht weiter über die Situation nach. Trügerisches Glück war besser als keins.

Als mein Haus in Sicht kam, holte mich mit einem Schlag die Realität ein. Das Glück, das wir heute Nacht empfunden hatten, würde auf die Probe gestellt, wenn wir durch diese Haustür traten. Ich würde mit der Vorstellung ringen, Kiera zu teilen. Kiera würde mit dem Gedanken ringen, ganz bewusst den Mann zu betrügen, den sie liebte. Und ich konnte nicht ignorieren, dass sie Denny liebte. Das hatte sich trotz allem nicht geändert. Er hatte eigentlich etwas Besseres als uns beide verdient.

Als wir aneinandergeschmiegt in der Auffahrt im Wagen saßen, dachte ich an alles, was ich seit Kieras Ankunft durchgemacht hatte – die Hochs und die Tiefs, die Träume, die Albträume und die Fantasien. Kiera hatte jeden Teil meines Lebens durchdrungen, vom Aufwachen bis zum Schlafengehen. Es erschien mir bemerkenswert, dass eine Person die Seele eines anderen Menschen derart besetzen konnte, dass man sie nicht mehr von ihr lösen konnte. Kiera hatte für immer unauslöschlich ihre Spuren in mir hinterlassen.

Ich küsste ihr Haar und raunte: »Manchmal träume ich von dir. Ich stelle mir vor, wie es wäre, wenn Denny nicht zurückgekommen wäre. Wenn wir richtig zusammen wären. Dann könnten wir Arm in Arm in die Bar stolzieren und müssten uns nicht mehr verstecken. Ich könnte jedem erzählen, dass ich dich liebe.«

Lächelnd sah sie zu mir auf. »Du hast einmal erwähnt, dass du von mir geträumt hättest. Du hast allerdings nicht erzählt, was.« Sie küsste mich auf die Wange. »Ich träume auch manchmal von dir.«

»Wirklich?« Das überraschte mich und machte mich glücklich. Ich hatte angenommen, dass sie mich sofort vergessen würde, wenn sie mich nicht mehr sah. »Oh, wir sind ganz schön peinlich, oder?«

Ich lachte, als ich an all die heimlichen Momente dachte, die wir in Gedanken miteinander geteilt hatten. Was Traum-Kellan und Traum-Kiera wohl schon alles zusammen erlebt hatten. »Und was träumst du dann so?«

Sie kicherte verlegen und lief rot an. »Ehrlich gesagt träume ich meist davon, dass ich mit dir schlafe.«

Sie sah so verdammt süß aus, wenn sie von Sex sprach, dass ich mich kaum beherrschen konnte, nicht an ihrer vollen Lippe zu saugen. Ich lachte. Von uns beiden war Kiera eindeutig die Unschuldige, dennoch hatte sie die erotischen Träume, während meine eher romantischer Natur waren.

Kiera lachte mit mir. Ich nahm ihre Hand und verschränkte meine Finger mit ihren. »Gott, ist das alles, was dich an mir interessiert?«, fragte ich.

In der Hoffnung, dass sie nicht Ja sagte, beobachtete ich, wie ihr Lachen verebbte und sie eine ernste Miene aufsetzte. »Nein ... nein, du bist viel mehr für mich.«

Mein Lachen erstarb ebenfalls. »Gut, weil du nämlich alles für mich bist.« *Was wäre ich ohne sie?* Ich wollte es mir nicht vorstellen.

Kiera fasste meine Hand fester und kuschelte sich dichter an mich. Ich wünschte, wir könnten den Rest der Nacht hierbleiben, aber es war schon spät, und wenn Denny aufwachte und uns hier draußen fand, hätten wir Schwierigkeiten, die Situation zu erklären. Es gab einiges zwischen uns, das nicht so leicht zu erklären war. Die Ohrfeige in der Bar beispielsweise. »Was hast du Denny eigentlich erzählt?«

Kiera verzog das Gesicht, und mir war klar, dass sie nicht

darüber reden wollte. Doch das mussten wir. Wenn ich ihre Geschichte decken sollte, musste ich sie kennen. »Dass du mit meiner Schwester geschlafen und ihr das Herz gebrochen hättest. Das ist glaubhaft. Alle haben euch in der Bar zusammen gesehen. Denny schien es auch zu glauben.«

Das war eine tickende Zeitbombe. Kiera hatte bei ihrer Lüge einen äußerst wichtigen Aspekt vergessen – einen, den wir nicht kontrollieren konnten. »Das wird nicht funktionieren, Kiera.«

Sie wurde panisch und redete jetzt ziemlich schnell. »Doch, wird es. Ich werde mit Anna reden; sie wird mir helfen. Ich musste auch schon mal für sie lügen. Ich werde ihr natürlich nicht sagen, warum. Und Denny wird sie wahrscheinlich sowieso nie darauf ansprechen.«

Sie sah das eigentliche Problem nicht. Klar, sie kannte den Idioten nicht so gut wie ich, deshalb hatte sie es übersehen. »Ich habe dabei nicht an deine Schwester gedacht.«

Ich sah die Verzweiflung in ihren Augen, als sie plötzlich begriff. »O Gott ... Griffin.«

Ich nickte. »Ja, Griffin. Er erzählt es wirklich jedem.« Als ich an ihre Ahnungslosigkeit dachte, musste ich lächeln. »Ich weiß nicht, wie du es geschafft hast, das nicht mitzubekommen. Du hast es perfektioniert, ihn einfach auszublenden.« Als ich das Problem bedrohlich über uns aufragen sah, verging mir der Humor allerdings. »Wenn Denny mitkriegt, dass deine Geschichte nicht stimmt ...« *Dann weiß er Bescheid. Dann bricht seine Welt zusammen.*

Kiera wirkte am Boden zerstört, weil herauskommen könnte, dass sie gelogen hatte. Irgendwie gefiel es mir, dass das Lügen nicht zu ihren Talenten gehörte. Ich war darin gut genug für zwei, und ich war nicht gerade stolz darauf. »Was sollte ich ihm denn sagen, Kellan? Ich musste mir doch etwas einfallen lassen.« Sie starrte auf ihre Hände. »Es wäre doch möglich, dass ihr beide ...«

Ich wusste, was sie sagen wollte, und unterbrach sie. »Nein, das wäre nicht möglich.« Ich lächelte, als sie zu mir aufsah. *Ich würde Anna niemals anfassen. Sie kann dir nicht das Wasser reichen.* Ich dachte an Griffins ausführliche Schilderungen und runzelte die Stirn. »Griffin ist sehr ... genau in seinen Berichten. Es geht nicht nur darum, dass er mit ihr geschlafen hat. Es ist ihm besonders wichtig, dass er sie bekommen hat und ich nicht, als hätte er sie mir weggeschnappt oder so. Er fährt da so einen komischen Konkurrenzfilm.«

»Ja, das ist mir schon aufgefallen.« Sie verzog angewidert die Lippen. Seufzend legte sie den Kopf in den Nacken. »Gott, daran habe ich überhaupt nicht gedacht.«

Ich stimmte in ihr Seufzen ein. *Mann, Griffin.* »Ich kann dir nichts versprechen, aber ich könnte versuchen, mit Griffin zu reden. Vielleicht kann ich ihn dazu bringen, seine Geschichte zu ändern. Wahrscheinlich muss ich ihm damit drohen, ihn aus der Band zu werfen. Das sollte ich früher oder später vielleicht sowieso tun.«

»Nein!«, schrie sie. Mit einem ängstlichen Blick zur Tür schlug sie sich die Hand vor den Mund.

Ich zog verwirrt die Brauen zusammen. Warum störte es sie, wenn ich Griffin hinauswarf? »Du willst, dass er in der Band bleibt?«

Sie ließ die Hand sinken und schenkte mir ein schwaches Lächeln. »Nein, ich will nicht, dass er es je erfährt. Er würde nie die Klappe halten. Er würde es allen bis ins kleinste Detail erzählen. Er würde es Denny sagen! Bitte erzähl es ihm nie.«

Langsam wurde sie hysterisch. Um sie zu beruhigen, legte ich ihr die Hände auf die Schultern. »Okay. Schon gut. Ich sage ihm nichts, Kiera.« Als sie erleichtert aufatmete, fügte ich hinzu. »Es wäre ohnehin egal. Er hat es schon zu vielen Leuten erzählt.« Es tat mir leid, dass es sie verletzen, dass es Denny verletzen würde. Ich strich ihr eine Haarsträhne hinters Ohr. »Tut mir leid, aber Denny wird früher oder später herausfinden, dass du ihn angelogen hast, und dann wird er sich fragen, warum.«

Sie blickte zu mir auf, als wäre ich ihre Rettung. Als würde ich alle Antworten kennen. Ich wünschte, dem wäre so. »Und was dann? Wenn er weiß, dass ich gelogen habe, wie lange haben wir dann noch?«

»Du meinst, wie viel Zeit uns bleibt, bis Denny herausfindet, dass wir miteinander geschlafen haben?« Das war die Frage des Tages. Ich verschränkte erneut meine Finger mit ihren und lehnte mich gegen den Sitz zurück. »Na ja, wenn du die ganze Nacht mit mir hier draußen bleibst, weiß er es wahrscheinlich schon morgen Früh.« Lachend legte ich meine Wange an ihren Kopf. Ich merkte, wie sie sich neben mir entspannte. Mein Scherz hatte gewirkt. Obwohl meine Bemerkung ziemlich dicht an der Wahrheit war. Wir mussten bald ins Haus gehen.

Als der kurze, unbeschwerte Augenblick verebbte, erklärte ich: »Ich weiß es nicht, Kiera. Vielleicht ein paar Stunden? Höchstens ein paar Tage.«

Das alarmierte sie. Sie wich zurück und stotterte: »Stunden? Aber er hat doch keinen Beweis. Er kann doch unmöglich denken ...«

Ihre Augen sahen im Mondlicht unglaublich aus – ein tiefes Dunkelgrün umgeben von goldbraunen Flecken. In ihnen funkelte ihre Angst, aber hinter ihrer Angst sah ich Liebe. Eine tiefe Liebe ... zu mir. Ihr Blick sprach Bände. Ich ließ ihre Hand los und strich ihr mit der Rückseite meiner Finger über die Wange. »Er hat alle Beweise, die er braucht.« *Augen lügen nicht, und deine sagen, dass du mich liebst.*

»Was sollen wir denn nur tun, Kellan?«

Sie spähte zum Haus, als habe sie Angst, Denny würde meine Antwort hören. Vielleicht sollte er das. Vielleicht sollten wir Hand in Hand hineingehen, ihn wecken und ihm sagen, dass sich sein Leben drastisch verändern würde. Dass wir ihn betrogen hatten. Allein bei dem Gedanken, ihn damit zu konfrontieren, setzte mein Herz aus. Ich hörte eine Stimme aus der Vergangenheit, und diverse Bilder stiegen in mir auf – Denny mit seiner geschwollenen blutigen Lippe, die er meinem Vater zu verdanken hatte. Eine aufgesprungene Lippe, die eigentlich für mich bestimmt gewesen war. Dennys Hand auf meiner Schulter, während ich aus Angst vor der Rache meines Vaters zitterte. Denny hatte keine Angst gehabt. Kein bisschen. *Ich bin für dich da, Kellan. Ich werde immer für dich da sein.* Und so dankte ich ihm sein Opfer? Hinterließ ihm seine Beziehung als nicht mehr zu kittenden Scherbenhaufen? Nein, ich konnte es ihm nicht sagen. Lieber würde ich wegrennen.

»Wenn wir jetzt losfahren, können wir noch vor Sonnenaufgang in Oregon sein.« Ich war vielleicht ein Feigling.

Ich sah, dass Kiera darüber nachdachte – wir zwei auf der Flucht vor unseren Problemen, wie wir in den Sonnenaufgang liefen und uns nie mehr nach dem Desaster umsahen, das wir hinterließen. Als wir einander anblickten, atmete sie schneller. Kurz darauf keuchte sie und krümmte sich zusammen, als würde ihr übel. Sie konnte ihn nicht verlassen. Sie würde ihn nie verlassen. Es würde eine Fantasie bleiben, aber es war so schön hier, ich war auch nicht bereit zu gehen.

Ich strich ihr beruhigend übers Haar. »Hey. Atme, Kiera, es wird alles gut. Hol tief Luft.« Ich legte meine Hand sanft unter ihr Kinn und versuchte ihre Aufmerksamkeit auf das Jetzt zu lenken. »Sieh mich an, Süße. Atme.«

Sie sah mir in die Augen, und ihr Atem beruhigte sich. Als

sie den Kopf schüttelte, liefen Tränen über ihre Wangen. »So kann ich das nicht. Denny ist ein Teil von mir. Ich brauche Zeit. Ich kann noch nicht mit ihm darüber reden.«

Dass sie schon bei dem Gedanken, ihn zu verlassen, so reagierte, bestärkte mich in meiner Annahme und zerstörte die Illusion, an die ich mich geklammert hatte. Sie mochte mich, liebte mich sogar, aber sie würde ihn nicht verlassen. Sie konnte nicht. Ich wusste, dass sie noch nicht so weit war, überhaupt über eine Entscheidung nachzudenken, aber ich wusste auch, dass sie sich dann nicht für mich entscheiden würde.

Ich nickte, merkte jedoch, dass mir der kleine Zipfel, den ich von dem »Wir« hielt, langsam entglitt. Die Uhr tickte schneller. *Ich werde nicht mehr lange mit ihr haben.* Vielleicht las Kiera die Schlussfolgerung in meinem Gesicht. »Es tut mir so leid, Kellan«, flüsterte sie.

Ich versuchte zu lächeln, auch wenn es wehtat. »Es muss dir nicht leidtun, dass du jemanden liebst.« Ich zog sie fest in meine Arme und küsste ihr Haar. Als die kühle Realität zu mir durchdrang, wusste ich, was ich zu tun hatte. Ich hatte das hier angefangen, ich musste es auch beenden. Und ich sollte es schnell tun, bevor Denny das schreckliche Puzzle zusammensetzte. Bevor unser Geheimnis herauskam. Denny davon abhalten, nach der Wahrheit zu forschen, konnte ich nur, indem ich ihm den Grund dafür nahm. Die Quelle für sein Misstrauen beseitigte.

»Mach dir keine Sorgen, Kiera. Ich lass mir schon was einfallen. Ich bringe das wieder in Ordnung. Versprochen.«

Bevor er es herausfindet, werde ich weg sein, und diesmal gehe ich für immer. Wir werden ihm nicht unnötig wehtun. Er wird nie erfahren, was hier vorgefallen ist. Wir nehmen das Geheimnis mit ins Grab. Ich werde ihm und dir den Schmerz ersparen. Ich nehme alles auf mich. Das bin ich gewohnt.

Wir blieben im Wagen sitzen, bis der Sonnenaufgang die Welt langsam in verheißungsvolles Rosa tauchte. »Verheißungsvoll« war ein irreführendes Wort. Es beinhaltete Hoffnung, aber manchmal enthielt eine Verheißung keine Hoffnung. Zumindest nicht für alle. Manchmal musste man sich um die eigene Hoffnung bringen, um jemand anders Hoffnung zu geben. Und das war genauso schwer, wie sich selbst ein Körperteil herauszureißen, doch wenn es so leicht wäre, ein Opfer zu bringen, würde es ja schließlich jeder tun.

Ich hasste die Zeit dafür, dass sie uns in die Enge trieb, drückte Kieras Hand und sprach aus, was wir beide dachten: »Du solltest jetzt reingehen.«

Sie reagierte sofort auf das Wort »du«, nicht »wir«. Sie wich zurück und sah mich panisch an. »Und was ist mit dir? Kommst du nicht mit?«

Am Ende, nein. Ich werde nicht mit dir zusammen sein. »Ich habe noch etwas zu erledigen.«

»Was denn?«, fragte sie verwirrt.

Lächelnd drückte ich mich um die Antwort. Ich konnte es ihr jetzt noch nicht sagen. Sie würde mir widersprechen und behaupten, dass ich mich irrte, aber das stimmte nicht. Ich wusste, wohin das führte. Ich sah überall die Anzeichen. Sie liebte mich zwar, aber nicht genug, um ihn zu verlassen. Wir würden Denny zerstören. Für Nichts. Für einen Traum. Das wollte ich nicht, und ich wusste, dass sie das letztlich genauso sah.

»Geh schon. Alles wird gut.« Ich küsste sie, dann beugte ich mich über sie, um ihr die Tür zu öffnen. »Ich liebe dich«, flüsterte ich, als sie ausstieg. *Für immer.* Ich glitt auf ihre Seite hinüber und richtete mich auf, damit sie mich küssen konnte. Einen kurzen, quälenden Moment waren wir uns nah, ihre Lippen bebten, als wir uns voneinander lösten. Ich rutschte auf die

Fahrerseite zurück und sah, dass ihr Tränen über die Wangen liefen. Es würde für uns beide nicht leicht werden.

Ich startete den Wagen und rollte aus der Einfahrt. Es zerriss mir das Herz, Kiera zurückzulassen.

Ich fühlte mich innerlich taub und fuhr zu Evan. Er wusste als Einziger, was ich durchmachte, nur er konnte mir jetzt helfen. Ich parkte den Wagen und blickte zu seinem Apartment hinauf. Einen Augenblick beneidete ich Evan um sein Leben. Und Matt und Griffin auch. Von außen betrachtet wirkten ihre Leben so einfach und unkompliziert. Ich wusste allerdings, dass das nicht stimmte. Sie hatten alle ihre Probleme. Wenn ich in meinem Leben etwas gelernt hatte, dann, dass kein Leben so einfach war, wie es nach außen hin wirkte. Jeder schlug sich mit irgendeinem Mist herum. Das hielt die Menschheit zusammen: Leid und Liebe.

Damit Evan mich hörte, klopfte ich ein paarmal fest an seine Tür. Es war zu früh, ich hätte eigentlich noch etwas herumfahren und ihm Zeit zum Aufwachen lassen sollen, aber ich brauchte ihn. Ich wollte jetzt nicht allein sein.

Es dauerte ein paar Minuten, doch schließlich schloss er die Tür auf. Eine Sekunde später erschien sein zerknautschtes Gesicht im Türspalt. »Kell? Was machst du denn hier?«

»Ich brauche deine Hilfe. Kiera und ich ...« Ich blickte auf den Boden. Wie zum Teufel sollte ich mich von ihr verabschieden? »Wir sind ... Es geht nicht, und ich will ihr zum Abschied noch etwas geben. Ich will einen Song für sie schreiben.«

Evan stieß die Tür auf und ließ mich herein. »Was immer du brauchst, Kell.«

Ich wusste, dass er Kieras und meine Verbindung nicht wirklich guthieß, und war ihm dankbar, dass er unsere Freundschaft über seine Moral stellte. Klar, ich hatte ihm auch gerade erklärt, dass wir die Sache beenden würden. Vielleicht wäre seine Antwort anders ausgefallen, wenn ich ihm erzählt hätte, dass ich sie heiraten wollte.

Gott … was für ein Gedanke.

Einen, den ich nicht zulassen dürfte. Eine Hochzeit war in unserer Zukunft absolut nicht vorgesehen.

Evan gähnte, als ich den Wohnbereich seines Lofts betrat. »Du kannst wieder ins Bett gehen«, sagte ich. »Ich will nur hier sitzen und an dem Text arbeiten.«

Er hob die Hand, dann ließ er sich in der Ecke zurück auf sein Bett fallen. Einen Augenblick beobachtete ich, wie sich seine Brust hob und senkte, dann sah ich mich nach einem Stück Papier um. Der Song musste gut werden. Mein letztes Stück für meine unglückliche Liebe musste alles ausdrücken, was ich für sie empfand und zugleich ein Abschied sein. Es war ein schmaler Grat, und noch zudem einer, den ich eigentlich nicht beschreiben wollte.

Noch konnte ich meine Meinung ändern. Ich könnte Kiera bitten, sich für mich zu entscheiden, um sie kämpfen. *Warum?*, dachte ich sofort. Das würde sie nicht tun, und ich würde sie nicht bitten, den Mann zu vernichten, der wie ein Bruder für mich gewesen war.

Nein, wenn ich sie zwang, sich zu entscheiden, würde sie mich innerhalb eines Wimpernschlags verlassen, und deshalb musste ich das hier tun. Sie sollte wissen, dass es okay war. Dass ich sie verstand. Ich war nicht gut genug für sie. Das würde ich niemals sein.

Mit einem Blatt Papier und einem Stift setzte ich mich aufs Sofa und schrieb über meine Liebe, den Verlust, meinen Kummer und darüber, dass ich all das akzeptierte. *Es ist besser, sich nicht Lebewohl zu sagen, die Lüge zu beenden und nach vorn zu blicken.*

Ein paar Stunden später wachte Evan wieder auf. Er schlurfte zur Couch und hob ein paar verstreute Blätter auf, die ich auf dem Boden ausgebreitet hatte. Ich versuchte, mich zwischen den schwierigen Worten zurechtzufinden, und suchte nach der richtigen Kombination. Er überflog eine Seite, dann sah er mich an. »Bist du sicher, dass du das machen willst?«, fragte er ernst.

Ich hielt seinem Blick stand. »Ja.«

Seufzend legte er das Blatt wieder ab, »Kellan, ich weiß, dass du leidest, und ich weiß, dass diese Sache zwischen euch beiden ziemlich emotional war, aber wenn du das im Pete's singst, wissen alle Bescheid.«

Ich schüttelte den Kopf und unterbrach ihn. »Das ist für Kiera. Ich will, dass sie das hört. Die anderen sind mir egal«, flüsterte ich.

Evan legte mir eine Hand auf die Schulter. »Ich weiß, wie schwer das ist und wie sich das anfühlt, aber ich verspreche dir ...«

Ich schüttelte seine Hand ab und stand auf. »Nein, du weißt nicht, wie sich das anfühlt. Sie ist nicht irgendeine süße Blondine, die ich in der Bar aufgerissen habe, weil mir ihre Titten gefallen haben. Wir waren *Freunde*, die sich ineinander verliebt haben. Du kannst unmöglich wissen, wie ich mich jetzt fühle, weil du nie eine so tiefe Verbindung erlebt hast. Du verknallst dich in Tussen, und wenn du genug von ihnen hast, schiebst du sie wieder ab.«

Mit finsterer Miene stand Evan ebenfalls auf. »Hey, nicht alle waren Tussen.« Ich hob eine Braue, und Evan bemerkte: »Na ja, jedenfalls musst du nicht so arschig darüber reden.«

Ich lachte und schlug ihm auf die Schulter. »Ja, ich weiß. Sorry. Ich bin einfach fertig. Ich wünschte, ich hätte mich in irgendeine Tusse verknallt. Ich beneide dich.«

Evan grinste mich breit an. »Und das völlig zu Recht.« Dann sah er wieder auf das Papier, und sein Lächeln verschwand. »Okay, ich helfe dir. Es muss subtiler werden, Kellan. Es muss sich anhören, als würde der Song von irgendjemandem handeln. Als hättest du dir das ausgedacht.«

Ich nickte. »Und es muss sich trotzdem echt anhören. Ich weiß.« Ich schüttelte den Kopf und hob die Hände. »Deshalb bin ich zu dir gekommen.«

Evan nickte und setzte sich wieder. Ich setzte mich an seine Seite. »Danke, dass du mir hilfst. Wahrscheinlich würdest du das sowieso nicht tun, aber bitte sag den anderen nicht, worum es in dem Song wirklich geht, ja?«

Evan schüttelte den Kopf und grinste schief. »Keine Sorge. Alle werden glauben, ich hätte dich überredet, einen Song für eine meiner Tussen zu schreiben.« Er lachte, dann boxte er mich fest gegen die Schulter. Ich zuckte zusammen, meine Schulter pochte.

»Au! Wofür war das denn?«

»Für die Tusse«, murmelte er kopfschüttelnd. »Du bist ein Idiot.«

Ich nickte und rieb mir lachend den Arm. »Ja, ich weiß.«

Es brauchte Zeit, einen Song zu schreiben. Manchmal sehr viel Zeit. Die hatte ich aber nicht. Jede Sekunde war ich mir bewusst, dass ich für den Song wertvolle Zeit mit Kiera opferte. Aber das musste sein. Ich musste ihn parat haben, wenn es endgültig Zeit wurde, getrennte Wege zu gehen. Und das konnte jetzt jeden Tag sein. Es hing alles von Denny ab und davon, wie schnell er die einzelnen Puzzleteile zusammensetzte. Die tickende Uhr in meinem Kopf war meinem kreativen Prozess nicht gerade zuträglich.

Evan blieb mit mir zu Hause, und wir arbeiteten bis in die

Nacht. Ich schlief auf dem Sofa unter Notenblättern und vereinzelten Textzeilen ein. Am nächsten Tag wachte ich früh auf und machte weiter. Meine Augen brannten, meine Finger waren taub und mein Gehirn vernebelt, aber ich arbeitete, bis wir uns auf den Weg zu einem Auftritt in Downtown machen mussten. Nach dem Gig pennte ich wieder bei Evan, damit ich bis zum Einschlafen und gleich nach dem Aufwachen weitermachen konnte. Je schneller ich fertig war, desto eher konnte ich zu Kiera zurück.

Donnerstagnachmittag war es so weit – wir konnten den Song mit der Band üben. Evan und ich atmeten erleichtert auf, als er endlich fertig war. Evan sah mich an und brummte: »Hat Spaß gemacht, aber lass uns das nie wiederholen, okay?« Lachend nickte ich. Nein, einen Song innerhalb weniger Tage zu schreiben, in Musik umzusetzen und einzustudieren, wollte ich mir nicht zur Gewohnheit machen. Doch der Song war richtig gut geworden. Er war Kieras würdig.

Als Matt und Griffin kamen, spielten wir ihn. Ich wollte, dass die Jungs ihn gut draufhatten, damit wir ihn jederzeit ins Programm nehmen konnten. Vermutlich würden wir ihn ziemlich spontan und ohne großen Vorlauf spielen müssen. Die Probe dauerte länger als üblich, und da Griffin irgendwann aufmuckte und streikte, machten wir Feierabend. Als Matt und Griffin ins Pete's fuhren, schlug Evan mir auf die Schulter. »Kommst du heute Abend mit? Ein bisschen frische Luft schnappen?«

Ich rang mit mir. Kiera zu sehen war äußerst verlockend, dem konnte ich kaum widerstehen, doch ich hatte noch etwas zu erledigen. Der Song war nur der eine Teil meines Abschiedsgeschenks. »Nein, ich muss heute Abend noch was besorgen. Hilfst du mir noch ein letztes Mal?«

Evan seufzte und nickte. »Klar, Mann. Was machen wir?«

Ich musste grinsen, weil er ganz sicher nicht mit dieser Antwort rechnete: »Wir gehen shoppen.«

Evan schloss die Augen. »Du machst mich fertig.« Ich lachte. Er schlug ein Auge wieder auf. »Dir ist ja wohl klar, dass du mir dafür einiges schuldest, oder?«

Ich schlug ihm auf den Rücken und stand auf. »Ja, ich bin quasi das ganze nächste Jahr dein Laufbursche.«

»Ganz genau«, brummte er, stand auf und nahm seine Jacke. »Alles klar, packen wir's an. Aber ich fahre die Chevelle«, bemerkte er auf dem Weg zur Tür.

»Auf gar keinen Fall«, protestierte ich. Niemand außer mir durfte mein Baby fahren.

Lächelnd drehte sich Evan zu mir um und hielt mir herausfordernd die Hand entgegen. »Du schuldest mir was, schon vergessen?«

Ich war fassungslos. »Im Ernst?« Er sagte nichts, sondern grinste nur noch breiter. Stirnrunzelnd nahm ich meine Jacke und die Schlüssel. Mit dem Gefühl, ihm mein Kind zu überlassen, legte ich sie in seine Hand. »Jetzt sind wir quitt«, knurrte ich.

Evan lachte und schloss die Finger um die Schlüssel. »Nein, Kell, nicht im Entferntesten.«

Feixend schlenderte er zu meinem Wagen. Das war fast so schlimm wie der bevorstehende Einkauf.

Mit vor Anspannung weißen Knöcheln ließ ich Evan zum Einkaufszentrum fahren. Er stöhnte, als er ins Parkhaus fuhr. Ich stöhnte, weil er so schnell um die Ecken bog. »Dir ist aber schon klar, dass uns jeden Moment jemand entgegenkommen und uns plattmachen könnte?«

»Wir sitzen in einem Muscle-Car, Kellan. Ich glaube, wir würden *die* plattmachen.« Mit quietschenden Reifen bog er um die nächste Kurve.

»Leg es nicht drauf an!«, schrie ich panisch.

Als er in eine Parklücke fuhr, schlug er mir auf die Schulter. »Du hängst viel zu sehr an dem Ding, du musst dich entspannen.«

»Ding?« Ich riss den Schlüssel aus dem Zündschloss. »Ich kümmere mich um die Dinge, die ich mag. Ich tausche sie nicht je nach Laune jedes halbe Jahr aus. Wenn du mich fragst, bist du viel zu locker mit deinen *Dingen*.«

Evan sah mich merkwürdig an. »Tja, da könntest du recht haben.«

Ich schob die Schlüssel zurück in meine Jacke, stieg aus dem Wagen und überlegte, wohin ich zuerst gehen wollte. »Wir müssen in ein Schmuckgeschäft.« Evan stöhnte erneut.

Wir gingen in jedes Schmuckgeschäft im gesamten Einkaufszentrum, doch ich fand nicht, wonach ich suchte. Schließlich fuhren wir weiter. Wir streiften durch Downtown, als ich in einer Schaufensterauslage endlich genau das entdeckte, was ich mir vorgestellt hatte. »Das ist es«, sagte ich und zerrte Evan in das Juweliergeschäft.

»Gott sei Dank«, grummelte er und tat, als hätten wir seit Tagen und nicht erst seit Stunden gesucht.

Das Geschäft wollte gerade schließen, darum suchte ich schnell nach einer Verkäuferin. Eine große, tadellos gekleidete Frau mit langen glatten kastanienbraunen Haaren schloss diverse Verlobungsringe in eine Vitrine, während ein Paar beschwingt den Laden verließ. Einen Augenblick sah ich ihnen hinterher, und ein Funken Eifersucht durchfuhr mich. Der Mann hatte den Arm um die Frau gelegt, und sie betrachtete den neuen Ring an ihrem Finger. Sie hatten ihr lebenslanges Glück gefunden, während ich mich auf mein lebenslanges Unglück vorbereitete. Das schien mir nicht gerecht, doch wann war das Leben schon gerecht? Vor allem zu mir.

Ich wandte den Blick von ihnen ab und trat zu der Frau am Verkaufstresen. »Entschuldigen Sie bitte, ich würde mir gern etwas ansehen.«

Sie unterbrach das Abschließen der Vitrine und sah zu mir auf. Als sie mein Gesicht sah, strahlte sie. »Oh, hallo.« Sie zog das Tablett mit den Verlobungsringen wieder heraus und sagte: »Suchen Sie nach einem Ring für Ihre Liebste?«

Wehmütig schüttelte ich den Kopf. »Nein.« Ich sah ihr in die Augen und deutete mit dem Daumen auf die Schaufensterauslage. »Ich würde mir gern die Halskette mit der Gitarre ansehen.«

Sie schloss die Ringe wieder ein, richtete sich auf und ging zum Fenster. »Ach ja, das ist ein besonders hübsches Stück, nicht?« Mit einem Schlüssel öffnete sie die Auslage, blickte auf meinen Ringfinger und fragte: »Für Ihre ... Freundin?«

Ich schürzte die Lippen. War Kiera das? »Nein, ich weiß nicht. Es ist kompliziert.«

Die Verkäuferin nickte und nahm die Kette aus dem Schaufenster. »Verstehe. Wir haben es hier häufiger mit komplizierten Situationen zu tun.«

Sie reichte mir die Halskette, und ich nahm sie mit zitternden Fingern entgegen. Die Gitarre war perfekt gearbeitet, zierlich aber stabil, und in der Mitte saß ein großer runder Diamant, der im Licht funkelte. Die Kette symbolisierte mich, und sie symbolisierte Kiera. Sie verkörperte uns perfekt oder eher das, was wir nie gewesen waren. Ich konnte mir kein besseres Geschenk vorstellen, damit sie mich und das, was wir erlebt hatten, nicht vergaß. »Ich nehme sie«, sagte ich leise, ohne auch nur einen Blick auf das Preisschild geworfen zu haben.

»Hervorragend.« Die Verkäuferin strahlte. »Ich mache Ihnen das Geschenk fertig.«

Als sie davonging, trat Evan zu mir. »Kellan, du kannst

nicht erwarten, dass sie die trägt. Das ist viel zu offensichtlich.«

Ich schüttelte den Kopf und starrte auf den glänzenden Diamanten. »Das erwarte ich auch nicht. Ich erwarte gar nichts. Ich möchte sie ihr einfach schenken.« Mit brennenden Augen sah ich ihn an. »So will ich mich von ihr verabschieden.«

Evan nickte mitfühlend. Da ich bei einem Edel-Juwelier nicht losheulen wollte, schluckte ich meine Gefühle hinunter und ging zur Kasse. Die Frau bereitete eine hochwertige, mit Samt ausgeschlagene Schachtel vor. Wahrscheinlich würde ich sie nicht benutzen. Ich wollte keine edle Verpackung, ich wollte nur, dass Kiera die Kette bekam. Die Verkäuferin drückte ein paar Tasten auf der Kasse, die daraufhin einen vierstelligen Betrag ausspuckte. Evan verschluckte sich und begann zu husten. Wahrscheinlich hatte er noch nie so viel Geld für ein Schmuckstück ausgegeben. Ich auch nicht, aber für dieses hätte ich notfalls auch dreimal so viel bezahlt.

Die Verkäuferin musterte mich die ganze Zeit, während sie das Geschenk einpackte. Nachdem sie es mir zusammen mit der Quittung überreicht hatte, gab sie mir ihre Visitenkarte. »Wenn Sie vielleicht mal nicht in einer komplizierten Beziehung stecken, melden Sie sich bei mir.«

Sie strahlte mich an und zwinkerte mir aufreizend zu. In einem anderen Leben hätte ich ihr Angebot angenommen. Doch jetzt lag das außerhalb meiner Vorstellungskraft. Ich reichte ihr die Karte zurück. »Ich werde nie von dieser Beziehung loskommen. Nicht wirklich.«

Das Lächeln der Verkäuferin erstarb. »Die Glückliche«, erwiderte sie leise.

Ich lächelte schwach. *Ja, die Glückliche*. Nur dass nicht alles Glück auch glücklich machte.

Als wir den Laden mit der kleinen Tüte verließen, sah Evan

mich betrübt an. Ich sah auch nicht heiterer aus. Allerdings hatte ich angenommen, Evan würde sich freuen, dass wir mit dem Einkaufen fertig waren. In mitfühlendem Ton sagte er: »Es tut mir leid. Ich weiß, wie beschissen das ist. Na ja, zumindest kann ich es mir vorstellen. Nachfühlen kann ich es wohl nicht.«

Ich nickte und blickte auf die sich langsam leerenden Straßen. »Es ist beschissen und auch wieder nicht. Es ist schrecklich und toll zugleich. Das macht es ja so schwer.«

Er lächelte mitfühlend. »Es ist richtig, dass du sie aufgibst. Wenn du es früh genug machst, wird Denny es vielleicht nie erfahren.«

Ich musterte den Boden. Das Richtige zu tun fühlte sich nicht immer richtig an. Manchmal fühlte es sich einfach nur grausam an. »Ja …« Ich blickte mich zu ihm um. »Ich habe keine Lust, heute Abend ins Pete's zu gehen. Hättest du was dagegen, den Song noch einmal mit mir zu proben? Nur wir zwei? Ich übernehme Matts Part. Wir können ihn auch ohne Bass spielen.«

Evan sah mich nachdenklich an. »Klar, Mann. Alles, was du willst.«

28. KAPITEL

Liebe machen

Am Ende blieb ich bei Evan und perfektionierte meinen Abschiedssong für Kiera, bis ich vor Erschöpfung einschlief. Als ich am nächsten Morgen leise seine Wohnung verließ, schlief Evan noch. Völlig ausgelaugt setzte ich mich in meinen Wagen. Ich war jetzt bereit, mich von Kiera zu verabschieden. Ein kleiner Teil von mir hoffte noch immer, dass es nicht nötig wäre, aber eigentlich wusste ich, dass das lächerlich war. Warum zum Teufel sollte sie ihre perfekte Beziehung zu Denny für einen kaputten Typen wie mich aufgeben?

Dennys Auto stand nicht in der Auffahrt. Ich war so lange weg gewesen, dass ich nicht genau wusste, welchen Tag wir hatten. Es musste Freitag sein. Wenn ich unseren Auftritt in der Bar verpasst hätte, hätte Matt mich schon längst zusammengestaucht. Im Haus war es ruhig. Ich blickte ins Wohnzimmer, dann ging ich in die Küche. Da Kiera nicht hier war, nahm ich an, dass ich sie oben finden würde. Oder sie war nicht da. Hoffentlich nicht.

Obwohl meine Klamotten sauber waren – ich hatte sie gewaschen und getrocknet, während ich gestern Abend mit Evan an dem Song gearbeitet hatte –, wollte ich mich umziehen. Seit Tagen trug ich dasselbe. Als ich die oberste Stufe erreichte, hörte ich, wie eine Tür aufging. Ich blickte auf, und Kiera kam aus dem Bad. Sie sah frisch und sauber aus, ihre langen braunen Locken wippten um ihre Schultern. Ihre vollen Lippen schimmerten rosig, und ihre Wangen hatten einen pfirsichfarbenen Ton, den sie auch annahmen, wenn ihr etwas peinlich war. Alles an ihr war perfekt ... bis auf ihre Augen. Sie wirkten heute Morgen eher braun als grün und genauso bedrückt wie ich mich fühlte. Als sie mich sah, stiegen ihr sofort Tränen in die Augen. Offenbar litt sie genauso sehr wie ich. War das gut oder schlecht?

Ich lächelte und begrüßte sie auf die übliche Weise: »Morgen.« Ob sie wohl wusste, dass ich im Geiste immer *Schönheit* hinzufügte?

Ich ging auf sie zu, doch das dauerte Kiera offenbar zu lange. Sie rannte zu mir, warf die Arme um meinen Hals, vergrub ihren Kopf an meiner Schulter und begann zu weinen. Das war nicht die Reaktion, die ich mir erhofft hatte. Ich hielt sie fest, während sie schluchzte. »Ich dachte, du wärst weg. Ich dachte, ich würde dich nie mehr wiedersehen.«

Es tat mir schrecklich leid, dass ich so lange weggeblieben war. Ich strich ihr über den Rücken. »Es tut mir leid, Kiera, das wollte ich nicht. Ich hatte etwas zu erledigen.«

Sie wich zurück und schlug mir gegen die Brust. Mit funkelnden Augen stieß sie hervor: »Mach das nie wieder!« Wie niedlich sie aussah, wenn sie wütend war. Ich legte eine Hand auf ihre Wange. Ihre Wut verblasste, und sie sah mich durchdringend an. Leiser fügte sie hinzu. »Verlass mich nicht.«

So wie sie das sagte, war klar, dass sie annahm, ich *würde* sie eines Tages verlassen. Sie hatte recht und auch wieder nicht. Ich würde sie verlassen, um sie zu retten. Um die Beziehung zu dem Mann zu retten, den sie verdiente. Den sie wirklich wollte. Ich würde nachgeben. Aber zuerst würde ich mich verabschieden. »Das würde ich nicht tun, Kiera. Ich würde nicht einfach so verschwinden.«

Während ich über ihre Wange strich, sah Kiera mich an.

Ich könnte tagelang in ihren Augen versinken, die ständig die Farbe änderten. Völlig aus dem Nichts sagte Kiera plötzlich die Worte, auf die ich ein Leben lang gewartet hatte.

»Ich liebe dich.«

Die Worte waren so einfach. Ein Kind, das kaum sprechen konnte, könnte sie lernen, doch sie waren so verdammt bedeutungsvoll, sie hatten schon ganze Leben zerstört. Und ihre Wirkung auf mich folgte unmittelbar. Meine Augen brannten und wurden feucht. Ich schloss sie, und zwei Tränen liefen mir über die Wangen. Mir war zum Lachen und zum Heulen zumute, und ich wusste nicht, ob Freude oder Schmerz in mir die Oberhand gewinnen würde. *Sie liebt mich. Jemand liebt mich.*

Ich spürte, wie Kiera mir die Tränen wegwischte. »Ich liebe dich ... so sehr.«

Die Aufrichtigkeit in ihrer Stimme, die Traurigkeit, das Mitgefühl, die Freude ... Am liebsten wäre ich auf die Knie gesunken, hätte die Arme um sie geschlungen und sie nie mehr losgelassen. *Wie kann ich den einzigen Menschen verlassen, der mir je seine Liebe gestanden hat?* Ich öffnete die Augen, aus denen weitere Tränen liefen. »Danke. Du weißt nicht, wie lange ich mir das ... wie lange ich darauf ... schon warte.«

Ich konnte kaum sprechen. All die Gefühle, die auf mich einstürmten, rieben mich auf und heilten mich zugleich. Kiera ließ mich nicht ausreden. Sie brauchte keine Erklärung, sie wusste um meinen inneren Aufruhr, meinen lebenslangen Schmerz. Und jetzt wollte sie mir die Leere und Einsamkeit nehmen. Sie wollte mir ihre Liebe zeigen.

Sie hob die Lippen zu meinen und brachte mich mit einem zärtlichen Kuss zum Schweigen. Ich legte meine Handfläche auf ihre Wange und genoss ihre Wärme. Kiera zog sanft an meinem Nacken und drängte mich, ihr zu folgen. Noch immer küssten wir uns. Sie führte mich in mein Schlafzimmer und blieb neben dem Bett stehen. Kurz lösten wir die Lippen voneinander und zogen uns wortlos aus. Als sie nackt vor mir stand – perfekt geformt, schlank, sportlich, dennoch weich und erregend –, wich ich zurück, um sie zu bewundern.

»Du bist so schön«, flüsterte ich und fuhr mit der Hand durch ihre gewellten Haare.

Diesmal wurde sie nicht rot; ein warmes Lächeln war ihre einzige Antwort. Ich küsste sie erneut und schob sie sanft aufs Bett. Ich wollte mir Zeit lassen. Ich wollte mir jede Rundung ihres Körpers einprägen. Ich wollte jedes Geräusch hören, das sie von sich gab, wenn ich sie berührte, und ich wollte die Bedeutung jedes Lautes verstehen. Ich wollte sie befriedigen und ihr einen unvergesslichen Augenblick schenken, denn ich würde ihn nie vergessen.

Meine Finger strichen ebenso mühelos über ihren Körper wie über meine Gitarre. Und die Laute, die sie von sich gab, klangen genauso wundervoll wie mein Instrument. Obwohl unsere Körper bereit waren, ließen wir uns Zeit. Ihre Hände glitten über meine Schultern und meinen Rücken hinunter. Meine zeichneten ihre Rippenbögen nach, die Wölbung ihrer Hüfte. Sie hinterließ eine Spur zärtlicher Küsse auf meinem Kinn, ich auf ihrem Hals. Als mein Mund hinunter zu ihren Brüsten wanderte, bog sie lustvoll den Rücken durch. Stöhnend schloss ich die Lippen um ihren Nippel. *Das will ich immer haben.*

Als ich von ihrer Brust abließ, glitt ich weiter nach unten. Kiera klammerte sich an mich, dann streichelte sie mich, ihre Erregung wuchs. Ich zögerte den Augenblick hinaus und berührte sie überall, nur nicht dort, wo sie es wirklich ersehnte. Als ich schließlich mit der Zunge über ihre empfindlichste Stelle strich, stieß sie einen wundervollen Schrei aus. *Ich will sie so sehr.*

Dann schob sie mich sanft auf den Rücken und erkundete mich. Sie reizte und liebkoste mich auf zärtliche Weise. Ich schloss die Augen und genoss das Gefühl, ihre Haut auf meiner zu spüren. Nichts fühlte sich besser an. Mein Herz und meine Seele folgten jeder ihrer Bewegungen. Und selbst, als sie mit der Zunge zwischen meinen Lenden entlangstrich, fühlte ich vor allem meine tiefe Liebe für sie.

Als klar war, dass wir uns nicht länger beherrschen konnten, rollte ich sie auf den Rücken und kniete mich über sie. Ein Teil von mir wollte so schnell wie möglich in sie eindringen, doch auch hier musste ich mir Zeit lassen. Vielleicht war es unser letztes Mal, ich wollte nicht, dass es zu schnell vorbeiging.

Ich sah Kiera tief in die Augen, dann glitt ich langsam in sie hinein. Das Gefühl war überwältigend, und ich schloss die Augen. Jeder Millimeter, den ich mich bewegte, fühlte sich wundervoll an. Noch nie hatte ich etwas so Intensives gespürt, und für den Bruchteil einer Sekunde hatte ich Angst, dass ich mich nicht lange genug beherrschen konnte, um auch sie zu befriedigen.

Als ich ganz in ihr war, rührte ich mich nicht. Ich konnte nicht. Ich brauchte eine Minute. Kiera liebkoste meine Wange, und ihre Worte strichen an meinem Ohr vorbei. »Ich liebe dich.«

Ich öffnete die Augen und blickte hinunter auf die wunderschöne unglaubliche Frau unter mir. »Ich liebe dich so sehr.«

Ich umfasste ihre Hand und begann, mich zu bewegen. Glücksgefühle durchströmten mich. »Kiera ... ich liebe dich«, flüsterte ich.

Als sich unsere Hüften trafen, ließ sie den Kopf in den Nacken sinken. Wir bewegten uns langsam und ließen uns Zeit; dennoch spürte ich, wie in mir der Druck wuchs. Ich ignorierte ihn so gut ich konnte und konzentrierte mich auf ihr Gesicht, ihre Laute und das Gefühl, das in meiner Brust explodierte. Der Orgasmus, der sich langsam in mir bildete, war nichts dagegen. Ich hatte nicht gewusst, dass sich Liebe so anfühlte.

Nach einer langen Zeit, die sich dennoch viel zu kurz anfühlte, ging Kieras Atem schneller, und ihre Muskeln unter mir erstarrten. Sie stand kurz vor dem Höhepunkt. Ich beschleunigte meinen Rhythmus ein wenig und stellte mich darauf ein loszulassen. *Loszulassen und sie zu lieben.* Der Griff um meine Hand festigte sich, und ihr Atem beschleunigte sich. Sie war so wunderschön, wenn sie kam. Ich sah den Augenblick, als sie den Höhepunkt erreichte, und beherrschte mich nicht mehr. Eine Sekunde später schoss die Erlösung durch meinen Körper, und ich raunte ihren Namen, während ich noch einmal fest in sie hineinstieß. Meine Erfüllung war doppelt so groß. *Sie liebt mich.*

Die Freude wich friedlichem Glück, und nachdem ich aus ihr herausgeglitten war, rollte ich mich auf den Rücken. Ich wollte jedoch nicht von ihr getrennt sein und zog sie an meine Brust. Sie war so warm, so weich, so wundervoll. So etwas hatte ich noch nie erlebt, und auf einmal verstand ich, was der Begriff »Liebe machen« wirklich bedeutete. Sex war nur ein kleiner Teil davon.

Ich wünschte, dieser Moment würde nie vorübergehen, doch da das unmöglich war, hielt ich Kiera in den Armen und hörte zu, wie sich mein Herzschlag langsam beruhigte. Als Kiera zu mir hochsah, schimmerten Tränen auf ihren Wagen, und ein trauriges Lächeln spielte um ihre Lippen. Ich verstand sie, auch meine Augen brannten. *Ich will dich nicht verlieren.*

»Ich liebe dich«, flüsterte ich.

»Ich dich auch«, sagte sie und küsste mich.

Mein Herz brannte vor Freude … und vor Schmerz. Ungewollte Gedanken meldeten sich. Dass ich sie nie mehr wiedersehen würde. Gedanken an sie und Denny. Dass ich den Rest meines Lebens allein sein würde. War das mein Schicksal? Ich schloss die Augen und verdrängte sie. Kiera lag in meinen Armen, nur darauf wollte ich mich jetzt konzentrieren.

Als ich die Augen schloss, entwischte mir dennoch eine Träne, und Kiera entdeckte sie. »Woran denkst du?«, fragte sie vorsichtig.

»An nichts«, erwiderte ich und hielt die Augen geschlossen. Ich wollte die Welt ausschließen. Ich wollte nur sie in meinen Armen spüren.

Obwohl ich ehrlich war, nahm Kiera mir die Antwort nicht ab. Ich spürte, wie sie mich forschend musterte, also öffnete ich die Augen. »Ich versuche an nichts zu denken. Wenn ich denke, tut es zu sehr weh ...«

Kiera biss sich auf die Lippe und wirkte schuldbewusst. »Ich liebe dich«, wiederholte sie.

Ich nickte und sprach meine Zweifel aus. »Allerdings nicht genug, um ihn zu verlassen?«

Kiera schloss die Augen, und ich verzog das Gesicht. Warum hatte ich das gesagt? Ich wollte es ihr nicht noch schwerer machen. Es war nur einfach das Wunderbarste, das ich je erlebt hatte, und das wollte ich nicht aufgeben. Ich konnte mir nicht vorstellen, *sie* aufzugeben. Konnte mir nicht vorstellen, wie leer meine Welt ohne sie wäre.

Kiera sah aus, als würde sie mit den Tränen kämpfen, ich strich ihr übers Haar. »Ist schon okay, Kiera. Das hätte ich nicht sagen sollen.«

»Kellan, es tut mir so leid ...«

Ich legte einen Finger auf ihre Lippen, ich wollte das jetzt nicht hören. »Nicht heute.« Lächelnd zog ich sie zu mir und küsste sie. »Nicht heute ... okay?«

Kiera nickte, und wir beendeten die schmerzliche Unterhaltung. Dazu würde später noch Zeit sein. Hier und jetzt waren meine um Kiera gelegten Arme alles, was zählte.

Kiera löste sich von meinen Lippen und fragte: »Was meinst du? Wenn es das erste Mal nicht gegeben hätte, wären wir drei dann einfach gute Freunde?«

Ich lächelte. »Du meinst, ob wir alle bis an unser Lebensende glücklich zusammenleben würden, wenn du und ich nicht betrunken miteinander geschlafen hätten?«

Sie nickte, und ich dachte darüber nach. Als mir jedoch wieder einfiel, was ich für sie damals empfunden und wie sie mich angesehen hatte, wusste ich die Antwort sofort. »Nein, du und ich sind immer mehr als nur Freunde gewesen. Früher oder später wären wir immer hier gelandet.«

Kiera nickte, dann blickte sie auf meine Brust hinunter.

Ich streichelte ihren Arm und fragte mich, was sie dachte. »Bereust du es?«, fragte ich schließlich. Wünschte sie, dass wir uns nie begegnet wären? Das war ein schmerzhafter Gedanke, aber ich könnte ihn verstehen.

Sie blickte zu mir hoch. »Ich bereue, was ich Denny antue.« Ich nickte und wandte den Blick ab. Auch das konnte ich verstehen. Das ging mir genauso. Kiera legte mir eine Hand auf die Wange und zwang mich, sie anzusehen. »Ich bereue keine einzige Sekunde mit dir. Kein Moment mit dir ist vergeudet.«

Ich musste lächeln, weil sie meine Worte benutzte und weil ich mich über ihre Antwort freute. Sie bereute nicht, dass sie mir begegnet war, sondern nur die Umstände. Die bereute ich auch. Es tat mir leid, dass wir jemanden verletzten, aber ich bereute nicht, dass ich ihr begegnet war. Sie war alles für mich.

Ich zog ihre Lippen an meine, dann rollte ich sie zurück auf den Rücken. Uns blieb noch Zeit, bis Denny nach Hause kam, und solange sie mir gehörte, wollte ich das genießen.

Nachdem ich den ganzen Tag mit Kiera im Bett verbracht hatte, fiel es mir schwer, sie zu verlassen. Na ja, zugegeben, das wäre immer schwierig für mich gewesen, doch unser einzigartiger Nachmittag machte es mir noch schwerer. Ich wollte die Zeit anhalten, damit sich nichts zwischen uns änderte. Als ich mich von ihr verabschiedete, hatte sie Tränen in den Augen. Ich küsste ihre Lider und versicherte ihr, dass wir uns im Pete's sehen würden. Schließlich war Freitag, und ich hatte einen Gig. Ob ich wollte oder nicht, das Leben ging weiter.

Als ich zu Evan zum Proben kam, waren alle anderen schon da. Ich trat durch die Tür, und Matt sah mich an. »Hey, Kell. Können wir losrocken?«

Ich nickte. An den Abenden, an denen wir im Pete's spielten, probten wir normalerweise nicht, aber heute hatte ich ausnahmsweise darum gebeten. »Lasst uns noch mal den neuen Song spielen.«

Griffin schlug Evan auf die Schulter. »Der kommt von dir, stimmt's? Hat dir wieder irgendeine Braut das Herz gebrochen?« Er schüttelte angewidert den Kopf. »Du bist vielleicht ein Weichei. Ich werde nie einem Mädel hinterhertrauern. Es sind doch genug Fische im Teich.«

Evan grinste ihn an, dann sah er mit gehobener Braue zu mir. Wie er es vorhergesagt hatte, dachten die Jungs, er würde hinter dem Song stecken. Das hatte also schon mal geklappt.

Während wir das Stück noch einmal spielten, dachte ich daran, wie ich heute in Kieras Armen gelegen hatte. Es war ein perfekter Moment gewesen, den ich leider wohl nicht noch einmal erleben würde. Es war schwer vorstellbar, dass ich diese Verbindung nie mehr fühlen würde. Ich mochte mir aber auch nicht vorstellen, Kiera mit Denny zu teilen. Bei der Vorstellung, dass sie auch mit ihm so intim war, wurde mir übel.

Ich schob das Dilemma zur Seite. Ich wollte mich damit jetzt nicht befassen.

Nach einer kurzen Probe fuhren wir zum Pete's. Auf dem Parkplatz stand Dennys Honda. Das überraschte mich, und ich überlegte umzudrehen und zu verschwinden. Doch das ging nicht. Ich hatte eine Aufgabe. Obwohl es früher passierte als mir lieb war, musste ich ihm unter die Augen treten. Schließlich wohnten wir zusammen. Vermutlich war heute Abend genauso gut wie jeder andere.

Er empfing mich mit einem aufrichtigen Lächeln an der Tür. Wie Kiera hatte auch er mich diese Woche nicht viel gesehen. »Hey, Kumpel. Du verwandelst dich in letzter Zeit in einen Geist. Ist alles in Ordnung bei dir?«

Ich umarmte ihn kurz. Mein Herz pochte vor Angst, mein Magen brannte vor schlechtem Gewissen, aber ich lächelte warm und freundlich. Wenn es sein musste, konnte ich meine Gefühle gut kontrollieren. »Ja … nur viel Arbeit. Ist alles ein bisschen verrückt in letzter Zeit.« *Ich habe mich dir gegenüber wie ein mieser Arsch verhalten.*

»Verrückt ist gut.« Denny ging zu unserem Stammtisch. Mein Herz klopfte bis zum Hals, als ich ihm folgte. »Arbeitest du an etwas Speziellem?«, fragte er.

An deiner Freundin.

Ich wusste nicht, ob er Smalltalk betrieb oder ob er aus einem bestimmten Grund neugierig war. Ich beschloss, dass er nichts von Kiera und mir wusste, und antwortete lächelnd: »Matt will uns nächstes Jahr für ein Festival anmelden. Damit wir ein Demoband aufnehmen können, will er Evans Loft schalldicht isolieren. Das ist ein ziemlicher Akt.«

Denny machte große Augen, und ich war ein bisschen stolz auf meine Schwindelei. *Die besten Lügen fußen auf der Wahrheit.* Dann fiel mir wieder ein, wen ich da anlog, und mein

Magen rebellierte. Ich war ein solcher Arsch. »Ja, das kann ich mir vorstellen«, erwiderte Denny. »Klingt, als wärt ihr auf dem richtigen Weg. Nicht mehr lange, dann landet ihr einen großen Hit.«

Darüber musste ich grinsen. Das schien mir eine tolle aber unwahrscheinliche Aussicht, doch es war typisch für Denny. Er hatte mich immer unterstützt und mir Mut gemacht. Wenn er damals nicht gewesen wäre, würde ich heute nicht in einer Band spielen, das hatte ich nicht vergessen. Dieser Gedanke verstärkte nur meine Übelkeit.

Ein lauter Krach auf der anderen Seite der Bar erregte Dennys Aufmerksamkeit, und ich riskierte einen Blick zu Kiera. Sie starrte in meine Richtung und wirkte traurig und sehnsüchtig, als würde sie sich zwingen, dort stehenzubleiben, obwohl sie sich eigentlich in meine Arme stürzen wollte. Mir ging es genauso. Ich hatte gehofft, in der Bar etwas Zeit mit ihr allein zu haben, so allein wie wir im Pete's eben sein konnten. Doch es war klar, dass Denny bleiben würde. Kiera und ich würden mit der unangenehmen Situation leben müssen.

Als wir uns an den Tisch setzten, musterte Denny mich kühl. Ich spannte die Muskeln an. »Was ist?«, fragte ich mit neutraler Miene.

»Ich weiß, das geht mich nichts an, aber ...« Er zögerte, und ich las in seinen Augen, dass er mit sich rang. »Kieras Schwester ...«

Seufzend blickte ich auf den Tisch. *Gut, er will also über die Geschichte reden, die Kiera sich ausgedacht hat. Damit kann ich leben.* »Ja. Was weißt du davon?«

Denny nickte. »Kiera hat mir erzählt, dass sie dich deshalb geohrfeigt hat. Das war nicht okay, aber ... deine Aktion auch nicht, Kumpel.« Ich sah ihm in die Augen. Ich schwieg und stimmte ihm weder zu noch widersprach ich ihm. Als er sah, dass ich mich nicht wie ein Mistkerl verhalten würde, fügte er hinzu: »Kiera meinte, du hättest Annas Gefühle verletzt, weil du sie nie angerufen hast. Wenn du keine Beziehung wolltest, hättest du ihr das von Anfang an ehrlich sagen müssen.«

Ich verkniff mir ein finsteres Lächeln. *Von Anfang an ehrlich sein?* Ja, das war eine Lektion, die ich auf die harte Tour gelernt hatte. Ich hielt seinem Blick stand und nickte ernst. Er schlug mir auf die Schulter. »Ich wollte dir keine Strafpredigt halten, das ist dein Leben, aber versuch, an die Gefühle der anderen zu denken, okay?« Er hob eine Braue. »Glaub mir, ich hätte fast alles verloren, weil ich das nicht getan habe.«

Er blickte zu Kiera hinüber, und ich zwang mich, mich nicht umzudrehen und ebenfalls zu ihr zu sehen. Ich hatte das Gefühl, als hätte er mir ein Schwert in den Magen gerammt und es mehrfach umgedreht. *Er hatte fast alles verloren ...* Hatte er? Das würde die Zeit zeigen.

Da Denny noch immer ahnungslos war, ließ ich den Song aus dem Programm. Das war ein letzter Ausweg – das Ende des Wegs –, da waren Kiera und ich noch nicht. Wir hatten noch Zeit, obwohl ich spürte, wie mir die Sekunden durch die Finger rannen. Während des gesamten Auftritts warf ich Kiera sehnsüchtige Blicke zu. Ich konnte nicht anders. Denny bemerkte es nicht. Er war zu sehr damit beschäftigt, Kiera mit besorgtem Blick zu beobachten, als wüsste er, dass etwas nicht stimmte, wenn auch nicht, was.

Denny blieb bis zum Ende von Kieras Schicht. Ich überlegte, ob ich nach Hause fahren sollte, solange sie noch hier waren. Wenn ich nach ihnen ankam, musste ich mitansehen, wie sie gemeinsam in ihr Zimmer gingen, und das würde mich fertigmachen. Als ich gerade gehen wollte, kam Jenny zu mir.

»Was hast du vor, Kellan?«, flüsterte sie. Ihr Blick zuckte

zu Kiera, und ich wusste, dass sie nicht von diesem Moment sprach.

Ich seufzte. »Ich weiß es nicht. Wenn ich wüsste, wie ich da rauskomme, ohne jemandem wehzutun, würde ich es sofort tun, glaub mir, Jenny.« Ich hob die Arme. »Ehrlich, ich weiß einfach nicht, was ich tun soll.«

Sie runzelte die Stirn. »Warum hast du dich dann überhaupt darauf eingelassen? Sie war glücklich mit ihm, du hättest nicht ...«

»Ich wollte das nicht«, unterbrach ich sie.

Sie sah mich streng an. »Du wolltest das nicht? Er ist einer deiner besten Freunde, Kellan. Das ist ein automatisches Stopp-Schild, egal wie die Umstände sind. Ich weiß, dass du dich normalerweise nicht um so etwas scherst, aber in dem Fall hättest du es besser wissen müssen.«

Aus dem Augenwinkel sah ich, dass Denny und Kiera die Bar verließen. War wohl nichts mit vor ihnen zu Hause sein. Da ich keine überzeugende Entschuldigung vorzubringen hatte, sagte ich bloß: »Ich weiß. Aber ich bin ein Dreckskerl und habe es nun mal getan. Also, was soll ich jetzt tun?«

Jenny schüttelte den Kopf. »Jetzt musst du es ihm sagen.«

Bei dieser Vorstellung zog sich mein Magen zusammen. Wie konnte ich ihn so verletzen? Er würde nie mehr wie früher sein. *Ich bin für dich da, Kellan. Ich werde immer für dich da sein.*

Ich ließ mir Zeit für den Nachhauseweg und blieb fünf Meilen unter der Geschwindigkeitsbegrenzung. Ich bog falsch ab und fuhr quer durch die Stadt – alles in der Hoffnung, dass Denny und Kiera tief schliefen, wenn ich heimkam. Ich gab dem Wort »Ausweichen« eine neue Bedeutung.

Als ich schließlich nach Hause kam, war alles ruhig. Ich schlich auf Zehenspitzen nach oben und machte mich fürs Bett fertig. Wie konnten wir nur so weitermachen? Ganz einfach ... gar nicht. Die Konflikte, die Anspannung und die Eifersucht würden uns fertigmachen. Sie belasteten uns ja schon jetzt. Ich legte mich ins Bett, starrte an die Decke und wartete darauf, dass mich der Schlaf überkam. Er kam nicht, dafür jedoch jemand anders.

Meine Schlafzimmertür ging auf. Ich stützte mich auf die Ellbogen hoch und sah, wie Kiera hereinschlüpfte und die Tür hinter sich schloss. Was zum Teufel machte sie hier? Sie strahlte in ihrem engen Trägertop und den weiten Pyjamahosen. Sie schien im Mondlicht geradezu zu leuchten, und ihre Augen waren wach, ohne den leisesten Anflug von Schlaf. Sie hatte auf mich gewartet. Warum?

Bevor ich sie fragen konnte, glitt sie in mein Bett und schlang Arme und Beine um mich. Unter ihrem Gewicht sank ich zurück aufs Kopfkissen. Sie war wieder bei mir. »Träume ich?«, flüsterte ich, als sie ihre Lippen auf meine presste. *Wenn ja, bitte weck mich nicht auf.*

Wir küssten uns, und ich strich mit den Händen über ihren Rücken und durch ihre Haare. »Du hast mir gefehlt«, raunte ich und küsste sie leidenschaftlicher.

»Du mir auch. Sehr.«

Ihre Worte wärmten mich und ließen mich erstarren. Es fühlte sich so richtig an, in ihren Armen zu liegen, und gleichzeitig so falsch. Schnell wurde unser Atem schwer vor Lust, Liebe und Verlangen. Ich war hart und begehrte sie so sehr, dass ich es kaum aushalten konnte. Ich brauchte mehr. Kiera las meine Gedanken, unterbrach unseren Kuss und zog sich das Oberteil aus. Ein Stromschlag fuhr durch meine Lenden, und ich rang mit meiner Beherrschung. Ich ließ die Hand über ihre festen Brüste gleiten und flüsterte: »Was machst du nur, Kiera?«

Sie drückte ihre Brust an meine und küsste meinen Hals. Ich fand es furchtbar, aber ich musste uns zur Vernunft bringen. »Kiera. Denny hat recht ...«

Es funktionierte nicht. Sie unterbrach mich mit kurzen aufrichtigen Worten, die stärker als jede Logik der Welt waren. »Ich liebe dich, und du hast mir gefehlt. Nimm mich.«

Sie zog sich die restlichen Kleider aus. *Ja ...*

»Kiera ...«

Sie strich mit den Händen über meinen Körper und setzte mich in Flammen. Sie fühlte sich so gut an. Ihre Finger zerrten an meinen Boxershorts, sie wollte die letzte Grenze zwischen uns beseitigen. *Ja ...*

»Ich liebe dich. Nimm mich«, flüsterte sie mir erneut ins Ohr.

Ich wünschte, ich könnte mich von der Schuld befreien. Ich blickte zur Tür, dann wieder zu ihr. »Bist du dir sicher ...«

»Ja«, entgegnete sie sofort und küsste mich erneut.

Gegen meinen Willen erschien Dennys Gesicht vor meinem inneren Auge. *Ich werde immer für dich da sein.* Dann sah ich, wie sich sein Gesicht vor Abscheu über den Verrat verzerrte. *Was hast du getan?* Ich löste mich aus Kieras leidenschaftlichem Kuss. »Warte ... Ich kann nicht.« Ich keuchte, mein zerrissenes Herz brachte mich um. Ich konnte ihn nicht betrügen, wenn er nur ein paar Meter entfernt war, obwohl die Entfernung bei meinem Verrat eigentlich nebensächlich war.

Kiera, liebenswert wie immer, verstand mich wortwörtlich. »Oh ... na ja, vielleicht könnte ich ...« Sie legte ihre Hand um meinen Schwanz, und beinahe wäre ich gekommen. Was zum Teufel hatte das Schicksal mit mir vor?

»Aaah, du machst mich fertig.« Ich zog ihre Hand fort und lachte. Zumindest hatte ihre kleine Einlage meine Schuldgefühle einen Moment in den Hintergrund gedrängt. Meine

Brust fühlte sich etwas leichter an, als ich ihr erklärte: »So habe ich das nicht gemeint. Natürlich kann ich, aber ich glaube, wir sollten das lieber lassen.«

Sie wirkte sowohl verwirrt als auch verletzt, als sie sagte: »Aber heute Nachmittag? Das war ... hast du nicht ...? Ich ... willst du mich denn nicht?«

Erschrocken, dass sie meine Zurückweisung persönlich nahm, obwohl ich sie doch so offensichtlich wollte, erwiderte ich sofort: »Doch, natürlich!« Ich blickte hinunter auf meinen Körper, der hart wie Stein war, dann wieder zu ihr. »Das weißt du doch.« Ihr Lächeln war wundervoll schüchtern. Ich wollte, dass sie verstand, was es mir bedeutet hatte und sagte: »Heute Nachmittag war das ... So etwas habe ich noch nie erlebt. Das hätte ich mir nicht träumen lassen, und das soll bei mir echt was heißen.« Ich lächelte sie unsicher an, und sie erwiderte mein Lächeln.

»Willst du es denn nicht noch mal?«, fragte sie und streichelte meine Wange.

Meine Antwort war durch und durch ehrlich. »Mehr als alles andere.« In diesem einen Punkt war ich mir ganz sicher.

»Dann nimm mich«, flüsterte sie und küsste mich erneut.

Ich stöhnte, als sie ihren Körper an mich presste. *Ja ..., aber wir sollten das nicht tun.* »Gott, Kiera. Warum machst du alles so ...?« *Wundervoll. Schmerzhaft.*

»Hart?«, flüsterte sie, bevor sie den Blick abwandte. Ich musste lachen, sie wurde mir immer ähnlicher. Mit ernsterer Miene sah sie mich wieder an. »Ich liebe dich, Kellan. Ich habe das Gefühl, uns rennt die Zeit davon. Ich will keine Minute verpassen.«

Genauso ging es mir auch. Dies könnte das letzte Mal sein, dass wir zusammen waren. Und was würde ich wohl mehr bereuen? Wenn ich Denny erneut betrogen hätte, oder wenn ich die Chance verpasst hätte, noch ein letztes Mal mit ihr zu schlafen? So ausgedrückt fiel mir die Antwort leicht. Ich wollte auch keine Minute mit ihr verpassen. Sie gehörte mir, und solange das so war, wollte ich es genießen. Denn morgen Früh konnte alles vorbei sein.

Ich seufzte geschlagen, und sie lächelte triumphierend. »Fürs Protokoll, das ist wirklich eine schlechte Idee.« Mit einem zärtlichen Kuss rollte ich sie auf den Rücken. »Du bringst mich noch ins Grab«, flüsterte ich, als sie mir schließlich die Shorts abstreifte.

Als ich ganz nackt war, glitten unsere Körper zusammen. Wir umklammerten einander und drückten auf diese Weise stumm unsere Leidenschaft aus, was mit Sicherheit zu blauen Flecken führen würde. Tonlos drang ich in sie ein. Ich beherrschte mich so sehr, dass ich kaum atmen konnte. Dann waren wir eins, und ich musste den Mund auf ihren pressen, um leise zu sein. Sie fühlte sich ... *unglaublich an.*

Keiner von uns wollte Lärm machen, also bewegten wir uns mit langsamen, beherrschten Stößen, was unsere Lust nur noch verstärkte. Hätte ich gekonnt, ich hätte ihren Namen geschrien und um mehr gefleht. Ich hätte sie härter und schneller genommen und uns beide zum Höhepunkt getrieben, doch so hielten wir uns aufreizend kurz davor. Ich konnte nur fest ihre Hand umklammern und mich den überwältigenden Gefühlen überlassen, die durch meinen Körper strömten. Diese Lust war eine unbeschreibliche Qual.

Es dauerte eine Ewigkeit. Ich zitterte, so sehr musste ich mich beherrschen. Obwohl ich den ruhigen Rhythmus beibehielt, spürte ich, wie ich langsam kam. Kiera ebenfalls. Sie begann zu stöhnen. Sie war zu laut, und ich legte ihr meine Hand auf den Mund. Sie ließ den Kopf in den Nacken sinken, schlang die Beine fester um mich und grub ihre Nägel in meine Schultern. Ich spürte, wie sie sich um mich zusammenzog und kam. Als die Lustwellen über mich schwappten, presste ich meinen Mund an ihre Schulter. Es war umso intensiver, weil wir uns beherrschen mussten. Ich wollte, dass es niemals aufhörte.

Als es das unweigerlich tat, blieben Kiera und ich dicht zusammen. Seite an Seite. Wir sagten kein Wort, küssten uns nur sanft und streichelten uns. Ich wollte nichts mehr als mit ihr in den Armen einschlafen, aber das durfte nicht passieren. Die Uhr in meinem Kopf tickte laut.

»Du solltest in dein Zimmer zurückgehen«, flüsterte ich.

»Nein«, sagte sie entschlossen.

Ihre Weigerung zu gehen munterte mich auf, doch mein schlechtes Gewissen ermahnte mich. Wir durften uns so nicht erwischen lassen. Das konnte ich Denny nicht antun. »Es ist fast Morgen, Kiera.«

Sie blickte auf die Uhr, erschrak, als sie sah, wie spät es war, und umklammerte mich noch fester. Ich musste über ihren Starrsinn lächeln, aber sie musste jetzt gehen. Ich küsste sie aufs Haar. »Warte eine Stunde im Bett, dann komm runter und trink mit mir Kaffee, wie früher.«

Ich gab ihr noch einen sanften Kuss, dann schob ich sie fort. Ich hätte sie lieber an mich gezogen, aber sie musste gehen. Denny könnte uns so sehen. Das würde ihn fertigmachen. Ihre Klamotten lagen am Fußende und fielen beinahe herunter. Ich reichte sie ihr, und sie schmollte. Kopfschüttelnd zog ich sie an. *Sturkopf.* Als sie angezogen war, setzte ich sie auf und drängte sie aufzustehen. »Kiera ... Du musst gehen, ehe es zu spät ist. Bislang haben wir Glück gehabt. Du solltest das nicht zu sehr herausfordern.«

Ich küsste sie auf die Nasenspitze, während sie widerwillig seufzte. »Okay, gut. In einer Stunde also.«

Ihr Blick glitt über meinen nackten Körper, und sie seufzte erneut, diesmal wehmütig. Als sie schließlich ging, trat ein seltsamer Ausdruck in ihr Gesicht. Eine Mischung aus Traurigkeit, Verwirrung und Selbsthass. Ihr war klar, dass das, was wir getan hatten, nicht richtig war, und sie fühlte sich deshalb genauso schlecht wie ich. Wir befanden uns auf einem rutschigen Abhang und versuchten, einander zu stützen, oder, um ehrlich zu sein, zogen wir uns gegenseitig in den Abgrund.

Nachdem sie das Zimmer verlassen hatte, setzte ich mich zurück aufs Bett und legte mich auf die Decke. Die Kälte strich über meine nackte Haut, doch das merkte ich kaum. Gewissensbisse fielen wie eine Sturmflut über mich her, und sie waren kälter als die Luft es je sein konnte. Wir hätten das nicht tun dürfen. Nichts von alledem. Ich fühlte mich von Kopf bis Fuß schmutzig, und das wollte ich nicht, wenn es um Kiera ging. Nicht, nachdem ich mich bei ihr so lebendig fühlte.

Jetzt musst du es ihm sagen, flüsterte Jennys Stimme mir im Morgengrauen in meinem Zimmer zu. Aber was? Dass seine Beziehung vorbei war oder dass ich nur eine kleine Bodenwelle auf dem Weg zu seinem Glück gewesen war? Wie sollte ich ihm meine Sünden gestehen, wenn ich nicht wusste, wie die Zukunft aussah? Und wenn ich in Kieras Zukunftsplänen nicht vorkam, warum sollte ich es ihm dann überhaupt erzählen? So oder so, ich musste es wissen, und Kiera war die Einzige, die es mir sagen konnte. Vermutlich würde ich sie dann verlieren, weil sie sich nie für mich und gegen Denny entscheiden würde. Das war mir bewusst, als ich mich anzog und nach unten ging.

Leise machte ich Kaffee und sah zu, wie sich die Kanne mit der schwarzen Flüssigkeit füllte. Ebenso stetig stieg Angst in mir auf. Das war er, der Alles-oder-Nichts-Moment. Gefühlte

Stunden später erschien Kiera. Sie nahm mir einen Becher mit Kaffee aus der Hand. Ich konnte mich gar nicht erinnern, ihn eingeschenkt zu haben. Ich wünschte, ich könnte gut damit leben, ihr Liebhaber zu sein. Ich blickte sie an. Sie trug noch immer ihren Pyjama und sah noch genauso aus wie vorhin, als sie das Zimmer verlassen hatte. War sie zum letzten Mal in meinem Zimmer gewesen?

Ich legte die Arme um ihre Taille, küsste sie flüchtig und zog sie an mich. *Ich will das nicht sagen. Ich will nicht, dass du gehst.* »Ich kann nicht glauben, dass ich das jetzt sage«, begann ich. Sie erstarrte in meinen Armen und wartete, dass ich fortfuhr. »So etwas wie letzte Nacht darf nicht noch mal passieren.«

Sie rückte von mir ab, um mich anzusehen, und ich erkannte die Angst und die Verwirrung in ihren Augen. Ich wollte sie nicht leiden sehen, doch das ging jetzt wohl nicht anders. »Ich liebe dich, und du weißt, was dieser Satz für mich bedeutet. Vor dir habe ich das noch nie zu jemandem gesagt.«

Sanft löste ich ihre Arme von meinem Nacken und verschränkte meine Finger mit ihren. »Es hat eine Zeit gegeben, da hätte ich damit kein Problem gehabt. Ich hätte mich von dir verführen lassen und wäre mit dem Rest klargekommen.« Ich strich ihr mit unseren verschränkten Fingern über die Wange. Sie entspannte sich etwas, sah jedoch noch immer ängstlich aus. »Ich will der Mann sein, den du verdienst.« Sie wollte etwas sagen, doch ich legte ihr unsere Finger auf die Lippen. »Ich will mich anständig verhalten.«

Sie zog unsere Finger fort. »Das bist du doch, Kellan. Du bist ein guter Mensch.«

»Ich will aber der bessere Mann von uns beiden sein, Kiera ... und das bin ich nicht.« Seufzend blickte ich nach oben zur Decke, wo Denny ahnungslos schlief. Er hatte einen besseren Freund als mich verdient. Ich wandte meinen Blick wieder Kiera zu. »Was wir letzte Nacht gemacht haben, war nicht anständig, Kiera. Quasi direkt vor Dennys Nase.«

Sie biss die Zähne zusammen, und ihr stiegen Tränen in die Augen. Ich merkte sofort, was ich gesagt hatte. »Nein ... So habe ich das nicht gemeint, du bist nicht ... Ich wollte *dir* keine Vorwürfe machen.« Ich zog sie an mich. Warum konnten die Worte nie so aus meinem Mund kommen, wie ich es wollte? Ich hätte ihr das in einem Song schreiben sollen, das wäre leichter gewesen.

»Was willst du dann, Kellan?«

Sie schniefte. Ich schloss die Augen, holte tief Luft und nahm all meinen Mut zusammen. »Ich will, dass du ihn verlässt und bei mir bleibst.« Verrückt vor Angst öffnete ich langsam die Augen. *Okay, Kiera, reiß mir das Herz heraus. Ich bin bereit.*

Sie starrte mich jedoch nur ungläubig an. Vielleicht hatte sie nicht damit gerechnet, dass ich sie je vor die Wahl stellen würde. Sie musste aber doch wissen, dass das nicht ewig so weitergehen konnte. Etwas mutiger, da sie mich nicht sofort zurückgewiesen hatte, sagte ich. »Es tut mir leid, ich wollte den Mund halten, aber seit wir gestern Nachmittag zusammen geschlafen haben ... So etwas habe ich noch nie erlebt, und ich kann nicht einfach weitermachen wie vorher. Ich will dich und nur dich, und ich kann den Gedanken nicht ertragen, dich mit jemandem zu teilen. Es tut mir leid.«

Ich wusste, dass ich pathetisch klang, aber nachdem ich ihr einmal mein Herz geöffnet hatte, konnte ich nicht mehr aufhören. »Ich will richtig mit dir zusammen sein – ganz offiziell. Ich will mit dir im Arm ins Pete's gehen. Ich will dich jederzeit küssen, egal, wer uns zusieht. Ich will mit dir schlafen, ohne Angst zu haben, dass uns jemand erwischt. Ich will jeden Abend mit dir zusammen einschlafen. Ich will nicht etwas bereuen müssen, bei dem ich mich endlich so vollständig und ganz fühle. Es tut mir leid, Kiera, aber du musst dich entscheiden.«

Tränen liefen ihr über die Wangen, und sie starrte mich erschrocken an. War es wirklich so überraschend für sie, dass ich der Einzige für sie sein wollte? Für mich war sie die Einzige.

Ich beobachtete sie, sie rang mit sich. Schließlich flüsterte sie: »Du bittest mich, ihm das Herz zu brechen, Kellan.«

Ich schloss die Augen. »Ich weiß.« *Warum musste ich mich auch ausgerechnet in Dennys Freundin verlieben?* Tränen verschleierten mir den Blick, als ich die Augen wieder öffnete. »Ich weiß. Aber ich will dich einfach nicht mehr teilen. Der Gedanke, dass du mit ihm zusammen bist, macht mich fertig. Viel stärker als vorher. Ich brauche dich, und zwar ganz.«

Ihre Augen funkelten panisch, und ihr Atem ging schneller. Ich konnte sie gut verstehen. Mir war klar, was ich von ihr verlangte. »Was, wenn ich mich gegen dich entscheide, Kellan? Was dann?«

Als mir eine Träne über die Wange lief, wandte ich mich ab. Was würde ich ohne sie machen? »Dann gehe ich weg von hier, und du kannst mit Denny wieder glücklich werden.« *So sollte es eigentlich sowieso sein.* Ich sah sie wieder an. »Du müsstest ihm noch nicht einmal von mir erzählen. Vielleicht werdet ihr …« Angst kroch meine Kehle hinauf und schnürte sie zu. Eine weitere Träne rollte meine Wange hinunter. »Vielleicht werdet ihr zwei irgendwann heiraten …« *Nein, heirate mich!* »… und Kinder bekommen …« *Nein, mit mir sollst du Kinder haben!* »… und ein tolles Leben haben.« *Wie soll ich ohne dich leben?*

Kiera schluckte und gab einen gequälten Laut von sich. Sah sie, wie ich litt? »Und du?«, fragte sie. »Was passiert mit dir?«

Ich sterbe ein bisschen an jedem Tag, den wir voneinander getrennt sind.

»Ich würde schon klarkommen. Auch wenn ich dich jeden Tag vermissen würde.«

Jede Stunde, jede Minute und jede Sekunde.

Kiera schluchzte auf, sie streichelte mein Gesicht und küsste mich leidenschaftlich, als versuchte sie, die traurigen Worte zu löschen. Ich fühlte mich völlig aufgerieben, innerlich wund. Dieses schreckliche Zukunftsszenario schien viel zu wahrscheinlich. Als wir die Lippen voneinander lösten, waren wir atemlos. Wir lehnten die Köpfe aneinander, und uns liefen beiden die Tränen herunter. *Es ist nicht so schwer, Kiera. Entscheide dich für mich. Ich werde dir alles geben ...* »Kiera, du und ich, das könnte großartig werden«, flehte ich.

»Ich brauche mehr Zeit, Kellan ... bitte«, wisperte sie.

Zeit? Wenn sie mich um Zeit bat, sagte sie noch nicht Nein. Ich küsste sie sanft. »Okay, Kiera. Ich gebe dir Zeit, aber nicht ewig.« *Ein paar Tage noch ... Das kann ich ihr zugestehen. Und mir auch.*

Wir küssten uns erneut, kamen zur Ruhe und hörten auf zu weinen. Es war noch nicht vorbei. »Ich fahre zu Evan. Ich will heute nicht hier mit dir im Haus sein.«

Kiera klammerte sich an mich, als hätte ich gesagt, ich würde in den Krieg ziehen. Vielleicht dachte sie, ich würde weggehen. Nein. Noch nicht. Das würde ich ihr sagen. »Wir sehen uns nachher im Pete's.« *Heute gehe ich noch nicht von hier weg.* Ich küsste sie noch einmal, dann löste ich mich von ihr.

»Was? Du willst jetzt schon los?« Sie wollte, dass ich noch blieb, und wie immer konnte ich ihr nur schwer widerstehen.

Ich strich über ihre Haare und streichelte ihre Wangen. »Verbring den Tag mit Denny. Denk darüber nach, was ich gesagt habe. Vielleicht kannst du dich dann ...« *Entscheiden, ob du mich wirklich willst.*

Das konnte ich nicht aussprechen, also küsste ich sie stattdessen noch einmal. Mit einem traurigen Lächeln wandte ich mich ab und verließ den Raum. Alles in meinem Körper wollte zu ihr zurück, aber ich musste jetzt gehen. Solange ich noch konnte. Und vielleicht wusste sie, was sie wollte, wenn ich sie wiedersah. Auch wenn sie sich gegen mich entschied.

29. Kapitel

Ein unpassender Abschied

Im Wagen bekam ich eine Panikattacke. Mein Herzschlag überschlug sich, ich atmete stoßweise und hatte das Gefühl, als würde ich mit Überschallgeschwindigkeit einen steilen Berg hinaufrennen. Sogar meine Beine verkrampften sich. Was hatte ich bloß getan? Ich hatte ihr ein Ultimatum gestellt. Das war der erste Schritt, sie von mir wegzustoßen. Mist, ich war ein Idiot. Oder wurde ich endlich klug? Schwer zu sagen. Es war ein schmaler Grat zwischen Weisheit und Dummheit.

Ich blieb bei Evan, bis es Zeit war, sich mit den anderen Jungs im Pete's zu treffen. Ich hätte das vermeiden und erst kurz vor unserem Auftritt eintreffen können, aber ich wollte mich nicht ungewöhnlich verhalten. Ich kam als Letzter an der Bar an und trat als Letzter durch die Tür. Sofort fiel mein Blick auf Kiera. Sie formte mit den Lippen *Hi* auf so reizende und zugleich erotische Weise, dass mein Herz aussetze. Ich nickte zum Gruß und ging in ihre Richtung. Ich konnte sie hier zwar nicht umarmen, aber ich konnte ihr doch freundschaftlich den Arm um die Schulter legen. Oder?

Als sie bemerkte, dass ich zu ihr kommen wollte, schüttelte sie jedoch den Kopf. Ich war mir nicht sicher, warum, bis ihr Blick zum Tisch der Band glitt. Denny war hier. Schon wieder. Verdammt. Ich hatte wirklich gehofft, ihm heute aus dem Weg gehen zu können. Ganz offensichtlich nicht. Ich würde mich einfach ganz normal verhalten.

Ich stellte mir vor, wie ich die Arme um Kiera legte, und warf ihr einen sehnsüchtigen Blick zu, dann wandte ich mich zum Tisch um. *Die Vorstellung kann beginnen.*

Matt setzte sich gerade neben Denny. Denny ... strahlte. Er sah so widerlich glücklich aus, dass meine Hoffnung sank. Warum hatte er so gute Laune?

Ich bemühte mich um eine neutrale Miene und setzte mich ihm gegenüber. »Hey Denny. Du strahlst ja so?«

Sein Lächeln wuchs. »Heute war ein Supertag. Warum sollte ich da nicht strahlen?«

Evan warf mir einen Blick zu, der Bände sprach. *Wenn er von dir und Kiera wüsste, wäre er nicht so gut gelaunt.* Das war mir klar, also hielt ich den Mund. Wenn Denny einen guten Tag hatte, würde ich seine Seifenblase nicht zum Platzen bringen. Ich würde dabei vermutlich genauso Schaden nehmen wie er.

Ich konzentrierte mich wieder auf Denny und setzte ein oberflächliches Lächeln auf. »Das stimmt. He, ich gebe eine Runde aus.« Ich deutete auf das leere Bier neben seinem Teller.

Griffin nahm die Sache sogleich in die Hand. Er stand auf, stieß einen Pfiff aus und rief Rita zu, die hinter der Bar stand: »Hey Thekenpuppe! Mach uns mal fünf kalte Bier fertig!«

Rita kniff die Augen zusammen, als würde sie ihm alle fünf Flaschen an den Kopf werfen wollen. Dann glitt ein leichtes Lächeln über ihre Lippen, und sie nickte und rief nach Kiera. Ich war mir ziemlich sicher, dass Griffins Getränk mit irgendwelchen Köpersäften angereichert sein würde. Hoffentlich verwechselte Kiera die Flaschen nicht.

Als Kiera mit den Bieren in der Hand an unseren Tisch kam, warf sie mir besorgte Blicke zu. Es sah aus, als hätte sie einen nervösen Tick. Ich hätte ihr gern versichert, dass bei mir alles in Ordnung war. Klar, mit Denny zusammen zu sein war unangenehm, weil ich ein oberschlechtes Gewissen hatte. Ich mochte ihn aber, und wenn es mir gelang, meinen inneren Aufruhr zu vergessen, hatte ich nichts dagegen, meine Zeit mit ihm zu verbringen.

Kiera verteilte die Biere. Griffin bekam seins als Letzter. Sie beobachtete angewidert, wie er einen Schluck trank. Doch sie sah in seiner Nähe immer so aus, sodass es den anderen offenbar gar nicht auffiel. Ein kurzer Blick zu Rita, die lachend hinter der Bar stand, bestätigte jedoch meinen Verdacht – Griffins Bier war ... speziell. Rita zwinkerte mir zu, ich lächelte und prostete ihr mit meinem normalen Bier zu, dann richtete ich meine Aufmerksamkeit wieder auf Kiera. Denny bedankte sich für sein Getränk mit einem Kuss bei ihr.

Ich starrte in meine Flasche, konnte ihr Knutschen jedoch hören. Ich umklammerte mein Bier und zwang mich zur Ruhe. Das würde nicht allzu lange dauern. Ich konnte damit umgehen. Ich betete, dass Kiera den Tisch wieder verließ, und als sie es tat, atmete ich erleichtert aus.

»Was ist los, Kumpel? Lief dein Tag nicht so gut wie meiner?«

O Gott, was soll ich darauf antworten? Lächelnd nippte ich an meinem Bier. »Offenbar nicht. Ach, aber eigentlich kann ich mich nicht beklagen.« *Zumindest nicht bei dir.*

Griffin schnaubte. »Er ist nur beleidigt, weil ich seine Tusse gevögelt habe.«

Mir war klar, worauf Griffin hinauswollte, ich hob mein Bier und sagte: »Wie ist dein Bier? Schmeckt's?«

Griffin zog verwirrt die Brauen zusammen. »Ja ... wieso?«

Er nahm einen großen Schluck. Mein Magen begehrte auf, und ich hoffte im Stillen, dass ich Rita nie verärgert hatte. »Nur so«, erwiderte ich lachend.

Matt lachte mit mir, und Griffin warf ihm einen misstrauischen Blick zu. »Was ist so lustig?«

Matt schüttelte den Kopf. »Das verstehst du nicht.« Matt

wechselte das Thema und fragte Denny: »Ist was Besonderes passiert, oder hattest du einfach nur einen guten Tag?«

Erneut krampfte sich mein Magen zusammen, diesmal aus einem anderen Grund. Ich war mir zu neunundneunzig Prozent sicher, dass ich das nicht hören wollte. »Man hat mir einen Job angeboten. Einen Superjob.« Matt und Evan gratulierten ihm, während sich mein Magen so fest zusammenzog, dass ich mir sicher war, er würde meine inneren Organe zerquetschen. »Danke. Ja, ich freu mich total. Ich dachte schon, ich müsste absagen, weil Kiera sicher nicht so weit wegziehen will, aber sie hat gemeint, sie würde mitkommen.«

Ich hatte das Gefühl, jemand hätte mich einen tiefen dunklen Schacht hinuntergestoßen, und ich befände mich im freien Fall. Der Boden raste auf mich zu, und bei dem Aufprall würde ich sterben. »Umziehen ... wohin?«, fragte ich heiser.

Denny blickte zu Kiera, bevor er sich wieder zu mir umwandte. »Zurück nach Australien.« Er lächelte schwach. »Es fällt mir schwer, hier wegzugehen. Es war schön, wieder mit dir zusammen zu sein, aber das ist eine tolle Chance für mich. Für uns. Das könnte der Anfang von etwas Großem sein.« Wieder lächelte er Kiera liebevoll zu.

Ja. Ich hatte das Gefühl, als wäre ich mit dem Gesicht zuerst auf dem Boden des tiefen Schachts aufgeschlagen und nur noch eine leblose Hülle. Ich hörte, wie die anderen Denny gratulierten und ihm alles Gute wünschten. Ich merkte, wie Evan mir auf die Schulter schlug, vermutlich aus Mitgefühl, aber es war, als würde ich den Moment außerhalb meines Körpers erleben. Als würde ich über Denny und den anderen schweben und auf sie hinabblicken. Die Geräusche klangen gedämpft, das Einzige, was ich deutlich hörte, war mein eigener Herzschlag.

Sie hat gesagt, sie würde mit ihm weggehen? Gott ... sie hat sich für ihn entschieden.

»Kellan ... Kellan ...?«

Als ich schließlich merkte, dass Denny mit mir sprach, schüttelte ich den Kopf, um mich von diesem seltsamen Gefühl zu befreien. »Was? Oh, äh ... Glückwunsch, Mann. Das ist ... das sind ja ... tolle Neuigkeiten. Jetzt verstehe ich, warum du so glücklich aussiehst.«

Denny sah mich forschend an. Seine dunklen Augen wirkten besorgt. »Alles okay bei dir? Du siehst irgendwie ... krank aus.«

Ja, das kann gut sein. Ich zwang mich zu lächeln und schüttelte den Kopf. »Ich hab irgendwas ausgebrütet ... aber mir geht's wieder gut.«

Er zog skeptisch die Augen zusammen. »Oh, das tut mir leid.«

Neben ihm fragte Matt: »Und? Wann geht's los?«

Ich hörte, wie Denny ihm antwortete: »Wenn Kiera mit der Uni fertig ist«, dann blendete ich ihn aus. *Sie zieht weg ...* Ich blickte zu Kiera hinüber, die neben einem leeren Tisch stand. Sie starrte mich an, und ich fragte mich, ob sie meinen inneren Aufruhr sah. Ob sie spürte, dass ich wusste, was sie heute getan hatte. Ich wandte den Blick von ihr ab und sah ganz bewusst hinüber zum hinteren Flur. *Komm dorthin. Ich muss mit dir reden. Jetzt.*

Ich überzeugte mich nicht davon, dass sie meine stumme Botschaft verstanden hatte. Stattdessen trank ich mein Bier aus, stand auf und ging in Richtung Toilette. Dass ich mal pinkeln musste, durfte ja wohl keinen Verdacht erregen.

Ich ging zum Personalraum und fand ein AUSSER BETRIEB-Schild und etwas Tesafilm. Hier hinten konnte ich zwar mit Kiera sprechen, aber die Tür ließ sich nicht abschließen. In einer kaputten Toilette hätten wir mehr Privatsphäre, und ich musste jetzt mit ihr allein sein. Ich musste Bescheid wissen. *Sie hatte sich für ihn entschieden ...*

Vermutlich würde Kiera sich auf der Damentoilette wohler fühlen, deshalb überzeugte ich mich davon, dass sie leer war – und klebte dann das Schild an die Tür. Anschließend lehnte ich mich zwischen beiden Toiletten an die Wand und wartete. Als Kiera auftauchte, musste ich unwillkürlich lächeln. Sie war so schön, und ich hatte sie heute so vermisst. Seit heute Morgen hatte ich nicht mehr mit ihr gesprochen. Ich reichte ihr die Hand und öffnete mit der anderen die Tür zur Damentoilette.

Während sie eintrat, deutete sie auf das Schild. »Warst du das?«

Ich antwortete ihr mit einem Lächeln, doch es erstarb, sobald wir in der leeren Toilette allein waren. »Gehst du mit Denny nach Australien?« *Bitte sag Nein.*

Sie machte große Augen. »Was? Wo hast du das her?«

Ich fühlte mich augenblicklich, als habe man mir einen Stein über den Schädel gezogen. Sie leugnete es nicht. »Von Denny ... Er erzählt es allen, Kiera. Was hast du ihm gesagt?« *Hast du dich für ihn entschieden? Ist es mit uns aus?*

Kiera schloss die Augen und lehnte sich gegen die Wand, als sei ihr alles zu viel. »Es tut mir leid. Er hat mir die falschen Fragen gestellt. Ich brauchte einfach Zeit.«

Sie öffnete die Augen wieder und sah mich entschuldigend an. Die Leere in meinem Magen füllte sich langsam mit Feuer. Sie hatte sich noch nicht entschieden, sondern sie hielt Denny mit leeren Versprechen hin. Wenn sie nicht mit ihm ging, würde er doppelt enttäuscht sein. Ich konnte verstehen, dass sie sich in die Ecke gedrängt fühlte, aber das hätte sie nicht tun dürfen.

»Dann hast du ihm also gesagt, dass du mit ihm weggehen

würdest? Gott, Kiera! Kannst du nicht erst mal nachdenken, bevor du den Mund aufmachst?«

Ich drückte mir auf die Nasenwurzel und versuchte, den aufkommenden Kopfschmerz zu beruhigen. Sie hatte es noch viel schwerer gemacht als nötig.

»Ich weiß, dass das dumm war, aber in dem Moment schien es mir das Richtige zu sein.« Sie klang kleinlaut, als würde sie erst jetzt ihren Fehler begreifen.

»Gott, Kiera ... und hast du etwa auch seinen Heiratsantrag angenommen?«, stieß ich sarkastisch hervor. *Wäre das nicht die Krönung von allem?*

Ich wartete, dass sie wütend ein »Natürlich nicht« schnaubte, doch sie sagte nichts. Kein Wort. Ihr Schweigen schallte durch den Raum wie ein Düsenjet. »Er hat ... er hat dich tatsächlich gefragt?«

»Ich habe nicht Ja gesagt«, flüsterte sie sofort.

Mir war klar, was das hieß. »Aber auch nicht Nein.« Ich ließ die Hand sinken, als würde alle Kraft aus meinem Körper sickern. Das kurze Feuer, das in mir gelodert hatte, war einem eisigen Wind gewichen. *Sie hatte nicht gleich Nein gesagt, sie dachte darüber nach, Ja zu sagen.*

»Er hat mich nicht direkt gefragt. Er meinte nur, dass wir ja irgendwann heiraten könnten, wenn wir erst einmal dort wären. In ein paar Jahren oder so ...« Sie wusste nicht, wie sie mir diesen Schmerz ersparen sollte. Das konnte sie auch nicht.

»Und du denkst darüber nach?«

Sie trat auf mich zu. »Ich brauche einfach Zeit, Kellan.«

Wieder stritt sie es nicht ab. Sie *dachte* darüber nach. Sie konnte sich noch immer ein Leben mit ihm vorstellen, eine Zukunft, Kinder ...

Meine nächsten Worte waren heraus, ehe ich es verhindern konnte. »Hast du etwa auch mit ihm geschlafen?«

Kiera erstarrte und sah entsetzt aus. »Kellan ... frag mich das nicht.«

Ich hatte das Gefühl, man würde mir ein Messer in den Magen rammen, bis es aus dem Rücken wieder herausschoss. »Frag nicht« heißt »Ja, das habe ich.« Verflucht. Sie hatte mit ihm geschlafen. Die Wut stieg so schnell in mir auf, dass das Bild vor meinen Augen verschwamm. Ich wandte mich ab. Ich konnte sie nicht mehr ansehen. »Und wie soll das laufen, bis du dich entschieden hast? Sollen Denny und ich vielleicht einen Zeitplan aufstellen?« Als ich sie wieder ansah, war ich wie von Sinnen. Nur meine Wut hielt mich noch aufrecht. »Bekomme ich dich unter der Woche und er dich an den Wochenenden, oder sollen wir uns einfach wochenweise abwechseln?« Ich wünschte, ich könnte den Mund halten, doch ich zischte: »Oder wie wäre es, wenn wir alle zusammen in die Kiste springen? Wäre dir das lieber?«

Ruhiger als ich es an ihrer Stelle gewesen wäre, trat Kiera auf mich zu und legte mir eine Hand auf die Wange. »Kellan ... jetzt atme erst mal tief durch.«

Ich blinzelte, und die Wut löste sich auf. Ich hatte gehofft, dass sie nicht mit ihm schlafen würde, aber er war ihr Freund, was hatte ich erwartet? *Ich* war hier der Außenseiter, der Eindringling, das fünfte Rad am Wagen. *Ich* war hier der Böse, und so sehr ich es wollte, ich konnte nicht meine ganze Wut gegen sie richten. Ich lächelte verlegen. »In Ordnung, in Ordnung ... tut mir leid. Aber ich finde das einfach nicht okay.« *Wenn es keine Hoffnung mehr gibt, lass mich frei. Bitte.*

Während sie mich küsste, lief eine Träne über ihre Wange. »Ich doch auch nicht, Kellan. Ich will das auch nicht mehr. Ich will mich nicht mehr schuldig fühlen. Nicht mehr lügen. Ich will niemandem wehtun. Ich weiß einfach nicht, wie ich mich entscheiden soll.«

Sie weiß nicht, wen von uns sie will. Dann gibt es noch Hoffnung für uns. Ich starrte sie eine Weile an, während der Gedanke sich langsam in mir setzte. »Darf ich vielleicht ein paar Argumente vorbringen, die für mich sprechen?« Ich fasste ihren Kopf und zog sie zu mir heran, um ihr einen leidenschaftlichen *Entscheide-dich-für-mich*-Kuss zu geben.

Während wir in der Umarmung Trost suchten, ertönte ein leises Klopfen an der Tür. Wer auch immer es war, er sollte weggehen. Ich ignorierte es einfach. »He, Leute? Ich bin's, Jenny.« Kiera und ich ignorierten sie weiterhin, egal, was sie wollte, es konnte warten. Kiera und mir blieb nicht mehr viel Zeit, und sie schmeckte so gut.

Jenny ließ sich nicht lange ignorieren, sie öffnete die Tür und trat ein. Da sie ohnehin alles wusste, küssten Kiera und ich uns einfach weiter. »Äh … Kiera, tut mir leid, aber du wolltest doch, dass ich dir Bescheid sage?«

Kiera nickte, und ich lächelte, dennoch unterbrachen wir unseren Kuss nicht. Ich würde nie mehr aufhören, sie zu küssen. Jenny klang jetzt leicht gereizt. »Äh, okay … könntet ihr vielleicht mal damit aufhören?«

»Nein«, brummte ich an Kieras Lippen. Was immer sie wollte, sie konnte es uns auch sagen, während wir uns küssten. Und wenn es ihr unangenehm war, musste sie ja nicht hinsehen.

Während Kiera an meinen Lippen lachte, seufzte Jenny und sagte: »Okay. Also, zwei Sachen: Erstens, du musst auf die Bühne, Kellan.«

Ich hob den Daumen, worüber Kiera erneut lachen musste. Ich nutzte die Gelegenheit, mit der Zunge über ihren Gaumen zu streichen. Wenn ich mehr Zeit hätte, würde ich sie noch an anderen Stellen mit der Zunge liebkosen.

Jenny seufzte erneut. »Zweitens, Denny hat gerade mit Griffin geredet.«

Scheiße, Griffin.

Der Moment war vorüber, Kiera und ich hörten sofort auf, uns zu küssen. Wir blickten zu Jenny und sagten wie aus einem Mund: »Was?«

Jenny zuckte düster mit den Schultern. »Ich habe versucht, Griffin abzulenken, aber Denny meinte, wie sehr du deine Familie vermissen würdest.« Sie hielt inne und warf Kiera einen strengen Blick zu. »Denny hat beiläufig Anna erwähnt, und da hat Griffin ihm natürlich jedes gruselige Detail geschildert, was zwischen ihm und deiner Schwester gelaufen ist.« Sie verzog das Gesicht. Jenny hatte die Einzelheiten schon einmal gehört. Wir alle. Bis auf Kiera ... und Denny. »Denny hat ihn natürlich nach Kellan und Anna gefragt und auf den Streit zwischen dir und Kellan angesprochen. Griffin ist total an die Decke gegangen. Er hat vehement abgestritten, dass Kellan je mit ihr geschlafen hat. Dass er Anna Kellan vielmehr weggeschnappt hat und dass ...« Sie blickte zu mir und schien den Satz nur ungern zu beenden. »... Kellan ein ziemlicher Arsch war und versucht hat – ich zitiere – ›ihm den Stich zu vermasseln‹.« Sie verzog erneut das Gesicht, dann sah sie wieder Kiera an. »Tut mir leid, Kiera, aber Denny weiß wohl jetzt, dass du gelogen hast.«

Das war es also. Das Spiel war aus. Seltsamerweise war ich ganz ruhig. Vermutlich zahlte es sich jetzt aus, dass ich mich auf diesen Augenblick so gut vorbereitet hatte. Kiera konnte sich nicht entscheiden, Denny war dabei, die Wahrheit herauszufinden. Es war Zeit für mich zu gehen. Dass ich mich endgültig verabschiedete. Ich wünschte, ich hätte die Halskette bei mir, damit ich sie Kiera heute Abend geben konnte. Ich dankte Jenny, dass sie uns benachrichtig hatte.

Sie entschuldigte sich noch einmal, dann ließ sie uns allein. Kiera geriet in Panik. Anders als ich hatte sie sich nicht auf diesen Moment vorbereitet. Sie klammerte sich so fest an meine Schultern, dass ich spürte, wie sich ihre Nägel in meine Haut gruben, und sagte: »Was machen wir jetzt?« Sie sah mir fragend in die Augen und dachte sich komplizierte Szenarien aus, die uns am Ende nicht retten würden. »Okay ... so schlimm ist das gar nicht. Ich sage ihm einfach, dass du mich angelogen hast ... und Anna auch ... und ...« Als sie merkte, wie sinnlos das war, wandte sie den Blick ab.

»Kiera ... das funktioniert doch nicht. Wenn du behauptest, dass alle anderen lügen, wird er nur noch misstrauischer werden. Mit Lügen kommen wir hier nicht weiter, Süße.«

Sie sah wieder zu mir und lächelte, weil ich sie Süße genannt hatte. Doch ihre Miene verdüsterte sich sofort wieder. »Was machen wir dann?«

Ich verabschiede mich und lasse dich den besseren Mann nehmen, bevor es zu spät ist und du ihn für immer verlierst.

Seufzend strich ich mit dem Finger über ihre Wange. »Wir tun das einzig Mögliche. Ich gehe auf die Bühne, und du arbeitest weiter.«

Ganz offensichtlich sah sie darin keine Lösung. »Kellan ...«

»Alles wird gut, Kiera. Aber ich muss jetzt los. Ich muss noch mit Evan sprechen, bevor wir anfangen.« Es war Zeit, unseren neuen Song ins Programm zu nehmen. Hoffentlich gefiel er dem Publikum. Und hoffentlich verstand Kiera, warum ich ihn spielen musste. Es war besser, der Lüge ein Ende zu machen.

Ich küsste sie auf den Scheitel, dann ließ ich sie aufgelöst in der Toilette zurück und suchte Evan. Er stand neben der Bühne und wollte gerade nach oben gehen. Ich legte ihm die Hand auf den Arm und hielt ihn zurück. Obwohl ich Denny nicht sehen konnte, spürte ich seinen eisigen Blick auf meinem Rücken. Denny war ein kluger Kerl, und nachdem ihm jemand die Scheuklappen von den Augen genommen hatte, kannte er die Wahrheit. Er wusste, dass ich ihn verraten hatte.

Mit schmalen Lippen sah Evan mich an. Leise sagte er: »Kellan, wir haben ein Problem, Griffin ...«

Ich hob die Hand, um ihn zu unterbrechen. »Ich weiß Bescheid. Jenny hat es mir erzählt. Denny weiß, dass wir gelogen haben. Jetzt kann er sich den Rest denken.«

Evan blickte über meine Schulter zu unserem Tisch, an dem Denny noch immer saß. »Ja, und wenn Blicke töten könnten, würdest du jetzt tot umfallen. Du musst mit ihm reden. Beichte.«

Ich schloss die Augen. *Mit ihm reden.* Das würde ein erwachsener, verantwortungsvoller Mann an meiner Stelle tun. Ein Mann, der es wert war, Kiera zu bekommen. Aber dieser Mann war ich nicht, ich konnte Denny nicht gegenübertreten. Ich öffnete die Augen und schüttelte den Kopf. »Das kann ich nicht. Ich kann jetzt nicht mit ihm reden. Aber ich will heute Abend den neuen Song singen.«

Evan sah mich fassungslos an. »Kellan, das kannst du nicht machen, solange er hier ist. Vor allem nicht, nachdem er es jetzt weiß. Das ist, als würdest du ein Schild hochhalten.«

Erneut schüttelte ich den Kopf. »Das ist mir egal. Es ist für sie. Ich muss mich von ihr verabschieden, und das ist der einzige Weg.«

Evan beugte sich zu mir. »Das ist nicht der einzige Weg.« Er sah auf und legte die Stirn in Falten. Diesmal blickte er nicht zu Denny, vermutlich war Kiera zurück in die Bar gekommen. Evan wandte sich wieder zu mir um. »Das ist dumm. Ich glaube nicht, dass wir ...«

Ich verschränkte die Arme. Ich ließ nicht oft den Chef raushängen, aber das hier war mir wichtig. »Es ist mir ganz egal, was du denkst. Das ist *meine* Band, und wir spielen diesen Song. Ende der Diskussion.«

Ich kam mir wie der größte Idiot auf Erden vor. Evan nickte mir knapp zu, dann blickte er zu Denny und sprang auf die Bühne. Die Jungs traten zu ihm, und er verteilte die neue Setliste.

Ich wünschte, ich hätte das nicht gesagt, und riskierte einen Blick zu Denny. Er hatte unseren Streit nicht mitangehört, aber er hatte ihn beobachtet. Der Ausdruck auf seinem Gesicht war kühl, misstrauisch. Es war seltsam. So hatte er mich noch nie angesehen. Kiera mied den Blick zur Bühne, also zwang ich mich ebenfalls, nicht in ihre Richtung zu sehen. Nicht dass das jetzt noch wichtig gewesen wäre. Denny wusste ohnehin Bescheid oder würde bald Bescheid wissen. Daran konnten wir nichts mehr ändern, also konnten wir uns auch genauso gut auf die Weise verabschieden, die ich mir wünschte.

Am Ende unseres Auftritts verkündete ich dem Publikum, dass wir noch einen neuen Song spielen würden. Evan sah mich widerwillig an, begann jedoch auf mein Zeichen hin zu spielen. Auch wenn Kiera so tat, als würde sie nicht auf uns achten, hoffte ich, dass sie zuhörte. Die Worte waren für sie bestimmt.

Ich blendete alles aus: die Zuschauer, Denny, Evan, Jenny, Kiera ... jeden. Ich konzentrierte mich nur auf die Worte.

»You're everything I need, but I'm nothing you need ...« Du bist alles, was ich brauche, aber du brauchst mich nicht. *»You'll be all right ... when he holds you tight ...«* In seinen Armen wirst du wieder glücklich sein. *»It will hurt me, it will hurt you too. But everything ends, so save your tears ...«* Es wird schmerzhaft für mich und auch schmerzhaft für dich. Aber alles geht einmal vorüber, darum spar dir deine Tränen.

Da mein Herz brach, beschloss ich, auf alles zu scheißen

und diesen letzten Teil direkt für Kiera zu singen. Sie war die Einzige, die ihn wirklich hören sollte. Sie war starr vor Schreck und rührte sich nicht, auf ihren Wangen sah ich Tränen. Sie verstand die Worte. Gut. Ich rang mit meinen Gefühlen, sang die nächsten Zeilen jedoch klar und deutlich.

»*It's better to never say goodbye, to just move on, to end the lie ...*« *Es ist besser, nicht Lebewohl zu sagen, die Lüge einfach zu beenden und nach vorn zu sehen.*

Mir lief eine Träne über die Wange, meine Gefühle überwältigten mich. Kieras Tränen verwandelten sich in einen steten Strom, sie sah weiter wie gebannt zu mir.

»*Every single day I'll keep you with me, no matter how far from me you are ...*« *Wie weit fort du auch sein magst, ich werde dich an jedem einzelnen Tag bei mir haben.*

Kiera schlug sich eine Hand vor den Mund, während sie mit der anderen ihren Bauch umklammerte. Es war, als würde ich sie in Stücke reißen. Ich zerriss uns beide. Es musste jedoch sein. Das würde sie ganz sicher verstehen.

Während die Musik sich zum Ende hin noch einmal steigerte, ging Jenny zu Kiera. Sie flüsterte ihr etwas zu und zog sie mit sich fort. Kiera sah aus, als würde sie jeden Moment schluchzend zusammenbrechen. Meine Beine zitterten, und ich musste mich anstrengen, aufrecht stehen zu bleiben. Ich schaffte es, mit klarer Stimme zu singen, doch eine weitere Träne lief über meine Wange.

Ich werde dich so vermissen.

Jenny zog Kiera mit sich in die Küche, während ich die letzten Worte sang.

»*I promise you ... my love for you will never die.*« *Ich verspreche dir, ich werde dich ewig lieben.*

Du bist alles, was ich je gewollt habe.

Als sie aus meinem Blickfeld verschwand, fühlte sich der Augenblick plötzlich real an. Schrecklich real. Bei der letzten Zeile brach meine Stimme, und ich musste den Kloß in meinem Hals hinunterschlucken, erst dann konnte ich sie beenden.

Als der Song zu Ende war, war Kiera verschwunden, das Publikum schwieg, und mein Herz war so wund, dass meine Brust schmerzte. Die Fans hatten keine Ahnung, was sie mit diesem emotionalen Auftritt anfangen sollten. Ich war mir nicht sicher, ob sie die Verbindung zwischen Kiera und mir bemerkt hatten, aber meine Tränen waren ihnen sicher nicht entgangen. Die Mädchen vor mir tuschelten untereinander und zeigten auf mich. Eine solche Reaktion war ich nicht gewohnt.

Ich lächelte – schließlich hatte ich hier einen Job zu erledigen –, hob die Hand und sagte: »Danke, dass ihr gekommen seid! Habt einen tollen Abend!« *Macht weiter wie immer. Hier gibt's nichts mehr zu sehen.*

Schließlich brach das Publikum in begeisterten Jubel aus. Ich wischte mir die Augen und hängte die Gitarre über meine Schulter. Als ich Evans Blick begegnete, sah er mich mitfühlend an. Ich musste erneut schlucken. *Du hattest recht, das war dumm.* Bestimmt hatte Denny alles beobachtet, was sich zwischen Kiera und mir abgespielt hatte. Ich besaß noch nicht den Mut, ihn anzusehen, aber ich spürte seinen Blick auf mir. Es war nur eine Frage der Zeit.

Als ich wieder zum Publikum sah, führte Jenny Kiera gerade zur Bar. Sie reichte ihr ein Glas, in dem sich ganz sicher kein Wasser befand. Kiera kippte es hinunter, während sie sich auf einen Barhocker fallen ließ. Unsere Blicke trafen sich, und sogar auf diese Entfernung erkannte ich die Sehnsucht in ihren Augen. Sie wollte zu mir, aber das war unmöglich, es hätten genauso gut Kontinente zwischen uns liegen können.

Zumindest lag *ein* Kontinent zwischen uns. Als ich die letzte Stufe von der Bühne herunterstieg, trat Denny zu mir. »Interessanter Song«, meinte er, seine dunklen Augen wirkten kühl. »Handelt er von einer bestimmten Person?«

Mein Blick glitt unwillkürlich zur Bar, zu Kiera, doch ich richtete ihn sofort wieder auf Denny. Hoffentlich hatte er es nicht bemerkt. Ich verzog die Lippen zu einem lockeren Lächeln, schüttelte den Kopf und schlug Denny auf die Schulter. *Nein. Niemand. Es ist nur irgendein bedeutungsloser Song.* Denny beobachtete mit ausdrucksloser Miene, wie ich meine Gitarre wegpackte. Er wollte etwas von mir hören, ich sollte mit ihm reden, aber momentan traute ich meiner Stimme nicht. Sie könnte wieder brechen, und das würde jede Lüge zunichtemachen, die ich ihm auftischte.

Ich eilte nach draußen, jedoch nicht, ohne Kiera einen letzten Blick zuzuwerfen. Ihre Augen glänzten noch immer feucht. Ich wünschte, ich könnte zu ihr gehen und ihr die Kette geben, die ich für sie gekauft hatte. Aber ich hatte sie nicht bei mir, und außerdem konnte ich das definitiv nicht tun, wenn Denny zusah. Ich hatte schon viel zu viel getan. Es war höchste Zeit zu gehen.

Ich flüchtete praktisch aus der Bar. Sobald ich sicher in meinem Wagen saß, legte ich den Kopf aufs Lenkrad und hielt meinen Schmerz nicht mehr zurück. Tränen liefen über meine Wangen, ohne dass ich etwas dagegen tun konnte. *Es ist vorbei.*

Als meine Tränen versiegten und ich mich beruhigt hatte, startete ich den Wagen und fuhr nach Hause. Sollte ich jetzt aufbrechen? Genügte der Song für einen guten Abschied? Ich trat durch die Tür, blickte mich in dem verwaisten Haus um und sah deutlich meine Zukunft vor mir. Die Stille, die von den Wänden widerhallte, war alles, was sie für mich bereithielt. Ich konnte mich dieser Einsamkeit noch nicht stellen, also schleppte ich mich hinauf in mein Zimmer. *Noch einen Tag. Gott ... bitte ... gib mir nur noch einen Tag.*

Während ich durchs Haus lief, schaltete ich kein Licht ein. Ich wollte in der Dunkelheit abtauchen, sie passte zu meiner Stimmung. Ich ging in mein Zimmer, schloss die Tür, stellte leise Musik an, legte mich aufs Bett und starrte an die Decke. Ich ging die Ereignisse durch, seit Denny und Kiera hier eingezogen waren. Im Geiste notierte ich jeden meiner Fehler. Es waren so viele. Ich versuchte, sie zu zählen, aber ungefähr bei zweiundsiebzig gab ich auf.

Denny und Kiera kamen später nach Hause, nach Kieras Schicht. Ich blickte auf meine Tür, als ich sie daran vorbeigehen hörte. Hatten sie schon miteinander geredet? Wusste Denny Bescheid? Sie gingen zusammen in ihr Zimmer. Offenbar wusste er es noch nicht. Wenn er wüsste, dass sie vor Kurzem mit mir zusammen gewesen war, würde er wohl kaum mit ihr in einem Zimmer schlafen. Gott, war das erst gestern Nacht gewesen? Es fühlte sich an, als sei es eine Ewigkeit her.

Jemand blieb stundenlang im Bad, doch schließlich tappte die Person ins Bett und schloss die Tür hinter sich. Ich lag in meinem Zimmer und versuchte einzuschlafen, doch ich konnte nicht. Ich war hellwach.

Mit einem leisen Seufzer stand ich auf, öffnete die Kommode und holte die Kette für Kiera heraus. Wann war ein guter Zeitpunkt, sie ihr zu geben? Ich war mir nicht sicher. Ich setzte mich ans Fußende und betrachtete das Schmuckstück im Mondlicht. Es war genauso wundervoll wie sie. Ich schob die Gedanken an unseren endgültigen Abschied zur Seite. Stattdessen stellte ich mir eine andere Realität vor, in der ich ihr die Kette zu einem schönen Anlass schenken würde und wir glücklich miteinander wären. Als eine Stimme meinen Namen flüsterte, blinzelte ich überrascht. Ich drehte mich um, und Kiera stand innen vor meiner Tür. Ich hatte sie nicht hereinkommen hören. Sie sollte nicht hier sein.

Ich schloss die Hand um die Kette und schob sie unter die Matratze. Ich war noch nicht so weit, sie ihr zu geben. »Was machst du denn? Wir haben das doch besprochen. Du darfst nicht hier sein.«

»Wie konntest du das nur tun?«, fragte sie mit funkelnden Augen.

»Was denn?« Ich hatte so viel getan, dass ich nicht wusste, worauf sie sich bezog.

»Dieses Lied für mich singen ... vor allen Leuten. Das hat mich total umgehauen.« Ihre Stimme brach, und sie ließ sich aufs Bett sinken.

Widersprüchliche Gefühle tobten in mir. »Es geht einfach nicht anders, Kiera.«

»Hast du das geschrieben, als du verschwunden warst?«

Ich konnte ihr nicht gleich antworten. Sie würde das nicht verstehen. Sie würde jedem meiner Worte widersprechen, aber ich wusste, wohin das führte. »Ja. Ich weiß, worauf alles hinauslaufen wird. Du wirst dich wie immer für ihn entscheiden.«

Sie überraschte mich, indem sie mir nicht widersprach. Ein Zeichen, dass sie die Wahrheit langsam akzeptierte. Denny gehörte ihr Herz, nicht mir. »Schlaf heute Nacht mit mir«, stieß sie mit zitternder Stimme hervor.

Ich hatte das Gefühl, als hätte sie mir einen Schlag in den Magen versetzt. »Kiera, das geht nicht ...«

Leise erwiderte sie. »Nein ... ich meine das wortwörtlich. Halt mich einfach nur fest.«

Sie festhalten? Ein letztes Mal? Ja, das konnte ich. Ich legte mich zurück aufs Bett und breitete die Arme aus. Egal, wie unklar unsere Zukunft und wie kompliziert unsere Vergangenheit war, meine Arme würden immer für sie offen sein. Sie kuschelte sich an meine Seite, legte den Arm über mich und schlang ihre Beine um meine, ihr Kopf lag an meiner Schulter. *Bald muss ich das aufgeben.*

Kiera schniefte, und ich schloss die Augen und hielt sie fester. *Ich will sie nicht gehen lassen.* Ich stieß einen Seufzer aus und erschauderte, als ich versuchte, meinen Kummer in den Griff zu bekommen. *Ich wünschte, es würde nicht so weit kommen.*

In die angespannte Stille hinein sagte Kiera die Worte, die mir das Herz brachen. »Verlass mich nicht.«

Beinahe hätte sich ein Schluchzen aus meiner Kehle gelöst, doch ich schluckte es herunter. »Kiera ...«, flüsterte ich, küsste ihr Haar und drückte sie fest. *Ich muss.*

Sie sah mit nassen Wangen und traurigem Blick zu mir auf. »Bitte bleib hier bei mir. Geh nicht weg.«

Ich schloss die Augen, um ihren Schmerz nicht zu sehen, und spürte, wie mir selbst die Tränen kamen. »Aber es ist das einzig Richtige, Kiera.«

»Wir sind endlich zusammen, bitte mach das nicht kaputt.«

Ich öffnete die Augen und strich ihr über die Wange. Ihre Worte klangen so richtig, aber ich wusste, dass das nicht stimmte. »Aber das ist es ja gerade, wir sind eben *nicht* zusammen.«

»Natürlich sind wir das. Ich brauche nur noch ein bisschen Zeit. Ich kann den Gedanken nicht ertragen, dass du weggehst.« Sie streichelte mein Gesicht und legte ihre Lippen auf meine.

Es erforderte eine Menge Willenskraft, aber ich wich zurück. »Du wirst ihn nicht verlassen, Kiera, und ich kann dich nicht mit ihm teilen. Was sollen wir denn tun? Wenn ich hierbleibe, findet er es irgendwann heraus. Damit bleibt nur eine Lösung: Ich gehe.« Meine Kehle schnürte sich zusammen, und ich schluckte, um weiterzusprechen. »Ich wünschte, es wäre alles anders gekommen. Dass ich dich vor ihm kennengelernt hätte.

Dass ich dein erster Freund gewesen wäre. Ich wünschte, du würdest dich für mich entscheiden.«

»Das tue ich!«, rief sie.

Ich konnte nicht atmen. Ich konnte mich nicht rühren. Ich hatte Angst, wenn ich etwas tat oder sagte, würde sie die Worte wieder zurücknehmen. Und das wollte ich nicht. Mein ganzes Leben hatte ich darauf gewartet zu hören, dass jemand mich mehr als irgendetwas anderes wollte. Bis zu diesem Augenblick war mir nicht klar gewesen, wie sehr ich mich danach gesehnt hatte. Und jetzt hatte ich schreckliche Angst, dass es mir wieder genommen würde.

Kiera starrte mich sekundenlang an. Mein Herz klopfte heftig, während ich darauf wartete, dass sie etwas sagte. Dass sie es zurücknahm, mir alles wegnahm, was ich mir je gewünscht hatte. *Mach mich fertig, Kiera, oder rette mich.*

Auf Kieras Gesicht erschien ein zartes Lächeln. Es half jedoch nicht, meine Angst zu lindern. »Ich bleibe bei dir, Kellan.« Sie zog die Brauen zusammen und sah mir in die Augen. »Hörst du mich?«

Tat ich das? Sie hatte sich für mich entschieden. Sie wollte mich. Sie gehörte mir? *Ich darf sie behalten. Ich darf sie lieben. Alles?* Es fühlte sich so falsch an, so unglaublich, so vergänglich, aber was, wenn es das nicht war?

Ich rollte sie auf den Rücken, neigte mich über sie, umfasste ihr Gesicht und senkte meine Lippen zu ihren. *Endlich.* Erregt rangen wir um Atem. Sie strich mit den Händen durch mein Haar und weckte meine Lust. Ich zog ihr das Oberteil aus. Nichts sollte zwischen uns sein. Ich zog mein Shirt aus, dann ihre Hose. Ich machte mich an meinen Jeans zu schaffen, als Kiera sich atemlos von mir löste.

»Was ist denn aus deinen Regeln geworden?«, fragte sie, von meiner plötzlichen Leidenschaft überrascht.

»Mit Regeln hatte ich schon immer so meine Schwierigkeiten. Und bei dir kann ich sowieso nicht Nein sagen.« Ich beugte mich vor und küsste ihren Hals. *Meinen* Hals. Ich würde sie nie wieder mit jemandem teilen.

Ich trat meine Jeans weg und suchte ihre Lippen. »Warte ...« Sanft schob sie mich zurück. »Ich dachte, du wolltest es nicht hier ...?«

Sie blickte zu meiner geschlossenen Zimmertür, doch ich folgte ihrem Blick nicht. Ich machte mir keine Sorgen mehr um Denny. Sie war jetzt *meine Freundin, meine Geliebte, mein ... alles*. Die Welt dort draußen existierte nicht mehr. Sie hatte sich für *mich* entschieden, und ich wollte Liebe mit ihr machen. Jetzt. Und genau das würde ich tun.

Ich ließ die Hand in ihren Slip gleiten und fühlte, wie bereit sie für mich war. Ich knurrte in ihr Ohr. »Wenn ich dir gehöre und du mir, dann nehme ich dich, wo immer und wann immer ich kann.«

Meine Worte und meine Finger ließen sie aufstöhnen. Sie legte ihre Hände an mein Gesicht und zwang mich, sie erneut anzusehen. »Ich liebe dich, Kellan.«

Ihre Worte ließen mein Gesicht, meine Stimme, mein Herz und meine Seele schmelzen. »Ich liebe dich auch, Kiera.« *So sehr.* »Ich werde dich glücklich machen.« *Du wirst es nicht bereuen, dass du ihn meinetwegen verlassen hast. Versprochen.*

Sie biss sich auf die Lippe, und mit lustvollem Blick zog sie an meinen Boxershorts. »Ja, das weiß ich.«

Ich wusste, was ihr Blick und ihre heisere Stimme zu bedeuten hatten. Das hatte ich zwar nicht gemeint, aber es war auch okay. Ich würde sie auf jede erdenkliche Weise glücklich machen.

30. Kapitel

Wie man jemanden verletzt

Ich zog die Decke über mich und lächelte in die stille Dunkelheit. Sie hatte sich für mich entschieden. Sie gehörte mir.

Ich hatte eine Freundin.

Ich hatte noch nie eine richtige Freundin gehabt. Es fühlte sich gut an. Ich streckte den Arm aus, um sie zu umarmen, doch die andere Seite des Bettes war leer. Irritiert setzte ich mich auf, dann blickte ich zum Wecker. Es war bereits Morgen. Kiera hatte sich irgendwann letzte Nacht davongeschlichen und war wahrscheinlich bei Denny. Mir stieg die Galle hoch. Wir mussten ihm sagen, dass es aus war.

Ich ließ mich zurück auf die Kissen fallen. Er würde völlig fertig sein.

Seufzend stand ich auf und absolvierte mein morgendliches Training. Kiera und ich würden einen Weg finden, ihm zu sagen, dass sich die Dinge geändert hatten. Ich würde ihn sogar weiter hier wohnen lassen, wenn er wollte, obwohl ich mir nicht vorstellen konnte, wie er das ertragen sollte.

Ich ging nach unten, machte Kaffee und wartete auf Kiera. Sie kam, noch bevor der Kaffee ganz durchgelaufen war. Sie wirkte unglaublich verführerisch in ihrem Pyjama, und ihr Lächeln war atemberaubend. »Morg…«

Bevor ich zu Ende sprechen konnte, presste sie bereits ihren Mund auf meinen. Wie scharf sie war. Wundervoll. »Du hast mir gefehlt«, murmelte sie.

»Du mir auch. Ich will nicht mehr ohne dich aufwachen«, flüsterte ich.

Wir küssten uns eine Weile derart leidenschaftlich, dass man meinen könnte, wir hätten uns seit Wochen nicht gesehen. Sie weckte Lust und Liebe in mir – endlos wie ein schwarzes Loch und so verschlungen wie wild rankende Reben. Ich versuchte die Tatsache zu ignorieren, dass beide Vergleiche nicht unbedingt positive Vorstellungen hervorriefen.

Kiera und ich hatten etwas Wichtiges zu besprechen, und so schob ich sie sanft von mir. Ich brauchte Abstand, um ihren Lippen zu widerstehen, und ging ein Stück in Richtung Tisch. »Wir sollten über Denny sprechen, Kiera.«

Genau in dem Augenblick betrat Denny die Küche. »Was ist mit mir?«, fragte er harsch.

Herrgott, verflucht. Mein Herz klopfte bis zum Hals, doch aufgrund jahrelanger Übung schaffte ich es, die Fassung zu bewahren. *Wenn er nur zehn Sekunden früher hereingekommen wäre ...*

Ich durchforstete mein Gehirn nach einer vernünftigen Antwort und spuckte die erste Lüge aus, die mir irgendwie glaubhaft schien. »Ich hab Kiera gerade gefragt, ob du vielleicht Lust hättest, den Tag mit mir und den Jungs zu verbringen. Da läuft diese Geschichte im EMP ...«

Denny unterbrach mich. »Nein, *wir* bleiben hier.« Ich wagte einen Blick zu Kiera. Sie starrte mich an, als hätte ich Denny gerade erzählt, mir seien letzte Nacht Flügel gewachsen und ich sei durch die Stadt geflogen.

Mir war nicht entgangen, wie Denny das »wir« betont hatte. *Kiera geht nirgends mit dir hin. Verstanden?* »Okay. Komm einfach vorbei, wenn du deine Meinung änderst. Wir sind den ganzen Tag da.«

Im Raum herrschte eine seltsam angespannte Stimmung,

und ich überlegte, Denny die Wahrheit zu sagen. Doch Kiera und ich hatten noch nicht abgesprochen, wie wir am besten vorgingen. Wir waren jetzt ein Team; wir sollten uns dem gemeinsam stellen. Obwohl dieser Umstand Denny ziemlich egal sein dürfte. Ja, vielleicht sollte Kiera das lieber allein in die Hand nehmen. Er würde es wahrscheinlich besser von ihr annehmen. Wenn ich dabei war, würde er nur wütend werden. Ja. Kiera sollte es ihm zuerst sagen, dann würde ich mit ihm reden.

Als ich die Spannung nicht mehr aushielt, sagte ich: »Dann gehe ich mal lieber. Ich muss die anderen abholen.« Als Denny mit dem Rücken zu mir stand, warf ich Kiera einen bedeutungsvollen Blick zu. *Bitte rede mit ihm.* Sie sah verzweifelt aus, natürlich war sie alles andere als erpicht darauf. Ich auch nicht.

Als ich meine Sachen zusammensuchte und ging, war es still im Haus. Zu still. In meinem Inneren wünschte ich Kiera alles Gute und verurteilte mich dafür, dass ich nicht den Mut hatte, ihr beizustehen, dann fuhr ich zu Evan.

Er wirkte nicht überrascht, als er die Tür öffnete, allerdings gereizt. »Ich sollte dir einen Schlüssel geben. Dann muss ich nicht jedes Mal aufstehen, wenn du wieder auf der Flucht bist.«

Ich war mir ziemlich sicher, dass ich wusste, weshalb er sauer war. »Tut mir leid wegen gestern. Ich habe mich wie ein Arsch benommen.«

Evan lehnte am Türrahmen und ließ mich nicht rein. »Das trifft es nicht ganz. Du kamst mir eher wie eine egozentrische Diva vor.«

Ich lächelte. »Ja ... vielleicht, aber es tut mir wirklich leid. Ich war von der Rolle. Es ist nicht meine Band. Es ist *unsere* Band. Du und ich haben sie zusammen gegründet, und ohne dich wären wir nicht da, wo wir jetzt sind.«

Evan hob eine Braue und erwartete ganz offensichtlich noch mehr.

»Und ich bin eine egoistische Diva, ein Arsch, ein elender Hundesohn und habe weder Lob, noch Ruhm, noch Beifall oder Liebe verdient.« Ich schloss abrupt den Mund. So weit hatte ich mit meiner Entschuldigung eigentlich nicht gehen wollen. Es machte mich verrückt, dass ich nicht wusste, was in meiner Abwesenheit zu Hause vor sich ging. *Ich sollte dort sein. Ich sollte umdrehen und nach Hause fahren ...*

Evan öffnete die Tür. »Das ist doch Quatsch, Kellan, das stimmt nicht. Na ja, klar, du bist manchmal ein Arsch, aber du hast das alles verdient.« Im Moment war ich mir da nicht so sicher.

Erst abends kehrte ich schließlich nach Hause zurück. Dennys Wagen stand in der Auffahrt, und ich wusste nicht, was das bedeutete. Als ich ins Haus trat, rutschte mir der Magen in die Kniekehle. Ich verstand Kieras Angst, ihm von uns zu erzählen. Denny bedeutete mir viel, ich wollte ihn nicht verletzen.

In der Küche brannte Licht. Ich nahm all meinen Mut zusammen und trat ein. Denny und Kiera saßen am Tisch und aßen zusammen zu Abend. Das kam mir seltsam vor. Wenn Kiera ihm von uns erzählt hätte, würde Denny wohl kaum mit ihr essen, was bedeutete, dass sie ihm kein Wort gesagt hatte. Ich blickte fragend zu Kiera, und sie schüttelte den Kopf. Sie hatte kein verdammtes Wort gesagt. Wir waren noch immer kein Stück weiter.

Ich sah Kiera an, dass sie ebenso mit sich rang wie ich. Vermutlich verurteilte sie sich für ihren fehlenden Mut. Ich war genauso feige und hatte Verständnis dafür, dass sie ihm nicht das Herz brechen wollte. Wir mussten es gemeinsam tun. So wie Denny mit finsterem Blick jede von Kieras Bewegungen verfolgte, wusste er ohnehin schon Bescheid. Um meine Gedanken zu ordnen und meine Möglichkeiten durchzugehen, öffnete ich den Kühlschrank und nahm mir ein Bier heraus.

Als ich es gerade öffnete, durchbrach Denny die bedrückende Stille. »Hey, Kumpel, wir sollten mal wieder alle zusammen ausgehen. Wie wär's mit dem Shack? Tanzen wäre doch gut.« Die Art, wie er »tanzen« sagte, war irgendwie seltsam. Wusste er, was Kiera und ich im Shack getan hatten? Oder vielmehr in dem Espressostand auf dem Parkplatz? Er konnte unmöglich Einzelheiten von jenem Abend kennen, aber er wusste, dass etwas zwischen uns nicht stimmte. Doch vielleicht sollten wir tatsächlich ausgehen. Ein letzter Auftritt, bevor alles zusammenbrach.

»Ja ... gern«, erwiderte ich.

Denny sah noch immer durchdringend Kiera an, die ihr Essen studierte, als hinge ihr Leben davon ab. Ich wünschte, ich könnte sie trösten, aber ich durfte jetzt nicht zu ihr gehen. Stattdessen verzog ich mich mit meinem Bier nach oben und wartete, bis die anderen für unseren letzten gemeinsamen Abend bereit waren.

Denny und Kiera verließen das Haus, während ich noch im Schlafzimmer war. Ich stieß einen schweren Seufzer aus und machte mich ebenfalls auf den Weg. Bevor ich das Zimmer verließ, blickte ich mich zu meiner Matratze um. Darunter lag Kieras Kette. Ich wusste nicht genau, warum, holte sie jedoch hervor. Sie fühlte sich kühl in meiner Hand an, als ich sie durch meine Finger gleiten ließ. Als Abschiedsgeschenk würde ich sie vermutlich nicht mehr brauchen, aber ein leiser Zweifel oder eine letzte Unsicherheit flüsterte mir zu, ich solle sie mitnehmen. Also steckte ich sie ein.

Als ich am Shack ankam, stand Dennys Auto bereits auf dem

Parkplatz. Unwillkürlich glitt mein Blick zu dem Espressostand. Dort hatte sich alles geändert, dort hatte Kieras und meine Beziehung ernsthaft begonnen. Einerseits wäre ich gern noch einmal dort eingebrochen, andererseits wollte ich ihn nie wiedersehen.

In der Bar war es voll und warm, Denny und Kiera konnte ich jedoch nicht entdecken. Hatten sie sich etwa rausgesetzt? Es war ziemlich kalt.

Doch in dem Biergarten standen ein halbes Dutzend Heizstrahler, sodass es eigentlich ganz angenehm war. Ich entdeckte Denny und Kiera an dem Tor zum Parkplatz. Merkwürdigerweise war es genau derselbe Platz, an dem wir beim ersten Mal gesessen hatten. Hatte Denny das mit Absicht getan? Wollte er uns zu einem Geständnis animieren? Nicht nötig. Zum richtigen Zeitpunkt würden wir es ihm schon sagen. Gott, ich wollte ihn nicht verlieren, aber wahrscheinlich hatte ich das längst.

Locker lächelnd schlenderte ich zu ihrem Tisch und setzte mich auf den freien Platz neben Kiera, wo ein unberührtes Bier auf mich wartete. Ich lächelte Denny zu und tat mein Bestes, Kiera zu ignorieren.

Unsichtbare Lautsprecher beschallten den Garten mit Musik, und ein paar betrunkene Tänzer versuchten, sich etwas ungelenk auf der Tanzfläche zu wärmen. Kiera saß still neben mir und zitterte vor sich hin. Ich hätte gern einen Arm um sie gelegt und sie gewärmt. Sie mochte die Kälte genauso wenig wie ich, aber Denny sah sie unentwegt an, also ließ ich sie in Ruhe.

Wir saßen eine gefühlte Ewigkeit schweigend zusammen, und ich fragte mich, was das sollte. Es war klar, dass wir nicht mehr einfach als Gruppe etwas unternehmen konnten, so wie früher. Ehrlich gesagt konnten wir das schon länger nicht mehr. Als ich diverse Optionen durchging, wie ich die Bindung zwischen uns dreien auf unwiederbringliche Weise zerstören konnte, klingelte Dennys Geschäftstelefon. *Genau wie beim letzten Mal.*

Kiera und ich blickten beide zu Denny hinüber. Lässig nahm er das Gespräch an und hielt das Telefon an sein Ohr. Nachdem er ein paar Worte mit der Person am anderen Ende gewechselt hatte, beendete er das Gespräch. Er seufzte bedauernd und blickte zu Kiera. »Es tut mir leid. Die brauchen mich im Büro.« Dann wandte er sich an mich. »Kannst du sie nach Hause fahren? Ich muss los.«

Ich war so überrascht, dass ich nur nickte. Kiera wirkte ebenso überrumpelt. Wir hatten uns beide alle möglichen Szenarien für den heutigen Abend ausgemalt. Dass Denny jedoch zur Arbeit gerufen wurde, damit hatten wir nicht gerechnet.

Denny stand auf, dann beugte er sich zu Kiera hinunter. »Denkst du über das nach, worum ich dich gebeten habe?« Kiera murmelte ein »Okay«, und ich fragte mich sofort, welcher Art diese Bitte wohl gewesen war. Dann fasste Denny Kieras Wangen und küsste sie leidenschaftlich. Ich musste mich mit beiden Händen am Stuhl festklammern, um nicht aufzuspringen.

Ehe ich etwas Dummes tat, wandte ich den Blick ab. Als Denny sich wieder aufrichtete, hörte ich Kieras schweren Atem. Musste ein ziemlich guter Kuss gewesen sein. Ich räusperte mich und rutschte auf meinem Stuhl hin und her. Schrecklich.

Kiera sah Denny hinterher, bis er in der Bar verschwand, während ich mit einem plötzlichen Anfall rasender Eifersucht kämpfte. Als Kiera den Kopf zu mir umwandte, hatte ich mich wieder mehr oder weniger unter Kontrolle. Ich würde so tun, als sei nichts gewesen. *Wenn ich es ignoriere, ist es nicht real.* Wir konnten beide einen Themenwechsel vertragen.

Lächelnd fasste ich ihre Hand. Jetzt durfte ich ja. »Da du mich vermutlich noch nicht deinen Eltern vorstellen willst, wofür ich vollstes Verständnis habe, habe ich mich gefragt, ob du vielleicht die Weihnachtsferien mit mir hier verbringen willst? Oder wir könnten nach Whistler hochfahren. Kanada ist wunderschön und ... Kannst du eigentlich Ski fahren? Tja, wenn nicht, bleiben wir einfach auf dem Zimmer.« Ich hielt inne und grinste anzüglich. Mir war klar, dass ich sie vollquatschte, aber ich wollte, dass sie sich auf das konzentrierte, was sie gewann, nicht auf das, was sie verlor. Ich würde der tollste Freund der Welt für sie sein. Ich würde ihr alles geben, was ich besaß, und noch mehr.

Sie starrte mich an, doch ich hatte das Gefühl, dass sie mir nicht wirklich zuhörte. Sie war mit den Gedanken woanders, bei *jemand* anders. Da ich nicht wusste, was ich sonst tun sollte, redete ich einfach weiter. »Wir könnten uns ein Zimmer mit einem Jacuzzi nehmen, uns Wein bestellen und vielleicht diese Erdbeeren, die mit Schokolade überzogen sind. Dann könnten wir ein bisschen durch die Stadt bummeln. Du wirst sehen, das wird toll.«

Sie schluckte, antwortete jedoch nicht. Ich zog die Brauen zusammen und sagte: »Das ist nur eine von vielen Ideen. Wir könnten auch woandershin fahren, wenn du willst. Ich würde nur gern etwas Zeit mit dir verbringen. Allein. Was würdest du denn gern machen?« Sie wirkte abwesend und antwortete noch immer nicht. »Hörst du mir überhaupt zu?« Sie starrte noch immer durch mich hindurch, darum veränderte ich meine Haltung und fragte noch einmal: »Kiera ... wo bist du mit deinen Gedanken?«

Sie wurde rot und blickte auf ihre Hände hinunter, als wäre sie überrascht, dass sie sich berührten. Beunruhigt fragte ich: »Alles in Ordnung bei dir? Willst du lieber nach Hause?« Ich wusste, dass es schwer für sie war, aber ich wollte, dass sie das Positive sah. Sie würde nicht allein sein. Ich würde sie bei jedem Schritt begleiten.

Sie nickte und stand auf. Ich legte eine Hand auf ihren Rücken und führte sie zum Seitenausgang. Als wir auf den Parkplatz traten, blieb ihr Blick an dem Espressostand hängen. Ich lächelte. Ob sie an unser quälend schönes Zusammensein dachte? Ich würde diese Nacht nie vergessen.

Zum ersten Mal überhaupt freute ich mich richtig auf meine Zukunft. Es war ein seltsames, aber angenehmes Gefühl. Ganz bestimmt besser als endlose Verzweiflung. »Nach der Highschool bin ich in Oregon die Küste runtergetrampt. So habe ich auch Evan kennengelernt. Da sollten wir mal hin, das würde dir gefallen. Dort gibt es Höhlen mit diesen verrückten Stalagmiten, Stalaktiten oder wie die heißen. Und überall am Strand sind Seelöwen. Man kann mit ihnen sprechen, und sie antworten. Die sind auf eine schrecklich laute Art cool. Ein bisschen so wie Griffin.« Ich lachte, Kiera lachte nicht. Sie starrte strikt geradeaus, während wir weiter zu meinem Wagen gingen. Ich fragte mich, ob sie bemerkte hatte, dass Dennys Auto weg war. Wahrscheinlich.

»Wenn du Lust hast, könnten wir weiterfahren. Runter nach L.A. vielleicht? Ich könnte dir zeigen, wo ich die Jungs kennengelernt habe. Na ja ... ich zeige dir nicht, wo ich Matt und Griffin begegnet bin, aber wo wir unseren ersten Gig hatten. Und wo ich in meiner Zeit da unten gewohnt habe, wo ich die Chevelle gekauft habe. Na ja, die wichtigen Orte eben.« Ich lachte erneut, doch Kiera schwieg noch immer.

Angst schoss mein Rückgrat hinauf und schloss sich mit eisigen Tentakeln um mein Herz. Sie hörte mir überhaupt nicht zu. Sie war meilenweit entfernt. Und sie war bei Denny. Keine Frage. Ihre Augen glänzten, und ihre aufsteigenden Tränen galten nicht mir. Sie dachte an ihre Zeit mit Denny. *Sie ändert ihre Meinung.*

Als sie plötzlich stehenblieb und mir ihre Hand entriss, wusste ich, dass ich recht hatte. Sie hatte es sich anders überlegt. Sie würde sich schließlich doch für ihn entscheiden. Es sollte mich überraschen, das tat es jedoch nicht. Irgendetwas in meinem Hinterkopf hatte mich die ganze Zeit ermahnt, dass ich mir etwas vormachte. Sie würde mir nie gehören.

Ich drehte mich zu ihr um und wusste, dass wir zum letzten Mal miteinander sprachen. Jetzt war er da. Unser Abschied.

Kiera wandte den Blick ab, aber ich hatte den schuldbewussten Ausdruck in ihren Augen gesehen. Sie ließ mich gehen. Worte schienen überflüssig, dennoch fragte ich. »Ich habe dich verloren, stimmt's?«

Als sie zu mir aufsah, wirkte sie überrascht, dass ich es erraten hatte. Es stand ihr jedoch deutlich ins Gesicht geschrieben. »Kellan, ich ... ich kann das jetzt noch nicht. Ich kann ihn nicht verlassen. Ich brauche mehr Zeit.«

»Mehr Zeit?« Ich hatte das Wort so satt. »Kiera ... Wozu? Es wird sich nichts ändern.« Wir würden alle noch nur noch mehr leiden, wenn sich nichts änderte. »Nachdem Denny weiß, dass du gelogen hast, tut es ihm nur noch mehr weh, wenn du es weiter hinauszögerst.«

»Kellan, es tut mir so leid ... bitte hass mich nicht.« Ihr standen jetzt Tränen in den Augen. Mir auch. Fast hätte ich alles gehabt. Oder vielleicht war das auch nie annähernd der Fall gewesen.

Verzweifelt fuhr ich mir durch die Haare. Ich wollte sie mir büschelweise ausreißen. Diese Achterbahnfahrt musste aufhören. Mein Leben musste wieder ins Gleichgewicht kommen. Ich musste mich wieder sicher fühlen. »Nein, Kiera ... nein.«

Sie sah mich aus großen ängstlichen Augen an und fragte mit

bebender Stimme: »Wie meinst du das? Nein, du hasst mich nicht, oder nein ... du hasst mich?«

Sie sah so verängstigt aus. Es war schrecklich, aber sie musste einen von uns gehen lassen. Sie musste mich freigeben. Beruhigend legte ich ihr eine Hand auf die Wange und sagte leise: »Nein, ich kann dir nicht mehr Zeit geben. Das geht einfach nicht. Ich kann nicht mehr.«

Kiera schüttelte den Kopf, Tränen liefen über ihre Wangen. »Bitte, Kellan, zwing mich nicht ...«

»Ach ... Kiera.« Ich fasste auch ihre andere Wange, hielt ihr Gesicht fest in beiden Händen und sah sie durchdringend an. *Es ist gar nicht so schwer. Hör einfach auf dein Herz. Sei mutig ... mach einen Schnitt ... und lass einen von uns fallen.* »Triff eine Entscheidung. Denk nicht darüber nach, entscheide dich einfach. Ich oder er, Kiera?«

Mit festem Blick flüsterte sie. »Er.«

In meinem Hinterkopf fiel eine schwere Eisentür ins Schloss, und ich wusste, dass mein Herz für immer dahinter eingesperrt war. Ich würde sie nie wieder öffnen. Ich würde nie wieder lieben. Ich würde nie wieder das Risiko eingehen, so zu leiden. Ich fühlte mich, als würde ein Elefant auf meiner Brust stehen und mich erdrücken. Ich bekam keine Luft, Sterne tanzten vor meinen Augen, und in der Ferne meinte ich meinen Vater lachen zu hören. *Sie hat sich für ihn entschieden ...*

Eine Träne fiel auf meine Wange, und ich wusste, das war erst der Anfang. Heute Nacht würden noch viele Tränen folgen. »Oh«, murmelte ich. Hatte jemand das Licht gedimmt? Wurde ich ohnmächtig? Das wäre mir ganz recht. Ich wollte das Bewusstsein verlieren und nie wieder aufwachen.

Ich ließ ihr Gesicht los und hoffte, dass es um mich schwarz wurde. Meine Brust war aufgerissen, mein Hirn ein einziger Brei. *Bitte ... kann mich jemand von dieser Qual befreien?*

Kiera klammerte sich an meine Jacke und zog mich zu sich heran. »Nein, Kellan ... warte. Ich meinte nicht ...«

Kurz legte sich Wut über den Schmerz. »Doch, das meintest du. Das war das Erste, was dir durch den Kopf geschossen ist. Nimm das ernst.« Ich schloss die Augen, schluckte und unterdrückte meine Wut. Wozu wütend auf sie sein? Es war nicht ihre Schuld. Denny war ein guter Mann, der bessere von uns beiden. Es war klug von ihr, sich für ihn zu entscheiden. *Warum sollte sich irgendjemand für dich entscheiden?*, fragte die Stimme meines Vaters. »So ist es nun mal. Dein Herz gehört ihm ...« *Und das sollte es auch.*

Kiera griff nach meinen Händen und hielt sie, während ich ein paarmal tief durchatmete. Ich wollte nicht, dass unser Abschied in Streit und Schreierei endete. Ich wollte mich so verabschieden, wie ich es mir vorgenommen hatte. Ich öffnete die Augen und sagte überraschend ruhig: »Ich verschwinde jetzt. Das hab ich dir ja versprochen. Ich mache es dir nicht unnötig schwer ... Ich wusste eigentlich immer, dass du zu ihm gehörst. Ich hätte dich nie vor die Entscheidung stellen dürfen. Die war schon längst gefallen. Nach gestern Nacht habe ich gehofft, dass ...« Ich seufzte und starrte auf den Asphalt. *Es war sinnlos, auf etwas herumzureiten, das nie passieren würde.* »Ich hätte schon längst verschwinden sollen. Ich bin einfach egoistisch gewesen.«

Kiera schnaubte. »Ich glaube, bei mir bekommt das Wort eine ganz neue Bedeutung.«

Lächelnd sah ich sie an. »Du hast Angst loszulassen, Kiera. Genau wie ich. Aber es wird alles wieder gut.« *Das muss es.* »Es wird alles gut.«

Wir nahmen uns in die Arme und hielten uns so fest wir konnten. Ich wollte sie nie wieder loslassen, aber das musste ich. Einer von uns musste es tun. »Erzähl Denny nie von uns.

Er wird dich nicht verlassen. Ihr könnt so lange bei mir wohnen wie ihr wollt. Ihr könnt auch mein Zimmer untervermieten.«

Sie wich zurück und sah mich an. Ich las die ängstliche Frage in ihren Augen. Würde ich gehen? Ja. Und zwar diesmal endgültig. »Ich muss jetzt gehen, Kiera. Solange ich noch kann.« Tränen strömten über ihre Wangen. Ich spürte, dass meine eigenen Wangen ebenfalls nass waren, und wischte ein paar ihrer Tränen fort. »Ich rufe Jenny an, damit sie dich abholt. Sie bringt dich nach Hause und ist für dich da.« *Du bist nicht allein.*

»Und wer ist für dich da?«, fragte sie leise und mitfühlend.

Niemand. Ich schluckte die schmerzhafte Wahrheit hinunter, ignorierte ihre Frage und zählte ihr weiter die Vorteile auf. »Du und Denny könnt nach Australien gehen und heiraten. Ihr könnt ein langes, glückliches Leben miteinander haben. Das war der Plan. Ich verspreche dir, dass ich euch nicht in die Quere komme.« Meine Stimme brach. *Ich werde dich so sehr vermissen.*

Kiera wollte nichts von ihrem Leben hören, sie wollte wissen, wie meins aussehen würde. Sie wollte wissen, ob ich klarkam. »Was ist mit dir? Du bist dann allein ...«

Ich weiß. Mit einem traurigen Lächeln antwortete ich: »Kiera, auch das war immer so geplant.«

Sie legte mir eine Hand auf die Wange. »Ich hab dir gesagt, dass du ein guter Mensch bist.«

War ich das? Ich fühlte mich nicht so. »Ich glaube, da wäre Denny anderer Meinung.«

Sie schlang erneut die Arme um meinen Hals, und wir lehnten die Köpfe aneinander, über den Zaun drang ein trauriger langsamer Song zu uns herüber. Sehr passend. Würde mein Leben ab jetzt nur noch traurig sein? »Gott, ich werde dich so vermissen ...« *Ich will nicht gehen.*

Kiera zog mich fester an sich: »Kellan, bitte …«, stieß sie hervor.

Ich wusste, was sie sagen würde, und schnitt ihr schnell das Wort ab. »Hör auf, Kiera. Bitte mich nicht darum zu bleiben. Wir müssen diesen Teufelskreis durchbrechen. Und da wir das so ganz offensichtlich nicht schaffen, muss einer von uns gehen.« Ich merkte, wie meine Willenskraft nachließ, presste meine Stirn fester an ihre und sprach schneller. »So wird Denny nicht verletzt. Wenn ich weg bin, hinterfragt er deine Lüge vielleicht nicht weiter. Aber wenn du mich bittest zu bleiben …, dann bleibe ich, und er wird es herausfinden, und das wird ihn vernichten. Ich weiß, dass du das nicht willst. Und ich auch nicht, Süße.« *Ich will hierbleiben. Ich will hierbleiben. Ich will hierbleiben.*

Sie schluchzte, und das brach mir das Herz. »Aber es tut so weh …«

Ich wollte ihren Schmerz lindern und küsste sie. »Ich weiß, Süße, ich weiß. Aber da müssen wir jetzt durch. Ich muss jetzt gehen, und diesmal werde ich nicht zurückkommen. Wenn du ihn willst, dann müssen wir das jetzt beenden. Das ist die einzige Möglichkeit.« *Bitte ändere noch einmal deine Meinung. Ich will hier bei dir bleiben.*

Ich küsste sie erneut, dann wich ich zurück und sah in ihre tränennassen Augen. Jetzt war der richtige Zeitpunkt. Ich griff in meine Hosentasche und holte die Kette hervor. Ich hielt sie in meiner Faust, nahm ihre Hand und legte sie hinein. Sie blickte hinunter auf das Andenken, auf den Diamanten, der im Mondlicht glitzerte, und holte tief Luft. Deshalb hatte ich die Kette eingesteckt. Irgendwie hatte ich gewusst, dass es so kommen würde.

Während ich sprach, begann Kieras Hand zu zittern. »Du musst sie nicht tragen … Ich wollte nur, dass du eine Erinnerung an mich hast. Damit du mich nicht vergisst. Ich werde dich nämlich nie vergessen.« *Ich werde jede Sekunde an dich denken. Das verspreche ich dir.*

Sie sah ungläubig und traurig zu mir auf. Unter Tränen schluchzte sie: »Dich vergessen? Ich könnte dich doch nie ...« Mit der Kette zwischen den Fingern nahm sie mein Gesicht. Klar und deutlich sagte sie: »Ich werde dich immer lieben.«

Daraufhin küsste ich sie. *Und ich werde dich immer lieben. Für mich wird es nie eine andere geben. Nie. Ich werde jede mit dir vergleichen, und keine wird an dich herankommen.*

Wir ließen unsere Seelen in diesen Kuss fließen. Unseren letzten Kuss. In dem Moment, in dem wir unsere Lippen voneinander lösen würden, würde ich gehen und sie bei Denny bleiben. Das hatte das Schicksal mir die ganze Zeit zu sagen versucht. Ich würde sie nicht bekommen, weil ich sie nicht verdiente. Aber ich war zu egoistisch gewesen, um sie gehen zu lassen. Wir küssten uns minutenlang, erst entwischte Kieras Lippen ein Schluchzen, dann meinen, und langsam beschlichen mich Zweifel, ob ich es schaffen würde. Ich brauchte eine Minute ... oder zehn oder zwanzig ... oder tausend Minuten.

So viele würde ich jedoch nicht bekommen, denn das Schicksal war noch nicht fertig mit mir.

Hinter Kiera schlug das Tor zur Bar zu. Ich öffnete die Augen und sah hilflos zu, wie die Welt um mich herum zusammenbrach. Jemand ging auf mich zu. Jemand, der eigentlich nicht mehr hätte hier sein dürfen. Jemand, dem Kiera und ich auf lächerliche Weise den Schmerz hatten ersparen wollen. Jemand, den dieser Schmerz jetzt mit voller Wucht traf. Denny. *Nein ...*

Kiera löste sich von mir, doch ich konnte sie nicht ansehen.

Ich konnte den Blick nicht von Denny lösen. Er hatte die Hände zu Fäusten geballt, seine dunklen Augen brannten tödliche Löcher in mich. Er wollte, dass ich auf der Stelle tot umfiel, so viel war klar.

»Es tut mir leid, Kiera«, flüsterte ich. *Das wird nicht schön. Das habe ich nicht gewollt. Ich wollte nicht, dass er das sieht. Ehrlich, ich wollte nicht, dass er es je erfährt.*

Ab jetzt würde nichts mehr so sein wie vorher.

31. Kapitel

Mach meinem Leid ein Ende

Als Denny unsere Namen rief, zuckten wir sofort auseinander. Ich registrierte, dass er meinen deutlich harscher ausgesprochen hatte als Kieras. Denny wirkte wie vor den Kopf geschlagen, als hätte er überhaupt nicht damit gerechnet, uns in dieser Situation zu erwischen, doch mehr als überrascht, war er außer sich vor Wut. Und vermutlich auch verletzt.

Kiera hob schützend die Hände. »Denny …« Sie wusste nicht, was sie sagen sollte. Sie konnte die Situation nicht verharmlosen, konnte nicht verhehlen, was wir getan hatten. Die Lügen hatten ein Ende.

Denny richtete seinen wütenden Blick auf mich. »Was zum Teufel ist hier los?«

Irgendwie erleichtert, dass das Spiel nun vorüber war, sagte ich Denny die Wahrheit. Na ja, die Wahrheit in ihrer simpelsten Form. »Ich habe sie geküsst. Zum Abschied … Ich gehe weg.«

Aus dem Augenwinkel sah ich, wie Kiera sich die Hände auf ihren Magen presste. Entweder wegen des Albtraums, in dem wir uns befanden, oder weil ich noch immer weggehen wollte. So irre es auch war, sich jetzt darüber Gedanken zu machen, ich hoffte, dass Letzteres zutraf.

In Dennys Augen blitzte Hass auf, und dieser Hass richtete sich ganz allein gegen mich. Gut. Sollte er mich hassen, und zwar nur mich. Alles war meine Schuld. »Du hast sie geküsst? Hast du sie auch gefickt?«

Meine Gedanken glitten zu meiner Kindheit. Damals waren die Dinge so viel leichter gewesen, obwohl sie sich damals viel schwieriger angefühlt hatten. Ich erinnerte mich, wie Blut von Dennys Lippe getropft war, als er auf dem Boden gesessen und sich gesammelt hatte. Daran, wie mein Vater aus dem Raum geflohen war, als habe er Angst vor Dennys Reaktion gehabt. Und wie ich auf dem Boden neben Denny gesessen hatte, wie gelähmt und voller Ehrfurcht, dass jemand so etwas für mich getan hatte. Denny hatte die Wahrheit verdient.

»Ja.« Als ich ihm diesen Dolchstoß versetzte, erschauderte ich. Jetzt war es passiert. Unsere Freundschaft war zu Ende.

Denny blieb vor Schreck der Mund offen stehen. Er hatte wohl gehofft, dass er sich täuschte. Ich wünschte, es wäre so. »Wann?«

»Das erste Mal an dem Abend, als ihr euch getrennt hattet.« Ich wusste, was er aus meiner Aussage folgern würde, aber es war, wie es war.

Und er begriff es sofort. »Das erste Mal? Wie viele *Male* habt ihr es denn getrieben?«

»Nur zwei Mal ...«

Kieras Blick zuckte zu mir, und ich sah die Frage in ihren Augen. *Wir sind mehr als zwei Mal zusammen gewesen. Warum hast du ihm das nicht gesagt?* Weil er mich gefragt hat, wie oft wir gefickt hatten. Und nachdem wir einander gestanden hatten, dass wir uns lieben, war es so viel mehr als nur ein Fick gewesen. Ich wollte nie wieder ficken. Auf Kieras Lippen erschien der Anflug eines Lächelns.

Ich wandte mich wieder zu Denny um. »Aber ich wollte sie ... jeden Tag.« *Es gibt keinen Grund mehr, irgendetwas zurückzuhalten. Er soll wissen, was ich für sie empfinde, was sie mir bedeutet.*

Denny lief rot an, genau wie mein Vater, wenn er richtig

wütend wurde. Ich wusste, was er tun würde, bevor er sich überhaupt bewegte. Er holte mit dem Arm Schwung, drehte seinen Körper, und mit voller Wucht traf seine Faust meinen Kiefer. Denny war stark, und ich taumelte einen Schritt zurück. Mein Kinn pochte, mein Kopf hämmerte, und ich schmeckte Blut. Gut. Das hatte ich verdient.

Als ich wieder klar sehen konnte, richtete ich mich auf und stellte mich ihm. Mit blutiger Lippe sagte ich: »Ich werde mich nicht mit dir prügeln, Denny. Es tut mir leid, wir wollten dir nie wehtun. Wir haben so lange versucht, uns gegen unsere Gefühle zu wehren.« Ich hasste die Worte, die aus meinem Mund kamen und den Ausdruck auf Dennys Gesicht. *Das habe ich nicht gewollt.*

Denny ballte die Hände zu Fäusten. »Du hast es versucht? Du hast versucht, sie nicht zu ficken?«, schrie er und schlug erneut zu, diesmal traf er meine Wange. In meinen Ohren rauschte es, aber ich konnte dennoch deutlich hören, wie er schrie: »Ich habe alles für sie aufgegeben!«

Er schlug immer wieder auf mich ein. Ich ließ es geschehen. Weder wehrte ich seine Schläge ab, noch versuchte ich, meinen Körper zu schützen. Nach jedem Schlag baute ich mich wieder vor ihm auf und bot ihm ein perfektes Ziel für seine Wut. Ich hatte jeden Schlag verdient. Die Wucht seiner Wut. Und wenn Denny mich verprügelte, dann ließ er Kiera in Ruhe. *Besser mich als sie.*

»Du hast versprochen, sie nicht anzurühren!«

Er hatte recht. Und ich hatte mein Versprechen gebrochen, wie so viele Male davor. Ich hatte sie gewollt, also hatte ich sie mir genommen. Ich war ihm kein Freund gewesen, niemandem. Und das wirklich Traurige war, dass alles umsonst gewesen war. Sie hatte sich für ihn entschieden. »Es tut mir leid, Denny«, flüsterte ich, aber ich bezweifelte, dass er mich hörte.

Und wozu entschuldigen? Es war nur ein winziges Pflaster auf einer klaffenden Wunde. Wertlos.

Ich spürte, wie meine Kraft nachließ und mir schummerig vor Augen wurde. Ich wusste nicht, wie lange ich Dennys Wut noch standhalten konnte. Aber was spielte das für eine Rolle? Jetzt war sowieso alles egal. Ich hatte das Einzige verloren, das ich je wirklich gewollt hatte. Ich hatte die Liebe kennengelernt, und dann hatte man sie mir wieder weggenommen. Ich konnte mein leeres, sinnloses Leben nicht mehr ertragen. Wenn ich dazu bestimmt war, allein zu sein, dann konnte ich es auch gleich hier beenden. Ich sank auf die Knie, Denny schrie: »Ich habe dir vertraut!« Er stieß sein Knie gegen mein Kinn und warf mich auf den Rücken.

Um mich wurde es für eine Sekunde schwarz, ich dachte, ich würde ohnmächtig. Aber ich konnte nicht ohnmächtig sein, weil mir alles wehtat – mein Kopf, mein Körper, mein Herz. Alles pochte. *Bring mich doch einfach um.*

Denny versetzte mir mit seinen schweren Stiefeln heftige Tritte in den Bauch. Ich schützte mich noch immer nicht, ich machte es ihm so leicht wie möglich, mich zu verletzen. Jeder Tritt trieb schmerzhafte Erschütterungen durch meinen Körper, aber das war mir nur recht. *Ich habe es nicht anders verdient. Ich habe noch Schlimmeres als das verdient.*

Als er fest auf meinen Arm einschlug, hörte ich ein widerliches Knacken, und ein scharfer Schmerz schoss meinen Unterarm hinauf in meine Brust. Denny hatte mir den Arm gebrochen. Ich schrie auf und hielt mir den Arm. Denny merkte nicht, was er getan hatte. Er schrie nur: »Du hast gesagt, du wärst mein Bruder!«

Unter dem Schmerz spürte ich, wie Übelkeit in mir aufstieg. Jeder Tritt erschütterte meinen gebrochenen Arm und löste dort immer neue Schmerzwellen aus. *Ich habe es nicht anders verdient. Ich habe noch viel Schlimmeres verdient. Bring mich um.* Ich merkte, wie eine Rippe brach, vielleicht auch zwei, keine Ahnung. Ich fühlte nur noch Schmerz. Das würde ich kaum überleben. Gut. Ich wollte nicht ohne sie gehen. Ich wollte, dass das Leid ein Ende hatte.

Ich spuckte Blut und murmelte: »Ich werde nicht mit dir kämpfen ... Es tut mir leid, Denny ...« *Ich habe deine Wut verdient. Mein Leben gehört dir ... nimm es.* In meinem schmerzvernebelten Zustand wiederholte ich die Worte wie ein Mantra. Denny schlug die ganze Zeit auf mich ein, während ich wimmerte. »Es tut mir leid ... Ich werde nicht mit dir kämpfen ... Es tut mir leid ... Ich werde dir nicht wehtun.«

»Du verdammtes Stück Scheiße! Du jämmerlicher egoistischer Scheißkerl! Dein Versprechen ist nichts wert! *Du* bist nichts wert!«

Ich wandte den Kopf ab. *Ich weiß. Ich weiß. Ich bin nichts wert. Deshalb wehre ich mich ja auch nicht. Ich habe nichts anderes verdient.* »Es tut mir leid, Denny.« *Hab kein schlechtes Gewissen, wenn das hier vorbei ist. Du hast das Richtige getan.*

»Sie ist nicht eins von deinen Flittchen!«, schrie er und ignorierte weiterhin meine Entschuldigung.

Denny hielt inne, und ich stützte mich auf die Ellbogen hoch. Ich war etwa überrascht, dass ich dazu noch in der Lage war. Mir wurde immer wieder schwarz vor Augen, mein Kopf pochte, mein Arm brannte wie Feuer, und ich blutete überall. Das Atmen, jede Bewegung schmerzte. Mir blieb nur noch der Schmerz. Und die Wahrheit. Und was Denny eben geschrien hatte, war nicht die Wahrheit. So war es nicht. *Sie ist für mich nie ein Flittchen gewesen.*

»Es tut mir leid, dass ich dir wehgetan habe, Denny, aber ich liebe sie.« Jeder Atemzug tat weh, doch Denny zu sagen, was ich so lange zurückgehalten hatte, erleichterte mich. Es tat gut zu gestehen. Vielleicht würde ich das hier nicht überleben, vielleicht hatte ich sie verloren, aber für eine Sekunde hatte ich geliebt, und meine Liebe war erwidert worden. Mein Leben war erfüllt. Ich empfand inneren Frieden, als ich meinen Blick Kiera zuwandte. Sie war vor Schreck wie gelähmt, Tränen liefen ihr über die Wangen. Nie hatte sie schöner ausgesehen. Vielleicht war es falsch, was wir getan hatten, aber wir hatten uns von ganzem Herzen geliebt, und das konnte uns niemand mehr nehmen. Nicht Denny, nicht das Schicksal, nicht das Leben. Ab jetzt war alles egal, weil ich den Gipfel des Glücks bereits erlebt hatte. *Jemand hatte mich geliebt.* »Und sie liebt mich auch.« *In meinen Träumen werden wir für immer zusammen sein.*

Ich blendete Denny aus. Es war mir egal, was er mit mir anstellte. Ich wollte mir jeden Gesichtszug von Kiera genau einprägen, jeden Ausdruck ihrer changierenden Augen. Wenn heute Abend mein letzter Abend auf der Erde war, wollte ich ihn damit verbringen, sie anzuschauen. *Es ist okay, Denny. Mach, was du willst. Ich bin bereit.*

Kieras Blick glitt von mir zu Denny, dann wieder zurück zu mir. Sie sah vollkommen verängstigt aus. Ich wollte ihr sagen, dass alles gut war, dass für mich alles in Ordnung war, doch sie bewegte sich, bevor ich dazu kam. Mein Verstand konnte nicht erfassen, was sie tat. Sie schrie: »Nein!«, dann stürzte sie sich auf mich. Ich blickte zu Denny auf und sah gerade noch, wie sein Stiefel Kiera an der Schläfe traf.

Nein! Dieser Tritt war für mich bestimmt ...

»Kiera!« Es kam mir vor, als wäre mein Mund aus Marmor, mein Blick verschwamm immer wieder, aber das war nichts, verglichen mit dem Anblick von Kiera, die reglos neben mir auf dem Boden lag.

Der Schlag, den sie an meiner Stelle eingesteckt hatte, hatte sie von mir fortgeschleudert, und ihre Haare bedeckten jetzt ihr Gesicht. Ich hatte keine Ahnung, was mit ihr los war. Das Adrenalin gab mir Kraft, und ich kroch zu ihr. *Bitte mach, dass ihr nichts Schlimmes passiert ist.* Ich hatte Angst, sie zu berühren, Angst, sie zu bewegen. Was war bei einer Kopfverletzung zu tun? Ich hatte keine Scheißahnung.

Als ich sie erreicht hatte und sie genauer untersuchen wollte, kniete Denny ebenfalls neben ihr. »Kiera?«, rief er und rüttelte an ihren Schultern.

»Nicht«, murmelte ich, »das kann gefährlich sein.«

Er sah mit großen Augen zu mir auf. »Was ist mit ihr? Bitte sag, dass sie nichts Schlimmes hat. Gott, sie blutet … Da ist so viel Blut. Kellan, ist es schlimm? Habe ich …? Was habe ich ihr nur angetan?«

An seinem leichenblassen Gesicht und seinem irren Blick sah ich, dass er kurz davor war durchzudrehen. Ich ignorierte ihn und konzentrierte mich auf Kiera. »Süße?«, flüsterte ich und strich ihr die Haare aus dem Gesicht. »Sag, dass alles in Ordnung ist … bitte.« Sie antwortete nicht, und ich sah, dass Denny mit dem Blut recht hatte. Auf dem Boden unter ihrem Kopf hatte sich eine Lache gebildet, die regelrecht schwarz aussah. Scheiße. Schmerzverzerrt hielt ich meine Wange über ihren Mund. *Lass mich ihren Atem spüren. Lass sie nicht tot sein. Ich kann nicht ohne sie leben. Ich sollte tot sein. Warum hat sie das getan?*

Es dauerte eine gefühlte Ewigkeit, bis ich endlich etwas spürte. Ich atmete erleichtert aus. »Sie atmet«, erklärte ich Denny. »Schwach, aber sie atmet.«

»Wir müssen Hilfe rufen. Sie braucht einen Arzt, sie muss ins Krankenhaus. Wir müssen einen Krankenwagen rufen.« Er fuhr sich durch die Haare. Seine Knöchel waren blutig von den vielen Schlägen, die er mir verpasst hatte.

Mir war klar, dass wir schnell handeln mussten, aber mir war auch klar, dass Denny deshalb in ernsthafte Schwierigkeiten geraten würde. Vor allem, wenn sie starb. *Scheiße, bitte mach, dass sie nicht stirbt.* »Du musst sofort abhauen«, sagte ich. Um die Blutung zu stoppen, nahm ich eine mögliche Gefahr für ihren Kopf in Kauf und zog Kiera so gut ich konnte mit meinem gesunden Arm auf meinen Schoß, dann drückte ich mein T-Shirt auf die blutende Wunde an ihrem Kopf. Es färbte sich sofort dunkel.

Denny sah mir mit weit aufgerissenen Augen zu. »Nein … Ich bleibe bei ihr.« In seiner Stimme klang eine Spur Eifersucht an, doch dafür hatten wir jetzt echt keine Zeit. Hier ging es jetzt nicht um uns.

Wütend und voller Angst stieß ich hervor: »Schnallst du das denn nicht? Wenn du hierbleibst, wanderst du in den Knast. Verdammt, kapierst du das? Du hast mich zusammengeschlagen und … deine Freundin ist …«

Ich konnte den Satz nicht beenden, Denny ließ es auch nicht zu. »Ich lasse sie nicht zurück.«

Der Blutfleck auf meinem T-Shirt wuchs stetig. Ich schrie: »Doch, verdammte Scheiße! Man wird dich festnehmen und wegsperren, dann ist deine Karriere zu Ende! Willst du das? Meinst du, dass Kiera das will?« Ich spuckte eine Ladung Blut aus, um meinen Standpunkt zu unterstreichen. »Hör jetzt auf zu diskutieren und verschwinde endlich von hier!«

Denny schien zum ersten Mal zu registrieren, dass er mich richtiggehend zusammengeschlagen hatte. Er starrte erst mich an, dann seine Hände. »Gott, was habe ich nur getan?«

Ich atmete aus und versuchte, mich zu beruhigen. Wenn ich ihn dazu bringen wollte zu gehen, musste ich cool bleiben. »Du hast nichts getan. Du bist noch nicht einmal hier gewesen. Hörst du?« Ich hob die Brauen. Es tat irre weh. Alles tat weh. Vorsichtig fasste ich mit meiner gesunden Hand in meine Gesäßtasche, holte meine Brieftasche heraus und warf sie Denny zu. Das verstand er nicht. Also erklärte ich es ihm, während ich die Hand wieder auf Kieras behelfsmäßige Kompresse presste. »Lauf. Ich sage denen, dass wir überfallen worden sind. Ich sage, dass Kiera versucht hat, mich zu beschützen ... und ... und sie ...« Ich seufzte, dann beschwor ich ihn: »Verschwinde von hier, Denny, ehe es zu spät ist!«

Ohne den Blick von Kiera zu lösen, stand Denny langsam auf. »Du holst Hilfe ... Bleibst du bei ihr?«

Ich nickte, dann zeigte ich auf die Straße. »Ja. Jetzt geh ... bitte ... ehe jemand rauskommt.«

Denny blickte wieder zu mir. Er war hin- und hergerissen, er wollte gehen, aber er wollte auch bleiben und gestehen. Scheiß drauf. Ich würde nicht zulassen, dass er sein Leben wegwarf, weil *ich* ihn an seine Grenze getrieben hatte. Das war meine Schuld, nicht seine. »Kiera würde wollen, dass du gehst«, erklärte ich mit fester Stimme. »Sie würde nicht wollen, dass man dich dafür bestraft.« Sanfter fügte ich hinzu: »Wir haben dir schon genug angetan.«

Denny blickte wieder zu Kiera, die auf meinem Schoß lag, dann nickte er. Tränen liefen über seine Wangen, er sah mich an und flüsterte: »Es tut mir leid. Sag ihr, dass es mir leid tut.« Mit einem letzten gequälten Blick lief er los.

Erleichtert, dass er nicht noch Ärger mit dem Gesetz bekam, schloss ich die Augen. Dann sammelte ich meine Kraft und rief um Hilfe. Ich schrie, bis schließlich ein paar Leute das Tor zum Biergarten öffneten und die Köpfe heraussteckten. Als sie sahen, dass ich überall blutete und Kiera sich nicht rührte, stürzte ein halbes Dutzend Männer und Frauen auf uns zu, drei von ihnen holten unterwegs ihre Telefone heraus. Beinahe hätte ich vor Erleichterung geschluchzt. Sie würden ihr helfen. Sie würden dafür sorgen, dass Kiera wieder in Ordnung kam.

»Was ist passiert?«, fragten sie als Erstes.

Die Lüge ging mir mühelos über die Lippen. Jemand brachte ein nasses Handtuch für Kieras Kopf, und ich nahm mein blutiges T-Shirt fort. Jemand anders fragte mich, wie es mir ginge. Ich hörte mich sagen, dass mein Arm wohl gebrochen sei, aber ich fühlte mich innerlich taub. Hohl. Was, wenn sie es nicht schaffte? Was, wenn sie es nicht überlebte? Ich konnte nicht ... Nein ... So durfte es nicht enden. Das ging einfach nicht.

Als die Krankenwagen kamen, sprang eine Gruppe Sanitäter heraus. Sie versuchten, mir Kiera abzunehmen, doch ich hielt sie stur fest. *Jetzt lebt sie noch. Wer weiß, was passiert, wenn ich sie loslasse?*

Ein älterer Mann mit einem freundlichen Gesicht kniete sich neben mich. »Sie müssen sie loslassen, damit wir ihr helfen können. Wir sind hier, um ihr zu *helfen*.«

Ich nickte ausdruckslos. *Ja, helft ihr.* »Wird sie wieder gesund?«, fragte ich und wusste, dass sie mir diese Frage zu diesem Zeitpunkt unmöglich beantworten konnten.

Nachdem sie Kiera von mir weggezogen hatten, untersuchte ein jüngerer Mann meine Wunden. »Sie ist in guten Händen. Jetzt gucken wir mal, was mit Ihnen ist.«

Kiera wurde auf eine Trage gehoben, und man drückte ihr eine Maske aufs Gesicht. Ich beobachtete, wie sie von ihrem Atem beschlug. *Gott sei Dank ... Sie lebt noch.* Sie wurde in einen Krankenwagen geschoben und die Türen hinter ihr zugeschlagen. Ich versuchte aufzustehen. »Warten Sie, ich will mit. Lassen Sie mich mit ihr mitfahren.«

Eine starke Hand hielt mich zurück. »Bitte, bleiben Sie ruhig. Sie sind auch verletzt. Wir legen Sie auf eine Trage und bringen Sie in den anderen Krankenwagen. Aber Sie sind direkt hinter ihr. Versprochen.«

Plötzlich fühlte ich mich extrem müde. Ich nickte kraftlos,

ließ dann den schweren Kopf hängen und starrte auf die Blutlache, die Kiera hinterlassen hatte. Am Rand lag die Kette, die ich ihr zum Abschied geschenkt hatte. Langsam breitete sich das Blut um den Anhänger aus. Mit aller Kraft schob ich die Finger meiner gesunden Hand über den Asphalt.

Ich erwischte die Silberkette mit meinen eisigen Fingern und nahm sie. Als sie in meiner Hand lag, starrte ich auf die Gitarre, an der Kieras Blut klebte. Der Diamant in der Mitte hatte mich einst an meine unsterbliche Liebe zu ihr erinnert, doch jetzt sah ich nur eine kristallene Träne.

Bitte lass sie nicht sterben.

Ich wurde auf eine Trage gehoben, in den Krankenwagen geschoben, an eine komplizierte Apparatur angeschlossen und fortgebracht. Irgendwann begann ich, nur noch vor mich hin zu dämmern und nahm allenfalls Bruchstücke meiner »Rettung« wahr. Wie wir das Krankenhaus erreichten. Ich spürte das Ruckeln, als man mich aus dem Krankenwagen zog, und hörte, wie man einer Schwester erklärte, was man bislang bei mir festgestellt hatte. Ich fragte nach Kiera, woraufhin ich keine Antwort erhielt, dann verlor ich das Bewusstsein.

Als ich erwachte, lag ich in einem Krankenhausbett und trug ein Krankenhausnachthemd. Mein Arm war eingegipst und mein Kopf verbunden. Ein dumpfer Schmerz drang zu mir durch, und mein Verstand funktionierte so langsam, als würde ich aus einem Delirium erwachen. An meinem gesunden Arm hatte man eine Infusion gelegt, klare Flüssigkeit tropfte in meinen Körper. Ich wusste zwar nicht, was es war, aber vermutlich war es der Grund, weshalb ich keine allzu starken Schmerzen hatte.

Ich hörte jemanden flüstern und bemerkte drei Schwestern, die im Eingang miteinander sprachen. Zwei von ihnen kicherten. »Entschuldigen Sie.« Alle sahen in meine Richtung. Eine von ihnen wurde dunkelrot, was mich an Kiera erinnerte. Wie lange war ich bewusstlos gewesen? Ging es ihr gut? »Ich bin mit einem Mädchen zusammen eingeliefert worden. Was ist mit ihr?«

Eine quirlige blonde Schwester trat zu mir. »Die Kopfverletzung? Die ist noch nicht wieder bei Bewusstsein. Aber ihr Verlobter ist jetzt bei ihr.«

Mir blieben die Worte im Hals stecken. Ihr Verlobter? Ich wusste, dass sie Denny meinte. Er musste sich umgezogen haben und hergekommen sein. Natürlich. Das hätte ich auch getan. Ich nickte und schlug die Decke zurück. Was eine Herausforderung darstellte; ich war ziemlich schwach. Alle drei Schwestern stürzten sofort zu mir und hoben die Hände, als wollten sie mich besänftigen. »Nein, nein, nein. Sie brauchen Ruhe.«

»Ich muss zu ihr.«

Die Blonde legte mir eine Hand auf die Schulter, während die anderen beiden mich zurück ins Bett steckten. »Sie ist noch nicht aufgewacht. Sie geht nirgendwohin. Sie können sie morgen sehen. Für sie macht das keinen Unterschied.«

Aber für mich.

Sie hatten alle zu tun und würden mich nicht rund um die Uhr beaufsichtigen können, also legte ich mich wieder hin und wartete. Ich *würde* aus dem Bett kommen. Ich *würde* Kiera sehen. Ich würde keine Ruhe finden, ehe ich mich nicht mit eigenen Augen davon überzeugt hatte, dass es ihr gut ging. Wenn die Schwestern mich besser gekannt hätten, hätten sie gewusst, dass *meine* Heilung von ihrer abhing.

Nachdem sie endlich gegangen waren, kämpfte ich mich aus dem Bett. Mein Arm brannte, meine Brust schmerzte, und bei jeder Bewegung tat mir etwas anderes weh, aber ich hielt durch. Ich brauchte unendlich lange, aber ich schaffte es, mich anzuziehen. Als ich wieder halbwegs normal aussah, ging ich zur Tür und spähte in den Flur hinaus. Es kam mir vor, als würde ich aus einem Gefängnis fliehen. Ich wartete, bis die Luft rein war, dann lief ich so schnell mich meine schwachen Beine trugen.

Als ich weit genug weg war, fand ich ein Schwesternzimmer und erkundigte mich dort nach Kiera. Der diensthabende Pfleger sah mich merkwürdig an, sagte mir jedoch, in welchem Raum ich sie finden würde. Die Tür zu ihrem Zimmer stand offen, das Licht war ausgeschaltet. Ich hatte das Gefühl, ich hätte einen Marathon hinter mir, aber ich wollte Kiera unbedingt sehen und beeilte mich, zu ihr zu kommen. Als ich sie im Bett liegen sah, ihr Körper schwach von einem Nachtlicht beleuchtet, wünschte ich mir fast, ich wäre nicht gekommen. In dem riesigen Bett wirkte sie wie ein kleines Mädchen. Mit dem dicken Verband um den Kopf und einem bösen blauschwarzen Bluterguss, der von ihrer rechten Augenbraue bis zum Jochbein reichte, sah sie allerdings wie ein sehr, sehr krankes kleines Mädchen aus.

Während Tränen meinen Blick verschleierten, sagte eine leise Stimme. »Was machst du denn hier? Solltest du nicht im Bett liegen?«

Ich stützte mich auf einem Rollwagen am Fußende von Kieras Bett ab und blickte zu Denny, der auf einem Stuhl am Fenster saß. »Ich musste mich davon überzeugen, dass sie wieder gesund wird. Das wird sie doch, oder?« Es schnürte mir die Kehle zu. »Wenn nicht ... weiß ich nicht, was ich tun soll.«

Denny legte die Stirn in Falten. »Ich weiß es nicht. Sie haben ihr Medikamente gegeben, damit die Schwellung zurückgeht. Wenn das nicht funktioniert, müssen sie operieren.«

Ich merkte, wie meine Beine nachgaben, und Denny sprang auf. Mit wenigen Schritten war er bei mir und stützte mich. Er musterte meine Verletzungen. Na ja, jedenfalls die, die er sehen konnte. »Ist mit dir … so weit alles in Ordnung?«, fragte er.

Ich starrte zu Kiera hinüber, deren Schicksal ungewiss war, spürte den Schmerz wie Nadelstiche durch meinen Körper rasen und schüttelte ihn ab. *Er hatte uns das angetan.* »Nein. Mein Arm ist gebrochen, meine Rippen auch, von innen und außen bin ich grün und blau, und ich fühle mich wie ein lebendes Stück Dreck.«

Mit finsterer Miene wich Denny zurück. »Es tut mir leid. Ich wollte nie …« Er ballte die Hände zu Fäusten und schloss die Augen. »Du hast mit meiner Freundin geschlafen, Kellan.« Er schlug die Augen wieder auf und keuchte wütend. »Du hast mit ihr *geschlafen*.«

Voller Sorge, dass Kiera nicht durchkommen würde, stieß ich ohne nachzudenken hervor: »Nein, geschlafen haben wir nicht sehr viel.«

Denny holte aus, als wollte er mich erneut schlagen, doch dann blickte er zu Kiera und ließ die Hand sinken. »Du solltest jetzt gehen. Ich bleibe bei ihr. Ich sage dir Bescheid, wenn etwas passiert.«

Ich trat an Kieras Bett und setzte mich vorsichtig ans Fußende. »Bis sie aufwacht, gehe ich nirgendwohin.«

»Kellan …«

Ich fuhr zu ihm herum, es tat weh, aber ich ignorierte den Schmerz. »Wenn du mich hasst, okay, das verstehe ich, aber ich werde nicht gehen. Also finde dich damit ab.«

»Okay, aber setz dich auf den Stuhl, nicht auf ihr Bett.« Er deutete auf den Platz, auf dem er gesessen hatte. Ich wollte ihm erklären, dass er sich zum Teufel scheren sollte, dass ich sitzen konnte, wo immer es mir gefiel, aber ich fühlte mich echt beschissen. Entspannt auf dem Stuhl zu sitzen hörte sich deutlich besser an als am Fußende des unbequemen Bettes.

Obwohl es auch seinen Reiz hatte, Kiera so nah wie möglich zu sein.

Ich schob den Gedanken beiseite, stand auf und ging zum Stuhl. Kiera und ich waren viel füreinander, aber zusammen waren wir nicht mehr. Wenn sie aufwachte ... *Wenn* sie aufwachte, musste ich ihr sagen, dass es vorbei war. Egal, was Denny mit ihr vorhatte, ich war raus. Ich konnte das nicht mehr.

Ich setzte mich auf den feudalen Stuhl, während Denny sich auf dem Bett niederließ. Ich musste eingeschlafen sein, denn im nächsten Moment blendete mich die Sonne. Blinzelnd sah ich zu Kiera hinüber. Sie lag weiterhin regungslos im Bett – noch immer bewusstlos. Der Bluterguss in ihrem Gesicht sah im Sonnenlicht grausam aus. Schwestern untersuchten sie, Denny war nirgends zu sehen. »Wie geht es ihr?«, krächzte ich.

Eine Schwester sah zu mir herüber und wollte mir gerade antworten, da stürmte das Schwestern-Trio herein. Als ich erkannte, dass es sich um *meine* Schwestern handelte, runzelte ich die Stirn. Die Blonde war nicht mehr ganz so freundlich. »Da sind Sie ja. Sie können doch nicht einfach so verschwinden. Sie müssen in Ihr Zimmer zurückkommen, damit der Arzt Sie untersuchen kann und damit wir Ihre Verbände ...«

Ganz vorsichtig verschränkte ich die Arme vor der Brust. »Sie können mit mir machen, was Sie wollen. Aber solange Sie mich nicht bewusstlos schlagen und zurück ins Zimmer schleifen, bleibe ich hier.«

Das Mädchen hinter der Blonden wirkte extrem enttäuscht, dass ich nicht mit ihnen gehen wollte. »Tja, Sie müssen aber zumindest die Entlassungspapiere unterschreiben ...«

Ich hob meine gesunde Hand. »Mit Vergnügen. Sie wissen ja, wo Sie mich finden.«

Die Schwester, die Kieras Vitalfunktionen überprüfte, lächelte mir amüsiert zu, während die anderen etwas eingeschnappt das Zimmer verließen. »Und ich dachte, ich wäre stur«, bemerkte Kieras Schwester. Sie taxierte mich. »Was machen die Schmerzen? Soll ich Ihnen etwas dagegen geben?«

Ich schüttelte den Kopf. Der einzige Schmerz, den ich verspürte, war die Sorge um Kiera. »Wie geht es ihr?«, fragte ich erneut.

Die Schwester sah mich ernst an. »Besser, aber sie ist noch nicht über den Berg. Tut mir leid. Ich wünschte, ich hätte bessere Nachrichten für Sie.«

Ich schluckte und nickte. Es war ja nicht ihre Schuld. Denny kehrte mit einem dampfenden Becher zurück, in dem sich vermutlich Tee befand. Ich sah in seine Richtung. Es war seine Schuld ... und meine. Wir hatten das zu verantworten.

Denny stellte der Schwester dieselbe Frage wie ich, und sie antwortete ihm dasselbe. Nachdem sie gegangen war, setzte sich Denny wieder auf Kieras Bett. Er seufzte und sah mit gereizter Miene zu mir herüber. »Du solltest nach Hause fahren und dich umziehen ...«

Ich blickte auf mein blutiges T-Shirt hinunter. Wahrscheinlich sollte ich das, aber ich konnte Kiera doch nicht verlassen. »Das mache ich später.«

Denny kniff die Augen zusammen. »Meinst du, dass sie dich so sehen will? Mit ihrem Blut überall? Meinst du, das hilft ihr, gesund zu werden?«

Ich beugte mich in meinem Stuhl nach vorn. »Meinst du, dass es mit diesem Gesicht irgendeine Rolle spielt, wie meine Klamotten aussehen?« Ich deutete auf das Auge, das so zugeschwollen war, dass ich kaum etwas sehen konnte.

Denny seufzte und richtete seinen Blick wieder auf Kiera. Im Raum breitete sich angespannte Stille aus, und ich biss die Zähne zusammen und schloss die Augen. Wenn Denny und ich uns angifteten, löste das gar nichts. »Tut mir leid. Du hast recht. Evan weiß, wo meine Haustürschlüssel versteckt sind. Ich rufe ihn an und bitte ihn, mir ein paar Sachen vorbeizubringen.« Ich öffnete die Augen und sah, dass Denny mich durchdringend ansah. »Aber ich gehe nicht. Spar dir also die Versuche, mich loszuwerden.«

»Ich weiß«, fuhr er mich an. »Du kannst sie einfach nicht in Ruhe lassen, oder?«

Ich hielt seinem Blick stand und sagte ruhig: »Nein, kann ich nicht. Und es tut mir leid.«

»Es tut dir leid? Na, dann ist ja alles gut.« Er hob seine freie Hand und sprach in den Raum, als stünde er vor einem Publikum. »Macht euch keine Sorgen. Kellan tut es leid. Dann ist ja alles wieder scheißperfekt.«

Ich hob den Arm, um ihm den Gips zu zeigen, der vom Handgelenk bis zum Ellbogen reichte. »Manchmal verbockt man etwas dermaßen, dass man sich nur noch entschuldigen kann, Denny. Ich dachte, dass gerade du das verstehen würdest.« Denny seufzte und wandte den Blick ab. Ich seufzte ebenfalls. Ich hatte das alles so satt. »Hör zu, ich weiß, dass du sauer bist. Dass ich verschissen habe, okay? Aber jetzt mache ich mir nur Sorgen um Kiera ... und darum, ob sie wieder gesund wird. Also vielleicht könnten wir ... uns erst gegenseitig abmurksen, wenn es ihr besser geht?«

Dennys Blick kehrte zu mir zurück. Seine Wut hatte nachgelassen, in seinen Augen war jetzt nur noch Traurigkeit. »Ich will dich nicht abmurksen. Ich will dich ... nur nie wiedersehen.«

Seine Worte trafen mich wie Dolchstöße, aber ich hatte nichts anderes verdient. Ich nickte und flüsterte: »Ich weiß. Sobald es ihr besser geht, bin ich weg. Aber bis dahin können wir uns vielleicht irgendwie arrangieren?«

Denny nickte knapp. »Ja. In Ordnung. Machen wir ihr zuliebe auf nett.«

Ich schloss erneut die Augen und lehnte mich zurück gegen den Stuhl. *Gut. Jetzt hoffen wir nur, dass sie bald aufwacht.*

Etwas später kehrten meine Schwestern mit ein paar Unterlagen und Wundverschlussstreifen zurück. Ich ließ sie arbeiten, während ich unterschrieb, dass ich das Krankenhaus auf eigene Verantwortung verließ. Nachdem die Schwestern gegangen waren, entschuldigte Denny sich, er müsse ein paar Anrufe erledigen. Ich nahm mein Telefon und rief Evan an. Natürlich war er ziemlich besorgt, als ich ihm erzählte, wo ich mich befand und was ich brauchte.

»Im Krankenhaus? Was machst du im Krankenhaus? Alles in Ordnung bei dir?« Seufzend erzählte ich ihm die wichtigsten Ereignisse meiner Höllennacht. Als ich fertig war, schwieg er eine ganze Weile. »Du wolltest weggehen? Ohne dich zu verabschieden? Was ist mit der Band? Wolltest du es uns sagen, oder wolltest du, dass wir uns bei der nächsten Probe fragen, wo zum Teufel du bleibst?«

Ich hörte ihm an, wie wütend und verletzt er war. »Ich war ... Ich hätte euch angerufen, wenn ich irgendwo ... Es tut mir leid, Evan.« Ich hatte überhaupt nicht an meine Band gedacht, nur daran, Kiera zu entkommen. Gott, ich war wirklich ein egoistischer Scheißkerl.

»Ich komme so schnell ich kann.« Evan legte auf, bevor ich mich noch einmal entschuldigen konnte, und ich starrte auf das Telefon. Ganz offensichtlich hatte ich noch mehr Mist gebaut. Meine Arschigkeit kannte keine Grenzen.

Ungefähr eine Stunde später betrat Evan Kieras Zimmer. Er blickte auf ihren reglosen Körper, dann zu mir. Entsetzen lag in seinen Augen. »Mein Gott«, flüsterte er.

Sein Blick zuckte zu Denny, und ich stand auf. »Gehen wir in den Flur«, sagte ich, »dann hat Kiera ihre Ruhe.« Evan sagte nichts zu Denny. Er biss die Zähne zusammen und ballte die Hände zu Fäusten. In einer hielt er eine Plastiktüte mit frischen Klamotten für mich. Mit der gesunden Hand schob ich ihn an der Schulter aus der Tür. Sobald wir draußen waren, schloss ich sie.

In dem grellen Neonlicht musterte Evan mich erneut. »War Denny das?«, flüsterte er.

Ich schüttelte den Kopf. »Nein, Kiera und ich sind überfallen worden. Das waren die *Gangster.*« Ich sprach langsam und bewusst. *Das ist unsere Lüge, an die müssen wir uns halten. Bitte. Belass es dabei. Es ist genauso sehr meine Schuld wie seine.*

Evan wandte den Blick ab und murmelte: »Ja ... Gangster.« Seufzend drehte er sich wieder zu mir um. Er streckte die Hand aus und reichte mir die Plastiktüte. »Hier. Saubere Klamotten. Und wenn du mir die Schlüssel gibst, hole ich auch deinen Wagen.«

»Danke«, erwiderte ich und grub in meinen Jeans nach dem Schlüssel.

Als ich ihn ihm reichte, legte Evan die Stirn in Falten. »Bedank dich noch nicht bei mir. Du hast noch nicht gehört, was ich dir zu sagen habe.«

Ich spannte die Muskeln an. Das würde wahrscheinlich wehtun. »Okay, schlag mich.« Ich erschauderte. *Schlechte Wortwahl.*

Evan verschränkte die Arme. »Du bist ein egoistischer Scheißkerl, weißt du das?«

Ja, ich weiß. Mein Blick glitt zu Kieras Tür. »Evan ...«

»Nein.« Er bohrte den Finger in meine Schulter. »Anscheinend glaubst du, du wärst allein auf dieser Welt, aber du vergisst, dass wir drei deinem Hintern gefolgt sind, nachdem du nach Seattle abgehauen warst.« Er sah mich durchdringend an und zuckte mit den Schultern. »Meinst du, wir hätten das gemacht, weil uns langweilig war?« Ich öffnete den Mund, um etwas zu sagen, doch er stieß erneut mit dem Finger gegen meine Schulter. »Nein, du dummes Arschloch. Das haben wir gemacht, weil wir dich gern haben und weil wir an dich glauben. Vielleicht sind deine Eltern verfluchte Schweinehunde gewesen, aber jetzt sind wir drei deine Familie. Geht das in deinen verdammten Schädel?!« Er sprach leise aber eindringlich, und seine Worte trafen mich wie Rasierklingen. Ich fühlte mich überall wund.

»Es tut mir leid ... Ich habe nicht nachgedacht ...«

Er verschränkte wieder die Arme. »Nein, das hast du nicht. Wie konntest du uns derart abservieren? Wie konntest du uns einfach sitzenlassen? Wie zum Teufel sollten wir denn ohne dich weitermachen?« Fassungslos hob er eine Hand.

Ich kam mir wie der größte Idiot auf Erden vor. Ich war so dumm gewesen, so egoistisch. Das musste aufhören. Ich musste endlich erwachsen werden. »Ich weiß nicht. So habe ich das nicht gesehen. Ich dachte, ihr würdet mich einfach ersetzen und weitermachen. Ich dachte nicht, dass das schlimm wäre.«

Evan sah mich entgeistert an. »Spinnst du? Natürlich ist das schlimm. Wir können dich nicht einfach so *ersetzen*. Wir können dich nicht einfach in den Laden zurückbringen und uns aus einer Laune heraus jemand anders holen. Ohne dich gibt es keine D-Bags.« Vorsichtig, um mir nicht wehzutun, legte er mir seine Hand auf die Schulter. »Du hast gesagt, es sei unsere Band, aber ich bin kein Idiot. Es ist nicht *unsere*, es ist *deine* Band. Weil du der Einzige von uns bist, den man nicht ersetzen kann. Und wir folgen dir bis ans Ende der Welt, Kellan, weil wir an dich glauben. Kapierst du das nicht?«

Wutschnaubend stieß er meine Schulter fort. Während seine

Worte mich langsam erreichten, trat ich einen Schritt zurück. *Nicht ersetzbar? Ich?* Das hörte sich nicht richtig an. Ich fühlte mich äußerst ersetzbar. Meine Bandkollegen waren allerdings immer ehrlich, geduldig und unglaublich treu gewesen. *Wir sind jetzt deine Familie. Geht das in deinen verdammten Schädel?* Ich war ein Idiot. Evan hatte recht. Wir waren eine Familie.

Als ich über meine neue Familie nachdachte, wunderte ich mich über etwas anderes, was Evan gesagt hatte. *Vielleicht sind deine Eltern verfluchte Schweinehunde gewesen ...* Ich schob meine Unsicherheit beiseite und fragte: »Woher weißt du das mit meinen Eltern?«

Mit weicherem Blick erwiderte er: »Du hast es mir erzählt, Kellan.« Verwirrt legte ich den Kopf schief. Ich hatte nie mit irgendjemandem über sie gesprochen. Nur Denny wusste Bescheid, weil er den Missbrauch miterlebt hatte. Evan verstand meine Verwirrung und erklärte: »Du warst total betrunken, deshalb erinnerst du dich wahrscheinlich nicht mehr daran. Das war, als du das Haus gesehen hast, das Sie dir hinterlassen haben ... Nachdem du gemerkt hast, dass all deine Sachen weg waren. Du hast mir erzählt, dass sie umgezogen sind, ohne es dir zu sagen. Das hat mich überrascht, und dann hast du mir erzählt, wie sie dich früher behandelt haben.«

Seinem entsetzten Gesicht nach zu urteilen musste ich es ihm sehr anschaulich geschildert haben. *Verflucht.* Ich hatte es ihm erzählt. Er wusste Bescheid. Hieß das etwa, dass alle anderen es auch wussten? »Hast du ... hast du mit jemandem ...?«

Er schüttelte den Kopf. »Nein, ich habe es niemandem erzählt. Dazu habe ich kein Recht.« Er zuckte mit den Schultern.

Erleichtert schloss ich die Augen. Ich wollte nicht als Opfer gesehen werden. Nicht die mitfühlenden Blicke in den Gesichtern der anderen sehen. Ich wollte keine Fragen beantworten und nicht darüber nachdenken. Ich dachte schon genug darüber nach. »Danke. Ich ... Ich rede nicht darüber ...«

»Vielleicht solltest du das?«, entgegnete Evan ruhig.

Ich sah zu ihm auf. Seine braunen Augen waren voller Mitgefühl. »Vielleicht«, flüsterte ich. *Eines Tages. Wenn es nicht mehr so wehtut.* Obwohl es leichter gewesen war als gedacht, als ich mit Kiera darüber gesprochen hatte. Doch das war etwas anderes. Sie war anders.

Nachdem Evan gegangen war, um meinen Wagen zu holen, zog ich mich in der Toilette um. Anschließend untersuchte ich im Spiegel mein Gesicht. *Verdammt, Denny hatte mich ganz schön zugerichtet.* Mein Vater hatte mein Gesicht immer ausgelassen. Er hatte mich dort verletzt, wo es nicht gleich auffiel. Das war Denny egal gewesen, mein Gesicht zeigte die detaillierte Landkarte seiner Wut.

Ein Riss in meiner Lippe machte das Lächeln, Reden, eben alles, was ich mit dem Mund tat, schmerzhaft. Auf der Wange hatte ich eine Wunde, die mit Tape zusammengehalten wurde, und einen Bluterguss. Ein Auge war fast vollständig zugeschwollen und würde in ein paar Tagen grün und blau sein. Über dem anderen befand sich ein Schnitt, der ebenfalls getaped war. Zusammengenommen mit meinem gebrochenen Arm, den gebrochenen Rippen und unzähligen Prellungen und Wunden, war ich ein körperliches Wrack.

Ich steckte die dreckigen Sachen in die Tüte und ging zurück ins Zimmer. Denny schien erleichtert, dass ich die blutigen Sachen ausgezogen hatte. »Ist Evan gegangen?«, fragte er.

Ich nickte und setzte mich wieder auf meinen Stuhl. »Ja. Er bringt mir meinen Wagen her.«

Denny wirkte einen Augenblick nachdenklich, dann sagte er: »Ich hätte ihn doch hinfahren können ...«

»Nichts für ungut, aber ich glaube, er möchte jetzt gerade nicht so gern mit dir zusammen sein.« Ich versuchte, es so nett wie möglich auszudrücken, aber ich war mir ziemlich sicher, dass Evan noch immer schockiert von meinem Aussehen war. Und von Kieras.

Denny seufzte und betrachtete seine Hände. Nach einer Weile fragte ich: »Ich weiß, es geht mich nichts an, aber ... was hast du jetzt vor?«

Er hielt den Blick auf seine Hände gerichtet und schwieg einen Augenblick, bevor er antwortete. »Ich nehme den Job in Australien an. Ich gehe zurück nach Hause.«

Ich schluckte den Kloß in meinem Hals hinunter. Trotz allem würde ich ihn vermissen. Aber natürlich konnte ich ihn nicht bitten, es sich noch einmal zu überlegen. »Oh ... und was ist mit Kiera? Nimmst du sie mit, wenn es ihr ... besser geht?« Es tat noch mehr weh, ihn das zu fragen, aber ich musste wissen, wie ihre Zukunft aussah.

Denny blickte zu Kiera, dann zu mir. »Nein. Ich gehe allein zurück.«

Ich sah ebenfalls zu Kiera hinüber; ihr verbundener Kopf tat ihrer Schönheit keinen Abbruch. Aber all dies würde sie niederschmettern, wenn sie aufwachte. *Sie muss aufwachen.* »Du willst dich von ihr trennen?«

Denny schnaubte. »Ich glaube, wir sind nie mehr richtig zusammen gewesen, nachdem sie in Tucson mit mir Schluss gemacht hatte. Aber ja, ich trenne mich von ihr. Sie gehört dir«, flüsterte er kaum hörbar.

Ich war mir nicht sicher, ob ich das hatte hören sollen, aber ich hatte es gehört, und es weckte widersprüchliche Gefühle in mir. Wenn Denny mir nicht mehr im Weg stand, konnte ich sie wahrscheinlich haben, aber wollte ich sie? Ja, natürlich. Aber nicht so. Ich wollte, dass sie sich bewusst für mich entschied, weil sie mit mir zusammen sein *wollte*. Dazu würde es nicht kommen. Also war es zwischen uns ebenfalls aus.

Die Zeit verging. Manchmal bewegte Kiera sich oder stöhnte, aber sie öffnete nicht die Augen. Spät an jenem Abend sagte sie etwas. Ihre Lider flackerten, als hätte sie einen Albtraum, dann murmelte sie: »Nein ...«, gefolgt von: »Kellan ... geh nicht weg ...«

Fassungslos und mit großen Augen starrte ich sie an. Ich war aufgeregt, weil sie etwas gesagt hatte, und überrascht, dass sie in ihrem benommenen Zustand an mich dachte. Ich schöpfte Hoffnung, dass sie tatsächlich auf dem Weg der Besserung war und sah Denny an. Gerade wollte ich ihn fragen, ob er das auch gehört hatte, doch ein Blick in sein Gesicht machte die Frage überflüssig. Er wirkte nicht so glücklich wie ich.

Als er meinem Blick begegnete, stand er vom Bett auf. »Warum kommst du nicht her und setzt dich zu ihr?«

Ich wollte die Brauen zusammenziehen, doch es tat so weh, dass ich es sofort wieder ließ. »Im Ernst?«

Denny nickte, dann blickte er aus dem Fenster. »Es ist schon spät. Es scheint ihr langsam besser zu gehen, also, ich glaube ... Ja, ich geh dann mal nach Hause und packe ein paar Sachen zusammen.«

Ich stand auf. »Wohin gehst du?«

Seine Augen funkelten, und ich dachte, er würde mich anfahren, dass mich das nichts anginge, was ja auch stimmte. Er stieß jedoch einen Seufzer aus und sagte es mir dennoch. »Ich glaube, ich frage Sam, ob ich eine Weile bei ihm pennen kann.«

Da ich nicht wusste, was ich dazu sagen sollte, nickte ich nur. Schweigend nahm Denny seine Jacke, küsste Kiera sanft auf die Stirn und wandte sich zum Gehen. Bevor er ganz aus der Tür war, rief ich: »Denny ... es tut mir leid.«

Er blieb im Türrahmen stehen und nickte. Noch immer mit

dem Rücken zu mir, erwiderte er: »Ich komme morgen Früh wieder. Ruf mich an … wenn sich etwas ändert.« Er ging, ohne meine Antwort abzuwarten.

Nachdem er weg war, setzte ich mich zu Kiera aufs Bett. Ich nahm ihre Hand und flüsterte: »Ich bin hier, Süße. Ich gehe nicht weg.«

32. Kapitel

Für immer

Als Denny am nächsten Morgen zurückkam, lächelte er. Angesichts der Umstände fand ich das etwas merkwürdig. »Du wirkst so … aufgekratzt«, sagte ich und richtete den Blick sogleich wieder auf Kiera.

Denny trat seufzend an Kieras Seite. »Bin ich nicht. Nicht wirklich. Ich habe nur den Job angenommen. In ein paar Wochen geht's los.«

»Oh … Glückwunsch.« Ich blickte zu ihm auf und fragte: »Hat Sam dich bei sich aufgenommen?«

Denny musterte mich aus dem Augenwinkel. »Ja, ich habe ihm keine Details erzählt, nur, dass Kiera und ich uns getrennt hätten.«

Nachdem er das gesagt hatte, bewegte sich Kiera und schlug mit flatternden Lidern die Augen auf. Wir beugten uns beide vor. »Kiera?«, sagte ich und fasste ihre Hand.

»Kellan?«, flüsterte sie, dann fielen ihr wieder die Augen zu.

Dennys Blick glitt zwischen uns beiden hin und her. »Ich hole mal was zu essen. Willst du auch was?« Ich schüttelte den Kopf. Ich wollte nur, dass Kiera die Augen öffnete, mich ansah und mich anlächelte, damit ich wusste, dass alles in Ordnung war.

Die Ärzte kamen, entfernten ihren Verband und sagten, die Schwellung sei abgeklungen und sie könne jetzt jederzeit aufwachen. Doch es dauerte noch bis zum nächsten Morgen, bis sie richtig zu sich kam.

Ich sprach gerade auf dem Flur mit einer Schwester, als Denny eintraf. Er hatte die Nacht wieder bei Sam verbracht, während ich im Krankenhaus bei Kiera geblieben war. Ich bedankte mich bei der Schwester für die Informationen, die allerdings nicht sehr umfangreich gewesen waren. Eigentlich sagten sie immer nur *abwarten. Es ist eine Frage der Zeit. Es hängt jetzt von Kiera ab.* Ich hatte die Nase voll von diesen Antworten. Ich wollte endlich die genaue Minute wissen, in der sie aufwachte und wieder sie selbst sein würde. Es war ziemlich frustrierend, dass mir niemand Genaueres sagen konnte.

Die Schwester errötete und berührte mich am Ellbogen. »Kein Problem, Kellan. Ich helfe jederzeit gern. Wenn du noch Fragen hast, komm einfach zu mir, okay?« Sie zwinkerte mir zu und ging.

Denny schüttelte den Kopf. »Selbst wenn du so aussiehst wie jetzt, fliegen die Frauen noch auf dich.« Sein Blick verschleierte sich, und sein Lächeln verblasste, als wäre ihm plötzlich wieder eingefallen, weshalb er mich hasste. »Wie geht es ihr?«, fragte er.

»Unverändert.«

Wir gingen zurück in ihr Zimmer, und beim Anblick von Kieras reglosem schmalem Körper wandelte sich Dennys Miene erneut. Nun sah er aus, als sei ihm wieder eingefallen, warum er sich selbst hasste. »Ich habe gestern Abend mit Anna gesprochen. Sie sagt Kieras Eltern Bescheid. Sie klang ziemlich besorgt ... und wütend ...« Seine Stimme verhallte, während er seine bewusstlose Freundin ansah. Na ja, Exfreundin.

Mit ernster Miene fragte ich: »Wann wirst du es Kiera sagen?«

Er sah zu mir herüber. »Das mit dem Job oder das mit der Trennung?«

»Beides.« Ich zuckte mit den Schultern und musterte Kiera. Wann würde *ich* es ihr sagen?

»Ich weiß es nicht. Wahrscheinlich lieber früher als später. Wenn ich es ihr gleich sage und gehe, ist sie zwar verletzt, aber ich glaube, sie wird darüber hinwegkommen.« Er warf mir einen bedeutungsvollen Blick zu, und ich verstand sofort. *Ich werde ihr über den Schmerz hinweghelfen, genau wie beim letzten Mal ...*

Während er mich musterte, wandelte sich sein Ausdruck erneut. »Es tut mir leid, Kellan ... Was ich dir angetan habe. Und ihr.«

Ich senkte den Blick und schüttelte den Kopf. *Es war nicht deine Schuld.*

Ich kam jedoch nicht dazu, ihm das zu sagen. Denny wandte sich zu mir um und sagte: »Kümmere dich um sie, wenn ich weg bin. Und ... wenn du ihr wehtust, bringe ich dich um. Hast du das verstanden?«

Ich lachte über seinen humorvollen Ton. Den hatte ich schon länger nicht mehr von ihm gehört. Ich überlegte, ob ich ihm sagen sollte, dass ich auch nicht mit ihr zusammen sein würde. Dass ich ebenfalls mit ihr Schluss machen würde, doch genau in dem Augenblick setzte Kiera sich senkrecht im Bett auf und schrie: »Nein!« Dann umklammerte sie ihren Kopf, keuchte vor Schmerz und sank zurück auf ihr Kissen.

Denny stand am nächsten neben dem Bett. Er strich ihr beruhigend übers Gesicht, dann drehte er sich zu mir um. »Hol eine Schwester.«

Sie ist wach. Erleichterung durchströmte mich, und ich zögerte keine Minute. »Ich bin sofort zurück.«

Ich drehte auf dem Absatz um und stürzte aus der Tür. »Sie ist aufgewacht! Und sie hat Schmerzen. Sie müssen etwas tun!«

Ich fasste eine Schwester am Arm und versuchte, sie in Kieras Zimmer zu zerren, doch sie schüttelte mich ab. »Beruhigen Sie sich. Ich mache das hier eben noch fertig, dann komme ich sofort.«

Ich atmete tief ein, ich war aufgeregt und ängstlich. *Kiera ist wach.*

Nachdem die Schwester mit ihren Notizen fertig war, ging sie in Kieras Zimmer. Ich blieb an der offenen Tür stehen. »Gut ... Sie sind also wach. Und haben wahrscheinlich ziemlich starke Schmerzen.« Kiera zwang sich zu einem Lächeln. »Ich bin Susie und werde mich gut um dich kümmern.«

Sie scheuchte Denny vom Bett, dann mischte sie Kieras Infusion etwas bei. Kiera schien etwas mulmig zumute zu sein, als sie bemerkte, dass sie an einem Tropf hing. Nachdem Susie ihre Vitalfunktionen überprüft hatte, fragte sie: »Brauchst du etwas, Herzchen?«

»Wasser ...«, flüsterte sie.

»Natürlich. Ich bin gleich wieder da.«

Als Susie sich zum Gehen wandte, glitt Kieras Blick zu mir. Sie öffnete die Lippen, und ihr Atem ging schneller. Die Maschine, die ihren Herzschlag aufzeichnete, piepte hektisch. Es berührte mich, dass ich noch immer diese Wirkung auf sie hatte. Doch es brach mir auch ein wenig das Herz. *Sie hat sich entschieden, jetzt muss ich sie loslassen.*

Denny hatte sich auf die andere Seite des Bettes gesetzt. Als er merkte, dass Kiera mich anstarrte, blickte er ebenfalls in meine Richtung. Er sah mich mit hochgezogenen Brauen an, dann richtete er den Blick auf den Flur. Ich verstand seine stumme Botschaft. *Kannst du uns einen Moment allein lassen? Ich werde ihr jetzt das Herz brechen.* Ich fragte mich, ob er nicht lieber warten sollte, bis sie etwas länger bei Bewusstsein war als nur zwanzig Minuten, aber vermutlich war das egal.

Ich trat in den Flur, lehnte mich an die Wand und wartete.

Denny und Kiera sprachen leise miteinander, doch hin und wieder schnappte ich einen Satz auf.

»Doch ... ich bin wütend.«

»Ich wünschte, du hättest es mir erzählt ...«

»Ich hätte mit dir reden sollen ...«

»Ich hätte nie gedacht, dass du mir so wehtun würdest ...«

»Wie geht es jetzt mit uns weiter?«

Die Frage kam von Kiera. Ich wusste, wie Dennys Antwort lauten würde. Fast wäre ich etwas weiter weggegangen, damit ich sie nicht hörte, aber mein Herz weigerte sich stur.

»Mit uns geht es nicht weiter.«

»Aber ich habe Kellan doch verlassen. Ich liebe dich ...«

Kieras Antwort auf Dennys Entscheidung tat weh, und ich zwang mich nun doch, ein Stück wegzugehen. Sie hatte mich verlassen und sich für ihn entschieden.

Während ich den Flur hinunterging, dachte ich darüber nach, was Kiera wohl tun würde. Wo würde sie hingehen, wenn sie aus dem Krankenhaus entlassen wurde? Denny war ausgezogen, wir wären also allein im Haus, und das würde nicht gut gehen. Ich könnte mich nicht von ihr fernhalten. Das musste ich aber. Ich wollte den Teufelskreis durchbrechen, was bedeutete, dass ich sie bitten musste auszuziehen. Aber wo sollte sie hin? Kieras Worte, die sie vor einer Ewigkeit gesagt hatte, geisterten mir durch den Kopf – *Ich komme schon allein klar.* Ja, das stimmte. Sie würde gut ohne mich zurechtkommen.

Als ich zu Kieras Tür zurückkehrte, hörte ich jemanden leise weinen. Respektvoll hielt ich mich zurück, bis ich Denny schließlich sagen hörte: »Ich sehe morgen wieder nach dir, okay?«

Kurz darauf kam er aus dem Zimmer. Er blieb auf der anderen Seite der Tür stehen; seine Augen waren rot und glänzten. »Geht's?«, fragte ich. Egal, was Kiera ihm angetan hatte, egal, was er gerade getan hatte, es war ihm mit Sicherheit nicht leichtgefallen.

»Ja ... ich gehe. Ich bin ziemlich geschafft. Das war ...« Er blickte noch einmal zu Kiera in ihrem Bett, dann wieder zu mir. »... schwieriger als ich dachte.«

Ich starrte einen Augenblick auf den Boden. Was ich vorhatte, war schrecklich. »Ja ...«

Dennys Hand erschien in meinem Blickfeld. »Viel Glück mit allem ... Und noch mal, es tut mir echt leid, was ich mit dir angestellt habe.«

Ich fasste seine Hand und schüttelte sie. »Nicht halb so leid wie mir das tut, was ich dir angetan habe.«

Denny lächelte kurz, blickte noch einmal zu Kiera und ging. Ich sah ihm einen Augenblick hinterher, nahm meinen Mut zusammen und trat in Kieras Zimmer. Ich musste es hinter mich bringen.

Kiera lag mit geschlossenen Augen auf dem Bett und sah aus, als versuchte sie sich zusammenzureißen. Sogar mit dem Bluterguss im Gesicht sah sie wunderschön auf den weißen Laken aus.

Leise trat ich an ihr Bett und strich ihr mit den Fingern über die Wange. Sie schlug die Augen auf und wirkte überrascht, mich zu sehen. Vielleicht hatte sie nicht damit gerechnet, dass ich zurückkommen würde.

Ich setzte mich zu ihr aufs Bett und lächelte ihr warm und beruhigend zu. Ich wollte unseren letzten Moment auskosten. »Geht's dir gut?«

»Ich glaube schon. Mit den Schmerzmitteln fühle ich mich zwar, als würde ich eine Tonne wiegen, aber ich komme bestimmt wieder in Ordnung.«

In ihren Augen schimmerten noch Tränen, die auf ihren Wangen glänzende Spuren hinterlassen hatten. Ihr Kopf würde wohl wieder in Ordnung kommen, aber ihr Herz war ein Schutthaufen.

»Das meinte ich gar nicht. Glaub mir, ich habe hier mit jeder Schwester gesprochen und weiß alles über deinen Zustand, aber bist du sonst in Ordnung?« Ich blickte zur Tür, damit sie begriff, dass ich von der Trennung wusste.

Eine frische Träne rollte über ihre Wange, als sie zu mir aufsah. »Frag mich das in ein paar Tagen noch mal.«

Ich nickte, beugte mich hinunter und küsste sie. Ich konnte nicht anders. Das Piepen ertönte in kürzeren Abständen, als sich unsere Lippen trafen. Ich blickte zum Monitor und lachte. »Ich glaube, das sollte ich lieber lassen.« Ich ließ noch immer ihr Herz schneller schlagen; sie meins auch. Ich würde sie so vermissen.

Als ich mich von ihr löste, berührte Kiera meine Wange und strich mit dem Finger über meine Prellung. »Und bei dir alles okay?«

Nein. Ich glaube, ich werde nie wieder okay sein.

Ich nahm ihre Hand aus meinem Gesicht. »Das wird schon wieder. Mach dir um mich jetzt keine Sorgen. Ich bin nur froh, dass du ... dass du nicht ...« Ich verstummte und sprach meine größte Angst nicht laut aus.

Ich verdrängte den Gedanken und hielt mit beiden Händen ihre Hand. Ihre Finger strichen über mein Handgelenk, und ich genoss jede Sekunde. Würde es sich mit einer anderen je so gut anfühlen?

»Du und Denny, ihr wart beide hier?«, fragte sie überrascht.

»Na klar. Wir haben uns beide Sorgen gemacht.«

Sie schüttelte vorsichtig den Kopf. »Nein, ich meine, ihr wart beide hier im Zimmer und habt ruhig miteinander gesprochen, als ich aufgewacht bin. Wollt ihr euch gar nicht mehr gegenseitig umbringen?«

»Einmal hat wirklich gereicht«, antwortete ich lächelnd. »Du bist ein paar Tage bewusstlos gewesen. Denny und ich ... hatten genug Zeit zu reden.« Ich hielt inne und dachte an unsere Kabbeleien. »Die ersten Gespräche waren weniger friedlich.« Ich strich ihr eine Strähne aus dem Gesicht. »Doch irgendwann war unsere Sorge um dich größer als alles andere. Wir haben nicht mehr darüber geredet, was war, sondern darüber, was jetzt zu tun ist.«

Kiera öffnete den Mund, um etwas zu sagen, aber ich kam ihr zuvor und beantwortete ihre unausgesprochene Frage, ob ich Bescheid wusste. »Er hat mir gesagt, dass er den Job in Australien annehmen würde und dass du nicht mit ihm gehen würdest.«

Weitere Tränen liefen über ihre Wangen, und ich wischte sie vorsichtig weg. Sie sah aus, als würde sie jeden Moment die Fassung verlieren. Es war schrecklich, was wir ihr zumuteten. Sie war noch so schwach, aber es musste sein. Besser früher als später. »Du wusstest, dass er mit mir Schluss machen würde?«, fragte sie.

Ich nickte. »Ich wusste, dass er es so schnell wie möglich hinter sich bringen wollte.« Mein Vorhaben lastete schwer auf mir, und ich wandte den Blick ab. »Wie ein Pflaster, das man mit einem Ruck abzieht«, murmelte ich. *Mach es jetzt. Und dann geh. Es wird nur eine Sekunde brennen.*

Nein. Das stimmt nicht. Das Brennen wird den Rest meines Lebens anhalten.

Ich starrte auf den Boden und versuchte, sie endlich loszulassen. Denny hatte recht. Es war schwerer, als ich es mir vorgestellt hatte. Aber es musste sein. Diese Unklarheit tat uns nicht gut. Als ich merkte, dass Kiera die Hand nach mir ausstreckte, zwang ich mich zu sagen: »Und wie sehen deine Pläne jetzt aus?«

Sie ließ die Hand sinken und stotterte: »*Meine* Pläne? Ich ... ich weiß nicht. Die Uni ... Arbeiten ...« *Dich.*

Das Letzte sprach sie nicht laut aus, aber ich hörte es deutlich. *Er hat mich verlassen, also bleibe ich jetzt wohl bei dir. Zu dir kann ich immer zurück.*

Nein, diesmal nicht, Kiera.

Wütend wandte ich mich zu ihr um. Wenn ich meine Wut beherrschen konnte, konnte ich auch den Schmerz beherrschen. »Und was ist mit mir? Machen wir jetzt da weiter, wo wir aufgehört haben? Bevor du mich mal wieder seinetwegen abserviert hast?«

Kiera schloss flatternd die Lider. »Kellan ...«

Meine Augen brannten, die Verzweiflung riss meine Schutzmauer aus Wut ein; ich konnte mich nicht mehr zurückhalten. »Ich kann das einfach nicht mehr, Kiera.«

Sie öffnete die Augen, und ich sah, wie sie litt, aber jetzt konnte ich nicht mehr zurück. *Reiß das Pflaster runter.* »Ich wollte dich an dem Abend gehen lassen. So wie ich es dir versprochen hatte.« Ich seufzte und schloss die Augen. »Als Denny uns dann überrascht hat, hatte ich nicht mehr die Kraft, ihn zu belügen.« Ich öffnete die Augen wieder und musterte unsere Hände. »Ich wusste, dass er auf mich losgehen würde, aber ich konnte mich einfach nicht wehren. Ich habe ihm so wehgetan, ich konnte ihn nicht auch noch körperlich verletzen. Was ich ihm angetan habe ... Er ist der netteste Mensch, den ich kenne. Er ist wie ein Bruder für mich, wir haben ihn zu etwas getrieben ...«

Ich schloss die Augen. Als ich an das Bild von Denny dachte, wie er auf mich losgegangen war, verschwamm es mit einer Erinnerung an meinen Vater. Ich war schuld. Ich hatte ihn ausrasten lassen. Ich hatte ein Monster aus ihm gemacht. »Ich glaube, irgendwie wollte ich sogar, dass er mir wehtut.« Ich hob den

Blick zu Kiera. »Deinetwegen. Weil du dich immer wieder für ihn entschieden hast. Du hast mich nie wirklich gewollt, und du bist alles, das ich je …« *Ich würde alles für dich tun. Warum ist das bei dir nicht so?*

Ich wandte den Blick ab und schluckte den Kloß in meinem Hals hinunter. »Und jetzt, wo er dich verlassen hat, jetzt, wo die Entscheidung nicht mehr bei dir liegt, bekomme ich dich?«, fragte ich wütend. Die Wut diente mir als Schutz, wie eine Rüstung. »Bin ich dein Trostpflaster?« *Bin ich nie mehr für dich gewesen?*

Sie wirkte überrascht. *Was soll ich denn sonst denken, Kiera?* Sie öffnete den Mund, schloss ihn jedoch wieder, ohne etwas zu sagen. Es war schwer, der Wahrheit zu widersprechen. »Das habe ich mir gedacht.«

Ich ließ von meiner Wut ab, es war sinnlos, mich an sie zu klammern, und stieß einen tiefen Seufzer aus. »Kiera … ich wünschte …« *Ich wünschte, wir wären weggelaufen, als wir die Chance dazu hatten. Ich wünschte. Denny wäre nie aus Tucson zurückgekommen. Ich wünschte, du wärst ohne ihn hergekommen und ich hätte mich auf anständige Weise in dich verliebt, ohne Reue, ohne Schuld … ohne Leid.*

Mir war klar, dass meine Wünsche genauso sinnlos waren wie meine Wut, und ich sagte, was ich sagen wollte. »Ich habe mich entschieden, in Seattle zu bleiben. Du glaubst gar nicht, was ich mir von Evan anhören musste, weil ich die Band fast im Stich gelassen hätte.« Ich dachte an Evans Fassungslosigkeit und seine seltsamen Worte. *Du bist nicht zu ersetzen.* Mein Blick blieb an Kieras Verletzung hängen, und ich fühlte mich irgendwie benommen. »Bei dem ganzen Chaos habe ich gar nicht an die Jungs gedacht. Als sie rausgefunden haben, was ich vorhatte, hat sie das ziemlich getroffen.« Ich hatte zwar noch nicht mit den anderen gesprochen, aber ich konnte mir ihre

Reaktionen gut vorstellen. Matts Schock und Griffins Abscheu. Ich war ein solcher Idiot. Es wurde wirklich Zeit, dass ich vernünftig wurde.

Ich stieß die Luft aus. »Es tut mir leid«, flüsterte ich. Ich beugte mich hinunter und küsste sie zärtlich auf die Lippen, dann verteilte ich vorsichtige Küsse auf ihrer Wange und der weichen Stelle unter ihrem Ohr. Ich genoss ihren Geschmack, ihren Geruch, ihren Atem. Es war wahrscheinlich das letzte Mal, dass ich ihr so nah war. Es war gut möglich, dass es überhaupt das letzte Mal war, dass ich sie sah. Der Gedanke erfüllte mich mit Schmerz, mit Unruhe und mit einer Leere, die dumpf in mir dröhnte. *Was werde ich ohne sie machen?*

Ich lehnte meine Stirn an ihre und überwand mich, die Worte auszusprechen, von denen ich nie gedacht hätte, dass ich sie einmal zu ihr sagen würde. »Es tut mir leid, Kiera. Ich liebe dich, aber ich kann das nicht. Du musst ausziehen, bitte, es geht nicht anders.«

Bevor sie reagieren konnte, stand ich auf und verließ das Zimmer. Jede Reaktion von ihr würde eine Reaktion in mir auslösen. Und wenn ich sah, dass sie litt, würde ich höchstwahrscheinlich bleiben. Und das konnte ich nicht. Nicht, wenn sie nicht mit ganzem Herzen dabei war.

Ich schaffte es bis zur Mitte des Flurs, ehe mir die Tränen kamen. In der Nähe des Wartezimmers mit seinen Zeitschriften und Automaten befand sich eine schwach beleuchtete Kapelle. Dort suchte ich Trost, damit ich in Ruhe zusammenbrechen konnte. Ich hatte es getan. Ich hatte das Pflaster heruntergerissen, doch die Wunde darunter war noch nicht verheilt, und ich verblutete. *Was mache ich denn jetzt?*

Stunden später ging ich nach unten, um mich meiner neuen Realität zu stellen. Ich fühlte mich ziemlich verloren in den Krankenhausfluren. Als ich aus der Toilette neben der Notaufnahme trat, rannte ich schließlich in meine Band. Ich erschrak zu Tode.

»Hey, was macht ihr denn hier?«

Griffin zog die Nase hoch. »Wir wollten dich und deine Braut besuchen. Na ja, deine WG-Braut.« Matt nickte, und ich musterte sie skeptisch. Was genau hatte Evan ihnen erzählt? Während ich noch darüber nachdachte, fügte Griffin hinzu: »Du siehst echt beschissen aus, Alter. Wie viele Typen waren es?« Mit einem schiefen Grinsen beugte er sich vor und meinte: »Nur einer, stimmt's? Ein kleiner Teenager, hm?« Er schüttelte den Kopf. »Schlappschwanz.«

Ich blickte zu Evan, während Matt Griffin einen Schlag gegen die Brust versetzte. »Sie hätten ihn umbringen können, du Pisser.«

Griffin schien beleidigt. »Na ja, haben sie aber nicht. Bleib locker, Kumpel. Du weißt, dass das ein Witz war, oder Kell?«

Ich schaffte es zu nicken, aber ich war noch immer sprachlos. Evan hatte ihnen die Lüge erzählt? Evan schwieg, lächelte jedoch wissend. »Ich ... äh ... Kiera geht es viel besser, aber sie darf noch keinen Besuch haben. Vielleicht morgen.«

Als ich daran dachte, wie sie in ihr Kissen schluchzte, wandte ich den Blick ab. Evan legte mir eine Hand auf die Schulter. »Lasst uns hier abhauen. Gehen wir ins Pete's und entspannen uns ein bisschen.«

»Ich will mich nicht entspannen«, brummte ich. Ich sah ihn an und fügte hinzu: »Ich will hierbleiben.«

Griffin klatschte in die Hände. »Wie süß! Gehen wir in die Cafeteria und gucken mal, ob wir von den verzweifelten Mädels was umsonst bekommen.«

Matt sah ihn fragend an. »Verzweifelte Mädels?«

Griffin zuckte mit den Schultern. »Na, die Hässlichen mit den Haarnetzen, den Leberflecken, den zerbrochenen Träumen und den vertrockneten Muschis, die in Cafeterias so arbeiten. Das gehört zu ihrer Jobbeschreibung.«

Matt schüttelte nur den Kopf über seinen Cousin. »Das ist so ... Wieso hat dich eigentlich noch keiner abgemurkst?«

Schnaubend lief Griffin den Flur hinunter. »Weil man einen Gott nicht einfach abmurksen kann, du Dumpfbacke.«

Als die beiden davonschlenderten, wandte ich mich an Evan. »Du hast ihnen nicht erzählt, was passiert ist? Dass ich weg wollte? Das mit Denny?«

Evan zuckte mit den Schultern. »Das geht mich nichts an, Kellan.«

Ich lächelte, dann folgte ich meinen Bandkollegen. »Danke. Es ist mir lieber, wenn sie es nicht wissen.«

»Ja, das habe ich mir gedacht«, erwiderte Evan.

Ich dachte, die Jungs würden mich in der Cafeteria mit dem »Überfall« nerven, aber Griffin war außer sich, nachdem sich herausstellte, dass die Mitarbeiterinnen der Cafeteria ganz und gar nicht seinem Klischee entsprachen. Er war im Anmach-Himmel, umgeben von hübschen Frauen, die ihm eine Unmenge Essen anboten. Als hätten sie seine abfällige Bemerkung im Flur gehört, ließen sie ihn allerdings links liegen, und er musste für alles bezahlen, was er verspeiste. Dahingegen gruben mich die meisten von ihnen an, was mich auf eine andere Art als Griffin nervte, doch ich nahm die Ablenkung dankbar an. Für den Augenblick war mein Kummer nicht allesvernichtend, was an meiner »Familie« lag. Dafür war ich unendlich dankbar.

Nachdem die Jungs gegangen waren, kehrte ich in die ruhige Kapelle zurück. Schließlich verbrachte ich dort auf einer Stuhlreihe die Nacht. Es war nicht der bequemste Ort zum Schlafen, aber so konnte ich Kiera nah sein. Als ich aufwachte, war ich steif und hundemüde, und mir tat alles weh. Doch als ich mich bei den Schwestern vergewisserte, dass es Kiera gut ging, setzte ich ein Lächeln auf.

Nachdem eine der Schwestern mir berichtet hatte, dass Kiera aufgestanden war und umherlief, ging ich nach unten, um die Leute zu beobachten. Jedes Gesicht hatte eine Geschichte – manche waren glücklich, andere traurig. Irgendwann trat ein Gesicht durch die Tür, das mir bekannt vorkam, das ich hier allerdings nicht erwartet hatte.

Ich stand auf und rief: »Anna?«

Sie drehte sich zu mir um. Kurz strahlten ihre Augen, dann verfinsterte sich ihr Blick. Sie musterte mich von Kopf bis Fuß, während sie auf mich zukam. »O mein Gott, Kellan. Wie geht's dir?«

Ich zwang mich zu lächeln. Darin war ich zurzeit ziemlich geübt. »Mir geht's gut. Schön, dich zu sehen.« Ich umarmte sie, und sie legte vorsichtig die Arme um mich. Offenbar wollte sie mir nicht wehtun.

»Denny hat mir erzählt, was passiert ist«, flüsterte sie. Mit feuchten Augen betrachtete sie mein Gesicht. »Dieser Mistkerl. Ich fasse es nicht, dass er euch das angetan hat.«

Ich fasste sie an den Schultern und sah ihr in die Augen. »Du darfst nicht sauer auf ihn sein. Das ist alles meine Schuld. Ich habe ihn betrogen, ich habe ihn so weit getrieben.«

Ihre Kiefer mahlten, und ich begriff, dass ihr das ziemlich egal war. »Er hätte sie umbringen können. Und dich auch. Es ist mir egal, was du ihm angetan hast, das habt ihr nicht verdient.« Sie deutete auf meinen Körper.

»Kiera würde wollen, dass du nett zu ihm bist.« Ich sah sie ernst an, dann ließ ich sie los. Sie nuschelte etwas, das wie »von mir aus« klang. Mehr konnte ich von ihr vermutlich nicht erwarten. Ich wechselte das Thema und sagte: »Kiera freut sich bestimmt, dich zu sehen. Sie kann eine kleine Aufmunterung vertragen.«

Mit einem anzüglichen Grinsen stieß sie gegen meine Schulter. »Ich glaube, sie könnte dich jetzt vertragen. Kommst du mit?« Sie legte den Kopf schief, und ihr langer dunkler Pferdeschwanz schwang um ihre Schultern.

»Nein, ich kann nicht mehr da reingehen.« Sie sah mich überrascht an. Ihre Ähnlichkeit mit Kiera war so verblüffend, dass sich meine Brust zusammenschnürte. Das Atmen tat weh. Jede Bewegung. Alles. »Ich habe die Sache zwischen uns beendet und sie gebeten auszuziehen.« In meinem Hals bildete sich ein Kloß, und ich musste dreimal schlucken.

Auf Annas Gesicht zeichnete sich Mitgefühl ab. »Oh ... das tut mir leid.«

Ich blickte nach unten, damit sie mich nicht weiterhin dermaßen an Kiera erinnerte. »Ja ... darum brauche ich Abstand. Sonst ist es einfach zu schwer.« Ich spähte zu ihr hoch. »Ich brauche eine Minute.«

Der Satz schien sie zu verwirren, und ich musste lächeln. Das war Kieras und mein Insiderwitz. Nur dass er nicht witzig war. »Sag ihr nicht, dass ich hier bin. Es ist besser, sie denkt, ich wäre gegangen.«

Sie zog die Brauen zusammen und musterte meine Kleidung. »Wie lange bist du schon hier?«

Ich setzte eine möglichst neutrale Miene auf. »Seit dem Unfall. Ich gehe erst, wenn ich weiß, dass sie wirklich wieder gesund ist. Solange sie hier ist, bleibe ich. Aber das muss sie nicht wissen, okay?« Anna runzelte die Stirn, und ich sah sie so streng an, wie es mit meinem geschwollenen Auge möglich war. »Ich meine es ernst. Sie soll nicht wissen, dass ich hier bin.«

Anna schüttelte langsam den Kopf und lächelte traurig. »Okay, Kellan, wenn du meinst.«

Ich nickte. »Bitte sag mir Bescheid, wenn irgendetwas mit ihr ist.«

Ein paar Stunden später kam Anna wieder nach unten. Als sie in der Cafeteria zu mir trat, blickte ich auf. »Wie geht es ihr?«, fragte ich. Hoffentlich hörte sie nicht, wie verzweifelt ich auf Informationen wartete, aber vermutlich konnte ich ihr nichts vormachen.

Anna sah mich nachdenklich an, ehe sie antwortete. Ich wusste nicht, was das zu bedeuten hatte. »Es geht ihr gut. Sie ist müde und verheult, aber alles ist gut.« Dann erschien ein überschwängliches Lächeln auf ihrem Gesicht, und sie fügte hinzu: »Ich komme nach Seattle. Ich besorge mir hier einen Job und suche uns eine Wohnung.« Ihre Gesichtszüge wurden weich. »Ich kümmere mich um sie, Kellan. Du musst dir keine Sorgen machen.«

Ich stieß erleichtert die Luft aus. *Gut. Sie ist versorgt.* »Hast du ihr gesagt, dass ich hier bin?«, fragte ich und suchte nach Anzeichen eines schlechten Gewissens.

Sie wandte den Blick ab. *Bingo.* Sie hatte mich verraten. »Es wäre wahrscheinlich eh rausgekommen.« Ich wollte ihr vorwerfen, dass sie ihr Versprechen gebrochen hatte, als sie mir plötzlich den Finger in die Brust bohrte. »Aber du musst ja wohl ganz still sein, mein Lieber, du stehst auf meiner schwarzen Liste. Sobald du gesund bist, trete ich dir kräftig in den Hintern.«

Ich war verwirrt. »Was habe ich denn …«

Anna hob eine Braue. »Du hast ihr erzählt, wir hätten zusammen geschlafen? Im Ernst?«

Ich schloss den Mund. *Ach … das.* »Es war eher so, dass ich es nicht abgestritten habe, als sie es mir unterstellt hat.«

Anna beugte sich drohend zu mir herüber. »Ich mag Typen nicht, die sich mit Sachen brüsten, die sie gar nicht getan haben. Und glaub mir, wenn du und ich an dem Abend gevögelt hätten, hättest du es nicht leugnen können, selbst wenn du es gewollt hättest. Du würdest noch immer deinen Freunden davon vorschwärmen.« Sie kam noch ein Stück näher und bot mir einen hübschen Einblick in ihr Dekolleté. »Die ganze verdammte Zeit.«

Schnaubend richtete sie sich auf und stolzierte davon. Ich beobachtete, wie sie beim Gehen mit den Hüften schwang und dachte, dass sie wahrscheinlich recht hatte. Griffin hörte jedenfalls nicht auf, von ihr zu reden. Er würde ausrasten, wenn er hörte, dass sie zurück war.

Nachdem Anna gegangen war, öffnete ich die Hand und starrte auf den Gitarrenanhänger auf meinem Handteller. Ich hatte das Blut abgewaschen, als ich das letzte Mal in den Waschraum gegangen war, und er funkelte im Licht. Ich war mir nicht sicher, was ich damit machen sollte, doch sein Anblick wirkte seltsam tröstlich, und ich stellte fest, dass ich ihn andauernd anstarrte.

Jetzt, nachdem Anna hier war, schienen sich die Dinge für Kiera zu fügen. Das beruhigte mich. Anna würde sich um sie kümmern. Ich konnte sie loslassen. Vielleicht war es das, was ich mit der Kette tun sollte – sie in den Müll werfen und loslassen.

Stattdessen steckte ich sie zurück in meine Hosentasche. Ich konnte Kiera noch nicht ganz loslassen.

Anna hielt Wort und fand schnell eine Wohnung für sich und Kiera. Sobald Kiera aus dem Krankenhaus entlassen würde, würde sie ein neues Leben beginnen. Ohne mich. Ich würde sie noch nicht einmal mehr im Pete's sehen. Jenny hatte mir erzählt, dass sie gekündigt hatte. Für mich brach eine Welt zusammen, aber vermutlich fühlten sich Trennungen einfach so an. Ich wusste es nicht. Ich hatte noch nie eine durchgemacht.

Alle halfen Anna und Kiera, sich in ihrer neuen Bleibe einzurichten, also half ich auch. Ich dachte, es wäre eine kathartische Erfahrung, aber in Wahrheit war es schmerzhaft. Ich hatte nicht viel zu bieten, aber ich schenkte Anna das einzige anständige Möbelstück, das ich besaß – meinen bequemen Sessel. Kiera sollte ihn haben. Vielleicht würde sie an mich denken, wenn sie in ihm saß.

Es war mir schwergefallen, das Krankenhaus zu verlassen, solange Kiera noch dort war, aber durch ihre neue Wohnung zu gehen war noch viel schwieriger. Hier würde sie sich ein neues Leben aufbauen, in dem ich keine Rolle mehr spielte. Als ich im Flur an einem Karton mit Kleinkram vorbeikam, zögerte ich und griff in meine Jacke. Ich überzeugte mich davon, dass niemand in der Nähe war, und holte die Halskette heraus. Ich betrachtete sie einen Augenblick in dem dunklen Flur und rang mit mir, dann warf ich sie in den Karton. Sie gehörte mir nicht mehr. Ich hatte sie Kiera geschenkt, sie sollte sie genau wie den Plüschsessel bekommen. Ich wollte Kiera auf meine Art an mich erinnern.

Später, als ich durch mein Haus ging, spürte ich die enorme Leere. Kieras Sachen waren alle fort, ich hatte nur noch meine Erinnerungen, aber auch die würden mit der Zeit verblassen. Wenn ich doch noch ihre Kette hätte. Dann könnte ich sie anstarren oder sie tragen und hätte etwas, das mich immer an sie erinnern würde. Alles, was mir geblieben war, war ein Haargummi in meiner Hosentasche, und das würde mit der Zeit durchscheuern und reißen. Es war nicht genug. Ich wollte etwas, das mich dauerhaft an sie erinnerte.

Als ich zurück zu meinem Wagen ging, schoss mir plötzlich ein Gedanke durch den Kopf. Er kam so überraschend, dass ich mich gegen die Tür lehnen und ihn erst einmal verarbeiten musste. *Dauerhaft*. Es gab nur eine Sache, die nicht verblassen oder kaputtgehen würde. Ich konnte sie immer bei mir haben, für immer in meine Haut gebrannt.

Ich musste an ein Gespräch zwischen uns denken ... *Hast du eins? Ein Tattoo? Nein, mir fällt nichts ein, das ich mir dauerhaft in die Haut ritzen möchte.* Aber jetzt. *Sie.* Ich wollte mir für immer Kieras Namen in die Haut brennen, weil ich sie immer lieben würde. Immer.

33. Kapitel

Du fehlst mir

Am nächsten Tag wurde Kiera aus dem Krankenhaus entlassen. Für mich war das eine bittersüße Nachricht. Dass es ihr wieder so gut ging, dass sie nach Hause konnte, war natürlich toll, aber es bedeutete, dass ich auch nach Hause gehen musste. Ab jetzt würden wir deutlich weiter voneinander entfernt sein. Doch das musste so sein.

Ich verließ das Krankenhaus, bevor Kiera ihre Entlassungspapiere enthielt. Ich wollte vermeiden, dass sie mich zufällig im Foyer sah und zu viel hineininterpretierte. Es war aus, und daran würde sich nichts ändern. Mein Haus fühlte sich eisig an. Während ich die Treppe hinaufstieg, fragte ich mich, ob das ab jetzt immer so bleiben würde, ob das meine neue Realität war – Eiseskälte. Als ich den obersten Treppenabsatz erreichte, bemerkte ich, dass Kieras und Dennys Tür offen stand. In Zeitlupe näherte ich mich dem Zimmer und spähte hinein. Ich sah nichts als die Öde von Joeys alten Möbeln. Vorsichtig schloss ich die Tür. Ich würde das Zimmer nie mehr betreten. Ich würde es auch nicht mehr vermieten. Das konnte ich mir nicht vorstellen. Auch wenn sie nie wieder hierher zurückkehren würde, gehörte das Zimmer Kiera. Ich könnte die Tür genauso gut zumauern.

Ich war hundemüde, ging in mein Zimmer und warf mich aufs Bett. Da bemerkte ich, dass das Ramones-Poster, das Kiera mir geschenkt hatte, noch immer an der Wand hing. Ich hätte es abnehmen sollen, ließ es jedoch. Egal was ich tat, Kiera würde immer bei mir sein. Das Andenken an sie herunterzureißen würde an dieser Tatsache nichts ändern.

In jener Woche verbrachte ich viel Zeit allein. Na ja, nicht ganz allein. Die Band traf sich wieder zum Proben, und wenn wir nicht spielten, waren wir entweder im Pete's oder bei mir. Als hätten sich alle gemeinsam einen Kellan-Aufsichtsplan erstellt, tauchte jeden Tag jemand bei mir auf. Meist war es Evan, aber auch Matt kam ab und an vorbei, ebenso wie Griffin. Natürlich kam Griffin vor allem, um fernzusehen, aber das war okay.

Während ich also äußerlich nicht viel allein war, hatte ich mich innerlich verabschiedet. Ich starrte viel in die Luft und sprach mit den anderen nur das Nötigste. Hätten sie mich mir selbst überlassen, wäre ich wahrscheinlich zum Einsiedler geworden, doch das ließen meine Freunde nicht zu. Alle versuchten, mich aufzumuntern, doch ich wollte mich nicht aufmuntern lassen.

Das Einzige, was mich interessierte, waren Denny und Kiera. Ich dachte ständig an sie, was aus mehreren Gründen schmerzhaft war. Jeden Tag versank ich tiefer in meiner Depression.

Eines Abends starrte ich im Pete's auf die Blasen von meinem Bier, als ich merkte, dass sich jemand neben mich setzte. Ich hatte mit einem aufdringlichen Fan gerechnet und war etwas überrascht, als ich Sam auf dem Stuhl neben mir sah. Seufzend strich er sich über die kurzen Haare und sagte: »Hör zu, ich will zwar nichts mit eurem Krach zu tun haben, aber Denny reist morgen ab. Ich dachte, das würde dich vielleicht interessieren, falls du … ihm noch was sagen willst.«

Er sah mich scharf an, dann stand er auf. Ich sah ihm hinterher und merkte, wie sich der Nebel um mich etwas lichtete. Denny würde zurück nach Hause fliegen, aber er war noch nicht weg. Ich hatte eine letzte Chance, die Dinge zwischen uns wieder in Ordnung zu bringen. Wenn das überhaupt möglich war.

Nachdem ich ausgetrunken hatte, legte ich etwas Geld für mein Bier auf den Tisch und machte mich auf den Weg zur Tür. Als ich an Denny dachte, fiel mir gleich auch wieder Kiera ein. Ich vermisste sie so sehr, dass ich es kaum aushielt. Beim Einschlafen starrte ich auf das Poster an der Wand, und wenn ich morgens aufwachte, blickte ich noch immer in dieselbe Richtung, als könnte ich mich selbst im Schlaf nicht von ihr abwenden.

Jetzt war der perfekte Zeitpunkt, mir ein Andenken stechen zu lassen. Ich machte kehrt, sah mich um und entdeckte Matt bei den Billardtischen. »Hey, kannst du mir deinen Tattoo-Laden zeigen? Ich will mir auch eins machen lassen.«

Matt wirkte überrascht. Ich hatte mich stets geweigert, mir irgendetwas auf den Körper tätowieren zu lassen. Die Jungs hatten mich erst gar nicht mehr gefragt, wenn sie sich wieder eins machen ließen, weil sie wussten, dass ich ohnehin Nein sagen würde. Bis heute. Heute würde ich Ja sagen. »Äh … ja klar. Wann denn?«

Ich nahm seine Jacke vom Stuhl und reichte sie ihm. Ich wollte es tun, solange die Idee noch frisch war. Die Chancen standen gut, dass Kiera Denny morgen zum Flughafen begleiten würde. Wenn ich sie sehen würde, wollte ich gerüstet sein. »Jetzt«, erklärte ich. Es war schon spät, aber der Laden hatte sicher noch geöffnet. Zu später Stunde hatten gerade die sicher noch gut zu tun. Matt trank mit einem Schluck sein Bier aus, dann folgte er mir nach draußen.

Fünfundvierzig Minuten später lehnte ich mich auf einem Sessel zurück, und man traf Vorbereitungen, mir Kieras Namen direkt übers Herz zu tätowieren. Matt schien nicht ganz überzeugt von meiner Wahl. »Bist du dir sicher, Kellan? Tattoos wieder zu entfernen ist ziemlich ätzend, und irgendwie kriegt man sie nie ganz weg.«

Ich schüttelte den Kopf. »Das will ich auch gar nicht wieder entfernen. Und ja, ich bin mir sicher.« Ich machte das nicht für Kiera. Ich machte das nicht, um es jemandem zu zeigen. Das war nur für mich, damit Kiera für immer bei mir war. Noch nie war ich mir bei irgendetwas sicherer gewesen.

Sobald die Zeichnung auf meiner Haut fertig war, begann die Nadel zu surren. Matt erschauderte, ich nicht. Ich hatte in meinem Leben mehr Schmerzen erlitten als die meisten. Das war nichts. Ich zuckte noch nicht einmal, als der Mann die Nadel in meine Haut bohrte. Das Stechen brachte mich einen Schritt näher zu Kiera, und ich genoss das Brennen.

Als der Künstler fertig war, zeigte er mir die pechschwarzen Wirbel, an deren Rändern die Haut gerötet war. Ich betrachtete das Tattoo im Spiegel. Kieras Name war für mich spiegelverkehrt, aber es war offensichtlich, was dort stand. Ehrfürchtig strich ich mit dem Finger um die Schleife des As. »Es ist perfekt. Danke.«

Er strich etwas Salbe auf das Tattoo, verband es und gab mir Anweisungen, wie es zu behandeln sei. Ich hörte ihm nur mit einem Ohr zu. Meine Brust fühlte sich dort anders an, wo Kieras Tattoo saß. Auch wenn ich ihn nicht länger sah, ich spürte Kieras Namen über meinem Herzen. Es fühlte sich an, als sei sie bei mir, für immer an meiner Seite. Als sei ein Teil ihrer Seele mit der Tinte in meinen Körper geflossen. Lächerlich, ja, aber so fühlte es sich eben an. Die Frau an sich war nicht mehr bei mir, aber an diesem Tattoo konnte ich mich festhalten.

In jener Nacht konnte ich nicht schlafen. Ich versuchte es eine Weile, doch als mir klar war, dass der Schlaf nicht mehr kommen würde, fuhr ich zum Flughafen. Ich fand Dennys Flug auf der Anzeigetafel. Er ging erst in ein paar Stunden, es blieb also noch reichlich Zeit, bis er auftauchen würde. Ich suchte mir einen Platz und wartete.

Währenddessen ging ich diverse Dinge durch, die ich ihm sagen könnte. Am Ende blieb nur eins übrig: Lebwohl. Und vielleicht genügte das.

Als der Morgen graute, füllte sich der Flughafen zunehmend mit Leben. Ich saß auf meinem Stuhl und starrte auf meinen Gips, als ich einen Blick auf mir spürte. Entweder würde mich die Flughafensicherheit auffordern, mir endlich ein Ticket zu kaufen oder das Gebäude zu verlassen, oder Denny war hier. Als ich den Blick hob, stellte ich allerdings fest, dass es Kiera war. Sie nach all der Zeit wiederzusehen fühlte sich an, als würde man mir einen heftigen Schlag in die Magengrube versetzen. Instinktiv wich ich ihrem Blick aus. Es war, als würde ich in die Sonne blicken, ich würde mich verbrennen und von ihrer Schönheit erblinden.

Ich stand auf und konzentrierte meinen Blick auf Denny. Seinetwegen war ich schließlich hier. Aus dem Augenwinkel nahm ich Kiera jedoch weiterhin wahr. Auch wenn ich sie nicht richtig sehen konnte, bestimmte sie meine Gedanken, und diese schrien mir zu, ich sollte sie richtig ansehen. *Ein kurzer Blick ist nicht genug.*

Ich brachte die Stimme in meinem Kopf zum Schweigen und sah stattdessen durchdringend Denny an. Ich war nicht ihretwegen hier. Ich brauchte nicht zu sehen, wie grün ihre Augen heute waren oder wie voll ihre Lippen. Wie ihre Jeans sich an ihren Körper schmiegte oder wie ihr Pullover geschnitten war. All das brauchte ich nicht. Mein Gehirn ergänzte problemlos die fehlenden Teile, sodass ich sie wunderschön vor meinem inneren Auge sah. Die Haut um das neue Tattoo brannte. Mein

Schutz, meine Verehrung und mein Liebesschwur für die einzige Frau, die ich je lieben würde.

Denny riss vor Überraschung seine dunklen Augen auf. Mit mir hatte er hier so gar nicht gerechnet. Ich bemerkte, dass er auf eine fast besitzergreifende Weise fest Kieras Hand umfasste, ehe er sie losließ. Kiera gehörte keinem von uns beiden.

Ich wusste nicht, was er tun würde, und streckte die Hand aus, als er vor mir stand. Würde er sie als Zeichen meiner Freundschaft akzeptieren oder mich zurückweisen? Ich hatte ehrlich keine Ahnung. Er dachte einen Moment nach, dann ergriff Denny meine Hand. Ich war überrascht und hatte das Gefühl, als sei mit dieser einen Geste eine kleine Brücke zwischen uns geschlagen. Vielleicht gab es am Ende doch noch Hoffnung für unsere Freundschaft.

Ich konnte meine Freude nicht verhehlen, und ein Lächeln huschte über mein Gesicht. »Denny ... Mann, ich ...« Als ich eine Entschuldigung stammeln wollte, verblasste die Freude. Ich hatte genug davon, »es tut mir leid« zu sagen. Irgendwie waren diese Worte nicht groß genug für das, was ich getan hatte.

Denny ließ meine Hand los. »Ja, ich weiß, Kellan. Was nicht heißt, dass zwischen uns wieder alles okay ist. Aber ich weiß.«

Er klang angespannt, und ich wusste, dass er noch immer wütend war, aber er besaß Größe. Das war Denny. Immer bereit, die andere Wange hinzuhalten. »Wenn du irgendwas brauchen solltest ... du weißt ja, wo du mich findest.« Ich merkte sofort, wie dumm ich mich anhörte. *Was kann ich schon für ihn tun?* Aber ich meinte es so, und ich musste es sagen.

Dennys Kiefer mahlten. Wut, Eifersucht und Traurigkeit zeichneten sich auf seinem Gesicht ab, alles gleichzeitig. Seufzend wandte er den Blick ab. »Du hast schon genug getan, Kellan.«

Ich wusste nicht, welches Gefühl die Oberhand gewonnen hatte, seine Aussage konnte Unterschiedliches bedeuten. Doch so, wie ich ihn kannte, fasste ich sie positiv auf. Es war seine Art, sich bei mir zu bedanken. Hätte er es direkter getan, hätte er mich dadurch zu sehr von meinen Sünden freigesprochen.

Als meine Gefühle drohten, mir die Kehle zuzuschnüren und den Blick zu verschleiern, klopfte ich Denny auf die Schulter. »Pass auf dich auf, Kumpel.« Ich wusste nicht, ob ich das noch für ihn war, aber er würde es immer für mich sein. Meine Freundschaft war ihm für immer sicher.

Denny überraschte mich erneut, indem er meine Geste erwiderte. Er besaß eine verblüffende Fähigkeit zu vergeben. »Du auch, Kumpel.«

Froh, dass ich hergekommen war, um mich von Denny zu verabschieden, zog ich ihn kurz in meine Arme, dann drehte ich mich um und ging. Ich wollte nicht einknicken und doch noch zu Kiera hinüberblicken. Ich wollte die Wunde nicht erneut aufreißen und wollte nicht von dem Punkt ablenken, um den es hier ging. Heute hatte ich mit Denny reden müssen. Kiera hatte ich im Krankenhaus bereits alles gesagt. Wir waren fertig.

Trotzdem sah ich mich dann doch ein letztes Mal nach ihr um, bevor die Menge uns ganz voneinander trennte. Sie blickte sich ebenfalls um, und für wenige Sekunden trafen sich unsere Blicke. Ich hatte ihr lange nicht mehr direkt in die Augen gesehen. Es war, als hätte ich einen elektrischen Zaun angefasst. Ich fühlte mich schwach und war mir sicher, dass ich jeden Augenblick auf dem Boden zusammenbrechen würde. Oder dass ich zu ihr laufen und sie in meine Arme schließen würde. Doch das durfte ich nicht, auch wenn meine Seele mit aller Macht protestierte. Ich wandte mich von ihr ab und ließ mich von der Menge davontreiben. Ein ganzes Stück später blieb ich erneut stehen und blickte mich noch einmal um. Ich sah Denny und Kiera zwischen den anderen Menschen. Sie standen mit dem Rücken zu mir, Denny hatte den Arm um Kiera gelegt, ihr Kopf lehnte an seiner Schulter. Auch aus der Ferne wirkten sie mehr wie Freunde, die einander Trost spendeten, als wie zwei Liebende, die sich voneinander verabschiedeten.

Nach einem Moment beugte sich Denny hinunter und gab ihr einen Kuss. Es war eindeutig ein Abschiedskuss, wahrscheinlich der letzte, den sie je teilen würden. Ich kam mir wie ein Spanner vor und senkte den Blick. Sie sollten in Ruhe Abschied nehmen, ohne dass ich sie dabei angaffte.

Als die Neugier überhandnahm, blickte ich erneut auf. Denny war weg, und Kiera blickte einen Gang hinunter. Vermutlich war er dort verschwunden. Er war endgültig gegangen, und Kiera sah aus, als würde sie sich gleich übergeben oder ohnmächtig werden. Vielleicht beides. Ohne nachzudenken, bewegten sich meine Füße in ihre Richtung. Ich erreichte sie, als ihre Beine nachgaben und sie auf den Boden sank.

Ich war nicht rechtzeitig da, um sie aufzufangen, aber zumindest konnte ich verhindern, dass ihr Kopf gegen einen der Sitze schlug. Ich kauerte mich neben sie, legte ihren Kopf auf meine Knie und wartete, dass sie wieder zu sich kam. »Kiera?«, fragte ich und strich über ihr Gesicht.

Langsam, als sei er plötzlich deutlich schwerer geworden, hob sie den Kopf. Neben ihrem Auge waren nur noch ein paar letzte gelbliche Spuren von ihrem Bluterguss zu sehen, sonst war sie wieder fast perfekt. Nein ... auch mit dem angeschlagenen Auge war sie perfekt wie immer.

Einen Augenblick starrten wir einander schweigend an, dann setzte sie sich auf und schlang die Arme um meinen Hals. Sie setzte sich rittlings auf meinen Schoß und umklammerte mich mit allem, was sie hatte. Einen kurzen Moment empfand ich pures Glück, doch dann fiel mir wieder ein, dass wir uns getrennt hatten, und die Freude verwandelte sich in Bitterkeit. Ich erstarrte, so heftig brannte der Schmerz in mir, dann entspannte ich mich und umarmte sie ebenfalls. Ich konnte den Kummer einen Augenblick verdrängen und das Gefühl genießen, sie wieder in den Armen zu halten. Nur für eine Minute.

Ich wiegte sie vor und zurück und murmelte, dass alles wieder gut würde. Kiera weinte, und ich strich ihr sanft über den Rücken und küsste ihr Haar. Sie schluchzte und rang um Atem, doch als ich mich von ihr löste, waren ihre Tränen versiegt. Ich wollte sie nur noch fester halten, doch stattdessen schob ich sie fort. Es fühlte sich falsch an, aber ich musste es tun. Es wurde Zeit. Kiera klammerte sich an mich und wollte mich nicht gehen lassen. Es erforderte meine ganze Willenskraft, doch schließlich befreite ich mich von ihrem Griff und stand auf.

Kiera blickte zu mir auf, sah die Entschlossenheit in meinem Gesicht und senkte den Blick.

Ich berührte sie sanft am Kopf. Als sie erneut aufblickte, lächelte ich ihr zärtlich zu. Sie war so schön. »Kannst du fahren?«, fragte ich und dachte daran, wie aufgelöst sie beim letzten Mal gewesen war, als Denny weggeflogen war.

Ich rechnete damit, dass sie Nein sagen würde, doch ihre Verzweiflung wich Entschlossenheit, und sie nickte steif. Sie wollte das allein schaffen. Ich war stolz auf sie, reichte ihr meine Hand und half ihr auf.

Sie taumelte ein bisschen und stützte sich mit einer Hand an meiner Brust ab, direkt über meinem Tattoo. Ich hatte den Verband noch nicht entfernt, und der Bereich war noch immer ziemlich empfindlich. Unwillkürlich zuckte ich zusammen. Ich hielt den Atem an und hoffte, dass sie mich nicht fragte, was los sei. Doch sie sagte nichts, und ich entspannte mich wieder.

Ich nahm ihre Hand von meiner Brust und hielt ihre Finger in meiner Hand. Ein Teil von mir wollte sie nie mehr loslassen.

Sie blickte mir in die Augen, ihre eigenen wirkten traurig und schimmerten heute in einem Jadeton. Schließlich sagte sie: »Es tut mir leid, Kellan. Ich habe einen Fehler gemacht.«

Ich wusste nicht, was sie damit meinte, doch mir fehlte der Mut, sie zu fragen. Es fühlte sich zu gut an, sie zu halten und in ihrer Nähe zu sein. Ich musste hier weg. Ich senkte den Kopf zu ihrem, sie hob ihr Kinn, und unsere Lippen trafen sich zu einem warmen sanften Kuss. Es wäre so leicht, sie zu bitten, mich zurückzunehmen, sie zu fragen, ob wir es nicht noch einmal versuchen könnten. Aber ich brauchte mehr, und alles, was mir in einer unendlichen Schleife durch den Kopf ging, war »*Er*«.

Ich rückte von ihr ab und beendete meine kurzen gierigen Küsse. Es versetzte meinem Herzen einen Stich, dass ich einen leidenschaftlichen richtigen Kuss verweigerte, und mein Atem ging schnell. Ich begehrte sie, aber das war nichts Neues. Ich konnte sie noch immer nicht haben. Ich ließ ihre Hände los und zwang mich, einen Schritt zurückzutreten. »Mir tut es auch leid, Kiera. Wir sehen uns.«

Ich drehte mich um und verließ so schnell ich konnte die Halle, ehe meine Willenskraft sich in Luft auflöste. Ich hatte gelogen, als ich ihr gesagt hatte, wir würden uns sehen. Die einzige Möglichkeit, wie Kiera und ich es schaffen konnten, bestand darin, dass wir uns nicht mehr sahen. Sie würde ihr Leben führen und ich meins und Denny seins. Es war Zeit für uns drei, nach vorne zu blicken.

Wenn ich das doch nur könnte.

Tage vergingen. Dann Wochen. Schließlich Monate. Mein Gips wurde abgenommen, meine blauen Flecken verblassten, meine Schnitte verheilten. Man sah mir nicht mehr an, dass ich anständig verprügelt worden war. Nein, rein körperlich erinnerte nichts mehr an die blutige Schlägerei von jener Nacht. Doch die Wunde in meinem Herzen? Die schwärte noch immer und würde mich eines Tages noch vergiften. Ich war unausstehlich.

Ich fühlte mich wie in »Täglich grüßt das Murmeltier«. Ich wachte auf, trainierte, trank Kaffee, arbeitete an irgendwelchen Texten und traf mich mit den Jungs. Dann tranken wir oder spielten oder beides. Ich lebte, aber ich würde das, was ich tat, nicht als Leben bezeichnen. Ich trank ziemlich viel, fluchte viel und gab den Leuten kurze mürrische Antworten. Ich hatte keine Geduld mehr. Jeder Tag, den ich nicht ihr Gesicht sah, nicht ihre Stimme hörte, nicht ihre Haut berührte, war für mich verschwendet.

Ich griff sogar ein- oder zweimal Griffin an. Das erste Mal, nachdem er gesagt hatte: »Mensch, warum gehst du nicht in einen Sexshop und schnallst dir einen Dildo um. Es sieht doch jeder, dass dein Schwanz nicht mehr funktioniert.« Matt hatte Griffin knapp vor einer gebrochenen Nase gerettet.

Das nächste Mal war ich auf Griffin losgegangen, als er eine »Freundin« für mich bezahlt hatte, wie er es vor einiger Zeit auch für Matt getan hatte. Nachdem ich die aufdringliche Frau höflich hatte abblitzen lassen, fragte ich Griffin, ob er dafür verantwortlich sei. »Ich versuche doch nur, dir zu helfen, Mann. Du musst ein bisschen ficken, sonst explodierst du noch.« Ich *war* »explodiert«, und zwar bei Griffin. Diesmal war Matt nicht schnell genug, und Griffin hatte wochenlang ein blaues Auge. Natürlich trug er es wie eine Auszeichnung und nutzte es, um Frauen anzubaggern.

Er traf sich allerdings noch immer mit Anna, und jedes Mal, wenn sie zusammen auftraten, verfinsterte sich meine Stimmung. Sie sah Kiera einfach quälend ähnlich. Ich wollte, dass sie Schluss machten, damit sie mich nicht ständig daran erinnerte, was ich verloren hatte, aber die zwei waren noch immer zusammen. Ich musste mich damit abfinden.

»Hey, Kellan«, sagte Anna eines Abends zu mir. Sie trug ihre Arbeitsuniform – knallorangene Shorts und ein enges weißes Trägertop mit der Aufschrift »Hooters« auf der Brust. Jeder Typ in der Bar starrte sie an, nur ich nicht. Ich mied es, sie anzusehen.

»Hey«, sagte ich und konzentrierte mich auf die Flasche in meinen Händen. Aus dem Augenwinkel sah ich, wie sie die Hand nach mir ausstreckte, sie jedoch von sich aus wieder zurückzog und die Finger auf dem Tisch verschränkte. »Wie läuft's?«, fragte sie.

»Gut.«

Sie beugte sich vor, und ihre dunklen Haare streiften den Tisch. Mit ihrer Haltung forderte sie mich deutlich auf, sie anzusehen, doch das tat ich nicht. »Brauchst du etwas?«, fragte sie.

Bier. Ruhe und Frieden. Noch mehr Bier. Und deine Schwester ...

»Nein.«

Ich trank einen großen Schluck Bier, doch Anna ging nicht. Nachdem ich die Flasche abgestellt hatte, beugte sie sich zu mir und flüsterte: »Matt hat mir von deinem Tattoo erzählt. Hast du wirklich ...?«

Ich sah mit kühlem Blick zu ihr auf, und sie schwieg. Ich hätte sie gern gefragt, ob Kiera von dem Tattoo wusste, doch das tat ich nicht. Es war egal. Schlechtgelaunt wandte ich den Blick wieder meiner Flasche zu, und Anna seufzte resigniert. Sie stand auf, legte mir eine Hand auf die Schulter und drückte sie freundschaftlich. Sie ging, dann blieb sie noch einmal stehen, als würde sie mit sich ringen. Schließlich beugte sie sich zu mir herab und flüsterte mir ins Ohr: »Sie vermisst dich auch.«

Ich schloss die Augen, da mir sofort die Tränen kamen. Ich hörte, wie Anna ging, aber ich konnte ihr nicht hinterhersehen, ihr nicht auf Wiedersehen sagen. Ich atmete langsam und kontrolliert ein und aus und betete zu Gott, dass ich nicht zusammenbrach.

Sie vermisst dich auch.
Sie vermisst dich auch.

Ich war mir nicht sicher, warum mein Unterbewusstsein Annas Nachricht ständig wiederholte, aber ich wollte, dass es aufhörte. Emily, Kieras Nachfolgerin, bediente Typen von einer Studentenverbindung. Sie würde sich nicht so bald um mich kümmern. Gereizt blickte ich zu Rita. Doch auch die war beschäftigt. *Verdammt.* Was musste ein Typ denn tun, um hier ein Bier zu bekommen?

Entschlossen, mich selbst um meine Bedürfnisse zu kümmern, stand ich auf. Wenn es sein musste, würde ich hinter die Theke springen und mir selbst ein Bier nehmen. Als ich aufstand, merkte ich den Alkohol, das Bild vor meinen Augen verschwamm. Ich stützte mich mit der Hand am Tisch ab. Der Schwindel würde gleich vorübergehen, dann konnte ich mir endlich noch ein blödes Bier besorgen. Wenn ich genug trank, würde ich heute Abend vielleicht bewusstlos werden, und dann würde ich vielleicht von Kiera träumen.

Sie hatte sich nicht für mich entschieden.

Meine finsteren Gedanken machten es mir schwer, aufrecht zu stehen, und ich stützte mich mit beiden Händen am Tisch ab. Griffin unterbrach seine Unterhaltung mit Matt und starrte wütend zu mir herüber. »Alter, musst du kotzen? Reiß dich zusammen, bis du draußen bist.«

Matt sah mich ebenso mitfühlend an wie Evan. »Geht's, Kell?«

Schnaubend stieß ich mich vom Tisch ab. Ich taumelte,

schaffte es jedoch, aufrecht stehen zu bleiben. Offenbar hatte ich mehr getrunken, als mir bewusst war. Na, dann kam es auf ein paar mehr ja auch nicht mehr an. Als ich in Richtung Bar ging, stand Evan auf und fasste mich am Ellbogen.

»Lass mich los, Evan«, zischte ich.

Seine Lippen bildeten eine schmale Linie. »Du hast genug. Ich bringe dich nach Hause.«

Ich entriss ihm meinen Arm und zeigte auf den Tisch. »Ich hatte nur zwei.« Ich lallte, aber das war mir egal.

Matt verzog den Mund und richtete den Blick zur Decke. Er zählte etwas an den Fingern ab, dann sah er mir in die Augen. »Äh, du hattest mehr als neun, Kell.«

Gereizt nahm ich meine Jacke. »Meinetwegen, ihr müsst mich nicht wie ein Kleinkind behandeln. Das geht mir auf den Keks. Ich kann schon selbst auf mich aufpassen.« Wenn ich hier nicht in Ruhe trinken konnte, würde ich eben woanders in Ruhe trinken. Ich warf Matt und Evan wütende Blicke zu und streifte meine Jacke über. Oder versuchte es jedenfalls. Irgendwie konnte ich den Eingang in den Ärmel nicht finden.

Als er merkte, dass ich gehen wollte, stand Matt auf. »Du fährst heute nicht mehr.«

Wütend auf meinen Gitarristen, wütend auf meinen Drummer und wütend auf mein Leben, zuckte mein Kopf von einem Bandmitglied zum anderen. Der Raum schwankte ein wenig. »Ich mache, was zum Teufel ich will! Ihr könnt mich alle mal!« Endlich fand ich den Eingang zu den Jackenärmeln und zog sie über meine Schultern. Unerklärlicherweise roch das Leder nach Kiera.

Matt verdrehte die Augen und blickte zu Evan. Der seufzte, dann durchwühlte er meine Jackentaschen. Ich schlug seine Hände weg, doch seine Bewegungen waren koordinierter als meine. Nachdem er die Autoschlüssel aus meiner Tasche gefischt hatte, warf er sie auf den Tisch, außerhalb meiner Reichweite. Sie landeten vor Griffin. Der starrte sie mit leerem Blick an, dann wandte er den Blick wieder einem Mädchen am Nebentisch zu.

Ich hechtete über den Tisch, um meine Schlüssel zurückzuholen, doch Matt war schneller und schnappte sie mir weg. Ich krachte auf den Tisch und warf Griffins Bier um. Er sah sich um und konnte gerade noch verhindern, dass die Flasche vom Tisch rollte. Wütend stieß er hervor: »Mann! Was soll der Scheiß?«

Ich wünschte, ich wäre irgendwo, nur nicht hier, legte meine Wange auf die kühle Tischplatte und starrte zu Evan nach oben. Er wirkte noch besorgter als zuvor, wenn das überhaupt möglich war. Mir schossen diverse Unterhaltungen durch den Kopf. Manche mit Kiera, manche mit Denny. Einige von ihnen waren gut, andere ziemlich beschissen. Alle trieben elektrische Schläge durch meinen Körper. Meine Brust brannte, als würde mir jemand ein heißes Bügeleisen aufs Herz pressen, direkt auf Kieras Tattoo.

Da ich mich nicht weiter zum Idioten machen wollte, stand ich vorsichtig auf. Ich fühlte mich schwach, geschlagen und vollkommen allein und murmelte: »Alles klar. Bring mich nach Hause.«

Evan brachte mich nicht nur nach Hause, er brachte mich auch noch zur Tür und schloss sie für mich auf. Ich blickte ihn finster an, aber er ließ sich von mir nicht einschüchtern. »Hey, wenn du nicht willst, dass ich dich wie ein Kleinkind behandele, dann verhalte dich gefälligst auch nicht wie eins.« Er verschränkte die Arme vor der Brust. »Und? Muss ich dich noch ins Bettchen bringen?«

Ich nahm ihm meine Schlüssel ab und schüttelte den Kopf. Die Welt begann sich zu drehen, also ließ ich es wieder. Ich trat ins Haus und drehte mich zu Evan um. »Tut mir leid wegen heute Abend. Ich wollte nur ... Ich wollte mich einfach nicht mehr so beschissen fühlen.«

Evan seufzte, dann schlug er mir freundschaftlich auf die Schulter. »Ich weiß. Schlaf eine Runde, okay?«

Ich nickte und ging ins Haus, doch ich war noch nicht wirklich müde. Zumindest nicht müde genug, um zu schlafen. Ich stolperte in die Küche, schenkte mir ein Glas Wasser ein und trank es. Die kalte Flüssigkeit ernüchterte mich, und ich starrte auf das Telefon. Ohne nachzudenken, nahm ich den Hörer ab und tippte eine Nummer ein, die ich auswendig kannte, da ich sie fast jeden Tag wählte. Nach dem dritten Klingeln hob jemand ab. »Denny? Hey, hier ist Kellan. Wie geht's?«

Direkt, nachdem Denny Seattle verlassen hatte, hatte ich angefangen, ihn anzurufen. Zuerst waren nur seine Eltern rangegangen und hatten mir immer äußerst höflich mitgeteilt, ich solle mich zum Teufel scheren. Doch ich hatte weiterhin angerufen, und schließlich hatte Denny mit mir gesprochen. Meine Hartnäckigkeit schien ihm ein Rätsel zu sein, doch er war Familie für mich. Ich hatte ihn hintergangen, aber er bedeutete mir noch immer viel. Er war mein Bruder. Ich wollte ihn nicht aufgeben.

Zuerst hatten wir nicht viel geredet. Denny wollte nicht sprechen, und das konnte ich verstehen. Also hatte ich geredet. Ich erzählte ihm, wie ich mich getäuscht hatte, wie sehr es mir leidtäte und dass ich wünschte, ich könnte alles noch einmal anders machen. Dann würde ich ihm von meinen Gefühlen für Kiera erzählen, bevor ich ihnen nachgeben würde. Ich würde ihm von Anfang an alles erzählen.

Jeden Tag mit ihm zu sprechen hatte zwar eine therapeutische Wirkung auf mich, brachte unsere Freundschaft allerdings nicht wirklich voran. Erst als ich ihm gestand, dass Kiera und ich kein Paar waren, begann er ebenfalls mit mir zu reden. Es überraschte ihn, dass wir nicht zusammen waren. Er hatte angenommen, dass wir gleich nach dem Abschied am Flughafen zusammen gewesen wären. Ich berichtete ihm, dass ich mich dort von ihr verabschiedet hatte und sie seither weder gesehen noch gesprochen hatte. Zu meiner Überraschung erklärte er, ich sei ein Idiot, dass ich sie hätte gehen lassen. Darüber musste ich lachen. Ich meinte, es sei das Beste, dass wir getrennt seien, aber davon war ein Teil von mir nicht ganz überzeugt. Der andere Teil von mir war Dennys Ansicht.

Dennys Lachen am anderen Ende der Leitung holte mich in die Gegenwart zurück. »Bist du betrunken, Digger?«

Ich lachte leicht gereizt. »Betrunken? Ja ... vielleicht ... ein bisschen. Und wie läuft's bei dir? Wie ist dein Date gelaufen? Mit Abby, oder?«

Lachend berichtete er mir davon. Die Atmosphäre zwischen uns hatte sich noch mehr gelockert, seit Denny sich wieder für Frauen interessierte. Nachdem er sich jetzt mit einer traf, hatte sich seine ganze Stimmung verändert. Obwohl ich nicht viel über die Frau wusste, war ich dankbar, dass Denny sie kennengelernt hatte. Er brauchte jemand, der ihm über Kiera hinweghalf.

Abgesehen von dem einen Mal, als Denny mich beschimpft hatte, weil ich mich nicht mit ihr traf, sprachen Denny und ich nie über Kiera. Wir waren uns stillschweigend einig, dass Kiera tabu war. Wir hatten jedoch jede Menge anderer Dinge zu besprechen, und meine Telefonrechnung war ziemlich in die Höhe geschnellt. Aber so langsam heilte unsere angeschlagene Freundschaft, und das war es mir allemal wert.

34. Kapitel
Emotionale Befreiung

Nach dem dunklen Moment im Pete's ließ ich es mit dem Alkohol etwas vorsichtiger angehen. Statt meine Probleme wegzutrinken, verlagerte ich mein Bedürfnis nach emotionaler Befreiung auf meine Arbeit. Seit Kiera und ich getrennte Wege gingen, hatte ich an Songtexten geschrieben und einen vollendet, der von ihr handelte. Nachdem er fertig war, widerstrebte es mir jedoch, meine schmerzhafte Erinnerung an Kiera mit der Welt zu teilen. Evan überzeugte mich davon, es doch zu tun. Er meinte, es wäre heilsam, über meinen Schmerz zu singen. Und anders als beim letzten Mal, als ich ein Stück über Kiera geschrieben hatte, war Evan damit einverstanden, dass wir es auf die Setliste setzten, denn diesmal würde der Song nur mir wehtun.

Wir spielten ihn zum ersten Mal im Pete's. Ich war etwas unsicher, ob ich bis zum Ende durchhalten würde. Bei der Probe hatten mich ein- oder zweimal meine Gefühle übermannt, was man von mir eigentlich nicht kannte. Ich hatte schon unzählige Male herzzerreißende Songs gesungen und damit nie Probleme gehabt. Doch dieser ging mir nah.

Es war wahrscheinlich der emotionalste Song, den ich je geschrieben hatte, noch stärker als der Abschiedssong für Kiera. Dieser handelte von dem letzten Augenblick mit Kiera auf dem Parkplatz, kurz bevor unser Leben sich für immer verändert hatte. Ich beschrieb jedes blöde Detail unseres Abschieds.

Dann wechselte er ins Jetzt. Ich erzählte, wie ich mich durch die Tage kämpfte. Dass ich Angst hatte, nie wieder eine neue Liebe zu finden. Dass ich allein war, aber doch nie wirklich allein, weil Kiera immer bei mir war.

Evan und Matt hatten eine langsame eindringliche Melodie dazu komponiert. Das Stück unterschied sich von unserer sonstigen Musik, und ich merkte, dass das Publikum auf andere Weise zuhörte. Selbst mein Aussehen trat bei diesem Song in den Hintergrund. Es war beeindruckend, wie die gesamte Bar andächtig auf etwas lauschte, das nicht oberflächlich sondern echt war. Es steigerte meinen Respekt und meine Liebe zu der Kunstform, die mir letzten Endes das Leben gerettet hatte. Wenn ich die Musik nicht gehabt hätte … Ich wollte mir gar nicht vorstellen, wo ich dann jetzt wäre.

Während ich von meinem Kummer sang, war es totenstill in der Bar. Als die Stelle kam: »*Your face is my light. Without you, I'm drenched in darkness.*« *Dein Gesicht ist mein Licht. Ohne dich ertrinke ich in der Dunkelheit,* wischten sich ein paar Frauen vor mir vereinzelte Tränen aus dem Gesicht. Mit den Worten »*I'm forever with you, even if you can't see me, hear me, feel me.*« *Ich werde immer bei dir sein, auch wenn du mich nicht sehen, mich nicht hören, mich nicht fühlen kannst,* begannen sie richtiggehend zu schluchzen. Ich schloss die Augen und brachte den Song so perfekt wie möglich zu Ende. Evan hatte recht. Das war eine viel bessere Therapie als meine Probleme Abend für Abend wegzusaufen. Von nun an spielten wir den Song bei jedem Auftritt.

Ich war noch nicht wieder ganz geheilt, nicht annähernd. Noch immer erinnerte mich alles an Kiera. Meine Seele sehnte sich nach ihr, und in mir gab es eine Leere, die sich vermutlich nie mehr füllen würde, aber langsam begann ich wieder zu lächeln und zu reden. Eine andere Frau gab es allerdings nicht.

Jeden Abend kehrte ich allein in mein leeres Haus zurück und stellte mich den Geistern der Vergangenheit, die an jeder Ecke lauerten. Es war schwer, aber ich kam klar.

Manchmal tat ich so, als wäre Kiera unter den Zuschauern, wenn ich das Stück für sie spielte. Ich schloss die Augen und stellte mir vor, wie sie mit den anderen Frauen in der ersten Reihe weinte. Doch sie kam nie, und sobald der Song zu Ende war und ich meine Augen öffnete, löste sich meine Fantasie in nichts auf. Ihre Schwester tauchte ein paarmal auf, das war der nächste Kontakt, den ich zu ihr hatte. Es machte mich traurig, dass Kiera nie in die Bar kam, aber gleichzeitig wusste ich, dass es so am besten war.

»Bist du bereit?«, fragte Evan mich an einem Freitagabend und sah mich prüfend an, ob sich womöglich ein neuer Nervenzusammenbruch ankündigte. Da das allerdings schon länger nicht mehr vorgekommen war, dauerte seine Prüfung nicht lange.

»Ich bin immer bereit«, erwiderte ich. Ich blickte über meine Schulter zu Jenny, dann zurück zu Evan. »Bist du bereit zuzugeben, dass du verloren hast? Ich finde, du bist schrecklich stur, was das angeht.«

Evan zog die Brauen zusammen. »Wovon zum Teufel sprichst du?« Als er merkte, was ich meinte, rollte er mit den Augen. »Hör auf, den Kuppler zu spielen, Kellan. Darin hast du echt kein Talent.« Lachend schlug er mir auf die Schulter, dann sprang er von tosendem Applaus begleitet auf die Bühne.

Ich schüttelte den Kopf über meinen Freund. Er flirtete mit Jenny, als wären sie in den Flitterwochen, und sie flirtete genauso mit ihm, doch keiner von beiden machte den ersten Schritt. Es war mir ein Rätsel. Vielleicht musste ich mir da bald was überlegen.

Ich wollte gerade Evan auf die Bühne folgen, als ich Anna im

Publikum entdeckte. Sie winkte mir aufgeregt zu. Ich blickte zu Griffin und fragte mich, ob sie ihn meinte. Als ich den Blick jedoch wieder Anna zuwandte, war klar, dass sie tatsächlich zu mir wollte. Ich blieb am Tisch stehen und wartete, bis Anna sich ihren Weg durch die Menge gebahnt hatte. Sie hatte eine Gruppe Frauen im Schlepptau, die sich rasch in die erste Reihe mischte.

»Was gibt's?«, fragte ich und wünschte mir zum millionsten Mal, dass sie blond und blauäugig wäre, damit sie mich nicht so stark an Kiera erinnerte.

»Singst du heute Abend ... diesen Song?« Sie biss sich auf die Lippe, als würde sie über etwas nachdenken.

Sie musste mir nicht erklären, welchen Song sie meinte. Ich wusste genau, von welchem sie sprach. Ich nickte. »Ja, ungefähr in der Mitte des Sets. Wie immer.«

Sie lächelte flüchtig. »Okay. Gut.«

Ich sah sie aus schmalen Augen an. »Warum?«

Sie machte eine wegwerfende Handbewegung. »Meine Freundin wollte ihn hören.« Bevor ich noch etwas erwidern konnte, erkämpfte sie sich mit den Ellbogen einen Platz bei ihren Freundinnen. *Okay. Das war seltsam.*

Ich verdrängte Anna aus meinen Gedanken, stieg auf die Bühne und winkte den Fans kurz zu. Das darauffolgende Kreischen ließ meine Ohren klingeln. Ich lächelte, zumindest hatten sich ein paar Dinge in meinem Leben nicht geändert. Die Leute, die zu unseren Auftritten kamen, waren noch immer laute, engagierte, leidenschaftliche Hardcore-Fans, und ich war jedem einzelnen von ihnen dankbar.

Evan spielte das Intro zu unserem ersten Song, und schon legten wir los. Die Fans tanzten, die Scheinwerfer brannten auf uns nieder, und die Musik ertönte in voller Lautstärke. Ich verlor mich in ihr und genehmigte mir eine kurze Auszeit von meinem Kummer. Als Kieras Song kurz bevorstand, ließ meine Leichtigkeit nach. Der Anfang war immer am schwersten. Um ihn zu singen, musste ich jegliche Mauern, die ich um mich errichtet hatte, niederreißen, damit die Gefühle auf ehrliche Weise aus mir herausströmen konnten. Die Vorbereitung war schmerzhaft, doch die anschließende Erlösung war es wert. Als würde man einen Schwamm auswringen, um den letzten Tropfen Wasser aus ihm herauszuquetschen, fühlte ich mich am Ende des Songs wieder frisch und bereit, einen neuen Tag anzugehen.

Kurz bevor Kieras Song dran war, bemerkte ich, dass Anna verschwunden war. Vielleicht hatte ihre Freundin keine Lust mehr gehabt zu warten. Seltsam.

Als ich das letzte Stück beendete, herrschte etwas Unruhe an der Bar, doch ich achtete nicht weiter darauf und konzentrierte mich auf die Fans direkt vor mir. Kieras Song kam als Nächstes. Ich musste alles andere ausblenden und mich darauf konzentrieren, ihn perfekt zu singen. Ich stellte mir gern vor, dass Kiera ihn jedes Mal hörte, darum sollte er makellos sein.

Der Song begann, und ich schloss die Augen. Ich ließ die Worte auf meinen Körper wirken und jeglichen Schutz fallen. Das war mein wahres Ich. Die ganze Welt konnte mich sehen. Ich fühlte mich nackt, aber auch frei. Keine Geheimnisse mehr, keine Lügen, keine Schuld. Nur ich, traurige Musik und wunderschöne Worte für meine Geliebte, die ich nie wirklich würde loslassen können.

Ich sang von meiner Liebe und meinem Verlust. Davon, dass ich Kiera brauchte und mich dafür schämte. Von meinem Versuch, mich von ihr zu verabschieden. Davon, dass ich jeden Tag ihre Seele bei mir trug. Als ein längerer Instrumentalteil kam, wiegte ich mich zum Rhythmus der Musik und stellte mir vor, Kiera würde mich beobachten und würde hören, wie meine Gefühle durch die Lautsprecher strömten. In meiner Vorstellung weinte sie immer. Was mir sagte, dass ich ihr noch immer etwas bedeutete.

Während ich auf meinen Einsatz wartete, blitzten die Höhepunkte unserer Liebesgeschichte in meinem Kopf auf. Das erste ungelenke Händeschütteln. Unsere erste Umarmung. Unser erster betrunkener Kuss. Wie wir uns geliebt, uns in den Armen gelegen hatten. Wie sie gesagt hatte »Ich liebe dich«. Alles lief in einer Mikrosekunde in meinem Kopf ab.

Bereit, aus meiner Fantasie wieder aufzutauchen, öffnete ich die Augen. Und sah etwas, das unmöglich real sein konnte. Ein eiskalter Schock durchfuhr mich, als Kiera mich durchdringend ansah. Fantasierte ich gerade? Hatte ich mir diese Situation so oft vorgestellt, dass sie schließlich Wirklichkeit geworden war? Oder war sie nur eine Illusion? Eine Täuschung der Scheinwerfer? Eine Nebenerscheinung meiner emotionalen Reinigung? Würde sie verschwinden, sobald ich blinzelte?

Fasziniert beobachtete ich, wie Tränen aus ihren Augen strömten. Es war genau, wie ich es mir immer bei diesem Song vorgestellt hatte. Doch diese Halluzination unterschied sich von meinen vorherigen Traumbildern. Diese Kiera war zehnmal schöner als je zuvor in all meinen unzähligen Träumen. *Sie wirkte so real.*

Ganz sicher würde sich dieses Wunder jeden Augenblick in Rauch auflösen. Ich richtete die letzten Zeilen des Songs direkt an sie. Als meine Stimme mit den letzten Klängen der Musik verhallte, erwartete ich, dass mein Traumbild sich auflösen würde. Doch das tat es nicht. Kiera stand noch immer vor mir und sah mich an, während Tränen über ihre Wangen liefen. War sie wirklich hier?

Normalerweise gab ich Evan ein Zeichen, wenn wir nach diesem Song mit dem nächsten beginnen konnten. Das Stück war so emotional, dass ich manchmal eine Minute brauchte, um mich zu sammeln. Evan wusste, dass er auf mein Zeichen warten musste. Ich konnte mich jedoch nicht umdrehen. Ich konnte nur Kiera anstarren. War sie real? Würde sie verschwinden, wenn ich mich bewegte?

Langsam mischte sich Unruhe in die Stille. Während Kiera und ich einander anstarrten, hörte ich, wie die Leute von einem Fuß auf den anderen traten, husteten und flüsterten. Doch ich konnte mich noch immer nicht rühren. Aus dem Augenwinkel sah ich, wie Matt zu mir trat. Er tippte mir auf den Arm und flüsterte: »Kellan, reiß dich zusammen. Wir müssen den nächsten Song spielen.« Ich konnte mich nicht bewegen. Jedes Molekül in meinem Körper war auf Kiera ausgerichtet. *Gott, sie ist so schön.*

Evans Stimme durchbrach die Stille. »Hey, Leute. Wir brauchen eine kurze Pause. Griffin ... gibt eine Runde aus!«

Jubel brach aus, Gelächter brandete auf. Mir war jede Reaktion in der Bar egal, denn langsam dämmerte mir, dass die Kiera vor mir kein Wunder, keine Halluzination und kein Produkt meiner Fantasie war. Sie war *wirklich* hier.

Die Menge um Kiera löste sich langsam auf, doch ich blieb, wo ich war – auf der Bühne. Hier oben fühlte ich mich sicher. Mich zu Kiera hinunterzubegeben war gefährlich. *Warum ist sie hier?*

Kiera trat vor und unterbrach vorübergehend den Blickkontakt zu mir. Nachdem ich mich wieder bewegen konnte, wandte ich den Blick von ihr ab und ließ ihn über die sich auflösende Menge gleiten. Ich könnte mich umdrehen und einfach abhauen. Aber was machte sie hier? Und warum jetzt, nach all der Zeit? Jetzt, wo es mir gerade ... na ja, vielleicht ging es mir nicht wirklich besser, aber zumindest auch nicht mehr schlechter. Wenn ich dort hinunterging und mit ihr redete, was würde dann mit mir passieren? Doch was würde passieren, wenn ich es nicht tat? Nichts. Dann würde nichts passieren, und wir könnten so weitermachen wie bisher, und ich würde nie wirklich heilen, nie wirklich loslassen. Ich würde einfach weiterhin irgendwie zurechtkommen.

Ich blickte zu ihr hinunter, holte kurz Luft und stieg zu ihr nach unten. Ich musste zumindest wissen, warum sie hier war. Das würde mich sonst fertigmachen.

Ich trat so dicht vor sie, wie ich mich traute. Unsere Finger berührten sich, und ich holte tief Luft. Das Feuer brannte noch immer. Ihr nah zu sein war noch immer so elektrisierend wie vorher. Ihr standen Tränen in den Augen, und Spuren von Tränen waren auch auf ihren Wangen. Ich konnte nicht widerstehen und wischte sanft über ihre Wange. Ihre Haut war noch genauso weich, wie ich sie in Erinnerung hatte.

Kiera schloss die Augen und stieß einen Schluchzer aus. Sie sah mitgenommen aus, ihre Augen waren geschwollen, ihre Haare zerzaust. Offenbar litt sie ebenso unter einer Depression wie ich. Sie war genauso ein Wrack. Das tröstete mich irgendwie ein bisschen. Ich war nicht der Einzige, der darunter litt. Doch wie viel von ihrer Trauer hatte mit mir zu tun und wie viel mit Denny? Am Ende hatte sie sich für ihn entschieden, und er hatte sie verlassen.

Ich legte meine Hand auf ihre Wange und trat auf sie zu, bis unsere Köper sich berührten. Das hatte ich gar nicht vorgehabt, doch irgendwie schaltete mein Körper in Kieras Gegenwart auf Autopilot. Unbewusst hatte ich ihr stets so nah wie möglich sein wollen. Sie hob die Hand und legte sie auf meine Brust. Ob sie mein pochendes Herz spürte? *Du hast mir so gefehlt.*

Nachdem ich mich unter die Zuschauer gemischt hatte, scharte sich die sich auflösende Menge um mich. Ein paar aufdringlichere Frauen bedrängten Kiera, und ich legte den Arm um sie. Ich hatte das Gefühl, dass wir etwas mehr für uns sein mussten, und führte sie weg. Eine betrunkene Frau stürzte auf mich zu und streckte ihre Hände nach meinem Gesicht aus, als hätte sie etwas Unangenehmes mit mir vor. Ich ließ mich nicht mehr von meinen Fans belästigen, wich ihr aus und drückte unsanft ihre Arme zur Seite. Dann schob ich sie weg. Im Allgemeinen war ich etwas behutsamer mit meinen Fans, aber diese Situation konnte mein Leben verändern, und ich war nicht in der Stimmung, das Ganze charmant zu lösen.

Kiera sah mich erschrocken an. So etwas hatte ich in ihrer Gegenwart noch nie getan. *Das habe ich für dich getan, weil ich dich noch immer liebe und, ehrlich gesagt, will ich noch immer mit dir zusammen sein.*

Kieras Hand schoss nach vorn. Eine Sekunde dachte ich, sie würde mich schlagen, doch stattdessen schloss sie die Finger um das Handgelenk der Frau, die ich gerade abgewiesen hatte. Kiera hatte mich davor gerettet, mir eine Ohrfeige zu fangen. Das war neu.

Der Ausdruck im Gesicht der Frau wandelte sich von Überraschung in Verlegenheit, und sie suchte wortlos das Weite. Als ich Kieras Blick begegnete, lachte ich. »Du bist wohl die Einzige, die mich schlagen darf?« Mir war so leicht ums Herz wie schon lange nicht mehr.

»Verdammt richtig«, bestätigte sie, lächelte und errötete zugleich. Ich schüttelte den Kopf. Sie war so unglaublich liebenswert. Ihre Miene änderte sich, und sie fragte in ernstem Ton: »Können wir vielleicht irgendwohin gehen, wo nicht so viele … Verehrerinnen sind?«

Als ich ihre Hand nahm, flauten meine guten Gefühle ab. Es war bei Weitem noch nicht wieder alles normal. Es war noch immer schwierig. Es gab noch zu viele unbeantwortete Fragen. Ich zog sie in den Flur vor den Toiletten. Einen Moment überlegte ich, ob ich mit ihr in den Personalraum gehen sollte, doch das konnte ich nicht. Dort lauerten zu viele Erinnerungen. Und außerdem wollte ich nicht ganz allein mit ihr sein. Ich wollte mich nicht von meinem Verlangen hinreißen lassen, nur weil sie neben mir stand. Ich musste jetzt besonnen handeln.

Kiera wirkte erleichtert, als ich vor den Toiletten stehenblieb. Sie schloss die Augen und lehnte sich gegen die Wand. Vermutlich wollte sie auch nicht mit mir allein sein. Aus denselben Gründen wie ich? Oder interessierte sie sich nicht mehr auf diese Weise für mich? Doch eigentlich war ich mir ziemlich sicher, dass ein Teil von ihr mich noch immer wollte. Nur dass mir ein Teil nicht mehr genügte. Ich wollte sie ganz.

Ich sah etwas an ihrem Hals aufblitzen. Als ich den Gitarrenanhänger erkannte, den ich achtlos in einen Karton geworfen hatte, damit sie ihn dort fand, setzte mein Herz aus. Ich war mir noch nicht einmal sicher gewesen, dass sie ihn behalten, ganz zu schweigen davon, dass sie ihn tragen würde. Die Silberkette glänzte auf ihrer Haut, der Diamant funkelte im Licht. Die Kette sah toll an ihr aus, mit zitternden Fingern berührte ich sie. Das Metall war kühl, aber ihre Haut darunter so warm. »Du trägst sie ja. Das hätte ich nicht gedacht.«

Sie öffnete die Augen und sah mich an. *Gott, sie hat wunderschöne Augen.* »Natürlich, Kellan.« Sie legte ihre Hand auf meine; sie wärmte mich von innen heraus. »Natürlich«, wiederholte sie.

Sie wollte ihre Finger mit meinen verschränken, doch ich entzog sie ihr und wandte den Blick ab. Es war zu schön, zu angenehm. Es wäre zu leicht, wieder nachzugeben. Das wollte ich nicht mehr. Ich wollte nicht noch einmal so verletzt werden. Abstand war gut.

»Warum bist du hier, Kiera?«, fragte ich und sah ihr in die Augen.

Bei meinen Worten zuckte sie zusammen, als hätte ich sie verletzt, und sie schien nicht zu wissen, was sie sagen sollte. »Meine Schwester«, stotterte sie schließlich. *Richtig. Anna hatte sie hergeschleppt.* Das war der einzige Grund, weshalb sie hier aufgetaucht war. Sie war nicht meinetwegen hier.

Ich wandte mich zum Gehen, und sie fasste meinen Arm und riss mich zu sich herum. »Deinetwegen ... Ich bin deinetwegen hier.« Sie klang panisch.

Ich suchte in ihrem Gesicht nach der Wahrheit. »Meinetwegen? Du hast dich doch für ihn entschieden, Kiera. Als es hart auf hart kam, hast du Denny gewählt.«

Sie zog mich dichter zu sich heran und schüttelte den Kopf. »Nein ... das hab ich nicht. Am Ende habe ich mich für dich entschieden.«

Sie leugnete es? Im Ernst? Das war ihr Plan? »Ich habe es doch gehört. Kiera. Ich war dabei. Ich habe gehört, wie du klar und deutlich ...«

»Nein ... Ich hatte nur Angst.« Sie legte eine Hand auf meine Brust und suchte mit ihren ständig changierenden Augen meinen Blick. »Ich hatte Panik, Kellan. Du bist ... du bist so ...«

»Was?« Ich trat so dicht vor sie, dass sich unsere Hüften berührten. Wie immer stoben Funken um uns herum.

Kiera sah mir in die Augen und begann zu sprechen. Ich erkannte an ihrem Blick und dem Beben in ihrer Stimme, dass die Worte direkt aus ihrem Herzen kamen. »Ich habe noch nie eine solche Leidenschaft erlebt wie mit dir. Noch nie ein solches Verlangen.« Sie löste die Hand von meiner Brust und ließ sie zu meinem Gesicht wandern. »Du hattest recht, ich hatte Angst loszulassen, aber ich hatte Angst, *ihn* loszulassen, um mit dir zusammen zu sein. Nicht umgekehrt. Bei ihm hatte ich es sicher und bequem, und du ... Ich hatte Angst, dass das Feuer zwischen uns irgendwann vergehen würde und du mich wegen einer anderen sitzenlässt. Dass ich für eine kurze leidenschaftliche Affäre Denny aufgegeben hätte und am Ende allein dasitze.«

Ich begriff. Sie war unsicher, und dafür hatte gerade ich natürlich Verständnis. Doch nach allem, was ich ihr über mich erzählt hatte, nachdem sie wusste, was sie mir bedeutete, wie konnte sie da denken, dass ich etwas anderes zu tun in der Lage war, als für immer bei ihr zu bleiben?

Ich senkte den Kopf zu ihrem, sodass sich nun auch unsere Brüste berührten. »Das war es für dich. Ein Strohfeuer? Und du hast gedacht, wenn das Feuer aus ist, würde ich dich einfach wegwerfen?« *Als ob es je erlöschen würde. Für mich ganz bestimmt nicht.* Ich schob mein Bein zwischen ihre, und ihr Atem beschleunigte sich. Wir waren uns ganz nah, sie roch so gut. »Du bist die einzige Frau, die ich je geliebt habe … Glaubst du, dass ich das einfach wegwerfen würde? Dass in meinen Augen irgendeine an dich heranreichen könnte?«

»Irgendwie ist mir das jetzt klar«, murmelte sie, »aber ich hatte solche Panik. Ich hatte Angst.« Sie hob das Kinn, bis sich unsere Lippen berührten.

Das war zu viel. Ich wich einen Schritt zurück. Sie umklammerte meinen Arm, um mich zurückzuhalten. Ich senkte kurz den Blick, dann sah ich ihr erneut in die Augen. Warum musste ich sie nur so sehr lieben? Warum konnte ich nicht einfach gehen? »Glaubst du etwa, mir macht das keine Angst, Kiera? Meinst du etwa, es wäre für mich je leicht gewesen, dich zu lieben … oder auch nur angenehm?« *Es war ein Albtraum und ein Wunschtraum zugleich.* Kiera blickte nach unten, meine Worte trafen sie wie Dolchstöße. Ich wollte ihr nicht wehtun, aber ich durfte mich jetzt nicht zurückhalten. Sie musste wissen, was sie mir angetan hatte. Was sie mir noch immer antat. »Ich habe deinetwegen so oft die Hölle durchgemacht, dass ich verrückt sein muss, jetzt überhaupt mit dir zu reden.«

Eine Träne lief ihr über die Wange, und sie machte Anstalten zu gehen. Ich fasste ihre Schultern und schob sie gegen die Wand. Ich wollte nicht, dass sie schon ging. Ich war noch nicht fertig. Als sie zu mir aufsah, rollte eine weitere Träne aus ihrem Auge. Ich wischte sie mit dem Daumen fort, dann fasste ich ihr Gesicht und zwang sie, mich anzusehen.

»Ich weiß, das zwischen uns ist intensiv. Ich weiß, es ist beängstigend. Das spüre ich auch, glaub mir. Aber es ist etwas Echtes, Kiera.« Meine Hand glitt von meiner Brust zu ihrer. »Das ist real und so tief, es würde nicht einfach verpuffen. Ich habe genug von One-Night-Stands. Du bist alles, was ich will. Ich hätte dich niemals betrogen.«

Sie hob die Hände, um mich zu berühren, doch ich wich zurück. Ich war noch nicht so weit. Traurig musterte ich sie, wie sie dort vor mir stand. Sie hatte sich auf diesem Parkplatz aus Angst von mir getrennt, und jetzt musste ich ihr dasselbe antun. Es brach mir das Herz. Mal wieder. »Ich kann aber noch immer nicht mit dir zusammen sein. Wie soll ich dir nach allem je wieder vertrauen?« Ich senkte den Blick und flüsterte: »Woher weiß ich, dass du mich nicht eines Tages wieder verlässt? So sehr ich dich auch vermisse, das geht nicht.«

Sie hatte Angst, dass ich sie betrügen würde, dabei hatte sie mit Denny geschlafen, nachdem sie mir ihre Liebe gestanden hatte. Direkt, nachdem ich ihr gesagt hatte, dass ich den Gedanken nicht ertragen könnte, sie mit ihm zu teilen, war sie mit ihm ins Bett gegangen. Obwohl ich verstand, dass die Situation äußerst kompliziert gewesen war, kam ich nicht über die Tatsache hinweg, dass sie mich auf irgendeine Art betrogen hatte.

Kiera trat einen Schritt auf mich zu und sagte in entschuldigendem Ton: »Kellan, es tut mir so ...«

Mein Blick zuckte zu ihr. »Du hast mich seinetwegen verlassen, Kiera, auch wenn es nur aus Panik war. Woher soll ich denn wissen, dass das nicht noch einmal passiert?«

Ihre Antwort klang überraschend ruhig und entschieden. »Ich will ... Ich werde dich nie mehr verlassen. Ich will nicht mehr von dir getrennt sein. Ich will nicht mehr leugnen, was zwischen uns ist. Ich habe keine Angst mehr.«

Zum ersten Mal überhaupt beneidete ich sie um ihren Mut. »Ich nicht, Kiera. Ich brauche immer noch einen Moment ...«

Sie legte mir ihre Hand auf den Bauch, ihre Fingerspitzen brannten wie Feuer. »Liebst du mich noch?«, fragte sie und sah mich hoffnungsvoll an.

Ich stieß einen Seufzer aus und blickte in ihr Gesicht. »Du ahnst gar nicht, wie sehr.«

Sie trat dichter zu mir, und ließ ihre Hand zu meiner Brust hinaufgleiten. Ich schloss die Augen, als elektrische Stromstöße über meine Haut schossen. Als sie mein Herz erreichte, hielt ich ihre Hand auf meinem Tattoo fest und flüsterte: »Ich habe dich nie verlassen. Ich habe dich immer bei mir getragen.«

Als wüsste sie, was ich getan hatte, zog sie mein Shirt zur Seite. Ich ließ die Hand sinken, damit sie es sich ansehen konnte. Wir mussten ehrlich miteinander sein. Als Kiera ihren Namen auf meiner Brust entdeckte, blieb ihr der Mund offen stehen, und Tränen schossen ihr in die Augen. Sie strich mit dem Finger über die verschlungenen Buchstaben, und meine Haut kribbelte, wo immer sie mich berührte.

»Kellan ...«

Ihre Stimme brach. Ich nahm ihre brennenden Finger fort, verschränkte sie jedoch mit meinen. Ich drückte unsere Hände an meine Brust und lehnte meine Stirn an ihre. »Ja, ich liebe dich noch immer. Ich habe nie aufgehört, dich zu lieben. Aber ... Kiera ...«

»Bist du mit einer anderen zusammen gewesen?«, flüsterte sie.

Überrascht wich ich zurück, um sie anzusehen. »Nein … Das wollte ich nicht.« *Für mich gibt es niemand anders außer dir.* Ob sie unserer aussichtslosen Liebe ebenso die Treue gehalten hatte wie ich? »Und du?«, fragte ich.

Obwohl ihre Antwort sofort erfolgte, hatte ich das Gefühl, sie würde ewig dauern. »Nein. Ich … Ich will nur dich.« Erleichterung durchströmte mich. »Wir gehören zusammen, Kellan. Wir brauchen einander«, fügte sie leise hinzu.

Ich weiß. Ich brauche dich so sehr, Kiera.

Ohne darüber nachzudenken, trat ich dicht vor sie. Ihre Hand glitt um meine Taille, und ich fasste ihre Hüfte. Wir rückten dichter zusammen, als könnten wir es nicht länger ertragen, voneinander getrennt zu sein. Und das stimmte. Ich hatte das Gefühl, mein ganzes Leben lang auf diesen Augenblick gewartet zu haben, doch noch immer beschlichen mich Zweifel.

Wir starrten einander auf die Lippen, und die Spannung zwischen uns stieg. Ich wollte sie so gern küssen. Ich befeuchtete meine Lippen, biss mir mit den Zähnen darauf, bis es schmerzte, doch eigentlich wollte ich Kiera fühlen.

Ich neigte den Kopf, uns trennten nur noch wenige Zentimeter, und ihr Atem streifte mein Gesicht. »Kiera, ich dachte wirklich, ich könnte dich verlassen. Ich dachte, ich bräuchte nur genug Abstand, dann würde es irgendwann leichter werden, aber das stimmt nicht.« Ich zögerte und schüttelte den Kopf. »Es macht mich fertig, von dir getrennt zu sein. Ich fühle mich verloren ohne dich.«

»So fühle ich mich auch«, flüsterte sie.

Wir lösten die Finger voneinander. Kiera strich mit ihren über meine Schultern, ich ließ meine erneut zu ihrer Kette gleiten. »Ich habe jeden Tag an dich gedacht.« Meine Finger glitten hinunter zu ihrer Brust und ihrem BH. »Ich habe jede Nacht von dir geträumt.« Meine Finger strichen über ihre Rippen, sie spielte mit meinen Haaren. Es war berauschend und verwirrend. »Aber ... ich weiß einfach nicht, wie ich dich wieder in mein Leben lassen soll.«

Ich rückte etwas von ihr ab, um in ihr Gesicht zu sehen. Alles, was ich in ihren Augen las, war Vertrauen und Liebe. Ich wünschte, ich würde dasselbe empfinden. Wie gern würde ich meine Ängste beiseiteschieben und Ja sagen, egal, was aus uns wurde. Einfach, weil es sich so gut fühlte, sie in den Armen zu halten. Aber es war so schrecklich gewesen ... Noch einmal würde ich so etwas nicht überleben. Doch ich konnte ihr kaum widerstehen. Ich senkte die Lippen, sodass sie nun direkt über ihren schwebten. »Ich weiß aber auch nicht, wie es ohne dich weitergehen soll.«

In dem Moment schubste mich jemand von hinten. Ich hörte jemanden lachen, war jedoch abgelenkt. Der kleine Stoß hatte den Abstand zwischen Kieras und meinen Lippen geschlossen, und nachdem wir uns jetzt berührten, löste sich jeder Gedanke wegzugehen in Luft auf. Ich konnte es einfach nicht.

Wenige Sekunden erstarrten wir, dann verschmolzen unsere Lippen zu einem lang ersehnten Kuss. Es fühlte sich anders an als vorher, frei von Schuld, unbekümmert und ungefähr zehnmal intensiver. Ich wusste nicht genau, ob ich vor Freude in Tränen ausbrechen, mich unglücklich zu einer Kugel zusammenrollen oder sie auf den Boden werfen und nehmen sollte.

»O Gott, du hast mir so gefehlt ...« Ich konnte meinen Gedanken nicht zu Ende bringen. Unser Kuss wurde leidenschaftlicher, und dennoch rang mein dummer Körper mit meinen widerstreitenden Gefühlen. »Ich kann das nicht ...« *noch einmal tun.* »Ich will ...« *nicht noch einmal verletzt werden.* »Ich will …« *dich*. Ein tiefes Stöhnen löste sich aus meiner Kehle, und Kiera stimmte in den Laut mit ein. »O Gott … Kiera.«

Schwer atmend wich ich zurück und berührte mit der Hand ihr Gesicht. Erneut liefen Tränen über ihre Wangen, aber ihr Atem ging ebenso schnell wie meiner. Ich wollte sie so sehr. »Du machst mich wirklich fertig«, knurrte ich, ehe ich meine Lippen erneut auf ihre presste.

Als unser Kuss meine Lust weckte, schob ich sie gegen die Wand. Sie strich mit den Händen durch meine Haare. Sie wollte mich. Ich wollte sie, und das hier war real. Als ich gerade über die wundervolle Vertiefung an ihrem unteren Rücken strich und darüber nachdachte, wie weit es zum Personalraum war, schob Kiera mich sanft zurück. Ich war so überrascht, dass ich mich nicht wehrte. Sagte sie etwa schon wieder Nein? Es sollte mich nicht überraschen, schließlich war das ständig passiert, aber ich war überrascht. Sofort machte sich Enttäuschung in mir breit, und auf meine Brust legte sich ein dumpfer Schmerz.

Kiera schien zu begreifen, was ich dachte. Als sie den Schmerz in meinen Augen las, sagte sie sofort. »Ich will dich, nur dich. Diesmal wird es anders. Ich will unbedingt, dass das mit uns funktioniert.«

Ihre Worte beruhigten meine Ängste, und mein Schmerz ließ nach. Sie sagte nicht Nein, sie sagte nur *Nicht so*. Damit konnte ich leben. Ich kämpfte noch mit meiner Lust und blickte auf ihre Lippen, ihre Augen, dann wieder auf ihre Lippen. »Und wie soll das gehen? So läuft das doch bei uns. Hin und her, hin und her. Du willst mich, du willst ihn. Du liebst mich, du liebst ihn. Du magst mich, du hasst mich, du willst mich, du willst mich nicht, du liebst mich, du verlässt mich. Es ist so viel schiefgelaufen.«

Der immerwährende Schmerz unserer Beziehung übermannte mich. Auch wenn sie mich wollte, war ich mir nicht sicher, ob ich mich noch einmal darauf einlassen konnte. Es war so schwierig, jemanden zu lieben. Aber nicht zu lieben war noch schlimmer. Ich wusste nicht, was ich tun sollte. Bleiben, gehen, sie lieben, sie verlassen.

Kiera legte eine Hand an meine Wange, und ich sah ihr in die Augen. »Kellan, ich bin naiv und unsicher. Du bist ein … launischer Künstler.« Meine Lippen zuckten, als sie unseren Insiderwitz erwähnte, der nicht wirklich ein Witz war, doch ich unterdrückte ein Grinsen. Kiera fuhr lächelnd fort, was mein Herz wärmte und mich entspannte. »Unsere Geschichte ist ein Chaos voller falsch verstandener Gefühle, Eifersucht und Komplikationen. Wir haben uns und andere gequält und verletzt. Wir haben beide so viele Fehler gemacht.« Sie lehnte sich zurück, und ihr Lächeln wuchs. »Wie wäre es, wenn wir es einfach langsamer angehen lassen? Wenn wir uns verabreden, uns treffen und sehen, wie es so läuft?«

Das schien so einfach, dass ich erstaunt war. Zwischen uns ging es schon so lange emotional hoch her, dass ich mir schwer vorstellen konnte, dass es einmal anders sein konnte. Aber wenn wir einen Schritt zurücktraten und uns etwas mehr Zeit ließen, konnten wir uns vielleicht langsam darauf einlassen und hätten beide nicht mehr solche Angst.

Es war die perfekte Lösung, und ich wunderte mich, dass ich nicht früher darauf gekommen war. Ich dachte, für uns könnte es nur alles oder nichts geben, aber das stimmte nicht. Ich wollte mich auf jeden Fall darauf einlassen und sehen, wohin uns das führte, aber zuerst musste ich Kiera noch ein bisschen mit ihrer Wortwahl aufziehen. Ich grinste diabolisch, und Kiera verstand sofort. Sie hatte mich gefragt, ob wir uns verabreden könnten, und in meiner Vergangenheit war Verabreden gleichbedeutend mit Sex gewesen. Unverbindlichem, bedeutungslosem Sex. Ich wusste, dass sie das jetzt nicht gemeint hatte, aber es machte Spaß, sie zu ärgern.

Verlegen senkte sie den Blick. »Ich meinte echte Verabredungen, Kellan. Auf altmodische Weise.«

Ich fing an zu lachen, und sie blickte zu mir hoch. Mit einem entspannten Lächeln, das sich ausnahmsweise echt anfühlte, sagte ich: »Du bist so verdammt süß. Du weißt gar nicht, wie du mir gefehlt hast.«

Auch ihr Lächeln wirkte gänzlich unbeschwert. Sie strich über die Bartstoppeln an meinem Kinn und fragte: »Also, hast du Lust, dich mit mir zu treffen?«

Ihr Ton klang anzüglich, und mein Grinsen wuchs. »Ich würde mich total gern mit dir treffen.« Die Leichtigkeit des Augenblicks erstarb, und sie sagte mit ernster Stimme. »Wir versuchen es. Wir hören auf, einander wehzutun. Wir lassen es locker angehen. Ganz in Ruhe.«

Es war die einzige Möglichkeit, die Wunden zu heilen, die wir einander zugefügt hatten.

35. Kapitel

Verabredungen

Zum ersten Mal in meinem Leben hatte ich Verabredungen. Echte, altmodische Verabredungen. Kiera hatte gesagt, sie wünschte sich normale Verabredungen, und das beherzigte ich. Ich hielt ihr die Tür auf, als ich sie zum Abendessen ausführte, ich hielt nur ihre Hand und küsste sie am Ende des Abends auf die Wange. Und überraschenderweise war ich glücklich damit, dass der Abend nicht mit Sex geendet hatte. Es gab mir das Gefühl, dass wir etwas aufbauten oder wieder aufbauten. Verbindungen, die tiefer als jede körperliche Intimität waren, und so beängstigend das war, es war auch zehnmal aufregender.

Wenn wir zusammen waren, konnte ich nicht aufhören, Kiera anzusehen. Dass sie mit mir zusammen war und nur mit mir, haute mich einfach um. Mir taten die Wangen weh vom vielen Lächeln, und meine Band fragte mich ständig, ob alles in Ordnung sei. *Ja, endlich.* Oder zumindest entwickelte es sich in die richtige Richtung. Kiera und ich hatten beide einige Narben davongetragen, und die brauchten Zeit, um zu heilen.

Um mir zu beweisen, dass ich Kiera berühren konnte, ohne gleich zu weit zu gehen, führte ich sie das nächste Mal zum Tanzen aus. Alle kamen mit, und es wurde eine Gruppenverabredung. Obwohl ich unbedingt über jeden Zentimeter ihrer verführerischen Haut streichen wollte, beließ ich meine Hände brav auf ihren Hüften. Siebtklässler wären stolz auf uns gewesen. Na ja, vielleicht Fünftklässler.

Als wir uns alle zum gemeinsamen Abend trafen, begrüßte Anna mich auf ihre neuerdings typische Art. Sie gab mir eine Kopfnuss und knurrte »Na, du Arsch«. Ich lächelte. Irgendwann würde sie darüber hinwegkommen, dass ich so getan hatte, als hätten wir miteinander geschlafen. Und auch wenn nicht, Kieras Lächeln, wenn Anna mich rügte, war einfach himmlisch. Ich würde mich bereitwillig jeden Tag von Anna schlagen lassen, nur um zu sehen, wie sich Kiera freute.

Anna schlang die Arme um Griffin, und den Rest des Abends sahen wir nicht mehr viel von ihnen. Oder besser gesagt verschwanden sie im Laufe des Abends immer wieder für längere Zeit, und wenn sie bei uns waren, sahen wir deutlich zu viel von ihnen. Kiera beobachtete sie ein paarmal ziemlich irritiert.

Jenny kam ebenfalls mit und hatte ihre Mitbewohnerin, Rachel, mitgebracht. Sie arbeitete außerdem mit Kiera zusammen in ihrem neuen Job. Ich war ihr schon ein- oder zweimal begegnet. Sie war hübsch, sie sah südländisch aus mit einem asiatischen Einschlag, und sie war leise wie eine Maus. Jenny meinte, das machte sie zur besten Mitbewohnerin der Welt, doch auch Matt schien ziemlich fasziniert von ihr zu sein. Die beiden suchten sich eine ruhige Ecke und unterhielten sich den ganzen Abend, anstatt zu tanzen. Ich hatte noch nie erlebt, dass Matt sich mit einer Frau getroffen hatte – die Band nahm seine gesamte Zeit in Anspruch –, doch vielleicht würde er es mal mit der entspannten Rachel probieren. Vorausgesetzt natürlich, sie interessierte sich für Musik. Wenn sie ein ambivalentes Verhältnis dazu hätte oder sich gar nicht für Musik interessierte, würde es zwischen ihnen nie funktionieren. Ich wünschte ihnen in Gedanken das Beste.

Nachdem sich alle zu Paaren zusammengefunden hatten, blieben nur noch Evan und Jenny übrig. Ich fing Evan im Flur vor der Toilette ab. »Und? Machst du endlich den ersten

Schritt?«, fragte ich. Er besaß doch tatsächlich die Frechheit, ahnungslos zu tun. »Wovon redest du?«

Ich stieß ihn gegen die Schulter. »Na, von Jenny natürlich. Ihr zwei tanzt zusammen, seid angetrunken und blickt euch verträumt in die Augen. Küss sie endlich.«

Evan schürzte die Lippen. »Komm endlich von diesem Trip runter.«

Diesmal boxte ich gegen seine Schulter. »Nein, du musst endlich mal weiterkommen. Küss sie. Das ist ein Befehl.«

Er verschränkte die Arme vor der Brust. »Du kannst mir gar nichts befehlen.«

Ich nahm dieselbe Haltung ein. »Doch, kann ich. Du hast gesagt, es sei *meine* Band, schon vergessen? Wenn du also dabeibleiben willst, befehle ich dir, mach die Sache mit dem kleinen Energiebündel klar. Verstanden?«

Evan ließ sich nicht von mir einschüchtern und hob eine Braue. »Du willst mich aus der Band werfen, wenn ich keine Frau küsse?«

Ich schüttelte den Kopf. »Nein, nicht irgendeine Frau. Jenny. Die Frau, mit der du zusammen sein solltest, was du Sturkopf irgendwie nicht begreifen willst.« Als er noch immer nicht überzeugt schien, fügte ich hinzu: »Und nein, ich werde dich nicht rauswerfen ...« Ich lächelte und beugte mich zu ihm. »Ich zwinge dich, Griffins Radlerhosen anzuziehen. Und zwar nachdem er sie benutzt hat. In der Sauna.«

Als Kiera und Jenny aus der Toilette kamen, schnappte ich mir mein Mädchen und ließ Evan über meine Worte nachdenken. Im Weggehen rief er uns hinterher: »Du bist echt krass, Kyle!«

Daraufhin hob ich die Faust. Kiera sah mich neugierig an. »Will ich wissen, worum es da gerade ging?«

»Nein, ich glaube nicht.« Ich zwinkerte ihr zu, woraufhin sie sich auf eine so sinnliche Weise auf die Lippen biss, dass ich Evan und Jenny sofort vergaß. Ich drückte Kieras Hand, beugte mich zu ihr hinunter und flüsterte ihr ins Ohr: »Komm, tanz mit mir, Schönheit.«

Ihre Wangen nahmen einen wundervollen Roséton an, und sie nickte. Ich führte sie zurück auf die Tanzfläche und legte erneut die Arme um ihre Taille. Wir bewegten uns etwas zu langsam für das Stück, doch das war mir egal. Ich wollte romantisch mit meiner Freundin tanzen. Der DJ konnte mich mal.

Ich beobachtete Kiera, während sie die Menge betrachtete. Sie sah toll aus. Ihre Haare waren zu einem Pferdeschwanz zurückgebunden, und sie trug eine durchsichtige cremefarbene Bluse mit einem engen Trägertop darunter. Ich hätte gern viel mehr mit ihr getan als nur zu tanzen, doch die Zurückhaltung steigerte die Vorfreude. Das war praktisch erst unsere zweite Verabredung, also würde ich sie heute Abend noch nicht einmal küssen. Ein richtiger Gentleman wartete bis zur dritten Verabredung. Zumindest fand ich, das hörte sich irgendwie gut an.

Als ich einen überraschten Ausdruck in Kieras smaragdgrünen Augen bemerkte, ließ ich den Blick über die Menge gleiten. Sie stieß mich mit der Schulter an und deutete mit dem Kopf auf Evan und Jenny. Küsste er sie endlich? Nein, aber sie tanzten Stirn an Stirn, während Evan mit einer ihrer Haarsträhnen spielte und sie ihn ansah, als wäre er der einzige Mensch auf der Welt. Vielleicht wehrte er sich noch, aber jetzt würde es nicht mehr lange dauern. Gut. Ich sollte nicht der Einzige sein, der sich so fantastisch fühlte.

Vor Kieras und meiner nächsten Verabredung war ich nervös. Es war die glückliche Nummer drei. Ich würde sie küssen, aber ich wollte nicht zu weit gehen. Nur ein Kuss. Das war alles. Ich wollte mich nicht hinreißen lassen, und zugleich wollte ich es unbedingt. Nein, noch nicht. Wir mussten uns noch immer Zeit lassen.

Nachdem ich sie zur Tür gebracht hatte, fragte ich, ob ich sie küssen durfte. Mit ihrem Strahlen hätte man die ganze Stadt erleuchten können, und sie murmelte: »Ja.«

Als wir uns einander zuneigten, pochte mein Herz, und ich dachte nur *Halt dich zurück, geh nicht zu weit*. Als sich unsere Lippen trafen, wich ich sofort wieder zurück. Voilà. Ganz gentlemanlike. Anders als Kiera. Die fasste meinen Nacken und zog mich erneut zu sich. Als sich unsere Lippen diesmal berührten, dachte ich nur *Ja ... Gott, ja*. Es erforderte eine Menge Willenskraft, doch wir beließen es bei einem ausgiebigen, leidenschaftlichen Kuss. Atemlos trennten wir uns voneinander. *Verdammt*. Es langsam angehen zu lassen würde schwieriger werden, als ich gedacht hatte.

Nachdem wir erneut angefangen hatten, uns zu küssen, übten wir uns jedes Mal, wenn wir uns sahen, in starker Zurückhaltung – egal ob in der Uni, im Park, bei ihr, bei mir und dann auch wieder im Pete's. Zum Glück gab Kiera ihren Job in einem Diner am Pioneer Square bald auf und fing wieder in der Bar an.

Als sie ins Pete's zurückkehrte, sorgte ich dafür, dass alle wussten, dass an unserer Beziehung nichts geheim war. Ich küsste Kiera leidenschaftlich vor aller Augen. Sie gehörte mir. Und wenn irgendjemand versuchen sollte, sie mir wegzunehmen, würde ich ihm den Kopf abreißen. Vielleicht war ich jetzt etwas zu besitzergreifend, aber ich hatte einmal versucht, sie mit jemandem zu teilen, und das hatte mir nicht gefallen. Kein Stück.

Als wir uns voneinander lösten, rang Kiera um Atem und hatte ein rotes Gesicht, aber sie schimpfte nicht mit mir wegen dieser öffentlichen Zuneigungsbekundung. Das hatte ich von Anfang an gewollt, und das wusste sie. Sie nickte und lächelte, dann gab sie mir einen flüchtigen Kuss und ging in den Personalraum. Ich ließ den Blick über die Gäste gleiten und suchte nach einer Herausforderung. Ich fand nicht eine. Als ich an unseren Tisch kam, klopfte Evan mir auf die Schulter. »Du hast eine Vorliebe fürs Dramatische entwickelt. Ich bin mir nicht sicher, ob das gut oder schlecht ist.«

Ich lächelte und setzte mich. »Und du bist der größte Zauderer, den ich kenne.« Ich beugte mich vor und rief Griffin am anderen Endes des Tisches zu: »Hey, du hast doch noch diese engen Radlerhosen, oder?« Griffin hob den Daumen.

Matt machte ein so fassungsloses Gesicht, als hätte ich Griffin nach seinem Suspensorium gefragt. »Was zum Teufel willst du mit den Dingern, Kellan?«

Er legte mir seine Hand auf die Stirn, als würde er meine Temperatur fühlen. Evan warf mir eine zerknüllte Serviette ins Gesicht. »Du Idiot. Ich glaube, ich mochte dich lieber, als du sturzbetrunken über dem Tisch gehangen hast.«

Mein Blick glitt zu Kiera, die in ihrem roten Pete's-Shirt aus dem Personalraum zurückkam. »Mach dir keine Hoffnungen. Das wird so schnell nicht wieder vorkommen«, erwiderte ich. *Jetzt ist die Welt wieder in Ordnung.*

Doch dass alles wieder in Ordnung war, bedeutete nicht, dass alles perfekt war. Kiera und ich hatte unsere Probleme. Wir waren unsicher, manchmal befielen uns sogar Zweifel. Doch wir taten unser Bestes, darüber zu reden, damit klarzukommen und sie nicht unter den Teppich zu kehren.

Manchmal machte das Universum es uns nicht leicht. Eine Frau, die halbnackt vor Kiera auftauchte, sorgte für leichte Spannungen in der Beziehung. Ich bat sie zu gehen und nie mehr wiederzukommen, doch nachdem sie enttäuscht abgezogen war und ich die Tür geschlossen hatte, wandte ich mich mit einem unguten Gefühl zu Kiera um.

Ihre Augen waren dunkel vor Misstrauen, und ich wusste genau, was sie dachte – *Was hätte er getan, wenn ich nicht hier gewesen wäre?* Ich antwortete ihr, ehe sie dazu kam, die Frage überhaupt zu stellen. »Falls du dich das fragst. Wärst du nicht hier gewesen, hätte ich genauso reagiert. Ich will nur dich.«

Kiera gab sich damit zufrieden, was mich höllisch beeindruckte. Ich glaube, wäre ich an ihrer Stelle gewesen, hätte ich anders reagiert. Tatsächlich war ich manchmal derjenige, der die Beherrschung verlor. Einmal ertappte sie mich, wie ich auf die geschlossene Tür zu ihrem ehemaligen Zimmer starrte und mir finstere Gedanken durch den Kopf gingen.

Offenbar sah sie mir das an, denn Kiera legte die Arme um mich und fragte: »Alles okay bei dir?«

Da ich mich nicht über Dinge streiten wollte, die keine Rolle mehr spielten, wandte ich mich von der Tür ab, machte mich von ihr frei und lief nach unten. »Ja, alles klar.«

Sie folgte mir und hielt mich am Fuß der Treppe am Ellbogen zurück. Sie sah mir in die Augen und sagte. »Das stimmt nicht. Was ist los?«

Ich schluckte heftig und überlegte, ob ich einfach »Nichts« sagen sollte, doch wenn ich sie hinunterschluckte, gingen meine Gefühle nicht weg, also sagte ich stattdessen: »Jeden Tag, wenn ich diese blöde Tür sehe, muss ich daran denken, dass du … da drin Sex mit einem anderen Mann gehabt hast. Und manchmal ist das einfach zu viel.«

Ich rückte von ihr ab, doch sie hielt mich fest. »Ich weiß. Glaub mir, wenn ich diese Tür sehe …«

Ich wollte sie nicht anherrschen, aber ihre Worte reizten mich. »Das ist ja wohl nicht dasselbe!«

Bei meinem Ton fuhr sie auf. »Vielleicht nicht, was *dieses* Zimmer angeht. Aber jedes Mal, wenn ich in *deinem* Zimmer bin, muss ich mit den Geistern all deiner Frauen klarkommen. Meinst du etwa, *das* ist leicht für mich?«

Ich verstand, was sie meinte, aber ich war gerade düsterer Stimmung und hatte keine Lust, verständnisvoll zu sein. »Ich bin mit keiner Frau ins Bett gestiegen, nachdem ich dir gesagt habe, dass ich dich liebe. Ich bin dir treu gewesen, aber du … du hast mit ihm gevögelt. Du hast nach unserem absolut perfekten Nachmittag mit ihm gevögelt. Na ja, für mich war er perfekt, dir ist er offenbar doch verdammt egal gewesen, denn anschließend hast du es mit ihm getrieben, Kiera!«

Meine Stimme klang zunehmend wütend und emotional. Kiera wurde rot, und ihr stiegen Tränen in die Augen. »Hör auf, Kellan. Fang nicht wieder damit an. Ich habe mich schon dafür entschuldigt, und du meintest, dass du es verstehst. Ich war … einfach durcheinander.«

»Ich verstehe es ja auch, aber das macht es nicht leichter!« Eine Träne lief über ihre Wange, und es tat mir leid. Ich hatte das Thema nicht aufbringen wollen. Ich wollte die Vergangenheit wirklich ruhen lassen. Ich ließ den Kopf in die Hände sinken und sagte leise: »Es tut mir leid. Ich will kein Arsch sein, es ist … Es tut nur weh, Kiera. Es tut so verdammt weh.«

Ich spürte, wie sich die Wut in Schmerz verwandelte. Ich wünschte, dass all das in der Sekunde verschwunden wäre, als Kiera und ich ein Paar geworden waren, aber hin und wieder zeigte der Schmerz noch sein hässliches Gesicht. Kiera flüsterte mir zahlreiche Entschuldigungen ins Ohr und versuchte, die Arme um mich zu legen. Kurz weigerte ich mich, doch schließlich gab ich nach. Mir war klar, dass ich loslassen musste, wenn es mit uns weitergehen sollte. Und das wollte ich unbedingt.

Doch Loslassen ging nicht von jetzt auf gleich. Es war ein Prozess, bei dem man manchmal Riesenschritte vorankam und dann wieder kleine Rückschritte machte. Wir waren glücklich und zufrieden, liebten uns abgöttisch und tauschten zärtliche Küsse im Pete's, und dann passierte plötzlich wieder etwas, das unseren Frieden störte. Beispielsweise, dass zwei Frauen mich direkt vor Kieras Nase baten, mit ihnen auszugehen.

Ich las in Kieras Gesicht, dass Ärger drohte, ließ die Frauen abblitzen und sprang so schnell ich konnte auf die Bühne. Den Rest ihrer Schicht tat Kiera, als wäre alles in Ordnung, aber anschließend, auf dem Parkplatz, machte sie eine scharfe Bemerkung, auf die ich im Grunde nur gewartet hatte. »Sollen wir auf dem Nachhauseweg beim Supermarkt halten? Ich glaube, wir haben keine Schlagsahne mehr.«

Ich blieb abrupt stehen und sah ihr in die Augen, in denen Tränen glänzten. Mir war klar, dass sie sauer war, und ich wusste genau, worauf sie anspielte. »Ich habe ihnen einen Korb gegeben, Kiera. Ich lasse sie alle abblitzen. Du musst keine Angst haben.«

Sie drehte sich zur Bar um, eine Träne lief ihr über die Wange. »An dem einen Abend hast du sie aber nicht …«

Ich schloss die Augen und seufzte. Ich wusste, dass die Nacht mich noch mal einholen würde. »Kiera …«

Sie sah mich mit funkelnden Augen an. »Ich musste eure Orgie mitanhören, Kellan. Das hat wehgetan.«

Mein schlechtes Gewissen trieb mich dazu, etwas Dummes zu sagen. Ich trat dichter zu ihr. »Und ich musste zusehen, wie du mit Denny den Club verlassen hast. Du hast mit ihm gevögelt und dir dabei vorgestellt, er wäre ich! Wenn du über Verletzungen reden willst, dann lass uns auch darüber reden, wie weh *das* getan hat!«

Und das taten wir. Stundenlang sprachen wir über die unzähligen Male, an denen wir uns gegenseitig gequält hatten. Und als die Wut nachgelassen hatte, gingen wir zu Kiera und kuschelten auf dem Sofa, bis wir Arm in Arm einschliefen. Bevor ich eindöste, küsste ich ihr Haar und sagte, wie leid es mir täte und wie sehr ich sie lieben würde, und sie sagte mir dasselbe. Und so heilten wir, so fanden wir langsam unser Gleichgewicht wieder. Wir ließen zu, dass wir wütend waren, und sprachen über Dinge, die uns verletzt hatten. Wenn es sein musste, immer wieder. Wir sprachen sie aus, anstatt sie zu verdrängen, bis die schwierigen Gespräche schließlich immer weniger wurden und die guten Phasen unserer neuen Beziehung immer länger anhielten und überwogen.

Kiera und ich hatten noch immer keinen Sex, aber wir ließen auch nicht ganz die Finger voneinander. Wenn wir allein waren, waren wir häufig halb nackt – mein T-Shirt, ihr T-Shirt, irgendetwas zogen wir immer aus. Und obwohl ich Kiera gern befriedigte und mich dann zurückhielt und ihr erklärte, wir müssten es langsam angehen lassen, war ich bereit, wieder mit ihr zu schlafen. Mein Verlangen wuchs mit jedem Mal, das wir uns berührten.

Einerseits wollte ich uns beide zu dem Punkt treiben, an dem wir nicht mehr zurückkonnten, doch mehr noch wollte ich mit ihr darüber reden, damit wir beide emotional und körperlich dazu bereit waren. Und ich wollte nicht derjenige sein, der damit anfing. Wenn es von mir kam, könnte sie sich unter Druck gesetzt fühlen. Ich wollte, dass Kiera von sich aus damit herausrückte. Ich wollte, dass sie den Mut besaß und selbstbewusst genug war, mir zu sagen, dass sie gern mit mir schlafen würde.

Evan fand es komisch, dass wir noch warteten, doch da er Jenny noch immer nicht geküsst hatte, konnte er nicht viel sagen. Ich überlegte schon, wie ich die beiden zusammenbringen könnte, als Kiera eines Abends im Pete's mit roten Wangen und fassungsloser Miene zu mir kam. »Du glaubst nicht, wen ich eben im Personalraum erwischt habe.«

Ich konnte es mir vorstellen, da ihr Flirten in letzter Zeit ziemlich zugenommen hatte, stellte mich jedoch dumm, um Kiera zu ärgern. »Äh ... Anna und Griffin?« Ich hob eine Braue. »Muss ich dir die Augen reiben?« Mein Blick glitt an ihrem Körper hinunter. »Oder soll ich dich vielleicht woanders reiben?«

Sie wurde knallrot und boxte mich gegen die Schulter. »Nein ...« Ihre Miene hellte sich wieder auf. »Evan und Jenny! Die zwei haben in letzter Zeit ziemlich heftig geflirtet, aber jetzt haben sie sich richtig geküsst und ... alles.«

Sie wandte den Blick ab, und ich fragte mich, was sie da drin getrieben hatten. Schön für sie. Und höchste Zeit. Lachend sagte ich: »Darauf habe ich schon lange gewartet.«

Evan kam rechtzeitig vor unserem Auftritt an den Tisch zurück. Ich lächelte nur und starrte ihn an. Er ignorierte mich eine ganze Weile, dann wandte er sich seufzend zu mir um und fragte mit ausdrucksloser Stimme. »Was ist?«

Ich stützte mich mit den Ellbogen auf dem Tisch ab und beugte mich vor. »Hast du mir nichts zu sagen?«

Schnaubend blickte er auf mein T-Shirt. »Ich finde, Braun steht dir nicht.« Ich lächelte weiter und wartete geduldig, bis er mir erneut den Blick zuwandte. Wieder seufzte er. »Kiera hat dir erzählt, dass sie uns überrascht hat, stimmt's?« Ich grinste breiter und nickte. Evan verdrehte die Augen, dann brummte er. »Okay ... Du hattest recht.«

Ich legte einen Finger an mein Ohr und hielt den Kopf schief. »Was war das?«

Er kniff die dunklen Augen zusammen. »Du hattest recht, du Saftgesicht.« Schließlich grinste er selig. »Ich mag sie.«

Lachend lehnte ich mich auf meinem Stuhl zurück. »Ja,

ich weiß.« Als er den Kopf schüttelte, fügte ich hinzu: »Hey, Evan ... hab ich doch gesagt.« Er zeigte mir den Mittelfinger.

Noch immer spielte ich bei jedem Auftritt den emotionalen Song, den ich für Kiera geschrieben hatte. Wie immer blendete ich die Welt aus und sang ihn nur für Kiera. Sie weinte jedes Mal, was mein Herz erwärmte. Irgendwie hatte ich gedacht, es wäre ihr während unserer Trennung gut gegangen, aber sie war niedergeschlagen gewesen, hatte geweint und sich in die Arbeit für die Uni gestürzt. Innerlich war sie genauso aufgerieben gewesen wie ich. Es beruhigte mich irgendwie, dass es für sie genauso schlimm gewesen war.

Eines Abends, als ihr Song zu Ende war, sprang ich von der Bühne und lief zu ihr. Ich musste mich durch ein Meer aus ausgestreckten Händen und gierigen Mündern kämpfen, aber schließlich erreichte ich sie mehr oder weniger unversehrt. Lächelnd schüttelte sie den Kopf über meine Show, doch dann küsste ich sie, und sie hatte keine andere Möglichkeit, als meinen Kuss zu erwidern. Die Menge jubelte und pfiff, während ich ihr Gesicht an meins presste. Ich glaube, ein Großteil der Zuschauerinnen meinte, das würde zur Show gehören und dass sie es vielleicht später auch noch bei mir versuchen konnten. Auf keinen Fall.

»Gehen wir heute zu dir?«, fragte ich, nachdem ich mich schließlich von ihr gelöst hatte.

Sie biss sich auf die Lippe und nickte. Dann gab sie mir einen Klaps auf den Hintern und schob mich zurück in Richtung Bühne. Aufreizend. Den Rest des Gigs stellte ich mir vor, wie sie die Beine um mich schlang, mir mit den Fingern durch die Haare strich und atemlos in mein Ohr stöhnte. Ich konnte es kaum abwarten, mit ihr allein zu sein.

Es dauerte noch ein paar Stunden, doch schließlich betraten wir die Wohnung, die sie sich mit Anna teilte. Wie lange würde sie hier wohl mit ihrer Schwester wohnen? Doch ebenso wenig wie beim Thema Sex wollte ich sie beim Zusammenziehen unter Druck setzen. Wenn es so weit war, würde es schon passieren.

Als wir in ihr kleines Wohnzimmer gingen, strich ich mit den Fingern über die Rückenlehne des gemütlichen Sessels, den ich Kiera geschenkt hatte. Sie trat hinter mich und legte die Arme um meine Taille. »Ich war total überrascht, dass du ihn mir geschenkt hast. Und glücklich. Und traurig.« Ich drehte mich zu ihr um, und sie sah mich nachdenklich an. »Er hat mich an dich erinnert.«

Ich nickte. »Alles hat mich an dich erinnert, aber das war noch nicht genug. Ich brauchte etwas Dauerhaftes.« Ich tippte auf das Tattoo über meinem Herzen und sah ihr tief in die Augen. Sie war mein Ein und Alles.

Kieras Blick wirkte verhangen. »Du hast mich total überrascht«, sagte sie und zog mir die Jacke aus.

»Ich bin nichts Besonderes«, erwiderte ich und half ihr mit meiner Jacke.

Mit einem schiefen Grinsen zog sie mich an meinem T-Shirt mit sich in den Flur. »Ich kenne fünfzigtausend Frauen, die da anderer Meinung wären.«

Ich hob eine Braue. »Fünfzigtausend? Meine Güte, ich war ja echt fleißig.«

Als sie mit dem Rücken vor ihrer Schlafzimmertür stand, zog sie mich an sich. »Es dreht sich nicht immer alles nur um Sex, Kellan.«

Ich trat auf sie zu und drückte meinen Körper an ihren. »Ich weiß.«

Sie öffnete die Lippen und hob das Kinn, als wollte sie, dass ich sie küsste. Ich beugte mich etwas vor, als würde ich ihren Wunsch erfüllen, öffnete dann jedoch die Tür zu ihrem Zimmer, sodass wir beide hineintaumelten. Kiera nannte mich kichernd einen Quatschkopf, und ich trat mit dem Fuß die Tür zu. Ich strich mit den Lippen über ihren Hals und legte die Arme um ihre Taille. Sie hörte auf zu lachen und seufzte zufrieden. Gott, wie gern ich sie umarmte, sie berührte, mit ihr zusammen war.

Ich ließ meine Lippen hinauf zu ihrem Mund wandern. Sie fühlte sich so weich, so süß an. Noch nie hatte ich jemanden mit solchen Lippen geküsst. Sie raubten mir den Verstand und den Atem. Sie begleiteten mich durch den Tag, beherrschten jede Fantasie und jeden meiner Träume. Ihre wundervollen, sinnlichen Lippen …

Küssend bewegten wir uns langsam zu dem Futon, das ihr als Bett diente. Als sie mit den Beinen den Rand berührte, beugte ich mich vor und zwang sie auf diese Weise, sich aufs Bett zu setzen. Wir lösten uns kurz voneinander, sie streifte ihre Schuhe ab und rutschte in die Mitte der Matratze. Dann wartete sie gerade so lange, bis ich meine Stiefel ausgezogen hatte, bevor sie mich am T-Shirt packte und mich erneut zu sich zog. Ich lachte, als sich unsere Lippen erneut trafen. »Mmmh, so forsch heute.«

Sie lachte an meinen Lippen und schob die Finger unter mein Shirt. »Du hast mir gefehlt.«

Darüber musste ich lachen. Wir hatten einen Großteil des Tages und des Abends miteinander verbracht. Vielleicht waren wir in der Mitte eine Weile nicht zusammen gewesen, als sie zur Arbeit gegangen war und ich mich mit den Jungs getroffen hatte, aber nicht lange. Ich rollte sie auf den Rücken und neigte mich über sie. »Du hast mir auch gefehlt.« Ich wurde mit jeder Sekunde härter.

Als Kiera an meinem T-Shirt zog, griff ich mit einer Hand nach hinten und zog es mir über den Kopf. Als ich mich umdrehte, um es auf den Boden zu werfen, strich sie über mein Tattoo. Lächelnd beobachtete ich ihr glückliches Gesicht. Als ich mich hatte tätowieren lassen, hatte ich nie damit gerechnet, dass Kiera es einmal sehen würde. Und ich hatte ganz bestimmt nicht geglaubt, dass sie mit den Fingern über die geschwungenen Buchstaben ihres Namens streichen würde. Es war wunderschön.

Kiera sah voller Liebe zu mir auf. Mein Herz zog sich zusammen. *Sie gehört mir. Ich kann es immer noch nicht glauben.* Zärtlich strich ich mit der Rückseite meiner Finger über ihre Wange, dann beugte ich mich hinunter, um sie erneut zu küssen.

»Kellan«, flüsterte sie, kurz bevor ich ihre Lippen berührte. Ich wich zurück, um sie anzusehen, und sie schluckte. »Ich will ... mit dir zusammen sein.«

Mein Körper reagierte sofort auf ihre Worte, doch ich konnte nicht widerstehen, sie zu ärgern. Sie musste schon deutlicher werden. Ich küsste sie sanft auf den Mundwinkel und raunte: »Du bist die ganze Zeit mit mir zusammen.«

Ich strich mit den Fingern über ihre Schultern und über ihre Rippenbögen. Sie erschauderte, dann wand sie sich. »Du weißt, dass ich das nicht gemeint habe«, flüsterte sie.

Ich veränderte meine Position, sodass ich jetzt richtig auf ihr lag, und sie schlang ein Bein um mich und hielt mich fest. Ich spürte, wie Feuer durch meinen gesamten Körper schoss. Ich wollte so viel mehr, aber ich hielt mich zurück und reizte sie und mich. Ich strich mit der Zunge über ihren Hals und murmelte: »Ich habe keine Ahnung, wovon du sprichst. Was willst du?«

Ich ließ die Hand unter ihr Shirt gleiten und umkreiste mit

dem Daumen ihren Nippel, der sich unter ihrem dünnen BH fest aufrichtete. Atemlos erwiderte sie: »Ich will dich.«

Meine Lippen schwebten über ihren. »Du hast mich.«

Sie keuchte, als sich unsere Lippen fast berührten, aber eben nur fast. Ich drückte meine Hüften gegen ihre und befriedigte vorübergehend das Verlangen, das uns beide immer atemloser werden ließ. Oder vielleicht machte ich es auch noch schlimmer. Das war schwer zu sagen. Kiera stöhnte und umklammerte meinen Nacken. Sie strich mit den Fingern durch meine Haare und trieb elektrische Stöße über meinen Rücken. »Kellan, ich will dich jetzt.«

Ich ließ die Hand über ihren Bauch zum Bund ihrer Shorts gleiten und rückte etwas zur Seite. Mit einer Hand knöpfte ich ihre Hose auf und schob meine Finger hinein. Sie fasste mit der anderen Hand meine Schulter und grub ihre Nägel so tief in meine Haut, dass ganz sicher Spuren zurückbleiben würden. *Gott, wie wundervoll.*

Sie keuchte, als meine Finger langsam immer tiefer glitten. »Du hast mich, jetzt und für immer«, flüsterte ich in ihr Ohr.

Sie wand sich unter meinen Händen. »Ja, bitte, ja.«

Gott, ich liebte es, wenn sie mich anflehte. Ich betete, dass ich mich lange genug zusammenreißen konnte, um sie zu reizen, und streichelte sie. Sie schrie auf. Sie war so verdammt nass. Für mich. Alles nur für mich. »Du hast mich schon, was willst du also wirklich, Süße?« Ich wollte es zwar auch, aber sie musste genauer werden. Ich wollte mir ganz sicher sein, dass sie dazu bereit war. Ich war es ganz bestimmt.

Ich streichelte sie mit langsamen kreisenden Bewegungen. Sie festigte ihren Griff um mich und schob sich gegen mich. »Dich ... Ich will ...«

Ich unterdrückte ein Stöhnen, als ich mich bei ihren Worten, ihren Lauten und dem Ausdruck auf ihrem Gesicht kaum noch beherrschen konnte. Ich schob einen Finger in sie hinein und fragte leise: »Willst du das?«

Sie antwortete mit unzusammenhängendem Stöhnen und Lauten, die wie ein Ja klangen. Lächelnd küsste ich ihren Hals. Kiera drehte den Kopf und suchte meinen Mund. Sie überfiel mich mit gierigen Küssen, und ich wollte nichts lieber als ihr die Kleider vom Leib reißen und in sie eindringen.

Stattdessen fragte ich erneut: »Was soll ich tun, Kiera?«

Sie stöhnte und bewegte sich in einem Rhythmus, der mir zeigte, dass sie auf dem Weg zu einem Orgasmus war. Ich wollte jedoch, dass sie es ausspracht, bevor sie kam, also flehte ich: »Bitte sag es mir … bitte.«

Sie stieß einen verzweifelten Laut aus, dann griff sie nach unten und nahm meine Hand weg. Atemlos starrte sie mich an. Ich war überrascht und atmete ebenfalls flach und schnell. »Warum hast du mich aufgehalten?«, fragte ich sie.

Sie sah mich an, holte tief Luft, dann lächelte sie. »Weil ich mit dir schlafen will. Ich will mit dir zusammen zum Höhepunkt kommen, nicht getrennt von dir.«

Ich küsste sie ausgiebig. *Genau das wollte ich hören.* »Ich liebe dich so sehr, Kiera. Ich bin so glücklich, dass du bei mir bist.«

Sie küsste meine Stirn. »Ich auch, Kellan. Mir geht es ganz genauso. Ich will nie mehr ohne dich sein. Ich liebe dich viel zu sehr.«

Ich lächelte breiter, als die Wärme des Augenblicks mich durchströmte. »Ich bleibe bei dir, solange du willst.«

Sie kicherte. »Tja, du weißt ja schon, wie sehr ich dich will.«

Ich lachte, dann küsste ich ihr Kinn. Die Stimmung wurde mit einem Mal ernster, beinahe feierlich, und ich wusste, dass es so weit war. Wir waren bereit. Ich dachte an alles, was wir durchgemacht hatten, daran, wie viel sie mir bedeutete. Während wir uns die letzten Kleider auszogen, summte ich leise den Song, den ich für sie geschrieben hatte. In ihren Augen glänzten Tränen, und mir schlug das Herz bis zum Hals, als ich mit den Fingern über ihre nackte, seidige Haut strich. Jetzt war nichts mehr zwischen uns außer unserer Liebe. *So* hätte es von Anfang an sein sollen.

Ich ließ einen Arm um ihre Taille gleiten und legte sie zurück aufs Bett. Bevor ich mich zu ihr neigte, hielt ich inne und betrachtete fasziniert dieses wunderschöne Wesen, das mir gehörte. Sie war keine Traumgestalt, sie war keine Fantasiefigur, und sie würde sich nicht in Luft auflösen, wenn das hier vorüber war. Sie war bereit, mich zu lieben, bereit, sich von mir lieben zu lassen, und zwar nur von mir. Und obwohl sie ihre Fehler hatte, genau wie ich, war sie in meinen Augen perfekt – eine Göttin.

Ich bedeckte ihren Körper mit zärtlichen Küssen. Jeder Atemzug, jedes leise Stöhnen und jedes sanfte Streichen ihrer Fingernägel über meine Haut erregte mich. Aber zu wissen, dass ich diesen intimen Augenblick mit niemand anders mehr teilen musste, setzte mich in Flammen. Ich wollte sie nie mehr hergeben.

Sie strich mit ihren sanften Händen über meine Haut, ich zeichnete mit meinen ihre Kurven nach. Als wir es beide nicht mehr länger aushielten, kniete ich mich über sie. Während ich in sie hineinglitt, hauchte ich ihren Namen, und die unglaubliche Freude, wieder in ihr zu sein, war nichts verglichen mit der emotionalen Bindung, die zwischen uns wuchs. Wir waren frei, es gab keine Grenzen mehr.

Vorsichtig zog ich mich aus ihr zurück und drang erneut in sie ein. Beide schrien wir vor Lust auf. *Himmlisch.* Als wir uns mühelos miteinander bewegten, sagte ich ihr, wie schön sie sei, wie sehr ich sie vermisst hatte, wie sehr ich sie brauchte, wie leer ich ohne sie gewesen war. Mit jedem Satz klang ich leidenschaftlicher. Doch dann rutschten mir die Worte »Verlass mich nicht. Ich will nicht mehr allein sein« heraus. Es war peinlich, aber ich konnte meine Worte nicht aufhalten. Es war meine größte Angst, dass sie mich eines Tages verließ. *Meine einzige Angst.*

Ich dachte daran, wer ich gewesen war, bevor sie genau vor einem Jahr in mein Leben getreten war – an die Einsamkeit, den verzweifelten, unerfüllten Wunsch, mich mit einem anderen Menschen zu verbinden. Diese Leere wollte ich nie mehr erleben. Das würde ich nicht überstehen. »Lass mich nie wieder allein«, flüsterte ich, ohne länger darüber nachzudenken. *Ich will nie mehr ohne dich sein.*

Voller Zuversicht und Mitgefühl streichelte Kiera mein Gesicht und sagte, dass sie mich nie verlassen würde. Dann küsste sie mich unendlich leidenschaftlich. Ich spürte, dass sie all ihre Gefühle in diesen Kuss fließen ließ. Ich stützte mich ab, sodass wir einander ansahen, während wir Liebe machten. Und obwohl wir uns so nah waren, wie sich zwei Menschen nur sein konnten, zog ich sie noch fester an mich. »Ich will nicht ohne dich sein«, flüsterte ich.

»Ich bin hier, Kellan.« Sie nahm meine Hand und legte sie auf ihr Herz. »Ich bin genau hier.«

Dass ich alles hatte, was ich je gewollt hatte, überforderte mich. Ich wusste nicht, wie ich mit dieser immensen Liebe und Freude umgehen sollte, und plötzlich packte mich die Angst, dass sich all das doch von jetzt auf gleich in Luft auflösen würde. Aber ich wusste, dass sie es ernst meinte, und ihre Worte beruhigten mich.

Durch meine Hand auf Kieras Herz strömten ihre Hoffnung und Liebe in mich und entspannten mich. Sie legte die Finger auf mein Herz, und ich hoffte, dass sie ebenso spürte, wie meine Liebe in sie floss. Ich verlor mich in dem Rhythmus unserer

Körper, ihrem Geruch, der mich umfing, der Weichheit ihrer Haut. Und über allem bildete sich eine Welle aus Glückseligkeit, die mich mit sich riss. Ich wusste, dass ich gleich kommen würde, aber ich wollte diesen lebensverändernden Augenblick nicht allein erleben. Ich streichelte ihre Wange und flehte sie an, mit mir zu kommen. Noch immer fühlte ich mich emotional so verwundbar und sagte ihr, dass ich nicht mehr allein sein wollte.

Sie erwiderte, dass sie mich nicht verlassen würde, und dann kam sie. Sowohl ihre Worte als auch ihre körperliche Reaktion trieben mich ebenfalls zum Höhepunkt. Wir blickten uns in die Augen, und für einen Moment schien die Welt stillzustehen. Und in diesem Moment lösten sich all meine Ängste auf. Wir waren jetzt *zusammen* – zu hundert Prozent.

Ich wusste, dass ich unser erstes Zusammensein als richtiges Paar nie mehr vergessen würde. Und es war nur der erste von vielen Momenten, die wir miteinander teilen würden. Hoffentlich war es der Beginn eines lebenslangen Zusammenseins. Denn das wünschte ich mir.

Und das schien jetzt möglich zu sein. In letzter Zeit schien überhaupt so vieles möglich. Matt hatte eine Zusage von Bumbershoot erhalten. Wir würden diesen Sommer das Festival rocken, und wer wusste, was sich daraus noch ergeben würde. Denny und ich telefonierten weiterhin miteinander. Er wusste, dass Kiera und ich jetzt offiziell zusammen waren, und er verhielt sich mir gegenüber noch immer herzlich. Den anderen D-Bags ging es gut. Rachel und Matt waren noch immer zusammen, ebenso Evan und Jenny. Griffin und Anna waren … na ja, sie waren glücklich mit dem, was sie miteinander hatten. Und Kiera und ich entwickelten uns stetig weiter, und ich war nie in meinem Leben glücklicher gewesen. Ja. Es ging eindeutig bergauf.

Früher hatte ich nie großartig über meine Zukunft nachgedacht. Wahrscheinlich habe ich gar nicht geglaubt, dass ich überhaupt eine habe, zumindest keine, die von Bedeutung ist. Aber jetzt gab es vieles, das meinem Leben eine Bedeutung gab, ein Ziel. Ich freute mich sogar darauf, was als Nächstes passieren würde. Ich betete nur zu Gott, dass ich nicht irgendetwas Dummes anstellte und alles vergeigte. Das würde wohl nur die Zeit zeigen, aber mit Kiera an meiner Seite standen meine Chancen gut. *Unsere* Chancen standen gut. Und zum ersten Mal glaubte ich, dass meine Eltern sich in mir getäuscht hatten. Klar, ich machte Fehler, ich machte Dinge, die man nicht tun sollte, ich scheiterte, und ich verletzte andere Menschen, aber ich würde dennoch meinen Weg gehen. Das würden wir alle.

DANKSAGUNGEN

Ohne meine Fans würde dieses Buch nicht existieren, deshalb gilt mein erster Dank euch! Ganz besonders jenen Lesern, die mir bereits seit meinen ersten Veröffentlichungen auf Fictionpress.com die Treue halten. In der Phase, in der sich mein Hobby erst langsam zum Beruf entwickelt hat, habt ihr mich animiert weiterzumachen! Ohne eure tägliche Ermunterung hätte es die vielen Bücher nach *Thoughtless* nicht gegeben.

Ich möchte auch all den Autoren danken, die mich unterstützt und inspiriert haben, vor allem: K. A. Linde, Nicki Charles, J. Sterling, Rebecca Donovan, Jillian Dodd, C. J. Roberts, Kristen Proby, Tara Sivec, Nicole Williams, Tarryn Fisher, A. L. Jackson, Tina Reber, Laura Dunaway, Katie Ashley, Karina Halle, Christina Lauren, Alice Clayton, Colleen Hoover, Abbi Glines, Jamie McGuire, Tammara Webber, Jessica Park, Emma Chase, Katy Evans, K. Bromberg, Kim Karr, Jessica Sorensen, Jodi Ellen Malpas, Lisa Renee Jones, T. Gephart, Gail McHugh und noch vielen mehr! Und ich danke jenen Autoren, die meine Charaktere so sehr mochten, dass sie mich gefragt haben, ob sie diese in ihre Bücher einladen dürften. Ich muss jedes Mal lächeln, wenn ich die D-Bags durch andere Geschichten streifen sehe.

Mein großer Dank gilt der hart arbeitenden Gruppe meiner Testleser!!!! Eure Hilfe ist von unschätzbarem Wert für mich, vor allem eure Bereitschaft, mich immer derart kurzfristig in euer Leben einzubauen! Ihr seid fantastisch und bedeutet mir sehr viel!

Ich möchte mich bei den Bloggern bedanken, die leidenschaftlich kundgetan haben, dass sie meine Bücher mögen: Totally Booked, Maryse's Book Blog, Flirty and Dirty Book Blog, Tough Critic Book Reviews, The Autumn Review, Sub-Club Books, Martini Times Romance, Brandee's Book Endings, Crazies R Us Book Blog, Shh Mom's Reading, Kayla the Bibliophile, Nose Stuck in a Book, Chicks Controlled by Books, Fictional Men's Page, Fictional Boyfriends, A Literary Perusal, Sizzling Pages Romance Reviews, My Secret Romance Book Reviews, Madison Says, The Rock Stars of Romance, Literati Literature Lovers, Aestas Book Blog, The Book Bar, Schmexy Girl Book Blog, Angie's Dreamy Reads, Bookslapped, Three Chicks and Their Books, We like It Big Book Blog, The Little Black Book Blog, Natasha Is a Book Junkie, Love N. Books. Ana's Attic Book Blog, Bibliophile Productions, Sammie's Book Club und unzählige mehr! Ihr seid einer der Hauptgründe, weshalb alle wissen, wer ich bin!

Mein besonderer Dank gilt den Mitgliedern von Kellan alias #SexyKK, die jedes Mal für Kellan Wahlkampf betreiben, egal für was er auch nominiert ist. Es macht viel Spaß, eure verrückten Aktionen zu verfolgen, eure Kunst ist enorm kreativ und schön. Da ich selbst kein Photoshop beherrsche, bin ich immer aufs Neue beeindruckt von euren Kunstwerken. Und was soll ich sagen … die #Begging SC Kampagne hat funktioniert! Ich hoffe, ihr habt ebenso viel Spaß beim Lesen dieses Buchs wie ich ihn beim Schreiben hatte!

Ich danke meiner unglaublichen, fantastischen – geduldigen – Superagentin Kristyn Keene von ICM Partners. Ich weiß deinen Rat, deine Unterstützung und deine Ermutigung sehr zu schätzen! Und ein herzliches Dankeschön an Beth deGuzman bei Forever, die meine Arbeit so stark unterstützt, und an Megha Parekh, die fulminante Lektorin, die *Thoughtful* zu der wunderschönen Geschichte gemacht hat, die sie jetzt ist. Bei Lalone Marketing, bei The Occasionalist, JT Formatting, Debra Stang, Okay Creations, Toski Covey Photography, und Tara Ellis Photography möchte ich mich für das Design und/oder die Werbung für mich und meine Bücher bedanken.

Mein persönlicher Dank gilt meiner Familie und meinen Freunden für ihre unendliche Unterstützung sowie ihre Geduld und ihr Verständnis für meinen engen Zeitplan. Vor allem danke ich meinen Kindern, die manchmal damit hadern, dass Mommy zwar zu Hause, aber nicht erreichbar ist. Ich habe euch alle sehr lieb!

Und zuletzt muss ich Kellan Kyle danken. Du magst ein fiktiver Charakter sein, doch du hast mein Leben von Grund auf verändert, und deshalb habe ich dir alles zu verdanken.

S.C. Stephens

S.C. Stephens lebt mit ihren zwei Kindern im wunderschönen Pazifischen Nordwesten in Amerika. Mit ihrem Debut »Thoughtless« feierte sie in ihrem Heimatland einen sensationellen Bestsellererfolg und eroberte auch mit den Folgebänden der Trilogie die Leserherzen im Sturm.
Mehr zu S.C. Stephens und der Thoughtless-Trilogie finden Sie unter www.thoughtless-buecher.de.

Die Thoughtless-Trilogie:

Thoughtless (Band 1)
Effortless (Band 2)
Careless (Band 3)

(Alle Titel auch als E-Book erhältlich)

Unsere Leseempfehlung

550 Seiten
Auch als E-Book
und Hörbuch
erhältlich
Erstverkaufstag:
21.08.2015

Sehen Sie die Welt von Fifty Shades of Grey auf ganz neue Weise – durch die Augen von Christian Grey: Erzählt in Christians eigenen Worten, erfüllt mit seinen Gedanken, Vorstellungen und Träumen. Christian Grey hat in seiner Welt alles perfekt unter Kontrolle. Sein Leben ist geordnet, diszipliniert und völlig leer – bis zu jenem Tag, als Anastasia Steele in sein Büro stürzt. Die schüchterne Ana scheint direkt in sein Innerstes zu blicken – mitten in sein zutiefst verletztes Herz. Kann Christian mit Ana an seiner Seite die Schrecken seiner Kindheit überwinden, die ihn noch immer jede Nacht verfolgen? Oder werden seine dunklen Begierden und sein Kontrollzwang die junge Frau vertreiben und damit die zerbrechliche Hoffnung auf Erlösung zerstören, die sie ihm bietet?

www.goldmann-verlag.de
www.facebook.com/goldmannverlag